Juliane Stadler

König der Turnie

JULIANE
STADLER

KÖNIG DER TURNIERE

Historischer Roman

PIPER

Von Juliane Stadler liegen im Piper Verlag vor:
Krone des Himmels
König der Turniere

Am Ende des Buches finden Sie ein ausführliches Personenverzeichnis
sowie ein Glossar mit den wichtigsten Begriffserklärungen.

MIX
Papier | Fördert
gute Waldnutzung
FSC® C083411

PRODUZIERT MIT VERANTWORTUNG

Ungekürzte Paperbackausgabe
ISBN 978-3-492-06635-8
Oktober 2025

Georgenstraße 4, 80799 München, *www.piper.de*
Für direkten Kontakt und Fragen zum Produkt
wenden Sie sich an: *info@piper.de*
Dieses Werk wurde vermittelt durch die Literarische Agentur
Thomas Schlück GmbH, 30161 Hannover.
Redaktion: Julian Haefs
Karten: Peter Palm, Berlin
Satz: psb, Berlin
Gesetzt aus der Arno
Druck und Bindung: CPI books GmbH, Leck
Printed in the EU

Für Jörg, meinen besten aller Ritter

We can be Heroes, just for one Day

David Bowie (1947–2016)

Prolog

Grafschaft Champagne, Mai 1181

»Hättest du die Güte, dir heute beim Turnier endlich den Hals zu brechen?«, erkundigte Richard sich bei seinem älteren Bruder und ließ es wie einen Scherz klingen.

Henri lachte, streifte die Handschuhe über und prüfte ein letztes Mal die Riemen und Gurte am Sattel seines Hengstes. »Heute nicht, Bruderherz. Marguerite würde es mir übel nehmen, fürchte ich.«

Richard zog eine Grimasse. »Frauen kann man es wirklich nie recht machen.«

Wieder lachte Henri und zog sich auf den Pferderücken.

Sobald Henri Plantagenêt den Helm auf den Kopf setzte und auf sein Ross stieg, ging eine erstaunliche Verwandlung mit ihm vor. Er schien über den Menschen, der er war, hinauszuwachsen, wurde groß und strahlend und unvermeidlich wie die aufgehende Sonne. Seine Stimme klang entschlossener, sein Lachen ausgelassener, in seiner Haltung lagen mit einem Mal eine ganz selbstverständliche Stärke und Sicherheit, die sich auf alle in seiner Nähe übertrug.

Es war faszinierend und beunruhigend zugleich.

Richard kehrte an den Rand des Gefechtsplatzes zurück und beobachtete, wie die Turniermannschaft seines Bruders Aufstellung nahm und der Junge König die Männer mit leuchtenden Augen und ausladenden Gesten auf das bevorstehende Kampfspiel einschwor. Stets an seiner Seite war der Marschall – sein Ratgeber, Mentor und Freund. Wenn Henri die Sonne war, dann war Guillaume le Maréchal der Mond. Und gemeinsam beherrschten sie den Himmel.

Nicht nur die Ritter hingen an Henris Lippen und ließen sich von seiner Begeisterung anstecken, auch die Menschen entlang des Turnierfeldes jubelten und skandierten seinen Namen oder den Schlachtruf Anjous. Das irritierende Funkeln, das Richard in ihren Blicken entdeckte, kam Verehrung nahe, vielleicht sogar Anbetung. Sie sahen Henri an wie einen wiedererstandenen Artus.

Doch es war nicht Eifersucht, die Richard bei dieser Erkenntnis verspürte, sondern Besorgnis.

Am nächsten Morgen fand für alle, die nach dem Turnier und der anschließenden Zecherei schon wieder auf den Beinen waren, eine Jagd statt.

Irgendwo in der Ferne hörte Richard die Hundemeute lärmen, die endlich einen Hirsch aufgespürt hatte und sich dem Wild mit begeistertem Gebell an die Fersen heftete. Ein Hornsignal rief die verstreute Jagdgesellschaft zusammen. Doch Graf Philipp von Flandern lenkte sein Pferd fort von dem Tumult in einen anderen Teil des Forstes und bedeutete seinen Begleitern mit einem Wink, ihm zu folgen.

Als sie ein lichtes Waldstück erreicht hatten und das Gebell und die Rufe der anderen zu einem fernen Wüten abgeklungen waren, zügelten sie ihre Reittiere und ließen sie im Schritt durch Heidekraut und Blaubeersträucher laufen. Richard Plantagenêt lenkte seinen Hengst an Philipps Seite. Eine Weile ritten sie schweigend nebeneinander. Die übrigen Begleiter hielten diskret Abstand.

Der Graf schien darauf zu warten, dass Richard das Wort ergriff. Natürlich. Er wollte sich die Möglichkeit offenhalten, im Zweifel alles als Missverständnis abzutun. Doch die Auswahl der Männer, die Philipp zu diesem heimlichen Treffen gebeten hatte, sowie Zeit und Ort ließen wenig Raum für Missverständnisse. Sie waren hier zusammengekommen, um Verrat zu begehen.

Richard nahm sich einen Augenblick, um den Grafen von Flandern von der Seite zu mustern. Ein attraktiver Mann von vierzig Jahren, dessen athletische Statur und große Hände erahnen ließen, dass man einen erprobten Kriegsmann und Turnierritter vor sich sah. Und wie Richard wusste, hatte Philipp sich nicht nur dem Kampf, sondern ebenso der Kunst verschrieben, beherbergte Dichter und Troubadoure an seinem Hof und griff gelegentlich selbst zur Feder. Das honigfarbene Haar und der kurze Bart waren tadellos gestutzt; er trug einen eleganten Bliaut aus lindgrünem Brokat, edel und teuer, aber nicht geckenhaft, darüber einen leichten Mantel sowie eng anliegende Handschuhe und Stiefel aus Hirschleder. Nicht zuletzt der florierende Woll- und Tuchhandel hatte den Grafen von Flandern märchenhaft reich gemacht. Mehr noch.

»Es heißt, Ihr habet abgelehnt, als man Euch die Krone des Königreichs Jerusalem antrug«, eröffnete Richard die Unterhaltung. »Verratet mir den Grund.«

»Ihr wart noch nicht dort, im Heiligen Land«, entgegnete der Graf, als sei das Erklärung genug.

»Nein, in der Tat.« Für einen Moment ballte Richard die Faust um die Zügel. Was war das hier? Überheblichkeit oder Provokation? Glaubte Philipp, sich aufgrund seines Alters oder Titels über ihn stellen zu können? »Während Ihr Euch im Heiligen Land aufgehalten habt, war ich damit beschäftigt, mich mit meinem königlichen Vater und meinen herzallerliebsten Brüdern auseinanderzusetzen oder die Aufstände in meinem Herzogtum niederzuschlagen.«

Philipp lächelte gönnerhaft. »Natürlich«, lenkte er ein. »Und mit der Einnahme von Taillebourg habt Ihr für Ruhe gesorgt.« Es wirkte beschwichtigend, aber noch etwas anderes schwang darin mit. Bevor Richard entscheiden konnte, was es war – Spott? Geringschätzung? –, verging der Moment, und der Graf richtete den Blick wieder nach vorn.

»Sagt mir, Richard, warum sollte ich meinen gut bestellten Boden hier gegen ein staubiges, heißes Land am anderen Ende der Welt eintauschen? Ein Land, das zwischen Christen und Heiden aufgerieben wird – sofern beide nicht gerade ihresgleichen die Köpfe einschlagen. Und kommt mir jetzt nicht mit dem Papst oder dem Willen Gottes!« Er hob abwehrend die Rechte. »Jeder weiß, ich bin ein gottesfürchtiger Mann, aber anders als im Fall meines Vaters oder Großvaters sind meine Interessen weit weltlicherer Natur als die Krone des Heiligen Landes.«

Was du nicht sagst. Auch wenn daran eigentlich nie Zweifel bestanden hatte, überraschte es Richard, wie freimütig der Graf diese Tatsache eingestand.

»Das Land, über das ich herrsche, reicht von der Küste des Nordmeers bis an die Spitze der Krondomäne. Ich bin Gebieter über den wichtigsten Handelsknoten des Abendlands, Reichsfürst des deutschen Kaisers und gleichzeitig einer der einflussreichsten französischen Kronvasallen. Das Königreich Jerusalem hat mir nichts zu bieten. Nichts, was ich nicht schon habe.«

»Und dennoch seid Ihr unzufrieden«, konstatierte Richard kühl.

Der Graf von Flandern blickte ihn mit einem herausfordernden Lächeln an, und in den blaugrauen Augen blitzte es. »Diesen Punkt haben wir gemeinsam, nicht wahr? Warum sonst wären wir hier?«

Kommen wir also endlich zur Sache. Richard richtete sich im Sattel auf und straffte die Schultern. Doch er würde den Teufel tun und weiterreden. Sie bewegten sich auf äußerst dünnem Eis, und Philipp sollte gefälligst den ersten Fuß in die Mitte setzen.

Nach einer kleinen Pause und einem wissenden Schmunzeln tat er ihm den Gefallen.

»Tatsächlich laufen die Dinge im Augenblick nicht … zufriedenstellend«, gab er zu und seufzte. »Seit ich vierzehn Jahre alt wurde und mein Vater mehr Zeit in Outremer als in seiner Grafschaft verbrachte, bin ich es gewohnt, meine Gefechte selbst zu schlagen, sei es auf dem Kampfplatz, beim

Turnier oder auf dem Feld der Diplomatie. Und wie Ihr wisst, habe ich es stets verstanden, meine Interessen zu wahren.«

Richard nickte. Das ließ sich nicht bestreiten. Wenngleich die Mittel mitunter fragwürdig waren. So hatte Philipp seinen Rivalen, den Grafen Florens von Holland, gefangen genommen und so lange eingekerkert, bis der ihm völlig zermürbt schließlich für Zeeland huldigte und den flandrischen Kaufleuten Privilegien einräumte.

»Ich habe dem französischen Herrscherhaus und König Philippe Dieudonné stets zur Seite gestanden«, fuhr der Graf fort, »und alles getan, um ihm eine gute Ausgangsposition zu sichern, schon während sein Vater mit dem Tod rang.«

Ihm oder dir?

»Ich habe ihm meine Nichte Isabella anverheiratet, als Berater und Mentor gedient und bei seiner Krönung sogar das Zeremonienschwert getragen.« Ein Augenblick des Schweigens folgte, als erwarte er Lob oder Anerkennung. »Gott der Allmächtige hat mir eigene Kinder versagt. Daher habe ich es immer als meine Aufgabe begriffen, dem von ihm gesalbten Herrscher bestmöglich zu dienen, mit Hand und Herz.«

»Und für diese Selbstlosigkeit werdet Ihr dereinst den himmlischen Lohn erhalten«, beschied Richard liebenswürdig.

Philipp von Flandern stutzte kurz, dann lachte er, und es klang nicht unsympathisch. Als er sich wieder gefasst hatte, fuhr er unbeirrt fort. »Mein Platz war stets neben dem französischen König. Mit meiner Hilfe hat er sich von seiner gluckenhaften Mutter und ihren machtgierigen Brüdern losgesagt und den Weg zu einer selbstbestimmten Herrschaft eingeschlagen.«

»So selbstbestimmt, dass er sich schließlich auch von Euch abgewandt hat«, bemerkte Richard nicht ohne Spott. »Um seine Gunst meinem Vater und besonders meinem strahlenden Bruder zu schenken.« Henri, der den englischen Thron besteigen sollte und bereits als Mitregent gekrönt worden war. Der *Junge König*, wie alle ihn nannten, ungeachtet der Tatsache, dass ihr Vater seine Herrschaftsansprüche ignorierte und ihn am langen Arm verhungern ließ.

Ein weiteres Mal zeigte Philipp sein mokantes Lächeln. »So ist es«, stimmte er zu. »Eine Tatsache, die uns beiden missfallen dürfte.«

Deswegen sind wir hier, oder?

»Euer Bruder unterhält die erfolgreichste Turniermannschaft des Abendlands«, stellte der Graf von Flandern klar. »Er hat die größten Ritter der christlichen Welt um sich geschart, allen voran den unübertroffenen Marschall.«

Das erste Mal während ihres Gesprächs glaubte Richard, so etwas wie Unmut aus Philipps Stimme herauszuhören. Der Graf war selbst leidenschaftlicher Turnierausrichter und -kämpfer, der über eine bedeutende Mannschaft verfügte. Auch am gestrigen Turnier hatten sie teilgenommen – und verloren. Mehr als einmal hatte Philipp versucht, den Marschall und so manch anderen angesehenen Turnierhelden anzuwerben. Stets war ihm der Junge König zuvorgekommen, auch dank der großen Mengen englischen Silbers, mit denen ihr Vater Henris teures Vergnügen finanzierte. *Um ihn ruhigzustellen und von einer weiteren Rebellion abzuhalten*, argwöhnte Richard.

Nun auch noch von der Seite Dieudonnés verdrängt worden zu sein, musste ein herber Schlag für den eitlen und machtbesessenen flandrischen Grafen sein. Diese Vorstellung verschaffte Richard ein wärmendes Gefühl der Genugtuung, doch verging es sogleich wieder, als Philipp weitersprach.

»Euer Bruder ist dabei, zur Bedrohung zu werden. Das Volk liegt ihm zu Füßen, und er hat eine äußerst schlagkräftige Truppe von Kriegern samt ihren Häusern auf seiner Seite, sein Einfluss wächst rasant. Er wird zur Gefahr. Für Eure und meine Interessen, aber auch für den französischen König – selbst wenn dieser junge Narr das nicht begreifen will.«

Philipp hatte recht. Die neue Stellung Henris brachte das sorgfältig austarierte Machtgefüge im christlichen Abendland zum Wanken, senkte die Waagschale gefährlich zugunsten der Angevinen und ihres strahlenden Thronfolgers.

Richard war Teil dieses Herrscherhauses, gebot jedoch, anders als sein älterer Bruder, bereits seit Jahren nicht nur dem Titel nach über seine Ländereien, mit allen Vor- und Nachteilen. Ein Herzogtum zu führen, zumal ein derart rebellisches wie Aquitanien, hieß auch, sich die Finger schmutzig zu machen, wenn es darum ging, die zahlreichen aufrührerischen Adligen im Zaum zu halten. Das brachte Richard natürlich nicht nur Freunde ein, führte im Gegenteil dazu, dass die Aufständischen mehr oder weniger offen mit seinem strahlenden Bruder liebäugelten. Und der Junge König hatte nichts Besseres zu tun, als den Aufrührern die Hand hinzuhalten. Der ein oder andere gehörte inzwischen sogar seiner Turniermannschaft an.

Das und die Aussicht, Henri – dessen Verdienste sich bislang überwiegend auf den Turnierplatz beschränkten – Vasallentreue schwören zu müssen und sich dem unerfahrenen und bisweilen leichtfertigen Bruder unterzuordnen, wie sein Vater es verlangte, machte Richard unzufrieden. Nein, mehr noch, es machte ihn zornig.

»Ich fürchte, wenn Henri es darauf anlegt, werden die Menschen *ihm* folgen. Nicht dem unreifen französischen König, nicht Eurem Vater, dem Herrn der angevinischen Lande«, fuhr der Graf von Flandern fort. »Es ist kein Geheimnis, dass Henri unzufrieden ist, da Euer Vater ihn an der Ausübung seiner Herrschaftsrechte hindert. Was sollte ihn in seiner jetzigen Position davon abhalten, eine Rebellion gegen die eigene Familie und ehemalige Verbündete anzuzetteln und nach der Macht zu greifen? Es wäre nicht das erste Mal.«

»Und wir wissen, wie die Sache damals ausgegangen ist. Schließlich haben wir beide auf seiner Seite gekämpft, nicht wahr?«, erinnerte Richard ihn kühl. Graf Philipps Bruder Matthieu war im Kampf gefallen, Richards Mutter Eleonore seit damals eine Gefangene seines Vaters, weil er ihr die

Unterstützung – oder, wie er glaubte, Aufwiegelung – der rebellischen Söhne nie verziehen hatte. Ein Scheitern auf ganzer Linie und anschließend die demütigende Unterwerfung dem siegreichen Alten König gegenüber.

Richard rang die unangenehmen Erinnerungen nieder und richtete den Blick nach vorne in den Wald. »Mein Bruder mag ein herausragender Turnierritter sein«, ergänzte er schließlich, »aber er besitzt kaum Erfahrung auf dem Schlachtfeld. Er ist kein Stratege, kein Militär. Er hat wenig Ahnung von Belagerung oder Kriegsführung.«

»Richtig«, gab Philipp mit ernster Miene zu. »Aber diesmal steht Guillaume le Maréchal treu und ergeben an seiner Seite. Und der verfügt über die Erfahrung und all die Fertigkeiten, die Eurem Bruder fehlen.«

Richard nickte bedächtig. Das war die Wahrheit. Der Marschall galt nicht umsonst als bester aller Ritter. Henri vertraute ihm bedingungslos, und über die Jahre war eine enge Freundschaft zwischen den beiden gewachsen.

»Der Marschall ist mit Haut und Haaren Eures Bruders Mann. Henri hat die Strahlkraft, Guillaume den strategischen und militärischen Verstand. Gemeinsam können sie alles erreichen.« Er lenkte sein Pferd näher an Richards heran und schlug einen verschwörerischen Tonfall an. »Wir sollten handeln, bevor sich diese Gefahr zu einer unkontrollierbaren Krise auswächst!«

Sie sahen einander an. Lauerten beide darauf, dass der andere sprach und die letzte Grenze übertrat.

Doch in Wahrheit hatten sie sie längst überschritten.

»Ich sehe die Sache so«, fasste Philipp die Lage zusammen. »Ihr wollt Euch Eurem Bruder nicht unterordnen und verhindern, dass er gemeinsame Sache mit Euren Gegnern macht. Ich möchte den jungen französischen König davor schützen, dass Henri ihm den Rang abläuft und die Vorherrschaft der Kapetinger gefährdet. Und ich will meinen Einfluss wiederhaben.«

Letzteres vor allem. Beinahe musste Richard lachen. Machthunger und Eitelkeit – das waren die Kräfte, die das Rad der Welt in Bewegung hielten.

»Was sagt Ihr?« Philipp sah ihn auffordernd an. »Ich muss sicher sein, dass wir auf einer Seite stehen.«

»Wie sieht Euer Plan aus?«, fragte Richard, denn er war überzeugt, dass es längst einen gab.

Philipp grinste. »Das heißt, wir arbeiten in dieser Sache zusammen?«

Natürlich würde der Graf ihn nicht ohne eindeutige Zusage davonkommen lassen. Und Richard war klar, dass die Umstände entschlossenes Handeln erforderten. Trotzdem war und blieb es Verrat, Verrat am eigenen Bruder. Aber hatte er jetzt noch eine Wahl? Richard holte tief Luft. »Ja, das tun wir«, sagte er schließlich. »Ihr habt mein Wort.«

»Ausgezeichnet.« Philipp nickte zufrieden und begann, sein Vorhaben auszuführen: »Ihr werdet mir gewiss beipflichten, dass wir uns nicht direkt gegen Euren Bruder stellen können. Ob es uns passt oder nicht, er ist ein vor Gott gesalbter Herrscher. Offen gegen ihn vorzugehen, wäre nicht nur ketzerisch, sondern in vielerlei Hinsicht riskant und würde die Sache eher zuspitzen als entschärfen. Wir müssen subtilere Mittel wählen.« Er machte eine Pause und sah Richard unverwandt an. »Wir müssen die Kette sprengen, die Henri und den Marschall verbindet.«

Richard schwieg nachdenklich. Ja, das war der erste, wenn nicht der wichtigste Schritt. Der Marschall stand seit vielen Jahren treu an Henris Seite, hatte es trotz seiner geringen Abkunft zu dessen Ausbilder, Mentor und engstem Freund gebracht. Er war Henris Rückgrat, und dies galt es zu brechen. »Zu dem Zweck habt Ihr diese Männer hergebeten, nehme ich an?« Er ruckte mit dem Kinn zu ihren drei Begleitern, die außer Hörweite in einer kleinen Gruppe ritten und hin und wieder verstohlene Blicke in ihre Richtung warfen. Breitschultrige und kampfgestählte Männer, die Richard flüchtig kannte. Sie alle waren Ritter aus Henris Haushalt.

»So ist es«, bestätigte Philipp. »Sie sind Eurem Bruder

ergeben. Aber sie verachten diesen Emporkömmling Guillaume le Maréchal und halten seinen Einfluss auf den Jungen König für schädlich und gefährlich. Ich denke, in Wahrheit neiden sie ihm seinen Erfolg sowie die Tatsache, dass er alle um sich herum in den Schatten stellt. Und mit dieser Ansicht sind sie nicht allein.«

Machthunger und Eitelkeit. Am Ende lief alles darauf hinaus.

»Wie dem auch sei«, fuhr Philipp fort, »sie werden uns nützliche Werkzeuge sein. Sie werden sich des Marschalls annehmen. Er mag der beste aller Ritter sein, aber mit einem Schlag aus den eigenen Reihen wird er nicht rechnen.« Der Graf lachte leise und klang beinahe vergnügt. »Jedermann weiß, Turniere sind eine teuflisch gefährliche Angelegenheit. Er wäre nicht der Erste, der dabei auf tragische Weise den Tod findet.«

Richard schluckte unmerklich. Es war der einfachste Weg, aber gleichzeitig war es schäbig und unritterlich. »Mein Bruder darf auf keinen Fall Verdacht schöpfen. Andernfalls könnten wir einen Krieg heraufbeschwören.«

»Oder wir verhindern einen.« Philipp lächelte einmal mehr auf diese gönnerhafte Weise, die Richard zunehmend die Galle hochtrieb. »Auch der französische König darf davon nichts ahnen. Selbstverständlich werden unsere Männer diskret und vorsichtig vorgehen. Sie glauben, es handle sich in erster Linie um eine offene Rechnung mit dem Marschall.« Wieder lachte er. »Ihr Engagement und ihre Verschwiegenheit in dieser Sache werden wir uns mit Gold und unserem Wohlwollen erkaufen. Männer ihres Schlages gieren nach Bedeutsamkeit, nach Einfluss, nach Anerkennung. Dafür sind sie zu allem bereit. Tun wir ihnen den Gefallen.«

Richard warf einen Blick zu den dreien und verspürte wachsende Abscheu diesen ehrlosen Schurken gegenüber. Gleichzeitig wusste er, dass sie genau diese Sorte Männer brauchten.

»Ist Euer Bruder erst einmal seines treuen Schoßhunds beraubt, werden wir ihn leicht von seinen ungesunden Ambitionen heilen. Meint Ihr nicht?«

»Dann ist es abgemacht.«

Philipp nickte und lächelte. Eine ganze Weile ritten sie schweigend nebeneinander.

»In wenigen Wochen richte ich ein Turnier in Amiens aus«, erklärte der Graf schließlich. »Keine Sorge, ich werde unsere Freunde anweisen, den Marschall diesmal noch zu verschonen. Ich möchte mein Fest nicht von einem hässlichen *Unfall* überschattet wissen. Seid mein Gast, Richard, reitet in meinem Banner!«

Der hob abwehrend die Hand. »Danke, ich verzichte. Ich kämpfe oft genug auf echten Schlachtfeldern gegen echte Feinde. Ich gedenke nicht, das auch noch zum Zeitvertreib zu tun.« Er hatte wenig übrig für das Gepränge und die Affektiertheit des Turnierkampfes. Er war ein Kriegsmann und schätzte die Ehrlichkeit der Schlacht.

»Kennt Ihr nicht die Zeilen des einzigartigen Chrétien de Troyes?«, unternahm Philipp noch einen Versuch. »*Lanzen splittern, Schilde bersten, Panzer brechen und zerschellen, Sättel werden leer gefegt*«, rezitierte der Graf. »Packt Euch da nicht ...«

Direkt vor den Hufen seines Reittiers flatterte ein Rebhuhn auf, das sich im Kraut verborgen hatte. Sein Pferd stieß ein schrilles Wiehern aus und scheute. Trotz Philipps Versuch, es unter Kontrolle zu bringen, machte das Tier einen erschrockenen Satz zur Seite unter eine Buche, wobei sich der Graf den Kopf an einem Ast anschlug.

Philipp fluchte nicht, schimpfte nicht, wischte sich nur über die Schläfe und sah das Blut auf seinem Handschuh, während das Pferd unter ihm mit rollenden Augen auf der Stelle tanzte. Er wirkte völlig ruhig, geradezu kühl, als er mit der Linken einen schlanken Zweig von dem Baum brach. Auch noch, als er den Kopf seines aufgebrachten Reittiers mit dem Zügel an sich zerrte und mit beiläufiger Brutalität die

Rute auf die weichen Nüstern drosch, bis Blut floss und sich das Ross mit einem erstickten Wiehern seinem Peiniger fügte.

Angewidert wandte Richard sich von der Szene ab. Der Graf von Flandern mochte ein äußerst scharfsinniger und gebildeter Mensch sein, aber unter dieser dünnen Schicht der Kultiviertheit verbarg sich wie Glut unter Asche eine verstörende, ganz selbstverständliche Grausamkeit.

Nicht zum ersten Mal fragte Richard sich, ob es eine gute Idee war, mit diesem Mann gemeinsame Sache zu machen.

Buch I

Amateure

»Je sui, ce voiz, un chevaliers,
Qui quier ce, que trover ne puis;
Assez ai quis et rien ne truis.«
»Et que voldroies tu trover?«
»Avantures por esprover
Ma proesce et mon hardemant.«

»Ich bin, wie du siehst, ein Ritter,
Der sucht, was er nicht finden kann;
Lange habe ich schon gesucht und finde nichts.«
»Was möchtest du denn finden?«
»Abenteuer, um meine Rittertugend
Und meine Kühnheit zu erproben.«

Yvain, Chrétien de Troyes (~ 1140–1190)

*

'Cause we're gonna be legends
Gonna get their attention
What we're doing here ain't just scary
It's about to be legendary

Legendary, Welshly Arms 2017

Kapitel 1

Grafschaft Auvergne, Ambert, Juli 1181

Atemlose Stille lag über dem Platz. Die Art von Stille, wie sie aus gespannter Erwartung, mühsam unterdrückter Erregung und vollkommener Konzentration hervorgeht. Sie dauerte an – zwei, drei, vier Herzschläge – und dehnte sich gleich einem straff gezogenen Band, bis das erlösende Signal sie schlagartig zerriss.

Pferde schnaubten, als sie aus dem Stand in den Galopp schnellten, die Ruhe wich dem rhythmischen Trommeln der Hufe, dem Keuchen der Tiere und Rasseln der Kettenhemden und schließlich einem Splittern und Spleißen, dem Geräusch von gequältem Holz, als Lanzen auf Schild oder Rüstung des Gegners zerbarsten. Laute des Schmerzes folgten, das dumpfe Aufschlagen von Körpern im Sand. Das Stöhnen der Zuschauer, das schließlich in Klatschen, Stampfen und laute Jubel- oder Schmährufe überging.

»Heiliger Georg!«, rief Pépin. »Wenn sich der Kerl nicht mindestens sechs Rippen gebrochen hat, soll mich der Teufel holen.« Er schnalzte mit der Zunge. »Du kannst wieder hinschauen, Mila!« Energisch zog er der jungen Frau neben sich die Hände vom Gesicht.

Wie viele andere Neugierige standen sie am Rand des eingezäunten Sandplatzes und folgten gespannt den Wettkämpfen. Oft verrieten Schilde und Waffenröcke oder die bunt bemalten Lanzen, wen man vor sich hatte. Am heutigen Tag verkündete zudem ein stimmgewaltiger Ausrufer dem

Publikum, welche Ritter gerade gegeneinander antraten. Der Tjost war, zusammen mit dem Ringstechen der Knappen und dem farbenprächtigen Buhurt, nur das Vorgeplänkel vor dem eigentlichen Turnier, dem schlachtenartigen Kampfspiel, das zwei Tage später folgen sollte. Doch für junge, unbekannte Ritter war das Lanzenstechen die bessere Bühne, um sich und ihr Können für alle gut sichtbar zu präsentieren. Im stürmischen Gerangel eines Gefechts war es weit mühsamer, Aufmerksamkeit auf sich zu lenken, vermutete Pépin.

»Alles gut, Mila«, beruhigte er seine Begleiterin, »der Kerl zappelt noch, steht sogar schon wieder auf den eigenen Füßen, schau doch!«

Vorsichtig öffnete sie die Augen und sah in die gewiesene Richtung. Gestützt von einem Knappen, verließ der Unterlegene humpelnd das Feld.

»Was ist los mit dir? Das war nicht mal einer von uns.«

Die junge Frau zuckte mit den Schultern. »Ich kann einfach nicht mitansehen, wenn sie sich gegenseitig aufspießen und die Knochen brechen.«

»Du flickst sie anschließend schon wieder zusammen«, entgegnete Pépin mit derart unerschütterlichem Vertrauen in der Stimme, dass sie lächeln musste und ihm durch die struppigen Haare wuschelte. An der Seite ihres Vaters, eines fahrenden Hufschmieds, reiste Mila von Turnier zu Turnier und kümmerte sich für ein paar Münzen um all die kleineren und größeren Verletzungen, die sich die Ritter bei den ruppigen Kampfspielen zuzogen. Platzwunden und gequetschte Rippen, ausgerenkte Glieder und gebrochene Finger – in Pépins Vorstellung gab es nichts, was ihre heilenden Hände nicht richten konnten. Auch seine Blessuren versorgte sie, selbst wenn er sie nicht im Turnier, sondern bei Prügeleien mit anderen Knechten oder Knappen verpasst bekam. Sie und ihr Vater gehörten zwar nicht fest zu ihrer Truppe, doch in all der Zeit, die er nun schon mit Erec und seinen Mitstreitern von einem zum nächsten Provinzwettkampf vagabundierte, war Mila stets Teil des bunten Turnierjahrmarkts und zu einer schwesterlichen Freundin geworden. Für jeden von ihnen.

»Ich tue, was ich kann«, nahm sie das Gespräch auf, »aber ich musste schon zu oft erleben, dass Männer in der Blüte ihrer Jahre von splitternden Lanzen aufgeschlitzt und von Hufen zertrampelt wurden oder nach einem Sturz vom Pferd nie wieder aufgestanden sind. Gott allein kann ihnen dann noch helfen.«

»Lionel ist als Nächstes dran«, brummte Josce, der sich an ihre Seite gesellte. Er war bei seinem Lanzenritt nicht zu Boden gegangen, einen Fels wie ihn warf so schnell nichts aus dem Sattel. Besonders gute Laune bereitete ihm das trotzdem nicht, denn sein Kontrahent hatte zwei Lanzen an seinem Schild gebrochen und den Sieg davongetragen. Auch Valéry hatte sein Stechen verloren und sich daraufhin, wie so oft, in irgendeinen Schmollwinkel zurückgezogen.

Aber nun war Lionel an der Reihe. Pépin suchte den Platz ab, bis er den blond gelockten Ritter entdeckte. Gerade führte Erec ihn auf dem Rücken eines zierlichen Grauschimmels an den Tilt, die Holzschranke, welche die Bahnen der Reiter trennte. Knappen zu unterhalten, konnten sie sich nicht leisten, daher halfen sie sich auf dem Platz gegenseitig mit Pferden und Waffen.

Nachdem Lionel den Menschen auf der kleinen Tribüne und am Rande des Tjostplatzes ein strahlendes Lächeln zugeworfen hatte, streifte er den Helm mit dem breiten Nasenschutz über. Erec reichte dem Freund die Lanze und nickte ihm ein letztes Mal aufmunternd zu, bevor er sich vom Tilt zurückzog. Unbehaglich stellte Pépin fest, dass Ross und Reiter auf gegnerischer Seite, verglichen mit Lionel, von geradezu Furcht einflößender Größe waren.

Mila wollte die Hände wieder vor die Augen schlagen, doch Pépin hielt sie immer noch fest und machte auch keine Anstalten loszulassen. Also wendete sie den Blick zur Seite in Richtung der einfachen Tribüne, auf der das frisch vermählte Brautpaar mit seinen Gästen Platz genommen hatte. Ihnen zu

Ehren wurden die Kampfspiele ausgerichtet. Und auch wenn das hier nur die bescheidene Kleinstadt Ambert war, trugen die Damen farbenfrohe Gewänder mit Schleppärmeln und aufwendigen Bordüren, wie man sie wohl eher in Paris oder Rouen erwartet hätte. Neben diesen schimmernden Pfauen wirkte Mila in ihrem schlichten grauen Kleid wie ein Rebhuhn. Als Pépin bemerkte, wie sie beschämt den verblichenen Stoff glatt zu streichen versuchte, drückte er aufmunternd ihre Hand.

In dem Augenblick ertönte das Signal, und die Reiter auf dem Kampfplatz preschten los. Wenige Herzschläge später ein splitterndes Krachen, dann ein dumpfer Aufschlag.

»Volltreffer!«, schrie Pépin in den Jubel der Menge und riss die Arme hoch. »Was für ein Stoß! Lio hat ihn voll erwischt!« Mila seufzte erleichtert.

Während sein Gegner sich gerade vom Boden aufzurappeln suchte, reckte Lionel den Lanzenstumpf triumphierend in die Höhe und ließ sein Ross steigen.

»Elender Aufschneider!«, murrte Josce, aber er grinste dabei.

»Wer hätte gedacht, dass Lionel mit seinem Schaukelpferdchen einen solchen Klotz aus dem Sattel hebt?« Armand nickte anerkennend. Der Troubadour war von seiner Runde über den Platz zurückgekehrt, wo er die Wettkampfpausen mit Gesang und Lautenspiel gefüllt hatte. Dem Klimpern in seinem Beutel nach hatte er den Geschmack der Leute getroffen.

»Da ist Damien de Brienne!«, rief Pépin aufgeregt und deutete auf den Platz, wo sich der Ritter aus der Champagne gerade seine Handschuhe überstreifte. »Zusammen mit Benoît.« Jetzt zog er geräuschvoll die Nase hoch und spuckte den Rotz in weitem Bogen in Richtung des Knappen. Nicht weit genug, aber der Bursche war ohnehin gerade damit beschäftigt, seinem Herrn den Helm aufzusetzen. *Dann eben später, Drecksack.*

»Was macht Erec da?«, fragte Josce unvermittelt. Alle

Blicke folgten seinem ausgestreckten Zeigefinger ans gegenüberliegende Ende der Schranke, wo ihr Freund gerade Titus heranführte, seinen prächtigen braunen Hengst mit der schwarzen Mähne und den dunklen Fesseln. »Wurde er nicht mit diesem Normannen zusammengelost?«

»Wie es aussieht, hat de Brienne etwas an der Reihenfolge gedreht«, mutmaßte Armand. »Oder Erec. Zuzutrauen wäre es beiden. Sie lassen doch keine Gelegenheit aus, sich zu messen. Gott allein weiß, warum!«

Erec trug bereits volle Rüstung und saß auf. Lionel hielt Titus am Zügel, obwohl der Hengst wie eine Bronzestatue verharrte, anscheinend unbeeindruckt von all dem Getümmel. Lediglich die geblähten Nüstern und der stolz gewölbte Hals verrieten seine Anspannung. Erec dagegen war bemüht, eine möglichst lässige Figur abzugeben. Scheinbar gelangweilt, stützte er sich mit dem Unterarm auf den Sattelbogen, während er wartete, dass de Brienne sich bereit machte. Schließlich war es so weit, und beide Kontrahenten nahmen die Lanzen auf. Lionel und Benoît verließen das Feld, der Ausrufer kündigte die Namen der Widersacher an.

Dann ertönte die Glocke.

Wie ein Pfeil von der Sehne schnellte Titus mit einem einzigen großen Satz in den Galopp, während Erec den Schild hob und die Lanze senkte. Augenblicke dehnten sich zu einer Ewigkeit, bis endlich das beinahe erlösende Krachen erklang.

»Was ist passiert, Pep? Was? Sag schon?«, wollte Mila wissen, die wieder den Blick abgewandt hatte.

»Bei Sankt Georgs Knochen, schau doch selbst!« Beide Ritter saßen noch im Sattel, während sie ihre schnaufenden Rösser in den Kanter parierten und das Publikum applaudierte. Beide Lanzen waren gebrochen. »Sie haben einander am Schild getroffen, aber nicht hart genug, wie's aussieht.«

Das hieß: noch eine Runde.

Erec brachte Titus wieder in Position, und Lionel eilte mit einer neuen Lanze herbei. De Brienne trank einen Schluck

Wasser aus dem hingehaltenen Schlauch, bevor auch er eine neue Lanze aufnahm.

Das Signal ertönte. Erneut schossen die Gegner mit der Gewalt zweier Flutwellen aufeinander zu. Erneut ein Bersten, dann Stöhnen von den Rängen.

»Hol's der Teufel!«, fluchte Josce.

Erec suchte schwankend sein Gleichgewicht im Sattel, blieb aber oben. Auch de Brienne wankte heftig, stürzte jedoch nicht. Beide Lanzen waren gebrochen.

»Das gibt's doch nicht«, ächzte Pépin. »Bei diesem Stoß hätte Damien bis nach Marseille fliegen müssen.«

»Und Erec mindestens bis Lyon«, ergänzte Josce.

Beide Ritter wendeten ihre Pferde und lenkten sie ein weiteres Mal an den Tilt, wo Lio und Benoît bereits mit neuen Lanzen warteten. Erec löste Helm und Kettenhaube und wischte sich mit dem Handrücken das unordentliche braune Haar aus der Stirn. Dann sagte er etwas zu Lionel, der ihm eine heftige Erwiderung gab.

»Was ist da los?«, fragte Armand und blickte mit zusammengekniffenen Augen zu den Freunden. Die beiden schienen in einen Streit verwickelt. Erec hielt Lio Helm und Haube hin, während der immer wieder energisch den Kopf schüttelte.

Wachsende Sorge füllte Pépins Brust. Welche Dummheit heckte der Ritter da aus?

Schließlich schleuderte Erec Helm und Kettenhaube neben Lionel auf den Boden und zog dem verdutzten Freund die Lanze aus der Hand. Dann nahm er die Startposition ein.

»Was zum Teufel ...? Ist er von allen guten Geistern verlassen?«, rief Josce entsetzt. »Er wird doch nicht ohne Helm reiten. Das wird er doch nicht, Armand, oder?«

Ein ungläubiges Keuchen ging durch die Reihen der Zuschauer, als auch sie begriffen, was der Ritter auf dem Platz vorhatte. Wie jeder wusste, war beim Tjost der Kopf zugleich der empfindlichste wie auch gefährdetste Körperteil.

Armand zerbiss einen lästerlichen Fluch zwischen den

Zähnen. »Ich fürchte, genau das wird er. Gott helfe dir, Erec, du dämlicher Hornochse!«

»Warum schreitet denn niemand ein?«, rief Mila mit angstvollem Blick. »Er bringt sich ja um! Untersagen die Turnierregeln nicht, einen Ritter ohne Helm anzugreifen?« Wie alle anderen lehnte sie inzwischen vorne an der Bande und krallte die Finger ins Holz.

»Bei einem verlorenen Helm, ja«, murmelte Armand, »aber ich fürchte, das gilt nicht, wenn ein Reiter freiwillig darauf verzichtet.«

Der Turniervogt sah das offenbar genauso, denn schon erklang die Glocke, und die Pferde sprengten los. Wieder breitete sich dieses atemlose Schweigen aus, während das Trommeln der Hufe wie harter Herzschlag pulsierte.

Gebannt hingen alle Blicke an Erec und seinem Gegner. De Brienne hob die Lanze schräg nach oben, sodass ihre Spitze unweigerlich Erecs ungeschützten Kopf treffen musste. Auch Pépin hielt den Atem an; das Kribbeln in seiner Brust wurde unerträglich, vibrierte bis in die Knochen.

Noch vier Galoppsprünge. Drei. Zwei.

Im letzten Augenblick riss Erec seinen Schild vors Gesicht – und lenkte die feindliche Waffe seitlich ab. Gleichzeitig führte er die eigene Lanze mit einem kräftigen Stoß in die Lücke, die sich zwischen Damiens rechter Schulter und dessen Schild auftat. Mit weit ausgebreiteten Armen flog der Ritter aus dem Sattel und schlug einen Herzschlag später dumpf in den Sand.

Es dauerte einen weiteren Augenblick, bis die Menge aus ihrer Starre erwachte und in frenetischen Beifall ausbrach. Jubelnd riss Pépin die Arme hoch, und auch die anderen fielen johlend und klatschend ein. Bei Sankt Georg und allen Heiligen, was für ein Ritt!

Seine Freunde hatten sich bereits hingelegt, doch wie jeden Abend stattete Erec Titus vor dem Schlafen noch einen Besuch im Stall ab. Sein Hengst begrüßte ihn mit einem Wiehern und schob den großen Kopf über den Verschlag. Natürlich wusste er, dass Erec nie ohne eine Leckerei aufkreuzte. Ungeduldig stieß er ihn mit der weichen Nase und schnupperte an seinem Wams.

»Nur die Ruhe, mein Lieber.« Erec zog eine Möhre aus dem Ärmel. »Ich hab dich nicht vergessen.« Zufrieden nahm der Hengst die Gabe mit den Lippen auf und zog sich kauend von der Stalltür zurück, sodass Erec eintreten konnte. Er griff sich eine Bürste und fing an, mit bedächtigem Schwung Titus' Fell zu säubern. Das rhythmische Auf und Ab der Bürstenstriche, das geräuschvolle Mahlen der Pferdekiefer, das Rascheln des Strohs unter den Hufen und der süßherbe Geruch von Heu und Pferdeschweiß – all das hatte eine beruhigende Wirkung auf Erec und klärte seinen Geist. Er war sicher, auch wenn er eines Tages einen Knappen unterhalten könnte, diese Aufgabe würde er weiterhin selbst erledigen. Es half ihm, zu sich zu finden und seine Gedanken zu ordnen.

»Du hast deine Sache gut gemacht, Junge«, raunte er dem Ross zu. »Morgen darfst du ausruhen, aber am Turniertag musst du noch einmal alles geben. Sicher willst du nicht, dass ich dich am Ende des Tages irgendeinem Pferdeschinder überlassen muss?« Titus schnaubte und klang beinahe empört.

»Das würdest du ohnehin nie übers Herz bringen«, beschied eine vertraute Stimme, und Armand trat an die Stalltür, die Laute auf dem Rücken. Er ließ sie selten außer Sichtweite, und Erec vermutete, dass das Instrument in Armands Leben einen ähnlichen Platz einnahm wie Titus in seinem.

»Titus und mein Schwert sind alles, was ich besitze.« Er klopfte dem Hengst den muskulösen Hals. »Also sollte ich wohl dafür sorgen, beides nicht zu verlieren.«

»Als Allererstes solltest du dafür sorgen, deinen leeren Kopf nicht zu verlieren«, fuhr Armand ihn unerwartet heftig an. Erst als der Freund ins Licht der Stalllaterne trat, erkannte Erec das zornige Funkeln in seinen Augen. Aber darunter mischte sich auch Sorge.

»Ganz ehrlich? Hätte ich nicht Angst um meine Finger, würde ich dir für deinen Auftritt heute Mittag ordentlich eine verpassen, Erec de Lacône! Das war lebensgefährlicher Leichtsinn, verdammt!«

»Ich weiß nicht, was du hast, es ist doch alles gut gegangen.«

»Himmel, Erec, das war reines Glück! Genauso gut hätte de Brienne dir den Schädel von den Schultern reißen können!«

Erec zog eine Grimasse zwischen Kränkung und Grinsen. »Na, nur Glück war es auch nicht, musst du zugeben. Dem Preis für den spektakulärsten Tjost bin ich damit jedenfalls ein gutes Stück näher.«

»Vergiss den Tjost. Von mir bekommst du den Preis für die leichtsinnigste Dummheit auf Gottes weiter Erde!«

»Herrje, Armand, reg dich wieder ab! Mir ist nichts passiert. Du führst dich auf wie meine Mutter.«

»Wäre ich sie, würde ich dich zweifellos windelweich prügeln und zum Nachdenken ein paar Tage in eine Kammer sperren.«

Statt einer Erwiderung drehte Erec seinem Freund den Rücken zu und widmete sich schweigend Titus' Fell. Wie immer tat die beruhigende Beschäftigung ihre Wirkung, und nach wenigen Bürstenstrichen ließ er seufzend die Hände sinken. »Zugegeben, es war nicht gerade mein schlauester Einfall«, gestand er. »Die Sache hätte übel ausgehen können, ja. Ist sie aber nicht. Und sie hat uns Aufmerksamkeit und ein Engagement für den Turniertag eingebracht.«

Armand schnaubte gereizt.

»Unsere Kasse ist leer«, beharrte Erec und wandte sich wieder um. »Es sieht wirklich nicht rosig aus. Womöglich stehen wir in wenigen Tagen vor dem endgültigen Aus.« Er seufzte. »Manchmal frage ich mich, was mein Vater dazu sagen würde – sein Sohn, ein Herumtreiber und erfolgloser Habenichts. Gewiss wäre er maßlos enttäuscht.«

Armand strich sich die dunklen Locken zurück, die wild

in seine Stirn züngelten. Sein Zorn schien mit einem Mal verraucht, und auf seine Lippen trat ein Lächeln, das wie immer eine Prise Schwermut enthielt.

»Dein Vater, Gott hab ihn selig, ist tot und begraben, Erec. Und Tote neigen selten zu Gefühlsausbrüchen. Mein Vater ist am Leben, und ich schätze, für ihn ist meine Existenz tatsächlich eine einzige Enttäuschung.« Er zuckte gleichgültig mit den Schultern, auch wenn Erec wusste, dass ihm diese Tatsache keineswegs egal, sondern Quell steten Kummers war. »Dir hat das Schicksal einen älteren Bruder vor die Nase gesetzt«, fuhr Armand fort, »der noch dazu äußerst fruchtbar ist und einen Erben nach dem anderen in die Welt pflanzt, sodass du nicht hoffen darfst, irgendwann euer Gut zu übernehmen.

Mich hat es zum einzigen Sohn eines Kreuzzugsveteranen gemacht, dessen Fußstapfen von jeher viel zu groß für mich waren und der es seinem missratenen Nachkommen nicht verzeihen kann, dass dieser lieber eine Laute als ein Schwert schwingt. Ich werde nach seinem Dahinscheiden wohl ebenfalls leer ausgehen, zumal er kräftig daran arbeitet, einen geeigneteren Nachfolger zu zeugen. Bleibt uns also nur, das Leben selbst in die Hand zu nehmen. Und bisher haben wir das noch immer ganz gut hinbekommen, meinst du nicht?«

Erec nickte und fuhr mit dem Bürsten fort. Er hoffte, der Freund würde auch diesmal recht behalten, denn so schlecht hatte es noch nie gestanden. Ihre Reserven waren nahezu aufgebraucht. Genau wie Wagemut und Begeisterung, die ihn und die anderen im vergangenen Jahr überhaupt erst zum Leben auf dem Turnierplatz getrieben hatten.

Es stimmte, Erec brauchte nicht auf ein Erbe zu hoffen. Zudem fehlte es ihm an betuchten Verwandten oder Gönnern, die ihn in ihren Haushalt aufnehmen und durchfüttern konnten. Turniere boten ihm die Möglichkeit, seine Fähigkeiten als Kämpfer unter Beweis zu stellen und sich für eine Anstellung in fürstlichem Haus oder den Kriegsdienst zu empfehlen. Mit Glück und Geschick konnte er beim Massengefecht vielleicht einen gegnerischen Ritter gefangen nehmen, ein Pferd oder Waffen erbeuten, die gutes Geld einbrachten.

Zumindest in der Theorie. Die ungeschönte Wahrheit war, dass ihr Wanderleben mit erheblichen Kosten einherging und sich ihre Geldschatulle inzwischen bis fast auf den Grund geleert hatte. Die meist armen Landritter, die wie sie auf den kleinen Wettkämpfen in der Provinz antraten, brachten nicht gerade lohnende Beute ein, auch stellten sich die ausgelobten Preise bescheiden dar. Tatsächlich war das Turnier anlässlich der Hochzeit des Kastellans von Ambert das erste seit vielen Wochen, das im Falle eines Sieges anständige Gewinne versprach. Umso wichtiger, dass sie allesamt ihr Bestes gaben. Gleich morgen würde er die anderen ins Gebet nehmen.

Armand war herangetreten und verschränkte grinsend die Arme auf der Boxentür. »Zieh nicht so eine verdrießliche Miene. Mit deinem Namen ist es dir vorherbestimmt, ein großer Turnierheld zu werden.«

»Ja, ja, mach dich nur lustig!«, brummte Erec missgelaunt. Armand war nicht der Erste, der ihn mit seinem Namen aufzog. Oftmals erschien es Erec wie eine Bürde, dass er immerzu mit dem Artusritter aus dem Versroman verglichen wurde, selbst wenn er diesen Namen nun schon zweiundzwanzig Jahre trug und damit beinahe zehn Jahre länger, als Chrétien de Troyes' Verse überhaupt existierten. »Allerdings fehlt mir eine Enide, die ich als Braut heimführen könnte«, wandte er ein.

»Gewinnst du ein Turnier, gewinnst du auch die Herzen der Menschen«, winkte Armand ab.

Erec seufzte schwer. »Silber wäre mir fürs Erste lieber.«

Kapitel 2

Grafschaft Auvergne, Ambert, Juli 1181

Der Sonntagsgottesdienst wollte nicht enden, und Armand war nicht der Einzige, der hinterher geradezu erleichtert aus der finsteren und zugigen Kirche von Ambert drängte. Die salbungsvolle Litanei des Priesters hatte ihm mehr als einmal die Augen zufallen lassen, wie er eingestehen musste.

An Erecs Seite trat er auf den sonnigen Kirchplatz, der sich mehr und mehr mit Menschen füllte. Der Rest ihrer Truppe verschwand, um sich dem Müßiggang hinzugeben. Am Tage des Herrn fanden keine Wettkämpfe statt. Wäre es nach der Kirche gegangen, hätte man die gefährlichen Kampfspiele längst auch an allen anderen Tagen verboten. Aber entsprechende Vorstöße waren jedes Mal am trotzigen Widerstand der Ritterschaft gescheitert. Wenn es um das beliebte Hauen und Stechen ging, schienen selbst die Drohungen des Papstes ungehört zu verhallen.

Armand reckte verstohlen die steifen Glieder und blinzelte in die Helligkeit, als Pépin unvermittelt an seiner Seite auftauchte. Der Junge hatte die gespenstische Angewohnheit, bisweilen wie aus dem Nichts zu erscheinen. »Ich habe dich gar nicht beim Gottesdienst gesehen«, bemerkte Armand mit hochgezogenen Augenbrauen.

»Nur, weil ich so ein kleines, schmächtiges Kerlchen bin«, erwiderte der Knabe unverfroren und grinste von einem Ohr zum anderen. »Und wie soll ich wachsen, wenn ich so wenig zu essen bekomme?«

»Korrigiere mich, falls ich irre, Pep, aber füttern wir dich nicht schon mehr als drei Monate durch?«, fragte Erec und bemühte sich vergeblich um eine strenge Miene. »Genau genommen, seit ich dich in Roanne mit den Fingern an meiner Börse erwischt habe?«

Pépin wirkte keine Spur verlegen, sein Grinsen wurde im Gegenteil noch breiter, sodass sich zwei Grübchen in seine schmutzigen Wangen kerbten. »Da bringt dein verbeulter Kopf sicher irgendetwas durcheinander«, behauptete er frech. »Aber jetzt muss ich los, nach den Gäulen sehen.« Er wollte sich zum Gehen wenden, als Erec ihn am Kragen schnappte und noch einmal zurückzog. »Und du lässt deine Hände aus fremder Leute Taschen! Haben wir uns verstanden?«

Pep riss sich los, machte eine übertrieben tiefe höfische Verbeugung und flitzte davon.

»Ist es zu fassen?« Erec schüttelte den Kopf, musste dabei aber grinsen.

Armand ließ den Blick über den Platz wandern, wo die Gläubigen schwatzend zusammenstanden und die Sonne genossen. Unweit des Kirchenportals entdeckte er die junge Braut, umringt von weiteren elegant gekleideten Damen. Sie wirkte ein wenig verloren und warf einen unsicheren Blick zu dem Mann, dem sie wenige Tage zuvor zur Frau gegeben worden war. Jérôme d'Ambert war gewiss fünfzehn Jahre älter als das Mädchen und von einschüchternder Massigkeit. Er lachte dröhnend über einen Scherz seiner Begleiter und schenkte seiner jugendlichen Braut keinerlei Beachtung.

Armes Kind, dachte Armand. Sicher keine Liebesheirat. Ehen wurden aus politischen, dynastischen oder materiellen Gründen geschlossen, die Gefühle der Beteiligten spielten dabei nur selten eine Rolle.

Doch noch während er die Braut bedauerte, griff eine der Damen die Hand des Mädchens und drückte sie aufmunternd. Sie flüsterte ihr etwas ins Ohr, was die junge Frau zu einem Kichern veranlasste und ihre Augen blitzen ließ. Armand empfand stille Dankbarkeit der Fremden gegenüber, von der er nur den Rücken und die rostroten Flechten sah, die sich unter einem zarten Schleier hervor bis auf die Taille lockten. Ihr Kleid war elegant und edel, vielleicht eine Spur zu edel für die französische Provinz.

»Schau an, schau an!«, riss Erecs Stimme ihn aus seinen Betrachtungen. Doch die Worte galten nicht Armand. Ein paar Schritte entfernt verließen Damien de Brienne und sein Knappe gerade den Kirchplatz. Der Ritter bewegte sich stockend und hielt sich betont aufrecht. Hin und wieder zuckte ein Ausdruck von Schmerz über sein Gesicht.

»Da sieht jemand aber ganz schön mitgenommen aus«, bemerkte Erec nicht ohne Häme. »Geradezu bemitleidenswert.«

»Lass ihn in Frieden, Erec. Du kannst Gott danken, dass du nicht an seiner Stelle bist.«

»Ja, schon gut«, winkte sein Freund ab, war aber bereits losgelaufen. »Ich will ihm nur eben Guten Tag sagen.«

Armand verdrehte die Augen und folgte ihm.

»Na, wie geht's, mein Freund?«, erkundigte sich Erec gut gelaunt und versetzte Damien einen Klaps gegen die Schulter, der den Ritter vor Schmerz zusammenfahren ließ. Für einen Augenblick verengten sich die Augen seines Gegenübers zu Schlitzen, dann hatte er sich unter Kontrolle. »Morgen sitze ich wieder im Sattel«, kündigte de Brienne an, und obwohl er dabei lächelte, klang es wie eine Drohung, fand Armand.

»Wenn du meinst. Aber vielleicht solltest du dich noch ein bisschen schonen«, schlug Erec vor. »Immerhin bist du gestern geflogen wie ein Vöglein – wenngleich die Landung nicht besonders elegant aussah.«

»Nett, wie du dich um mich sorgst«, entgegnete Damien gelassen, »aber nach einem knusprigen Braten und einer Nacht in einem gemütlichen Federbett bin ich wieder ganz der Alte. Und wer weiß, vielleicht werde ich noch ein, zwei Becher guten Wein auf dich und deine Bande von Gossenrittern trinken und mich an dem Gedanken wärmen, dass euch Wanzen und ein knurrender Magen um den Schlaf bringen. Gehab dich wohl, Erec. Wir sehen uns morgen auf dem Platz.« Damit ließ Damien sie stehen und stolzierte mit steifen Schritten davon.

Armand beobachtete, wie jegliche Schadenfreude aus Erecs Zügen sickerte und einem ernsten Gesichtsausdruck wich.

»Ihr solltet diese albernen Sticheleien bleiben lassen«, mahnte er halbherzig, »das führt doch zu nichts.«

Erec seufzte, und diesmal klang es bekümmert. »Aber was er sagt, ist wahr. Ich muss mit den Männern sprechen, noch heute.«

»Wir sind pleite. Vollkommen abgebrannt. Arm wie Kirchenmäuse.« Erec lehnte mit verschränkten Armen an der Wand ihrer schäbigen Unterkunft und blickte düster in die Runde. »Wenn wir morgen nichts reinholen, werden wir das nächste Turnier auf Steckenpferden bestreiten müssen. Das ist die heilige Wahrheit.«

Ein Augenblick betretenen Schweigens trat ein, in dem nur Armands gedämpftes Saitenzupfen zu hören war.

»Wie wäre es, wenn Armand seine Laute verkauft?«, schlug Lionel grinsend vor. »Das hätte den zusätzlichen Vorteil, dass wir nicht länger dieses Gedudel ertragen müssten.«

»Mein *Gedudel* bringt uns derzeit mehr Münzen ein als euer Lanzengestocher oder Schwertgefuchtel«, knurrte der Troubadour, der, über sein Instrument gebeugt, auf einer Kiste saß und die Finger unstet über die Saiten tanzen ließ. »Was glaubst du, wer dein Abendessen bezahlt hat?«

Lionel rührte verdrossen in der grauen Pampe, die seine Schale füllte. »Allzu begeistert können die Zuhörer nicht gewesen sein, wenn lediglich *das* dabei herausgesprungen ist«, beschied er und ließ den zähen Brei angewidert zurück in die Schale platschen.

»*Ich* habe das gekocht.« Mila stemmte die Hände in die Hüften und funkelte den jungen Ritter herausfordernd an.

»Ah, tatsächlich? Ich … nun …« Lionel räusperte sich

und setzte ein Lächeln auf, das noch jede Frau schwach gemacht hatte. Jede außer Mila.

»Ich wollte lediglich ausdrücken, dass es allerhöchste Anerkennung verdient, was du trotz der bescheidenen Mittel daraus … gezaubert hast«, erklärte er rasch. Zum Beweis schaufelte er sich, weiterhin grinsend, eine üppige Portion in den Mund. Sobald Mila den Blick abwendete, wandelte sich sein Gesichtsausdruck jedoch schlagartig in eine Grimasse unterdrückter Abscheu, und Erec musste sich ein Lachen verkneifen.

»Ernsthaft, Männer«, sagte er schließlich. »Es sieht nicht gut aus. Ich habe keine Ahnung, wovon wir die nächsten Tage diese Unterkunft oder den Mietstall, geschweige denn das Pferdefutter zahlen sollen. Davon abgesehen würde es Milas Vater sicher gutheißen, wenn wir ihn endlich für das Beschlagen der Gäule entlohnen. Und unsere Waffenröcke haben auch schon bessere Tage gesehen.«

»Vermutlich lange bevor sie in unseren Besitz kamen«, bemerkte Valéry.

Erec überging den Kommentar. »Wie ihr wisst, hat Jérôme d'Ambert uns für morgen zur Verstärkung seines Turnierbanners angeheuert. Wenn wir uns nicht ganz dumm anstellen, schaffen wir es vielleicht, ein oder zwei gegnerische Ritter gefangen zu nehmen und einen Anteil vom Lösegeld rauszuschlagen.«

»Das ist doch alles ein großer Haufen Pferdescheiße!«, beschwerte sich Josce. »Seit einem Dreivierteljahr tingeln wir jetzt von einer Provinzprügelei zur nächsten, kommen gerade mal so über die Runden. Wenn wir es zu was bringen wollen, müssen wir uns endlich bei größeren Wettkämpfen beweisen! Nur da können wir die Aufmerksamkeit der Fürsten auf uns ziehen.«

»Und der Frauen«, warf Lionel mit erhobenem Zeigefinger ein.

»Und nur so können wir irgendwann einen reichen Goldesel finden, der unsere Rechnungen bezahlt«, fuhr Josce fort.

»Lasst uns nach Flandern oder Richtung Rouen gehen, da gibt es ordentlich Beute zu machen. Die Kämpfer, die dort antreten, sind wohlhabend, und wenn wir *sie* schlagen …«

»Du sagst es, Josce«, unterbrach Armand ihn. »Sie sind wohlhabend. Sie besitzen bessere Waffen und bessere Pferde. Bessere als die meisten von uns. Wir würden uns zum Gespött machen.«

»Sind wir das nicht längst?«, fragte Valéry herausfordernd. Er saß in der hintersten Ecke der Kammer auf einem Schemel, hatte die langen Beine auf einem Holzklotz abgestellt und war wie immer dunkel gekleidet. Auch seine Haare waren schwarz, was seine Haut stets blass aussehen und die sturmblauen Augen besonders hervorstechen ließ. »Mehr als die Hälfte von uns reitet auf fußlahmen Kleppern und kämpft mit schartigen Schwertern. Unsere Schilde sind derart zerhauen, dass man weder die Farben noch unser Zeichen erkennt. Und die Fetzen, die du *Waffenröcke* nennst, sind einfach nur beschämend.«

Lionel verdrehte die Augen. »Hört, hört, die Krähe spricht. Ich frage mich, warum du nicht längst davongeflattert bist, wenn wir dermaßen unter deiner Würde sind.«

Diese Frage hatte sich Erec auch schon gestellt, schließlich entstammte Valéry d'Anier als Einziger von ihnen einer betuchten Familie.

»Der Grund liegt doch auf der Hand«, polterte Josce, »er ist nicht gut genug, um anderswo unterzukommen. Da kann sein Gaul aus noch so edler Zucht sein, am Ende zählt eben der Mann, der draufsitzt. Wie man gestern wieder mal gesehen hat.«

Valéry richtete sich mit grimmiger Miene auf.

»Beruhigt euch, Männer!« Beschwichtigend hob Erec die Hände. Insgeheim musste er Valéry zustimmen, sie waren alles andere als eine glanzvolle Truppe. Lediglich er und Valéry selbst verfügten über anständig ausgebildete Turnierrösser; die anderen Pferde waren zwar kampferfahren und längst nicht so schlecht, wie der Ritter behauptete, aber eben auch nicht übermäßig gut. Und auch ihre restliche Ausrüstung ließ zu wünschen übrig, ganz besonders die schäbigen Waffenröcke.

»Ich stimme Armand zu. Flandern ist noch eine Nummer zu groß für uns, da gibt es nichts schönzureden. Aber denkt dran, selbst Guillaume le Maréchal hat auf kleinen Provinzturnieren angefangen. Und seht, wo er heute ist.«

»Ja, ja, der *heilige Marschall*«, spottete Lionel. »Held der Turniere, Retter von Jungfrauen, Lehrmeister und Freund des angevinischen Thronfolgers. Was gäbe ich darum, wie er zu sein.« Er seufzte schmachtend – was ihm Erecs strafenden Blick einbrachte.

»Was ich sagen will, ist: Wir müssen den Leuten was Besonderes bieten, sie für uns einnehmen, ihre Aufmerksamkeit auf uns ziehen.«

»Und was schwebt dir da vor? Ohne Helm reiten womöglich?«, erkundigte sich Lionel spitz. »Oder sollen wir Josce beim Buhurt in ein Seidenkleidchen stecken?«

»Auch wenn ich der Vorstellung, einen Ochsen wie Josce im Kleid zu sehen, einiges abgewinnen kann, dachte ich eher an …«

Die Tür wurde aufgerissen, und Pépin stolperte herein. Seine struppigen sandfarbenen Haare standen in alle Richtungen vom Kopf. Blut lief aus einem Nasenloch, und um sein linkes Auge begann ein prächtiges Veilchen zu blühen.

»Himmel, Pep! Nicht schon wieder!« Mit einem besorgten Blick, der seine Wangen augenblicklich in Flammen setzte, war Mila bei dem Jungen. Sie fasste ihn bei den Schultern und zwang ihn auf einen Schemel, um sich die Blessuren genauer anzusehen. »Was hast du angestellt?«

»Warum denkst du immer, ich sei schuld?«, beschwerte der Knabe sich, woraufhin Mila nur vielsagend die Augenbrauen hochzog. Sie tauchte einen Lappen in die Wasserschüssel und begann, ihm das Blut abzutupfen.

»Spuck's aus!«, forderte Josce den Burschen auf. »Was hast du ausgefressen?«

Ein verwegenes Grinsen trat auf Pépins Lippen, und er zuckte mit den Schultern. »Kleine Meinungsverschiedenheit mit Benoît.«

»Und um was ging's diesmal?«

»Nun«, Pep wischte sich mit dem Handrücken die Nase und verteilte das Blut über die halbe Wange, »*er* war der Meinung, ich sei ein schwächlicher Straßenköter in Gesellschaft heruntergekommener Gossenritter. *Ich* war der Meinung, dass meine Faust hervorragend in sein Gesicht passt!«

»Was hast du dir dabei gedacht?«, schalt Mila ihn aufgebracht. »Benoît ist mindestens zwei Jahre älter als du, fünfzehn oder sechzehn.«

Pépins Grinsen wurde noch breiter und reichte jetzt beinahe von einem Ohr zum anderen. »Aber da, wo *ich* herkomme, weiß man, wie man großen Kotzbrocken eine Lektion erteilt. Jedenfalls wird Benoît die nächsten Tage wohl ein bisschen Mühe beim Schnaufen haben.«

»Teufelskerl!«, lobte Josce den Jungen, und auch die anderen nickten anerkennend.

»Ihr seid unmöglich. Allesamt!« Mila blickte streng und mit glühenden Wangen von einem zum anderen. »Wie soll ein Junge je zu einem ehrlichen, anständigen Mann werden, wenn er in Gesellschaft solcher Rüpel und Raufbolde aufwächst?«

»Vielleicht will ich das ja gar nicht werden, ein *ehrlicher, anständiger* Mann«, murmelte Pépin und betonte die Worte, als seien sie in seiner Welt keine Auszeichnung, sondern vielmehr das Gegenteil.

Josce lachte dröhnend und drosch ihm so heftig auf die Schulter, dass der Junge beinahe vom Schemel fiel. »Teufelskerl, sag ich doch!«

Mila seufzte und hob in gespielter Verzweiflung die Hände. »Ich werde jetzt zu meinem Vater gehen. Er hatte noch kein Abendessen.« Sie packte den kleinen Kessel mit der Grütze am Henkel. »Sicher weiß er meine Kochkünste mehr zu schätzen«, fügte sie mit einem ungnädigen Blick in Richtung Lionel hinzu und schlüpfte hinaus.

Der zog eine komische Grimasse, sobald sich die Tür hinter ihr geschlossen hatte. »Ich hoffe, ihr Vater ist ein guter Lügner.«

Die Nacht war bereits hereingebrochen, als Erec seinen gewohnten Abendbesuch bei Titus unternahm.

»Na, wie geht's dir, mein Lieber? Ich hab was für dich.«

Erec trat an die Box, um dem Hengst einen Kanten Brot zu überreichen, doch der machte keine Anstalten, zu ihm zu kommen. Stattdessen wandte er ihm die Kehrseite zu und blickte nur kurz über die Schulter. Erec runzelte die Stirn. Er konnte sich nicht erinnern, dass Titus jemals einen Leckerbissen verschmäht hätte. Sorge regte sich in seiner Brust. Hatte der Hengst beim Wettkampf gestern Schaden genommen? War er womöglich krank?

Er öffnete den Verschlag und trat zu seinem Pferd. Das spärliche Licht der Stalllaterne reichte kaum bis in den hinteren Winkel der Box, aber eins war nicht zu übersehen: Titus kaute mit vollen Backen, während sich seine Ohren munter in verschiedene Richtungen bewegten.

»Was frisst du da?« Erec griff das Halfter und zog den großen Kopf zu sich heran. »Wer hat dir das gegeben?« Er wandte sich dem leeren Nachbarverschlag zu. »Pépin? Bist du hier irgendwo? Pep?«

»Ich hoffe, Ihr könnt mir verzeihen«, antwortete jemand aus der Dunkelheit. Kaum mehr als ein Flüstern, aber unverkennbar die Stimme einer Frau. »Ich fürchte, ich habe Euren Burschen angestiftet, den Dorfkrug aufzusuchen. Und Euren Hengst habe ich mit Äpfeln bestochen.«

Titus schnaubte zufrieden, was ihm einen vorwurfsvollen Blick Erecs einbrachte. »Treuloser Schurke!«, schalt er sein Pferd.

»Wer seid Ihr?«, fragte er schließlich in Richtung der geheimnisvollen Stimme. »Kommt ans Licht und zeigt Euch.«

»Um Euret- und meinetwillen werde ich das nicht tun.«

Neugier und ein Anflug von Ärger stiegen in Erec auf. Was wurde hier gespielt? »Also seid Ihr hässlich?«

Als Antwort erntete er ein überraschtes Luftschnappen, dann ein plätscherndes Lachen. Er bemerkte einen fremden Duft, der sich unter den vertrauten Stallgeruch mischte. Seine Haut begann zu prickeln.

»Warum treibt Ihr Euch mitten in der Nacht in einem Stall herum?«

Es dauerte einige Augenblicke, ehe die Fremde antwortete. »Ich war neugierig, glaube ich, wollte mir persönlich ein Bild machen von dem Kämpfer, der so verwegen war, ohne Helm ins Lanzenstechen zu gehen. Verwegen oder töricht, ich bin nicht sicher.«

Also war sie beim Tjost gewesen und hatte ihn reiten sehen.

»Findet Ihr es nicht unfair, dass *Ihr* wisst, wer ich bin, mich umgekehrt aber im Dunkeln lasst?« Erec verließ Titus' Box und schloss die Tür hinter sich.

»Macht Euch das nervös, Erec?« Die Stimme klang amüsiert.

Auch Erec musste grinsen. Nein, nervös machte es ihn nicht. Wenn er ehrlich war, verspürte er vielmehr eine wachsende Erregung. Langsam näherte er sich dem Winkel des Stalls, aus dem er die Stimme vermutete und der mit Dunkelheit und Schatten gefüllt war. »Was genau wollt Ihr von mir?«

Wieder ein leises Lachen, diesmal ganz nah. »Findet es heraus, wenn Ihr Euch traut.« Eine Hand streckte sich ihm aus dem Schatten entgegen, und die Stalllaterne ließ kurz Ringe aufscheinen und glänzenden Stoff. Sie griff nach seinen Fingern und zog ihn in die Dunkelheit.

Hitze strömte durch Erecs Körper und konzentrierte sich schmerzhaft in seinem Schritt. Er spürte weiche, glatte Haut, die seine Hand umfasste, einen warmen Körper unmittelbar vor sich, hörte ihren Atem. Ein Duft nach Lavendel, Geißblatt und frischem Leinen hing zwischen ihnen.

Erec zögerte. »Was wollt Ihr von mir?«, wiederholte er

seine Frage. Natürlich war ihm klar, dass diese Situation weit schlimmere Konsequenzen haben konnte als ein Lanzenritt ohne Helm. Auch wenn eine lauter werdende Stimme hinter seiner Stirn – oder von einer Stelle unterhalb seines Nabels – ihn drängte, die Bedenken beiseitezuschieben.

Vor ihm blitzte ein amüsiertes Lächeln auf. Kurz spiegelte sich der Lichtschein der Laterne in einem Augenpaar, Augen in der blassgrünen Farbe von Amseleiern. »Ich wollte mich lediglich davon überzeugen, dass Ihr trotz Eures überaus leichtsinnigen Verhaltens beim Tjost keinen Schaden genommen habt«, erklärte die Unbekannte. »Das wäre äußerst bedauerlich angesichts Eures Talents. Ihr erlaubt doch?«

Bevor er Einwände hätte erheben können, legte sich ihre schmale Hand auf seine Brust und glitt sacht über seinen Bliaut die Rippen hinab. Sein Herzschlag beschleunigte sich, und die Haut begann unter ihrer Berührung zu glühen. Beiläufig drückte sie die Stelle, an der Damiens Lanzenstoß einen schmerzhaften Bluterguss hinterlassen hatte. Er zuckte zusammen. Offenbar hatte sie seinen Wettkampf genauestens verfolgt.

Sie ließ ihm jedoch keine Zeit, darüber verärgert oder geschmeichelt zu sein, denn ihre Fingerspitzen fuhren nun langsam auch die andere Hälfte seines Oberkörpers ab, strichen über seine Brustwarze und jede einzelne Rippe, und auch wenn er sich bemühte, regungslos zu bleiben, konnte er ein Schaudern nicht unterdrücken.

»Wie mir scheint, sind alle wichtigen Teile heil geblieben«, flüsterte die Frau, und er hörte ein Schmunzeln aus ihrer Stimme. »Doch halt, wartet, eine Stelle noch …« Ihre Hand, die auf seinem Brustbein verharrt hatte, glitt nun aufreizend langsam hinab zu seinem Nabel – und ein kleines Stück darüber hinaus, hielt dann jedoch unvermittelt inne. »Ach nein«, lenkte sie ein und nahm die Finger weg. »Das zu überprüfen, hebe ich mir für unser nächstes Treffen auf.« Sie lachte ihr helles, plätscherndes Lachen. »Aber tut mir den Gefallen und vergesst bis dahin nicht das Atmen.«

Erst jetzt merkte Erec, dass er tatsächlich die Luft angehalten hatte, und er füllte hastig seine Lungen. Verwirrung und Verlegenheit stiegen ihm heiß in die Stirn. Einen Herzschlag lang schloss er die Augen.

»Es war mir ein Vergnügen, Euch kennenzulernen, Erec«, verabschiedete sich die Fremde, und wieder blitzte ihr Lächeln auf. Er hörte das Rascheln von Stoff, als sie Kapuze oder Schal überstreifte. Mit gesenktem Kopf trat sie aus der Dunkelheit an ihm vorbei und huschte ohne ein weiteres Wort davon. Ließ nicht mehr zurück als den schwachen Geruch nach Lavendel und Geißblatt.

Was zur Hölle …? Erec blickte ihr in einer verwirrenden Mischung aus Ärger und Sehnsucht nach. Schließlich ließ er sich an Ort und Stelle auf dem Boden nieder und blieb mit auf den Knien verschränkten Armen im Stroh sitzen. Was war hier gerade passiert? Einen Moment lang fragte er sich, ob diese Begegnung wirklich stattgefunden hatte. Die zurückliegenden Augenblicke fühlten sich vielmehr an wie ein süßer, starker Rausch. Und der Teufel sollte ihn holen, wenn diese Sache ihm nicht noch schlimme Kopfschmerzen einbrachte.

Kapitel 3

Grafschaft Auvergne, Ambert, Juli 1181

Ein Geräusch ließ Pépin von einem auf den nächsten Augenblick erwachen. Lautlos erhob er sich von den Säcken in dem kleinen Schuppen, der ihm als Nachtlager gedient hatte, und verharrte lauschend. Er hatte den Schlaf einer Katze, war innerhalb eines Herzschlags bereit zum Sprung oder zur Flucht. Eine überlebenswichtige Eigenschaft, hatte man einen brutalen Schläger zum Vater und schließlich einen nicht minder grausamen Trunkenbold zum Dienstherrn gehabt. Und selbst wenn diese Zeiten der Vergangenheit angehörten, hatte ihm diese Fähigkeit auch während seiner Jahre auf der Straße so manches Mal die Haut gerettet: wenn andere Taugenichtse ihm das wenige stehlen wollten, das er besaß, oder die Zecher vom Vorabend begriffen, dass er sie beim Würfeln übers Ohr gehauen hatte. Natürlich verstand es Pépin, ordentlich auszuteilen, wenn es darauf ankam – dieser Holzkopf Benoît konnte ein Lied davon singen –, aber im Zweifel war Weglaufen die bessere Wahl. Und darin hatte er es zur Meisterschaft gebracht.

Er stand ganz still und starrte in das Dämmerlicht, das durch die offene Vorderseite des Verschlags ins Innere sickerte. Wieder erklang ein zaghaftes Rascheln, dann huschte ein winziger Schatten nach draußen. Eine Maus.

Pépin verharrte noch einige Augenblicke, bevor er sich erlaubte, etwas zu entspannen. Er tastete nach dem Beutel an der Kordel um seinen Hals und wog ihn in der Hand. Die

Münzen darin lagen angenehm schwer auf der Haut, und ein zufriedenes Grinsen stahl sich auf seine Lippen. Ein erfolgreicher Abend – wenngleich seine Mitspieler aus dem Wirtshaus das vermutlich anders sahen. Auch Erec, Armand und – Gott bewahre! – Mila wären sicher nicht begeistert, sollten sie von seinen zweifelhaften Nebeneinkünften erfahren. Es täte ihm leid, ihnen Kummer zu bereiten, doch vermutlich würde es ihn nicht davon abbringen. Zwar hatte keiner aus Erecs Truppe Pépin je ernsthaft Anlass zu Angst oder Argwohn gegeben – im Gegenteil –, aber sein bisheriges Leben hatte ihn gelehrt, dass der einzige Mensch, auf den er sich vorbehaltlos verlassen konnte, er selber war.

Sein Magen knurrte, obwohl er sich am Vorabend von den Münzen der Dame eine ordentliche Portion Eintopf mit Fleischeinlage gegönnt hatte. Doch spielte es keine Rolle, wie viel er in sich hineinschaufelte, er hatte nahezu immer Kohldampf und konnte ununterbrochen essen. Vielleicht, weil er wuchs, vielleicht, weil er den überwiegenden Teil seines Daseins gehungert hatte und es eine Frage des Überlebens gewesen war, den Magen bei jeder sich bietenden Gelegenheit zu füllen.

Er hob die Deckel von den Fässern, die in dem Schuppen verwahrt wurden, und spähte hinein. Sie waren leer, doch bei genauerem Hinsehen entdeckte er in einem von ihnen einen vergessenen Apfel. Er fischte ihn heraus, polierte die Frucht an seinem Hemd und trat ins Freie.

Die aufgehende Sonne stand knapp hinter dem Horizont und begann die Sterne aus dem Tuch der Nacht zu bleichen. Eine Lerche trällerte ihren Morgengruß, ansonsten war noch alles ruhig. Pépin liebte diesen Moment des Tages, diese Zwischenzeit, wenn es nicht mehr gestern, aber auch noch nicht richtig heute war. Eine Zeit wie gemacht für Menschen wie ihn.

Er biss in den Apfel und schlenderte in Richtung der Ställe, in denen die Pferde Erecs und seiner Kameraden untergebracht waren. Pépins Aufgabe bestand darin, für das Wohl ihrer Tiere zu sorgen. Dafür steckten sie ihm gelegentlich eine kleine Münze zu, verköstigten und kleideten ihn und ließen ihn Teil ihrer Gemeinschaft sein. Josce und Lionel rissen derbe Scherze mit ihm, Armand lehrte ihn Lieder, und Mila schenkte ihm ihre warmherzige Zuneigung oder kümmerte sich um seine Blessuren. Valéry stichelte mal mehr, mal weniger. Und Erec war eben Erec, sein ritterliches Vorbild, sein Leitstern.

Vielleicht war es das, was eine Familie ausmachte. Pépin wusste es nicht. Er hatte nie eine richtige Familie gehabt. Aber er fühlte sich sicher bei diesen Menschen.

Als er sich Titus' Stall näherte, war die Nacht einem blaugrauen Zwielicht gewichen. Irgendwo krähte ein Hahn, ein zweiter stimmte ein. In der Koppel, die an den Stall anschloss, erkannte Pépin einen Reiter, der dort seine Runden drehte. Erec.

Ihn zu derart früher Stunde hier anzutreffen, war ungewöhnlich. Hatte der Ritter überhaupt geschlafen? Seine kurzen braunen Haare standen zerzaust vom Kopf, die Wangen waren unrasiert. Nein, beides nicht bemerkenswert, entschied Pépin nach kurzem Überlegen. Lediglich die Schatten unter den Augen zeugten von fehlender Nachtruhe. Das tat Erecs Konzentration jedoch keinen Abbruch. Völlig in sich gekehrt, lenkte er seinen prächtigen Hengst mit einer Hand im Kanter durch das Geviert, ließ Titus seitwärts traben, auf der Hinterhand mal hierhin, mal dorthin wenden, rückwärts gehen oder enge Kreise ziehen.

Pépin verharrte in einiger Entfernung, um die beiden zu beobachten. Alles wirkte so einfach, so anmutig und mühelos, auch wenn das Spiel der Muskeln unter Titus' Fell und seine geblähten Nüstern von seiner Aufmerksamkeit zeugten. Die beiden erschienen ihm wie eine vollkommene Einheit, verschmolzen zu einem einzigen Lebewesen, ein Pferdemensch aus den Geschichten der Alten. Und womöglich war es genau das, was Erec zu einem so herausragenden Reiter machte. Pépin musste schon ganz genau hinsehen, um die sachten Aufforderungen auszumachen, die Erec an seinen Hengst richtete. Ein kaum wahrnehmbares Heben der Schulter oder Durchstrecken des Rückens, wenn er sein Gewicht im Sattel verlagerte, ein sanftes Tippen mit der Ferse, ein minimales Anziehen des Zügels. Es wirkte wie ein perfekt einstudierter Tanz. Pépin verspürte ein dumpfes Gefühl der Trauer angesichts dieses nie gekannten bedingungslosen Vertrauens zweier so unterschiedlicher Kreaturen zueinander.

Erec hob den Kopf und bemerkte ihn. »He, Pep, was stehst du da rum? Komm herüber!« Er lenkte Titus an den Rand der Koppel und sprang federnd aus dem Sattel. »Wo hast du gesteckt, alter Herumtreiber?«, erkundigte er sich und verschränkte die Arme auf der Holzumzäunung. »Mir ist zu Ohren gekommen, du hättest gestern das Wirtshaus unsicher gemacht?«

»Aber erst, nachdem die Pferde versorgt waren, ich schwör's!«, versicherte Pépin hastig. »Ich würde nie …« Erec langte mit der Hand nach ihm, woraufhin er instinktiv den Kopf zwischen die Schultern zog.

Sein Vater hätte ihn geschlagen, sein alter Dienstherr hätte es getan, doch Erec wuschelte ihm lediglich kurz durch die struppigen Haare. »Keine Sorge, alles in Ordnung. Den Gäulen geht's gut.« Der Ritter kletterte zwischen den Holzbalken hindurch nach draußen, wo er Pépin gegenüberstand. »Allerdings hätte ich gerade dich nicht für so leichtsinnig gehalten, Titus mit einem Fremden allein zu lassen.«

Abwesend streichelte Pépin dem Hengst die samtigen Nüstern. »Das war ja nicht irgendein dahergelaufener Lump«, rechtfertigte er sich fast trotzig, »sondern eine feine Dame. Ich …«

»Du hast sie also gesehen?«, unterbrach Erec ihn. »Weißt du, wer sie ist? Kannst du sie beschreiben?« Er maß ihn mit einem eindringlichen Blick.

»Nicht wirklich. Ihr Gesicht war unter einer Kapuze versteckt. Aber sie trug edle Kleider, und geduftet hat sie wie eine Sommerwiese. Ich dachte, ihr kennt euch, wenn sie dich … nun … allein im Stall treffen will.«

Erec gab einen Laut des Bedauerns von sich und richtete den Blick in die Ferne, wo die Sonne sich langsam über den Horizont schob. »Nein, ich hab sie nie zuvor gesehen. Ich weiß, ehrlich gesagt, nicht einmal, was sie von mir will. Nun ja, genau genommen … Ach, unwichtig.« Er wandte sich Titus zu, der es sichtlich genoss, von zwei Seiten liebkost zu werden.

»Wie sieht's aus, Pep?«, fragte Erec nach einer Weile. »Hast du Lust, mal auf seinen Rücken zu steigen und eine Runde zu reiten?«

Pépin stolperte einen Schritt zurück und schüttelte heftig den Kopf. »Nein … ich … Nein, lass gut sein.«

Erec musterte ihn von der Seite mit dem typischen Schmunzeln im Mundwinkel. »Was ist los? Du fürchtest dich doch nicht, oder?«

»Pah, natürlich nicht!« Drei lange Jahre hatte Pépin in einem Mietstall Pferde versorgt, Schlachtrösser wie Klepper, sanftmütige wie bösartige. Und doch war das bei Weitem gefährlichste Tier der Stallbesitzer gewesen, der Knechte wie Gäule geprügelt hatte, wann immer ihm der Sinn danach stand. Ein Grund, warum Pépin irgendwann abgehauen war und ein Leben auf der Straße vorgezogen hatte.

Nein, natürlich fürchtete er sich nicht vor Pferden, kein Stück. Aber er, ein schmutziger Straßenbengel, auf dem Rücken eines edlen Schlachtrosses wie Titus? Das erschien ihm falsch, beinahe ein Frevel gegen Gottes Ordnung. Er war zufrieden mit seinem Leben, wie es im Augenblick war. Das beste Leben, seit … immer. Und er hatte nicht vor, das Schicksal herauszufordern.

»Ein andermal vielleicht«, wehrte er ab. »Ich muss die Gäule noch füttern und die Ställe ausmisten.«

Erec zuckte mit den Schultern. »Wie du meinst. Kannst du dich um Titus kümmern? Ich gehe derweil die anderen für die Frühmesse wecken.«

Pépin nickte und trollte sich eilig. Frühmesse – ein weiterer Grund, schnellstens das Weite zu suchen.

Kapitel 4

Grafschaft Auvergne, Ambert, Juli 1181

Die Luft war trocken, aber nicht zu warm, und die Sonne wurde von einem Wolkenschleier verdeckt, sodass sie die Kämpfer weder blenden noch deren Rüstungen zu sehr aufheizen würde – ein Wetter wie gemacht für einen Turniertag.

Dennoch breitete sich ein unangenehmes, nervöses Summen in Armands Brust aus.

Genau genommen war das nicht neu. Seit er Erec von Turnier zu Turnier begleitete, tauchte dieses Gefühl zuverlässig kurz vor Beginn des Kampfes auf, obwohl Armand niemals selbst zu Schwert und Lanze griff. Diesmal war es besonders schlimm, stieg ihm als Kopfschmerz bis hinter Stirn und Schläfen. Vielleicht, weil ihm die Erinnerung an Erecs selbstmörderischen Tjost ohne Helm noch in den Knochen saß? Aber alles war gut gegangen. Und heute würde es wieder gut gehen. Erec war zumindest in dieser Hinsicht ein Glückskind, schon immer gewesen, von Jugend an, solange sie sich kannten. Armand konnte sich an keine Situation erinnern, bei der sich sein Freund ernsthaft verletzt hätte. Doch so recht gelang es ihm nicht, sich mit diesem Gedanken zu beruhigen. Er schloss kurz die Augen und atmete tief durch, um das Hämmern in seinem Schädel zurückzudrängen. Als er sie wieder öffnete, blickte er zu den anderen, die schwatzend und lachend zusammenstanden, aufgekratzt wie Kinder vor dem Jahrmarkt. Sie hatten sich frühzeitig in dem Refugium versammelt, das ihrer Mannschaft als Aufstellungsplatz und später als sicherer Rückzugsort dienen würde. Es war durch rohe Palisaden eingezäunt und mit d'Amberts Banner markiert. Hier konnten sie sich während des Gefechts nicht nur ausruhen oder verarzten lassen, sondern auch die Pferde wechseln oder Beute und Gefangene verwahren, ohne dass ihre Gegner ihnen folgen durften.

Gegenüber lag etwa eine halbe Meile entfernt der gegnerische Bereich, über dem die Fahne der Brautfamilie de Garlande flatterte. Dazwischen breitete sich das Allmende- und Weideland aus, das ihnen in Kürze als Schlachtfeld dienen würde, westlich von einem kleinen Fluss begrenzt, östlich von den Mauern Amberts und der daran anschließenden Siedlung.

»Ein gut überschaubarer, ebener Kampfplatz«, urteilte Erec zufrieden, als er neben Armand trat. »Keine Hindernisse und nichts, was sich als Versteck oder Hinterhalt eignet.«

Armand nickte. Keine Hindernisse. Die Kampfscharen würden im ersten Ansturm nahezu ungebremst aufeinandertreffen. Etwas mehr als drei Dutzend Ritter auf jeder Seite.

Stimmen wehten von der nahen Stadtmauer heran, auf deren Zinnen sich allmählich Gäste und Schaulustige versammelten, um das angekündigte Spektakel aus sicherer Entfernung und mit der besten Aussicht zu verfolgen.

Erecs Blick wanderte kurz die Mauern entlang. Als halte er nach jemandem Ausschau.

»Ihr solltet die Rüstungen anlegen«, mahnte Armand. »Es wird bald losgehen.«

»Ohne Jérôme d'Ambert fangen wir sicher nicht an«, wandte Erec gut gelaunt ein. Tatsächlich waren der Kastellan und der Großteil seiner Männer noch nicht aufgetaucht. Neben ihrer eigenen Truppe hatten sich bisher nur eine Handvoll weitere Freie Lanzen auf ihrer Seite des Feldes eingefunden und warteten etwas abseits. Die gegnerische Mannschaft um die Familie de Garlande schien dagegen weitgehend vollständig zu sein, soweit sich das aus der Entfernung sagen ließ.

Auch Damien de Brienne würde für die anderen antreten, wie sie wussten.

»Wenn ihr mich fragt, verfügt d'Ambert über keine nennenswerte Turniererfahrung«, mutmaßte Josce. »Oder hat ihn irgendwer schon mal kämpfen sehen?«

»Den Eindruck eines trainierten Kriegers macht er jedenfalls nicht.« Mit vorgewölbten Armen deutete Lionel die ausladenden Körpermaße des Kastellans an.

»Gleichwohl wird er heute von seinem Privileg als Gastgeber Gebrauch machen und unsere Mannschaft anführen.«

»Heiliger Georg, steh uns bei«, brummte Josce, grinste aber.

»Und wenn mich nicht alles täuscht, planen seine frischgebackenen Schwäger, ihn ordentlich dafür büßen zu lassen, dass er ihre süße kleine Schwester weggeheiratet hat«, fügte Lionel mit leuchtenden Augen hinzu. »Das wird ein Spaß!«

Die anderen lachten.

Armand blickte rasch zu Boden, damit keiner sein Gesicht sah. Während die Aussicht auf das gefährliche, brutale Kampfspiel bei ihm an erster Stelle Übelkeit und Fluchtgedanken auslöste, weckte es bei seinen Freunden eine geradezu rauschhafte Vorfreude. Als könne nichts und niemand ihnen je etwas anhaben, als mache ihre kraft- und muskelstrotzende Jugend sie unsterblich. Armand gönnte ihnen diese – wie sollte man es nennen – Arglosigkeit? Naivität? Arroganz? Ja, in der Tat waren sie während der zurückliegenden Monate ihres Turnierparcours stets mit Prellungen und Platzwunden davongekommen. Aber dieses Glück würde ihnen nicht ewig hold sein. Und Armand fürchtete den Tag, da eine höhere Macht entschied, sie Demut zu lehren.

Verstohlen warf er einen Blick zu Erec, dem ein breites Grinsen im Gesicht stand. Er war vollkommen in seinem Element.

»Ja, wir werden Jérôme gut im Auge behalten müssen«, erklärte er. »Einen Bonus zahlt er nur, wenn wir den Kampf für uns entscheiden. Und er ihn heil übersteht.«

»Was wohl seine kleine Braut zahlt, wenn wir ihn stattdessen ihren Brüdern überlassen?«, überlegte Valéry laut, wobei er wie so häufig offenließ, ob die Bemerkung scherzhaft oder ernst gemeint war.

Lionel lachte dennoch. »Sie macht jedenfalls nicht den Eindruck, als stürze sie die Vorstellung in Verzweiflung, schnell wieder Witwe zu werden. Aber, zugegeben, es würde kein gutes Licht auf uns werfen.«

»Genug, Männer«, wandte Erec ein. »Unser Auftrag ist klar. Wir wurden angeworben, um für Jérôme d'Ambert zu gewinnen, und sollten uns dabei nicht von der Gegenseite erwischen lassen. Unser Sold wird kaum reichen, um im Zweifel auch nur einen von euch auszulösen. Umso wichtiger, dass wir unsererseits Beute machen und die Kasse füllen.«

»Für Josce oder dich würde ich notfalls sogar Geld leihen«, behauptete Lionel. »Für Valéry werden im Zweifel gewiss seine Eltern aufkommen, oder nicht?« Er schenkte dem schwarz gekleideten Ritter ein kühles Lächeln, das der mit versteinerter Miene erwiderte.

»Lasst uns die Rüstungen anlegen«, unterbrach Armand das Geplänkel, bevor es in Streit enden konnte. »Es wird Zeit.«

Erec nickte. »Armand hat recht. Pep, kontrolliere du derweil die Sättel der Gäule und schau, dass alle Riemen sitzen.«

Pépin, der mit Mila etwas abseits stand, nickte diensteifrig und machte sich sogleich an die Arbeit. Die anderen halfen sich gegenseitig, die Gambesons zu schnüren und die Kettenrüstungen überzustreifen. Sie lachten und scherzten ausgelassen, und auch Erecs Augen sprühten vor Vorfreude. Er reckte das Kinn, damit Armand den Ringpanzer am Hals schließen konnte.

Kurz streiften Armands Fingerspitzen dabei die Vertiefung unterhalb von Erecs Kehle. Sein Herz stolperte für einen Augenblick. »Versprich, dich in Acht zu nehmen«, bat er und versuchte, seine Stimme fest klingen zu lassen. Er legte dem Freund die Polsterkappe an und zog die Kettenhaube mit dem

Kinnschutz darüber, verschnürte gewissenhaft die Riemen und spürte die Wärme, die von Erecs Haut ausging.

Der grinste übermütig. »Wann war ich jemals leichtsinnig?«

»Behalt diesmal einfach den verfluchten Helm auf, ja?«

»Was soll schon schiefgehen, wenn der wackere Jérôme d'Ambert unsere Reihen anführt?«, hielt sein Freund dagegen. Doch als Armand ernst blieb, zog Erec ihn lachend an seine Schulter und hob die freie Hand zum Eid. »Schon gut, schon gut, ich passe auf. Ich schwör's, bei meinem Gaul und deiner Laute!«

Sein Lachen, seine Wärme, seine Nähe – für Armand war es, wie aus dem Schatten ins Sonnenlicht zu treten, für einen kurzen Moment.

Josce machte die Runde und warf seinen Kameraden der Reihe nach einen Waffenrock zu. Die Sonne und zurückliegende Kämpfe hatten den ärmellosen Übergewändern arg zugesetzt, sodass man die ursprünglich grüne Farbe nur noch erahnen konnte.

Lionel verzog das Gesicht. »Muss ich das wirklich tragen?«

»Tu's besser, eitler Fratz«, entgegnete Josce. »Wär sonst möglich, dass ich dir im Getümmel die Rübe verbeule.«

»Und die hier bindet euch an Oberarm oder Helm.« Erec hob ein Bündel breiter blauer Bänder hoch. »Damit auch jeder weiß, dass wir zu d'Amberts Mannschaft gehören. Unsere Gegner werden Rot tragen.«

Nachdem sie sich gekennzeichnet hatten, gürteten sie ihre Schwerter und zogen Handschuhe und Helme über. Armand ließ es sich nicht nehmen, persönlich Erecs Kinnriemen zu verschließen – was dieser mit Schmunzeln und Augenrollen quittierte. Armand war es gleich. In wie viele Lagen Eisen man sich auch packte, das Herz blieb immer ungeschützt – zumindest galt das für sein eigenes.

»Also, Männer«, rief Erec, als sie bereit waren, »es kann losgehen! Gott zum Ruhm, uns zur Ehre!«

»Hurta!«, grölten alle zur Antwort und schlugen einander scheppernd auf die Helme.

In diesem Augenblick drangen Rufe von den Mauerkronen herab, erst vereinzelt und noch unverständlich, doch dann wurden sie von weiteren Stimmen aufgenommen und erklangen lauter. »Ambert, voran! Ambert, voran!« Ganz offensichtlich der Kampfruf, den der Kastellan für sich und seine Mannen gewählt hatte. Eine Fanfare erklang, als Jérôme d'Ambert mit seinen übrigen Streitern vor den Mauern erschien und in Richtung ihres Refugiums ritt. Sein Ross wirkte grobschlächtig, fast plump unter der wallenden Seidendecke, und besaß kräftige Fesseln – andernfalls wäre es vermutlich nicht in der Lage gewesen, einen Mann wie Jérôme im Kampf zu tragen. D'Amberts maßgefertigter Kettenpanzer glänzte schon von Weitem, ebenso der makellose Helm.

»Er sieht aus wie ein Karpfen«, bemerkte Josce mit einem skeptischen Blick auf die Ankömmlinge. »Entweder hat sein bemitleidenswerter Knappe die halbe Nacht geschrubbt, oder das Zeug ist wirklich komplett neu.«

»Hab ich doch gesagt«, wiederholte Lionel seine Vermutung. »Der hat noch nicht oft auf dem Turnierplatz gestanden.«

»Nun denn, Leute!« Erec klatschte auffordernd. »Das heißt: Wir werden alle Hände voll zu tun haben!«

Armand blickte ihnen beklommen nach, als sie in die Sättel stiegen und ihrem heutigen Bannerherrn entgegenritten. Er spürte sein Herz in der Brust flattern wie einen gefangenen Vogel.

Auch wenn die Schlachtreihen nicht allzu lang waren, boten sie einen prächtigen Anblick. Knie an Knie, die Lanzen erhoben, die bunten Schilde am Arm, standen die Mannschaften einander im Abstand von etwa vierhundert Schritt gegenüber.

Als wollten sie in den Krieg reiten, dachte Armand. Und tatsächlich unterschied sich das Kampfspiel nur wenig vom echten Gefecht. Schließlich diente es nicht nur dem Vergnügen, sondern auch als Manöverübung. Man stritt mit derselben Taktik, denselben Rüstungen und Waffen, man schonte weder sich noch die anderen, machte Gefangene und strich Lösegeld ein. Lediglich töten wollte man einander nicht, auch wenn ein unglücklicher Sturz oder ein fehlgegangener Lanzenstoß immer wieder dazu führten. Auch war es bereits vorgekommen, dass das Spiel sich im Eifer des Gefechts in blutigen Ernst verkehrte und eine regelrechte Schlacht daraus wurde, wenn verfeindete Landsmannschaften oder verfehdete Ritter aufeinandertrafen. *Aber nicht heute.* Zumindest hoffte Armand das.

Oben auf den Mauern beugten sich die Zuschauer über die Zinnen, um ja nichts von dem bevorstehenden Spektakel zu verpassen. Aufgeregtes Gemurmel drang wie das Summen eines Bienenschwarms zu ihnen herab.

Dicht zusammenbleiben, die Reihe halten und eine stabile Front bilden, um die volle Schlagkraft der Lanzen unter den Gegnern zur Wirkung zu bringen – das war die Devise für den ersten Ansturm. Sobald die gegnerische Linie durchbrochen war, galt es, so rasch wie möglich zu wenden und ihnen in den Rücken zu fallen. Anschließend würde der Massenkampf zum *Mêlée* werden, dem großen Gemenge aus vielen Einzelscharmützeln. Ab diesem Zeitpunkt ging es vor allem um Beute und Gefangene.

Pep stand unweit von Armand auf der Einzäunung des Refugiums und hielt sich mit einer Hand am Fahnenmast, während er gebannt dem Beginn des Turniers entgegenfieberte.

Dann endlich erklang die Fanfare.

Kapitel 5

Grafschaft Auvergne, Ambert, Juli 1181

Erec stöhnte leise. Die Schmerzen kamen, wie so oft, erst Stunden nach dem Kampf, wenn dieses innere Feuer erloschen war, das ihn im Gefecht nahezu unempfindlich machte. Er hatte jede Menge Schläge und Stöße einstecken müssen, die eigentlich für Jérôme d'Ambert bestimmt gewesen waren. Lediglich Damiens wütende Angriffe hatten Erec persönlich gegolten und waren ausgesprochen heftig ausgefallen. Der Ritter war nachtragender als angenommen.

Umso mehr genoss Erec die Wärme und die ungewohnte Ruhe in der Kammer, die man ihm zum Baden hergerichtet hatte. Der Zuber war groß genug, dass er seinen geschundenen Körper fast vollständig im heißen Wasser versenken und die verspannten Muskeln entkrampfen konnte. Die Fensterläden waren geschlossen, ein Kohlebecken beheizte den Raum, und am Gebälk befestigte Leinenvorhänge schirmten den Zuber ab, sodass der Dampf nur langsam entwich und ihn in behagliche Wärme hüllte.

Natürlich hatte der Kastellan von Ambert darauf bestanden, ihr Turnierbanner anzuführen. Menschen seines Schlages neigten nicht zu Bescheidenheit, dafür aber zu maßloser Selbstüberschätzung. Wie zu erwarten, war ihre Kampfreihe bereits kurz nach Beginn in sich zusammengebrochen, und d'Ambert hatte beim ersten unbeholfenen Stoß seine Lanze verloren. Wenig überraschend hatte die gegnerische Mannschaft den in seiner schimmernden Rüstung unübersehbaren Jérôme sofort ins Zentrum ihres Angriffs gestellt.

Nur mit größter Mühe war es Erec und seinen Männern gelungen, ihn zu schützen – und dafür hatten sie ordentlich Prügel bezogen. Josce war gestürzt, mit Lionels Hilfe aber schnell genug zurück in den Sattel gelangt, bevor er unter die Hufe geraten oder jemand sein Pferd erbeuten konnte.

Die größte Herausforderung hatte darin bestanden, in dem wilden Getümmel dem maßlos von sich eingenommenen Jérôme das Gefühl zu geben, jederzeit das Heft in der Hand zu halten und das Geschehen zu lenken. Es glich einem Wunder, dass sie unter diesen Umständen auch noch zwei gegnerische Ritter hatten gefangen nehmen können. Immerhin ein Teil des Lösegeldes würde zusammen mit der ausgelobten Siegesprämie in ihre Kasse fließen. Auch für seinen aufsehenerregenden Tjost hatte Erec am Ende einen Preis aus der Hand der jugendlichen Braut erhalten: einen Ballen feinen grünen Wolltuchs aus Arras. Auch wenn Erec auf blankes Silber gehofft hatte, war das kein ganz schlechter Lohn.

Als Sieger des Tjosts hatte Jérôme d'Ambert ihn zum Bankett am Abend geladen und ihm außerdem ein Bad angeboten – ein Luxus, den Erec lange nicht mehr genossen und dankend angenommen hatte. Er zweifelte keinen Augenblick, dass seine Freunde es sich dafür von einem Teil des Preisgeldes im Gasthaus gut gehen lassen würden. Selbst wenn nach Begleichung all ihrer Schulden nicht viel von dem Gewinn übrig bliebe, nach der langen Zeit des Darbens hatten sie sich ein wenig Ausschweifung redlich verdient. Armand würde später noch zum fürstlichen Bankett dazustoßen und die Gäste mit Musik und Gesang unterhalten.

Erec tauchte bis zum Kinn ins Wasser. Der Beginn des Festes war noch eine Weile hin, und er war entschlossen, solange jeden Augenblick der Entspannung auszukosten. Bald ließen das sanfte Glühen der Kohlen, Dampf, Wärme und der dezente Geruch von Kräutern und Ölen ihn in einen angenehmen Dämmerzustand sinken.

Irgendwann hörte er, wie sich die Tür öffnete und jemand eintrat. Die Magd, nahm er an. »Sei so gut und gieß ein bisschen warmes Wasser nach«, bat er, ohne die Augen zu öffnen.

Sachte Schritte näherten sich, jemand trat hinter ihm an den Zuber und ließ angenehm temperiertes Wasser über seine Schultern fließen. Dampf wallte auf. »Hab Dank, das sollte reichen.«

»Wie Ihr meint, Erec.«

Er fuhr zusammen wie unter einem Hieb. Ruckartig zog er die Knie an den Bauch, wobei Wasser aufspritzte. Er kannte die Stimme. Und den Duft, der sie begleitete.

»So schamhaft?«, spottete die Unbekannte.

Bis es Erec in dem schlüpfrigen Zuber gelang, sich der Stimme zuzuwenden, war die Frau längst hinter die Tuchvorhänge getreten, und das Kohlebecken warf lediglich eine zitternde Silhouette auf die Laken.

»Ihr dagegen scheint keinerlei Scham zu kennen, wenn Ihr mir schon wieder nachstellt«, schalt er, konnte in Wahrheit aber nicht entscheiden, ob er ungehalten oder einfach nur überrumpelt war.

»Schamhaftigkeit ist etwas für Backfische und alte Jungfern.« Auch wenn sie leise sprach, vernahm Erec ihre Stimme diesmal deutlicher als bei ihrer ersten Begegnung.

»Und Ihr seid keins von beidem?«

»Nein.«

Eine verheiratete Frau? Neugier und Erregung ließen ein nicht unangenehmes Prickeln über Erecs Haut kriechen.

»Zeigt Euch endlich.«

Sie lachte. »Ich denke, nicht. Wir können uns auch auf diese Weise gut unterhalten.«

»Wie Ihr wollt. Dann komme ich eben zu Euch.« Was sollten diese Spielchen? Er wollte wissen, wer sich hinter der Stimme verbarg. Erec erhob sich aus dem Zuber und stand einen Augenblick unentschlossen und tropfend da.

Ein Kichern erklang. »Dann stimmt also, was man sagt: Je stattlicher das Reittier eines Mannes, desto kleiner …«

Platschend rutschte Erec zurück ins Wasser. Er fühlte Schamesröte in seine Wangen steigen. Sie beobachtete ihn – wieder einmal –, während er sie nicht sehen konnte.

»Ihr habt ein loses Mundwerk, Madame!«, beschied er, um seine Verlegenheit zu überspielen, spürte aber auch ein Grinsen in seinen Mundwinkeln. »Himmel, nun verratet endlich, was Ihr von mir wollt.«

»Bei unserer letzten Begegnung hatte ich angekündigt, bei nächster Gelegenheit zu überprüfen, ob auch Eure … untere Körperhälfte unversehrt geblieben ist. Nun, hier bin ich.« Er hörte das Schmunzeln in ihrer Stimme. »Und soweit ich das aus der Ferne beurteilen kann, scheint mir alles … funktionstüchtig. Und wohlproportioniert.«

Gegen seinen Willen musste Erec lachen. »Schamlos, respektlos, furchtlos – das seid Ihr.« Er musste sich eingestehen, dass er allmählich Gefallen an diesem Geplänkel fand. Selten hatte er eine Frau so reden hören. Intelligenz, Humor und Unverfrorenheit – eine unwiderstehliche Mischung! Er sank ins Wasser zurück und legte die Beine mit gekreuzten Knöcheln auf dem Rand des Zubers ab.

»Warum tut Ihr das?«, wollte er wissen.

Es dauerte ein paar Augenblicke, bis sie antwortete.

»Langeweile, schätze ich. Mein Leben hält keine großen Überraschungen bereit. Es ist eintönig und ermüdend. Ihr dagegen scheint mir unterhaltsam zu sein. Wir sind uns ähnlich, denke ich. Wir beide lieben das Spiel mit dem Feuer, nicht wahr?«

Das ließ sich nicht bestreiten. Und was sie hier taten, war ohne Frage äußerst brenzlig.

»Ihr solltet nicht hier sein.«

»Ich will es aber.«

»Wenn man Euch allein mit mir antrifft, wird man es Euch als Ehebruch auslegen.«

Die Fremde gab ein schnaubendes Geräusch von sich, vielleicht ein Lachen. »Ihr seid unverheiratet, nicht wahr? Ich darf also annehmen, dass Ihr Euch in mönchischer Keuschheit übt, bis man Euch dereinst eine Braut zuführt, Erec? Alles andere wäre schließlich unsittlich und schamlos.«

Natürlich hatte er bereits mit Frauen das Bett geteilt, mit mehr als einer. Und er konnte nicht einmal ausschließen, dass die eine oder andere verheiratet gewesen war. »Ihr wisst so gut wie ich, dass in dieser Hinsicht für Männer andere Regeln gelten.« Ja, es wurde geradezu erwartet, dass sich die jungen Recken nicht nur auf dem Turnierplatz, sondern auch zwischen den Laken bewiesen.

»Und aus welchem Grund sollte es Männern vorbehalten sein, sich zu nehmen, was sie wollen?«, fragte die Unbekannte herausfordernd.

Darüber hatte Erec noch nie nachgedacht. Warum auch, es war nie nötig gewesen. Niemand hatte es je infrage gestellt. »Weil sie von Gott zum stärkeren Geschlecht bestimmt wurden? Weil sie verständiger und vernünftiger sind?«

Ein heftiger Ausbruch von Heiterkeit auf der anderen Seite des Vorhangs folgte auf seine Worte. Seine Besucherin musste derart lachen, dass ein kurzer Schluckauf sie packte.

»Verzeiht«, brachte sie schließlich zwischen zwei Hicksern hervor, »ist das Euer Ernst? Von welcher Art Vernunft und Stärke sprechen wir? Es ist offensichtlich, dass ein Großteil der Männer weit häufiger mit der unteren Körperhälfte denkt als mit dem Kopf. Zumindest aber lassen sie zu, dass Machtgier, Eitelkeit und Stolz ihr Handeln bestimmen.«

Die Frau ließ sich nicht einschüchtern, das gefiel Erec. »Dann lasst uns von körperlicher Stärke reden: Es sind Männer, die im Krieg die Schwachen schützen und verteidigen, oder nicht?«

»Es sind Männer, die diese Kriege überhaupt erst entfachen. Männer verbreiten Leid und Tod. Frauen dagegen bringen neues Leben in die Welt.«

»Nun, um neues Leben entstehen zu lassen, bedarf es ebenso eines Mannes, wenn ich nicht irre.«

»Es bedarf bestimmter Teile von ihm. Kurz.«

Erec lachte. Noch nie hatte er mit einer Frau eine solche

Unterhaltung geführt. Es war, wie mit Worten die Klingen zu kreuzen. Und sie war noch nicht fertig mit ihm.

»Seien wir ehrlich, wenn es darum geht, euer Geschlecht oder eure Linie zu erhalten, seid ihr Männer weit abhängiger von uns als umgekehrt. Während die Frau mit Gewissheit ihr eigenes Kind gebiert, kann der Mann nie völlig sicher sein, dass es auch sein Nachkomme ist. Ein Grund, denke ich, warum Männer ihre Frauen als alleinigen Besitz reklamieren, warum sie versuchen, ihnen Macht und Freiheit vorzuenthalten und sie unablässig zu kontrollieren. Ihr seid von uns abhängig. Und das macht euch eine Heidenangst.«

»Ich habe nicht den Eindruck, dass Ihr Euch von irgendjemandem kontrollieren ließet. Schließlich seid Ihr hier. In einem Raum mit einem nackten Mann. Der nicht Euer Ehemann ist.«

»Ich nehme mir meine Freiheit«, stimmte sie zu. »Aber in einer Welt wie dieser werde ich früher oder später den Preis dafür zahlen.« Unvermittelt klang Schwermut aus ihrer Stimme.

Erec wollte nicht, dass sie traurig war, aber völlig unwidersprochen mochte er ihre Worte auch nicht lassen. »Man könnte glauben, alle Männer seien gewissenlose Ungeheuer, wenn man Euch reden hört.«

»Oh, ist es nicht vielmehr umgekehrt?«, fragte sie provozierend. »Heißt es nicht, Frauen hätten die Sünde in die Welt gebracht, alle Bosheit sei gering gegen die Bosheit des Weibes?« Sie ließ ihn nichts einwenden. »Nein, ich halte nicht alle Männer für Ungeheuer, wirklich nicht. In meinem Kreis gibt es viele anständige Männer – respektvoll, ehrenhaft, gut. Dennoch glaube ich, dass nicht wenige Eurer Geschlechtsgenossen ihre Bedeutung für diese Welt und ihre Rolle in ihr weit überschätzen – und sehr empfindlich reagieren, konfrontiert man sie mit dieser Tatsache.«

»Darin stimme ich Euch zu. Allerdings überrascht mich nach allem, was Ihr sagtet, dass Ihr ausgerechnet Gefallen am Turnierkampf findet. Wie passt das zusammen?«

Sie lachte wieder, hell und perlend, und Erec war auf unbestimmte Weise froh, sie mit seiner Frage aufgeheitert zu haben.

»Ich mag die Pferde«, antwortete sie mit einem Grinsen in der Stimme. »Und ich sehe gerne dabei zu, wie sich eitle Jungs mit spitzen Stöcken gegenseitig in den Dreck stoßen. Es ist ein Spiel, ein brutales und schmutziges Spiel, doch es hat nicht den Tod des Gegners zum Zweck.«

»Ihr scheint eine interessante Frau zu sein.«

Wieder lachte sie. »Oh, zweifellos bin ich das.«

Es trat ein Moment der Stille ein.

»Wie lange wollen wir das hier weitertreiben, Madame?«, erkundigte sich Erec schließlich. Zugegeben, die Sache hatte ihren Reiz. Die herausfordernde Klugheit dieser Person war wie ein Wetzstein für seinen eigenen Verstand. Aber Himmel, wo sollte das hinführen?

»So lange, bis es mir langweilig wird, denke ich«, entgegnete die Fremde ungeniert.

»Und was gibt Euch das Recht, uns beide in Gefahr zu bringen?«

»Oh, sicher stellt Ihr Euch diese Frage auch jedes Mal, wenn Ihr Euch ein Weib ins Bett holt«, entgegnete sie spitz. »Und mit Verlaub, Erec, Euch in Gefahr zu bringen, schafft Ihr ganz gut ohne meine Hilfe.«

Darauf fiel ihm keine kluge Entgegnung ein.

»Ich fürchte, ich muss jetzt gehen«, erklärte sie schließlich. »Es war mir ein Vergnügen, mit Euch zu plaudern. Wir sehen uns nachher beim Bankett.«

»Ach, tatsächlich?«

»Ich jedenfalls werde da sein.«

»Euren Namen verratet Ihr mir nicht, nehme ich an?«

»Wo bliebe da der Spaß? Ihr müsst schon selbst herausfinden, wer ich bin.«

Schritte, ein verschwommener Schatten glitt hinter den Laken vorbei, die Tür öffnete und schloss sich wieder. Und ein weiteres Mal ließ sie Erec mit einem Knäuel unentwirrbarer Fragen und Gedanken zurück.

Kapitel 6

Grafschaft Auvergne, Ambert, Juli 1181

Als einer der Ersten betrat Erec die große Halle von Ambert, die man festlich mit grünen Zweigen geschmückt hatte. Platten mit kleinen knusprigen Broten und Weinkrüge standen auf den Tischen bereit, Diener wimmelten umher, entzündeten die Leuchter und trafen letzte Vorbereitungen. Einer wies ihm seinen Platz nahe der hohen Tafel.

Bevor er sich setzte, zog Erec seinen guten Surcot glatt und fuhr sich noch einmal durchs Haar, um den widerspenstigen Wirbel über der Stirn zu bändigen, der ihn stets etwas ungekämmt aussehen ließ. Von seinem Platz aus hatte er einen guten Blick auf den Eingang, sodass er jeden eintretenden Gast genau würde in Augenschein nehmen können. Doch was wusste er schon von der geheimnisvollen Fremden? Er kannte ihre Stimme, ihr Lachen, ihren Duft, aber sonst? Würde sie etwas unternehmen, um sich ihm zu offenbaren? Nein. Nach allem, was er bisher von ihr wusste, würde sie ihn zappeln lassen und sich dabei köstlich amüsieren. Vielleicht bestand genau darin das Spiel, einem Mann den Kopf zu verdrehen und ihm anschließend dabei zuzusehen, wie er sich zum Narren macht.

Erec konnte noch immer nicht entscheiden, was er von der Sache halten sollte. Das Ganze weckte gleichermaßen ein Gefühl freudiger Erregung und Ärger in ihm. Ärger nicht nur über die Unbekannte, sondern auch über sich selbst. Dennoch hatte er angebissen, aus Neugier, wie er sich einredete. Was war er anderes als ein lächerlicher Fisch am Haken?

Gebannt behielt er die Eingangstür im Auge. Er hätte seine Zeit sinnvoller nutzen, Gespräche führen und sich mit einflussreichen Menschen bekannt machen sollen, schließlich waren Kontakte die Währung, mit der in diesen Kreisen so vieles bezahlt wurde. Doch er wusste, bevor er nicht das Rätsel um die Unbekannte gelöst hätte, würde er an nichts anderes denken können. Und das wollte er lieber aus sicherer Entfernung tun, zumal die Dame gewiss in Begleitung erschien.

Musikanten betraten den Saal und machten sich mit ihren Drehleiern, Trommeln und Flöten auf dem eigens dafür errichteten Podest bereit, um der Festgesellschaft während des Banketts aufzuspielen. Armand würde später am Abend auftreten, im Anschluss an das Essen, wenn ihm die ungeteilte Aufmerksamkeit der Gäste gehörte und seine kunstvollen Verse nicht im Schmatzen, Plappern und Lachen der Feiernden untergingen.

Mehr und mehr Menschen strömten in die Halle; Männer, Frauen, Paare. Alle waren dem Anlass entsprechend herausgeputzt, Damaststoffe glänzten im Licht der Wachskerzen, seidengefütterte Schleppärmel strichen über die Fliesen, Blumenkränze thronten auf dem kunstvoll frisierten Haar der Jungfern oder den zarten Gebenden der Verheirateten.

Erec bemühte sich, nicht allzu aufdringlich zu starren. Doch wonach hielt er eigentlich Ausschau? Verheiratet, nicht klein, der Stimme nach eher jung, vermutlich erlesen gekleidet – diese Punkte trafen auf mindestens die Hälfte der anwesenden Frauen zu. Also lenkte er seine Aufmerksamkeit darauf, ob eine der Damen bewusst Augenkontakt suchte – oder ihm im Gegenteil in auffälliger Weise auswich. Der Einzige jedoch, der absichtlich zu ihm schaute, war Damien de Brienne – um ihn mit einem verächtlichen Blick zu traktieren.

Du mich auch, Herzblatt, dachte Erec, wandte demonstrativ das Gesicht ab und griff nach seinem Weinbecher. Ein Diener platzierte derweil eine greise Matrone an seiner freien Seite, die ihm, nachdem er sie artig begrüßt hatte, mit großer Entschlossenheit den neusten Klatsch und Tratsch kundtat. Erec seufzte innerlich und füllte sich seinen Becher selbst bis zum Rand nach. Was tat er hier eigentlich? Warum zum Kuckuck saß er an der Tafel eines aufgeblasenen Wichtigtuers und ließ sich von einer gelangweilten Unbekannten zum Narren halten, statt zusammen mit seinen Freunden im Gasthaus zu feiern?

Aus Stolz und Eitelkeit vermutlich. Eine Erkenntnis, die seine Stimmung nicht eben hob, denn waren das nicht genau die Eigenschaften, derentwegen sein Geschlecht eine Torheit nach der nächsten beging – zumindest, wenn man der geheimnisvollen Fremden glauben wollte?

»Wenn Ihr mich fragt, ist das angevinische Königshaus der reinste Sündenpfuhl«, ereiferte sich seine Tischnachbarin gerade. »Und angefangen hat das alles mit dieser aquitanischen Hexe Eleonore und ihren losen Sitten. Überall hat sie sich eingemischt. Eigentlich kein Wunder, dass der Alte Henri sie weggesperrt hat und nach fremden Röcken schielt. Aber, Gott helfe mir, was mir jetzt zu Ohren gekommen ist, das stellt wirklich alles andere in den Schatten.« Sie neigte sich verschwörerisch zu Erec. »Es heißt, der Alte König habe sich Alix, die Verlobte seines Sohnes Richard, ins Bett geholt. Stellt Euch das vor, bespringt die Frau seines Sohnes, eine französische Prinzessin. Ist das nicht ungeheuerlich?«

Erec nickte abwesend, ohne die Worte der Alten wirklich begriffen zu haben. Stattdessen ließ er den Blick über die anderen Gäste schweifen, die nach und nach ihre Sitzplätze einnahmen. Es musste doch irgendeinen Hinweis geben, irgendetwas, das ihn weiterbrachte. Ein Lächeln, ein Augenaufschlag, ein verstecktes Zeichen. Sie konnte ihn doch nicht völlig im Dunkeln lassen. Andererseits wäre es nicht das erste Mal.

Angesichts seines kaum verhohlenen Desinteresses lehnte seine Sitznachbarin sich schließlich weit auf die Tischplatte vor, um über seinen Platz hinweg angeregt mit dem Kerl zu seiner Linken die Verderbtheit des Hauses Anjou zu erörtern.

Erec unterdrückte ein erleichtertes Seufzen, als das frischgebackene Ehepaar endlich die Halle betrat und die Aufmerksamkeit auf sich zog. Jérôme hielt eine belanglose Ansprache, die sich im Wesentlichen um seine angeblichen Heldentaten auf dem Turnierplatz drehte und zu deren Beweis er einen fingerlangen Ritz auf seiner Stirn präsentierte. Eine Verletzung, die er sich im Eifer des Gefechts selbst mit dem Eisenbeschlag seines Schildes zugefügt hatte, wie Erec wusste. Aber wer wollte schon so kleinlich sein.

Er dachte an seine eigenen geschundenen Knochen, an seine Freunde, die vermutlich längst seliger Trunkenheit entgegentaumelten, an diese Frau, die sich ihm allem Anschein nach nicht zu erkennen geben wollte, und seine Laune sank mit jedem Augenblick.

Später konnte er sich nicht einmal daran erinnern, was zur Feier des Tages aufgetischt worden war, geschweige denn, wie es geschmeckt hatte, auch wenn er sicher war, dass d'Ambert nicht an erlesenen Speisen und teuren Gewürzen gespart hatte. Verdrossen nippte er an seinem Becher, versuchte, das Geschnatter seiner Sitznachbarn zu ignorieren, und wartete darauf, dass die Zeit verstrich und er gehen konnte, ohne allzu unhöflich zu erscheinen. Sinnlos, diese Frau finden zu wollen. Sie wollte gar nicht gefunden werden.

Plötzlich spürte er eine Hand leicht auf seiner Schulter und fuhr herum.

»Himmel, Erec, du scheinst dich ja prächtig zu amüsieren«, stellte Armand grinsend fest. »Was ist los? Der Einzige, der noch finsterer dreinschaut als du, ist de Brienne. Habt ihr euch wieder in den Haaren gehabt, oder warum dieses Gesicht?«

Erec riskierte einen kurzen Blick zu dem Ritter, der schräg gegenüber an der anderen Seite der hufeisenförmigen Tafel saß und mit versteinerter Miene zu ihnen herüberstierte. »Nein, nichts dergleichen.« Erec hatte nicht vor zu erklären, was hinter seiner schlechten Laune steckte, und damit womöglich auch noch Armands Spott auf sich zu ziehen. »Ich bin einfach nur müde, glaube ich. War ein hartes Gefecht heute. Und der Festabend verlief bisher eher … einschläfernd.«

»Verstehe«, meinte Armand lächelnd. »Aber eins kann ich versprechen: Wenigstens die Musik wird gleich besser werden.« Zur Erklärung hob er seine Laute.

»Immerhin ein Lichtblick«, gab Erec zurück und grinste. Doch er meinte es ehrlich. Armand war ein fabelhafter Dichter und Sänger, auch wenn sein Talent auf ihrer bisherigen Reise nur selten die Anerkennung gefunden hatte, die es zweifellos verdiente. Heute wäre das womöglich anders.

Die Tafel und die Sitzordnung waren zwischenzeitlich aufgehoben worden, sodass sich ein Teil der Gäste plaudernd zu Gruppen zusammengefunden hatte. Diener sorgten für mehr Kerzen und Wein, während die Spielleute Armand das Podest überließen.

Erec hielt sich an seinem Becher fest und schaute seinem Freund dabei zu, wie er auf einem Schemel Platz nahm und beinahe zärtlich seine Laute stimmte. Ein herrliches Instrument aus rötlichem Holz, mit einem kunstvoll durchbrochenen Blumenornament als Schallloch. Soviel Erec wusste, stammte es aus dem Heiligen Land und war …

Ein Lachen, hell und perlend, riss ihn aus seiner Betrachtung. Sein Kopf flog herum, als er nach der Quelle Ausschau hielt. Einige Männer und Frauen standen etwas abseits beisammen und unterhielten sich angeregt. Von da war es gekommen, oder nicht? Dem Kopfschmuck nach waren alle Frauen, die dort versammelt standen, verheiratet, einige wandten ihm den Rücken zu. Er blickte auf zarte, mit Perlen geschmückte Gebende und Schleier, unter denen sich mit Seidenbändern und Spangen zusammengehaltenes Haar hervorlockte, dunkel, blond oder rötlich. Edle Roben umflossen Körper unterschiedlichster Gestalt. Nichts, was ihm einen Hinweis hätte geben können. Und er war nicht nah genug, um Stimmen unterscheiden zu können. Womöglich hatte er sich auch getäuscht, und das Lachen war von anderer Stelle an sein Ohr gedrungen oder gehörte gar einer völlig anderen Frau.

Eine Weile noch beobachtete er die Gruppe über seinen Weinbecher hinweg. Doch als Armand die Saiten anschlug und sich seine Stimme voll heiterer Melancholie erhob, verstummten die Gespräche allmählich, Gäste traten auf das Podest zu und nahmen Erec schließlich die Sicht.

Einerlei! Nein, er verlor nicht gern – wer tat das schon? –, aber er gab sich geschlagen. Wenn es das Ziel der unbekannten Dame gewesen war, ihn in Verwirrung und Selbstmitleid zu stürzen und ihm bezüglich seiner jämmerlichen Eitelkeit den Spiegel vorzuhalten, nun, dann hatte sie es erreicht. Doch würde er dieses Spiel keinen Augenblick länger mitspielen. Sollte sie sich einen anderen Narren suchen.

Erec wendete seine Aufmerksamkeit Armands erlesenem Gesang zu, damit der Abend nicht völlig vergeudet war. Zum Einstieg gab sein Freund das bekannte Lerchenlied von Ventadorn zum Besten. Seine Singstimme erklang kraftvoll, gleichzeitig schwang stets etwas Raues und Zerbrechliches darin mit, das eine Verletzlichkeit erahnen ließ, die alle anrührte, auch wenn sie der okzitanischen Sprache nicht mächtig waren. Selbst den grimmigen Damien de Brienne vermochte Armands Darbietung in den Bann zu ziehen, wie es schien, denn ein abwesendes Lächeln trat auf sein Gesicht. Und auch die anderen Gäste, Männer wie Frauen, umschwärmten den Troubadour bald wie Motten das Licht und hingen an seinen Lippen. Doch wie so oft nahm er es gar nicht richtig wahr, schien in Gedanken ganz woanders zu sein. Oder bei jemand anderem?

Sosehr Erec sich auch anstrengte, es wollte ihm nicht gelingen, sich auf die Musik einzulassen. Rastlos wanderten seine Gedanken umher. Schließlich leerte er seinen Becher in einem Zug und verließ den Festsaal mit großen Schritten. Vielleicht hatte er Glück und fand die anderen noch im Gasthaus.

Kapitel 7

Grafschaft Auvergne, Ambert, Juli 1181

»Oh, Erec, komm schon, du musst aufwachen!«

Jemand rüttelte an ihm. Ein Gefühl, als hüpften tausend Murmeln kreuz und quer durch seinen Schädel. Der Wein, den er sich noch mit seinen Freunden im Wirtshaus genehmigt hatte, war zweifellos gepanscht gewesen. Eine andere Erklärung für sein Elend gab es nicht. Ächzend öffnete er die Augen. Direkt über ihm schwebte Lionels von blonden Locken gerahmtes Gesicht und grinste gut gelaunt auf ihn herab. Wie zur Hölle schaffte er es, nach der gottlosen Zecherei gestern derart munter zu sein?

»Na endlich! Dachte schon, du wärst tot. Sieh zu, dass du hochkommst, man hat nach dir geschickt!«

Erec rieb sich mit beiden Händen übers Gesicht, als könne er so den Nebel aus seinem Kopf wischen. »Jemand schickt nach mir? Wer? Himmel, warum? Um diese Zeit?«

Lionel lachte. »Es geht auf Mittag zu, falls du's genau wissen willst. Und wie es scheint, hat jemand Gefallen an unserem Turnierbanner gefunden. Er kann sich vorstellen, uns bei den nächsten Wettkämpfen mit blanker Münze zu unterstützen.«

Erec war schlagartig wach und setzte sich auf. »Nicht dein Ernst!«

Lionel nickte nachdrücklich. »Ein Bote wartet in diesem Augenblick draußen bei Armand auf dich.«

Erec kam hastig auf die Füße. Er spülte sich den Mund

mit einem Schluck Wasser aus, spritzte sich den Rest aus dem Krug ins Gesicht und versuchte noch halbherzig, seine widerspenstigen Haare zu glätten. Rasch streifte er Gewand und Stiefel über, dann eilte er nach draußen.

Armand stand bei einem jungen Burschen in den Farben Amberts, während die anderen etwas abseits ausharrten und die beiden erwartungsvoll beobachteten. Josce kaute auf seinem Daumennagel, und selbst der sonst so kühle Valéry wirkte nervös. Sie alle wussten, was für einen Unterschied ein finanzkräftiger Mäzen für den weiteren Verlauf ihres Turnierlebens bedeuten konnte.

Erec zog sein Wams glatt und trat zu dem Boten.

Der junge Mann verbeugte sich. »Erec de Lacône? Wenn Ihr mir bitte folgen wollt, Sire. Horace d'Hârcourt schickt nach Euch.«

Erec hörte den Namen zum ersten Mal, aber was spielte das für eine Rolle. Offenbar hatten sie sein Interesse geweckt, das war alles, was im Augenblick zählte.

Entschlossen nickte er und konnte ein Grinsen dabei nicht unterdrücken. Wie es aussah, war die Schinderei der vergangenen Tage – und dabei schloss er das gestrige Bankett ausdrücklich ein – doch nicht ganz umsonst gewesen.

Er tauschte einen letzten bedeutungsvollen Blick mit Armand, dann folgte er dem Boten.

Horace d'Hârcourt erwartete ihn in einem der Gärten, die zur Burg von Ambert gehörten. Schwer auf einen Stock gestützt, beugte er sich über einen blühenden Strauch und schien irgendwelche Krabbeltiere zu beobachten.

»Erec de Lacône, zu Euren Diensten«, stellte Erec sich vor und machte einen kleinen Diener.

»Erec, wie schön, dass Ihr gekommen seid.« Mit einem freundlichen Lächeln, den freien rechten Arm zum Willkommen ausgebreitet, trat d'Hârcourt auf ihn zu. Selbst mit Stock schien ihn das Gehen anzustrengen. Seine Bewegungen wirkten mühsam und unbeholfen, auf seltsame Weise schief.

Erec kam ihm das restliche Stück entgegen.

Er konnte sich nicht erinnern, den Mann vor sich schon einmal bewusst wahrgenommen zu haben. Dem vollständig ergrauten Haar und verwitterten Gesicht nach hatte d'Hârcourt die fünfzig vermutlich lange schon überschritten. Doch anders als die meisten Männer seines Alters trug er die verbliebenen Haare und den Bart kurz, was ihm etwas Soldatisches verlieh. Und auch sein durchaus athletischer Körperbau ließ Erec vermuten, dass er einen früheren Krieger vor sich sah. Bis etwas – oder jemand – ihn zum Krüppel gemacht hatte.

War das der Grund, aus dem er eine Handvoll junger Kämpfer fördern wollte? Weil er selbst nicht länger in der Lage war, Turniere zu reiten?

Herzlich, aber mit festem Griff umfasste der Ritter zur Begrüßung seinen Unterarm. Es lag eine Traurigkeit, ein alter Kummer in seinem Lächeln, das Erec an Armands Ausdruck erinnerte.

»Schön, dass Ihr gekommen seid«, wiederholte Horace. »Ich habe Euren Kampf gestern mit Spannung verfolgt. Ihr seid ein guter Taktiker, ein herausragender Reiter. Und Eure Männer sind Euch ergeben. Ohne Eure schlagkräftige Truppe hätten die Garlandes Jérôme kräftig den Hintern versohlt, so viel steht fest.«

Erec senkte verlegen den Blick. »Habt Dank, Eure Worte ehren mich.«

»Nicht so bescheiden, Mann, das steht Euch nicht. Ihr wisst genau, wozu Ihr fähig seid. Wie sonst hättet Ihr gewagt, ohne Helm in den Tjost zu reiten, nicht wahr?«

Erec hielt den Blick weiterhin gesenkt, aber ein Lächeln stahl sich auf seine Lippen. »Ich fürchte, das war purer Leichtsinn«, gab er zu.

Horace lachte. »Immerhin ehrlich.«

Erec fiel auf, dass d'Hârcourts Hand sich so hart um den Stock krampfte, dass die Adern hervortraten. Sein linkes Bein zitterte, auch wenn er versuchte, es zu unterdrücken. Er hatte Schmerzen.

»Ich muss gestehen, das Gefecht von gestern steckt mir noch immer in den Knochen«, behauptete Erec. »Genau wie das Gelage danach.« Letzteres war nicht einmal gelogen. »Lasst uns ein bequemes Plätzchen suchen, dann können wir im Sitzen weiterreden.«

Horace nickte dankbar. Sie begaben sich zu einer nahen Steinbank und nahmen Platz.

»Es ist eine Kriegsverletzung, die ich mir für unseren seligen König Louis zugezogen habe«, erklärte der Ritter unaufgefordert. »Zerschmetterte Hüfte und mehr noch. Vermutlich muss ich dem Himmel danken, dass ich mich überhaupt noch aufrecht halten kann. Aber Gott weiß, es ist kein Vergnügen. Sitzen ist besser, wenigstens eine Weile.« Wieder lächelte er sein kummervolles Lächeln, und Erec spürte unvermittelt einen harten Knoten im Magen.

»Das tut mir leid«, bekundete er und empfand ehrliches Bedauern für den Ritter – auch weil er wusste, dass ein ähnliches Schicksal jeden von ihnen treffen konnte, jederzeit. Zum Nichtstun verdammt – was musste das für einen früheren Kriegsmann bedeuten?

Horace winkte ab. »Ich bin am Leben, oder nicht?«, antwortete er auf Erecs ungestellte Frage. »Und König Louis hat dafür gesorgt, dass ich auf meine alten Tage ein anständiges Auskommen und noch dazu eine wunderschöne, kluge Frau an meiner Seite habe. Ich darf nicht klagen.«

Ein Moment der Stille trat ein, und Erec wartete angespannt, dass der Ritter erneut das Wort ergreifen würde. Doch Horace schien mit den Gedanken woanders.

»Seid Ihr wegen des Turniers nach Ambert gekommen?«, lenkte Erec das Gespräch vorsichtig zurück zum Grund ihres Zusammentreffens.

Horace schüttelte den Kopf. »Offen gestanden, nein. Die Braut ist eine Base meiner Frau, deswegen sind wir hier. Ich halte mich nur gelegentlich bei Turnieren auf.« Er seufzte. »Es ist schmerzhaft. In mehrfacher Hinsicht.«

»Ich verstehe, tut mir leid.«

»Es muss Euch nicht leidtun.« Horace legte ihm kurz die Hand auf den Arm. »Ihr seid jung, strotzt vor Tatkraft. Ihr solltet kein schlechtes Gewissen haben, wenn Ihr etwas damit anfangt. Außerdem besitzt Ihr Talent.« Und mit einem Schmunzeln fügte er hinzu: »Das meint auch meine Frau.«

»Tatsächlich?« Ein seltsames Kribbeln breitete sich in Erecs Magengrube aus, dessen Ursache er nicht recht einzuordnen wusste.

»O ja, sie begeistert sich fürs Turnier, sieht oft zu. Sie war es auch, die vorschlug, Euch und Euren Männern etwas unter die Arme zu greifen. Einen monatlichen Zuschuss von fünfzig Schillingen für Ausrüstung und Pferdefutter, was haltet ihr davon?«

Erec wusste einige Augenblicke lang nicht, was er sagen sollte. Das war genau das, was sie schon so lange erhofft hatten. Es würde ihnen endlich die nötige Luft verschaffen. »Ich …«

»Ah, meine Frau. Da kommt sie ja«, unterbrach Horace ihn, und sein Blick richtete sich zum anderen Ende des Gartens, von wo eine elegant gekleidete Dame in Begleitung einer Zofe herangeschlendert kam.

Sie war jung, erkannte Erec, etwa Anfang zwanzig wie er selbst. Ihr Haar wellte sich unter einem durchscheinenden Seidenschleier hervor, der von einem schlichten Reif auf dem Kopf gehalten wurde, und fiel ihr bis auf die Hüfte. Rostrote Locken auf moosgrünem Stoff. Sie lächelte, als sie zu ihnen trat, während die Zofe in diskretem Abstand zurückblieb. Es war ein schelmisches, beinahe spöttisches Lächeln und brachte die feinen Sommersprossen zum Leuchten, die ihre Wangen bestäubten.

Horace erhob sich und berührte seine Frau sanft am Arm. »Meine Liebe, darf ich bekannt machen: Erec de Lacône.«

Erec, der ebenfalls aufgestanden war, vollführte eine kleine Verbeugung – und tauchte ein in den Duft aus Lavendel, Geißblatt und frischem Leinen. Als er sich aufrichtete, blickte er in blitzende Augen in der Farbe von Amseleiern.

Hitze breitete sich in seiner Brust aus und kroch ihm den Nacken hinauf bis in die Haarwurzeln. Das konnte nicht sein!

»Wir kennen uns«, gestand die Dame unumwunden, und ein komplizenhafter Ausdruck trat in ihren Blick. »Vom Turnierplatz«, schob sie nach, aber das Lächeln blieb.

Erec kämpfte gegen Schwindel an und war vollkommen fassungslos.

»Natürlich.« Horace nickte, wankte dann jedoch unvermittelt, und Erecs Hand schoss vor, um ihn zu stützen.

»Habt Ihr Schmerzen?«

»Fragt besser, wann ich keine habe.« Der Ritter lächelte gequält. »Ich denke, ich werde mich ein wenig zurückziehen. Alles Weitere könnt Ihr ebenso mit meiner Frau besprechen. Schließlich war es ihre Idee.« Er schenkte seiner Gattin einen Blick voller Wärme, dann wandte er sich noch einmal an Erec: »Es war mir eine Freude, Euch kennenzulernen, de Lacône. Sicher werden wir uns bald wiedersehen. Bis dahin lasst Euch nicht die Knochen brechen. Glaubt mir, das ist kein Vergnügen!« Er lächelte mit dieser eingebetteten Traurigkeit, dann entfernte er sich.

Sobald Horace außer Hörweite war, holte Erec tief Luft. »Könnt Ihr mir verraten …«

»Genovefa, ich heiße Genovefa, wenn es mein Name ist, den Ihr wissen wolltet. Gestern zumindest wart Ihr noch ganz versessen darauf, ihn zu erfahren.«

Erec funkelte sie wütend an. »Hört auf, mit mir zu spielen, Genovefa, und erklärt mir stattdessen, was zum Henker das alles soll!«

Die Zofe warf einen Blick in ihre Richtung, und er fuhr sich verlegen über den Mund.

»Lasst uns ein Stück gehen«, schlug Genovefa vor. »Wir wollen doch nicht, dass jemand uns unkeuscher Absichten bezichtigt.« Sie warf ihm einen herausfordernden Seitenblick zu.

Erec spürte, wie sich der Ärger in seinem Magen zu einem

heißen Knoten ballte. Und offenbar zeichneten sich seine Gefühle auch deutlich auf seinem Gesicht ab.

»Warum so aufgebracht, Erec? Es ist doch nichts geschehen zwischen uns.«

»Ich vermute, Horace würde das anders sehen. Wie könnt Ihr ihn derart hintergehen?«

»Warum macht Euch das wütend? Weil er so ein netter Kerl ist, ein bemitleidenswerter Kriegsveteran? Oder weil er ein Standesgenosse ist? Wäre Euer Gewissen ruhiger, wäre ich die Frau, sagen wir, eines einfachen Handwerkers?«

Erec verstand sehr wohl, was sie ihm indirekt vorwarf. Nie hatte er sich allzu lang den Kopf darüber zerbrochen, wen er sich ins Bett holte. Am nächsten Morgen hatte er sich stets von ihrer Seite und aus der Verantwortung gestohlen. Und dennoch …

»Horace achtet Euch, liebt Euch, das ist unübersehbar.«

»Und ich achte ihn, glaubt mir. Aber ich habe mir dieses Leben nicht ausgesucht. Ich wurde ihm als Geschenk gereicht, nein, als Trophäe für seine treuen Dienste. Als Entschädigung für erlittene Schmerzen. Niemand hat auch nur einen Augenblick lang einen Gedanken daran verschwendet, ob ich diesen Mann und dieses Leben will.« Sie war jetzt mindestens so wütend wie Erec; wie Funken glühten ihre Sommersprossen auf den geröteten Wangen. »Ich war vor Horace schon einmal verheiratet, und auch damals haben andere – Männer – die Entscheidung über meine Zukunft getroffen. Wie eine Schachfigur hat man mich hierhin und dorthin geschoben. Also vergebt mir, Erec, wenn ich in meinem Leben den ein oder anderen Zug selbst machen will.«

Auch wenn Erec wusste, dass Genovefa das Schicksal vieler, wenn nicht der meisten adligen Frauen teilte, konnte er sie in diesem Punkt durchaus verstehen.

»Das erklärt jedoch nicht, was Ihr Euch hiervon erhofft und was für eine Rolle Ihr *mir* in diesem Spiel zugedenkt«, entgegnete er. »Geld für mich und meine Truppe, damit ich Euch zu Diensten bin, wenn es Euch danach verlangt?«

Das schelmische Lächeln kehrte auf ihre Lippen zurück. »Oh, ich bin überzeugt, nicht jeder wäre dieser Vorstellung gleichermaßen abgeneigt. Aber glaubt mir, ich kann akzeptieren, wenn Ihr nichts für mich übrighabt, und trotzdem Eure Leistung auf dem Turnierplatz anerkennen. Ich weiß aus zuverlässiger Quelle, dass Ihr kurz vor dem Ruin steht und das Turnierleben aufgeben müsstet, sollte es so schlecht weiterlaufen. Und das wäre eine schreckliche Vergeudung von Talent. Ich will Euch helfen, nichts weiter.«

Erec fühlte Scham aufsteigen. Wer hatte ihr das verraten? De Brienne? Oder war ihre prekäre Lage derart offensichtlich?

»Warum dann diese Heimlichkeiten, warum dieses Spiel?«

Sie zuckte mit den Schultern. »Jedes Mal, wenn Ihr auf den Turnierplatz geht, riskiert Ihr dabei Euer Leben, zumindest aber Eure Gesundheit. Für den Nervenkitzel und dafür, Euch einen Moment lang frei und lebendig und unbesiegbar zu fühlen. Ihr solltet mich besser verstehen.«

Erecs Kiefer mahlten, während er ihren Vorschlag hin und her wälzte. Sicher, das unverhohlene Interesse dieser Dame war äußerst schmeichelhaft. Doch musste er nach ihren letzten Begegnungen davon ausgehen, dass es ihr um etwas ganz anderes als seine Leistungen auf dem Turnierplatz ging. Und sich dafür bezahlen zu lassen, widerstrebte ihm gewaltig. Mehr noch, es kratzte gehörig an diesem diffusen Gefühl, das er für Ehre hielt. »Nein, Madame, es geht nicht. Ich kann das Angebot nicht annehmen. Ich kann nicht mich und meine Männer abhängig machen von Euren … Euren Launen.«

»Launen? So nennt Ihr das also?«, schnaubte sie. »Die Frage ist, wer hier nicht fähig ist, Herz und Verstand zu trennen, und dafür seine Turnierkarriere riskiert, bevor sie richtig begonnen hat. Heilige Maria, Muttergottes, Stolz und Eitelkeit sind wahrlich die schlimmsten aller Übel!«

»Was diese beiden angeht, kann ich noch einiges von Euch lernen.«

»Ihr seid reichlich unverschämt!«

»Ich? Unverschämt?« Erec entfuhr ein beinahe ungläubiges Lachen. »Das sagt Ihr, die Ihr mir bis ins Bad nachstellt und nun versucht, mich zu kaufen, als Euer ... Spielzeug?«

Genovefas Miene verschloss sich. »Ich habe Euch und Euren Männern eine Perspektive geboten, nichts weiter«, erwiderte sie kühl. »Nun, man kann niemanden zu seinem Glück zwingen, nicht wahr? Ich wünsche Euch weiterhin viel Erfolg sowie Sankt Georgs Beistand, denn den werdet Ihr zweifelsohne brauchen. Und keine Sorge, ich werde Euch gewiss nicht noch einmal behelligen.« Sie neigte kaum sichtbar den Kopf, dann wandte sie sich um und ließ ihn stehen.

»Du hast was?«, brach es aus Valéry hervor. Auch die anderen umringten Erec und starrten ihn fassungslos an.

»Ein guter Witz.« Lionel lachte. »Beinahe hätte ich es dir abgekauft. Es ist doch ein Witz, oder? Oder?«

Valéry brauchte dem Ritter nur ins Gesicht zu blicken und wusste die Antwort. Wut, Scham und Kummer rangen darin.

»Warum, um Himmels willen?«, wollte er wissen und hatte Mühe, die Worte einigermaßen gefasst auszusprechen. Viel lieber wollte er Erec am Kragen packen und ihn schütteln. »Was für einen Grund könnte es geben, dass du so ein Angebot ausschlägst? Das hätte uns ein dickes Polster für die nächsten Monate verschafft.« Feste Einkünfte, Sicherheit, Planbarkeit. Valéry hätte all seinen Verpflichtungen nachkommen können. Und sich wenigstens für die nächste Zeit nicht sorgen müssen, ob er die vereinbarte Summe nach Fontenoy schicken konnte.

Erec presste die Lippen aufeinander und starrte stur zu Boden, doch niemand hatte vor, ihn damit durchkommen zu lassen. Josce baute sich mit seiner ganzen Masse unmittelbar vor ihm auf. Sein Gesicht glühte vor Ärger. »Raus mit der Sprache«, verlangte er. »Du bist uns eine Erklärung schuldig!«

»Er hat recht, Erec«, stimmte Armand zu. Anspannung zeichnete sich deutlich in den Zügen des Troubadours ab.

»Ich hatte gute Gründe für meine Ablehnung«, erwiderte Erec knapp.

»Und *gute Gründe* machen beinahe so satt wie gebratenes Hühnchen, hab ich gehört.« Pépin grinste frech, während er auf einem nahen Holzstapel saß und die schmutzigen Füße baumeln ließ.

»Es war *mein* Tjost, der uns die Aufmerksamkeit verschafft hat«, stellte Erec klar. »Also obliegt es auch mir, über das Angebot zu entscheiden.«

Valéry fragte sich, was ihn so wütend machte. Dieser Ausbruch sah ihm nicht ähnlich. Üblicherweise ging er bemerkenswert unbeschwert, beinahe schon leichtfertig durchs Leben.

»Ist mir was entgangen, oder ist das Turnier neuerdings eine Einzeldisziplin?«, warf Lionel ein.

»Und sonst teilen wir immer alle Gewinne, oder etwa nicht?«, fügte Josce hitzig hinzu. »Egal ob aus Tjost oder Turnier oder weiß der Teufel. So haben wir es immer gemacht, so haben wir es vereinbart.«

»Genau«, schalt Valéry. »Das war die Bedingung, unter der wir uns zusammengetan haben.« Nachdem er sich über Wochen allein und nur mäßig erfolgreich durchgeschlagen hatte, war diese Vereinbarung für Valéry sogar der wichtigste Grund gewesen, sich Erec und den anderen Ende letzten Jahres anzuschließen. »Du hättest diese Entscheidung nicht ohne uns treffen dürfen!«

»Dann geh doch und heul dich bei deinen Eltern aus, Valéry«, entgegnete Erec ungnädig, »und hol dir bei der Gelegenheit ein Taschengeld ab.«

Valéry presste die Kiefer so hart aufeinander, dass sich die Haut straff über die Knochen spannte. »Du selbstgefälliger Scheißkerl!«, spie er hervor und ballte die Hände zu Fäusten. *Du hast doch keine Ahnung.* Er machte einen drohenden Schritt auf Erec zu, und vielleicht hätte er sogar zugeschlagen, wäre nicht Josce zwischen sie getreten, um ihn aufzuhalten.

Ein kurzer Augenblick betroffener Stille trat ein.

Erec fuhr sich mit beiden Händen durch die Haare und richtete auf seinem Kopf ein strubbeliges Durcheinander an. »Es … es war einfach nicht möglich … unter den gegebenen Bedingungen zuzustimmen.«

»Was für Bedingungen sollten das sein, dass du uns stattdessen lieber dem völligen Ruin preisgibst?«, knurrte Valéry.

»Noch sind wir nicht pleite. Von dem Preisgeld können wir eine Weile …«

»Erec!«, mahnte Armand.

Alle Blicke hefteten sich auf ihn.

»Zuzustimmen hätte … bedeutet, sich in eine Abhängigkeit zu begeben, deren Folgen niemand abschätzen kann. Ich fürchte, die daran geknüpften Erwartungen hätten uns … mehr Schaden als Nutzen gebracht.«

»Genauer geht's nicht?«, fragte Lionel.

»Es … ist kompliziert«, gab er zerknirscht zu. »Und mir ist klar, dass wir das Geld weiß Gott gut hätten gebrauchen können. Aber nicht unter diesen Bedingungen. Bitte«, und dabei sah er beinahe flehend in die Runde, »ihr müsst mir das einfach glauben. Es ist die richtige Entscheidung.«

Einige Augenblicke hielten die anderen ihre grimmigen Mienen noch aufrecht, dann rollte Lionel mit den Augen. »Wenn er diesen Welpenblick aufsetzt, kann man ihm nicht länger böse sein, es ist zum Verzweifeln.«

»Das heißt aber nicht, dass die nächsten Wochen jeden Tag Milas Pampe auf den Tisch kommt, oder?«, erkundigte sich Josce mit gequälter Miene.

Und auch Lionel schauderte. »Himmel, ich hoffe, du weißt, was für Opfer wir bringen.«

»Ich kann nicht glauben, dass ihr ihn damit durchkommen lassen wollt«, zischte Valéry. Noch immer hielt er die Hände zu Fäusten geballt. »Schlechtes Essen wird in nächster Zeit unser kleinstes Problem sein. Das alles wird endgültig den

Bach runtergehen!« *Nur dass es nicht allein eure verfluchten Existenzen sind, die davon abhängen,* fügte er im Stillen hinzu und fühlte bei dem Gedanken ein Würgen in der Kehle.

Abrupt wandte er sich um und stapfte davon, andernfalls hätte er Erec womöglich noch eine verpasst. Doch das hätte ihn auch nicht weitergebracht.

Kapitel 8

Herzogtum Normandie, Pirou, August 1181

Zwei Ritter standen einander gegenüber, nur trennte kein Tilt ihre Bahn – eine besonders gefährliche Art des Lanzenstechens. Ihre Rösser wieherten schrill, eins bäumte sich auf und war kaum zu zügeln. Sein Reiter war niemand anderes als Guillaume le Maréchal, wie der aufsteigende rote Löwe auf grünem und goldenem Grund verriet, der seinen Waffenrock zierte. Wer sich hinter dem Wappen seines Gegners – ein weißes Ross auf blauem Grund – verbarg, wusste Genovefa nicht.

Ein kurzer Blickwechsel, dann preschten sie los, fegten wie Sturmwind aufeinander zu, krachten mit brutaler Wucht ineinander. Ein Tier ging zu Boden, beide Reiter wurden aus dem Sattel geschleudert. Doch damit war das Gefecht nicht zu Ende. Die Ritter rappelten sich auf und gingen mit unverminderter Kampflust zu Fuß aufeinander los. Es folgte ein gnadenloses Hin und Her, bei dem keiner der Kontrahenten die Oberhand zu gewinnen schien – bis Guillaumes Widersacher plötzlich zu einem Sprung ansetzte und sich mit seinem ganzen Gewicht auf den Marschall stürzte. Das unheilvolle Knacken war bis zu Genovefas Platz zu hören. Als sein Gegner von ihm abließ, war Guillaumes Arm sauber unterhalb der Schulter abgetrennt.

Es folgte ein Augenblick unheilverkündender Stille, dann brach ohrenbetäubendes Geheul los.

Marguerite erhob sich von der Gartenbank und eilte zu

dem Vierjährigen, der wie am Spieß plärrte und anklagend sein zerbrochenes Holzspielzeug in die Höhe reckte. Aurel hieß der Kleine, Sohn von Joanne de Clecy, einer von Marguerites Hofdamen. Die Königin hob das aufgebrachte Kind hoch und wischte ihm mit dem Zipfel ihres Ärmels die Tränen von den Wangen. Aurels kaum älterer Spielkamerad starrte schuldbewusst zu Boden.

»Schschsch, Aurel, nicht weinen«, versuchte Marguerite den Jungen zu beruhigen. »Wir werden dir einen neuen Ritter besorgen, versprochen.« Sie drückte ihn an sich und strich ihm sanft über die braunen Locken. Doch das Kind war völlig außer sich, schluchzte und heulte hemmungslos über sein beschädigtes Spielzeug. Schließlich eilte eine der Ammen herbei und nahm der Königin den weinenden Jungen ab.

Mit herabhängenden Armen stand Marguerite da und starrte den beiden beinahe etwas verloren nach. Genovefa ging zu ihr, hakte sich unter und schmiegte die Wange an Marguerites Schulter. Sie ahnte, was im Kopf – und im Herzen – der Freundin vorging.

»Gui wäre jetzt im selben Alter«, sagte Marguerite leise, und es war nicht ganz klar, ob sie zu Genovefa oder zu sich selbst sprach. Genovefa drückte sie noch etwas fester an sich.

»Natürlich, ich weiß.« Vor etwas mehr als vier Jahren hatte Marguerite einem Sohn das Leben geschenkt, ihrem ersten und bislang einzigen Kind. Doch nur drei kurze Tage hatte das Glück gehalten, dann hatte der winzige Guillaume, Hoffnungsträger zweier Königreiche, einfach aufgehört zu atmen.

Die Trauer über den Verlust des Kindes hatte Marguerite beinahe zerrissen. Und auch der Junge König hatte maßlos gelitten, wobei ihn der unbändige Schmerz seiner Frau, den er durch nichts hatte lindern können, fast genauso quälte wie der Tod des Kindes. Ein Schmerz, der bis zum heutigen Tag schwelte und einen Gutteil ihrer früheren fröhlichen Unbeschwertheit zu grauer Asche verbrannt hatte.

Die Trauer begleitete Marguerite seitdem wie ein Schatten.

Manchmal verdunkelte er nur für Augenblicke ihre Laune, dann wieder hüllte er sie vollständig ein, für Stunden, Tage oder gar Wochen.

Aneinandergeschmiegt wanderten sie durch den spätsommerlichen Garten von Pirou, wo andere Hofdamen und ihre Kinder die Sonne genossen und sich dem Müßiggang hingaben. Mit unverhohlener Sehnsucht beobachtete Marguerite sie dabei.

»Ob ich wohl irgendwann mein eigenes Kind hier werde spielen sehen?«

»Ich bete zur Muttergottes und allen Heiligen, dass es so kommen möge«, antwortete Genovefa der Freundin und streichelte ihr über den Arm. Sie wünschte es Marguerite von Herzen. Doch dafür müsste Henri zunächst einmal in ihr Bett zurückkehren.

Seit dem Tod des Kindes suchte er sie nur selten auf, wie Marguerite ihr anvertraut hatte. Nicht, weil die bisweilen schwermütige Gattin ihn abstieß, davon war Genovefa überzeugt. Die überwiegende Zeit gelang es der Königin, ihre Gefühle und Sehnsüchte hinter der aristokratischen Fassade zu verbergen und ihren Pflichten bei Hofe gewissenhaft nachzukommen. Ihr Liebreiz wurde von Troubadouren besungen, und ihre geistreiche Konversation war allseits geschätzt. Genovefa glaubte vielmehr, dass Henri seiner Frau – und womöglich auch sich selbst – den Schmerz, den der Verlust des Sohnes gebracht hatte, nicht ein zweites Mal zumuten wollte. Nicht jedenfalls, solange Marguerite noch derart litt. Falls Henri sich stattdessen andere Frauen ins Bett holte, ging er dabei äußerst diskret vor, und das, obwohl so manche hochgeborene Dame ganz schamlos bereit war, sich dem gut aussehenden und charmanten Thronfolger an den Hals zu werfen.

Womöglich verkannte der Junge König aber auch, dass die Aussicht auf ein weiteres Kind den Kummer in Marguerites Herz heilen oder wenigstens lindern mochte.

Genovefa schüttelte unmerklich den Kopf. Was verstand sie schon davon? Während ihrer ersten Ehe war sie genauso wenig schwanger geworden wie während der Jahre mit Horace. Wie es aussah, hatte Gott nicht vor, sie mit Nachkommen zu segnen. Doch Säuglinge und auch ältere Kinder starben jeden Tag, überall, genau wie ihre Mütter. Vielleicht sollte sie froh sein, wenigstens diesem Los zu entgehen – besonders, da sie an ihrer Freundin vorgeführt sah, was dieser Verlust mit einem Menschen anrichten konnte.

Sie fanden einen ruhigen sonnigen Sitzplatz zwischen Rosenbüschen und ließen sich nieder. Eine Weile sprach keine ein Wort, beide genossen sie das vielstimmige Konzert der Vögel, das ferne Kichern und Schwatzen der anderen und den zarten Rosenduft, der die Luft nach blumigem Wein schmecken ließ. Marguerite hatte die Augen geschlossen und das Gesicht der Sonne zugewandt, während Genovefa begann, das Haar ihrer Freundin zu feinen Zöpfen zu flechten. Es war lediglich eine Nuance dunkler als ihr eigenes, besaß eher die satte Farbe von Kastanien. Auch was Körpergröße und Gestalt betraf, ähnelten sie einander, sodass man sie von Ferne durchaus für Schwestern hätte halten können.

»Manchmal frage ich mich, warum Henri sich nicht eine andere Frau nimmt«, sagte Marguerite unvermittelt.

»Wie kommst du auf so etwas? Das würde er nie tun.« Natürlich fand man, wenn man nur danach suchte, in ihren Gesellschaftskreisen immer irgendwo eine zu enge Verwandtschaftslinie, welche die Scheidung von einer unliebsamen Ehefrau unter dem Vorwand des Inzests rechtfertigte. Aber sie konnte sich nicht vorstellen, dass Henri von dieser Tatsache Gebrauch machen würde. Es bestand kein Zweifel daran, dass er und Marguerite einander innig zugetan waren, womöglich ehrlich liebten; verheiratet im Kleinkindalter, hatten sie schließlich fast ihr ganzes bisheriges Leben miteinander geteilt. Hinzu kam, dass Marguerite die Halbschwester des jugendlichen französischen Königs war – und damit Henris Schlüssel zum Reich der Kapetinger. Vorausgesetzt, Philippe Dieudonné würde erbenlos sterben, Henri hingegen mit Marguerite ein weiteres Kind zeugen.

»Aber was für einen Wert habe ich für Henri, wenn ich ihm keinen Nachkommen schenken und so seine Herrschaft sichern kann?«, fragte sie, als habe sie Genovefas Gedanken erraten.

Genovefa zog die Freundin zu sich herum und sah sie ernst an. Marguerites braune Augen blickten bekümmert zu ihr auf.

»Wie kannst du so etwas sagen?«, fragte Genovefa erschüttert und spürte, wie ihre Brust sich beinahe schmerzhaft zusammenzog – vielleicht, weil sie sich eine ähnliche Frage schon selbst gestellt hatte. »Wie kannst du glauben, du seist es nicht wert, um deiner selbst willen geliebt zu werden, dafür, dass du ein kluger, warmherziger und geistreicher Mensch bist?«

Der Kummer in Marguerites Augen vertiefte sich. Ein trauriges Lächeln erschien auf ihren Lippen. »Haben wir nicht alle eine Rolle in dieser Welt? Eine uns von Gott zugewiesene Aufgabe? Was, wenn wir nicht imstande sind, sie auszufüllen?«

»Was sollte dann meine Rolle sein?«, fragte Genovefa hitzig. »Wo ich meinem Mann doch offensichtlich auch keine Nachkommen schenken kann.«

»Aber du musst auch nicht den Fortbestand einer Dynastie sichern«, wandte Marguerite sanft ein. »Horace hat bereits einen erwachsenen Sohn, der seinen Besitz erben und mehren wird.«

Und mich leidenschaftlich verabscheut, weil er mir den Vater nicht gönnt. Clement d'Hârcourt war zehn Jahre älter als sie und bereits Vater von vier Kindern, davon drei stramme Söhne. Weitere Erben wurden in der Tat nicht gebraucht. Und natürlich hatte Genovefa vom Beginn dieser Ehe an gewusst, dass ihr eine andere Aufgabe zufiel: Sie war der schmucke Preis für den zum Krüppel geschlagenen Kriegshelden. Da sie ihrem verstorbenen ersten Ehemann keine Kinder geboren hatte, haftete ihr bereits ein Makel an. Sie galt als beschädigte Ware. *Etwas Kaputtes für etwas Kaputtes.*

Horace hatte sich ihr nie aufgezwungen, sie hatte freiwillig das Lager mit ihm geteilt, vielleicht aus einer seltsamen Art Pflichtgefühl, vielleicht aus der Hoffnung heraus, doch noch Mutter zu werden und ihrem Leben so wenigstens eine Art von Sinn zu geben, doch ohne Erfolg. Und Horaces gesundheitlicher Verfall hatte diese Momente immer seltener werden lassen. Nein, sie brauchte nicht zu fürchten, verstoßen zu werden, denn sie musste keine Dynastie sichern, kein Reich repräsentieren, nicht einmal einen Haushalt führen. Ihr einziger Zweck bestand darin, als hübsche Dekoration zu dienen.

Und das sollte alles sein?

Marguerite legte ihr die schlanke Hand auf den Arm. »Verzeih mir, Genovefa, ich wollte dich nicht kränken. Ich weiß, dass du ebenfalls haderst.«

Genovefa schüttelte müde den Kopf. »Immerhin ruhen auf mir nicht die Blicke zweier Königreiche«, wandte sie mit einem Lächeln ein. »Oder die Augen einer Ehrfurcht gebietenden Schwiegermutter.«

»So Furcht einflößend, wie die meisten behaupten, ist Eleonore wirklich nicht. Wie alle Mütter liebt sie ihre Kinder und will nur das Beste für sie.« Dann musste Marguerite lachen. »Dennoch bin ich nicht unglücklich, dass sich unser Kontakt derzeit auf Briefe beschränkt.«

Eine Weile schwiegen sie wieder. Doch Genovefa konnte die Sache nicht so stehen lassen. Etwas in ihr sträubte sich vehement gegen die Vorstellung, dass Frauen nichts weiter sein sollten als Erbenmütter, Bündnissiegel, politisches Unterpfand oder ... Zierrat. Genovefa jedenfalls hatte nicht vor, sich ihr Leben lang mit dieser Rolle zu begnügen.

»Immerhin hat Königin Eleonore weit mehr getan, als Kinder in die Welt zu setzen«, wandte sie ein. »Ihr halbes Leben lang hat sie die Politik am angevinischen Hof mitbestimmt.«

Marguerites Gesicht nahm einen bekümmerten Zug an. »Ja, das ist wahr. Und oft hat sie dabei klug und weitsichtig gehandelt. Aber du weißt auch, wohin es sie letztendlich geführt hat.«

Natürlich. Der Alte König Henri hatte ihr die Unterstützung der Söhne bei der Rebellion vor acht Jahren nicht verziehen und sie seitdem unter strengen Hausarrest gestellt.

Frauen zahlten einen hohen Preis, wollten sie ihre eigenen Entscheidungen treffen.

Marguerite seufzte und blickte auf ihre Hände. »Wir können uns wohl glücklich schätzen mit unseren Männern, denkst du nicht?«

Genovefa zuckte mit den Schultern. Einverstanden – sofern sie damit meinte, dass diese sie nicht einfach austauschten oder wegsperrten und ihnen viele Freiheiten ließen, solange sie nach außen die von ihnen erwartete Rolle spielten. Und ja, Horace war ein großzügiger, gütiger Mann, der Genovefa ernst nahm und alles daransetzte, seine junge Gattin zufriedenzustellen. Das änderte nur nichts an der Tatsache, dass sich dieses Leben leer anfühlte, öde und nutzlos. Ein gleichförmiger, vorhersehbarer Tag folgte dem anderen. Wie lange noch? Den Rest ihres Daseins?

Nein, sie war nicht glücklich. Horace machte sie nicht glücklich, auch wenn er sich redlich bemühte. Aber selbst Marguerite, *Königin* Marguerite, war alles andere als glücklich. Glück war nichts, was sich durch Wohlstand oder Stellung erkaufen ließ. Beinahe schien Genovefa das Gegenteil der Fall zu sein.

Unvermittelt musste sie an Erec de Lacône denken, den fahrenden Ritter und Draufgänger, der ein freies, ungebundenes Leben führte, der nicht sagen konnte, was der neue Tag bringen oder wohin er ihn führen mochte. Auch wenn das bedeutete, am Rande des finanziellen Abgrunds zu balancieren.

Trotzdem hatte ihn das nicht daran gehindert, ihr großzügiges Angebot abzulehnen. Und sich dabei aufzuführen wie ein unverschämter Gockel oder ein einfältiger Narr.

Oder war tatsächlich sie der Grund für die Ablehnung gewesen? Ihre Persönlichkeit, ihre Forschheit? Und warum versetzte diese Vorstellung ihr einen derart schmerzhaften Stich?

Schließlich war er nicht der Erste, mit dem sie ein heimliches Stelldichein verbracht hatte. War sie gekränkt? Was hatte sie erwartet oder … sich erhofft? Dass er sie von ihrem eintönigen Dasein erlöste, ihr Zugang in seine Welt öffnete?

Lächerlich! Wie hätte er das tun sollen? Und dennoch fühlte es sich an, als hätte ihr der Ritter die Tür hinaus aus diesem Leben vor der Nase zugeschlagen.

Wer ist hier die einfältige Närrin?

»Lass uns hineingehen«, riss Marguerite sie aus den Gedanken. »Wir müssen uns noch für das Abendessen mit unseren Gästen zurechtmachen.«

Genovefa schloss die Augen und seufzte. Natürlich. Sie mussten sich herausputzen, wie es sich für Dekorationsstücke gehörte.

Kapitel 9

Herzogtum Normandie, Pirou, August 1181

In Speck gebratene Rebhühner, frisches Weißbrot und eine gepfefferte Safransauce standen bereit, ebenso geräucherter Salm und süße Brötchen in Mandelmilch. Ein einfaches Mahl unter Freunden.

Lediglich acht Personen nahmen an der Zusammenkunft im kleinen Saal teil. Als ihre engste Vertraute hatte Genovefa das Privileg, neben der Königin zu sitzen. Sie waren die beiden einzigen Frauen an diesem Abend. Guillaume le Maréchal flankierte wie immer Henris Rechte. Wie Genovefa selten von Marguerites Seite wich, war der treue Marschall stets in der Nähe seines Herrn und Freundes anzutreffen. Die Ritter Adam d'Yquebœuf und Thomas de Coulonces, Männer aus Henris engstem Kreis, zählten ebenfalls zu den Anwesenden und saßen auf der gegenüberliegenden Seite der Tafel neben den Gästen, zu deren Ehren das abendliche Mahl stattfand.

Der eine von ihnen war niemand Geringerer als Graf Philipp von Flandern, der auf der Durchreise für zwei Nächte Station machte. Dass er hier an Henris Tafel saß, war nach des Grafen jüngsten Auseinandersetzungen mit dem französischen König und dem von den Angevinen erzwungenen Friedensschluss nicht selbstverständlich.

Der andere nannte sich Odilon Auberée und zählte, wie Genovefa inzwischen wusste, zu den wenigen herausragenden Wappenkundigen. Er zog von Fürstenhof zu Fürstenhof, um die herrschaftlichen Turniere anzukündigen, aber auch, um bei den Veranstaltungen das Geschehen auf dem Platz zu kommentieren, da er in der Lage war, die Kämpfenden jederzeit anhand ihrer Farben und Zeichen auseinanderzuhalten. Und natürlich war er durch seine Arbeit bestens über alles unterrichtet, was sich landauf, landab an den Höfen zutrug.

»Herzog Hugues ist derzeit nicht besonders gnädiger Laune«, berichtete er gerade. »Ich kann wohl von Glück sagen, dass er mich überhaupt beherbergt hat, der burgundische Bär. Ob er und seine Männer allerdings beim kommenden Turnier im Hainaut erscheinen, steht in den Sternen. Ich würde nicht darauf wetten.«

Auberée war ein kleiner, beinahe schmächtiger Mann von schwer zu bestimmendem Alter, der im Kreis der kampfgestählten Ritter fast wie ein Knabe wirkte. Aber was ihm an Muskelkraft fehlte, machte er mit Eloquenz dreifach wett, wobei seine beredt hüpfenden Brauen und die lebhaft funkelnden dunklen Augen sein Gegenüber fast ebenso in den Bann zogen wie die hervorplätschernden Worte.

»Aber mit Eurer Anwesenheit, Majestät, darf Graf Balduin von Hainaut doch sicher rechnen, oder?«, erkundigte sich Odilon.

»Himmel, ja!« Henri hob bekräftigend seinen Weinkelch. »Den Spaß lassen wir uns nicht entgehen. Die Männer des Hainaut wissen, wie man einen ordentlichen Kampf führt. Und wie man feiert. Ist es nicht so, Marschall?« Er blickte zu seinem Ritter. »Ach, Guillaume, lass unseren Gästen auch noch etwas übrig«, neckte er den Freund, der sich gerade zum zweiten Mal Geflügelstücke auf den Teller laden ließ.

Der Marschall grinste, wobei die feine weiße Narbe nahe dem linken Mundwinkel sichtbar wurde. Sein gesegneter Appetit war beinahe legendär. Aber während die Mengen, die er vertilgte, jeden anderen fett und träge gemacht hätten, nährte Guillaume damit einen athletischen Körper von beachtlicher Größe. Wo Henri mit seinen klaren blauen Augen, der leuchtenden Haut und den schimmernden Locken, die gehämmertem Gold glichen, strahlte wie die herabgestiegene Sonne, wirkte Guillaume mit den dunklen Haaren, den grünen Augen und dem sonnengebräunten Teint eher wie sein Schatten, dabei aber kein bisschen düster, denn er lachte viel und gern, oft auch über sich selbst.

Dafür, dass er nicht längst mit einem Lehen und einer standesgemäßen Ehefrau versehen worden war, gab es nur einen Grund: Obwohl Henri Thronfolger und sogar Mitregent war, verfügte er über keinerlei eigenes Land. Denn wer Ländereien und Einkünfte besaß, besaß Macht. Und die Macht über das angevinische Herrschaftsgebiet beanspruchte Henris Vater noch immer für sich selbst. Natürlich ließ er obszöne Mengen Silber an Henri und sein Gefolge fließen, um ihnen einen standesgemäßen Lebenswandel zu ermöglichen, aber gleichzeitig lag es in seiner Hand, die Zahlungen zu drosseln, sollte etwas sein Missfallen erregen. Und von Marguerite wusste Genovefa, dass diese unselige Abhängigkeit vom Gutdünken des königlichen Vaters den Jungen Henri bisweilen vor Scham und Selbstzweifel um den Schlaf brachte – und so manchen ehrgeizigen Gefolgsmann ungeduldig werden ließ.

Nicht aber den Marschall. Wie ein Fels harrte er an Henris Seite aus. Er schien Genovefa der einzige Mensch auf Erden zu sein, dessen Loyalität nicht korrumpierbar war, weder durch andere Fürsten, die mit Geld oder einträglichen Lehen winkten, noch durch Frauenherzen. Sie schätzte ihn für diese unerschütterliche Verlässlichkeit, und sie schätzte seine Freundschaft. Beides machte ihn auch für den Jungen König unersetzlich.

»Ihr seid doch sicher auch mit von der Partie, Philipp?« Henri wirkte so unbefangen und unbeschwert, als belaste ihn tatsächlich keine andere Sorge als der Gedanke an das nächste Turnier.

Und vielleicht war es in diesem Augenblick tatsächlich so. Genovefa hatte manchmal Schwierigkeiten zu unterscheiden, was höfische Maske und was der echte Henri war, so perfekt beherrschte er dieses Spiel.

»Selbstverständlich, Majestät«, antwortete der Graf lächelnd. »Balduin ist mein Nachbar und, wichtiger noch, mein Schwager.«

»Sagt, Auberée«, wandte sich Guillaume an den Herold, während er sich Weißbrot und Räucherlachs nahm, »was denkt Ihr, wer wird im Hainaut die Nase vorn haben?«

Odilon Auberées Augenbrauen hoben sich. »Wollt Ihr mich in Verlegenheit bringen, Marschall? Mit mir sitzen die Köpfe der besten Turniermannschaften des Abendlandes am Tisch, und Ihr verlangt ein Urteil? Sollte mich Todessehnsucht plagen, kenne ich gnädigere Wege, dem nachzukommen. Mit einem wilden Bären tanzen zum Beispiel oder mit Rüstung im See baden.«

Genovefa unterdrückte ein Glucksen. Auch die anderen lachten. Lediglich Adam d'Yquebœuf blieb ernst; er wirkte beinahe angespannt, den ganzen Abend schon, wenn sie darüber nachdachte.

»Keine Ausreden, Auberée«, wandte Henri grinsend ein. »Wir wollen Eure ehrliche Einschätzung. Ihr habt mein Wort, dass Euch niemand ein Haar krümmen wird.«

Odilon machte einen spitzen Mund und sah in die Runde. »Nun gut, einer königlichen Bitte vermag ich mich nicht zu widersetzen.« Bevor er weitersprach, nahm er einen ausgiebigen Schluck Wein. Um sich Zeit zum Nachdenken zu verschaffen, wie es schien. Oder um die Spannung zu erhöhen? Der Mann verstand es jedenfalls, die Aufmerksamkeit der Zuhörer zu fesseln. Alle hingen an seinen Lippen.

»Graf Balduin hat natürlich den Heimvorteil auf seiner Seite«, begann er. »Er kennt das Turniergelände besser als die Hurenhäuser von Mons.«

»Und das will was heißen«, bemerkte Thomas des Coulonces trocken.

Die Männer lachten, Henri sah sich immerhin zu einem tadelnden Räuspern bemüßigt.

Odilon schlug den Blick nieder. »Verzeiht, Majestät, meine Damen, das war ungehörig. Lasst es mich vornehmer ausdrücken: Er hat dieses Gelände häufiger aufgesucht als das Bett seiner Gattin und kennt dort jeden Kaninchengang; diesen Vorteil wird er zu nutzen wissen. Dazu kommt, dass die Männer des Hainaut aus besonders hartem Stahl geschmiedet sind.

Aber vergessen wir den allseits geschätzten Gui des Barres nicht. Ihr mögt den Marschall haben, Majestät, aber die Franzosen haben des Barres!«

»Und neuerdings reitet er einen furchtlosen jungen Hengst aus Al Andalus«, warf Genovefa ein. »Wenn ich nicht irre, gibt es derzeit kaum ein Schlachtross, das sich mit diesem messen könnte.«

Odilon Auberée blickte sie aufmerksam an, während seine Augenbrauen in den Haaransatz zu kriechen schienen. »Ihr habt vollkommen recht, ein ausgesprochen prächtiges und hervorragend ausgebildetes Tier«, stimmte er ihr zu. »Ihr scheint bestens vertraut mit den Geschehnissen auf dem Turnierplatz.«

»Besser als die meisten Männer«, warf der Marschall mit einem verschmitzten Lächeln ein.

Odilon nickte anerkennend. »Ungewöhnlich für eine Dame.«

»Ungewöhnlich fürwahr«, ergänzte Philipp von Flandern, doch statt Anerkennung glaubte Genovefa aus seiner Stimme vor allem Tadel herauszuhören. Sie spürte, wie sich ihr Magen zusammenzog, aus Ärger oder Scham, konnte sie nicht entscheiden.

»Mich würde sehr interessieren, wie Ihr den nächsten Wettkampf einschätzt, Madame«, bat der Herold freundlich und überging Philipps Einwand.

»Das hängt davon ab, mit welcher Mannschaft sich die Franzosen zusammenschließen«, gab sie unerschrocken zur Antwort. »Die angevinische Seite verfügt über genug Kämpfer, um ohne Verstärkung antreten zu können. Sollten auf der gegnerischen Seite die Franzosen die flandrische Schar unterstützen, könnte ihnen des Barres auf seinem neuen Pferd und mit seinem Turnierbanner den entscheidenden Vorteil verschaffen. Für sich allein genommen, stellt die Mannschaft von Flandern derzeit keine Gefahr dar.«

»Uuuuh, das hat gesessen!«, sagte Henri mit einem breiten Grinsen, und auch die anderen lachten unbekümmert – ausgenommen Graf Philipp, dessen Lächeln etwas angespannt in seinem Gesicht hing, mehr ein Verziehen der Lippen war. Der Blick seiner eisgrauen Augen ruhte unverwandt auf Genovefa.

»Wie amüsant«, beschied er ohne große Begeisterung.

»Ach, seid nicht gleich beleidigt, Philipp«, wandte der Marschall begütigend ein und füllte ihm über den Tisch hinweg Wein nach.

»In wenigen Tagen wird sich auf dem Platz entscheiden, wer die beste Taktik und die besten Männer ins Feld führt, nicht wahr?« Philipps Blick lag weiterhin auf Genovefa, und sein Lächeln gewann an Kraft. Genovefa erkannte etwas Gefährliches, Raubtierhaftes darin.

»Was ist mit Eurem Ehemann, Madame d'Hârcourt?«, erkundigte er sich plötzlich. »Warum leistet er uns heute Abend nicht Gesellschaft?«

Genovefa reckte ein wenig das Kinn und wich seinem Blick nicht aus, als sie antwortete. »Er ist leider nicht in der Verfassung.«

»Ich verstehe.« Zwei Worte. Doch die Art, wie Philipp sie sagte, und seine ganze Körperhaltung waren umso beredter. Sie zeigten seine Geringschätzung für die Meinung einer Frau, genau wie für deren Mann, der offenbar nicht imstande war, sie im Zaum zu halten. Und wiesen ihr binnen eines Wimpernschlags beinahe beiläufig ihren Platz in der natürlichen Ordnung zu, machten deutlich, wie viele Stufen unter Philipp sie im Machtgefüge stand.

»Und er hat nichts gegen Eure ... *Beschäftigung* einzuwenden?«, fragte der Graf beinahe liebenswürdig.

Heiße Wut pochte in Genovefas Brust angesichts seiner Herablassung.

Wut sei ein unschickliches Gefühl für eine Frau, hieß es stets. Demut, Zurückhaltung, Schamhaftigkeit, dies waren die Attribute, mit denen sich ein Weib schmücken sollte, das sah ihr Gegenüber zweifellos nicht anders. Doch was war dieser nutzlose Tand gegen die scharfe Klinge der Wut?

»Warum sollte er?«, entgegnete sie. »Ist es nicht Aufgabe der Frauen, die kühnen Recken auf dem Platz durch ihren Liebreiz und ihren Zuspruch zu noch größeren Heldenstücken anzutreiben?«

Warnend drückte Marguerite unter dem Tisch ihre Hand, doch sie konnte nicht verhindern, dass Genovefa auch noch die nächsten Worte aussprach. »Tut Eure Frau das denn nicht, wenn Ihr auf den Kampfplatz reitet, Euch zujubeln und anfeuern? Verzeiht, wie gedankenlos von mir. Sie ist bedauerlicherweise nicht mehr *in der Verfassung*, nicht wahr?«

Marguerites Finger krallten sich regelrecht in Genovefas. Wie alle wussten, hatte sich Philipps arme Ehefrau Elisabeth vor Jahren mit einem Ritter aus seinem Haushalt eingelassen, woraufhin der Graf die beiden aufs Bitterste büßen ließ. Der Ritter habe auf grausame Weise sein Leben und die Gattin daraufhin den Verstand verloren, hieß es, weswegen sie seitdem in einem Kloster verwahrt wurde.

Philipps Blick veränderte sich. Er maß Genovefa mit neuem Respekt, als erkenne er erst jetzt die würdige Gegnerin. »Frauen brauchen stets die ordnende Hand eines Ehemanns«, entgegnete er mit beinahe provokanter Gelassenheit. »Das kann ich aus leidvoller Erfahrung sagen.«

Genovefas Mund öffnete sich, doch Marguerite kam ihr zuvor.

»Henri«, wandte sie sich unvermittelt an ihren Mann, »ich hoffe, du kannst es mir nachsehen, aber ich werde mich zurückziehen. Mir ist nicht wohl.«

»Natürlich, meine Liebe.« Er maß sie mit einem besorgten Blick.

»Meine Herren, wollt Ihr so freundlich sein, mich und meine Begleiterin zu entschuldigen?«, bat sie.

Die Männer erhoben sich, während der Marschall sie auf Henris Wink hin hinausbegleitete. Vor der Tür warf Genovefa ihrer Freundin einen dankbaren und zugleich schuldbewussten Blick zu. Ohne Zweifel hatte Marguerite gerade verhindert, dass sie sich um Kopf und Kragen redete.

Nachdem der Marschall sich verabschiedet hatte und Marguerite in der Obhut ihrer Kammerzofe Viola war, begab Genovefa sich in den kleinen Garten, der die Gebäudeflügel voneinander trennte. Sie konnte einfach noch nicht zurück in ihre Gemächer, zu Horace, nicht mit diesem Groll in der Brust. Erst musste sie ein wenig allein sein, zur Ruhe kommen, atmen.

Die Mauern gaben die Hitze des Tages ab, sodass die Luft sie wie warmer Samt umfing, angereichert mit dem schweren, schwelgerischen Geruch welkender Blüten. Als wecke die Nacht ein letztes Mal die betörenden Düfte, um huschende Flatterwesen hervorzulocken, Motten und Falter, die das Licht des Tages scheuten. Womöglich glich Genovefa diesen Geschöpfen, die sich dem Schutz der Dunkelheit anvertrauten, um sich wenigstens eine kurze Zeit frei und ungehindert bewegen zu können. Doch neigten Motten auch dazu, die Nähe der Flammen zu suchen – und elend darin umzukommen.

Vielleicht ähnelte Genovefa ihnen auch darin, ließ sich anziehen von der Gefahr, um wenigstens für Augenblicke das Leben in ihren Adern pulsieren zu spüren. Und vielleicht würde dieser Umstand sie früher oder später versengen.

Genovefa nahm auf einer der Bänke Platz und richtete den Blick auf das runde Wasserbecken in der Mitte des Gartens, das der Mond in einen silbernen Spiegel verwandelt hatte. Eine ganze Weile saß sie da und beobachtete, wie ein leichter Luftzug Muster in die schimmernde Oberfläche kämmte, inhalierte den üppigen Blumenduft des Gartens.

»Sieh an«, schreckte eine Stimme sie auf. »Offenbar bin ich nicht der Einzige, der keine Ruhe findet.«

»Nur ein wenig frische Luft, bevor ich mich zurückziehe«, entgegnete Genovefa mit mühsamer Beherrschung, und es gelang ihr sogar zu lächeln, als sie sich erhob und Graf Philipp das Gesicht zuwandte.

Auch der Graf lächelte, doch es war ein maskenhafter Ausdruck, der keinerlei Gefühl erkennen ließ. Was wollte er hier?

»Ihr wirkt aufgewühlt, Madame«, stellte er fest, während der Blick seiner klaren kalten Augen unverwandt auf ihr ruhte. »Ich hoffe, es waren nicht meine Worte, die Euch in diesen Zustand versetzt haben.«

Genovefa war sicher, dass er das sehr wohl wusste. Und zweifellos gefiel ihm der Gedanke, Macht über sie zu haben.

»Es lag natürlich nicht in meiner Absicht, Euch aufzuregen.«

»Natürlich.«

»Doch bleibe ich bei meiner Meinung.« Er trat näher, wahrte aber einen schicklichen Abstand von gut zwei Schritten. Nah genug, um Genovefas Haut glühen zu lassen. Eine Weile musterte er sie schweigend. »Ein Mann darf in der Ehe die Zügel nicht zu locker halten«, bekräftigte er schließlich. »Frauen sollten ihrer gottgegebenen Bestimmung nachkommen, Kinder gebären und sich ihren mütterlichen Pflichten widmen, sonst brüten sie allerlei rebellischen Unsinn aus.«

»Ihr sprecht aus Erfahrung?«, erkundigte sie sich kühl. Philipps Ehe hatte sich nicht nur tragisch entwickelt, sie war noch dazu kinderlos geblieben.

Angesichts ihrer Provokation verzogen sich Philipps Lippen abermals zu diesem gefühllosen Lächeln. Der Mann ihr gegenüber verzieh nicht, wenn seine Autorität infrage gestellt wurde, schon gar nicht durch eine Frau. Und das war auch der Grund, warum er jetzt hier war. Das Gleichgewicht musste wiederhergestellt werden.

»Ihr habt eine vorlaute Zunge, Madame, und einen äußerst scharfen Verstand. Gebt acht, dass Ihr Euch nicht daran schneidet.« Er wollte gehen, zögerte dann jedoch. »Eine Sache noch.« Seine Stimme hatte sich kaum merklich verändert, etwas Unheilvolles schwang jetzt darin mit. »Ich weiß, Ihr seid Königin Marguerites engste Vertraute, doch wenn Ihr glaubt, sie oder Henri könnten Euch auf Dauer schützen, täuscht Ihr Euch.«

»Wollt Ihr mir drohen?«

»Nennen wir es eine Warnung, Madame d'Hârcourt. Die Gunst von Fürsten ist launenhaft, und ihre Macht kann von einem auf den anderen Tag vergehen wie Rauch im Wind, dazu bedarf es oft nur eines einzigen tragischen Moments.« Er schnippte mit den Fingern, und das Geräusch, das in der Stille des nächtlichen Gartens unnatürlich laut klang, ließ Genovefa zusammenfahren.

Diesmal wirkte Philipps Lächeln beinahe echt. Ohne ein weiteres Wort wandte er sich um und ging davon.

Während sie ihm hinterherschaute, breitete sich Gänsehaut auf ihren Armen aus. Ein Gefühl, als sei sie der Hitze der Flamme gerade noch einmal entgangen.

Kapitel 10

Grafschaft Soissons, Acy, August 1181

Die Luft in der schäbigen Taverne in Acy erinnerte Pépin an den Dunst der Waschküche, in der er als kleines Kind oft Schutz vor der Kälte gesucht hatte – dampfig und schwül, beinahe klebrig. Schuld war die allgegenwärtige Nässe nach tagelangem Regen, die Feuchtigkeit, die das rauchige Kaminfeuer aus den Wämsern und Mänteln der zahlreichen Gäste schwitzte. Ein muffiger Geruch nach nassem Hund, schalem Bier und zu oft aufgewärmtem Eintopf hing in der Luft. Es war kein Ort, an den sich Ritter oder Hochgeborene verirrten. Lange getrocknete Krusten aus verschüttetem Essen verklebten Boden und Tische, das Bier schmeckte sauer, und das Freundlichste, was man über die Suppe sagen konnte, war, dass man nicht sofort davon spucken musste.

Es war jene Art von Spelunke, die Tagediebe, Taugenichtse und all jene anzog, die zumindest eine Weile der Enge ihres Heims oder ihrer Aufgaben entfliehen wollten, dafür aber nur wenige Münzen entbehren konnten.

Letzteres traf wohl auch auf Pépin zu. Der seit Tagen anhaltende Regen hatte die Stimmung ihrer Truppe in Schlamm ersäuft. Sie kampierten in Zelten vor der Stadt, ganz in der Nähe des Turnierplatzes. Das war an sich nichts Ungewöhnliches, denn die Austragungsorte der Wettkämpfe boten selten genug Unterkünfte für alle Teilnehmer, besonders dann, wenn man knapp bei Kasse war. Aber der Boden war derart aufgeweicht und das Zelttuch an so vielen Stellen undicht, dass die Nässe von allen Seiten ins Innere drang und es bald kein trockenes Fleckchen mehr gab. Eine Tatsache, die nicht nur auf die Lungen, sondern auch auf die Laune der Männer schlug, bis sie bei jeder Gelegenheit aufeinander einhackten wie gereizte Gockel. Die Einzigen, die es derzeit einigermaßen gemütlich hatten, waren die Gäule in ihren Mietställen. Doch jeder Tag, um den das Turnier wegen des grässlichen Wetters verschoben wurde, kostete Geld. Geld, das sie nicht hatten.

Viele junge Knechte, Knappen und eine paar Mägde, für die es im Augenblick wenig zu tun gab, waren in das Gasthaus nahe des Marktplatzes geflohen, um gemeinsam die Zeit totzuschlagen oder ihre letzten Münzen die Kehle hinunterzuspülen. Doch auch hier herrschte eine gereizte Anspannung. So mancher Halbwüchsige lauerte nur auf einen Anlass, seiner überschüssigen Energie in einer wilden Prügelei Luft zu verschaffen. Und um ehrlich zu sein, auch Pépin hätte nichts gegen eine anständige Rauferei einzuwenden gehabt. Doch dann erschien ihm im Geiste Milas vorwurfsvolle Miene, und er widmete sich lieber einer weniger handgreiflichen, wenngleich nicht weniger fragwürdigen Beschäftigung. Dem Glücksspiel.

Gemeinsam mit drei Knappen ließ er in einer ruhigeren Ecke des Schankraums die Würfel rollen. Vermutlich glaubten die Älteren, mit einem Hänfling wie ihm leichtes Spiel zu haben.

Wenn ihr euch da mal nicht täuscht. Pépin unterdrückte ein Grinsen.

Den nötigen Einsatz hatte er sich aus einer fremden Tasche … *geborgt.* Sicher wüsste Mila zu schätzen, dass er vorhatte, das Geld auch wieder dorthin zurückzustecken, sobald ein Gewinn herausgesprungen war. Und er war recht zuversichtlich, dass Letzteres gelingen würde, denn er besaß schnelle Augen, äußerst flinke Finger und – für alle Fälle – gezinkte Würfel. Zwei Runden waren bereits an ihn gegangen.

»Habt ihr schon gehört«, erwähnte er beiläufig, »der Knappe von Lacy behauptet, d'Albon würde Geld dafür nehmen, um absichtlich beim Lanzenstechen zu verlieren.«

Erste Regel für ein erfolgreiches Spiel: die Aufmerksamkeit der Mitspieler von den Würfeln ablenken.

»Nie im Leben!«, entgegnete sein Gegenüber empört. Renard hieß der Hagere, der Pépin um einen Kopf überragte und seinem Zungenschlag nach aus dem Burgund stammte.

»Das würde er nicht wagen«, stimmte sein Freund Bastien zu, der aus derselben Ecke kam. Und auch der Dritte im Bunde, ein schwarzhaariger Bursche mit schiefer Nase, nickte beipflichtend.

»Doch, doch, wenn ich es euch sage«, bekräftigte Pépin. »Die Kerle dahinten haben es mir vorhin genau so erzählt.« Er machte eine vage Geste zur gegenüberliegenden Ecke des Schankraums, wo sich auch Benoît aufhielt. Die Blicke der anderen folgten seiner Handbewegung, sie musterten die dort sitzenden Burschen mit feindseliger Miene.

Diesen Moment nutzte Pépin, um zu würfeln. »Jesus, Maria und Josef, seht nur«, rief er mit größtmöglicher Überraschung, »zwölf Augen, ist es zu fassen? Heute muss mein Glückstag sein!«

Verdutzt wendeten seine Mitspieler den Blick wieder dem Tisch mit den Würfeln zu. Während der Dunkelhaarige und Bastien nur ergeben seufzten, kniff Renard misstrauisch die Augen zusammen. »Reichlich viel Glück für einen Tag«, knurrte er, beugte sich blitzschnell über den Tisch und packte Pépin am Kragen. Würfel und Münzen kullerten auf den Boden, als er ihn über die Platte zu sich heranzerrte.

»He, was soll das?«, protestierte Pépin.

Zweite Regel beim Würfeln: Möglichst selbstsicher auftreten und sich nicht einschüchtern lassen.

»Ich hatte drei Vierer, das haben alle gesehen. Kann es sein, dass du ein schlechter Verlierer bist?«

»Kein ehrlicher Mensch hat so viel Schwein!«, beharrte Renard. »Das kann nicht mit rechten Dingen zugehen.«

Dritte und wichtigste Regel: Niemals, unter keinen Umständen, auf gar keinen Fall irgendetwas zugeben.

»Gestern noch habe ich eine Kerze für Sankta Fortunata entzündet, dass sie mir eine glückliche Hand schenken möge«, krächzte Pépin. »Womöglich solltest du das nächste Mal auch ein Gebet an die Heiligen richten.«

Renards Augen verengten sich zu wütenden Schlitzen, und er riss Pépin noch ein bisschen näher heran. »Ich zeig dir gleich …«

In diesem Augenblick wurde die Tür des Wirtshauses so heftig aufgestoßen, dass sie mit einem Knall gegen die Wand schlug. Ein bulliger Kerl von vielleicht sechzehn Jahren stand im Eingang.

Von einem Herzschlag zum nächsten verstummte das Plappern und Lärmen in der Taverne, und die gesamte Aufmerksamkeit der Anwesenden heftete sich auf den Neuankömmling. Überrascht bemerkte Pépin, dass auch Renard von ihm abließ, um sich dem Kerl an der Tür zuzuwenden.

»He, Darius!«, begrüßte ihn jemand.

»Wie sieht's aus, Leute?«, schrie dieser jetzt und reckte einen kugelförmigen Gegenstand in die Höhe, einen fest zusammengeschnürten Ball aus Lumpen und Leder, wie es schien. »Wer hat Lust auf ein Spiel?«

Begeisterter Jubel antwortete ihm, einige sprangen von ihren Plätzen auf und umringten den jungen Mann, auch Renard.

Pépin rappelte sich hoch und zog sein Hemd glatt. Er hatte keinen Schimmer, was gerade vor sich ging, besaß jedoch Geistesgegenwart genug, den Augenblick der Ablenkung zu nutzen, um die heruntergefallenen Würfel und Münzen in seine Taschen und Beutel zu stopfen.

»Dann los!«, rief Darius. »Franzosen und Flamen spielen auf das Sankt-Vitus-Tor, Angevinen und Engländer auf das Holztor.«

Pépin verstand noch immer nicht. »Was hat das zu bedeuten?«, wandte er sich an Bastien, dessen Augen begeistert leuchteten.

Der warf ihm einen ungläubigen Blick zu. »Himmel, unter welchem Stein hast du gelebt? Sag bloß, du warst noch nie bei einem Torballspiel dabei?«

»Scheint, als hätt' ich einfach mehr Zeit mit Arbeiten zugebracht als du«, verteidigte er sich.

»Sieht ganz so aus.« Bastien grinste. Der Zwist wegen des Würfelspiels schien bereits vergessen, zumindest aber aufgeschoben. »Pass auf, die Regeln sind einfach: Zwei Mannschaften, ein Ball. Jede Mannschaft versucht, den Ball ins Stadttor der Gegner zu bringen, egal wie. Außer Waffen ist alles erlaubt. Keine Messer, nur Fäuste, verstanden?«

Pépin nickte heftig. Ein vorfreudiges Kribbeln breitete sich in seiner Brust aus. Heiliger Georg, das klang herrlich aufregend! Endlich ein Wettkampf, bei dem sich auch jene messen konnten, die nicht mit Schwert oder Silber gesegnet waren. Nicht länger nur zuschauen, während andere Spaß hatten. »Ich bin dabei!«

Bastiens Grinsen wurde breiter. »Dann komm mit.«

Vor der Taverne hatten sich inzwischen zwei Gruppen junger Leute zusammengefunden. Ungefähr zweieinhalb Dutzend pro Mannschaft, schätzte Pépin, die meisten Halbwüchsige zwischen vierzehn und sechzehn Jahren. Dass sie damit fast alle älter – und größer – waren als er selbst, schreckte ihn nicht. Seiner Erfahrung nach wurden schmächtige Kerlchen wie er gerne unterschätzt, und das gereichte ihm häufig zum Vorteil.

Pépin schloss sich der französisch-flämischen Mannschaft an, die sich neben dem Gasthaus versammelte. Um einander wiederzuerkennen, schmierten sie sich breite Matschstreifen auf Wangen und Stirn. Der Regen war zwischenzeitlich so weit abgeklungen, dass die Markierung wenigstens eine Weile sichtbar bleiben würde.

»Du hast es gehört«, raunte ihm Bastien zu, »wir müssen den Ball ins westliche Stadttor, das Vitus-Tor, bringen. Aber verlass dich drauf, die Angevinenärsche werden es uns nicht leicht machen.«

Pépin nickte entschlossen. »Genauso wenig wie umgekehrt.«

»Teufel, du sagst es!« Grinsend drosch Bastien ihm auf die Schulter.

»Sind alle bereit?« Darius war auf das Dach eines kleinen Schuppens geklettert und hielt den Ball hoch über den Kopf. Beide Mannschaften drängten sich davor zusammen, zahlreiche Arme reckten sich ihm entgegen. Schon jetzt wurde gestoßen und geschubst, um sich eine möglichst gute Ausgangsposition zu sichern. Pépin stand inmitten der wogenden Leiber, fühlte die Hitze und vorfreudige Erregung, die von den Mitspielern ausging und wie ein Lauffeuer schließlich auch auf ihn übersprang.

»Mach schon!«

»Rück den Ball raus!«, wurde ungeduldig gebrüllt.

»Na schön, wie ihr wollt.« Darius' Grinsen teilte sein Gesicht beinahe in zwei Hälften. »Eins. Zwei. Uuuund … drauf!« Hoch in die Luft schleuderte er den Ball, und fünf Dutzend Leiber reckten sich ihm entgegen. Pépin wurde beinahe eingeklemmt, doch er kämpfte sich nach oben.

Ein langes Elend von Angevine bekam die Kugel zu fassen, verschaffte sich mit zwei brutalen Ellbogenstößen Luft und stürzte vorwärts. Seine Kumpane boxten ihm den Weg frei, zerrten und rissen an den Gegnern oder warfen sich gleich ganz auf sie – und errangen dem Ballträger einen Vorsprung.

»Los, ihm nach!«, brüllte jemand.

Es dauerte einige Augenblicke, bis Pépin sich aus einem Knäuel wirbelnder Leiber befreit hatte, dann jagte er inmitten einer grölenden Horde in Richtung Holztor den anderen hinterher. Wie eine entfesselte Naturgewalt walzte sich die Menge durch die Gasse und riss rechts und links alles mit sich. Hühner stoben mit empörtem Gackern davon, Menschen sprangen zur Seite und brüllten ihnen wütende Flüche nach, Schlamm spritzte in alle Richtungen. Ein mit Rüben beladener Handkarren wurde einfach umgestoßen, sodass die Feldfrüchte in alle Richtungen kullerten. Doch keiner hielt sich damit auf, alle sprangen, traten, kletterten auf oder über die verstreute Ware, um ja nicht den Anschluss zu verlieren – begleitet von den hilflosen Schimpftiraden des Besitzers.

Hände griffen nach Pépin, er setzte die Ellbogen ein und spürte sein Wams reißen, als die Finger sich nicht abschütteln ließen, er aber stur weiterrannte. Klein und wendig wie ein Wiesel bahnte er sich seinen Weg zwischen den schwitzenden, keuchenden, schlammigen Körpern der Mitspieler hindurch. Bald sah er den Langen mit dem Ball vor sich durch die Gasse hetzen, eine Meute brüllender und fluchender Gegner dicht auf den Fersen. Einer – war es Renard? – setzte zum Sprint und dann zum Sprung an, krachte dem Ballträger mit einem wütenden Schrei in den Rücken, sodass der mit dem Gesicht voran in den Schlamm schlug. Sogleich war ein Pulk junger Kerle über den beiden und prügelte wild aufeinander ein. Pépin hätte nicht sagen können, wer zu wem gehörte. Der Ball kullerte dem Bedrängten aus den Armen, wurde aber sofort von anderen Händen aufgenommen, in die Luft geschleudert und mit einem gewaltigen Fußtritt über Pépin und die Anstürmenden hinweg in die Richtung befördert, aus der sie gerade gekommen waren.

»Vitus-Tor!«, brüllte der Schütze.

Ein Bursche mit der Statur eines Schlachters tauchte aus der Menge, stützte sich auf die Schultern seiner Nebenmänner und versetzte dem Ball einen kräftigen Stoß mit dem Schädel, sodass die Kugel weiter bis ans hintere Ende der Meute flog.

Dort hechtete ein Blondschopf – dem Schlammgesicht nach einer ihrer Leute – in die Höhe, fischte das runde Bündel aus der Luft, klemmte es sich unter den Arm und stürmte in Richtung des östlichen Tores davon.

Wie ein Starenschwarm vollführte die Menge einen plötzlichen Schwenk, riss einander zurück, sprang übereinander hinweg und jagte dem neuen Ziel entgegen. Ein weiteres Mal verdankte Pépin es allein seiner schmächtigen Statur, dass er sich den greifenden Händen entwinden konnte und nicht zu denen gehörte, die fluchend im Matsch und Unrat der Gasse landeten. Ein heißer Rausch vibrierte durch seinen Körper und erfüllte ihn mit wilder Freude, die auch vom zunehmenden Regen nicht gedämpft werden konnte. Was für ein Spaß! Ob sich die Ritter genauso fühlten, wenn sie mit eingelegter Lanze gegeneinanderstürmten?

Es kam die Stelle in Sicht, wo der Bauer gerade seine verstreuten Rüben aufzulesen versuchte und dazu den Handkarren auf die Gasse gezogen hatte. Als er die heranstürmende Meute sah, heulte er auf und stellte sich ihr fluchend und wild fuchtelnd in den Weg – nur um sich Augenblicke später mit einem Sprung vor der brüllenden Lawine in Sicherheit zu bringen. Der Ballträger flankte über den Karren hinweg. Ein paar, darunter auch Pépin, konnten sich nahe der Hauswand vorbeizwängen, der Großteil der nachströmenden Horde rannte jedoch gegen das Gefährt, wie ihm ein kurzer Blick verriet, warf es erneut um und purzelte in einem zappelnden Haufen durcheinander. Gut so!

Pépin nutzte den kleinen Vorsprung, um flink zu seinem Kameraden mit dem Ball aufzuschließen. Die vielen Jahre des Davonrennens machten sich endlich bezahlt.

Der Blondschopf tauschte ein verwegenes Grinsen mit ihm, auch wenn ihm Schweiß – oder Regen – bereits in Strömen über die Stirn rann.

Sie folgten nun einer anderen Gasse, an deren Ende in der Ferne ein gedrungenes Stadttor in Sicht kam. Ohne Zweifel das Vitus-Tor!

Händler klappten hastig ihre Auslagen ein, und Kinder wurden in Hauseingänge gescheucht, als die tobende Menge heranrauschte wie eine Flutwelle.

Langsam, aber sicher schien dem Ballträger neben Pépin die Puste auszugehen, er keuchte vor Anstrengung. Der Abstand zur brüllenden Horde hinter ihnen verringerte sich genauso schnell wie der zum Stadttor.

Nur noch wenige Dutzend Schritte zum Ziel. Pépin hatte

noch Luft, er konnte es schaffen. Auffordernd hielt er seinem Nebenmann die Hände hin, der streckte ihm den Ball entgegen, Pépin griff danach – und im selben Augenblick wurden sie von den nachströmenden Spielern niedergewalzt.

Ellbogen, Füße, Hände überall. Stöße, Knüffe, Tritte. Schreien, Stöhnen, Heulen, Fluchen. Schlamm, Schlamm und noch mal Schlamm.

Wie eine Eidechse wand sich Pépin auf dem Bauch unter dem Knäuel hervor, spuckte eine Portion Dreck aus – und sah ihn unmittelbar vor sich liegen, den Ball. Sein Herz machte einen überraschten Hüpfer. Ohne nachzudenken, griff er die Kugel, sprang auf die Füße und jagte los.

»Er hat ihn, er hat ihn!«, erklang ein wütender Schrei. »Schnappt ihn euch!«

Pépin rannte, als sei ihm der Leibhaftige auf den Fersen. Anfeuerungsrufe begleiteten ihn genauso wie wilde Verwünschungen. Die Pfützen unter seinen nackten Füßen spritzten in alle Richtungen. Vor ihm das Vitus-Tor. Nur noch wenige Schritte.

Doch da lösten sich die Büttel, die als Torwächter dienten, von ihren Posten und rannten mit klappernden Helmen und Speeren dem Tumult entgegen, direkt auf Pépin zu.

Hinter ihm die geifernde Meute, vor ihm die wütenden Wachleute.

Abrupt blieb Pépin stehen, den Ball an die Brust gepresst; wild blickte er zwischen den anstürmenden Widersachern hin und her. Ihm blieben allenfalls Augenblicke – und er hatte nur eine einzige Chance. Er legte sich den Ball vor den Fuß, spuckte noch einmal aus, dann trat er die Kugel mit aller Kraft, die er aufbieten konnte, in Richtung Tor.

Der Schwung fegte ihn von den Beinen, ließ ihn rücklings in den Schlamm klatschen. Er sah den Ball über die Köpfe der Wachleute steigen, scheinbar mitten in den grauen Himmel hinein, wo er einen winzigen Augenblick hing wie ein zottliger Mond, bevor er aus Pépins Blickfeld verschwand. Für ein, zwei Herzschläge herrschte Stille.

Dann erklang frenetischer Jubel. »Tor! Tor für Frankreich!«

Der Vormarsch der Wachleute stockte für einen Moment, und plötzlich war Bastien über ihm. »Das war groß, ganz groß!«, jubelte er und zog Pépin auf die Beine. »Aber jetzt nichts wie weg hier, sonst gibt's richtig auf die Nüsse.«

Ob seine Warnung sich auf die Büttel oder die gegnerischen Spieler bezog, blieb offen, denn sie machten sich schleunigst aus dem Staub.

Was nichts daran änderte, dass Pépin sich fühlte wie der König der Welt.

Kapitel 11

Grafschaft Soissons, Acy, August 1181

Ich kann mich einfach nicht daran sattsehen«, gluckste Lionel.

Sie saßen am Rand des Turnierplatzes in einem offenen Schuppen auf klammem Stroh, teilten sich sauren Wein und beobachteten ein paar Knappen dabei, wie sie laut schimpfend versuchten, ein halb eingestürztes Zelt wieder aufzurichten.

»Einen Krug von diesem Gesöff darauf, dass sie es nicht hinbekommen und das Ganze in einer wilden Prügelei endet.«

»Unfug«, setzte Josce dagegen. »Ich verwette meinen Hintern, dass sie es aufstellen, aber alles binnen Augenblicken über ihnen zusammenbricht und wenigstens einen von ihnen erschlägt. Wir sollten ihnen helfen.«

»Und dieses unterhaltsame Schauspiel beenden?«, fragte Lionel ungläubig. »Bist du des Teufels?«

Doch Josce erhob sich bereits und ging zu den Burschen hinüber, die verzweifelt mit der Tuchplane kämpften.

»Da siehst du, was passiert, wenn man mit fünf älteren Schwestern aufwächst«, brummte Lionel und schüttelte beinahe mitleidig den Kopf.

Armand zog den Umhang enger um sich und seine Laute, die er in ihrem Lederbeutel auf dem Rücken trug. Auch in diesem Unterschlupf war es zugig und feucht, wie überall derzeit, doch wenigstens herrschte nicht der saure und muffige Gestank, den fünf Männer und ein Halbwüchsiger in einem viel zu engen, undichten Zelt ausdünsteten. Vier Männer, wenn man es genau nahm, denn Lionel umging dieses Problem, indem er seine Nächte in den Armen diverser Dirnen verbrachte. Doch mittlerweile dürften sich auch seine finanziellen Reserven erschöpft haben, nahm Armand an.

Er bemerkte, dass Valéry weit von ihnen abgerückt war und dafür in Kauf nahm, von dem feinen Niesel getroffen zu werden, der noch immer vom Himmel fiel. Natürlich hatte Erec sich längst wortreich für seine unangemessene Reaktion in Ambert entschuldigt, doch hatte das nicht den gewünschten Effekt erzielt. Valéry gebärdete sich weiterhin wie der fleischgewordene Vorwurf. Blickte man in seine verdrossene Miene, konnte man glauben, alles – das undichte Zelt, der saure Wein, der tagelange Regen und nicht zuletzt die Vertreibung der Menschen aus dem Paradies – sei einzig und allein Erec anzulasten.

Ja, vermutlich war es töricht von ihm gewesen, das Angebot d'Hârcourts auszuschlagen, aber Armand war sicher, Erec hatte wirklich gute Gründe dafür. Auch wenn ihn die Tatsache schmerzte, dass der Freund sie nicht mit ihm teilen wollte.

»Gute Neuigkeiten«, erklang plötzlich Erecs Stimme. Als Armand sich umwandte, stiefelte der Ritter durch den Regen zu ihnen heran. Das dunkle Haar klebte ihm in feuchten Kringeln in der Stirn, und Tropfen perlten daraus auf die unrasierten Wangen. Sorgen und Schlaflosigkeit der zurückliegenden Tage standen ihm weiterhin deutlich im Gesicht, doch seine Augen leuchteten, und dieses unverwechselbare, verwegene Grinsen zuckte in seinen Mundwinkeln.

Armand schluckte und senkte rasch den Blick.

»Wie es aussieht, findet morgen ein Lanzenstechen statt«, verkündete Erec. »Zwei Tage später dann das Turnier. Endlich!«

»Halleluja!«, jubelte Lionel. Dann blickte er auf die trüben Pfützen, die sich überall auf dem ausgewiesenen Kampfplatz sammelten. »Das wird die reinste Schlammschlacht.«

Erec winkte ab. »Was soll's? Nass und dreckig sind wir ohnehin.«

Doch die Unbeschwertheit wirkte gespielt. Erec hatte ihnen versprochen, sie würden es auch ohne d'Hârcourts Geld schaffen, und Armand wusste, dass er alles daransetzte, um dieses Versprechen zu halten. Er feilschte mit den Stallbesitzern, bekniete die Lanzenmacher, dass sie ihnen ihre Schulden stundeten, auch stand er jeden Morgen in aller Herrgottsfrühe auf und trainierte mit Titus, um ihre Chancen auf Gewinne und Beute im nächsten Turnier weiter zu verbessern.

Sie alle fragten sich, wie lange er das durchhalten konnte, wussten seine Anstrengungen aber zu würdigen. Die meisten jedenfalls, korrigierte sich Armand mit Blick auf den missmutig dreinblickenden Valéry. Er fragte sich nicht zum ersten Mal, was im Kopf der Krähe vorging, aber Valéry war nicht der Mann, der über seine Sorgen sprach.

»Heilige Jungfrau, da seid ihr ja!«, erklang unvermittelt Milas Stimme. Sie hatte sich zum Schutz vor dem Regen ein Tuch um Kopf und Schultern geschlungen und zog jemanden hinter sich her, der tunlichst in ihrem Schatten bleiben wollte. »Ich suche euch schon überall.«

»Wie du siehst, sind wir mit überaus wichtigen Dingen beschäftigt«, erklärte Lionel und nickte grinsend zum Platz – wo Josce gerade daran verzweifelte, die nutzlos umherwimmelnden Knappen in der Kunst des Zeltaufbaus zu unterweisen.

»Wen versteckst du da vor uns?«, fragte er Mila und versuchte, hinter ihren Rücken zu schauen. Auch die anderen sahen jetzt interessiert herüber.

»Ich verstecke niemanden«, entgegnete die junge Frau und zog ihren sich sträubenden Begleiter unerbittlich ins Blickfeld. »Im Gegenteil, ich wollte euch jemanden bringen.«

Lionel kniff die Augen zusammen, dann grinste er von einem Ohr zum anderen. »Gütiger Himmel, wer ist denn dieser attraktive junge Mann an deiner Seite, Mila? Ein verschollener Bruder? Ein heimlicher Verehrer etwa?«

»Pep«, sagte Erec und trat ungläubig ein Stück näher. »Du bist ja kaum wiederzuerkennen.«

»Das liegt daran, dass ihr ihn noch nie sauber gesehen habt«, behauptete Mila trocken.

In der Tat war eine erstaunliche Verwandlung mit dem Bengel vorgegangen, musste Armand zugeben, selbst wenn Pep im Augenblick trotzig das Kinn vorschob und seine grünen Augen gewohnt rebellisch blitzten. Er trug ordentliche, wenngleich abgetragene Kleider, die etwas zu weit an ihm hingen, ihn aber irgendwie größer und älter erscheinen ließen. Seine sonnengebräunten Wangen waren dicht mit Sommersprossen gesprenkelt, wie Armand feststellte, und unter dem Kinn konnte man eine Narbe aus lange zurückliegenden Tagen erkennen. Seine bis über die Ohren gestutzten und frisch gewaschenen Haare besaßen nichts mehr vom vormals verfilzten Straßenköterbraun, glänzten stattdessen in einem warmen Ockerton.

Armand nickte anerkennend. »Ein anderer Mensch.«

»Pah, von wegen.« Pépin verschränkte die Arme vor der Brust.

»Heilige Maria Magdalena, Mila, du hast ein wahres Wunder vollbracht«, staunte Erec.

»Was hätte ich tun sollen? Nach diesem teuflischen ... *Spiel* sah er aus wie der Leibhaftige selbst. Und gestunken hat er auch, als wäre er der Hölle entstiegen. Da hab ich ihn kurzerhand in den nächsten Pferdetrog gesteckt.«

»Was für ein Spiel meinst du?«, erkundigte sich Josce, der sich wieder zu ihnen gesellt hatte und den neuen Pépin stirnrunzelnd musterte.

»Na, welches schon?«, brummte Valéry missmutig. »Das, bei dem eine Bande nichtsnutziger Halunken einen Lumpenball durch die Straßen drischt und eine Spur der Verwüstung hinter sich herzieht.«

»Und ich habe den entscheidenden Schuss gemacht«, platzte Pep heraus. »Ich hab den Ball für die Franzosen ins Tor gebracht.« Seine Wangen glühten vor Stolz.

»Teufelskerl«, raunte Josce mit einem Augenzwinkern.

»Aber jetzt muss ich dringend gehen«, erklärte der Junge. »Wir wollen doch unseren Sieg feiern.«

»Immerhin einer, der was zu feiern hat.«

Pep bewegte sich mit jedem Wort weiter rückwärts. »Vorausgesetzt, die anderen erkennen mich so überhaupt noch.« Damit drehte er sich um und rannte wie der Blitz davon, sodass Mila nur noch hilflos die Hände nach ihm ausstrecken konnte.

»Wehe dir, wenn du die frischen Kleider zerreißt, hörst du?«, schrie sie dem Jungen hinterher, doch Armand bezweifelte, dass ihre Worte ankamen.

»Ist es zu fassen!« Mila schloss kurz die Augen und seufzte, dann drehte sie sich zu Erec um. »Du musst etwas tun. Ihr alle müsst ihn erziehen, ihm eine Aufgabe geben, sonst bringt er sich irgendwann wirklich noch in Teufels Küche.« Ernsthafte Sorge stand in ihrem Gesicht.

»Er ist ein Junge, Mila«, protestierte Josce, »ein wilder, ungebärdiger Junge, nichts weiter. Das wird schon mit der Zeit.«

»Ein wilder Junge, der seine Finger in fremde Taschen steckt und sich mit zwielichtigem Gesindel herumtreibt«, behauptete Valéry ungnädig.

Mila presste die Lippen aufeinander, als hörte sie ihre schlimmsten Befürchtungen bestätigt. »Bitte«, wandte sie sich noch einmal an Erec. »Du hast ihn aufgenommen, jetzt kümmere dich um ihn, gib ihm etwas zu tun. Er braucht eine sinnvolle Aufgabe, mehr als nur Gäule füttern. Sonst wird er irgendwann Unsinn anstellen.«

Erecs Kiefer mahlten, dann nickte er ernst. »Ich lass mir was einfallen.«

Kapitel 12

Grafschaft Soissons, Acy, August 1181

Erec fuhr sich mit dem Handrücken übers Gesicht und verteilte die Matschspritzer dabei über die ganze Wange. Wie Lionel vorhergesehen hatte, war das Lanzenstechen eine wüste Schlammschlacht. Zwar regnete es nicht länger, doch das Wasser der Vortage hatte große Pfützen gebildet und den Untergrund weich und schlüpfrig gemacht. Mehrere Rösser waren bereits gestürzt und samt ihren Reitern im Schlamm gelandet, eins war sogar in den Tilt gekracht.

Erec setzte sich im Sattel zurecht und klopfte Titus den muskulösen Hals, mehr um sich selbst zu beruhigen als das Tier, wie er zugeben musste, und er hoffte, der Hengst bemerke seine Nervosität nicht.

Unter gewöhnlichen Umständen hätte Erec bei diesen miserablen Bedingungen auf das Lanzenstechen verzichtet. Er mochte sich hier und da wie ein Draufgänger aufführen, ein leichtsinniger Narr war er nicht. Zumindest nicht, wenn es um Titus ging. Die Vorstellung, dass sein treuer Gefährte durch einen Sturz oder ein vertretenes Bein ernsthaft Schaden nahm, bereitete ihm Bauchschmerzen.

Lächerlich, schalt er sich dann in Gedanken, schließlich ließ er den Hengst Woche für Woche gegen baumlange Spieße mit Eisenspitzen anrennen. Auch wenn die Turnierregeln Angriffe gegen die Pferde strengstens untersagten, ein fehlgegangener Lanzenstoß und …

Erec schloss kurz die Augen. *Nicht hilfreich!*

Zwei Durchläufe hatte er bereits für sich entschieden, weswegen Titus und er inzwischen aussahen, als hätten sie sich im Schweinepfuhl gewälzt. Ein Lanzengang noch, dann reichte es hoffentlich für eine Auszeichnung.

Sein Gegner auf einem klobigen Fuchs hatte an der gegenüberliegenden Seite der Schranke Aufstellung genommen. Das Pferd wirkte nicht sonderlich agil, das musste zu schaffen sein. Erec schloss das Kettengeflecht seiner Haube über dem Kinn, zog die Schildfessel am Arm fest und nahm mit der Rechten die Lanze auf.

Keinen Augenblick später ertönte das Signal.

Mit einem großen Galoppsprung schoss Titus vorwärts und preschte dem Gegner entgegen, doch Erec spürte, dass seine Hufe im schlüpfrigen Grund kaum richtig Halt fanden, wieder und wieder nach hinten glitten, sodass der Hengst kein gutes Tempo erreichte. »Los, Junge, vorwärts!« Die mächtigen Muskeln unter seinen Schenkeln spannten sich. Drei Lanzenlängen, zwei. Erec fasste den Schild nach, senkte die Waffe, peilte sein Ziel an und …

In diesem Augenblick rutschte Titus zur Seite und strauchelte, Erec taumelte nach vorne, verzog die Lanze, schaffte es gerade noch, den Schild vor die Brust zu bringen – bevor ihn die gegnerische Waffe mit der Härte eines Schmiedehammers traf und aus dem Sattel riss.

Der Aufprall schleuderte ihn in tiefe Schwärze.

Alle rannten gleichzeitig los, doch zusammen mit Pep war Armand als Erster bei dem Gestürzten.

»Erec? Erec, hörst du mich?« Er löste mit bebenden Fingern den Helm vom Kopf und drückte ihn Pépin in die Hand, dann umfasste er das Gesicht des Freundes. »Sag doch was.« Er spürte Erecs Puls unter den Fingerspitzen. Und den eigenen, der wie Glockenschläge in seinen Ohren dröhnte. »Erec, rede mit mir!«

Da blinzelte der Ritter benommen und schlug schließlich die Augen auf.

Erleichtert atmete Armand aus. »Wie geht es dir, Mann?«

Erec stöhnte und verzog das Gesicht. »Falls du je vorhattest, mir deine Liebe zu gestehen, wäre jetzt die letzte Gelegenheit.«

Einen verzweifelten Herzschlag lang wünschte Armand, es wäre mehr als nur ein rüder Scherz – doch dann hört er Lionels Lachen und sah den Schalk in Erecs Augen tanzen. »Hornochse, ich habe mir Sorgen gemacht!«

»Das weiß ich zu schätzen, aber alles halb so wild. Glaub ich wenigstens.« Mithilfe seiner Freunde richtete er sich stöhnend ins Sitzen auf. »Und Titus?«

»Deinem Gaul fehlt nichts«, sagte Josce, der das Pferd inzwischen eingefangen und kurz untersucht hatte, »aber dich werden wir wohl notschlachten müssen.«

Gegen seinen Willen musste Erec lachen und schien es sofort zu büßen, denn er verzog schmerzvoll das Gesicht und presste die Hand an die Seite. Vorsichtig befreiten sie ihn aus Kettenhemd und Gambeson.

»Kannst du etwas für ihn tun?«, wandte Armand sich an Mila.

Sie tastete sorgfältig Erecs Rücken und Brustkorb ab, dann schüttelte sie den Kopf. »Ich fürchte, abgesehen von seinem Stolz sind auch ein paar Rippen angeknackst. Da helfen nur Ruhe und Zeit.«

»Ach was«, wehrte Erec ab und stemmte sich mühsam auf die Beine. »Das ist nicht der Rede wert. Ich …« Er schwankte unvermittelt. Lionel und Armand griffen rasch nach seinen Armen und legten sie sich um die Schultern, dann führten sie ihn langsam vom Tjostplatz.

»Übertreibt es nicht, Männer. Alles, was ich brauche …«

»Was du brauchst, ist Ruhe und was Ordentliches zu essen«, vervollständigte Mila den Satz. »Ich könnte uns was kochen.«

»Nein, nein«, wehrte Lionel rasch ab. »Das … das ist zwar ausgesprochen nett von dir, aber wirklich nicht nötig, Mila.«

»Wirklich nicht«, bekräftigte Armand.

»Ich … wir haben eigentlich gar keinen Hunger«, behauptete Josce. »Oder, Leute?«

»Gar keinen«, bestätigte Valéry.

Mila kniff die Augen zusammen und blickte argwöhnisch von einem zum anderen.

»Also, *ich* könnte schon was vertragen«, meldete sich Pep zu Wort und zeigte ein leutseliges Grinsen.

Milas Züge entspannten sich, und sie lächelte. »Dann werde ich gleich einen Kessel aufsetzen, damit ihr schnell was Warmes in den Bauch bekommt«, sagte sie und machte sich augenblicklich auf den Weg zu ihrem Lagerplatz.

So entgingen ihr die mörderischen Blicke und Gesten, mit denen Lionel und Josce den Jungen traktierten.

»Was?« Pep zuckte unbeeindruckt mit den Schultern. »Ich muss wachsen!«

Erec atmete tief den vertrauten Stallgeruch ein. Er lehnte mit dem Rücken an einer Wand des Verschlags, schaute Titus beim Fressen zu und spürte, wie er allmählich zur Ruhe kam.

Der Welpe zu seinen Füßen ließ von dem Holzstück ab, auf dem er gekaut hatte, und wendete sich stattdessen Erecs Stiefel zu.

»Das lass lieber bleiben, du Tunichtgut«, schalt er und schüttelte den kleinen Rüden ab.

Ein Hund. Der dritte Preis beim Lanzenstechen. Großartig. Als hätte er nicht schon genug Probleme am Hals. Der Gewinner hatte immerhin ein mageres Maultier bekommen, der Zweite eine Ziege. Beide Tiere hätte man verkaufen oder Letzteres wenigstens essen können. Aber einen Hund?

Keiner wollte einen Hund kaufen. Geschweige denn essen. Es gab nicht viele Möglichkeiten, was sie mit dem Tier anstellen konnten, zumal es von zweifelhafter Abstammung und höchstens acht Monate alt war. Vermutlich würden sie den halbwüchsigen Köter einfach hierlassen, wenn sie in ein paar Tagen weiterzogen.

»Wirst du wohl meinen Stiefel in Frieden lassen, du kleines Ungeheuer!« Erec befreite ein weiteres Mal seinen Schuh aus dem Hundemaul. Zugegeben, ein hübscher Bursche mit Hängeohren, aufmerksamen schwarzen Augen und einem Fell, das zumindest bis kurz nach der Preisverleihung sahneweiß gewesen war. Aber das änderte nichts daran, dass ein Hund vermutlich das Letzte war, was sie in ihrer jetzigen Situation brauchen konnten.

Erec nahm sich eine Bürste und ging zu Titus. Sicher würde es Stunden dauern, den ganzen Schlamm aus seinem Fell zu schrubben. Ja, sein Schädel pochte noch immer, wenn er den Kopf drehte, und die Rippen zwickten unangenehm. Aber solange er sich nicht hastig bewegte, war es erträglich. Darüber, wie sich die Sache im Sattel anfühlen würde, wollte er lieber nicht nachdenken. Es musste funktionieren, also würde es das auch. Und er hatte bis dahin noch einen Tag Ruhe.

Immerhin ging es Titus gut, davon hatte er sich gleich mehrfach überzeugt. Wie es aussah, hatte der Hengst den Aufprall weit besser weggesteckt als sein Reiter.

»Das heißt, du wirst beim Turnier die ganze Arbeit machen müssen, Junge.«

»Kein Problem.«

Erec fuhr zusammen – wobei ein stechender Schmerz seine Seite durchzuckte – und wandte sich steif der Stimme in seinem Rücken zu.

»Titus ist ohnehin schlauer als du«, behauptete Pépin, der eingetreten war, mit breitem Grinsen.

Erec verdrehte die Augen. »Wie's scheint, bleibe ich selbst im Stall von keiner Heimsuchung verschont. Mach dich wenigstens nützlich.« Er warf Pep eine zweite Bürste zu.

Der Junge schlüpfte in Titus' Verschlag und begann ohne Zögern, die freie Seite des Hengstes mit kräftigen Bürstenstrichen zu bearbeiten. Wie immer stellte er sich geschickt und unerschrocken an. Dabei hatte das muskulöse Kraftpaket, das Titus war, schon den ein oder anderen gestandenen Pferdeknecht das Fürchten gelehrt. Doch Pep und Titus waren von Anfang an blendend miteinander ausgekommen.

Vermutlich, weil sie beide unverbesserliche Rabauken sind. Erec versteckte ein Grinsen.

»Was passiert jetzt mit dem kleinen Kerl? Den Hund meine ich.« Pep nickte zu dem Welpen, der dazu übergegangen war, seine nackten Zehen abzulecken. Der Junge hockte sich neben ihn und wuschelte ihm durchs Fell, worauf sich der Rüde auf den Rücken rollte und genüsslich den Bauch kraulen ließ.

Erec verschränkte die Arme auf Titus' breitem Rücken und beobachtete die beiden eine Weile. »Ich weiß nicht. Er scheint dich zu mögen. Wie wär's, wenn *du* für ihn sorgst?« Der Gedanke war in dem Augenblick entstanden, als er ihn aussprach. Aber vielleicht war der Hund genau das, was der Knabe brauchte: Jemanden, um den er sich kümmern konnte, für den er Verantwortung übernehmen musste.

Pépin sah mit einer Mischung aus Überraschung und Unglaube zu ihm auf. Dann begann ein breites Lächeln seine Lippen zu teilen. »Ist das dein Ernst, Erec? Ich darf ihn wirklich behalten?«

Er zuckte leicht mit den Schultern. »Warum nicht? Ich schenke ihn dir. Unter der Voraussetzung, dass du ihn ordentlich versorgst, ihn fütterst und erziehst«, fügte er ernst hinzu.

»Klar, natürlich«, versicherte der Junge hastig und strubbelte seinem neuen Freund übermütig durchs Fell.

Erec lächelte und erfreute sich an Peps unverstellter Begeisterung. Langsam musste er achtgeben, dass die Rabauken um ihn herum nicht in die Überzahl kamen.

Und während er die beiden beobachtete, reifte eine weitere Idee in seinem Kopf. Aber dafür war es jetzt vermutlich noch zu früh.

Erec beschloss, sich noch irgendwo einen Becher Wein zu genehmigen, um die nötige Bettschwere herzustellen. Denn sobald er sich hinlegte, zumal auf den harten und klammen Boden ihres Zeltes, fühlte es sich an, als säße Titus auf seiner Brust. Jede verfluchte Rippe stach beim Atmen und hinderte ihn am Schlafen. Dabei hätte er ein bisschen Ruhe wirklich dringend vertragen können nach diesem aufreibenden Tag.

Wie sich herausstellte, war er nicht der Einzige, der keinen Schlaf fand. Schon als er sich dem Wirtshaus am Holztor näherte, vernahm er Lautenklang und eine vertraute Stimme. Armand. Womöglich aber ging es dem Troubadour gar nicht um Zeitvertreib, sondern darum, ihre klamme Kasse etwas aufzubessern. Das würde ihm ähnlichsehen.

Die Gaststube war gut gefüllt, die meisten Anwesenden zechten und plauderten, aber eine erkleckliche Menge hatte sich auch um Armand versammelt, der am Rand des Schankraums auf einem Tisch saß, ein Knie angewinkelt, während das zweite herabbaumelte, die Laute auf dem Schoß.

Erec lehnte sich in der Nähe der Eingangstür mit verschränkten Armen an die Wand, denn auch Sitzen war auf Dauer nicht sonderlich erquicklich, wie er festgestellt hatte. Bei einer vorübereilenden Schankmagd erbat er sich einen Becher Wein, dann lauschte er der Musik seines Freundes.

Anders als beim zurückliegenden fürstlichen Bankett in Ambert hatte Armand diesmal eingängige und bekannte Melodien gewählt, die auch über das Lärmen der Gäste hinweg Gehör fanden und den ein oder anderen mitsummen oder mit dem Fuß wippen ließen. Aber so gewöhnlich der Rahmen seiner Darbietung diesmal auch sein mochte, wie betrunken seine Zuhörer und wie schlicht die Liedwahl – Armand widmete sich stets vollständig seiner Musik, gab sich ganz hinein mit Leib und Seele. Es waren Momente der Selbstvergessenheit, wenn er sich mit geschlossenen Augen über seine Laute beugte, während seine Finger über die Saiten tanzten und ihm die wilden Locken in die Stirn wippten. Momente, die nicht nur seine Zuhörer in Bann schlugen, sondern in denen er gleichzeitig entrückt und ganz bei sich zu sein schien.

Unabhängig davon, was er sang, adelte seine unverwechselbare Stimme jede noch so simple Melodie, war mal zart und schwebend, dann wieder kraftvoll und treibend, erklomm dabei eine erstaunliche Spannbreite an Tonhöhen, und stets schien ein Hauch von Traurigkeit darin mitzuschwingen.

Als das Lied endete, verharrte der Troubadour noch einen Moment mit geschlossenen Augen. Dass die Umstehenden jubelnd Beifall klatschten und ihm die ein oder andere Münze zuschnippten, schien er erst mit Verspätung wahrzunehmen. Er bedankte sich mit einem zerstreuten Lächeln. Kurz darauf stimmte er die nächste Melodie an.

Erec hatte gerade den Becher an die Lippen gesetzt, als eine Hand schwer auf seine Schulter fiel, einen scharfen Schmerz durch seinen Nacken jagte und ihn Wein verschütten ließ.

»Da sieht aber jemand ganz schön mitgenommen aus«, bemerkte Damien de Brienne und gesellte sich unaufgefordert an seine Seite. »Na, du bist ja auch geflogen wie ein Vöglein. Nur an der Landung solltest du noch arbeiten.« Diesmal war es an de Brienne, gehässig zu grinsen.

»Das hab ich wohl verdient«, murrte Erec, spürte aber, dass sich ein Lachen in seiner Brust regte. »Immerhin hast nicht du mich aus dem Sattel gehoben. Was hat dich abgehalten, Damien?«

»War wohl nicht verzweifelt genug, um mich mit euch im Schlamm zu suhlen«, setzte der Ritter dagegen. Erec wendete seine Aufmerksamkeit wieder dem Weinbecher und Armand zu. Eine Weile lauschten sie Seite an Seite der Musik, vergaßen beinahe die Gegenwart des anderen, als der Gesang seinen Bann entfaltete.

»Bei der heiligen Cäcilia, er ist ein begnadeter Musiker«, sagte de Brienne schließlich mehr zu sich selbst. »Er hat wahrlich Besseres verdient.« Und Erec glaubte, bei diesen Worten kurz Damiens Blick auf sich zu spüren.

Bevor er jedoch fragen konnte, was genau der Ritter damit andeuten wollte, wandte der sich grußlos um und stiefelte davon.

Charmant wie immer. Erec verdrehte die Augen. Doch Damiens Bemerkung ließ ihn nicht mehr los. Natürlich war ihm klar, dass Armand für mehr gemacht war, als gewöhnliche Zecher und andere Banausen mit launigen Trinkliedern zu unterhalten. Er besaß große Begabung, das war selbst für einen Laien wie Erec unverkennbar. Doch ein einflussreicher Mäzen war nicht in Sicht. Und Erec fragte sich, ob er durch die Ablehnung von d'Hârcourts Unterstützung neben seinem eigenen auch Armands Talent vergeudete.

Kapitel 13

Grafschaft Hainaut, September 1181

»Ihr seht bedrückt aus, Madame d'Hârcourt. Gibt es etwas, womit ich Euch aufzuheitern vermag?« Odilon Auberée lenkte seine zierliche Fuchsstute an die Seite ihres Zelters. Der Herold hatte sich ihnen auf dem Weg ins Hainaut angeschlossen, denn am Tag des heiligen Augustinus sollte dort das angekündigte Turnier stattfinden, also hatte sich der ausgelassene Wanderjahrmarkt des königlichen Haushalts mit seinem schillernden Kometenschweif aus Gefolgsleuten, Dienern, Tross und Packtieren und selbstverständlich den besten Turnierrittern der angevinischen Mannschaft Richtung Mons in Bewegung gesetzt.

Eigentlich genoss Genovefa die fröhlichen Reisen quer durchs Land, die sie hinaus aus den erdrückenden Gemäuern der königlichen Festung und durch abwechslungsreiche Landschaften führten, häufig begleitet und unterhalten von Sängern und Spaßmachern. Noch dazu war heute das Wetter mild, der Himmel mit feinen Schleierwolken bedeckt, und der Regen der vergangenen Tage sorgte dafür, dass ihnen der Straßenstaub nicht zusetzte. Und dennoch …

»Ist es wegen Eures Mannes?«, erkundigte sich Odilon teilnahmsvoll. »Ich hörte, er ist nicht wohl. Nichts Ernstes, hoffe ich.«

Genovefa schüttelte den Kopf und schenkte dem Herold ein freundliches Lächeln. »Seine alten Kampfverletzungen. Lange Reisen im Sattel strengen ihn sehr an, sodass er es vorzieht, unsere Rückkehr auf Pirou abzuwarten. Nichts Ungewöhnliches«, erklärte sie.

»Wie schön, dass wir wenigstens auf Eure reizende Gesellschaft zählen dürfen.«

»Königin Marguerite wollte nicht auf mich verzichten. Und«, sie schickte ein verschwörerisches Lächeln in Richtung ihres Begleiters, »natürlich will ich mir nicht entgehen lassen, wenn Flandern die krachende Niederlage kassiert, die es verdient.«

Odilon lachte herzlich und offen. »Da ist das letzte Wort noch nicht gesprochen, auch wenn ich Eure Einschätzung bezüglich der flämischen Mannschaft durchaus teile.« Der Herold machte eine kleine nachdenkliche Pause, ehe er weitersprach. »Graf Philipp ist ein stolzer und ehrgeiziger Mann. Und ein schlechter Verlierer dazu, nicht nur auf dem Turnierplatz.«

»Ist mir nicht entgangen«, erwiderte Genovefa gallig, woraufhin Odilon erneut schallend lachte. Sie sah ihm in die blitzenden, von Lachfalten umrahmten Augen und stellte fest, dass sie diesen klugen, stets heiteren Mann gut leiden konnte.

»Der Graf von Flandern stand immer sehr hoch in der Macht«, erklärte er. »Nach dem König von Frankreich und dem Haus Anjou ist er wohl der einflussreichste Magnat in unseren Breiten. Aber einem Mann seines Ehrgeizes kann das nicht genügen.«

»Wie meint Ihr das?«

Der Herold zögerte und musterte sie kurz mit erhobenen Augenbrauen, als wäre er nicht sicher, ob er derlei Gespräche mit ihr führen sollte. Doch dann entschied er sich offenbar. »Nun, wie Ihr wisst, hat Philipp von Flandern den Jungen Henri vor nicht einmal zehn Jahren bei seiner unseligen Rebellion gegen den Vater unterstützt, die das westliche Abendland in einen hässlichen Bürgerkrieg geführt hat. Was vielen unbekannt ist: In den flandrischen Häfen lag zu diesem Zeitpunkt eine von Philipp zusammengestellte Invasionsflotte vor Anker, bereit, in England einzufallen. Selbstverständlich aus keinem anderen Grund, als den Ansprüchen des Jungen Königs Nachdruck zu verleihen.« Er spitzte den Mund, während seine Augen vielsagend funkelten.

Genovefa schaute ihn ungläubig an.

»Dass es nicht dazu kam, ist allein Gottes Eingreifen zu verdanken, der eine wochenlange Flaute schickte und so die Invasionsschiffe an die Häfen fesselte. Andernfalls hätte der Alte Henri den Aufstand womöglich nicht so mühelos niedergeschlagen, vielleicht hätte ihn der Einfall am Ende gar den Sieg gekostet.«

»Und Graf Philipp einen Platz an der Seite des Jungen Königs gesichert«, ergänzte Genovefa.

»Ich sehe, Ihr versteht, worauf ich hinauswill.« Odilon nickte mit einem anerkennenden Lächeln. »Nein, Philipp von Flandern ist kein Mann, der sich mit Kleinigkeiten begnügt. Anschließend hat er versucht, bei den Kapetingern zu Macht und Einfluss zu kommen, aber da sich sein Verhältnis zum französischen König Philippe Dieudonné beziehungsweise seine Stellung am Hof nicht ... wunschgemäß entwickelt, frage ich mich, wem er als Nächstes seine Aufmerksamkeit zuwenden wird.«

Graf Balduin hatte Henri und seinem Haushalt für den Aufenthalt während des Turniers eines seiner persönlichen Hofgüter zur Verfügung gestellt; es lag am Rande von Mons, eingefasst von schützenden Mauern und blühenden Gärten. Die großzügige Anlage bot genug Platz und Annehmlichkeiten für Henris und Marguerites Gefolge und ihre engsten Vertrauten, der Rest seiner Männer kampierte in der Zeltstadt, die vor den Toren der Siedlung aus dem Boden gewachsen war.

Der bevorstehende Wettkampf, der ungefähr eine Wegstunde von Mons entfernt bei Dour ausgetragen werden würde, konnte sich gewiss nicht mit einem Spektakel wie dem Krönungsturnier in Lagny-sur-Marne messen, an dem zwei Jahre zuvor mehrere Tausend Ritter aus vielen Ländern teilgenommen hatten. Aber Genovefa war sicher, dass Balduin keine Kosten und Mühen gescheut hatte – schon allein, weil er nicht hinter seinem turnierbegeisterten Schwager Philipp zurückstehen wollte, der gewaltige Summen in die Ausrichtung derartiger Wettkämpfe steckte.

Bereits auf dem Weg zu ihrer Bleibe durch die Stadt, begleitet von staunendem, jubelndem Volk und von kreischenden Kinderscharen, konnten sie sich einen Eindruck über die Konkurrenz verschaffen, denn überall wiesen an den Unterkünften aufgehängte bunte Turnierschilde und prächtige Banner auf ihre derzeitigen Bewohner hin. Aus der Champagne oder der Bretagne, aus dem Burgund und dem Anjou, aus der Normandie, aus England und natürlich aus Flandern waren sie herbeigeströmt. Und wo sie Bilder und Farben nicht zu deuten wusste, half ihr Odilon mit seinem schier unerschöpflichen Wissen aus.

Genovefa fragte sich, ob auch Erec de Lacône und seine Männer ihre Lanzen im kommenden Kampf anbieten würden. Das Talent dazu besaßen sie zweifellos, doch wahrscheinlicher schien es ihr, dass sie längst ruiniert und in alle Winde zerstreut waren. Schade, denn so weit hätte es nicht kommen müssen. Und tatsächlich verspürte Genovefa ein schmerzhaftes Bedauern, dass sie den waghalsigen und unverfrorenen Ritter vermutlich niemals wiedersehen würde.

Kapitel 14

Grafschaft Soissons, Acy, September 1181

Bestimmt zum hundertsten Mal versuchte Erec, eine bequemere Position im Sattel zu finden, doch er musste sich eingestehen, dass es die zur Zeit nicht geben würde. Leider hatte der Ruhetag daran wenig geändert, eher im Gegenteil. Ein bisschen fühlte es sich im Sitzen an, als bohrten sich seine Rippen von unten Richtung Schlüsselbein, und die schwere Kettenrüstung machte die Sache nicht angenehmer. Er hoffte inständig, dass sich mit dem Beginn des Kampfes, wenn sich all seine Aufmerksamkeit und Kraft auf Pferd, Waffe und Gegner bündelten, auch das vertraute Gefühl der Körperlosigkeit einstellte. Als würde er für einige Momente aus seinem Leib treten und die Schläge, Stöße und Schmerzen einer tauben Hülle überlassen. Gütiger Jesus, genau diesen Zustand sehnte er im Augenblick herbei.

»Wird es gehen?«, erkundigte sich Josce. Der Ritter saß zu seiner Rechten im Sattel und wartete wie alle anderen auf den Beginn des Turniers. An seiner linken Seite schloss Lionel die Schlachtreihe, daneben Valéry, gefolgt von gut vier Dutzend weiteren Kämpfern.

»Natürlich!«, behauptete Erec und versuchte ein zuversichtliches Grinsen. Josce wirkte nicht überzeugt, denn er musterte Erec eingehend von der Seite.

»Keine Sorge, Jos«, warf Lionel gut gelaunt ein. »Bevor er sich diesen Spaß entgehen lässt, muss unserem furchtlosen Artusritter schon der Schwertarm abhandenkommen.«

Erec grinste weiterhin, auch wenn ihm ein Schwertarm im Tausch für ein bequemes Bett im Augenblick durchaus wie ein lohnender Handel erschien. Aber Aufgeben war keine Alternative, dafür stand zu viel auf dem Spiel. Wieder einmal. Und er fragte sich, ob das in seinem Leben jemals anders werden würde.

Der Austragungsort war nicht sonderlich groß und befand sich am Rande der Stadt in einer Art Senke, was dazu führte, dass der Untergrund immer noch unangenehm schlüpfrig war, obwohl es vor mehr als einem Tag aufgehört hatte zu regnen. Immerhin gewährte die Lage den Neugierigen auf den ansteigenden Hängen rechts und links die Möglichkeit, dem Kampf zu folgen. Und sie waren zahlreich herbeigeströmt.

»Worauf warten wir noch?«, brummte Josce. Ungeduldig blickte er an den Rand des Feldes, wo der Magister Civium von Acy und der Turniervogt weiterhin auf ihren Reittieren ausharrten und heftig miteinander zu diskutieren schienen.

»Ich habe keine Ahnung«, murmelte Erec und fingerte an seinem Helmriemen herum, der unangenehm in den Hals schnitt. *Ich weiß nur, dass ich aus dem Sattel kippe, wenn es nicht bald losgeht.* Auch Titus schien des Wartens müde, denn er scharrte rastlos mit einem Vorderhuf.

Sie verharrten weitere Augenblicke aufgereiht vor ihrem Refugium, ohne dass etwas passierte, und langsam ergriff ein nervöses Kribbeln von Erec Besitz. Irgendetwas stimmte nicht. Viel zu lange schon standen sie einander kampfbereit und tatenlos gegenüber. Doch das Signal zum Angriff blieb aus.

Im nächsten Augenblick betrat der Grund dafür den Platz: Vier Mönche, dem schwarzen Skapulier und der weißen Tunika nach Zisterzienser, strömten singend auf den Platz und trugen große Holzkreuze vor sich her. Ein weiterer Mönch ritt ihnen auf einem weißen Maultier voran. Der Turniervogt schien einschreiten zu wollen, wurde jedoch vom Bürgermeister harsch zurückgehalten.

»Was soll das denn werden?«, fragte Josce. Doch keiner wusste eine Antwort. Alle Blicke hefteten sich auf das merkwürdige Schauspiel zwischen den Schlachtreihen, und gespannte Stille legte sich über Publikum wie Kämpfer. Nur der fromme Gesang der Mönche schwebte in der Luft und bildete den Klangteppich für die Ansprache ihres Anführers, die nun folgte.

»Ritter!«, rief er. Seine Stimme tönte laut wie die eines Feldherrn über den Platz und erweckte den Eindruck, als mache er das nicht zum ersten Mal. Überhaupt wirkte der ganze Auftritt inszeniert und genau einstudiert.

»Ritter«, wiederholte der Mönch. »Oder die ihr euch so nennt – obgleich ihr doch nur Gaukler seid auf diesem unwürdigen Jahrmarkt der Eitelkeit!«

Verärgertes Gemurmel erhob sich aus den Reihen der Gerüsteten, eine Reaktion, die der Redner zweifellos beabsichtigt hatte, denn die Aufmerksamkeit aller war ihm nun endgültig sicher.

»Gaukler und Komödianten, so nenne ich euch. Und das mit Recht! Denn was seid ihr anderes, wenn ihr allein um eines gefährlichen Spieles willen eure Kraft, euer Können und eure Ehre auf diesen Platz tragt, statt sie in den Dienst Gottes zu stellen.« Er machte eine Pause und ritt eine Runde über das Feld, wobei er jeden einzelnen Kämpfer in den Blick zu nehmen schien. Neben Erec hob Josce unbehaglich die Schultern, und er war nicht der Einzige, der sich unter den stechenden Augen des Mönchs unwohl in seiner Haut fühlte. Was sollte das Ganze?

»Was seid ihr anderes als Darsteller in einem Possenspiel, wenn ihr eure Pferde mit Seide behängt, eure Lanzen und Schilde bemalt und mit Karfunkeln schmückt und euch selbst wie Weiber in bunte Tuche hüllt?«

»Glück gehabt«, murmelte Lionel mit einem Blick auf seinen schäbigen, inzwischen nahezu farblosen Waffenrock und den schartigen Schild, »*wir* sind ganz offensichtlich nicht gemeint.« Doch der Mönch ließ ihnen keine Zeit zu lachen.

»Und wozu dieses Gepränge? Um bei einem unwürdigen

Kampfspiel leichtfertig euer von Gott geschenktes Leben aufs Spiel zu setzen, allein der eitlen Ruhmsucht und der Gier nach Beute wegen.« Wieder machte der Mönch eine wohlgesetzte Pause, damit seine Worte Wirkung entfalten konnten. Und tatsächlich sahen viele der Ritter beschämt zu Boden oder regten sich unbehaglich.

Auch Erec fühlte sich auf unangenehme Weise bloßgestellt, denn in der Tat waren es vor allem anderen die genannten Gründe, derentwegen er, derentwegen sie alle hier waren.

»Stattdessen solltet ihr eure Körper mit Eisen und eure Seelen mit dem Schild des Glaubens wappnen und eure Schwerter in den Dienst des Herrn stellen, als Krieger Christi!« Wie Hiebe ließ der Mönch seine Worte nun auf die Anwesenden herabfahren. »Während ihr hier in unsäglichem Stumpfsinn Geltungsdrang und Eitelkeit pflegt, werden das Heilige Land und das Grab unseres Herrn von Sarazenen bedroht. Ihr Herrscher, dieser Teufel, den man Saladin nennt, sammelt ein Heer, um das Königreich Jerusalem zu vernichten!« Der Mönch ballte die Faust, als würde er etwas zerquetschen. »Und König Balduin von Jerusalem ringt derweil mit der Geißel des Aussatzes.« Der Mönch sah sich eindringlich um. In seinen Augen flackerte ein unbarmherziges Feuer. »Dort wird euer Schwert gebraucht! Geht hin und kämpft mit gutem Gewissen die Kämpfe unseres Herrn. Denn der Tod, den man für Christus erleidet oder verursacht, trägt keine Schuld an sich und verdient größten Ruhm. Schon in der Heiligen Schrift steht geschrieben: *Denn nicht ohne Grund trägt er das Schwert. Er steht im Dienste Gottes und vollstreckt das Urteil an dem, der Böses tut, zum Ruhm für die Guten!*« Wieder machte er eine Pause, um seine Worte einsinken zu lassen. »Geht nun«, forderte er noch einmal mit lauter, drängender Stimme. »Verlasst dieses Feld der Prunksucht. Geht, geht alle und kämpft den guten Kampf, im Namen unseres Herrn!«

Für einige Augenblicke herrschte, bis auf die monotonen Gesänge der Mönche, unentschlossenes Schweigen. Alle waren wie betäubt und verunsichert von den Worten des Predigers. Auch Erec fragte sich, wie die angemessene Reaktion auf diese Ansprache aussah. Natürlich waren die Vorwürfe und Forderungen des Mönchs nicht unberechtigt. Und sie alle wussten, dass die Kirche die gefährlichen Kampfspiele schon lange geächtet hatte, unterstrichen von der nicht wenig einschüchternden Drohung, einem im Turnier gestorbenen Ritter das christliche Begräbnis zu verweigern, da ein derart sinnloser Tod einem Selbstmord gleichkomme.

Während Erec noch zögerte, hatten andere bereits ihre Entscheidung getroffen, denn plötzlich lösten sich die ersten Kämpfer aus der Schlachtreihe und ritten vom Platz. Weitere folgten und lichteten die Formation immer weiter, begleitet von den selbstzufriedenen Blicken des Mönchs.

»Was für ein elender Spielverderber«, murrte Lionel, und seiner Stimme fehlte die gewohnte Heiterkeit.

»Aber hat er nicht auch recht mit seiner Schelte?«, fragte Josce.

Sie schwiegen, denn ihm zuzustimmen, hätte bedeutet, ihr derzeitiges Leben vollständig infrage zu stellen.

»Was machen wir jetzt?«, wollte Valéry wissen. »Wie es aussieht, ist die Sache hier gelaufen, oder?«

Erec spürte die Blicke seiner Freunde auf sich, die eine Entscheidung erwarteten.

Der Teil von ihm, der von den eigenen Rippen aufgespießt zu werden drohte, wollte die Gelegenheit nutzen und das Feld so schnell wie möglich verlassen. Andererseits würde ihnen dadurch die Chance auf Beute und Lösegeld entgehen und damit die Möglichkeit, das Loch in ihrer Kasse zu stopfen.

Noch harrten genug Kämpfer auf dem Platz aus – wenngleich der Mönch sie mit Gewittermiene anstarrte.

Wieder nahmen andere Erec die Entscheidung ab. Seite an Seite kamen der Magister Civium und der Turniervogt auf das Feld geritten, und nach einem fast schon eingeschüchterten Seitenblick zu dem Prediger verkündete der Vogt: »Ritter, Mitstreiter, wir haben uns beraten und sind nach reiflicher Überlegung zu dem Schluss gekommen, das Turnier – für dieses Mal – abzusagen.« Als darauf missmutiges Raunen und vereinzelte Drohungen laut wurden, hob er beschwichtigend die Hände. »Versteht doch, durch den Mund dieses Gottesmannes ruft Christus, der Herr, uns zur inneren Einkehr auf, und wir sollten seinen Ruf nicht ungehört verhallen lassen. Nutzen wir die Gelegenheit zu Gebet, Buße und Kontemplation und sehen, zu welchen Einsichten es uns bringt. Geht mit Gott, Männer!« Damit riss er sein Reittier herum und verließ beinahe fluchtartig den Platz, als fürchte er, die Ritter und Zuschauer könnten ihren Unmut an ihm auslassen. Kein völlig abwegiger Gedanke.

»Was für eine verfluchte Scheiße«, murmelte Valéry. Und Erec fielen keine Worte ein, die die Situation treffender hätten zusammenfassen können.

Mit betrübten Mienen hatten sie sich unter dem Dach zusammengefunden, das ihnen schon zwei Tage zuvor als Unterschlupf gedient hatte. Um sie herum herrschte geschäftige Aufbruchsstimmung, Zelte wurden abgeschlagen, Bündel geschnürt, Packtiere beladen. Armand bezweifelte, dass auch nur einer dieser Ritter, die Acy nun so eilig verließen, von den feurigen Worten des Predigers zur Einsicht gebracht worden war. Nein, gewiss würden sie noch heute den Weg zur nächsten Turnierstätte einschlagen. Konnte man es ihnen verübeln? Würden sie selbst sich anders entscheiden?

Wenn Armand in die Gesichter seiner Freunde blickte, sah er betretene, unentschlossene Mienen. Eine kirchliche Einmischung wie heute, die sogar zur Absage des Turniers führte, hatte noch keiner von ihnen erlebt.

»Was der Mönch gesagt hat, ist richtig«, stellte Josce fest und klang dabei heiser, als fiele es ihm nicht leicht, diese unbequeme Wahrheit auszusprechen. »Wir verweigern uns des Ruhmes und Vergnügens wegen einer heiligen Pflicht.«

»Dann pack doch deinen Kram und zieh mit diesen Pfaffen ins Heilige Land, wenn du so scharf drauf bist«, blaffte Lionel.

»Willst du bestreiten, dass es wahr ist?«, hielt Josce dagegen. »Das Königreich Jerusalem geht in die Knie, während wir hier Silber und Beifall nachjagen. Oder auf unseren eitlen Hintern sitzen.«

Lionel lief gefährlich rot an und erhob sich halb von seinem Platz.

Erec schien nicht einschreiten zu wollen, schien im Gegenteil die Auseinandersetzung kaum wahrzunehmen, während er grüblerisch und niedergeschlagen vor sich hin starrte, die Arme auf den angezogenen Knien verschränkt. Also übernahm es Armand, den Streit zu schlichten.

Er stellte sich zwischen die beiden Streithähne und hob die Hände. »Immer mit der Ruhe, Freunde, setzt euch wieder. Es ist doch so: Die Kritik dieses Mönchs mag berechtigt sein, aber seien wir ehrlich, was sollten dem Heiligen Land Kämpfer nützen, die nicht mit Pferd und Lanze umzugehen verstehen, die weder darin geübt sind, in einer Formation von Panzerreitern zu dienen, noch die nötigen Manöver beherrschen?« Er schaute zuerst Josce, dann Lionel und schließlich auch die anderen eindringlich an. »Turniere wurden in erster Linie dazu ersonnen, die Soldaten Christi auf den Kampf vorzubereiten und in allen Waffentechniken zu schulen. Und sobald ihnen diese Fertigkeiten in Fleisch und Blut übergegangen sind, werden sie auch in der Lage sein, Gottes gerechten Krieg gegen die Heiden oder wen auch immer zu führen. Aber eben erst dann.« Er machte eine Pause, in der er den Blick über seine Freunde schweifen ließ. »Natürlich erfreuen wir uns am Beifall der Turniergäste und hoffen auf Siege und Gewinne, aber ohne gute Verbindungen zu anderen Kämpfern, geeignete Ausrüstung und Geld für die Reise wäre keiner von uns imstande, sich auf Pilgerfahrt nach Jerusalem zu begeben, selbst wenn er das wollte.«

Die anderen nickten nachdenklich.

»Ihr überseht ein Problem, ein ganz entscheidendes sogar«, meldete sich Erec zu Wort. Er klang müde und resigniert. »Wenn heute kein Turnier stattfindet, haben wir keine Chance auf einen Gewinn oder auf Beute, zumal der nächste nennenswerte Wettkampf erst in gut vierzehn Tagen in Provins angesetzt ist. Bis dahin bleibt die Kasse leer.«

Betretenes Schweigen folgte.

»Und wem haben wir das zu verdanken?«, zischte Valéry schließlich. »Wie oft haben wir diese Art Gespräch inzwischen schon geführt?«

Armand schnalzte mit der Zunge. »Was soll das, Valéry? Es ist nicht Erecs Schuld, dass der Wettkampf heute abgeblasen wurde.«

»Zugegeben, *hierfür* ist er nicht verantwortlich. Aber dass wir uns an diesem Punkt befinden und keinerlei Sicherheiten haben, dafür schon.«

»Er hat doch erklärt, warum er das Geld abgelehnt ...«

»Nein, er hat um den heißen Brei herumgeredet!«, erwiderte Valéry heftig. »Er opfert uns seinen Befindlichkeiten, ohne auch nur die Gründe darzulegen.«

Einen Herzschlag lang schien Erec etwas einwenden zu wollen, senkte dann aber betroffen den Blick, als stimme er ihm insgeheim zu.

Das befeuerte Valérys Zorn nur weiter. »Statt der hoffnungsvollen Turniermannschaft mit den großen Plänen, als die wir zusammenkamen, sind wir inzwischen genau die abgerissenen Gossenritter, für die de Brienne uns immer gehalten hat«, wetterte er. »Ein schäbiger Haufen, bestehend aus ein paar leidlich guten Schaukämpfern, einem Spielmann und einem Taschendieb und, nicht zu vergessen, einem verlausten Köter.« Er warf einen abfälligen Blick zu Pep, der den Welpen auf dem Schoß hielt und mit finsterer Miene zurückstarrte.

»Frag dich mal ehrlich, was ohne Erec oder uns aus dir geworden wäre«, hielt Lionel hitzig dagegen. »Wahrscheinlich wärst du Lohnkämpfer in irgendeiner schmierigen Söldnerkompanie. Oder wärst längst deiner Mama zurück unter den Rock gekrochen.«

»Du hast doch keine Ahnung«, knurrte Valéry und trat einen Schritt auf Lionel zu. Was wussten sie schon von seiner Familie, von seinen Sorgen und seinen Verpflichtungen?

»Bitte …«, setzte Erec an, brach dann jedoch ab, als fehle ihm jede Kraft für eine Auseinandersetzung.

»Hört zu«, ergriff Armand das Wort. »Wir haben zwei Möglichkeiten: Wir trennen uns hier und jetzt, und jeder versucht sein Glück auf eigene Faust. Oder wir werfen unsere übrigen Münzen in die Mitte und schauen, wie wir die Sache gemeinsam lösen. Wir sind *eine* Mannschaft und sollten endlich anfangen, uns auch so zu benehmen.«

»Wären wir eine Mannschaft, hätte Erec die Unterstützung nicht eigenmächtig abgelehnt«, fauchte Valéry.

Lionel erhob sich drohend. »Fängst du schon wieder damit an?«

»Genug, Leute«, insistierte Josce. »Leert eure Beutel, damit wir in dieser Sache endlich weiterkommen.« Er ging mit gutem Beispiel voran und warf ein paar Silberstücke in die Mitte. Lionel folgte seinem Vorbild und kramte einige Münzen aus den Taschen zusammen. Armand fügte seine Einnahmen aus dem Lautenspiel der letzten Tage hinzu – was sie, zusammengenommen, immerhin etwa zwei Wochen über Wasser halten würde. Schließlich trat Pépin heran, streifte die Kordel mit seinem Lederbeutel über den Kopf und schüttete den Inhalt aus. Klimpernd ergoss sich ein kleiner Strom von Münzen auf den Haufen in ihrer Mitte.

Lionel pfiff anerkennend durch die Zähne. »Ich frage besser nicht, woher die stammen, oder?«

»Alle ehrlich verdient«, behauptete Pépin mit ernster Miene.

Valéry schnaubte. »Nur nicht von dir, was?« Er legte die Hand auf seine Börse. »Ich werde mich nicht an diesem Wahnsinn beteiligen, nur dass ich dann in ein paar Tagen vollkommen blank dastehe. Wenn ihr so versessen darauf seid, an Erecs Seite in den Untergang zu reiten, tut das gefälligst ohne mein Geld. Und ohne mich. Ich bleibe keinen Tag länger. Ich werde mir eine richtige Anstellung suchen!« Mit diesen Worten drehte er sich um und stapfte davon.

»Viel Erfolg dabei!«, rief Lionel ihm höhnisch nach.

»Valéry. Bleib hier!« Erec war aufgesprungen und wollte dem Ritter folgen, doch Josce hielt ihn am Arm zurück. »Reisende soll man nicht aufhalten, Erec. Seit Valéry bei uns ist, macht er Ärger. Vielleicht ist es für alle besser, wenn er uns verlässt.«

Erec fuhr sich mit beiden Händen durch die Haare, während er dem Ritter betroffen nachschaute. Dann schüttelte er den Kopf und wandte sich zu ihnen allen um.

»Genug«, sagte er. »Das kann so nicht weitergehen. Wenn sich Valéry schon nicht umstimmen lässt, werde ich wenigstens verhindern, dass der Rest unserer Gemeinschaft vor die Hunde geht.«

»Was hast du vor?«, erkundigte sich Armand. Wollte er es noch einmal bei d'Hârcourt versuchen?

»Ihr reitet vor Richtung Provins. Das Geld sollte für ein paar Tage reichen.« Erec leerte den kargen Inhalt seines eigenen Beutels noch auf den Haufen. »Ich komme so schnell wie möglich nach. Und ich schwöre euch beim heiligen Georg, bis dahin werde ich eine Lösung für unsere Geldsorgen haben.«

Kapitel 15

Grafschaft Hainaut, Mons, September 1181

So dicht ritten die Kämpfer nebeneinander, dass die goldgelben und roten Seidendecken ihrer Rösser wie Flammen züngelten und mit der Bewegung der Schlachtreihe mal hierhin, mal dorthin leckten, ebenso die Banner, welche die Ritter in den Fäusten hielten. Als leuchtende Feuerspur zogen die Reiter über den Kampfplatz, folgten einer perfekt einstudierten Choreografie, formten sich zu Wirbeln und Kreisen, um sich schließlich wieder in eine makellose Schlachtreihe aufzufächern. Ein bezauberndes Schauspiel, bei dem das Publikum kaum erahnen konnte, wie viele Stunden harten Trainings, welch reiterliches Geschick und enges Zusammenspiel zwischen Männern und Pferden es erforderte.

Nicht immer ging solch ein Buhurt dem eigentlichen Turnier voraus, doch jedes Mal raubte das farbenprächtige Spektakel Genovefa den Atem – zumindest dann, wenn es in solcher Perfektion wie heute dargeboten wurde. Ein Verdienst des Marschalls, der die königliche Mannschaft auch in dieser Disziplin trainierte.

Die milde Spätsommersonne sickerte durch die Tuchbahnen, mit denen man die erhöhte Tribüne längs des Turnierfeldes überspannt hatte. Wandteppiche schirmten die gepolsterten Sitzplätze der Edeldamen und Mädchen sowie einiger Herren nach hinten und zu den Seiten ab, sodass sie ungestört dem Schauspiel folgen konnten, während die zahlreichen einfachen Leute das Geschehen lärmend und jubelnd vom Boden oder von zusammengeschobenen Karren aus beobachteten. Händler und Marketenderinnen boten derweil Mostkuchen und Dünnbier zum Verkauf, und von einem etwas entfernt stehenden Podest aus begleiteten Spielleute mit Trommelschlag und Schalmeienklang das Spektakel.

Auf dem schmalen Streifen zwischen Schaulustigen und Kampfplatz tummelten sich weitere Ritter, Knappen und einige Wappenkundige. Odilon Auberée dagegen leistete ihnen auf der Tribüne Gesellschaft. Er hatte sich erboten, das Geschehen zu kommentieren, denn selbst auf die Entfernung und im Eifer des Gefechtes war er in der Lage, die Kämpfenden auseinanderzuhalten. Von ihrem Sitzplatz aus würden sie jedoch nur das eine oder andere Einzelstechen, das sich zwischen den Linien entspann, und den ersten Ansturm verfolgen können. Denn die Refugien der beiden Parteien lagen knapp zwei Meilen auseinander in den Weilern Dour und Petit Hornu, die man extra für diesen Zweck mit soliden Palisaden gegen anstürmende Kontrahenten gesichert hatte. Der Kampfplatz umfasste außerdem Ruinen, Waldstücke und verschiedene Höfe samt Gärten und Feldern; das verhieß Abwechslung und Spannung für die Kämpfenden – und Verdruss für Bauersleute und Landbesitzer, deren Ernte womöglich unter die Hufe geriet. Für die Menschen bei der Tribüne bedeutete es, dass sich das Geschehen größtenteils ihren Blicken entziehen würde, sobald die Reihen zerfielen und sich in einzelne Scharmützel auflösten. Boten und Herolde würden sie ab diesem Zeitpunkt über den weiteren Verlauf des Wettkampfs informieren.

Doch noch war es nicht so weit. Während ein Teil der Ritter sich zur Aufstellung für das nachfolgende Turnier in den Rückzugsbereichen sammelte, formierten sich die fürstlichen Teilnehmer und berühmtesten Kämpfer zu einer bunten Parade, um den zuschauenden Damen und dem Volk ihren Gruß zu entbieten und das ein oder andere Minnepfand entgegenzunehmen.

Den Anfang machte als Ausrichter des Turniers Graf Balduin von Hainaut selbst, ein stiernackiger Ritter mit einem

Gesicht wie ein Hackklotz und einem wilden Lachen. Ein Mann, der häufig im Kampf stand, weil er musste und weil er Gefallen daran hatte, der aber auch für seinen Anstand und Humor bekannt war. Ihm folgten weitere Hochgeborene, so der ansehnliche Graf Guillaume de Mâcon, der seinen Vater vor nicht mal einem Jahr beerbt hatte, wie Odilon zu berichten wusste, oder der trotz seiner Jugend viel gerühmte französische Ritter Guillaume des Barres mit seinem prachtvollen lusitanischen Schimmel und dem mit roten und goldenen Rauten geschmückten Schild am Arm.

Philipp von Flandern nickte freundlich, aber kühl zu ihnen hinauf, als er sein nicht weniger prachtvolles und in goldene Seide gehülltes Schlachtross an der Tribüne vorbeilenkte. Genovefa war nicht sicher, ob sie sich den abschätzigen Blick in ihre Richtung nur einbildete.

König Henri und der Marschall erschienen Seite an Seite vor den Damen. Sie wirkten ausgelassen wie übermütige Jungen, und es war nicht zu übersehen, dass sie dem folgenden Kampf entgegenfieberten. Ehrerbietig, aber mit einem kaum versteckten Grinsen neigten sie die Köpfe vor den Damen, während die Leute rechts und links der Tribüne ihre Kampfrufe skandierten: »Gott mit dem Marschall!« und »Gott schütze Anjou!«

»Wie Ihr vermutet habt, wird des Barres mit seinem Banner Flandern und die Hainuyes verstärken«, bemerkte Odilon. »Und mit den übrigen Soldrittern dürften beide Mannschaften damit nahezu ausgewogen sein.«

»Vielleicht was die Größe, nicht aber was das Können betrifft«, wandte Genovefa ungerührt ein und ließ sich einen Becher mit verdünntem Wein reichen.

Odilon Auberée spitzte amüsiert den Mund. »Lassen wir uns überraschen. In jedem Fall wird König Henri der hochrangigste Kämpfer auf dem Platz und damit das begehrteste Ziel sein.«

Wie so oft. Henri war das von allen verehrte ritterliche Vorbild, ein wiedergeborener Artus beinahe – doch Schonung durfte er deswegen nicht erwarten. Jeder wollte sich damit rühmen, den englischen Thronfolger gefangen zu haben, schon allein seiner wertvollen Ausrüstung oder des zu erwartenden märchenhaften Lösegeldes wegen. Aber Henri war eben auch einer der fähigsten und erfahrensten Streiter auf dem Platz. Und in Gestalt des Marschalls deckte der beste aller Ritter seine Seite.

»Je höher der Rang, desto größer die Gefahr für Leib und Leben«, sagte Odilon. »Eigentlich erstaunlich, dass der Junge König sich diesem Risiko seit Jahren aussetzt. Kaum ein anderer Thronerbe wagt sich zwischen all die Lanzen, Klingen und Hufe.«

Genovefa blickte den letzten Kämpfern nach, die unter Fanfarenklang zu ihren Aufstellungsplätzen ritten. »Nun, im Augenblick ist das Turnierfeld einer der wenigen Orte, an denen Henri sich beweisen und ausleben darf – und von allen dafür bewundert wird. Vielleicht ist das der Grund, weswegen er dort immer wieder Herausforderung und Gefahr sucht«, mutmaßte sie. *Weil sein Leben sonst ein einziges leeres und sinnloses Jammertal wäre, wie meins.*

»Da mögt ihr recht haben.« Odilon nickte nachdenklich. »Ich frage mich, wie lange ihm das noch genügen wird.«

Genovefa und Marguerite saßen auf einer Decke im Gras und genossen die duftende, sattgoldene Trägheit des spätsommerlichen Gartens, während sie Wein und Gebäck teilten. Insekten surrten umher, und die Luft schmeckte nach süßen Äpfeln und Heu. Auf Marguerites Wunsch hatten sie die Turnierstätte bereits eine Stunde zuvor verlassen und sich mit einer Handvoll weiterer Damen in ihr Domizil in Mons zurückgezogen.

Nachdem mehrere junge Herausforderer sich zwischen den Schlachtreihen im Einzelstechen gemessen hatten, waren die gut hundertzwanzig Ritter umfassenden Mannschaften mit wehenden Bannern und unter lautem Kampfgeschrei aufeinander zugedonnert. Knirschend krachten sie ineinander und verschmolzen zu einer einzigen bebenden und sich windenden Kreatur mit Klauen aus Lanzenspitzen und Zähnen aus Schwertklingen. Doch nur für Augenblicke, dann entflocht sich das Knäuel, wurde wieder zu einzelnen Menschen und Pferden, die sich sogleich aufs Neue in einer Formation zusammenfanden, um einen Angriff in den Rücken des Gegners zu führen.

Es mochte ein eitles, leichtsinniges und lebensgefährliches Spiel sein, und dennoch empfand Genovefa eine eigenwillige Faszination für diese Zurschaustellung höchster Kampf- und Reitkunst. Deswegen hatte sie auch sehr bedauert, dass sich Marguerite nach einer guten Stunde, als sich das Geschehen erwartungsgemäß in viele schlecht zu verfolgende Einzelgefechte auflöste, dazu entschieden hatte, das Ende des Turniers auf dem Hofgut in Mons abzuwarten. Immerhin hatte Odilon Genovefa versprochen, ihr am Abend den weiteren Verlauf des Wettkampfs genauestens zu schildern.

»Ich frage mich wirklich, von wem der Marschall dieses schreckliche blaue Seidenband hat«, riss Giselle Ponthieu sie unvermittelt aus ihren Gedanken. Die junge Hofdame hatte eine unangenehme, beinahe quäkende Stimme, aber nicht nur deswegen verdrehte Genovefa insgeheim die Augen.

»Es sieht ihm nicht ähnlich, solchen Tand auf dem Turnierplatz zur Schau zu tragen.« Giselle schnaubte. »Kein Wunder; würde er all die Liebespfänder umbinden, die ihm die Damen zustecken, wäre er im Nu behängt wie ein Pfingstochse. Umso mehr überrascht es mich, dass er diesmal eine Ausnahme gemacht hat. Denkt ihr, das hat etwas zu bedeuten?«

»Des Marschalls Herz ist eine Festung, und die Frau, die diese Mauern stürmt, muss noch geboren werden«, wandte Isabeau de Joinville ein. »Aber was kümmert's dich? Bist du eifersüchtig?«

»Sei nicht töricht.« Giselle winkte ab, konnte aber nicht verhindern, dass ihr eine zarte Röte in die Wangen stieg.

»Wenn ihr mich fragt, hat Guillaume sich das Band nur

umgebunden, damit ihr etwas zu tratschen habt«, unterbrach Genovefa die beiden Mädchen. »Er weiß doch, dass ihr anderenfalls vor Langeweile umkommt.«

Einen Atemzug lang blitzten Giselles veilchenblaue Augen verärgert auf, doch dann entschlüpfte ihr ein wenig damenhaftes Gackern, und die anderen fielen in das Lachen ein.

»Ihr müsst ihn fragen, was es damit auf sich hat, Herrin«, wandte Viola d'Albret sich flehend an Marguerite. »Giselle wird sonst nächtelang kein Auge zutun und uns allen den Schlaf rauben.«

Wieder lachten sie.

Doch in die heitere Stimmung drangen vom Hof her plötzlich aufgeregte Rufe, das Knirschen und Poltern von Wagenrädern sowie der Hufschlag zahlreicher Pferde.

Sie tauschten besorgte Blicke. Das Turnier sollte noch Stunden dauern. Etwas musste vorgefallen sein. Sie rafften die Röcke und eilten den Geräuschen entgegen.

Im Hof empfing sie hektische Betriebsamkeit. Knechte liefen durcheinander und nahmen die Pferde entgegen. Um einen offenen Wagen drängten sich zahlreiche Menschen, unter ihnen Thomas de Coulonces und der Junge König höchstpersönlich, wie Genovefa erkannte. Auch Odilon gehörte zu den Ankömmlingen und stieg gerade von seiner Stute.

Mehrere Männer waren inzwischen auf den Wagen geklettert und machten sich dort an etwas zu schaffen.

»Seid ja vorsichtig mit ihm!«, rief Henri. Er wirkte aufgewühlt. »Dass ihr mir nicht stolpert!«

»Was ist passiert?«, fragte Marguerite laut in die Runde. Henri trat zu ihnen, während er sich fahrig über die Stirn rieb. Seine Haut unter all dem Staub und Schweiß wirkte grau, in seinen Augen stand tiefe Sorge. Abgesehen vom Helm trug er noch seine komplette Rüstung mit allen Spuren des zurückliegenden Kampfes, als seien sie in großer Eile vom Turnierplatz aufgebrochen.

»Ein Unfall. Der Marschall ...«

Ein eisiger Schreck durchfuhr Genovefa – und nicht nur sie, wie die Gesichter ihrer Begleiterinnen verrieten. Giselle erbleichte bis in die Haarwurzeln.

»Wie geht es ihm?«, fragte Marguerite atemlos.

»Schwer zu sagen. Er …« Bevor Henri weiterreden konnte, zogen die Männer am Wagen die Aufmerksamkeit auf sich. Unter großer Mühe hievten sie den reglosen Körper Guillaumes auf einer Decke von der Ladefläche. Keine geringe Aufgabe bei einem Mann seiner Statur, doch es gelang ohne Zwischenfälle. Zusammen mit Henri und Marguerite trat Genovefa an die Seite des Verletzten. Sie hörte die Königin neben sich scharf den Atem einziehen, und auch sie selbst schnappte für einen Moment nach Luft.

Es war längst nicht das erste Mal, dass der Marschall einen Unfall oder eine Verletzung auf dem Turnierplatz davontrug, aber noch nie hatte Genovefa ihn in solchem Zustand gesehen.

Seine Augen waren geschlossen, seine Haut wirkte seltsam wächsern; er schien bewusstlos zu sein, gab lediglich ein schwaches Stöhnen von sich. Jemand hatte ihn aus Rüstung und Polsterwams geschält, sodass sie auf seinen nackten Oberkörper blickten, der ein einziges Schlachtfeld aus Prellungen und Schürfwunden, gequetschter und blutender Haut war; sein Kopf wirkte dagegen erstaunlich unversehrt, sah man von zwei blutigen Schrammen auf Wange und Stirn ab. Offenbar hatte ihn der Helm vor dem Schlimmsten bewahrt.

»Heilige Muttergottes!«, rief Marguerite dennoch aus. Dann wandte sie sich an ihre Damen: »Viola, Giselle, ihr sorgt dafür, dass die Mägde warmes Wasser und frisches Leinen in des Marschalls Kammer bringen. Isabeau, lass nach Samuel ben Jehudin schicken. Er soll unverzüglich kommen und sich die Verletzungen ansehen.«

»Balduins Wundarzt hat auch schon einen Blick auf Guillaume geworfen, gleich nachdem wir ihn vom Kampfplatz geborgen haben«, berichtete Henri fahrig. »Und er hat ihm die ausgekugelte Schulter wieder eingerenkt.«

»Was um Himmels willen ist passiert?«

Henri zuckte hilflos die Achseln. »Es ging alles so schnell. Im einen Augenblick war er noch neben mir im Getümmel, und beim nächsten Wimpernschlag lag er unter all den stampfenden Hufen.«

»Vom Pferd gestürzt? Der Marschall?«, fragte Genovefa ungläubig. Kaum vorstellbar. Sie kannte keinen geschickteren Reiter auf der Welt.

»Ich verstehe auch nicht, wie das geschehen konnte. Und ich bete zu Gott, dass er den guten Marschall noch einmal davonkommen lässt.« Der Junge König stieß schwer den Atem aus. »Was sollte ich ohne ihn anfangen?«, murmelte er tonlos.

Marguerite trat auf ihren Mann zu und legte ihm mitfühlend die Hände an die Wangen, woraufhin er ihr einen Kuss in die Handfläche drückte.

Noch einmal schloss er die Augen, um sich zu fassen, dann wandte er sich den Männern zu. »Bringt Guillaume in seine Kammer, ich zeige euch den Weg. Und bei der Liebe unseres Herrn, behandelt ihn wie ein rohes Ei!«

Marguerite schloss sich ihnen an, während Genovefa im Hof zurückblieb. *Gott schütze den Marschall,* wiederholte sie stumm Guillaumes Kampfruf und schickte ihn als Stoßgebet gen Himmel.

»Eine seltsame Sache.«

Erst jetzt bemerkte sie, dass Odilon Auberée neben sie getreten war. Nachdenklich starrte er dorthin, wo der Verletzte zusammen mit dem Königspaar und den Übrigen verschwunden war.

»Wie meint Ihr das?«

»Dieser Unfall. Ich konnte alles nur aus der Ferne beobachten, dennoch erscheinen mir die Umstände … merkwürdig. Die Gegner aus dem flämischen Banner waren noch gar nicht richtig da, und trotzdem drängten ein paar von Henris Rittern ungewöhnlich dicht in Guillaumes Rücken. Als die Kontrahenten zusammentrafen, ist er scheinbar aus heiterem Himmel seitlich aus dem Sattel gestürzt, mitten hinein ins Getümmel. Hätten de Béthune und Guillaumes Bannerritter nicht so schnell reagiert, wäre vom Marschall nicht viel übrig geblieben.«

»Hat man die anderen schon dazu befragt?«

Odilon schüttelte den Kopf. »Das Turnier ist noch im Gange. Es war alles sehr … unübersichtlich. Vermutlich haben viele den Unfall im Eifer des Gefechts und auf dem unübersichtlichen Feld gar nicht bemerkt. Und dass ein Ritter während des Kampfes stürzt, ist nun keine Seltenheit und schon lange kein Grund, den Wettkampf zu unterbrechen. Ich vermute aber, sobald sich herumgesprochen hat, dass König Henri und der Marschall nicht auf den Platz zurückkehren, wird man das Turnier beenden. Dann erfahren wir vielleicht mehr.«

Kapitel 16

Grafschaft Hainaut, Mons, September 1181

»Das hätte nicht passieren dürfen!«, donnerte Henri, während er mit langen Schritten die Halle durchmaß, wo sie alle die Rückkehr des Arztes von der Untersuchung des Marschalls abwarteten. Es kam nicht oft vor, dass Henri derart außer sich geriet. Die Gescholtenen saßen mit hängenden Köpfen auf der Bank und ließen den Zorn des Jungen Königs stumm über sich ergehen. Es waren jene Ritter, die sich zum Zeitpunkt des Unfalls in Henris und Guillaumes unmittelbarer Nähe aufgehalten hatten und inzwischen zurückgekehrt waren, darunter Adam d'Yqueboeuf und Thomas de Coulonces.

»Wir haben solche Manöver tausendfach trainiert«, hielt Henri ihnen vor. »Wie konnte es zu so einem gefährlichen Durcheinander kommen?« Niemand wagte, zu antworten und so Henris Zorn auf sich zu ziehen.

»Ich werde die Männer aus meinem Banner ebenfalls zu dem Vorfall befragen«, kündigte Philipp von Flandern an, der sich genau wie Balduin von Hainaut zwischenzeitlich auf dem Gut eingefunden hatte, um sich nach Guillaumes Zustand zu erkundigen. »Sollten sie in die Sache verwickelt sein, bedaure ich das zutiefst«, erklärte der Graf mit einem bekümmerten Gesichtsausdruck. »Ich bete zu Gott und dem heiligen Georg, dass sie ihre schützende Hand über den Marschall halten mögen. Und ich werde alles tun, um zur Aufklärung der Umstände beizutragen.«

Henri nickte ihm knapp zu, doch es war unverkennbar, wie sehr ihn die Sache mitnahm. Genovefa konnte sich kaum erinnern, ihn schon einmal derart erschüttert erlebt zu haben. Außer vielleicht damals vor vier Jahren, als er sein Kind verloren hatte. Und womöglich war es dieselbe Art Angst, die ihn jetzt gepackt hielt, die Angst, abermals einen geliebten Menschen in seinem Leben, einen Teil seiner Familie zu verlieren.

»Es ist eine verfluchte Schande«, ließ sich nun Graf Balduin vernehmen, dem eine Magd gerade zum dritten Mal den Weinbecher füllte. »Und Gott helfe mir, ich hoffe das Beste für den Marschall. Aber seien wir ehrlich: Jeder von uns weiß um die Gefahren, die ein Turnier mit sich bringt. Wer in den Wettkampf reitet, muss darauf gefasst sein, Schaden an Leib und Leben zu nehmen. Das ist schließlich kein Kinderspaß mit Holzschwert und Steckenpferd.«

Zustimmendes Gemurmel erhob sich. Natürlich war es ein riskantes Spiel, und sicher hatte jeder der Anwesenden schon den ein oder anderen bösen Sturz erlebt. Die allgegenwärtige Gefahr war schließlich einer der Punkte, der das Turnier zu dem reizvollen Spektakel machte, das es war.

»Natürlich«, gab Henri zu, und mit einem Mal wirkte er nur noch müde und kummervoll. »Aber der Marschall ist der Beste von uns. Das hätte nicht passieren dürfen.«

Ein unbehagliches Schweigen breitete sich aus, und die Anwesenden blickten betroffen in ihre Becher, als stünde dort die Erklärung für dieses verfluchte Unglück.

»Meister Samuel!«, rief Marguerite unvermittelt aus und erhob sich von ihrem Platz. Alle Blicke hefteten sich auf den hochgewachsenen Mann um die vierzig, der in Begleitung eines jungen Dieners die Halle betrat. Genovefa versuchte, in seinem Blick zu lesen, doch die sanften grauen Augen verrieten nichts.

Mit drei langen Schritten war Henri bei ihm. »Redet, wie geht es dem Marschall?«

»Wir können von Glück sagen, dass Euer Ritter von solch robuster Natur ist, Majestät«, erklärte Samuel ben Jehudin ernst. »Guillaume wurde übel zugerichtet, aber soweit ich ermessen kann, ist nichts darunter, was nicht mit etwas Geduld und Ruhe wieder heilen wird.«

Ein kollektives Aufatmen ging durch die Anwesenden, hier und da erklang ein nervöses Lachen. Henri legte den Arm um seine Frau, die neben ihn getreten war, und drückte sie an seine Schulter. »Der Herr sei gepriesen«, stieß er erleichtert hervor.

»Das sind wahrlich gute Nachrichten«, stimmte Graf Philipp zu. »Lasst uns auf die Gesundheit des Marschalls trinken!« Alle folgten seinem Aufruf und hoben die Becher, doch Philipps Gesicht wirkte mehr nachdenklich als erleichtert.

»Kann ich zu ihm?«, fragte Henri den Medicus.

Ben Jehudin schüttelte den Kopf. »Ich habe ihm eine Arznei gegen die Schmerzen verabreicht, er sollte erst einmal eine Weile schlafen. Das wird ihm guttun.«

»Natürlich.« Henri nickte beklommen.

»Sorgt Euch nicht, Majestät«, fügte der Arzt beruhigend hinzu. »Prellungen, Quetschungen, ein paar Platzwunden und die ein oder andere lädierte Rippe, außerdem eine ordentliche Gehirnerschütterung, aber nichts, was langfristigen Schaden anrichtet, soweit sich das sagen lässt. Der Marschall hat großes Glück gehabt. Ihr werdet sehen, in zwei Wochen ist er nahezu wiederhergestellt.«

Da endlich trat ein Lächeln auf Henris Lippen, und er drückte dem Medicus die Hand. »Danke, Samuel.«

Der nickte ergeben. »Dankt nicht mir, Majestät«, entgegnete er und wies mit der Hand zum Himmel. »Ich werde nachher noch einmal nach unserem Patienten sehen.« Mit einem letzten Nicken entfernte sich der Arzt schließlich zusammen mit seinem Gehilfen.

»Majestät, Männer.« Balduin von Hainaut erhob sich von seinem Platz, und ein jungenhaftes Grinsen teilte seine Lippen. »Jetzt, da die Sache so ein gutes Ende zu nehmen scheint, sollten wir den Tag da nicht fortführen, wie er vorgesehen war, mit Musik und Kurzweil, kräftigem Wein und einer reich gedeckten Tafel?«

Die Ritter regten sich an ihren Plätzen und lachten; verstohlen blickten sie zu ihrem König.

»Aus diesem Grund sind wir schließlich hier, nicht wahr?«, erlöste Henri sie mit einem gutmütigen Lächeln. Er machte eine auffordernde Geste, woraufhin die Männer von den Bänken aufsprangen und nach draußen strömten wie Schüler, die endlich von ihrem Lehrer entlassen wurden.

Genovefa balancierte ein Tablett mit einer Schale voll Fleischbrühe, Brot und einem Becher verdünnten burgundischen Weins auf den Händen.

»Dann wollen wir mal sehen, wie sich unser Patient heute fühlt«, sagte Marguerite, die ihr vorausging. Drei Tage lag der Unfall Guillaumes inzwischen zurück. Noch immer konnte sich niemand einen Reim auf die Geschehnisse oder die Umstände machen, die dazu geführt hatten. Doch jetzt, da der Marschall auf dem Weg der Besserung war, rückte diese Frage zusehends in den Hintergrund.

Marguerite klopfte an die Tür und betrat die Kammer.

Guillaume war wach und lag, gestützt von einem Berg Kissen, halb aufgerichtet in seinem Bett. Ein frischer Verband spannte sich über Brustkorb und rechte Schulter sowie um einen seiner muskulösen Oberarme. Wo die Haut sichtbar war, bedeckten sie Blutergüsse und Schürfwunden. Genovefa nahm an, dass es um den Rest seines Körpers wenig besser bestellt war.

Es war Guillaume sichtlich unangenehm, dass seine Königin ihn in dieser unwürdigen Verfassung sah, und er versuchte, sich so aufrecht wie möglich hinzusetzen.

Marguerite gebot ihm mit einer Handbewegung Einhalt. »Bitte, Marschall, müht Euch nicht.« Sie trat an seine Seite, während Genovefa das Tablett auf einem Tisch abstellte. »Wie fühlt Ihr Euch?«

Er lächelte gequält. »Als wäre eine Herde Gäule über mich hinweggetrampelt ... vermutlich, weil genau das passiert ist.

Aber heißt es nicht: *Die kühnsten Recken findet man zwischen den Hufen der Rösser?* «

»Wir alle danken Gott, dass Ihr so glimpflich davongekommen seid. Die Sache hätte wahrlich übel ausgehen können.«

Guillaume nickte ernst.

»Könnt Ihr Euch erklären, wie es dazu kam?«, erkundigte sich Genovefa und reichte ihm die Schale mit der Brühe und einen Kanten frisches Weißbrot. »Ihr seid nicht gerade dafür bekannt, aus heiterem Himmel vom Pferd zu fallen.«

Mit einem dankbaren Lächeln nahm er das Essen entgegen. »Ich kann mich an kaum etwas erinnern«, gab er zu und kostete heißhungrig einen Schluck Brühe. »Ich habe mich auf die heranpreschenden Gegner konzentriert, dann wurde es plötzlich eng, es gab einen heftigen Stoß, die Welt hat sich auf den Kopf gestellt – und im nächsten Augenblick war ich damit beschäftigt, nicht totgetrampelt zu werden. Ohne das schnelle Eingreifen meiner Männer ...« Guillaume ließ den Satz unvollendet.

Marguerite bekreuzigte sich. »Dank sei dem Herrn. Offenbar hat er noch etwas mit Euch vor.«

Jetzt grinste der Marschall fast so unbeschwert wie immer. »Ja, so scheint es.«

Eine Weile schwiegen sie und ließen Guillaume Zeit, in Ruhe zu essen. Brühe und Brot waren im Nu verschlungen.

»Euer Appetit hat jedenfalls nicht gelitten«, bemerkte Genovefa trocken.

Der Marschall lachte herzlich, verzog dann jedoch das Gesicht zu einer gequälten Grimasse und fasste sich an die Stirn.

»Henri sagte, Ihr habet Balduins Vorschlag abgelehnt, noch zwei Wochen auf seinem Gut bei Chimay auszuruhen und Euch von den Verletzungen zu erholen«, sagte Marguerite. »Er ist ... nicht erfreut über Eure Entscheidung.«

Guillaume winkte ab. »Eine längere Pause wird nicht nötig sein. Ich fühle mich heute schon viel besser, in ein bis zwei Tagen bin ich wieder der Alte.«

Beide Damen zogen zweifelnd die Augenbrauen hoch – was den Marschall erneut zum Lachen reizte. »Wie soll ich so meine durchgerüttelten Knochen schonen?«, beschwerte er sich schmunzelnd.

»Keine Sorge, wir überlassen Euch gleich wieder Eurer Erholung«, beruhigte ihn Marguerite. »Nur eine Sache noch.« Sie setzte sich auf die Bettkante und fixierte den Ritter mit einem strengen Blick. »Ebenso wie Henri habt Ihr mir die Treue geschworen, nicht wahr, Guillaume?«

»Ich bin der Eure, meine Königin«, bestätigte er ernst.

»Ihr habt versprochen, mir zu dienen, mir beizustehen und … meinen Wünschen zu entsprechen, ist es nicht so?«

Der Marschall kniff fragend und leicht alarmiert die Augen zusammen, nickte dann aber. »Ja, das habe ich, Herrin.«

»Gut.« Marguerite holte zufrieden Luft. »Dann *wünsche* ich, dass Ihr die nächsten zwei Wochen in Chimay verbringt und ausschließlich Dinge tut, die Eurer Genesung und Erholung dienen.«

»Aber ich … Ihr habt mich ausmanövriert«, protestierte er. »Das ist nicht fair.«

»Nennen wir es eine Kriegslist«, entgegnete Marguerite mit einem beinahe schelmischen Lächeln. Und nach einer kurzen Pause fragte sie: »Habe ich Euer Wort, Marschall?«

Der Ritter seufzte, dann nickte er geschlagen. »Mir bleibt wohl keine Wahl.«

»So ist es«, stimmte die Königin zu und drückte ihm kurz die Hand. »Henri braucht Euch gesund. *Ich* brauche Euch gesund.« Dann stand sie auf und wandte sich mit Genovefa zum Gehen.

»Ich lasse Euch noch einen ordentlichen Nachschlag bringen, Marschall«, versprach Genovefa über die Schulter. »Mit vollem Magen könnt Ihr diese Niederlage sicher besser verkraften.« Sein gutmütiges Lachen begleitete sie nach draußen.

Kapitel 17

Grafschaft Amiens, alte Römerstraße bei Moreuil, September 1181

Der Regen folgte Valéry wie ein klammer Schatten, seit er sich fünf Tage zuvor von Erec und den anderen getrennt hatte.

Er kam nicht umhin, ein schicksalhaftes Zeichen, eine Warnung oder gar eine Strafe in diesem Umstand zu vermuten. Tief zog er den Kopf zwischen die Schultern, weit in die Kapuze zurück, von deren Saum ein Perlvorhang aus Tropfen niederging und auf Sattel und Pferdeschultern zerplatzte. Das Unglück klebte an ihm wie zähes Pech, seit sie auseinandergegangen waren. Und der Groll darüber hatte sich tief in Valérys Eingeweiden eingenistet.

Aber wenn er ganz ehrlich zu sich war, hatte sein Unglück schon sehr viel früher eingesetzt – spätestens, als er sich von seiner Familie abgewandt hatte, um selbst über sein Schicksal zu bestimmen.

Natürlich waren die d'Aniers wohlhabend genug, um auch einem drittgeborenen Sohn ein angenehmes Leben und eine aussichtsreiche Ehe zu arrangieren. Wie sein Vater nicht zu betonen müde wurde, hatte es dazu nie an Bereitschaft gemangelt. Wozu man hingegen nicht bereit gewesen war: eine Heirat unter Valérys Stand zu billigen, geschweige denn dafür auch noch Geldmittel oder Güter aufzubringen.

Mit dem Trotz eines Jünglings, der sein eigener Herr sein wollte, hatte Valéry sich über die Wünsche der Familie hinweggesetzt. Er hatte sich weiterhin mit der Frau seines Herzens getroffen, mit Magali, einer einfachen Bürgerstochter. Und statt sie, als sich ein Kind ankündigte, zu seiner Hure zu machen – in den Augen seines Vaters völlig akzeptabel, solange er auf diese Weise weiterhin für eine lukrative Heirat zur Verfügung stand –, hatte er heimlich den Ehebund mit ihr geschlossen.

Die Hufe seines Marschpferdes gaben widerwärtig saugende und schmatzende Geräusche von sich, während das Tier sich Schritt für Schritt durch den Straßenschlamm quälte; aber nicht allein deswegen kam Valéry nur langsam vorwärts. Sein Schlachtross, das er am Zügel hinter sich herführte, lahmte seit einem unseligen Tjost vor zwei Tagen.

Acht Halbstarke, eine nasse Wiese, kein Tilt, keine Zuschauer, dafür die Aussicht auf schnellen Gewinn.

Sein Pferd war im vollen Galopp in einen Tierbau getreten, und alle Hoffnung waren von einem auf den nächsten Augenblick zunichte. Wenn er sein Ross nicht vollständig zuschanden reiten wollte, würde er Tage, wenn nicht Wochen pausieren müssen, und selbst dann schien eine Genesung fraglich. Selbstredend hatte der Wettkampf seine Geldkatze um keine Münze schwerer gemacht. Er würde nun entscheiden müssen, ob er das verbliebene Ersparte in einen Rossheiler investierte oder es nach Fontenoy schickte, zu seiner kleinen Tochter Anissa. Verwandte zogen das Mädchen auf, nachdem das Kindbettfieber ihr die Mutter und ihm die Frau genommen hatte.

Beinahe konnte man meinen, nicht allein sein Vater habe ihm wegen der unstandesgemäßen Verbindung gezürnt. Offenbar stimmten auch höhere Mächte überein, sein Aufbegehren verstoße gegen die göttliche Ordnung – und hatten ihn auf die bitterste Weise büßen lassen. Wie ein Fluch begleitete ihn das Unglück seitdem, ließ ihm lediglich kurze Atempausen, bevor es zum nächsten, noch heftigeren Schlag ausholte. Und er fürchtete, dass es mit der Barmherzigkeit von Anissas Pflegefamilie nicht allzu weit her war, sollten seine Zahlungen längere Zeit ausbleiben.

Er konnte nicht viele Fähigkeiten aufbieten, wenn er ehrlich war. Als Abkömmling einer Ritterfamilie hatte er nie etwas anderes gelernt als Reiten und Kämpfen. Doch nach einiger Zeit auf dem Turnierplatz musste er sich eingestehen, dass er selbst in diesen Disziplinen allenfalls Mittelmaß war. Umso mehr Hoffnungen hatte er in den Zusammenschluss mit Erec und den anderen gesetzt. Alles teilen, einander aushelfen und füreinander einstehen, so hatten sie es vereinbart. Sicherheit und Konstanz hatte er sich davon versprochen, für sich und für Anissa, wenngleich er den anderen nie von ihr erzählt hatte. Seine Familienprobleme gingen sie nichts an.

Doch dann häuften sich die Fehlschläge, leerten sich die Kassen, mehrten sich Unzufriedenheit und Missgunst in der Truppe. Besonders Josce und Lionel ließen ihn spüren, dass sie ihn nie als einen der Ihren akzeptiert hatten.

Und auch wenn Valéry wusste, dass Erec nicht – zumindest nicht allein – die Verantwortung für diese Entwicklung trug, war es doch so viel einfacher, das eigene Versagen einem anderen anzulasten.

Der Groll, den er gegen den Ritter und seine ehemaligen Mitstreiter nährte, pochte heiß in Valérys Brust, tröstete ihn beinahe.

Das änderte jedoch nichts daran, dass er einen Weg aus dieser Misere finden musste. Schnell. Auf sein Elternhaus durfte er nicht zählen. Sein Vater hatte ihm schon bei der Abreise vom heimatlichen Gut klargemacht, dass er im Falle eines Scheiterns nicht auf Unterstützung zu hoffen brauchte, nachdem er sich ihm so starrköpfig widersetzt hatte. Und genau wie seine ehemaligen Mitstreiter hatte der Alte ihm prophezeit, dass er, auf sich allein gestellt, kläglich versagen würde.

Unter keinen Umständen würde er zulassen, dass sie recht behielten.

Die Dämmerung war bereits weit fortgeschritten, als Valéry noch ein gutes Stück vor Moreuil endlich einen Gasthof erreichte. Die letzten Meilen hatten sich genauso dahingeschleppt wie sein fußlahmes Ross, das von Schritt zu Schritt langsamer geworden war. Offensichtlich litt das Tier Schmerzen.

Er übergab die Pferde einem Stallknecht und trug ihm auf, nach dem verletzten Bein zu sehen und einen lindernden Umschlag zu machen. Aber auch wenn er die Fürsorge mit einer kleinen Münze erkauft hatte, bezweifelte er, dass der Bursche viel würde ausrichten können. Valéry musste eine Entscheidung treffen, und zwar bald.

Schon einige Schritte vor dem Gasthaus schlugen ihm Lärm und trunkenes Grölen entgegen. Zwei vollgepackte und mit Tuchplanen überspannte Karren unweit des Gebäudes ließen auf eine große Zahl Reisender schließen.

Valéry wurde langsamer, ein ungutes Gefühl beschlich ihn. Es gab nicht viele Gründe für derartige Menschenansammlungen außerhalb einer größeren Siedlung, und die wenigsten waren erfreulicher Natur. Doch bis in die nächste Stadt würde er es unter den gegebenen Umständen keinesfalls mehr schaffen.

Als er gerade die Hand nach der Tür ausstreckte, wurde sie von innen aufgerissen, und ein offenbar betrunkener Kerl in einem abgewetzten Lederkoller stolperte heraus, drängte sich an ihm vorbei, um sich nur Augenblicke später geräuschvoll neben den Eingang zu erbrechen. Angewidert verzog Valéry das Gesicht.

Es dauerte einen Moment, bis sich seine Augen an das mehlige Licht in der Schankstube gewöhnten. An Tischen und umgedrehten Fässern drängten sich zechende, lärmende Männer, irgendwo krächzte jemand ein zotiges Lied. Der Geruch von Holzrauch, verschüttetem Bier und feuchtem Leder sowie die Ausdünstungen zahlreicher ungewaschener Leiber machten die Luft dick und klebrig wie Suppe.

Schäbige Gestalten, einfache Rüstungen, keine Wappen. Söldlinge, Lohnkämpfer, Blutmenschen, so vermutete er, gut vier Dutzend an der Zahl. Was trieben sie hier? Er zögerte einen Augenblick, stand kurz davor kehrtzumachen. Doch dann besann er sich. Wer war er, dass er sich von einem Haufen verlauster Kriegsvagabunden in die Flucht schlagen ließ?

Er fing den Blick des Wirts auf, eines großen Mannes mit Holzfällerstatur. Er wirkte nicht eingeschüchtert angesichts seiner Gäste, wohl aber auf der Hut. In seinen Augen stand deutlich die Frage, ob Valéry den Abend wirklich in dieser Gesellschaft verbringen wollte.

Valéry hob das Kinn und trat zur Bestätigung einen weiteren Schritt in den Schankraum, worauf der Mann nur ergeben mit den Schultern zuckte und sich weiter seinen Aufgaben widmete.

Während er sich nach einem freien Sitzplatz umblickte, fiel Valéry auf, dass lediglich Knechte für einen nicht versiegenden Strom an Alkohol an den Tischen sorgten, und in Gedanken lobte er den Hausherrn für seine Umsicht. Er fand einen Platz am untersten Ende einer nur halb gefüllten Bank und orderte Bier und Eintopf.

»Falls Ihr einen Übernachtungsplatz sucht, muss ich Euch enttäuschen«, erklärte der Wirt, als er Suppe und Becher vor ihm abstellte. »Mein Schlafsaal ist genagelt voll. Und seid versichert«, fügte er sehr viel leiser hinzu, »Ihr wollt die Nacht nicht im selben Raum wie diese Kerle verbringen.«

Valéry nickte. »Ich werde mir draußen beim Stall ein trockenes Plätzchen suchen.« Angesichts seiner rasant an Gewicht verlierenden Börse ohnehin die bessere Entscheidung.

Der Wirt brummte zustimmend und ließ ihn allein.

Valéry nahm sich Zeit für das Essen. Es war seine erste ordentliche Mahlzeit an diesem Tag, und es würde die einzige bleiben. Gleiches galt für das Bier. Er musste sein Geld zusammenhalten. Daher gönnte er sich lediglich zaghafte Schlucke und ließ den Blick währenddessen über die lärmende Truppe der Lohnkämpfer schweifen.

»Hölle und Verdammnis, das kann man ja nicht mitansehen«, tönte eine raue Stimme vom anderen Ende des Tischs. »Wirt, bring sofort mehr Bier für mich und diesen

Mann, ich zahle! Wir können doch nicht zulassen, dass die Blüte der Ritterschaft verdorrt wie ein beschissenes Gänseblümchen.«

Der Sprecher erhob sich von seinem Platz und setzte sich unaufgefordert Valéry gegenüber. Er war von zäher, sehniger Statur und in ein buntes Polsterwams gekleidet. Seinen Rotschopf trug er zu einem Zopf gebunden, sodass sein sonnengebräuntes und unrasiertes Gesicht mit den spöttischen Augen ihn unverwandt anblickte und Valéry den Ring mit der Perle sehen konnte, der die eine Ohrmuschel durchstach. Eine Narbe verlief von der Stirn über die gebrochene Nase bis auf die linke Wange. Mit einem unverschämten Grinsen musterte er Valéry.

»Sieh an, ein dunkler Schwan, der sich unter die Krähen verirrt hat«, bemerkte der Kerl. »Wie kommt's?«

Valérys Kiefer mahlten, während er schweigend zurückstarrte und seinen nahezu leeren Becher umklammert hielt. *Dunkler Schwan.* Seine Turniergefährten hatten ihn der schwarzen Kleidung wegen immer als Krähe bezeichnet. Offenbar passte er nirgends so recht hin.

»Oh, verstehe«, höhnte der andere, als Valéry weiter schwieg. »Ihr redet nicht mit Abschaum wie mir.« Er nahm die beiden Bierhumpen entgegen, die der Wirt ihm reichte, und stellte einen vor Valéry ab. »Wenn Ihr Euch ein wenig mit Federvieh auskennt, wisst Ihr sicher, dass Rabenvögel blitzendes Silber sammeln. Schwäne sind nicht dafür bekannt. Sie watscheln lieber hochmütig umher, zischen und plustern sich auf. Und solange sie mit ihresgleichen im Teich planschen, mag das Eindruck machen. Aber Ihr seid nicht in Eurem Teich, sondern hier, allein und offensichtlich ziemlich abgebrannt.«

»Warum erzählst du deine dämlichen Tierfabeln nicht jemandem, der sie hören will?«, knurrte Valéry und schob den vollen Becher zurück.

Das Grinsen seines Gegenübers wurde breiter. »Alles, was ich sagen will, ist, ich besitze eine volle Börse, und Ihr müsst sparen, wie es scheint. Lasst mich Euch auf ein Bier einladen, nichts weiter. Um den Preis Eurer Gesellschaft. Die meisten meiner Männer geben erbärmliche Gesprächspartner ab, muss ich gestehen.« Er rückte den Becher wieder vor Valéry.

Der zögerte, focht ein kurzes Blickduell mit seinem Gegenüber. »Meinetwegen.« Schließlich packte er den Humpen und zog ihn endgültig zu sich heran. Nur reden. Was war dabei? »Was habt ihr Söldlinge in dieser Gegend zu schaffen?«

Der andere lachte schnaubend. »Freut mich ebenfalls, Euch kennenzulernen, man nennt mich Roux. Scheiße, Mann, dachte immer, die Ritterlichkeit gebietet es, dass man einander wenigstens vorstellt.«

»Und ich hörte, ihr Lohnkämpfer sauft ausschließlich Rattenpisse. Nun, wir lagen wohl beide falsch. Valéry d'Anier ist mein Name.«

»D'Anier, soso.« Wieder grinste sein Gegenüber. Es erinnerte ihn an einen Fuchs. »Die Sache mit der Rattenpisse kann ich nicht bestätigen. Bisher konnte ich mir immer ein anständiges Bier leisten. Anders als Ihr offenbar, *Sire* d'Anier.«

Valéry beschloss, sich nicht provozieren zu lassen, auch wenn er einen Stich der Demütigung verspürte. Wortlos nahm er einen Schluck.

»Wie ich schon sagte«, fuhr Roux fort, »meine Männer und ich sind Krähen. Und wie Krähen folgen wir dem Geruch von Blut. Der weht gerade von Osten her, wo sich eine Allianz aus französischen Fürsten und dem Grafen von Flandern mit Dieudonné in den Haaren liegt, wie Ihr sicher wisst.«

»Aber derzeit herrscht Frieden.«

»Waffenruhe«, betonte sein Gegenüber. »Und wie meine Quellen berichten, werden bereits tüchtige Männer angeworben für die Zeit danach.« Roux nahm einen Zug aus seinem Becher, bevor er weitersprach. »Bislang haben uns die Aufstände in Aquitanien gut ernährt. Aber Herzog Richard hat mit eiserner Faust dafür gesorgt, dass sich die Rebellen dort vorerst nicht aus ihren Mauern wagen. Also keine Arbeit für uns. Sei's drum.« Der Söldner zuckte gleichgültig mit den Schultern. »Mein Beutel ist noch gut gefüllt; es wird reichen, bis der nächste Fürst käuflicher Schwerter bedarf.«

»Warum versucht ihr es stattdessen nicht mal mit ehrlicher Arbeit?«, entgegnete Valéry voll Verachtung.

»Ihr sprecht vom Turnierkampf?« Roux lächelte spöttisch, aber Valéry glaubte, auch eine Spur Wehmut in seinem Ausdruck zu entdecken. »Wie heißt es so treffend: Wer sich mit Blut wäscht, kann nicht darauf hoffen, jemals sauber zu werden.« Er schüttelte den Kopf. »Wer sich einmal für den Weg des Söldners entschieden hat, bleibt es meist sein kurzes, wildes Leben lang. Warum auch nicht? Für Lohnkämpfer gibt es immer etwas zu tun, Sommer wie Winter. Menschen sind einfach nicht für den dauerhaften Frieden geschaffen. Es ist ein einträgliches Geschäft, denn was einem an Sold vorenthalten wird, holt man sich bei den Verlierern. Oder deren Bauern.«

»Ist es dir wirklich völlig gleichgültig, für wen oder was du den Kopf hinhältst? Hast du keinen Stolz? Keine Ehre?«

Wieder grinste Roux. »Mein Stolz und meine Ehre bemessen sich nach dem Gewicht meines Geldbeutels. Und sagt mir, d'Anier, wer entscheidet am Ende, welche Sache richtig oder falsch ist? Sicher ist doch: Egal, auf welche Seite ich mich schlage, jede nimmt für sich in Anspruch, im Recht zu sein. Für mich ist es eine Arbeit, ein Broterwerb. Ich stelle keine Fragen, auch nicht an mein Gewissen.«

»Aber mit den Bauern habt ihr keinen Streit. Warum raubt ihr ihnen die Existenz?«

Roux wirkte völlig unbeeindruckt von dem Vorwurf, hörte ihn auch sicher nicht zum ersten Mal. Lässig lehnte er sich an die Wand zurück. »Tut nicht so naiv, d'Anier. Was glaubt Ihr, bei wem sich die hohen Herren – Eure Familie eingeschlossen – ihre Nahrung und Steuern holen? Und denkt nicht, sie wären dabei zimperlich. Sie säen nicht, sie ernten nicht, sie leben von anderer Leute Arbeit. Und ob wir es aus *ihren* Vorrats- und Schatzkammern holen oder von ihren Bauern, spielt keine Rolle.«

Valéry hielt den Becher fest umklammert und starrte dumpf vor sich hin. Wie einfach es sein musste, ein Leben frei von Moral und ritterlichen Tugenden zu führen. Aber was war ein solches Leben wert?

Er spürte, wie ihn die Erschöpfung einholte, die Last der Verantwortung sich bleiern auf seine Schultern legte.

»Ihr seht mitgenommen aus«, stellte Roux fest, während er per Handzeichen Nachschub bei einem Schankknecht verlangte.

Valéry seufzte. »Vielleicht, weil mein Turniergaul lahmt, meine Börse sich viel zu schnell leert und ich keine Ahnung habe, wie ich in nächster Zeit meine Kosten decken soll«, gestand er ganz offen. Das war die Wahrheit. Und es war unerwartet tröstlich, sie laut auszusprechen.

»Verstehe.« Roux schob einen neuen Krug Bier vor ihn hin. Bevor er jedoch weiterreden konnte, brach ein kleiner Tumult los. Ein kahler, fleischiger Kerl aus den Reihen der Söldner war dem Wirt in den Weg getreten und krakeelte aufgebracht. Dieser ließ es mit verschränkten Armen und grimmiger Miene über sich ergehen, was den Mann nur noch wütender machte. »Dieser Pisser will mir kein Bier mehr geben«, lallte er und stieß den Wirt vor die Brust, woraufhin sich dessen Blick weiter verdüsterte, ohne dass er sich wehrte.

Roux stand von seinem Platz auf und hob begütigend die Hände. »Immer mit der Ruhe, Leron. Weswegen die Aufregung?«

»Dieser Scheißkerl weigert sich, meinen Becher zu füllen. Und Weiber hat er auch keine. Was ist das hier eigentlich für ein verfluchtes Drecksloch?«

»Kannst du ihn bezahlen?«

»Spielt das eine Rolle? Ich nehm mir, was ich brauche. So haben wir's immer gemacht.«

»Wir sind aber nicht im Krieg, Leron«, stellte Roux klar. »Du kannst entweder zahlen oder dich zum Teufel scheren.«

»Und warum sollte ich das tun, he?«

»Weil ich es verdammt noch mal sage! Yves, Manuel, schafft ihn raus. Soll er sich mit den Packtieren vergnügen, wenn er es so nötig hat.«

Zwei vierschrötige Kerle packten den Betrunkenen und zerrten ihn nach draußen. »Verflucht sollst du sein, Roux!«, schrie Leron, bevor sie ihn unsanft vor die Tür beförderten.

»Seht zu, dass er draußen bleibt«, trug Roux seinen Männern auf, dann setzte er sich wieder und nahm einen großen Schluck Bier.

»Du hast die Kerle gut im Griff«, stellte Valéry nicht ohne Anerkennung fest. »Du bist anders als dieses Pack, klingst auch nicht wie ein dahergelaufener Lump.«

Der Söldnerhauptmann lachte. »Deswegen bin ich auch ihr Anführer. Es mag Euch überraschen, d'Anier, aber nicht jeder Lohnkämpfer entstammt der Gosse oder ist ein brutaler Widerling. Leron, ja, der ist ein dreckiges Schwein. Und nicht wenige der anderen sind es vermutlich auch.« Wieder trank er, dann blickte er Valéry eindringlich an. »Aber jemand, der gescheit ist und über eine gute Waffenausbildung verfügt, kann es in unseren Reihen schnell zu was bringen. Niemand fragt hier nach deinem Stammbaum oder der Familie. Tatsächlich kenne ich einige Söldner von herrschaftlicher Abstammung.« Roux lachte. »Schaut nicht so überrascht. Habt Ihr wirklich geglaubt, jeder Ritter würde sich mit einem Leben als Lanzenstecher begnügen? Nicht wenige Eurer nachgeborenen Standesgenossen haben begriffen, dass es einträglichere Möglichkeiten gibt, seinen Lebensunterhalt zu bestreiten. Vielleicht ja auch für Euch eine Alternative?«

Valéry bedachte ihn mit einem Blick voll hochmütiger Verachtung. Meinte der Kerl das ernst?

»Oh, ich sehe schon, ich habe Euch beleidigt. Verzeiht.« Roux hob beschwichtigend die Hände. »Das war nicht meine Absicht, d'Anier. Wir leben in zwei völlig unterschiedlichen Welten, ist es nicht so?« Und wieder erschien dieses halb wehmütige, halb spöttische Lächeln auf seinen Lippen.

Schweigend leerten sie ihre Becher. Schließlich bedankte sich Valéry für die Einladung, schulterte seine Satteltaschen und verließ das Gasthaus. Er musste dringend schlafen, und am nächsten Tag standen ihm einige unschöne Entscheidungen bevor. An allererster Stelle die, wie es mit seinem verletzten Schlachtross weitergehen sollte.

Er suchte sich unter dem überstehenden Dach eines Holzschuppens ein trockenes Plätzchen und legte sich zur Ruhe. Wenige Augenblicke später war er eingeschlafen.

Valéry erwachte von einem scharrenden Geräusch. Als er die Augen aufschlug, sah er im Mondlicht einen Schatten, der über seinen Satteltaschen kauerte und darin herumwühlte. Seine letzten Münzen, seine gesamte Habe, alles befand sich darin. Ohne zu überlegen, schnellte Valéry von seinem Lager hoch und warf sich auf den Dieb. Eine breite, kräftige Gestalt, wie er im selben Augenblick erkennen musste.

Sein Gegner war überrascht, doch auch er verfügte über gute Instinkte, denn es gelang ihm rasch, Valéry abzuschütteln und sich seinerseits auf ihn zu stürzen. Ein fleischiges, hassverzerrtes Gesicht tauchte über seinem auf, und heißer, biergeschwängerter Atem wehte ihn an. Leron – der Kerl, den Roux hatte rauswerfen lassen.

Plötzlich erfasste eine mörderische Wut Valéry. Wie konnte dieses verfluchte, schmutzige Söldnerschwein es wagen, sich an seiner Habe zu vergreifen, ihm auch noch das wenige zu nehmen und ihn vollends in den Ruin zu stürzen?

Seine Wut verlieh ihm Kraft – und die war bitter nötig. Fluchen, Schlagen, Keuchen – ein brutales Ringen entbrannte. Was man an Lerons Leib für Fett hätte halten können, war tatsächlich harte, sehnige Muskelmasse, und der Krieger setzte jeden Zoll davon gegen Valéry ein, nagelte ihn mit seinem Gewicht auf den Boden, während er ihm die stinkende Rechte aufs Gesicht presste und seine Finger ins Fleisch grub, bis Valéry schrie. Oder es zumindest versuchte. Er hatte Mühe zu atmen, und vor seinen Augen begannen flirrende Funken herabzuregnen. Das durfte nicht sein – so konnte es nicht enden! Dieser Drecksack war drauf und dran, ihn endgültig in den Abgrund zu stoßen, auf die eine oder andere Weise.

Doch Lerons übermäßiger Alkoholgenuss hatte Spuren hinterlassen. Der Söldner besaß keine vollständige Kontrolle über sich, er schwankte. Und Valéry nutzte den Augenblick der Unsicherheit. Ruckartig warf er sich zur Seite, katapultierte seinen Widersacher herunter, um sich schon im nächsten Moment keuchend auf ihn zu wälzen. Ungezügelt brach sein Zorn hervor. Hatte er nicht schon genug Sorgen? Musste dieses widerliche Stück Aas alles noch schlimmer machen? Mit den Knien fixierte er Lerons Arme, packte seinen kahlen, narbigen Schädel mit beiden Händen und hämmerte ihn auf den Untergrund. Wieder und wieder und wieder. Der Söldner stieß einen schrillen Schrei aus.

Irgendwo schlug ein Hund an, kurz darauf fiel ein zweiter in das Gebell ein. Stimmen erhoben sich, Lärm. Doch Valéry nahm sie kaum wahr, ließ nicht ab von seinem Widersacher. Das erste Mal seit Langem, vielleicht zum ersten Mal überhaupt, verspürte er so etwas wie Macht, eine kalte, grausame Kontrolle über sein Schicksal – und über das des Mannes unter ihm. Ein berauschendes, Furcht einflößendes, triumphales Gefühl, wie es ihm bisher unbekannt gewesen war.

Erst mit Verspätung bemerkte Valéry, dass Lerons Geschrei in Wimmern und Stöhnen überging, schließlich in Stille. Die Stille war es auch, die Valéry letztlich aus seiner Betäubung weckte. Jetzt erst nahm er das Blut wahr, das aus der Nase des Söldners rann, und die leeren Augen. Er atmete nicht mehr.

Schockiert, beinahe angewidert zuckte Valéry zurück, hob die Hände, als könne er nicht fassen, dass sie diesem Mann den Tod gebracht haben sollten. Nie zuvor hatten sie ein Leben genommen. Valéry war entsetzt und zugleich auf schreckliche Art fasziniert.

»Ist nicht schade um ihn«, ertönte unvermittelt eine bekannte Stimme in Valérys Rücken und ließ ihn herumfahren. Zusammen mit zwei weiteren Söldlingen verharrte Roux in nur wenigen Schritten Entfernung, die Waffe in der Hand. Sein Gesichtsausdruck wirkte wachsam, aber kalt.

»Er … er wollte mich ausrauben«, stammelte Valéry. »Ich …«

»Keine Sorge, ich glaube jedes Wort. Wie ich schon sagte: Leron war ein dreckiges, brutales Schwein. Und ich weine ihm keine Träne nach. Er hat bekommen, was er schon lange verdient, keiner wird Euch einen Strick daraus drehen, seid unbesorgt. Aber jetzt …«, ein Grinsen ließ Roux' Zähne im Mondlicht aufblitzen. »Wie es aussieht, ist gerade ein Platz in unseren Reihen frei geworden. Ein Fingerzeig Gottes, was meint Ihr, d'Anier?«

Kapitel 18

Grafschaft Champagne, Provins, September 1181

Schaut, was ich euch Hübsches mitgebracht habe!« Wie aus dem Boden gewachsen, stand Erec plötzlich vor ihnen und hielt ein dickes Paket grünen Stoffs auf dem Arm. Gute zehn Tage war es her, dass sie sich in Acy getrennt hatten.

»Du bist wieder da!«, stieß Armand erleichtert aus und schloss den Freund in die Arme. Wärme, Lachen, Licht, für einen kurzen Moment.

»Na endlich!«, rief Lionel und erhob sich von seinem Platz vor dem Zelt. »Dachte schon, du bist mit einem hübschen Stundenliebchen durchgebrannt und lässt uns hier versauern.«

Nie würde Erec sie im Stich lassen, das wusste nicht nur Armand. Dennoch hatte er sich genau wie die anderen insgeheim gesorgt, als der Freund nach einer Woche noch nicht wieder aufgetaucht war.

»Wie kannst du glauben, ich würde euch hängen lassen?«, wandte sich der Ritter an Lionel und klang ein wenig gekränkt. »Die ganze Angelegenheit hat einfach ein bisschen länger gebraucht.«

»Von was für einer *Angelegenheit* sprichst du?«, erkundigte sich Armand vorsichtig.

»Später. Zuerst die Geschenke!«

Er drückte ihnen der Reihe nach Bündel in die Hand, wobei Josce ein besonders großes erhielt. Lionel erkannte als Erster, um was es sich handelte. »Süßer Jesus, dass ich das noch erleben darf. Ein neuer Waffenrock!« Er hielt sich das gute Stück vor die Brust. »Kann sich sehen lassen«, lobte er mit anerkennendem Nicken.

»Ihr erinnert euch an das flandrische Tuch, das wir in Ambert gewonnen haben? Daraus habe ich die Röcke schneidern lassen. Noch ein Grund, warum sich meine Ankunft verzögert hat.«

Josce musterte Erec von der Seite. »Sag mal, hast du heimlich geheiratet oder ein Leben als Raubritter beschritten? Oder wie erklärt sich dieser plötzliche Geldsegen?«

»Längere Geschichte. Erzähle ich euch nachher«, wiegelte Erec abermals ab.

Armand verspürte ein warnendes Ziehen in der Magengrube, und es kostete ihn einiges an Überwindung, seinen Freund nicht gleich zur Rede zu stellen. Auch Erec schien seinen fragenden Blick zu spüren, wich ihm aber aus.

»Ist Valéry wieder aufgekreuzt?«

Josce schüttelte den Kopf. »Nein, der hat sich nicht mehr blicken lassen.«

»Wenn wir Glück haben, hat er sich diesen Predigern angeschlossen und ist auf halbem Weg ins Heilige Land.«

»Lionel«, tadelte Armand müde.

»Wo sind die Gäule?«, wollte Erec schließlich wissen.

Josce wies Richtung Stadtmauer. »Stehen da hinten auf einer Wiese. Nachts passt einer von uns auf, damit sich kein Dieb an ihnen vergreift.«

Erec nestelte einen gut gefüllten Lederbeutel vom Gürtel und reichte ihn Lionel. »Seht zu, dass ihr einen Mietstall für sie und Titus findet. Und anschließend besorgt ihr uns Wein und was Feines zu essen.«

Lionel rieb sich die Hände. »Welches Körperteil auch immer du verkauft haben magst, Erec, Gott segne dich dafür.« Und flüsternd fügte er hinzu: »Milas Grütze hätte ich keinen Tag länger ertragen, keinen einzigen, ich schwör's.«

Schließlich machte er sich zusammen mit Josce davon, um Erecs Auftrag auszuführen.

»Seid ihr zurechtgekommen?«, erkundigte sich Erec, sobald die beiden außer Hörweite waren.

»Das Wetter war gut, und im Zelt ließ es sich aushalten«, berichtete Armand. »Mit den Münzen haben wir das Pferdefutter bezahlt, und für Dünnbier und einen Teller Hirse oder Eintopf am Tag hat es auch noch gereicht.«

Erec nickte.

Armand nahm sich Zeit, sein Gesicht zu studieren. Auf den ersten Blick wirkte alles wie immer. Doch ein angespannter Zug lag um seinen Mund.

»Woher stammt das Geld, Erec?«, fragte er geradeheraus.

Erec wich erneut seinem Blick aus und begann, an seinen Satteltaschen zu hantieren. »Ist das von Bedeutung? Wichtig ist nur, dass wir genug davon haben, um die nächste Zeit zu überstehen und unsere Rechnungen zu begleichen. Den Rest kannst du getrost meine Sorge sein lassen.«

»Bitte!« Armand stellte sich vor den Freund und zwang ihn auf diese Weise, ihn anzusehen. »Warum sagst du nicht endlich, was los ist? Hast du das Geld von d'Hârcourt?«

Sein Freund machte einen schnaubenden Laut und schob sich an ihm vorbei. »Sicher nicht. Ich sagte doch, das ist unmöglich.«

»Aber warum dem so ist, hast du nicht verraten«, warf Armand ihm vor. Langsam, aber sicher spürte er Ärger aufsteigen. »Überhaupt gibst du dich im Augenblick ungewöhnlich wortkarg. Weswegen, Erec? Was ist vorgefallen?«

Erec seufzte und schloss kurz die Augen. »Es hat nichts mit euch zu tun. Das ist eine Sache zwischen mir und … und d'Hârcourt«, erklärte er. »Und die Gründe müssen euch nicht weiter kümmern, denn unser Geldproblem ist fürs Erste gelöst.«

Armand wandte sich ab und schüttelte in einer Mischung aus Unmut und Kränkung den Kopf. »Wunderbar. Warum auch reden, wenn unser großer Anführer allein die Entscheidungen trifft. Langsam kann ich Valéry verstehen.«

»Armand!«, flehte Erec und drehte ihn an der Schulter zu

sich herum. Er glaubte, Erecs schnellen Puls durch die Haut hindurch zu spüren. Vielleicht war es auch sein eigener.

»Bitte«, wiederholte Erec, »ihr … du musst mir vertrauen.«

»Und wie steht es umgekehrt?«, fragte er nicht ohne Bitterkeit.

Der Freund ließ die Hand von seiner Schulter gleiten und blickte für einige Herzschläge verlegen auf seine Stiefelspitzen. »Also schön. Ich habe das Geld von … Grimbaud«, gestand er.

Armand horchte auf. »Moment, du meinst nicht etwa Halsabschneider-Grimbaud? Grimbaud der Gierschlund? Dieser gottlose Schuft, der unter der Hand Geld zu einem horrenden Zins verleiht?«

Erec wagte noch immer nicht, ihm ins Gesicht zu blicken, nickte nur knapp.

»Wie ist es möglich, dass Grimbaud einem Habenichts wie dir Geld gibt, ohne Sicherheit?«, stieß Armand fassungslos hervor. »Du besitzt doch nichts von Wer…« Das letzte Wort blieb ihm in der Kehle stecken, als er begriff. »O nein. Sag nicht, du hast Titus verpfändet. So etwas unsagbar Dummes würdest du doch nicht tun, oder?«

»Ich habe bis Martini Zeit, alles zurückzuzahlen. Das ist zu schaffen«, verteidigte sich Erec, und in seiner Stimme schwang jetzt eine gute Portion Ärger mit. »Versteh doch, wenn ich nichts getan hätte, wäre unsere Reise hier und heute zu Ende.«

Schwindel ergriff Armand, und er musste sich setzen. »Himmel, Erec, ich frage mich, was d'Hârcourt getan hat, dass du sein Angebot ablehnst und stattdessen lieber riskierst, dein Schlachtross an einen schmierigen Wucherer zu verlieren. Oder geht es hier einfach um deinen verdammten Stolz?« Er sah zu seinem Freund auf und entdeckte Ertapptheit, aber auch Kummer in seinem Blick.

»Ohne Titus hast du … nichts mehr.«

Erec nickte. »Aber wenn ich nicht bald nennenswerte

Erfolge auf dem Turnierplatz vorweisen kann, hat sich diese Art Leben so oder so erledigt.«

Sie schwiegen beide. Natürlich wusste Armand, dass Titus' Verlust, ganz unabhängig vom Ende einer Turnierkarriere, ein vernichtender Schlag für Erec wäre. Vermutlich würde sich der Ritter lieber von seiner Schwerthand trennen als von dem geliebten Gefährten. Und trotzdem ging er das Risiko ein – um sie alle zumindest vorerst aus dem Sumpf zu ziehen. Diese Vorstellung rührte Armand unerwartet.

Er schüttelte den Kopf. »Danke«, sagte er. »Danke, dass du das tust. Auch wenn es eine unerhörte Dummheit ist.«

»Nur eine weitere in meiner großen Sammlung.« Erec grinste schief.

Und wahrscheinlich war es dieses Grinsen, weswegen Armand ihm nicht länger böse sein konnte, sondern geschlagen lächelte.

»Wo steckt eigentlich Pep?«

»Treibt sich rum, was sonst. Gerüchteweise ist er vorhin zusammen mit einer Horde Halbwüchsiger quer durch die Stadt einem Ball nachgejagt. Besser, du erwähnst das nicht Mila gegenüber. Sie sorgt sich schon genug.«

Erecs Gesicht nahm einen nachdenklichen Ausdruck an. »Ich glaube, ich habe eine Idee, wie wir den Burschen zukünftig sinnvoll beschäftigen.«

»Fass das nicht an«, mahnte Pépin, als die schmutzige Vianne sein Hemd beiseiteschieben wollte, um sich den Platz neben ihm auf der Bank zu sichern. Sie befanden sich in einer rauchigen kleinen Kaschemme im Schatten des Tour César, des alles überragenden Donjon von Provins, wo sie gemeinsam ihren neuerlichen Sieg begossen.

»Mila bringt mich um, wenn da Dreck draufkommt«, erklärte er. Um das zu verhindern, hatte er sein neues Obergewand vor dem Spiel ausgezogen und sich, lediglich mit hochgekrempelter Hose bekleidet, der wilden Jagd quer durch die Stadt angeschlossen. Während er mit dem Ball durch die Menge gepflügt war, um ihn mit einem Hechtsprung im Stadttor zu versenken, war das Hemd blütenrein geblieben – was man vom Rest Pépins nicht behaupten konnte. Immerhin handelte es sich diesmal nicht um Schlamm, sondern nur um Schweiß und Staub und ein bisschen Blut – nicht sein eigenes –, die auf seiner nackten Haut und in den abstehenden Haaren trockneten. Ein Eimer voll Wasser, und die Sache wäre erledigt.

Zufrieden nippte Pépin an dem Krug Dünnbier, den irgendjemand vor ihm abgestellt hatte. Bezahlen musste er heute nicht.

Bastien sprang auf eine freie Bank und hob seinen Becher. Er sah deutlich mitgenommener aus als Pépin, seine Unterlippe war aufgeplatzt, ein Hemdsärmel beinahe vom Rest des Gewandes abgetrennt, doch beides schien ihn nicht zu kümmern. »Lasst uns trinken«, brüllte er gut gelaunt, »auf Pep, das Wiesel, das uns ein weiteres Mal den Sieg geholt hat!« Die Anwesenden rissen jubelnd ihre Becher in die Höhe, wobei sie einen Gutteil des Inhalts über ihre Nebenleute und den Boden des Gasthauses verteilten. Viele der jungen Kerle und der Handvoll Mädchen waren auch beim letzten Mal in Acy schon dabei gewesen. Wie Pépin selbst gehörten sie auf die eine oder andere Weise der wilden, bunten Truppe von Turniervagabunden an, die von Wettkampf zu Wettkampf zogen, sodass man sich unweigerlich immer wieder über den Weg lief. Und Pépin war nun auch ein Teil ihrer Gemeinschaft. Mehr als das, denn dank seiner Erfolge beim Torballspiel verehrten seine Mitstreiter ihn regelrecht.

»Wie-sel! Wie-sel!«, skandierten sie fröhlich, bis sich die Rufe, von einer Flöte aufgenommen, in eine muntere Melodie verwandelten und die Menge sich lachend und plaudernd im Schankraum zerstreute, nicht ohne ihm ein weiteres Mal zuzuprosten oder ein paar lobende Worte hinterherzuschicken.

Pépin grinste von einem Ohr zum anderen, und wohlige Wärme breitete sich in seinem Magen aus. So mussten sich die berühmten Ritter auf dem Turnierplatz fühlen, wenn die Leute ihren Kampfruf brüllten oder ihnen Blumen zuwarfen. Für einen kurzen Augenblick waren sie Helden. Herrlich war das!

Da dem Kleidungsstück jetzt keine unmittelbare Gefahr mehr drohte, streifte Pépin sein Hemd über und widmete sich wieder dem Bier. Bastien gesellte sich zusammen mit Renard an seinen Tisch. Und auch Vianne nahm schließlich Platz.

»Teufel noch eins, was für ein Spiel!«, rief Bastien wohl zum hundertsten Mal aus. »Du bist wahrhaft ein Wiesel, Pep. Wie du dich durch die Menge gefädelt hast, einfach sagenhaft.« Bewundernd strahlte er Pépin an, der ein wenig verlegen die Schultern hochzog.

»Nein, ein glitschiger Aal bist du«, neckte Vianne. »Keiner kriegt dich zu fassen.«

»Wie heißt denn dein Freund hier?«, erkundigte sich Renard, während treuherzige Hundeaugen zu ihm aufblickten und Streicheleinheiten einforderten.

»Ich hab ihn Brice genannt.«

»Aber er ist doch gar nicht gefleckt«, wandte Bastien ein.

Pépin zog eine Grimasse. »Du hättest ihn sehen sollen, *bevor* ich ihn geschrubbt habe.«

Sie lachten.

»Jedenfalls ist er ein fast so guter Ballspieler wie du«, bemerkte Vianne. »Hat die Angevinenärsche ordentlich auf Trab gehalten.«

Sie hatte recht. Brice war das ganze Spiel über aufgeregt bellend mitgelaufen und hatte zuverlässig jeden in Wade oder Hinterteil gezwickt, der es auf Pépin abgesehen hatte. Obwohl sie sich keine zwei Wochen kannten, waren sie bereits ein eingeschworenes Duo.

»Das Turnier soll in zwei Tagen steigen«, berichtete Bastien. »Das heißt, frühestens morgen Nachmittag wird die Vesperie mit Lanzenstechen stattfinden. Zeit genug für eine weitere Runde Ball am Vormittag, oder was meint ihr?«

Pépin zuckte grinsend mit den Schultern. »Klar, Mann, warum nicht?« Jubel, Freibier und Essen dafür, dass er tat, was ihm so großen Spaß machte und wofür er offenbar ein natürliches Talent besaß? Seinetwegen konnte es bis zum Jüngsten Tag so weitergehen.

»Fein! Dann werde ich gleich mit Darius sprechen.« Bastien erhob sich mit seinem Becher und ging auf die Suche nach dem Spielmacher.

»Sag mal«, meinte Renard plötzlich, »kennst du den Typ da drüben an der Tür? Steht da schon 'ne ganze Weile und stiert zu uns rüber.«

Pépin blickte über die Schulter zu dem Mann, der mit verschränkten Armen neben der Tür lehnte. Eine Lederkapuze verdeckte sein Gesicht, sodass nur das von einem Dreitagebart eingerahmte Grinsen zu sehen war. Pépin erkannte ihn trotzdem, erhob sich von seinem Platz und eilte hin. Brice folgte auf dem Fuß, wobei er den umgebundenen Hanfstrick hinter sich herschleifte und unterwegs alle erreichbaren Essensreste und Bierpfützen aufleckte.

»Erec, du bist wieder da!«, begrüßte Pépin den Ritter. »Was machst du hier? Wie hast du mich gefunden?«

»Letzteres war nicht weiter schwierig«, entgegnete Erec und schlug die Kapuze zurück. »*Pep das Wiesel* scheint ja eine richtige Berühmtheit zu sein. Wie kam's dazu?«

Pépin grinste in einer Mischung aus Stolz und Verlegenheit. »Offenbar bin ich beim Torball das, was du so verzweifelt gerne beim Turnier wärst: ein echter Champion!«

Erec lachte. »Mir scheint, du bist vor allem ein rotzfreches Bürschchen«, antwortete er und versetzte Pépin einen gutmütigen Klaps auf den Hinterkopf. »Komm mit, die anderen haben Hühnchen und Wein besorgt.«

Das ließ Pépin sich nicht zweimal sagen, auch wenn ihm einer seiner Mannschaftskameraden erst vorhin ein Schmalzbrot und Wurst spendiert hatte. Doch gutes Essen zu verschmähen, kam einer Sünde gleich, zumindest in Pépins Welt. Und schließlich musste er dringend wachsen.

Er verabschiedete sich rasch von den anderen und folgte Erec mit Brice am Strick hinaus auf die Straße.

»Wie ich sehe, habt ihr beiden euch angefreundet«, meinte der Ritter und nickte zu dem Hund, der munter neben Pépin hertrabte.

»Brice freundet sich mit jedem an, der ihm ab und zu einen Bissen zusteckt«, behauptete Pépin und grinste. »Nicht nur, was das betrifft, sind wir uns ähnlich.«

Wieder lachte Erec. »Ich hoffe inständig, das ist nicht der einzige Grund, weswegen du bei uns bleibst.«

Pépin spürte eine eigentümliche Mischung aus Rührung und Verlegenheit aufsteigen. *Nein, natürlich nicht.* Vielmehr war es dieses nie gekannte Gefühl von Sicherheit und ehrlicher Freundschaft, etwas, das man wohl am ehesten mit Geborgenheit umschreiben würde. Er blickte auf seine nackten Füße und schüttelte nur stumm den Kopf.

Erec schien zu bemerken, dass ihm die Sache unangenehm war, denn er fragte stattdessen: »Und? Was war sonst noch los, während ich weg war?«

Dankbar wechselte Pépin das Thema. »Oh, es ist allerhand passiert. Ein Pferdehändler hat erzählt, Guillaume le Maréchal habe einen schlimmen Turnierunfall gehabt, bei seinem letzten Wettkampf nahe Mons vor knapp zehn Tagen.«

Erec sah ihn alarmiert an. »Himmel, wie geht es ihm?«

»Das konnte keiner genau sagen; angeblich Schulter ausgerenkt oder gebrochen oder etwas in der Art. Und auch sonst hat's ihn wohl ziemlich erwischt.« Pépin wusste, wie sehr Erec den berühmten Ritter verehrte und dass die Sorge um ihn echt war. »War wohl schlimm genug, dass der Junge König ihn erst einmal zur Genesung aufs Land geschickt hat.«

»Heiliger Georg, das hört sich übel an. Gebe Gott, dass er sich schnell erholt.«

»Und … da ist noch eine Neuigkeit, die dir nicht besonders schmecken wird«, schob Pépin nach.

»Was? Spuck's aus.«

»Vielleicht hast du dich gefragt, wo Damien de Brienne steckt und warum er nicht hier in Provins ist.«

»Vermisst habe ich ihn nicht, wenn du das meinst.«

Pépin räusperte sich, bevor er weitersprach. »Also, wie's aussieht, hat ihn … das flandrische Team rekrutiert.«

»Du meinst Graf Philipps Banner? Zur Hölle, wie hat er das angestellt?«, fragte Erec fassungslos. Er seufzte. »Das sind wahrlich keine erbaulichen Nachrichten. Wir treten auf der Stelle, und ausgerechnet de Brienne steigt in die Königsklasse auf. Wird Zeit, dass sich bei uns was ändert.« Bei den letzten Worten warf Erec ihm einen eindringlichen Blick zu.

»Was starrst du mich so an?«, fragte er unbehaglich.

»Weil eine der Veränderungen dich betreffen wird.«

»Herrje, was soll das denn heißen?« Pépins Unbehagen wuchs sich zu etwas aus, das verdächtig nach Angst roch. Er wollte nicht, dass sich etwas änderte, ganz und gar nicht. Sein Leben gefiel ihm, wie es im Augenblick war. Das beste Leben seit … immer.

»Keine Sorge«, sagte Erec, als er sein Entsetzen erkannte. »Ich habe nicht vor, dich wegzuschicken. Noch will ich dir das Ballspielen verbieten – auch wenn Mila das sicher gern sähe.« Er lächelte, doch Pépins Anspannung blieb. Was ging hier vor?

Unvermittelt hielt Erec an, fasste ihn bei den Schultern und sah ihm direkt in die Augen. »Junge, hör zu, ich möchte, dass … dass du mein Knappe wirst.«

Pépin starrte den Ritter an, als sei ihm ein Ungeheuer erschienen. Sein Kopf dröhnte plötzlich bis zur Schädeldecke hinauf. »Was? Ich soll … ich …?«

Erec nickte entschlossen. »Ja, du sollst mein Knappe werden, mir mit Titus, der Rüstung und alldem helfen, Reiten und Kämpfen lernen. Na ja, und höfische Manieren üben, das wäre sicher kein Fehler.« Als Pépin nichts darauf erwiderte, sprach der Ritter weiter. »Sieh dich an, du bist im richtigen Alter, aufgeweckt, flink und verstehst was von Pferden. Und alles, was dir fehlt, werde ich dir beibringen. Was sagst du dazu?«

Pépin fiel nur eine einzige angemessene Antwort auf Erecs Frage ein: Er wandte sich abrupt um und rannte mit Brice im Schlepptau davon, so schnell ihn seine Füße trugen.

Kapitel 19

Grafschaft Champagne, Provins, September 1181

Erec stand vor Titus und hatte seine Stirn gegen den Kopf des Hengstes gelehnt, sog den vertrauten Geruch nach würzigem Gras, Salz und Leder ein, fühlte das kurze glatte Fell auf der Haut und den warmen Atem des Tieres an seiner Brust. Zehn Jahre war Titus nun alt, zur Schwertleite vor mehr als fünf Jahren hatte ihm der Vater den wertvollen Hengst geschenkt. Und über die Zeit war das Pferd ihm nicht nur ein treuer Kampfgefährte, sondern auch ein Vertrauter und Freund geworden, eine Konstante in einem unsteten Leben. Auf niemanden – von Armand einmal abgesehen – konnte er sich mehr verlassen als auf Titus.

Und dennoch hatte er alles aufs Spiel gesetzt und den Hengst als Pfand angeboten. Weil er bei seinen Freunden im Wort stand. Weil sie ihm vertrauten. Und weil ihm – warum es leugnen – Ehre und Stolz verboten hatten, doch noch bei d'Hârcourt oder vielmehr bei Genovefa um Geld zu bitten. Was für ein verflucht empfindliches Organ diese Ehre war!

Stattdessen riskierst du lieber, alles zu verlieren, Titus zu verlieren – an einen zwielichtigen Wucherer, der Gott weiß was mit ihm anstellt. Armand hatte völlig recht, er war und blieb ein verfluchter Hornochse. Und er bereute längst, was er getan hatte. Aber nun führte kein Weg zurück. Grimbaud war bekannt und gefürchtet dafür, dass er seine Schulden stets eintrieb. Das hieß, Erec musste bei der Vesperie und morgen beim eigentlichen Turnier das Beste rausholen, so wie immer eigentlich. Er kraulte den Hengst ein letztes Mal an der zarten Stelle zwischen den Ohren, bevor er sich endlich von ihm löste.

»Pep, komm und hilf mir mit dem Sattel!«

Natürlich war der Junge wieder aufgetaucht, nachdem er den ersten Schock über Erecs Angebot verdaut hatte. Erec verstand nicht genau, was Pep an der Sache solche Angst einflößte, aber er war ihm deswegen nicht gram. Er würde ihm Zeit einräumen, bis er eine endgültige Entscheidung zu treffen bereit war. Schließlich würde sie sein Leben auf den Kopf stellen.

Aber wer weiß, vielleicht hat sich das Ganze am Ende des morgigen Tages ohnehin erledigt. Erec seufzte. »Pep, wo steckst du?«

»Bin ja schon da. Mit den Dingern hier komm ich einfach nicht vom Fleck.« Steif und ungelenk stakste Pépin heran, den Blick missmutig auf die Stiefel an seinen Füßen gerichtet. Erec hatte sie ihm besorgt, denn ein barfüßiger Knappe war ihm wirklich nicht angemessen erschienen. Zusammen mit dem neuen grünen Waffenrock wirkte der Junge geradezu elegant.

»Muss ich das jetzt immer tragen?«, quengelte er und zog eine Grimasse.

»Gewöhn dich besser dran. Wenn du mich fragst, steht es dir gut zu Gesicht. Und jetzt sieh her.« Er zeigte auf einen breiten Lederriemen. »Achte darauf, dass dieser Gurt immer sorgfältig vor Titus' Brust geschlossen ist, sonst kann ein kräftiger Lanzenstoß den Sattel samt Reiter über den Pferdehintern katapultieren, verstanden?«

»Das weiß ich doch alles längst. Und das ... das ist es auch nicht, was mir an der ganzen Sache Bauchschmerzen bereitet«, gestand Pépin leise.

»Was dann?«

Pépin antwortete nicht gleich, lehnte sich stattdessen an Titus' kräftige Schulter und kraulte den Hengst unter der Mähne. »Wie soll ich in deiner Welt bestehen, Erec?«, fragte er schließlich bekümmert. »Als Kind, das im Schmutz geboren und in der Gosse groß geworden ist? Ich bin ein Dieb, ein Taugenichts, ein Halunke. Wie könnte ich jemals ein Ritter sein?«

Dieselbe Frage hatte auch Armand gestellt, als Erec den Freunden seine Idee unterbreitete, Pep zum Knappen zu machen. Lionel dagegen hatte nur gelacht, Josce unschlüssig die Stirn gerunzelt.

Himmel, ja, womöglich würde sie das mehr denn je zu der kunterbunten Vagabundentruppe machen, als die Valéry und andere sie sahen. Doch Erec war sich seiner Sache sicher.

Er trat vor den Jungen hin und fasste ihn mit beiden Händen sanft im Nacken, sodass er zu ihm hochsehen musste. »Mein lieber Pépin, ich kenne nicht wenige Ritter, die weit größere Halunken sind als du. Ob jemand ein Tunichtgut und Taugenichts ist, hat meiner Erfahrung nach rein gar nichts mit der Abstammung zu tun. Und wie du vielleicht weißt, ist Ritterbürtigkeit bei uns keine Voraussetzung, um irgendwann mit dem Schwert gegürtet zu werden – wenngleich sie gewiss vieles einfacher macht. Doch am Ende zeigen allein die Taten, ob man es wert ist.

Ich will nicht lügen, man wird dich ganz besonders kritisch beäugen und hart rannehmen, dich beschimpfen und über dich urteilen. Du wirst dich ständig beweisen und dein Bestes geben müssen – und mehr. Aber würde ich nicht fest daran glauben, dass du das Zeug dazu hast, hätte ich dich nicht gefragt.«

Erschüttert stellte Erec fest, dass Pépin weinte. Dicke Tränen rannen ihm über Wangen und Nase, tropften zitternd von seinem Kinn.

Einem Impuls folgend, zog er den Knaben an sich. »Es ist ein Angebot, Pep. Du musst das nicht tun, wenn du nicht willst.«

»Ich will ja«, schluchzte der Junge gegen seine Brust. »Und ob ich will. Ich weiß nur nicht … ob ich es schaffe.«

Erec schob ihn von sich und sah ihn an. »Ich helfe dir,

Ehrenwort«, erklärte er ernst. »Aber vor allem anderen« – und jetzt zuckte ein schiefes Grinsen in seinem Mundwinkel – »müssen wir heute gewinnen.«

Titus' maronenfarbenes Fell glänzte wie mit einer Speckschwarte eingerieben, die Schattenmähne floss in Wellen über den Hals, und sein Schweif war zu einem ordentlichen Knoten geflochten, sodass er beim Wettkampf nicht im Weg war. Auch Sattel und Zaumzeug waren derart poliert, dass man sich beinahe darin spiegeln konnte. Pep hatte alles darangesetzt, seine Fähigkeiten und seinen Nutzen als Knappe gleich hier und heute unter Beweis zu stellen. Erec war gespannt, wie lange dieser Enthusiasmus anhalten würde, doch er musste zugeben, dass sein Hengst selten so prächtig ausgesehen hatte.

Sie warteten am Rand des Stechplatzes, bis sie an der Reihe waren. Außer seinen Freunden hatten sich noch zahlreiche andere Schaulustige entlang der Holzumzäunung eingefunden, um die Einzelwettkämpfe zu verfolgen und sich ein Bild von den Streitern und ihren Pferden zu machen. Fähigkeiten, Gewinnchancen sowie die Aussichten im Turnier am folgenden Tag wurden abgeschätzt und hitzig diskutiert, Wetten abgeschlossen, Gewinne gezählt, Sieger bejubelt oder verwünscht. Die Ritter auf dem Platz waren bei Weitem nicht die Einzigen, die bei diesen Veranstaltungen Geschäfte machten oder, wie Erec, mit ihrer Existenz spielten.

»Was für ein herrlicher Hengst«, riss eine Stimme ihn aus den Gedanken. Ein Mann in schlichter Lederrüstung und ohne Waffenrock war herangetreten, das Gesicht beinahe vollständig unter einer weiten Kapuze verborgen; er besaß eine athletische Statur und überragte ihn um gut einen halben Kopf, obwohl Erec beileibe kein kleiner Mann war.

»Ja, das ist er«, stimmte er dem Unbekannten nicht ohne Stolz zu und schmuggelte ein Lächeln Richtung Pépin, der Titus am Zügel hielt.

»Kastilisches Blut, nehme ich an? Zehn, elf Jahre?« Der

Fremde klopfte Titus den muskulösen Hals und ließ seinen Blick ganz ungeniert über das Ross wandern.

»Sehr richtig. Ich sehe, Ihr versteht etwas von Pferden.«

»Ein wenig.« Der Mann lachte. Es war ein angenehmes, warmes Geräusch.

Dennoch stieg Erec ein warnendes Kitzeln in den Nacken. Er wusste, dass sich unter die Zuschauer des Lanzenstechens gerne Vertreter großer Teams mischten, die nach neuen, vielversprechenden Talenten Ausschau hielten. Aber auch gewiefte Kämpfer, die den Vorabend des Turniers dazu nutzten, lukrative Ziele für den nächsten Tag auszumachen. Und wenn eins sicher war, dann, dass Titus überaus lohnende Beute darstellte.

»Mein Name ist Erec de Lacône«, erklärte er mit einem grüßenden Nicken. »Ich trete morgen für die rote Mannschaft an. Und mit wem habe ich das Vergnügen, wenn ich fragen darf?«

»Verzeiht, ich bin unhöflich«, entschuldigte sich sein Gegenüber und streifte die Kapuze zurück. Ein Mann Mitte dreißig mit markanten Gesichtszügen, Bartschatten und kurzem dunklem Haar lächelte Erec freundlich an, wobei eine kleine weiße Narbe nahe am Mundwinkel sichtbar wurde. Seine Haut war von der Sonne gebräunt, sah man von den Stellen ab, wo zwei wohl kürzlich zugezogene Verletzungen verheilten. Seine grünen Augen blickten aufmerksam und gut gelaunt.

Nur mit Mühe gelang es Erec, seine Überraschung zu verbergen. Zwar war es schon eine Weile her, dass er den Mann zuletzt gesehen hatte, doch dieses Gesicht hätte er unter Hunderten erkannt. Auch wenn das umgekehrt sicher nicht galt.

»Mein Name ist Gui Lemar«, stellte sein Gegenüber sich vor. »Heute bin ich nur Zuschauer, aber beim Turnier kämpfe ich als Freie Lanze für die grüne Schar.«

»Freut mich, Sire … Lemar. Dann werden wir uns morgen wohl auf dem Platz gegenüberstehen.«

»Zweifellos«, bestätigte er, und sein Blick huschte für einen Wimpernschlag zu Titus. Ein listiges Lächeln blitzte auf, ließ ihn einen Atemzug lang wirken wie ein Fuchs in einem unbewachten Hühnerstall. Schließlich verabschiedete er sich mit knappem Nicken, streifte die Kapuze wieder über und kehrte zurück an seinen Platz an der Einzäunung.

Erec stieß zischend den angehaltenen Atem aus, sobald Lemar weg war. Was für eine unerwartete Überraschung – und was für eine unverhoffte Gelegenheit!

Einige Wochen war es her, dass Erec von einer gegnerischen Lanze getroffen und verletzt worden war. Mehr als genug Zeit, vollständig zu genesen. Oder nicht? Kritisch beobachtete Armand seinen Freund, der etwas krumm und mit angespannter Miene auf Titus' Rücken kauerte und auf das Signal zum Lanzenstechen wartete. Irgendetwas stimmte nicht. Hatte er noch Schmerzen? Oder waren es die Sorgen, die ihn derart niederdrückten? Ja, Sorgen schleppte er sicher genug mit sich herum, wenn man überlegte, was heute und morgen auf dem Spiel stand. Einfach alles.

Pépin hatte Erecs Kettenrüstung und den Helm mit dem breiten Nasenschutz auf Hochglanz gebracht. Überhaupt wirkte alles an dem Ritter und Titus prächtig herausgeputzt. Allein Erecs Haltung minderte den stattlichen Eindruck. Pep reichte ihm die erste Lanze an.

Dann das Signal. Erec trieb Titus vorwärts, doch der Hengst nahm zu langsam Geschwindigkeit auf. Das Pferd des Gegners dagegen flog mit raumgreifenden Galoppsprüngen heran. Beinahe kraftlos wies Erecs Lanze zum Boden, er schien Mühe zu haben, sie richtig zu fassen. Was zum Teufel war los mit ihm?

»Zieh hoch. Zieh endlich die Lanze hoch!«, brüllte Lionel, der sich weit über das Holzgeländer lehnte.

Tatsächlich gelang es Erec, den Spieß mehr und mehr anzuheben, doch zu langsam. Schon war sein Gegner zur Stelle und stach erbarmungslos zu. Armand kniff die Augen zusammen, nur um sie einen Herzschlag später wieder zu öffnen, als ein kollektives Aufstöhnen durch die Menge ging. Erec hing seitlich im Sattel, die Lanze entglitt seinen kraftlosen Händen.

»Erec!«, schrie Armand.

Pépin war sofort an seiner Seite, packte Titus am Zügel und zog den Hengst zurück zur Ausgangsposition. Erec hatte sich wieder gefangen und aufgerichtet, er schien zwar getroffen, aber nicht schwerwiegend verletzt worden zu sein. Armand konnte sich beim besten Willen nicht erklären, was da vor sich ging. So hatte er seinen Freund noch nie erlebt.

Die Kontrahenten machten sich bereit zum nächsten Durchgang.

Reiß dich zusammen, Erec, flehte Armand lautlos.

Doch alles Flehen half nichts. Auch das zweite Stechen war eine einzige Katastrophe. Zu langsam, zu ungenau, zu zaghaft – einfach nichts schien Erec zu gelingen, sodass ihn die Lanze seines Gegners schließlich aus dem Sattel hob und den Wettkampf für ihn beendete.

Niemand machte eine Bemerkung über das miserable Abendessen, alle stierten stattdessen Erec an, der gut gelaunt seine Grütze löffelte.

»Das war mit Abstand die armseligste Vorstellung, die du jemals abgeliefert hast«, sprach Josce aus, was alle dachten. »Du kannst Gott danken, dass wir anderen unseren Lanzengang halbwegs anständig über die Bühne gebracht haben. Und du kannst von Glück sagen, dass wir schon vor dem Stechen für das Turnier gesetzt waren, sonst wäre die Sache gelaufen.«

»Ihr habt recht, das war ehrlich übel«, gestand Erec unumwunden. »Tut mir leid, ich wollte euch keinen Kummer bereiten.« Er lächelte.

Armand kniff ungläubig die Augen zusammen. Weshalb lächelte er und wirkte geradezu zufrieden nach diesem elenden Trauerspiel?

»Vergessen wir die Sache einfach«, sagte Erec, »und konzentrieren uns stattdessen auf morgen. Von morgen hängt alles ab.«

»Was du nicht sagst«, brummte Lionel und stocherte missmutig in seinem Essen. Erec hatte ihnen mittlerweile gebeichtet, aus welch dubioser Quelle das Geld stammte, mit dem sie sich über Wasser hielten. Und alle wussten, was ein Scheitern für Konsequenzen hätte.

»Die Frage lautet doch: Bist du überhaupt bereit für den Wettkampf?«, meldete sich Josce zu Wort. Wieder richteten sich alle Augen auf Erec, denn tatsächlich war das die alles entscheidende Frage. »Du hast heute nicht gerade den Eindruck erweckt, als wärst du ganz auf der Höhe.«

»Mit mir ist alles in Ordnung, ehrlich. Ich war einfach ein bisschen … unkonzentriert.« Er lächelte erneut.

Sie tauschten beklommene Blicke – alle bis auf Pep, der Brice gerade seine Breischüssel auslecken ließ und auch sonst wenig beunruhigt wirkte. Was zum Teufel ging hier vor?

»Du weißt, was auf dem Spiel steht«, erinnerte Armand seinen Freund.

»Glaub mir, keiner weiß das besser als ich.« Erec sah ihn unverwandt an, und jegliche Heiterkeit war aus seinem Blick gewichen. »Ich bitte euch nur, mir ein letztes Mal zu vertrauen. Mir geht es gut. Und ich habe einen Plan, wie wir am Ende des morgigen Tages all unsere Sorgen los sind.«

Kapitel 20

Grafschaft Champagne, Provins, September 1181

Bebende Pferdeleiber, knirschendes Leder, rasselnde Kettenrüstungen, Hitze in der Brust und kalter Schweiß auf der Stirn. Alles in Erec vibrierte.

Er liebte und hasste diesen Moment äußerster Anspannung, bevor die Schlachtreihen gegeneinanderstürmten und sich verbissen wie wütende Hunde; heute gut achtzig Mann auf jeder Seite, womit der Wettkampf zweifellos zu den größten Turnieren seiner Klasse zählte. Alle gemeinsam würden sie versuchen, den Sieg über die andere Mannschaft zu erringen, die Gegner kampfunfähig zu machen, besser noch zu fangen und schließlich zur Aufgabe zu zwingen. Doch gleichzeitig kämpften die einzelnen Banner und Freien Lanzen für sich und versuchten, Beute und Lösegelder für die eigene Schatulle zu gewinnen.

Das galt mehr denn je für Erec und seine Männer.

Sie hatten es auf einen ganz bestimmten Ritter abgesehen. Auf diesen einen hatte Erec seine Freunde eingeschworen, hatte alles auf eine Karte gesetzt. Entweder sein Plan gelang, oder am Abend dieses Tages hätte ihr Turnierleben ein Ende. Und Titus wäre verloren.

»Helme auf!«, brüllte der Turniervogt über den Platz, obwohl die meisten ihren Kopfschutz längst übergestreift und festgezurrt hatten. Aber der Ruf bedeutete, es blieben nur noch Augenblicke bis zum Klang der Fanfare, bis hundertsechzig Menschen- und Pferdeleiber unaufhaltsam wie Lawinen aufeinander zurollten.

Ein letztes Mal hielt Erec Ausschau nach seinem Ziel: Gui Lemar, der auf einem stattlichen grauen Schlachtross, aber in unauffälliger Rüstung und ohne Wappenzeichen antrat. Natürlich.

Erec schätzte die Distanz zwischen ihm und dem Ritter, suchte nach dem direktesten Weg. Aber sollte sein Plan aufgehen, würde er Lemar nicht nachjagen müssen. Der Ritter würde zu ihm kommen.

Erec blieb gerade noch Zeit, sich mit einem Blick zu versichern, dass seine Freunde wussten, was sie zu tun hatten, dann erklang der Fanfarenstoß – und Titus schnellte los.

Wie Steinschlag donnerten Hunderte Hufe über das Feld, gemeinsam in fataler Absicht vereint. Alles war Stampfen und Dröhnen, Mut und Muskeln, Hitze und Gebrüll.

Wie vereinbart, ließ Erec sich leicht zurückfallen, während seine Freunde sich vor ihn setzten, um ihm Platz zu verschaffen.

Es gelang ihnen, die Reihe der Gegner zu sprengen und einen Durchlass für ihn zu schaffen. Von einem Herzschlag zum nächsten durchstieß er die Schlachtreihe, fand sich im Rücken der gegnerischen Schar, wendete Titus im engen Bogen und sah sich nach Lemar um, die Lanze locker in der Faust. Während sich die meisten Kämpfer beim ersten Zusammentreffen unmittelbar ineinander verkeilt hatten, waren nur wenige wie er sofort durch die Reihen hindurchgestoßen oder nach hinten gedrängt worden.

Lemar war einer von ihnen. Er befand sich knapp hundert Schritt entfernt. Und nein, kein anderer hatte ihn gewaltsam aus der Formation gedrängt, erkannte Erec. Vielmehr schien der Ritter sich gar nicht am ersten Ansturm beteiligt, sondern sein Ross zurückgehalten zu haben. Wie eine Statue, die Lanze auf dem Stiefel abgestellt, sodass die Spitze in den Himmel ragte, saß er im Sattel. Suchend schaute er sich um – und ihre Blicke trafen sich. Das Grinsen, das Lemars Lippen teilte, besagte zwei Dinge: Er hatte Erec erkannt. Und er hatte auf ihn gewartet.

Heiliger Georg! Auch wenn er genau das erhofft hatte, überkamen Erec nun Zweifel. Diesmal musste er die Unbeholfenheit gar nicht vortäuschen, als ihm die Lanze beim Nachfassen fast aus der Hand rutschte. War er diesem Gegner gewachsen? Alles, einfach alles hing davon ab.

Lemar ließ sein Ross angaloppieren.

Wo steckten die anderen?

Keine Zeit zu warten. Erec wendete Titus und preschte längs zum Kampfgetümmel in wilder Flucht davon.

Wie erhofft, verstand Lemar dies als Einladung und heftete sich an seine Fersen. Der Mann ritt ein schnelles, kraftvolles Pferd, das rasch aufholte. Fünf, sechs Lanzenlängen trennten sie noch voneinander, wie ihm ein Blick nach hinten verriet. Gleichzeitig nahm er zwei Schatten wahr, die sich aus dem übrigen Kampfgeschehen lösten und auf Lemar zuhielten. Ihm fehlte die Zeit, genauer zu schauen, doch betete er, dass es Josce und Lionel waren. Ganz auf sein vermeintlich leichtes Opfer mit dem wertvollen Schlachtross fixiert, schien Lemar die nahende Gefahr nicht wahrzunehmen.

Hinter Lemar scherten die Freunde nach rechts und links aus. Ihre Lanzen hatten sie längst eingebüßt, sodass sie den Ritter von beiden Seiten mit blanken Schwertern in die Zange nahmen. Jetzt hatte Lemar die Kontrahenten bemerkt, ließ sein Reittier zurückfallen und geradezu mühelos auf der Hinterhand im Kreis tanzen, um mit Lanze und Schild Hiebe und Stiche in Richtung der Angreifer auszuteilen und sie auf Abstand zu bringen. Erec war so fasziniert von dieser vollendeten Reit- und Kampfkunst, dass er beinahe den eigenen Einsatz vergaß. Während Lemar noch abgelenkt war, parierte er Titus vom schnellen Galopp in den Kanter, legte sich die Lanze über die linke Schulter und ließ den Hengst eine Wende nach links vollführen. Auf diese Weise waren Lanze und Pferd binnen Augenblicken in Richtung des Gegners ausgerichtet, und Titus konnte sich übergangslos in einen kraftvollen Galopp abstoßen. In wenigen Herzschlägen nahm er Geschwindigkeit Richtung Lemar auf.

Doch der Ritter hatte sich schneller als erwartet von seinen Kontrahenten befreit. Einen kurzen Moment ließ ihn Erecs Verwandlung vom feigen Stümper zum wütenden Angreifer stutzen, doch schließlich fing er sich wieder. Vielleicht aber verschaffte dieser Augenblick des Zögerns Erec den entscheidenden Vorteil.

Lemar trieb sein Ross energisch voran, doch Titus jagte ihm schon mit großen Sätzen entgegen. Erec glaubte, Lemars Rechte mit der Lanze stärker als üblich zittern zu sehen. Vielleicht ein Trugschluss, womöglich aber ein Hinweis auf die vermutete Schwäche, die er zu nutzen gedachte.

Die anderen verfolgten Lemar in einigem Abstand; wenn alles nach Plan lief, würde Erec ihre Hilfe gleich brauchen.

Zwei Lanzenlängen bis zum Kontakt. Eine noch.

Blitzschnell senkte Erec die Waffe quer über den Sattel, weg von seinem Gegner, beugte sich tief über Titus' Nacken und lenkte den Hengst unvermittelt nach links. Nur einen Herzschlag später kreuzte er Lemars Bahn und tauchte unter dessen vorgestreckter Lanze hindurch, passierte den überraschten Ritter an der rechten Seite und drosch ihm das stumpfe Lanzenende gegen die ungeschützte Schulter.

Lemar heulte auf. Die Waffe rutschte ihm aus der kraftlos gewordenen Hand und polterte zu Boden, voll Schmerz fasste er seine Schulter und krümmte sich über den Sattel. Erec ließ diesen Moment der Agonie nicht ungenutzt, warf seine Lanze beiseite, lenkte Titus herum und verfolgte das Ross seines Gegners, das zusehends langsamer wurde. Bevor der Ritter reagieren konnte, streifte er dem Tier die Zügel über den Kopf und zog es samt Reiter mit sich.

Lemar brauchte nur ein paar Atemzüge, um die Schmerzen abzuschütteln, brachte sein hervorragend trainiertes Pferd auch ohne Zügel dazu, mit raschen Schritten nach hinten zu weichen. Beinahe hätte er es geschafft, Erec auf diese Weise die Riemen aus der Hand zu reißen – wären nicht in diesem Augenblick Josce und Lionel zur Stelle gewesen, um den Ritter mit ihren Pferden von beiden Seiten einzuschließen und an einer Flucht zu hindern.

Erec wendete Titus, sodass der Hengst Stirn an Stirn mit Lemars eingekeiltem Streitross stand, und sah dem Ritter geradewegs in die Augen.

»Ich denke, das Turnier ist an dieser Stelle für Euch zu Ende, Gui Lemar. Oder soll ich Euch besser bei Eurem richtigen Namen nennen, Guillaume le Maréchal?«

Die anderen zogen bei seinen Worten zischend die Luft ein und wechselten fassungslose Blicke. Bis zu diesem Moment hatte Erec ihnen verschwiegen, wem ihr Angriff galt.

»Der Marschall?«, wisperte Lionel. »Das kann nicht dein Ernst sein.«

»Wie sieht es aus, mein Herr? Ergebt Ihr Euch?« Erec hielt den Blick weiterhin fest auf sein Gegenüber gerichtet.

Des Marschalls Augen verengten sich, und ein kurzer Anflug von Ärger und Schmerz huschte über seine Züge. Er fasste nach seiner Schulter, dann nickte er knapp. »Ich entbiete Euch Sicherheit, Sire de Lacône«, stieß er unwillig hervor und streckte ihm die Rechte entgegen.

Erec umschloss sie mit seiner Faust. Er spürte ein triumphierendes Lächeln auf seine Lippen treten. »Ist akzeptiert!«

Während er Titus und das stattliche Ross des Marschalls sowie zwei weitere Pferde, die Lionel gleich zu Beginn der Schlacht hatte einfangen können, trocken rieb und mit Wasser versorgte, warf Pépin verstohlene Blicke zu dem Mann, der als engster Freund des englischen Thronfolgers galt, als bester aller Ritter.

Und dennoch hat Erec ihn geschnappt, dachte er voll Stolz und Bewunderung.

Schon gestern hatte Erec ihn in die geplante List eingeweiht, andernfalls wäre Pépin angesichts des jämmerlichen Tjosts sicher mehr als einmal das Herz stehen geblieben. Abgesehen von Erec hatte keiner von ihnen den Marschall je aus der Nähe gesehen, auch wenn jedes Kind schon Geschichten von den Heldenstücken des berühmten Ritters gehört hatte. Dass Erec den Marschall erkannt hatte, war allein dem Umstand zu verdanken, dass er zwei Jahre zuvor dem legendären Turnier von Lagny-sur-Marne anlässlich der Krönung Philippe Dieudonnés zum König von Frankreich als Zuschauer beigewohnt hatte. Um jeden Preis hatte Erec damals sein Idol Guillaume le Maréchal und die Blüte der christlichen Ritterschaft reiten und kämpfen sehen wollen, wie er Pépin anvertraute.

»Ihr habt mich überlistet«, beschwerte sich der Marschall, während eine vollständig errötete Mila eine ihrer schmerzlindernden Salben auf die lädierte Schulter des Ritters auftrug.

Sie befanden sich innerhalb des Refugiums ihrer Kampfschar, während außerhalb das Turnier weitertobte. Und während Josce, Lionel und nicht zuletzt Armand den Marschall aus der Entfernung wie eine Gestalt aus den Artussagen begafften, hielt Erec dem Ritter einen Becher Wein hin.

Der ignorierte die Geste. »Ihr wusstet von Anfang an, wer ich bin. Und habt mich absichtlich glauben lassen, Ihr wäret leichte Beute, nicht wahr?«

»Warum so entrüstet, Sire?«, entgegnete Erec mit einem Schmunzeln. »Ihr wart es, der unter falschem Namen angetreten ist, um seine Gegner zu täuschen, oder nicht?«

Für einen Augenblick blitzte Heiterkeit in des Marschalls Augen auf. »Das ist etwas völlig anderes«, murrte er, nahm diesmal jedoch den offerierten Becher und trank einen Schluck. »Dass ich inkognito teilgenommen habe, geschah nicht in der Absicht, meine Mitstreiter zu täuschen, sondern weil ...«

Erec hob fragend die Augenbrauen.

»Weil ich meiner Herrin, Königin Marguerite, versprochen habe, mich zu schonen und an keinem Turnier teilzunehmen, bis ich vollständig genesen bin.«

»Besser, Ihr hättet auf sie gehört.«

Jetzt musste der Marschall lachen. »Ja, besser«, gab er zu. Und nach einer Weile fragte er: »Auch davon wusstet

Ihr, nicht wahr? Dass ich in Mons verletzt wurde und mir die Schulter ausgekugelt habe? Kein netter Zug von Euch, diesen Umstand so schäbig auszunutzen.«

Pépin glaubte, einen Anflug von Röte auf Erecs Wangen zu erkennen, als sei ihm diese List in der Tat unangenehm.

»Und aus welchem Grund habt Ihr Euch nicht auskuriert?«, fragte er herausfordernd.

»Wollt Ihr die Wahrheit wissen? Schon drei Tage nach meiner *Verbannung* auf dieses Landgut habe ich mich zu Tode gelangweilt. Und dann bot sich plötzlich diese Gelegenheit – ein Turnier bestreiten, allein und unerkannt, wie zu meinen Anfängen. Das war zu verlockend.«

»Und ist prächtig schiefgegangen.«

Der Marschall lachte schallend. »Himmel, ja, das ist es. Aber wer hätte ahnen können, dass ich bei einem Provinzwettkampf wie diesem auf einen so talentierten Gegner treffe? Ich war überzeugt, Euer prächtiger Hengst wäre mir sicher.«

»Jetzt habe ich stattdessen Euren«, erwiderte Erec mit einem Grinsen. »Das Leben ist voller Überraschungen.«

Guillaume lächelte kummervoll. »Ich hoffe doch, Ihr erlaubt mir, Belos zurückzukaufen. Welches Lösegeld setzt Ihr für ihn, meine Rüstung und mich fest?«

»Zehn Pfund.«

Schnaubend sprang Erecs Gegenüber von seinem Sitzplatz auf. »Das ist reinstes Raubrittertum!«, rief er. »Gui Lemar ist nicht einmal die Hälfte wert.«

»Guillaume le Maréchal schon. Und Letzterem dürfte daran gelegen sein, dass niemand von seiner peinlichen Niederlage gegen eine Handvoll *Provinzritter* erfährt. Besonders Königin Marguerite nicht.«

Pépin hielt gespannt den Atem an. Auch wenn er wusste, was für sie alle auf dem Spiel stand, bewunderte er Erec dafür, wie furchtlos er mit dem Marschall verhandelte, dem Mann, der an der Seite eines Königs diente.

Und auch Guillaume schien die Hartnäckigkeit – oder Unverfrorenheit? – seines Gegenübers zu imponieren, denn schließlich hob er grinsend die Hände. »Na schön, de Lacône, ich gebe mich geschlagen. Ihr werdet Euer Geld bekommen. Aber für den Moment erbitte ich die Erlaubnis, mich in mein Quartier zurückziehen zu dürfen, um mich zu erholen. Als Pfand lasse ich Belos bei Euch. Ihr habt mein Wort, dass ich spätestens morgen meine Schulden begleiche.«

»Einverstanden«, sagte Erec. Sie verabschiedeten sich voneinander.

»Teufel noch mal! Warum hast du uns nicht in deinen Plan eingeweiht?«, schimpfte Josce, nachdem der Marschall gegangen war. »Vielleicht hätte ich gerne gewusst, gegen wen wir da antreten. Und dein erbärmlicher Tjost gestern hat mir eine wirklich grauenhafte Nacht beschert, das kannst du glauben.«

»Ich wollte, dass ihr alles aus euch rausholt, dass ihr gar keine andere Wahl habt«, erklärte Erec. »Und ich wollte verhindern, dass ihr aus Angst und Ehrfurcht vor dem *heiligen Marschall* in Schreckstarre fallt. Wir mussten gewinnen, es gab keine Alternative.«

»Und wir *haben* gewonnen«, verkündete Lionel feierlich und grinste von einem Ohr zum anderen. »Heiliger Georg, zusammen mit den anderen Beutepferden verschafft uns das ein ordentliches Polster!«

Wohin Erec sah, blickte er in strahlende Gesichter – Armands ausgenommen. Der Freund wirkte nachdenklich, geradezu bedrückt.

»Du hast wirklich alles auf eine Karte gesetzt«, stellte Armand fest.

»Und der Plan ist aufgegangen, oder nicht?«

»Durch List und Betrug, wie der Marschall richtig sagte.«

»Ja, zugegeben ...« Das Grinsen verblasste von Erecs Lippen.

»Du hast den Mann, den du am meisten verehrst, dein Idol, durch unritterliches Verhalten aufs Kreuz gelegt und ausgenommen«, brachte sein Freund es erbarmungslos auf den Punkt. »Ist das wirklich die Art, wie du gewinnen willst? Ich frage mich, ob du die Umstände in ein paar Tagen nicht bereuen wirst.«

Erec verspürte eine eigentümliche Mischung aus Ärger und Kränkung aufsteigen – womöglich, weil Armand mit seinen Worten einen wunden Punkt berührte.

»Was willst du, Armand?«, blaffte er. »Erst wirfst du mir vor, dass ich Geld geliehen habe, jetzt, dass ich mich bemühe, die Schulden zu tilgen. Mit des Marschalls Münzen kann ich Grimbaud auszahlen, und es bleibt trotzdem genug hängen, dass wir die nächste Zeit sorgenfrei sind.« Aus brennenden Augen starrte er den Freund an. »Verflucht, ich werde Titus nicht verlieren.« Und bei diesen Worten wurde ihm klar, dass das vielleicht seine größte Angst gewesen war.

»Hör zu«, lenkte Armand ein. »Ich will dir keine Vorwürfe machen, im Gegenteil. Ich – wir alle sehen, was du in den letzten Wochen auf dich genommen hast, damit wir den Kopf über Wasser behalten. Du hast die ganze Verantwortung allein geschultert – und die Konsequenzen.« Bekümmert blickte er Erec an. »Natürlich will ich nicht, dass wir das hier aufgeben müssen, aber genauso wenig will ich, dass du dich irgendwann – vielleicht schon bald – fragen musst, ob es das wirklich wert war. Außer unserer Ehre besitzen wir nicht viel, das meine ich.«

Betretenes Schweigen stellte sich ein, und die Freunde wichen plötzlich seinem Blick aus.

»Es behagt mir nicht«, murmelte Lionel, »aber an Armands Worten ist was dran.«

Josce gab ein zustimmendes Brummen von sich, und selbst Pep nickte.

Erec glaubte seinen Augen und Ohren nicht zu trauen. Fassungslos sah er die Freunde an. »Und was sollen wir eurer Meinung nach stattdessen tun?«, fragte er heftig. »Aufgeben? Wozu dann all das? Wie sollen wir bis Martini das nötige Geld beschaffen? Ganz zu schweigen von der Frage, wie es danach weitergeht.«

»Wir haben noch die zwei anderen Pferde«, wandte Lionel ein. »Zusammengenommen reicht ihr Erlös vielleicht, um Grimbaud eine Zeit lang hinzuhalten.«

»Davon abgesehen ist das Turnier noch nicht zu Ende«, erklärte Josce und drückte sich entschlossen den Helm wieder auf den Kopf. »Wenn wir dafür sorgen, dass unsere Schar gewinnt, können wir sicher noch ein bisschen Beute abgreifen. Wird schon reichen, um bis zum nächsten Wettkampf über die Runden zu kommen.«

»Genau! Irgendwie schaffen wir das schon. Wie immer«, stimmte Lionel zu. »Zuletzt hast *du* den Kopf hingehalten, jetzt ist die Reihe an uns.«

»Gott zum Ruhm, uns zur Ehre!«, schmetterte Pep.

Und in das anschließende »Hurta!« stimmten alle ein.

Ohne Erecs Protest abzuwarten, holten sie ihre Pferde, griffen sich die bereitstehenden Lanzen und preschten aus dem Refugium, zurück auf den Kampfplatz.

Mit einer Mischung aus Erschütterung und Rührung sah Erec ihnen nach.

»Und was jetzt?«, fragte er, ohne genau zu wissen, an wen sich die Frage eigentlich richtete. »Sollte ich nicht mit ihnen reiten?«

Armand trat an seine Seite. »Du gehst jetzt und sprichst mit dem Marschall.«

Erec nickte schwer. Er wusste, dass es das Richtige war.

Guillaume le Maréchal hatte sich in einem schlichten Gasthaus an der Stadtmauer eine Kammer genommen, wie es sich für den einfachen Ritter Gui Lemar geziemte.

Erec stand unentschlossen vor der Zimmertür und versuchte, sich für das Bevorstehende zu wappnen. Ein letzter tiefer Atemzug, dann hob er die Hand und klopfte.

Eine gedämpfte Stimme bat ihn herein.

»De Lacône!«, empfing ihn der Marschall überrascht. Der Ritter saß mit angewinkeltem Bein, den Rücken an die Wand gelehnt, auf seiner bescheidenen Bettstatt und schnitzte an einem Holzstück. Überall um ihn herum lagen verstreute Späne, ein Splitter hatte sich in den Haaren über der Stirn verfangen, ein weiterer trieb in dem Weinbecher, der neben dem Bett auf einem Hocker stand.

»Warum seid Ihr nicht mehr auf dem Turnier? Hattet Ihr Angst, ich würde mich davonschleichen und Euch um Euer Lösegeld bringen?«, erkundigte er sich mit einem gutmütigen Lächeln.

Erec brauchte einige Herzschläge, bevor er sich von dem unerwarteten Anblick eines schnitzenden Marschalls erholt hatte.

»Nein, Sire, natürlich nicht«, entgegnete er hastig. »Aber wegen des Lösegeldes wollte ich mit Euch sprechen.«

Sein Gegenüber runzelte die Stirn. »Ihr wollt doch nicht etwa den Preis hochtreiben? Ich denke, die vereinbarte Summe ist mehr als …«

»Nein, nein, im Gegenteil«, unterbrach ihn Erec, und er spürte sein Herz heftig gegen die Rippen klopfen. Tat er wirklich das Richtige? Oder würde er die Sache in einer Stunde bereuen? Jetzt war keine Zeit mehr für Zweifel. »Ich bin hier, um … um Euch die Summe zu erlassen«, stieß er hervor. »Vollständig.«

»Aber …« Der Marschall richtete sich auf und starrte ihn ungläubig an.

»Ihr hattet völlig recht, Sire«, erklärte Erec rasch. »Es war kein fairer Kampf. Wir haben uns einer schäbigen List bedient und auf unritterliche Weise Eure Verletzung ausgenutzt, andernfalls hätten wir Euch vermutlich niemals bezwungen. Das war … unehrenhaft. Und ich hoffe, Ihr könnt uns … *mir* verzeihen.«

Dem Marschall schien es für einen Moment die Sprache verschlagen zu haben, schließlich nickte er. »Natürlich.«

Erec atmete seufzend aus. »Ich bin froh, das zu hören.« Und tatsächlich verspürte er eine geradezu absurde Erleichterung, obwohl diese Entscheidung sie wieder genau an den Punkt zurückwarf, an dem sie vor zwei Wochen gestanden hatten. »Ich danke Euch für Eure Nachsicht, Sire. Und ich … hoffe, Eure Schulter wird schnell heilen.«

»Darüber zerbrecht Euch nicht den Kopf«, erwiderte der Marschall, der noch immer einigermaßen perplex wirkte. »Ich habe weit Schlimmeres überstanden.«

»Natürlich.« Erec nickte und kam sich ein wenig einfältig vor. »Belos könnt Ihr selbstverständlich jederzeit bei uns abholen. Und für alles Weitere wünsche ich Euch Gottes Segen und den Beistand der Heiligen.« Erec verabschiedete sich mit einem kleinen Diener, dann floh er aus dem Zimmer, ohne eine Entgegnung abzuwarten.

Kapitel 21

Grafschaft Champagne, Provins, September 1181

»Erec, beweg dich, du musst aufwachen!«

Diesmal waren es keine Murmeln, sondern mindestens Flusskiesel, die durch seinen Schädel polterten, während jemand ungeduldig an seiner Schulter rüttelte. Wie es aussah, hatte Erec kein Glück beim Wein. Gemessen an seinen Kopfschmerzen, musste er am Vorabend wieder einmal das üble gepanschte Zeug erwischt haben. Das war schließlich auch das billigste, und die teuren Tropfen würden sie sich bis auf Weiteres nicht leisten können.

»Erec, jetzt mach endlich die Augen auf«, forderte Lionel.

»Um in deine unverschämt ausgeschlafene Visage zu schauen?«, brummte er. »Ich verzichte.«

»Zugegeben, meine blendende Erscheinung kann eine erschütternde Wirkung ausüben, aber es geht nicht um mich. Man verlangt nach dir.«

»Wer?«

»Der Marschall ist hier.«

Unwillig öffnete Erec die Augen. Und starrte in Lionels grinsendes Antlitz. »Hölle und Verdammnis, womit hab ich das verdient?« Er war drauf und dran, sich auf die Seite zu rollen und einfach weiterzuschlafen. »Sicher will er nur sein Pferd abholen«, murmelte er.

Hätte ihn die Aussicht auf ein persönliches Treffen mit Guillaume le Maréchal, seinem verehrten Idol, vor zwei Tagen noch mit haltloser Begeisterung erfüllt, verursachte ihm die

Vorstellung heute geradezu Bauchschmerzen. Auch wenn er die Angelegenheit zwischen ihnen und dem Marschall für geklärt hielt, war Erec die ganze Sache weiterhin unangenehm. Gar nicht zu reden von den Konsequenzen, die sie mit sich bringen würde. Immerhin hatten die anderen gestern tatsächlich noch ein bisschen Beute gemacht und dafür gesorgt, dass sie sich bis zum nächsten Wettkampf durchschlagen und Grimbaud zumindest eine Weile hinhalten konnten.

»Wir dachten auch, es ginge nur um den Gaul«, erklärte Lionel, »aber nein. Er hat ausdrücklich nach dir verlangt, will mit dir reden.«

Erec runzelte die Stirn. Was wollte der Ritter? Ihm doch noch die Leviten lesen für die schäbige Behandlung oder für seinen merkwürdigen Auftritt gestern?

Er seufzte. »Na schön. Bitte sag ihm, dass ich gleich bei ihm bin.«

Lionel nickte und verschwand.

Erec schloss noch einmal kurz die Augen, atmete tief durch, dann erhob er sich von seinem Strohlager. Es war nicht seine Art, vor Unannehmlichkeiten davonzulaufen.

Rasch wusch er sich, schlüpfte in die Kleider und versuchte erfolglos, den widerspenstigen Wirbel über seiner Stirn glatt zu streichen, schließlich trat er aus dem Zelt.

Der Marschall trug die schlichte, unauffällige Kleidung ihrer ersten Begegnung. Er hatte die Daumen locker hinter seinen Schwertgürtel gehakt und lächelte, während er auf ihn wartete. In seinen Augenwinkeln zeigten sich feine Lachfältchen – was Erec gehörig aus dem Konzept brachte.

»Womit kann ich Euch behilflich sein, Sire?«

Der Marschall musterte ihn, und das Lächeln wurde zu einem Grinsen. »Scheint, als hättet Ihr eine turbulente Nacht hinter Euch, de Lacône. Oder eine kurze. Oder beides. Gab es denn etwas zu feiern?«

Erec zuckte mit den Schultern. »Zu feiern vielleicht nicht, aber zu trinken. Man muss das Leben nehmen, wie es kommt, mit seinen Siegen wie den Niederlagen«, erklärte er schlicht.

»Schließlich wird selten etwas besser, wenn man Trübsal bläst.«

»Da habt Ihr verdammt recht«, stimmte der Ritter gut gelaunt zu. Ein weiteres Mal musterte er Erec von Kopf bis Fuß. »Ihr erinnert mich an mich selbst, vor zehn Jahren.«

»Mit dem Unterschied, dass Ihr in meinem Alter bereits ein gefeierter Turnierheld wart«, entgegnete Erec gallig.

»Mag sein.« Wieder grinste der Marschall und wirkte eher verschmitzt als spöttisch. »Kommt, lasst uns ein Stück gehen. Ich will Euch etwas erzählen.«

Erec verstand zwar nicht, auf was die Sache hinauslaufen sollte, aber warum nicht? Außer Packen gab es nichts Wichtiges für ihn zu erledigen. Und offenbar ging es dem Ritter nicht darum, ihn oder seine Männer zurechtzustutzen. Die fragenden Blicke der anderen folgten ihnen, als er gemeinsam mit dem Marschall ihren Lagerplatz verließ.

»Ich habe eine Geschichte für Euch, Erec. Oder nein, es sind gleich mehrere, hört zu!« Le Maréchal fuhr sich nachdenklich mit der Hand über Kinn und Dreitagebart, während er die Einzelheiten in seiner Erinnerung zusammensuchte. »Vor vielen Jahren, noch bevor ich in den Dienst des Jungen Königs gerufen wurde und als Einzelkämpfer oder Soldritter bei Turnieren antrat, schloss ich mit einem flämischen Ritter, Roger de Jouy, ein heimliches Abkommen. Dieses sah vor, dass wir Beute und Lösegelder, die wir beim Wettkampf errangen, gerecht teilten, unabhängig davon, ob wir in derselben oder in gegnerischen Mannschaften kämpften. Das bedeutete folglich, dass wir beide von der Niederlage oder Gefangennahme der eigenen Mannschaftskameraden profitierten. Ehrenhaft? Nein. Lukrativ? Teufel, ja! Und eine kluge Absicherung dazu, denn auf diese Weise sind wir selten ohne Gewinn geblieben.«

Erec öffnete den Mund, um seiner Verblüffung Ausdruck zu verleihen, doch sein Begleiter hob abwehrend die Hand. »Ich bin noch nicht fertig. Auch heute noch treffe ich mich am Vorabend eines Turniers mit vertrauensvollen Männern aus der gegnerischen Schar und tausche mich bei einem Krug guten Weins mit ihnen darüber aus, welcher Grünschnabel aus der eigenen Mannschaft leichte Beute darstellt und von wem man tunlichst die Finger lässt. Eine Vorgehensweise, die beim zurückliegenden Turnier verständlicherweise nicht möglich war; ich musste mich allein auf meinen Eindruck beim Lanzenstechen verlassen – und wir wissen beide, wie die Sache ausgegangen ist.« Er grinste. »Eine letzte Geschichte noch: Natürlich kennt Ihr Graf Philipp von Flandern, gefeierter und gefürchteter Anführer einer berühmten Turnierschar. Er hat sich früher bisweilen folgender List bedient: Während ein Teil seiner Männer wie alle anderen von Anfang an ins Turnier geritten ist, hat sich ein weiterer Teil am Rande des Kampfplatzes herumgetrieben, wo üblicherweise Knappen mit Ersatzpferden oder Lanzen warten. Diese Ritter sollten den Eindruck erwecken, lediglich interessierte, aber unbeteiligte Zuschauer des Wettkampfs zu sein, ohne Rüstung und weitgehend unbewaffnet. War das Gefecht bereits eine Weile im Gange und die ersten Männer auf dem Feld erschöpft und abgekämpft, gab Graf Philipp ein Zeichen. Daraufhin ließen sich die Ritter am Rand von herbeieilenden Knappen Lanzen und Helme reichen und stürmten den Kampfplatz, wo sie unter den ermatteten Gegnern leichte Opfer fanden.«

»Das … das ist …«

»Unritterlich?« Der Marschall zuckte mit den Schultern. »Mag sein. Aber zugegebenermaßen fanden wir die Strategie so bestechend, dass wir sie ebenfalls schon das eine oder andere Mal angewandt haben.« Er wirkte darüber nicht im Mindesten beschämt, ganz im Gegenteil.

»Warum erzählt Ihr mir das alles?«, fragte Erec mit wachsender Verwirrung.

Der Marschall hielt unvermittelt an und schaute ihm in die Augen. »Was ich Euch zu sagen versuche, ist, dass List und Betrug beim Turnier gängige Werkzeuge sind, zumindest in der Königsklasse, in der ich mich üblicherweise bewege. Niemand findet etwas Ehrenrühriges daran. Wir betreiben dieses Kampfspiel wie ein echtes Gefecht. Und glaubt mir, weit mehr Kriege werden durch List und Tücke als durch Ritterlichkeit und ehrenhaftes Verhalten gewonnen. Ernüchternd, ich weiß, aber leider die Wahrheit. Und besser, man macht sich zu einem Zeitpunkt mit diesen Spielregeln vertraut, wo sie einen nicht gleich Kopf und Kragen kosten. Für Ehre und Ritterlichkeit gibt es an anderer Stelle genug Raum.«

Erec wusste nicht, was er darauf entgegnen sollte. Sein ohnehin schmerzender Schädel dröhnte unter Guillaumes Worten wie eine Glocke.

Der Marschall seufzte. »Ich sehe, ich habe Euer Weltbild gehörig durchgerüttelt. Das tut mir leid, wirklich. Und wenn man es genau nimmt, bin ich nur gekommen, um Euch das hier zu geben.« Er löste eine prall gefüllte Börse von seinem Gürtel und hielt sie Erec hin. »Nehmt das, denn Ihr habt nichts falsch gemacht«, erklärte er. »Ehrlich, Eure kleine Ansprache gestern hat mir imponiert und mir gezeigt, dass ein wahrer Ritter in Euch steckt. Aber Ihr solltet Euch nicht dafür schämen, Euch einer List bedient zu haben.«

»Gestern noch habt Ihr mich genau deswegen gescholten«, erwiderte Erec heftig.

»Natürlich«, gab der Marschall unumwunden zu. »Ich musste wenigstens versuchen, Euch runterzuhandeln, oder nicht?« Er schmunzelte erneut. »Eine List, Ihr versteht? Davon abgesehen habt Ihr wirklich teuflisch hart zugeschlagen.«

»Das … das heißt …«

»Das heißt, Ihr werdet das Geld annehmen, denn Eure Männer und Ihr habt es Euch verdient!« Er griff nach Erecs Hand, die immer noch unentschlossen herabhing, und legte den Beutel hinein. »Begleicht Eure Schulden, lasst Eure Pferde neu beschlagen, kleidet euch frisch ein. Vielleicht sucht Ihr außerdem noch ein Badehaus und den Barbier auf.« Der Ritter lachte. »Und wundert Euch nicht: Der Beutel enthält lediglich die Auslösesumme für mich und meine Rüstung. Belos behaltet. Er ist ein tapferes und kluges Ross, aber er ist jung und unerfahren und braucht hier und da noch ein bisschen Führung.«

Erec sah ihn fassungslos an. »Ihr fordert ihn nicht zurück?«

Der Marschall zuckte mit den Schultern. »Zugegeben, es schmerzt mich, aber ich sehe ihn ja ohnehin bald wieder. Und wenn Ihr für die königliche Mannschaft reitet, werdet Ihr ein zweites Turnierpferd brauchen.«

Erec schwankte kurz, als seine Knie sich unvermittelt in Butter verwandelten. Für einen Moment schloss er die Augen und versuchte herauszufinden, ob der Marschall die Worte tatsächlich gesprochen hatte oder sie Ausgeburt seines gemarterten Hirns waren.

»Verzeiht«, ergänzte der Ritter – und Erec hörte deutlich das Grinsen in seiner Stimme –, »vergaß ich das zu erwähnen? Ich bitte Euch und Eure Männer, in mein Banner einzutreten und fortan in der Mannschaft des Jungen Königs zu kämpfen. Vorausgesetzt natürlich, Ihr könnt damit leben, gelegentlich die ein oder andere List anzuwenden.«

Buch II

Profis

Gent acuillir e donar ses cor vaire
E bel respos e »ben sias vengut«
E gran hostal pagat e gen tengut,
Dons e garnirs et estar ses tort faire,
Manjar ab mazan
De viol'e de chan
E maint compaingno

»Edle Gastfreundschaft und Geben ohne wankendes Herz
und gute Gespräche und herzliches ›Herein!‹
und ein großer Hof, gut bezahlt und gut unterhalten,
Geschenke und Waffen
und ein Leben, ohne Unrecht zu tun,
Essen zum Klang von Gambe und Gesang,
mit vielen Gefährten.«

Planh 13, Bertran de Born (~ 1140–1215)

Kapitel 22

Herzogtum Normandie, Pirou, Januar 1182

Himmel, Lionel, mit diesem lächerlichen Bliaut siehst du aus wie ein Fasan«, bemerkte Josce.

»Du siehst dafür weiterhin aus wie … Josce. Hässlich wie eh und je. Und du riechst auch wie Josce.«

»Hm. Immerhin stinke ich nicht drei Meilen gegen den Wind, als hätte man mich in Rosenwasser eingeweicht.«

Pépin grinste, während er hinter den beiden Streithähnen ritt und ein Stück Räucherwurst kaute. Eine dünne Schneeschicht knirschte unter den Hufen des gutmütigen Braunen, den Erec ihm überlassen hatte, und sein Atem wölkte in die eisige Luft. Sie alle waren guter Dinge, denn noch heute würden sie Pirou erreichen und sich endlich dem Marschall anschließen. Verschiedene Ereignisse hatten den Ritter bis zum Weihnachtsfest in Anspruch genommen und ihr Zusammentreffen bis nach Epiphanias hinausgezögert.

Die ganze Sache kam Pépin immer noch wie ein Traum vor. Die zurückliegenden Monate hatte Erec ihn im Kämpfen und Reiten unterwiesen, und Pépin machte vor allem in Letzterem große Fortschritte – auch wenn es sich bisweilen immer noch wie ein Sakrileg anfühlte. War er nicht gestern noch ein verlauster Straßenbengel gewesen? Und heute? Der Knappe eines Ritters, der in der königlichen Mannschaft dienen würde. Heilige Maria, Muttergottes, ja, es musste ein Traum sein!

Nachdem er die Schulden bei diesem elenden Halsabschneider Grimbaud beglichen und ihre Reisekasse ordentlich aufgestockt hatte, teilte Erec das übrige Geld des Marschalls und den Erlös aus der verkauften Beute der letzten Turniere unter allen auf. Ein jeder von ihnen führte die Münzen sehr unterschiedlicher Verwendung zu. Lionel hatte sie in kostbare Kleider und allerlei Tand investiert, Josce vor allem in Bier und Braten, Erec hatte einen neuen Turniersattel für Titus anpassen lassen.

Pépin hatte sich Handschuhe und eine fellgefütterte Gugel geleistet – und angesichts der eisigen Temperaturen beglückwünschte er sich zu dieser vortrefflichen Wahl. Zusammen mit dem Wams und seinen Stiefeln fühlte er sich gut gegen die Kälte gewappnet, wenngleich er zugeben musste, dass er im Zweifel lieber barfuß lief, flink wie ein Wiesel. Aber dafür war dies auch der erste Winter seines Lebens, in dem er nicht frieren musste.

Anders als Armand, wie es schien. »Ob ich wohl eine Weile mit Brice tauschen kann?«, fragte der Troubadour, während er seinen Mantel enger um die Schultern zog. »Von uns allen hat dein Köter heute gewiss den behaglichsten Platz.« Er sah schmunzelnd zu dem Hund oder vielmehr auf dessen Kopf, den einzigen Teil, der aus Pépins Satteltasche hervorschaute, wo er sich zwischen Hemd und anderen Habseligkeiten zusammengerollt hatte. Nachdem er über Stunden neben den Pferden hergetrabt war, gestattete Pépin ihm dieses warme Plätzchen für ein Nickerchen. Er hatte Brice beigebracht, auf Kommando vor ihm auf den Sattel zu springen. Ein kluger, gelehriger Bursche war er, manchmal vielleicht ein bisschen stur und übermütig, aber auch darin erkannte Pépin sich selbst, und das hatte ihm das Tier nur noch enger ans Herz wachsen lassen.

»Keine Sorge, es ist nicht mehr weit«, tröstete Erec, der auf Titus vorausritt und Belos führte. »Bis zum Mittag sollten wir Pirou erreicht haben. Und dann«, er schaute über die Schulter und grinste von einem Ohr zum anderen, »dann beginnt ein neues Leben, Männer!«

»Hurta!«

Ein warmes, vorfreudiges Kitzeln breitete sich in Pépins Brust aus. *Ein neues Leben.* Das beste jemals.

Lediglich die Tatsache, dass Mila sie nicht begleitete, machte ihn traurig. Sie konnte ihren alten Vater nicht sich selbst überlassen und würde weiter mit ihm von Wettkampf zu Wettkampf ziehen. Ehrlicherweise waren es lange schon ihre Einkünfte als Heilerin und nicht seine Arbeit als Hufschmied, die den Familienunterhalt sicherten. Ungewiss, wann sie sich wiedersahen. Und diese Vorstellung schmerzte Pépin. Er würde ihre Warmherzigkeit und ihre – ja, oft nervtötende – schwesterliche Fürsorge vermissen. Genau wie er das Torballspiel und seine Freunde vermissen würde.

Doch ab jetzt war er Knappe am Hof des Jungen Königs. Und es würde großartig werden. Bestimmt.

Als sie am frühen Nachmittag endlich die Tore von Pirou durchritten, schien es Pépin, als betrete er nicht nur ein neues Leben, sondern eine neue Welt. Die Festung war riesig. Pirou war eine der drei Burgen, über die der Junge König selbst verfügte – wenig, wenn man seine Stellung bedachte. Die äußere Mauer war fast so dick wie Pépin lang, dahinter im Zwinger drängten sich Ställe und Pferche, Vorratsschuppen, Werkstätten und Backhäuser, aus deren Schornsteinen Rauch in den Himmel stieg. Und trotz der winterlichen Kälte herrschte reges Treiben. Der Geruch von Holzfeuer, Pferdemist und frischem Brot hing in der Luft. Zwei Männer spannten ein geschlachtetes Schwein auf eine Pritsche und fingen das Blut in einer bereitgestellten Schüssel auf. Hier wurde ein Gaul beschlagen, dort Ziegen gefüttert und Holz gespalten. Dazwischen wimmelten Hühner durch den zertrampelten Schnee, Knechte schleppten Wassereimer, und ein paar Gänse fauchten Brice aufgebracht hinterher, als Pépin und seine Begleiter sich ihren Weg zum inneren Mauerring bahnten. Davon abgesehen erregten sie keine besondere Aufmerksamkeit; offenbar waren die Bewohner ein ständiges Kommen und Gehen gewohnt.

Beinahe eine kleine Stadt, staunte Pépin. Und doch ganz anders als alles bisher Gekannte. Das wurde ihm vollends klar, als sie in die innere Burg vordrangen.

Von allem gab es mehr: mehr Steingebäude, mehr Menschen auf einem Fleck, mehr Pracht, mehr Zierrat, mehr Farben. Farben vor allem, besonders im Kontrast zur sonst herrschenden winterlichen Kargheit. Die Banner der Normandie, Anjous und Englands wehten auf den Zinnen, bemalte Türen oder Holzläden schützten die Bewohner der Festung vor der Kälte, und mit bunten Bändern geschmückte Girlanden aus immergrünen Zweigen zeugten von den zurückliegenden Feiertagen. Pépin konnte sich gar nicht sattsehen.

Die Wachhabenden hatten ihre Ankunft angekündigt, und der Marschall erwartete sie im Innenhof. Grinsend stand er da, die Hände locker in die Hüften gestemmt, mit unordentlichem Haar, in Kettenhemd und abgewetztem Waffenrock, als käme er gerade vom Übungsplatz – was vermutlich auch der Fall war.

»Seid herzlich willkommen, auch im Namen meines Herrn, des Jungen Königs. Er ist zur Zeit noch in familiären Angelegenheiten unterwegs, aber wir erwarten ihn in Kürze zurück.« Guillaume le Maréchal machte ein paar Schritte auf Erec zu, der zwischenzeitlich abgestiegen war. »Wie schön, dich zu sehen, mein Junge!«

Pépin blinzelte verwundert angesichts dieser vertraulichen Anrede, bis er feststellte, dass sie nicht Erec galt. Der Marschall war zu Belos getreten, seinem ehemaligen Schlachtross, das ihn mit einem freudigen Schnauben begrüßte. »Na, mein Freund, behandelt er dich gut?« Sanft streichelte er dem jungen Hengst über die Nüstern. »Das will ich ihm geraten haben.«

»Keine Sorge«, entgegnete Erec mit einem Lächeln. »Bei mir ist er in besten Händen. Titus war zwar eine Zeit lang eingeschnappt, aber inzwischen haben sich die beiden arrangiert.«

Der Marschall fasste Erec herzlich bei den Schultern. »Ich

freue mich sehr, Euch und Eure Männer hier begrüßen zu dürfen, de Lacône. Und es tut mir leid, dass die Umstände unser Zusammentreffen so lange verhindert haben.«

Erec winkte ab. »Dafür gab es gute Gründe, wie man hört.«

»In der Tat. Wir mussten dem französischen König beistehen gegen diese unselige Allianz von Unruhestiftern unter Philipp von Flandern. Doch jetzt herrscht Frieden. Vorerst zumindest. Und Henris Bruder, Prinz Geoffroy, wurde kurz vor Allerheiligen mit Constance verheiratet, der Erbin der Bretagne. Der alte Herzog wird ihm die Macht abtreten.« Guillaume seufzte. »Wir dürfen gespannt sein, was er damit anfängt. Ich hoffe, euch war inzwischen nicht langweilig.«

»Wir haben uns mit dem einen oder anderen Turnier die Zeit vertrieben.«

»Ausgezeichnet, dann seid ihr nicht eingerostet. Ruht euch heute von der Reise aus, mein Knappe Eustache wird euch eure Unterkünfte zeigen und für Essen sorgen, morgen können wir dann mit dem gemeinsamen Training beginnen. Und in wenigen Wochen wird in Amiens euer erster Wettkampf unter meinem Banner stattfinden.«

Kapitel 23

Herzogtum Normandie, Pirou, Januar 1182

Die Exerzierplätze befanden sich auf einem weitläufigen Gelände unterhalb des äußeren Mauerrings, und auch wenn die Sonne gerade erst aufging, traf Erec nicht als Erster ein. Obwohl man ihm eine eigene Kammer mit ordentlichem Bett zugestanden hatte und ihm die zurückliegende Reise noch in den Knochen steckte, hatte ihn nichts auf dem Lager halten können. Er brannte vor Neugier und Tatendrang.

Es gab Sandplätze für das Schwertkampftraining und ein großzügiges Holzgeviert, in dem einige Männer ihre Pferde warmritten, außerdem ein ausgedehntes, ebenes Gelände mit einem Tilt, aufgepflanzten Holzschilden, Quintana und anderen beweglichen Zielen, um sich im Lanzenstechen oder Formationsreiten zu üben.

Erec verschränkte die Arme auf der Holzeinfriedung und beobachtete die Männer bei ihren Übungen. Auffällig war, dass sie in voller Rüstung ritten.

»Sie folgen meiner Anweisung«, erklärte der Marschall, der unvermittelt neben ihn getreten war und seinen Blick bemerkt haben musste. »Das Training soll einem echten Gefecht möglichst nahekommen; das Gewicht des Harnischs muss den Männern im Kampf vertraut sein wie eine zweite Haut, genau wie mögliche Einschränkungen der Bewegungsfreiheit und die Sichtbehinderung durch den Helm. Und sicherer ist es außerdem.«

»Tragt Ihr deswegen auch diesen geschlossenen Helm?« Erec wies auf das besondere Rüstungsteil, das der Marschall in der Hand hielt. Über den üblichen Nasenschutz hinaus war der Helm im unteren Teil mit Metallplatten versehen, die das Gesicht fast vollständig bedeckten. »Wie bekommt Ihr vernünftig Luft?«

»Es ist deutlich einfacher, mit Metall vor dem Mund zu atmen als mit einer Lanze zwischen den Zähnen«, erwiderte der Ritter. »Und glaubt mir, des Marschalls Kopf ist eine beliebte Zielscheibe.«

Erec nickte. Gewiss war er das, zusammen mit Henris vermutlich.

»Keine Frage, in erster Linie sind wir eine Turniermannschaft, der es nicht ums Töten geht«, erklärte Guillaume. »Aber gleichzeitig müssen Henris Männer in der Lage sein, für ihren König in den Krieg zu ziehen und ihr Leben in einem echten Kampf zu riskieren. Das ist Euch hoffentlich bewusst.«

Wieder nickte Erec, etwas beklommen diesmal. Das war der Handel, den sie alle eingingen. Auch wenn weder er noch seine Freunde bislang mit einer solchen Situation konfrontiert worden waren – aus dem einfachen Grund, dass sie noch nie im Dienst eines Kriegsherrn gestanden hatten.

»Ist es nicht das, wozu Turniere dienen sollen? Den Ernstfall zu üben?«

»Genau. Dazu – und selbstverständlich für den wilden Spaß und fette Beute!« Jetzt grinste der Marschall breit, und Erec ließ sich anstecken. Gemeinsam folgten sie eine Weile den Bemühungen der Reiter auf dem Platz.

»Jean, du brauchst zu viel Raum. Sieh zu, dass sich dein Hengst bei der Wende mehr auf die Hinterbeine setzt und nicht hoppelt wie ein Karnickel!«, ermahnte der Marschall einen der Ritter, der sich folgsam an den Helm tippte und einen weiteren Versuch unternahm. Eine schwierige Übung, die vom Pferd Balance und Kraft und vom Reiter volle Konzentration verlangte, wie Erec wusste.

»Ihr seid ein strenger Lehrer.«

Der Marschall zuckte mit den Schultern. »Wir trainieren hier nicht für eine wüste Keilerei auf irgendeinem Provinzacker – auch wenn man dort, Gott weiß, bisweilen die ein oder andere Perle aus dem Dreck pflügt.« Sie tauschten ein wissendes Grinsen, dann wurde Guillaume wieder ernst. »Das hier ist die Königsklasse. Wir sind die beste Turniermannschaft des Abendlandes.« Er sagte es ohne Überheblichkeit oder Arroganz, die Feststellung einer unumstößlichen Tatsache. »Und so soll es auch bleiben.«

»In erster Linie Euer Verdienst«, beschied Erec. Eine weitere Tatsache.

Guillaume lachte. »Haltet mich nicht für einen Wundertäter. Vor wenigen Jahren noch, zu Beginn unserer Karriere, galt die Mannschaft des Jungen Königs bei der Turnierkonkurrenz als leichte Beute. Die Franzosen haben sich einen Spaß daraus gemacht, unsere Pferde und Rüstungen schon vor dem Wettkampf unter sich aufzuteilen. Und was soll ich sagen? Am Ende des Tages mussten wir meist zu Fuß zu unseren Zelten laufen. Und leicht bekleidet.«

»Ihr macht Witze!«

Der Marschall schüttelte lachend den Kopf. »Ich wünschte, es wäre so. Aber es hat uns motiviert, die Sache mit etwas mehr Ernst und Disziplin anzugehen. Henri hat mich kurzerhand zu seinem Mannschaftskapitän gemacht, schließlich konnte ich auf fast zehn Jahre Turniererfahrung zurückblicken.«

Guillaume le Maréchal hatte sich seine Sporen im wahrsten Sinne auf dem Turnierfeld verdient, wie Erec sehr wohl wusste. Bereits kurz nach seiner Erhebung zum Ritter hatte er sich weithin einen Namen als Lanzenkämpfer gemacht und es zu Ansehen und Geld gebracht – auch aus der Not, denn damals gehörte er keinem festen Haushalt an. Doch natürlich dauerte es nicht lang, bis sein Können das Interesse der Mächtigen auf sich zog.

»Henri hat es in meine Hände gelegt, eine fähige Mannschaft zusammenzustellen, auszubilden und zu trainieren. Mit meinem Wissen und guten Verbindungen konnten wir neben Henris fester Mesnie nach und nach auch die besten Lanzenreiter des Abendlandes um uns sammeln. Und natürlich hat auch das Silber des Alten Königs dabei eine nicht unerhebliche Rolle gespielt.« Er lachte. »Turniersiege vergrößern vielleicht nicht sein Herrschaftsgebiet, aber sie mehren Ansehen und Ruhm des Hauses Anjou, schaffen Einfluss, nützliche Kontakte und freundschaftliche Bande. Grund genug für den Alten Henri, zu investieren.« Er sah zu Erec, als er weitersprach. »Inzwischen genießen wir einen so herausragenden Ruf, dass wir niemanden lange bitten müssen, für uns zu kämpfen – im Gegenteil. Zusammen mit Euch und Euren Männern gehören nun fast achtzig Ritter zu unserem festen Kader. Fünfzehn von ihnen sind Bannerherren wie ich, das heißt, sie gebieten innerhalb der Mannschaft eigenständig über ein kleines Kontingent und tragen ihre Fahne ins Feld – eine große Ehre, wie Ihr Euch vorstellen könnt. Trotzdem habe ich das letzte Wort in allem, was Übungsplan, Taktik und Aufstellung angeht. So lautet Henris ausdrücklicher Wunsch.«

»Eine kluge Entscheidung, möchte ich meinen, schließlich reiht ihr einen Triumph an den nächsten.«

»Unbesiegbar sind wir nicht. Aber nah dran vielleicht«, stimmte der Marschall zu und grinste breit, was seine Narbe am Mundwinkel sichtbar machte. »Doch eins muss Euch klar sein: Wenn ihr Teil dieser Mannschaft sein wollt, heißt das, Ihr und Eure Männer gebt eure Eigenständigkeit bis auf Weiteres auf und untersteht mir als eurem Bannerherrn und als Anführer der angevinischen Mannschaft. Ich erwarte euer Bestes, auf dem Turnierplatz genau wie auf dem Schlachtfeld, wenn es nötig sein sollte. Und wer nicht sein Bestes zu geben bereit ist, wird sich sehr bald eine neue Beschäftigung suchen müssen.« Wieder fixierte er Erec, und diesmal war der Blick seiner grünen Augen durchdringend und ernst. »Wie sieht es aus, de Lacône? Immer noch interessiert?«

»Ob ich …?« Eine fiebrige Mischung aus Begeisterung, Stolz und Erregung brach sich in einem Lachen Bahn. »Himmel, Guillaume, das fragt Ihr noch? Nichts in meinem Leben wollte ich mehr!«

»Ich muss wahrhaft im Garten Gottes sein«, seufzte Lionel. »Halt, nein, unmöglich, dann wäre Josce nicht hier.« Sein Freund boxte ihn in die Seite. Doch Erec musste ihnen zustimmen: Was sich da vor ihren Blicken ausbreitete, kam dem Paradies in der Tat sehr nahe. Regale und Ständer voller glänzender Harnische, Schwerter von erlesener Qualität, Beinschienen aus gehärtetem Leder, dreieckige Turnierschilde, Helme in unterschiedlichsten Größen, seidene Rossdecken und Pferdeharnische aus Kettengeflecht.

Baudouin de Béthune stemmte die Hände in die Seiten und schüttelte lachend den Kopf. »Herrje, ihr führt euch auf wie Halbwüchsige in einem Freudenhaus.« Der Marschall hatte den Ritter beauftragt, sie in die Rüstkammer zu begleiten.

»Ja, in etwa so fühlt es sich an«, stimmte Lionel zu und blickte sich entzückt um.

»Stammt das alles aus Turnierbeute?«, wollte Josce wissen und hob prüfend ein prächtiges Schwert aus einem Ständer.

»Das meiste. Daneben tauchen immer wieder Waffenschmiede und Harnischmacher auf, um ihre neusten Kreationen anzupreisen, manchmal zum Kauf, manchmal umsonst. Könnte es eine höhere Auszeichnung für ihre Erzeugnisse geben, als dass die Mannschaft des Jungen Königs sie im Wettkampf zur Schau trägt?«

»Bei Gott, das ist nicht fair«, brummte Josce. »Unsereins muss sich die Ausrüstung vom Munde absparen oder sich dafür halb totschlagen lassen, während ihr sie hinterhergeworfen bekommt.«

Wieder lachte de Béthune. »Ganz so ist es nicht. Schließlich haben wir unseren Ruf hart erkämpft. Aber, zugegeben, inzwischen ist manches einfacher. Doch kein Grund zum Neid, ihr gehört jetzt zu uns, also nehmt, was ihr braucht, der Junge König ist ein großzügiger Mann. Und falls etwas angepasst werden muss, lasst nach unserem Sarwürker schicken.«

»Wenn ich darüber nachdenke, mit was wir bislang gekämpft haben, gleicht es einem Wunder, dass wir noch am Leben und im Besitz aller Gliedmaßen sind«, sagte Erec, während er den Blick nachdenklich umherschweifen ließ.

De Béthune grinste. »Das ist wahr. Und wahrscheinlich ist das allein der Tatsache geschuldet, dass die Ausrüstung eurer Gegner gleichermaßen erbärmlich ausfiel. In Zukunft wird das anders sein, verlasst euch drauf. Ihr werdet mit den Besten auf dem Platz stehen. Und ihr dürft keine Rücksicht erwarten.«

»Langärmliges Kettenhemd mit Fäustlingen, Beinlinge aus Kettengeflecht, Kettenhaube.« Lionel schnaubte. »Ich werde aussehen wie ein Aal.«

»Was ist dir lieber: aussehen wie ein Aal oder wie eine geplatzte Pastete, wenn dich dein Gegner erwischt hat?«, erkundigte de Béthune sich gut gelaunt. »Hier gibt sich niemand mit weniger Metall zufrieden. Dazu gehärtetes Leder zum Schutz von Knien und Ellbogen. Und natürlich ein anständiger Helm.«

»Die unterscheiden sich nicht von unseren«, stellte Josce fest, der einen Helm mit breitem Nasenschutz begutachtete.

»Das ist wahr. Der Marschall ist der Einzige in der Mesnie, der einen geschlossenen Helm trägt.«

De Béthune klatschte auffordernd in die Hände. »Aber jetzt genug geplaudert. Nehmt, was ihr braucht, und dann raus auf den Platz mit euch. Wir alle brennen zu sehen, was ihr draufhabt!«

»So, du bist also der Neue.« Mit vor der Brust verschränkten Armen musterte Gil de Préaux Pépin vom Scheitel bis zu den Stiefelspitzen.

Gil de Préaux war ein Ritter Anfang zwanzig mit kompakter Statur, dichtem rotblondem Schopf und kurzem Bart. Er war für die Waffenausbildung der jüngeren Knappen zuständig. In seinem Rücken hatte sich bereits eine Schar seiner Schützlinge versammelt, und die Burschen begafften Pépin kaum weniger neugierig, flüsterten, lachten und feixten. Er spürte Hitze in seine Wangen kriechen und senkte den Kopf. »So ist es, Sire«, antwortete er und versuchte, seine Stimme fest klingen zu lassen. »Mein Name ist Pépin, Knappe von Erec de Lacône.«

Es war ihm reichlich unangenehm, so im Mittelpunkt zu stehen, zumal er wusste, dass die anderen Jungen allesamt feine Pinkel von hoher Geburt und, anders als er, von Kindesbeinen an auf dieses Leben vorbereitet worden waren. Auch deswegen hätte es Pépin vorgezogen, weiterhin von Erec unterrichtet zu werden, doch der hatte nun andere Pflichten. Nur aus diesem Grund waren sie schließlich hier. Und es war klar gewesen, früher oder später würde Pépin sich beweisen müssen. Mit Erec und den anderen hatte er jedoch vereinbart, vorerst Stillschweigen über seine Abkunft zu wahren.

»Wie alt bist du, Pépin?«, fragte de Préaux. »Du kommst mir recht mickrig vor und dünn wie ein Grashalm.«

Pépin merkte, wie sich die Hitze in seinem Gesicht ausbreitete, und war sicher, mittlerweile zu glühen. Trotzdem richtete er sich auf und straffte die Schultern, um wenigstens ein bisschen größer zu wirken. »Ich bin dreizehn, Sire.« Zumindest glaubte er das.

De Préaux nickte. »Reichlich jung, aber nun gut. Und was ist mit deinem Begleiter hier, möchte der auch Knappe werden?« Er wies auf Brice, der neben Pépin saß und den Ritter mit schief gelegtem Kopf und hängender Zunge anschaute. Die anderen Jungen kicherten.

Pépin senkte den Blick, um sein Grinsen zu verstecken. »Reiten kann er jedenfalls schon.«

Das Gelächter wurde lauter, und als Pépin wieder aufsah, hatten sich de Préaux' Augenbrauen grimmig zusammengezogen. »Ich hoffe, du machst dich nicht lustig, Bürschchen. Das würde dir nicht bekommen.«

»Das käme mir nie in den Sinn, Sire.«

De Préaux kniff die Augen zusammen, als hege er diesbezüglich größte Zweifel. »Na gut, Pépin. Jeder Neue muss sich einer Aufgabe stellen, einer Art Aufnahmeritual, könnte man sagen.« Plötzlich lächelte der Ausbilder, und es wirkte ein wenig verschlagen. Auch die anderen Burschen lachten, stießen sich in die Seite und sandten ihm vielsagende Blicke – die meisten gehässig, ein paar wenige mitfühlend –, als wüssten sie genau, was ihm jetzt blühte, und fieberten einem unterhaltsamen Spektakel entgegen.

Ein mulmiges Gefühl breitete sich in Pépins Magen aus. Was führte der Ritter im Schilde? Was, wenn er versagte, wenn er sich vor aller Augen lächerlich machte? Was, wenn er einfach nicht gut genug war, um vor diesem Kreis zu bestehen?

»Ein Wettrennen, jetzt sofort«, erklärte de Préaux. »Zwischen mir und dir. Einverstanden?«

Pépin hatte Mühe, einen Seufzer der Erleichterung zu unterdrücken. Wenn er in einer Sache wirklich gut war, dann im Rennen. Er nickte nur und versuchte, sich die Freude nicht anmerken zu lassen.

»Der Verlierer wird bis zum Ende der Woche zum Ausmisten der Ställe verdonnert. Aber sei gewarnt: Niemandem ist es je gelungen, vor einem Préaux ins Ziel zu gelangen.«

Dann wird heute das erste Mal sein, schwor sich Pépin.

»Auf drei geht's los, Endpunkt ist der untere Brunnen. Du weißt, wo er ist?«

Pépin nickte. Direkt nach ihrer Ankunft hatte er die Festung und die Umgebung ausgiebig erkundet. Rasch streifte er sich noch die Stiefel ab, denn trotz des kalten Schneematschs wollte er lieber barfuß laufen wie früher.

»Weil ich die längeren Beine habe, werde ich dir einen kleinen Vorsprung zugestehen«, erklärte de Préaux. »Bereit?«

Während der Ritter zählte, stellte Pépin sich in Position, bei drei schoss er los. Er rannte, als sei ihm der Teufel auf den

Fersen, wollte allen beweisen, warum man ihn Pep, das Wiesel, nannte. Schlamm und Schnee spritzten unter seinen nackten Füßen, doch er spürte die Kälte nicht. Mit Brice an seiner Seite fegte er zwischen Schuppen und Holzstapeln hindurch, schlug einen Haken um ein Ferkel, das im Schmutz wühlte, und hätte um ein Haar einen Knecht mit einem randvollen Eimer über den Haufen gerannt. Doch nichts konnte ihn in seinem Lauf stoppen.

Eine Biegung noch, und er sah den Brunnen vor sich. Gleich hatte er ihn erreicht und …

Eine Gestalt kam mit langen Schritten von der Seite heran und erwartete Pépin, an die gemauerte Brunnenfassung gelehnt. Kein Zweifel, de Préaux!

Wie zur Hölle war das möglich? Wann hatte der Ritter ihn überholt? Keuchend kam Pépin ins Ziel, stützte die Hände auf die Knie, während er versuchte, Atem zu schöpfen. Brice sprang aufgeregt um ihn herum und verbellte den Älteren.

»Da bist du ja endlich«, begrüßte ihn de Préaux mit einem breiten Grinsen. »Dachte schon, du tauchst gar nicht mehr auf.«

»Wie … wie …?«, keuchte Pépin zwischen zwei Atemzügen.

De Préaux' Grinsen wurde noch breiter. Er wirkte kein bisschen angestrengt, schwitzte nicht einmal. »Du hast doch nicht wirklich geglaubt, mit deinen Steckenbeinchen gewinnen zu können? Lächerlich.«

Pépin spürte Demütigung und Wut aufsteigen, am meisten jedoch Enttäuschung. Das war sie gewesen, seine Gelegenheit, einen guten Eindruck zu machen, gleich zu Beginn seine Eignung unter Beweis zu stellen. Und obwohl er alles gegeben hatte, hatte er kläglich versagt, ausgerechnet in dem, was er am besten zu beherrschen glaubte. Tränen der Enttäuschung brannten in seinen Augen, und hastig zog er die Nase hoch.

»Meinetwegen.« De Préaux seufzte übertrieben. »Ich gebe dir noch eine Chance, weil du so ein kleiner, schmächtiger Grünschnabel bist. Ein zweiter Versuch, in umgekehrter

Richtung. Wer als Erster wieder den Übungsplatz erreicht, ist endgültiger und unangefochtener Sieger unseres Wettstreits, einverstanden?«

Pépin nickte heftig. Hastig versuchte er, seinen Atem zu beruhigen. Eine zweite Chance. Diesmal würde er es nicht vermasseln. Er konnte es schaffen!

»Und los!«, brüllte de Préaux – und Pépin schnellte davon. Er flog geradezu dahin. Heftig pumpte sein Atem in der Brust, die Kälte stach nadelspitz in seine nackten Sohlen, dennoch holte er alles aus sich heraus. Bald brannte jeder Atemzug in der Kehle und setzte seine Lunge in Flammen, seine Seiten schmerzten. Doch Aufgeben war undenkbar.

Endlich kam das Übungsgelände in Sicht, wo ein Pulk Knappen ihn johlend und klatschend anfeuerte. Pépin wollte gerade zu einem letzten Spurt ansetzen, als sich die Menge teilte – und niemand anderes als Gil de Préaux zwischen den Burschen hervortrat.

Schlitternd kam Pépin zum Stehen. Seine Knie zitterten vor Erschöpfung. Brice sprang wild bellend auf und ab. Das konnte nicht sein! Das ging nicht mit rechten Dingen zu!

»Willkommen, Pépin«, empfing Gil ihn gelassen und ohne das geringste Zeichen von Anstrengung. »Du hast dich wirklich bemüht, das muss man dir lassen. Nur ändert es nichts daran, dass du als Zweiter im Ziel warst.«

Pépins Kopf wurde heiß, die Ohren glühten vor Scham. Bei erster Gelegenheit versagt. Auf ganzer Linie. Das Lachen der übrigen Knappen hallte schrill hinter seiner Stirn. Am liebsten hätte er sich einfach in den Schnee fallen lassen und darin eingegraben.

De Préaux musste die Hilfe von Dämonen gehabt haben, um ihn erneut so mühelos zu überrunden. Anders war es nicht zu erklären. Oder hatte Pépin seine eigenen Fähigkeiten derart überschätzt?

Mit gesenktem Kopf und hart aufeinandergepressten Lippen ließ er Spott und Gelächter über sich ergehen. Vermutlich gehörte er einfach nicht hierher, war einfach nicht gut genug.

Das Grölen und Lärmen der Knappen nahm zu, doch schien es nicht länger ihm zu gelten, denn sie fixierten einen Punkt schräg hinter ihm.

Pépin folgte ihren Blicken – und glaubte, seinen Augen nicht zu trauen. Zwischen den Schuppen und Werkstätten kam de Préaux herangeschlendert. Aber das war unmöglich, denn der stand in diesem Augenblick direkt vor ihm.

»Was ist das für eine Teufelei?«

»Keine Teufelei.« Gil de Préaux' Grinsen war jetzt so breit, dass es sein Gesicht beinahe in zwei Hälften teilte. »Zugegeben, an manchen Tagen ist er ein Teufel, an den meisten aber einfach nur mein Zwillingsbruder Roger de Préaux.« Die anderen Knappen lachten lauthals, während Pépin fassungslos zwischen den beiden gut gelaunten Männern hin- und herschaute. Sie glichen einander tatsächlich wie ein Ei dem anderen, trugen auch nahezu identische Kleidung. Kein Wunder, dass er ihnen auf den Leim gegangen war.

»Ihr habt mich reingelegt!«, stieß er empört hervor, wenngleich er irgendwo tief in seiner Brust auch eine umfassende Erleichterung verspürte. Er hatte nicht versagt, man hatte ihn schlicht und ergreifend an der Nase herumgeführt.

Die Préaux stimmten in das allgemeine Gelächter ein. »Ja, das lässt sich nicht leugnen«, gab der eine – Gil? – unumwunden zu.

»Und du bist ein wirklich flinkes Kerlchen«, lobte Roger. »Beinahe hätte ich meinen Einsatz verpasst, weil ich nicht so schnell mit dir gerechnet habe. Die wenigsten schaffen anschließend auch noch den Rückweg. Respekt, das war nicht übel.«

»Und in Anerkennung deiner besonderen Leistung musst du die nächsten Tage auch nur im Stall von des Marschalls Banner den Mist schaufeln«, erklärte Gil großzügig.

»Aber … was … wieso?« Aus brennenden Augen starrte Pépin die beiden Ritter an. »Das war kein fairer Wettkampf. Warum soll ich jetzt trotzdem dafür büßen?«

»Nun«, Gil de Préaux hob die Augenbrauen und stemmte

die Hände in die Seiten, »als Lektion in Demut, fürs Erste. Davon abgesehen hatte ich dich vor unserem Handel gewarnt, dass niemand jemals vor einem Préaux ins Ziel kam. Das war auch heute zutreffend, wenn ich nicht irre. Also viel Vergnügen im Stall!« Damit schien die Sache für ihn erledigt, und gemeinsam mit seinem Bruder wandte er sich den übrigen Knappen zu. »Los, Männer, holt Schilde und Übungsschwerter, und dann ab auf den Platz! Ich will euch schwitzen sehen.«

»Aber … ich …«, protestierte Pépin, doch keiner interessierte sich mehr für ihn.

»Mach dir nichts draus.« Eine Hand legte sich auf seine Schulter, und als er sich umdrehte, stand ein etwa fünfzehnjähriger Bursche mit zerzaustem rotblondem Haarschopf vor ihm und lächelte schief. »Da mussten wir alle schon durch. Ein Scherz, den sie sich mit jedem Neuling erlauben«, erklärte er und zuckte mit den Schultern. »Mein Name ist übrigens Enguerrand. Enguerrand de Préaux.«

Pep blinzelte. »Verflucht, wie viele gibt's denn von euch?«

»Wir sind fünf Brüder. Und alle stehen wir im Dienst des Jungen Königs. Roger und Gil hast du gerade kennengelernt. Fehlen noch Jean und schließlich Pierre, der Älteste, den alle der Einfachheit halber Premier Préaux nennen.« Er seufzte schwer. »Und wenn du glaubst, sie hätten dir übel mitgespielt, frag mich mal, wie es ist, der jüngste dieser Brüder zu sein.«

Da endlich konnte auch Pépin lachen.

Kapitel 24

Herzogtum Normandie, Pirou, Januar 1182

Du brauchst nicht mit mir hier zu sitzen, meine Liebe«, sagte Horace, während Genovefa ihm einen Becher warmen Würzweins reichte, der nach Nelken duftete. Sie hatte seinen Stuhl nahe an den Kamin gerückt, in dem ein munteres Feuer tanzte. Die Januarkälte machte seinen geschundenen Knochen zu schaffen und ließ jede Bewegung noch langsamer und steifer wirken.

»Es macht mir nichts aus«, behauptete sie und zog sich einen Hocker heran. Es gab nicht viel zu tun dieser Tage. Nach dem Weihnachtsfest in Caen und den Feierlichkeiten zu Epiphanias wich die winterliche Trägheit nur langsam von allen, als erwache das Leben eher zögerlich aus einem langen Schlaf. Marguerite hatte sich mit den anderen Hofdamen und den kleinen Kindern in die stets behaglich warme Kemenate zurückgezogen, um Handarbeiten nachzugehen oder Liedern und Klatsch zu lauschen. Genovefa war froh, dass ihre Freundin die Gesellschaft suchte, denn in der dunklen Hälfte des Jahres setzte Marguerite die Schwermut noch häufiger zu, und manchmal verließ sie ihre Kammer tagelang nicht. Doch Genovefa besaß kein Talent fürs Sticken, und das belanglose Geplapper der Damen hätte sie heute nicht ertragen. Eine innere Unruhe ließ ihre Haut kribbeln und ihren Fuß wippen. Zu lange hatte der Winter sie schon hinter kalte Mauern verbannt.

»Ich habe gehört, gestern seien neue Ritter eingetroffen«, sagte Horace und legte seine Hände um den warmen Becher.

Genovefa zuckte mit den Schultern. Das war nichts Besonderes. Männer kamen und gingen. Sechs, sieben Dutzend Ritter zählten zu Henris festem Haushalt, dazu noch die Leute der Bannerherren und eine wechselnde Schar von Kriegern, die sich ihnen für die Turnierkämpfe oder im Falle eines drohenden Gefechts anschlossen, von Knappen und Pagen gar nicht zu reden.

»Es heißt, der Marschall habe sie herbestellt«, fuhr er fort. »Und sie nehmen heute schon am Training teil. Ich bin neugierig, vielleicht willst du für mich herausfinden, um wen es sich handelt?«

Genovefa blickte auf ihre Hände und lächelte. »Wenn du meinst.«

»Gewiss. Paul wird schon dafür sorgen, dass ich derweil nicht dürste und friere, nicht wahr, Junge?« Der Page, der etwas abseits stand, nickte eifrig.

Als Genovefa Augenblicke später die Halle verließ, musste sie sich zusammenreißen, um nicht zu rennen.

Stahlblau spannte sich der Himmel über den Horizont, und die Luft war scharf und kalt wie eine Klinge, als sie hinunter zu den Exerzierplätzen schlenderte. Zum Schutz vor der Witterung trug Genovefa Stiefel und hatte sich einen warmen Wollmantel mit pelzverbrämter Kapuze umgelegt. Doch gleichzeitig genoss sie die belebende Kühle, die ihre Wangen prickeln ließ. Ein Gefühl, als könnte sie das erste Mal seit Langem wieder frei atmen. Und bald würde auch die Turniersaison losgehen und für Abwechslung in den immer gleichen Tagen sorgen. Endlich.

Für die Ritter hatte derweil längst der Alltag begonnen. Guillaume le Maréchal duldete keinen Müßiggang, denn er wusste, dass der Erfolg ihrer Mannschaft in erster Linie dem harten Training geschuldet war. Auch der Junge König war nicht davon ausgenommen, sofern ihn nicht andere Verpflichtungen beanspruchten.

Gut zwei Dutzend Ritter übten sich an diesem Morgen im

Lanzenstechen und Formationsreiten, so schätzte Genovefa, als sie das Gelände erreichte; von einem der weiter entfernten Plätze hallte das Singen von Schwertern heran. Die Kapuze gegen die Kälte über den Kopf gezogen und die Hände in den wärmenden Ärmeln verschränkt, lehnte sie an der hölzernen Einfriedung und beobachtete das Treiben. Der Atem der schnaufenden Rösser wölkte in die Luft, und Dampf stieg von ihren schwitzenden Flanken auf. Kettenhemden klirrten, Leder ächzte, Schnee und gefrorene Erde knirschten unter den stampfenden Hufen der Pferde. Genovefa liebte es.

»Eustache, schick nach dem Schmied! Jeans Gaul braucht dringend vernünftige Stolleneisen, sonst bricht er sich auf diesem Boden hier und heute die Beine.« Guillaume le Maréchal hatte die Worte seinem Knappen zugerufen, der sofort davoneilte. Der Ritter lenkte seinen Hengst Nuit an die Bande, zog den Helm ab und nickte Genovefa grüßend zu. »Einen guten Morgen, Madame! Wie schön, dass Ihr uns Gesellschaft leistet.«

»Ich muss doch sichergehen, dass ich mein Silber auch weiterhin guten Gewissens auf diese Mannschaft setzen kann.«

Der Marschall lachte. »Ich hoffe, Ihr kommt zu einem gnädigen Urteil.«

»Sagt, Guillaume, wie ist es möglich, dass Belos wieder hier ist?«, erkundigte sie sich und nickte zu dem nebelgrauen Hengst, der von seinem Reiter gerade am anderen Ende des Geländes warmgeritten wurde. »Oder habt Ihr ihn nun doch zurückgekauft?«

Der Marschall grinste vielsagend, dann suchte er Blickkontakt zu dem Ritter, dessen Gesicht unter Helm und Kettenhaube verborgen war, und winkte ihn zu sich. »Gestattet mir, dass ich Euch Belos' neuen Besitzer vorstelle, Madame. Er wird zukünftig in meinem Banner reiten.«

Erec gesellte sich zum Marschall und der Zuschauerin, die sich zum Schutz vor der Kälte in einen grünen Mantel gehüllt hatte, die Pelzkapuze weit in die Stirn gezogen. Er löste den Helm und neigte den Kopf zum Gruß. Als er wieder aufsah, blickte er in ein von rostroten Haaren umrahmtes Gesicht, das ihn ungläubig anstarrte. Sein Mund klappte auf, ohne dass Worte herauskamen.

»Darf ich bekannt machen«, sagte der Marschall. »Erec de Lacône. Er und seine Männer sind gestern eingetroffen, um unsere Mannschaft zu verstärken. Und dies ist Genovefa d'Hârcourt, eine große Kennerin des Turniers.«

Ohne Zweifel ist sie das, dachte Erec, war aber noch immer nicht in der Lage zu sprechen. Nicht vor dem Marschall. Glücklicherweise wurde dieser im selben Augenblick von der Ankunft seines Knappen und des Hufschmieds abgelenkt. »Ich muss Euch kurz alleine lassen«, entschuldigte er sich und begab sich zu den anderen.

»Was tut Ihr hier? Wie habt Ihr von meiner Anwesenheit erfahren?«, fuhr Erec sein Gegenüber an, sobald der Ritter außer Hörweite war. »Werdet Ihr nicht müde, mir nachzustellen?«

Genovefas Gesichtsausdruck wechselte von ungläubigem Staunen über Fassungslosigkeit zu Ärger. Ein schnaubendes Lachen kam über ihre Lippen. »Heilige Jungfrau, Ihr denkt doch nicht ernsthaft, ich sei Euretwegen hier? Ganz ehrlich, bis eben war ich überzeugt, Euch nie mehr wiederzusehen. Ich glaubte, Ihr müsstet längst ein Leben als Bettelritter fristen angesichts Eurer desaströsen Lage bei unserer letzten Begegnung. Aber offenbar übersteigt es Eure Vorstellungskraft, es könnte für die Anwesenheit einer Dame andere Gründe geben als Eure Pracht und Herrlichkeit. Da muss ich Euch enttäuschen, mein Herr, denn wie Ihr gerade hinreichend demonstriert habt, seid Ihr nichts weiter als ein eitler Gockel.« Ihre Nasenflügel bebten.

Erec spürte seine Wangen heiß werden. »Aus welchem Grund seid Ihr dann hier?«, verlangte er zu wissen, um seine Verlegenheit zu überspielen und sich von der Überraschung ihres Anblicks zu erholen.

»Weil ich die engste Vertraute von Königin Marguerite bin, und das nicht erst seit heute. Wie es aussieht, werde ich Euch also auch zukünftig mit meiner Anwesenheit belästigen müssen. Genau wie umgekehrt, fürchte ich.«

Erec schluckte und senkte den Blick auf seine behandschuhten Hände. War er eben noch verlegen gewesen, wollte die Peinlichkeit der Situation ihn nun im Boden versinken lassen. »Madame, ich … ich wollte nicht …«

»Spart Euch die Mühe«, unterbrach sie ihn barsch, »einstweilen werde ich Euch von meinem Anblick erlösen.« Damit wandte sie sich ab und marschierte davon.

Erec wollte ihr etwas nachrufen, sich entschuldigen, doch die Worte erfroren auf seiner Zunge. Dass selbst eine Rückenansicht derart viel Zurückweisung ausdrücken konnte, war neu für ihn.

»Was ist mit Madame d'Hârcourt?«, fragte der Marschall, der in diesem Moment wieder an Erecs Seite zurückkehrte.

»Sie … ihr scheint kalt zu sein.«

Der Ritter runzelte die Stirn und nickte. »Na dann, nehmt Euch eine Lanze. Mal sehen, ob Ihr so gut in Form seid, wie Ihr behauptet.« Er wendete sein Pferd und ritt zurück auf den Platz.

Erec sah noch einen Augenblick lang der Gestalt im grünen Mantel nach. Nicht zum ersten Mal wurde er im Zusammenhang mit Genovefa d'Hârcourt von verwirrenden Gefühlen heimgesucht. Er konnte nicht entscheiden, ob er dieses unerwarteten Zusammentreffens wegen erfreut, verärgert oder womöglich besorgt sein sollte.

Kapitel 25

Herzogtum Normandie, Pirou, Januar 1182

Eingedenk der Größe der Halle und der allseits herrschenden winterlichen Temperaturen war es geradezu behaglich im Palas, befand Armand. Die Fensteröffnungen hatte man längst mit Läden verschlossen, sodass sie Schnee und Dunkelheit draußen hielten, ein stattliches Feuer tanzte im Kamin. Tapisserien, die Jagdszenen, grausame Schlachten oder das nicht minder grausame Hinscheiden diverser Heiliger abbildeten, bedeckten die Wände und dämpften die feuchte Kälte der Mauern. Der Honigduft teurer Wachskerzen erfüllte die Luft, und ihr Schein tauchte die Halle in ein warmes Leuchten, spiegelte sich in wertvollen Weinkannen, Bechern und Aquamanilen, die von Knappen und Pagen für die Gäste bereitgehalten wurden. Doch noch war der Saal nahezu leer.

Nicht mehr lange, vermutete Armand. Der Junge König Henri war am Nachmittag nach Pirou zurückgekehrt, und zu seiner Begrüßung sollte ein festliches Mahl stattfinden.

Armand ließ sich auf eine Bank am unteren Ende der Tafel sinken und stellte die Laute zwischen den Beinen ab. Unter seinen Füßen raschelten getrocknete Binsen und Kräuter, aus der benachbarten Küche zog der Duft von gebratenem Fleisch und heißem Würzwein heran.

Er stieß ein wohliges Seufzen aus. Nach all den aufreibenden Monaten zwischen Schlamm, Verzweiflung und knurrenden Mägen hatte das Schicksal sie an einen wahrhaftigen Königshof geführt, bot plötzlich Prunk und Glanz und ungeahnte Gelegenheiten. Vielleicht auch für ihn und seine Musik.

Das Holz ächzte, und er zuckte zusammen, als sich eine große, breitschultrige Gestalt neben ihm auf die Bank fallen ließ.

»Ich kenn Euch nicht«, begrüßte ihn der Mann mit dem etwas derb klingenden Akzent der Aquitanier. Ein kantiges Gesicht wandte sich ihm zu; ungekämmtes dunkles Haar und ein Grinsen, eingerahmt von einem kurzen Vollbart. Die Haut des Fremden schien im Kerzenlicht bronzefarben, bis auf eine auffällige Narbe, die die linke Augenbraue lotrecht spaltete und beinahe in den Haaransatz hinaufreichte. Ein weiteres Wundmal kerbte seine Wange.

Armand nickte zum Gruß. »Mein Name ist Armand de Beaujeu. Ich bin vor zwei Tagen mit meinen Gefährten eingetroffen und werde fortan zusammen mit ihnen in des Marschalls Banner dienen.«

Die Augenbrauen seines Gegenübers hoben sich. Armand konnte nicht entscheiden, ob er damit Spott, Erstaunen, Anerkennung oder etwas völlig anderes ausdrücken wollte. »Erfreut, Eure Bekanntschaft zu machen. Ich bin Bertran de Born.«

Jetzt war es an Armand, überrascht zu sein. Natürlich hatte er diesen Namen schon gehört, weit mehr als einmal. »Ihr seht nicht aus wie ein Troubadour.«

Sein Nebenmann lachte dröhnend, und ein bisschen klang es, als polterten Steine in ein Tal. Dann musterte er Armand von oben bis unten und entgegnete: »Und Ihr seht nicht aus wie ein Krieger. Ganz und gar nicht.«

Ein wehmütiges Lächeln zuckte über Armands Lippen. »Ihr spielt auf meinen Namen an? Ich fürchte, er ist Ausdruck der enttäuschten Erwartungen meines Vaters.« Er hob sein Instrument hoch. »Ich bin lediglich mit einer Laute bewaffnet und Sänger, wie Ihr.«

Ein gefährliches Grinsen erschien auf de Borns Gesicht. »Wollt Ihr mir etwa Konkurrenz machen?«

»Wie könnte ich, Herr? Im Gegensatz zu meinem sind Euer Name und mehr noch Eure Lieder doch längst in aller Munde.«

»Das lässt sich nicht leugnen«, stimmte der Troubadour wenig bescheiden zu.

»Mich erstaunt allerdings, Euch hier am Hof des angevinischen Thronfolgers vorzufinden. Ich war der Ansicht, Ihr läget in erbittertem Streit mit dem Haus Anjou? Zumindest entnehme ich das verschiedenen Eurer Verse.«

De Born hob seinen leeren Becher und winkte einen bereitstehenden Pagen herbei, der ihm sogleich samtroten Burgunder einschenkte. »Nicht mit dem Haus Anjou«, berichtigte er und trank einen kräftigen Schluck. »Es ist Richard, der unerbittliche Herzog von Aquitanien und Henris Bruder, mit dem ich mich befehde.«

»Und dennoch duldet Henri Euch an seinem Hof.«

Bertran de Born grinste wieder. »Mich und ein knappes Dutzend weitere aquitanische und poitevinische Ritter, die wie ich loyal in seiner Turniermannschaft und seinem Haushalt dienen. Und vermutlich sagt das weit mehr über das Verhältnis des Jungen Königs zu seinem Bruder aus als über mich und meine Landsleute.«

Armand verlangte nun ebenfalls nach Wein, während er nachdenklich nickte. Das war nicht zu leugnen. Und es machte auf beklemmende Weise klar, dass die Welt des Hofes nicht allein aus dem glänzenden Reigen aus Prunk, Festmählern und Turnieren bestand, sondern dass jedes Wort, jede Geste, jede Entscheidung hier bedeutsam sein konnten und politisches Gewicht besaßen – zumindest aber so interpretiert werden mochten.

Diese an sich wenig überraschende Einsicht ließ Unbehagen in Armands Brust wachsen, und er begann sich zu fragen, ob seine Freunde und er auf diesem schwankenden Boden irgendwann ins Straucheln geraten würden.

»Ich denke, du kannst zukünftig auf dein Schwert verzichten, Lionel«, sagte Josce.

»Wie kommst du darauf?«

»Bei Gott, mit diesen widerlichen Duftwässerchen wirst du jeden Feind auch ohne Waffen in die Flucht schlagen, so viel steht fest.«

»Sich nicht zu waschen, dürfte die gleiche Wirkung erzielen, mein Lieber.«

»Ist aber deutlich billiger.«

Armand lachte.

»Pep, schenk mir Wein nach, sei so gut«, bat Josce. »Ich muss dringend meine Sinne betäuben.«

»Schenk dir gefälligst selber nach.«

»Woho, warum so übellaunig? Meines Wissens gehört es zu den Pflichten eines Knappen, den Rittern aufzuwarten, oder etwa nicht?«

»Langsam glaube ich, diese ganze Knappensache ist gar nicht so großartig, wie mir alle weismachen wollen«, knurrte der Junge und goss derart lieblos Wein in Josces Becher, dass die Hälfte danebenging.

»Könnte diese Erkenntnis damit zusammenhängen, dass du deinen Vormittag mit der Mistgabel statt dem Schwert in der Hand verbracht hast?«, fragte Lionel mit gutmütigem Spott.

»Wie kommst du darauf? Pferde waren mir schon immer die liebere Gesellschaft, anstelle von euch jedenfalls.«

Wieder verfielen alle in Gelächter.

Erec hörte seine Freunde plappern und kichern, hörte das fröhliche Lärmen um sich herum, aber es zog wie ein fernes Rauschen an ihm vorüber, ohne dass Worte in seinem Verstand haften blieben. Auch den köstlichen Speisen, die inzwischen die Tische füllten – gebratenes Geflügel, Wintergemüse in ausgefallenen Soßen, duftendes Brot –, schenkte er wenig Beachtung. Sein Blick hing gebannt an der hohen Tafel, wo sich König Henri mit seiner Gattin und dem engsten Kreis seiner Getreuen eingefunden hatte. Etwas mehr als zwei Jahre war es her, dass Erec den Jungen Henri beim glanzvollen Turnier von Lagny-sur-Marne anlässlich der Krönung des französischen Königs hatte kämpfen sehen, zusammen mit zahllosen weiteren Rittern. Mehr Schlacht als Wettkampf. Das größte Turnier, das jemals veranstaltet worden war, hieß es.

Erec würde es nie vergessen. Damals hatte der gefährliche Stoß eines Widersachers dem Jungen König den Helm vom Kopf gerissen, woraufhin Guillaume le Maréchal und Jean de Préaux ihren Fürsten unter hohem persönlichen Einsatz vor weiteren Angriffen geschützt und vom Kampfplatz gerettet hatten. Was für ein Spektakel!

Und jetzt saß er hier, keine zehn Schritte entfernt von seinen Helden, den Königen der Turniere: Henri, der Marschall, de Préaux, de Béthune. Und war Teil ihres Kreises. Eine unfassbare, beinahe vermessene Vorstellung.

Ich bin Ritter in der besten Turniermannschaft des Abendlandes. Ich habe es in den königlichen Kader geschafft.

Vermutlich würde er es noch oft wiederholen müssen, bis er es tatsächlich glauben konnte.

Sein Blick schweifte weiter, fiel auf die Königin – und ihre Begleiterin. Er hatte keinen Grund gehabt, an Genovefas Worten zu zweifeln, doch sie jetzt mit Marguerite in so inniger Vertrautheit zu sehen, erfüllte ihn mit glühender Scham. In der Tat hatte er sich ihr gegenüber aufgeführt wie ein eitler Gockel – schlimmer noch, wie ein ungehobelter Klotz. Was war es nur, das ihn dazu brachte, sich in der Nähe dieser Frau immerzu lächerlich zu machen und jegliche Manieren zu vergessen? Das sollte er schleunigst herausfinden.

Kapitel 26

Herzogtum Normandie, Pirou, Januar 1182

Titus bemerkte Erec zuerst und schmetterte dem Ritter ein freudiges Wiehern entgegen, als dieser den Stall betrat. Fast schien es Pépin, als wolle der Hengst die Aufmerksamkeit von Belos weg und auf sich lenken, denn erst, seit das zweite Schlachtross in Erecs Besitz war, legte er dieses Verhalten an den Tag.

Eifersüchtig wie ein zänkisches Eheweib! Als ob Erec jemals einem anderen Gaul den Vorzug geben würde.

Auf seine Mistgabel gestützt und mit einem Grinsen begrüßte Pépin den Ritter. »Wird das frühe Aufstehen etwa zur neuen Gewohnheit? Es hat nicht mal zur Prim geläutet.« Tatsächlich herrschte draußen bisher lediglich ein graues Dämmern, und Pépin verrichtete seine Arbeit im Licht einer flackernden Laterne.

Überrascht blickte Erec auf. »Und du kannst dich nicht von *alten* Gewohnheiten trennen, was? Oder warum überlässt du das Ausmisten nicht den Stallknechten? Du bist jetzt ein Knappe. Solltest du deine Kräfte nicht für die Waffenübungen aufsparen?« Er betrat Titus' Box und reichte dem Hengst eine Möhre, die dieser begierig von seiner Hand pflückte. »Oder konntest du auch nicht schlafen? Ich hab kaum ein Auge zugetan. Süßer Jesus, es wird wohl noch eine Weile dauern, bis ich mich wieder daran gewöhnt habe, in einem richtigen Bett zu liegen.«

Nein, an Nachtruhe hatte es Pépin nicht gemangelt, obwohl

er als Neuling mit der schäbigsten Schlafstatt in der Knappenunterkunft hatte Vorlieb nehmen müssen. Aber ein weiterer Vorteil seiner Vergangenheit war, dass er keine großen Ansprüche stellte. Und seit Brice des Nachts über ihn wachte, fand er zum ersten Mal, seit er denken konnte, tatsächlich in einen tiefen, erholsamen Schlaf. Dafür hatte der Hund sich jetzt in einem Heuhaufen seiner Müdigkeit ergeben.

Pépin bemerkte, dass Erec immer noch auf eine Antwort wartete.

»Ja ... also, ich fürchte, das hier ist ... Teil meiner Ausbildung«, versuchte er zu erklären und zog eine Grimasse. »Gil de Préaux hat mich ... dazu verdonnert.«

»Himmel, keine drei Tage hier und schon Strafarbeit? Das ging schneller als erwartet.«

»Nein«, wollte Pépin sich rechtfertigen, »es ist nicht so, wie du ...« Doch dann unterbrach er sich. »Ach, nicht so wichtig. Ich will nur rasch fertig werden, damit ich wenigstens einen Teil der Waffenübungen mitbekomme.«

»Recht so. Und wenn du willst, trainieren wir nachher noch gemeinsam.«

Pépin nickte eifrig. Vielleicht konnte er auf diese Weise wenigstens ein bisschen vom Vorsprung der anderen aufholen.

»Allerdings weiß ich noch nicht, wann ich zurück bin«, räumte Erec ein. »Ich werde nämlich Teil der erlesenen Runde sein, die den Jungen König heute zur Jagd begleitet.«

Pépin pfiff anerkennend durch die Zähne. »Keine drei Tage hier und schon Liebling der Majestäten? Das ging schneller als erwartet.«

»Pass bloß auf, Bürschchen!«, drohte der Ritter grinsend. »Aber ja, ich gebe zu, die Einladung verdanke ich einzig dem Marschall, der mich dem König vorstellen will. Vermutlich sollte ich mich waschen und mir was Feines anziehen«, ergänzte er und warf einen Blick an sich herab.

»Und kämmen!«, fügte Pépin frech hinzu, woraufhin Erec einen Pferdeapfel aufklaubte und erfolglos nach ihm warf.

»Wir sehen uns nachher zum Training. Und erwarte keine Schonung, du respektloser Rotzbengel!«

Nachdem Erec verschwunden war, widmete sich Pépin wieder dem Pferdemist. Er verstand, weswegen der Ritter so gerne die Ställe aufsuchte. Besonders zu früher Stunde herrschte eine friedliche Ruhe hier zwischen den warmen Leibern der Rösser, eine gelassene Trägheit, die auch auf Pépin überging. Beinahe merkte er gar nicht, wie die Zeit verstrich, sodass er erst aufsah, als sich schwatzende Stimmen näherten.

Zwei Knechte, höchstens drei Jahre älter als er, traten mit Eimern und geschulterten Werkzeugen in den Stall. Inzwischen tauchte die aufgehende Sonne den Horizont hinter ihnen in ein purpurnes Glühen. Als die beiden ihn bemerkten, hielten sie überrascht inne. »Wer bist du denn, und was hast du hier zu schaffen?«, fragte der eine, ein hoch aufgeschossener Bursche mit strähnigem Haar undefinierbarer Farbe, das ihm bis auf die Schultern hing.

»Lass mich raten«, gluckste der kleinere Zweite und trat näher, »du bist ein neuer Knappe und den Préaux auf den Leim gegangen, nicht wahr? Teufel, diese Kerle werden nie müde, euch Grünschnäbel aufs Kreuz zu legen.«

»Aber du machst deine Sache anständig, wie es aussieht«, urteilte der Lange. »Hast uns kaum noch Arbeit übrig gelassen.« Er nickte anerkennend und grinste schließlich. »Darin unterscheidest du dich eindeutig von deinen Vorgängern.«

»Das mag daran liegen, dass ich ... in meinem früheren Leben einer von euch war«, erklärte Pépin und lächelte schwach. »Habe jahrelang in einem Mietstall gearbeitet.« Er wusste selbst nicht, warum er ihnen das so freimütig offenbarte, wo er es vor allen anderen geheim hielt. Vielleicht, weil er sich diesen Knechten verbunden fühlte, mehr jedenfalls als all den hochgeborenen Burschen auf dem Kampfplatz.

Ungläubig starrten sie ihn an, musterten ihn von den zerzausten Haaren bis zu den verdreckten Stiefeln. Schließlich kamen sie zu dem Schluss, dass seine Geschichte tatsächlich wahr sein könnte.

»Aber wie ist es möglich, dass ein einfacher Stallknecht zum Knappen eines Edelmanns am Königshof aufsteigt?«, erkundigte sich der Jüngere mit unverhohlenem Staunen.

Von diesem Burschen ausgesprochen, kam Pépin die Sache einmal mehr völlig unglaublich vor, und er spürte Verlegenheit aufsteigen – er hatte sich nicht aufspielen wollen, im Gegenteil. »Ist eine lange Geschichte«, wehrte er mit gesenktem Blick ab und wollte sich wieder der Arbeit widmen.

»... die du uns dringend bei einem Krug Dünnbier erzählen musst!«, beschied der Lange. »Ich bin übrigens Fab. Und dieser verlauste Kerl hier heißt Rémi.« Er legte seinem Begleiter den Arm um die Schulter und zog ihn an sich.

»Eins ist jedenfalls sicher«, stellte Rémi fest und befreite sich aus der Umklammerung seines Freundes. »Du trägst deine Nase nicht so hoch wie die anderen feinen Lümmel, die uns immerzu schikanieren und rumkommandieren. Vermutlich, weil du weißt, was harte, ehrliche Arbeit ist.« Er grinste breit und offenbarte eine Schneidezahnlücke. »Gefällt mir.«

»Dann lasst uns zusehen, dass wir hier fertig werden.« Fab klatschte in die Hände. »Vielleicht springt ein freier Vormittag für uns raus. Also für mich und Rémi«, ergänzte er mit einem Blick auf Pépin und zog eine Grimasse. »Auf dich warten vermutlich noch andere Pflichten.«

Pépin seufzte in gespielter Verzweiflung, und gemeinsam verfielen sie in Gelächter.

Er fühlte sich gut in der Gesellschaft der jungen Knechte, und der Rest der Arbeit ging leicht von der Hand. Vermutlich auch, weil die beiden ihn mit dem neusten Klatsch und Tratsch unterhielten, ihm saftige Anekdoten zu den Höflingen auftischten und ihn darüber hinaus aufklärten, welche Knappen unausstehlich und welche ganz in Ordnung waren.

Bevor sie sich nach getaner Arbeit trennten, wollte er noch eine letzte Sache wissen.

»Sagt mal, habt ihr eigentlich schon von diesem Spiel gehört, das man Torball nennt?«

Kapitel 27

Herzogtum Normandie, Pirou, Januar 1182

Wie schön, endlich wieder Gelegenheit zu einer Unterhaltung mit Euch zu haben, Odilon«, wandte sich Genovefa an den Herold, der eine Armlänge entfernt neben ihr ritt. Er trug einen Pelzumhang über dem Mantel und eine gefütterte Kappe, um sich vor der frostigen Luft zu schützen. Dennoch färbte die Kälte ihm Wangen und Nasenspitze rot, und sein Atem gerann beim Lächeln zu zitternden Wölkchen.

Auch Genovefa hatte sich in wärmende Stoffe gehüllt, trug wollene Untergewänder und Strümpfe, ein dicht gewebtes Reitkleid, ihren pelzverbrämten Mantel und Handschuhe aus gefüttertem Ziegenleder.

Ja, es war klirrend kalt, aber um nichts in der Welt hätte sie sich die Gelegenheit entgehen lassen, die Burgmauern für einige Stunden gegen die winterlichen Wälder um Pirou einzutauschen. Die Sonne schien von einem wolkenlos klaren Himmel und glitzerte auf dem frischen Schnee, der sich wie glänzende Seide über die Landschaft gelegt hatte und alles rein und unberührt wirken ließ. Tierspuren hoben sich deutlich ab, sodass es der Jagdgesellschaft ein Leichtes sein würde, die Fährte des Wildes aufzunehmen. Doch obgleich sie Waffen bei sich trugen und eine Hundemeute sie begleitete, ging es den meisten wie Genovefa weniger um die Tierhatz als um das Vergnügen des gemeinsamen Ausflugs.

»Die Freude ist ganz auf meiner Seite, Madame d'Hârcourt«, nahm Odilon das Gespräch auf. »Es war ein glücklicher Zufall, dass König Henri mich auf seiner Rückreise unterwegs aufgesammelt hat, auch wenn ich ohnehin vorhatte, Station auf Pirou zu machen. Das erste Turnier des Jahres steht an, wie Ihr selbstverständlich wisst, und mir fällt die ehrenvolle Aufgabe zu, die Einladung an die Fürstenhöfe zu tragen.«

»Endlich. Ich kann es kaum erwarten«, gestand Genovefa.

»Jetzt, da die Konflikte im Osten des Reiches vorerst beigelegt sind, sollte einem großartigen Spektakel nichts mehr im Wege stehen.«

»Erstaunlich, in welch kurzer Zeit die hohen Herren vom blutigen Ernst zum gemeinsamen Kampfspiel zurückfinden, oder nicht? Erst im Advent haben Graf Philipp und seine Verbündeten Noyon niedergebrannt und die Krondomäne verwüstet, und jetzt richtet er ein Turnier aus.«

Das Verhältnis zwischen dem jungen französischen König und seinem ehemals engsten Vertrauten, dem Grafen von Flandern, hatte sich im vergangenen Jahr rapide abgekühlt und war schließlich zu einem bewaffneten Konflikt eskaliert, dem sich auf Graf Philipps Seite auch das Herzogtum Burgund und die Grafschaften Blois und Champagne anschlossen. Nur das Eingreifen der angevinischen Königssöhne samt ihren Truppen hatte für Dieudonné Schlimmeres verhindern können.

Odilon zuckte mit den Schultern. »Das eine ist Politik – Geschäft, wenn Ihr so wollt. Und das andere ist Vergnügen.« Er überlegte kurz, dann schüttelte er den Kopf. »Nein, das ist nicht richtig, Turniere waren und sind immer auch Schauplatz politischer Ränke. Gelegenheit, um Reichtum, Überlegenheit und Allianzen zu demonstrieren.«

»Und obwohl sich ihre Truppen noch vor wenigen Wochen im Kampf gegenüberstanden, lädt Graf Philipp Henri jetzt zum Turnier?«

»Die beiden hegen keinen Groll gegeneinander, soweit ich weiß. Der Junge König hat Philipp nie vergessen, dass er ihn damals während der Rebellion gegen den Vater unterstützte.

Und dieser alten Verbundenheit wegen ist es vor Crépy auch nicht zu einer blutigen Schlacht gekommen, sondern zur raschen Kapitulation Philipps.«

»Und zum Friedensschluss.«

Odilon seufzte. »Ja, vorerst. Aber wir wissen beide, dass Frieden dieser Tage ein flüchtiger Gast ist, nicht wahr?«

»Ein Grund mehr, jeden Augenblick zu genießen«, befand Genovefa.

»Wohl gesprochen«, stimmte der Herold zu und lächelte. »Und in Eurer Gesellschaft sollte das nicht schwerfallen.«

Genovefa antwortete mit einem Lachen und ließ den Blick über die herrliche Winterlandschaft entlang des Weges schweifen, genoss die Sonnenstrahlen auf ihrem Gesicht. Als sie sich wieder Odilon zuwandte, hatte ein weiterer Reiter zu ihnen aufgeschlossen.

Sobald Genovefa d'Hârcourt ihn sah, verdüsterte sich ihre Miene schlagartig. Erec versuchte, sich davon nicht beeindrucken zu lassen – leichter gesagt als getan, denn ihr Blick war wirklich furchterregend. Grüßend neigte er den Kopf, auch um dem Bann ihrer blitzenden Augen zu entkommen. »Madame d'Hârcourt. Mein Herr.«

Es dauerte einige Augenblicke, bevor sie sich an ihre höfische Erziehung erinnerte. »Darf ich vorstellen: Das ist Erec de Lâcone«, verkündete sie mit wenig Begeisterung, »neuer Ritter im Banner des Marschalls. Und mein Begleiter hier ist der Wappenkundige Odilon Auberée.«

Der schmächtige Mann, der beinahe in seiner Winterkleidung zu verschwinden drohte, musterte Erec mit wachem Blick. »In des Marschalls Banner?«, fragte er und nickte anerkennend. »Dann darf man auf dem Turnierplatz wohl manche Überraschung von Euch erwarten.«

»Zu überraschen vermag Sire de Lacône durchaus«, bemerkte Genovefa halblaut. »Nicht immer auf die angenehme Art.«

Auberée ging über die Spitze hinweg, wenngleich seine

Augenbrauen amüsiert hüpften. »Ich freue mich darauf, Euch in Amiens kämpfen zu sehen, mein Herr.«

»Das ist sehr freundlich. Ich hoffe, ich werde Eure Erwartungen nicht enttäuschen.«

»Oh, ich bin sicher, der Marschall hat wie immer eine gute Wahl getroffen.« Damit tippte er sich an die Mütze und trieb sein Pferd an, um ihn mit Genovefa allein zu lassen.

Eine Weile ritten sie schweigend nebeneinander und gaben vor, die Landschaft zu betrachten, ehe Erec endlich wagte, das Wort an sie zu richten.

»Ich ... ich wollte Euch um Verzeihung bitten, Madame. Ich habe mich gestern Euch gegenüber sehr ... unbedacht verhalten. Das tut mir leid.«

»Unbedacht?« Ihre Augen funkelten. Im Schatten der Kapuze erschienen sie Erec heute beinahe eidechsengrün. Ihm fiel auch auf, dass ihre Brauen von dunklerer Farbe waren als ihr Haar, von dem sich einige leuchtende Strähnen unter der Kapuze hervor über den Mantel ringelten. Die Winterluft hatte eine zarte Röte auf ihren Wangen hinterlassen und gleichzeitig die Sommersprossen fast völlig ausgebleicht.

Als ihm klar wurde, dass er sie anstarrte, blickte er rasch auf seine Hände.

Genovefa schien es nicht bemerkt zu haben. »*Unbedacht* ist nicht das Wort, das mir eingefallen wäre«, entgegnete sie kühl. »Selbstgefällig vielleicht, vorlaut, eitel, arrogant, ungezogen ...«

»Schon gut, schon gut, zeigt Gnade«, wehrte er ab und spürte eine Mischung aus Scham und Ärger aufsteigen. »Ich denke, ich habe begriffen, worauf Ihr hinauswollt.« Er sah zu ihr hin, und sie begegnete ihm mit einem frostigen Gesichtsausdruck. Himmel, sie wollte ihn zappeln lassen, schon wieder.

»Ich habe mich entschuldigt, Madame, also seid so gut und verschont mich mit Eurem Medusablick.«

»Me... Medusablick?« Das Frostige schmolz aus Genovefas Zügen und verwandelte sich in etwas, das ihm wärmende Genugtuung verschaffte, ihn sogar beinahe lächeln ließ: fassungsloses Staunen. Doch der Moment hielt nicht lang. Wie Gewitterwolken zogen sich ihre Augenbrauen zusammen, und eine kleine Zornesfalte kräuselte sich über ihrer Nase.

»Ihr gebt vor, Euch entschuldigen zu wollen, und vergleicht mich im selben Atemzug mit Medusa?«, fauchte sie so leise, dass nur er es hörte. »Etwas Besseres fällt Euch nicht ein?«

»Was haltet Ihr stattdessen von Zerberus?«, erkundigte er sich liebenswürdig.

Als sich ihr Mund öffnete und schloss, sprachlos angesichts seiner Unverschämtheit, konnte er ein Grinsen nicht länger unterdrücken. Ja, er genoss den Triumph, diese Frau wenigstens einen Moment lang aus der Fassung gebracht zu haben. Bisher war sie es gewesen, die anderen die Sprache verschlug. Er hielt ihrem vernichtenden Blick stand, bis er weicher wurde und etwas anderes darin glitzerte. Ein Lachen?

»Immerhin scheint Ihr bewandert in den antiken Mythen«, stellte sie fest. »Eine Fähigkeit, mit der nicht jeder tumbe Schlagetot aufwarten kann.«

»Oh, das solltet Ihr nicht überbewerten, Madame. Meine Kenntnisse auf diesem Gebiet verdanke ich allein meiner engen Freundschaft zu einem Troubadour. In allen anderen Belangen bin und bleibe ich ganz der tumbe Klotz, das kann ich versichern.«

»Was Eure Manieren angeht, trifft das zweifellos zu«, bestätigte sie. »Und in Anbetracht dessen muss ich Eure Entschuldigung wohl akzeptieren, denn eine bessere werde ich nicht bekommen.« Nun zuckte tatsächlich ein Schmunzeln in ihren Mundwinkeln.

»Ihr seid zu gütig, Madame.«

Wieder ritten sie eine Weile schweigend nebeneinanderher, doch die Spannung zwischen ihnen war nun anderer Art, nicht länger feindselig. Und als er einen verstohlenen Seitenblick wagte, entdeckte er ein Lächeln auf Genovefas Lippen.

»De Lacône!« Der Marschall, der bisher mit dem Jungen König und einigen anderen Rittern die Jagdgesellschaft angeführt hatte, winkte zu ihm herüber. »Kommt und gesellt Euch ein wenig zu uns, wenn Madame d'Hârcourt Euch entbehren kann.«

»Madame?« Erec warf einen fragenden Blick zu seiner Begleiterin.

»Oh, gewiss. Gewiss seid Ihr entbehrlich.« Sie schenkte ihm ein honigsüßes Lächeln.

»Habt Dank und … seid so freundlich, entrichtet Eurem Gatten meine besten Grüße. Ich denke oft an unsere nette Begegnung in Ambert zurück.«

Täuschte er sich, oder wirkte ihr Lächeln plötzlich ein wenig starr? Ihm blieb keine Gelegenheit, auch diesen kleinen Treffer auszukosten, denn der Marschall hatte sein Pferd gezügelt und wartete auf ihn.

Amüsiert musterte der Ritter ihn, als er Titus an seine Seite lenkte. »Ihr scheint unsere Jagdpartie zu genießen.«

»Das tue ich in der Tat. Ein herrlicher Tag für diesen Zweck. Und dazu die denkbar angenehmste Gesellschaft.«

»Dann kommt. Ich möchte Euch dem König vorstellen.«

Seite an Seite ritten sie zur Spitze des Zuges. Erecs Aufregung wuchs und ließ sein Herz in der Brust donnern. Noch immer konnte er kaum fassen, wie schnell sich das Rad des Schicksals für ihn und seine Freunde gedreht, sie von unten nach ganz oben befördert hatte.

»Mein König, hier ist er, unser Neuzugang, Erec de Lâcone«, stellte der Marschall ihn vor.

Erec neigte demütig den Kopf. »Majestät, es ist mir eine außerordentliche Ehre.«

Als er den Blick hob, strahlte Henri ihn an, ein unbefangenes, jungenhaftes Grinsen. Mit seinen goldblonden Locken, den ebenmäßigen Gesichtszügen und lebhaften blauen Augen besaß er wahrlich ein blendendes Aussehen.

»Seid mir willkommen, de Lâcone. Guillaume hat bereits viel von Euch erzählt.«

»Ich hoffe bei Gott, er hat sich auf die positiven Dinge beschränkt.«

»Oh, keine Sorge. Ihr seid gut weggekommen. Mit sich selbst dagegen ist er hart ins Gericht gegangen.« Henris spöttischer Seitenblick traf seinen Freund und Mentor, der nur die Augen verdrehte.

Schließlich unterzog der Junge König Erec einer eingehenden Musterung, ebenso Titus. »Ihr reitet ein ausgesprochen prächtiges Ross.«

»Ihr seid nicht der Erste, der das bemerkt, Majestät«, entgegnete Erec, nur um sich im selben Augenblick für seine Anmaßung auf die Zunge zu beißen.

Der König stieß ein warmes, sympathisches Lachen aus. »Mit diesem Ritter wirst du deine helle Freude haben, Guillaume, so viel steht fest.«

»Sieht ganz danach aus«, knurrte der Marschall, aber um seine Augen lagen ebenfalls Lachfalten.

Henri beugte sich zu Erec hinüber und fügte in übertrieben verschwörerischem Ton hinzu: »Er hat mir die peinliche Sache in Provins gebeichtet. Aber ich vermute, es ist die gerechte Strafe dafür, dass er gegen mein und der Königin Verbot gehandelt hat.«

»Ja, bohr nur weiter in der Wunde«, brummte Guillaume.

»Zweifellos ist mir der Sieg nur gelungen, weil seine Verletzung den Marschall beeinträchtigte«, gestand Erec.

»Mag sein«, räumte der König gut gelaunt ein. »Aber Hochmut kommt vor dem Fall, nicht wahr? Und wie ich hörte, habt Ihr ihm noch dazu diesen vielversprechenden Junghengst abgeknöpft. Ich kann mich nicht erinnern, wann das zuletzt jemandem gelungen ist. Üblicherweise ist es der Marschall, der Pferde einsammelt wie andere Fallobst. Kein Wunder, dass er Euch vom Fleck weg engagiert hat.«

»Sicher kennt Ihr die Geschichte, als Guillaume demselben Ritter gleich zweimal dasselbe Pferd nahm?«, warf Baudouin de Béthune ein.

Erec horchte auf. »Zweimal dasselbe Ross? Nein, davon habe ich noch nicht gehört. Wie war das möglich?«

Mit einem kurzen Blick zum Marschall holte sich Baudouin die Erlaubnis und begann zu erzählen: »Beim Turnier in Eu vor zwei Jahren stieß Guillaume während eines Einzelstechens vor dem eigentlichen Kampf Matthieu de Wallincourt, einen Ritter aus Hainaut, aus dem Sattel und beanspruchte daraufhin dessen Pferd. Ich lüge nicht, wenn ich sage, die beiden hatten eine alte Rechnung offen.« Die anderen lachten, nur der Marschall gab ein unwilliges Brummen von sich. »De Wallincourt trat daraufhin vor unseren König Henri und forderte sein wertvolles Ross zurück. Und in seiner großherzigen Güte gewährte dieser ihm den Wunsch, sodass Guillaume das Tier zurückgab.« Baudouin machte eine kurze Pause, in der er sich der Aufmerksamkeit seiner Zuhörer versicherte. Alles grinste.

»Nun, was soll ich sagen?«, fuhr de Béthune fort. »Beim folgenden Turnier hob der Marschall de Wallincourt gleich zu Beginn des Kampfes erneut aus dem Sattel und nahm ihm das Pferd ein zweites Mal. Und obwohl der Ritter wieder beim König um die Rückgabe bettelte, beharrte unser lieber Marschall diesmal auf seinem Gewinn und behielt das Ross.«

»Bevor ihr mich für herzlos haltet: Es geschah aus gutem Grund«, erklärte Guillaume. »Viele Jahre zuvor, als ich mich noch ganz am Anfang meiner Turnierkarriere befand, ohne Geld oder Patron, hat mich de Wallincourt in Compiègne besiegt. Ich stand vor dem Nichts und bat ihn, mir wenigstens mein Pferd zu lassen – was er ablehnte.«

»Ist das nicht reichlich nachtragend, Guillaume? Nach so vielen Jahren«, fragte Thomas de Coulonces herausfordernd.

»Mag sein, aber wer Ritterlichkeit einfordert, sollte sie selbst nicht vermissen lassen.«

Thomas seufzte übertrieben. »Aus allem muss er ein Lehrstück machen, der gute Marschall. Aber heute sind wir zum Vergnügen hier, nicht wahr? Kommt, lasst uns endlich sehen, wo der verfluchte Hirsch steckt!« Und während die Hundeführer auf einen Wink Henris die Jagdmeute von den Leinen ließen, preschten der Junge König und seine Entourage in einer Wolke glitzernden Schnees den anderen voraus.

Nur Guillaume le Maréchal schloss sich nicht an, und Erec blieb mit ihm zurück. Der Blick des Marschalls war nachdenklich.

»Sicher nicht immer eine leichte Aufgabe, diese Truppe zusammenzuhalten und zu einer Einheit zu formen«, mutmaßte Erec. Aus irgendeinem Grund hatte er das Gefühl, etwas Tröstendes sagen zu müssen.

Der Marschall lächelte, ohne ihn anzusehen. Es wirkte ein wenig bekümmert. »Wohl wahr. Nach all den Jahren fällt es einigen immer noch schwer zu akzeptieren, dass Henri es in meine Verantwortung gelegt hat, diese Mannschaft zu trainieren.«

»Aber der Erfolg gibt Euch recht, oder nicht?«

»Mag sein, aber für den einen oder anderen bleibt es ein Ärgernis, einem Mann zu unterstehen, den er gesellschaftlich weit unter sich wähnt. Ich entstamme keinem sonderlich einflussreichen oder wohlhabenden normannischen Geschlecht, sondern wurde als vierter Sohn in England geboren. Ich habe mir aus eigener Kraft einen Namen gemacht, durch meine Taten. Und aus diesem Grund gelte ich bei einigen als Emporkömmling.«

»Das ist absurd.«

»Wahrscheinlich«, stimmte Guillaume zu. »Aber Ihr wärt überrascht, wie viel mehr auf einen altehrwürdigen Namen gegeben wird als auf Fähigkeiten, Erfahrung oder Charakter eines Mannes.«

Nein, Erec war kein bisschen überrascht darüber. »Wie mir eine kluge Dame kürzlich vorhielt, sind Stolz und Eitelkeit sowie die Gier nach Macht zugleich die häufigsten wie auch gefährlichsten Laster der Männer.«

»Ihr müsst wissen, am königlichen Hof geht es bisweilen zu wie in einem Hühnerstall, in dem zu viele Hähne leben«, ergänzte Guillaume. »Jeder versucht, den anderen beim Krähen auszustechen, und beansprucht für sich den höchsten Platz auf dem Misthaufen, will sagen, den Platz an der Seite des Königs. Und hin und wieder kommt es im Streit darüber zum Einsatz von Schnäbeln und Krallen.« Er warf Erec einen bedauernden Blick zu. »Jetzt, da Ihr in meinem Banner dient, werdet sicher auch Ihr bald Ziel so manchen Hiebs sein, zumal sich unsere Wege in vielen Punkten ähneln.«

Erec zuckte mit den Schultern. »Ich bin jetzt Euer Mann, Sire. Und glaubt mir, ich musste schon so manchen Hieb einstecken. Ich habe mir im Laufe der Zeit ein dickes Fell zugelegt.«

»Das freut mich zu hören«, antwortete der Marschall, auch wenn etwas in seinem Blick daran zu zweifeln schien, ob sein Gegenüber damit am Königshof bestehen würde.

»Genug von derlei unerfreulichen Dingen«, entschied Guillaume schließlich. »Lasst uns stattdessen sehen, ob uns ein Wildschwein oder Hirsch vor den Bogen kommt. Deswegen sind wir doch hier.«

Der Großteil der Jagdgesellschaft hatte sich inzwischen rechts und links des Weges ins Dickicht zerstreut, aus verschiedenen Richtungen vernahm man Hundegebell und Rufe. Erec bezweifelte, dass sich bei diesem Trubel nennenswerte Beute einstellen würde, aber eigentlich war es ihm gleich. Er genoss die Beschaulichkeit des verschneiten Waldes und das Funkeln des Sonnenlichts auf der Schneedecke. Immer wieder löste sich die weiße Pracht aus den Zweigen und rieselte in einem glitzernden Schauer herab. Die Luft war klar und eisig und prickelte angenehm in der Lunge.

Erec hielt sich etwas hinter dem Marschall, der aufmerksam die Spuren im Schnee studierte und immer wieder innehielt, um zu lauschen oder unter tief hängende Äste zu spähen. Wie Erec hatte er Bogen und Köcher griffbereit am Sattel befestigt.

Auf dem weichen Untergrund verursachten die einsinkenden Pferdehufe gedämpfte Geräusche, doch da war noch etwas anderes. Ein Knacken, ein Knirschen, ein entferntes Schnaufen.

Sie verharrten, um die Richtung der Laute ausmachen zu können. Guillaume griff nach dem Bogen.

Im selben Augenblick vernahm Erec ein verhängnisvolles Schnalzen, ein Surren in ihrem Rücken – und alles, was er dann tat, folgte purem Instinkt.

Er hieb Titus die Fersen in die Flanken. Der Hengst bäumte sich auf und machte einen Satz Richtung Marschall, stieß Guillaume samt Pferd zur Seite, wobei sich sein aufgerichteter Körper einen Herzschlag lang vor den Ritter schob. In dem Moment schlug etwas mit sattem Klatschen in Titus' Leib.

Kapitel 28

Herzogtum Normandie, Pirou, Januar 1182

Mit schrillem Wiehern brach der Hengst zur Seite; Erec schaffte es im letzten Augenblick, die Füße aus den Steigbügeln zu ziehen und sich wegzurollen, bevor der schwere Pferdekörper in den Schnee krachte. Hastig kam er auf die Füße und stolperte zu Titus, der panisch mit den Hufen schlug und sich aufzurichten versuchte. Dabei knickten seine Vorderbeine immer wieder weg. Kein Wunder, da am Übergang zwischen Hals und Schulter ein Armbrustbolzen tief im Fleisch steckte.

»Titus!« Für einen Moment bekam Erec keine Luft, sein Herz hämmerte hart gegen die Rippen. Angst und Schmerz hätten kaum schlimmer sein können, hätte der Bolzen ihn selbst getroffen.

»Ruhig, mein Guter, ganz ruhig«, redete er dem Hengst zu, der auf der Seite lag, immer wieder gepeinigt wieherte und den Kopf jenem Stachel zudrehte, der ihm solche Schmerzen bereitete. »Wir kriegen das hin, Junge, alles wird gut«, flüsterte er, um gleichermaßen das Pferd und sich selbst zu beschwichtigen.

Erec vernahm aufgebrachte Stimmen, hörte den Marschall fluchen und brüllen, sah drei Männer ihrer Jagdgesellschaft aus dem Dickicht kommen, die beschwörend auf den Ritter einredeten.

»Ihr müsst uns glauben, dass es ein Versehen war«, beteuerte ein junger Freund des Königs, Raoul Farci, voll Bestürzung. »Die anderen meinten, ein Wild entdeckt zu haben, und überließen mir den ersten Schuss. Ich habe nur eine Bewegung gesehen und …« Noch immer hielt der Unglücksrabe die Armbrust in der Hand. Der Marschall brüllte ein weiteres Mal auf ihn und seine Begleiter, Adam d'Yquebœuf und Peter fitz Guy, ein.

Erec hörte nicht länger hin. Unablässig flüsterte er Titus Koseworte zu, strich ihm über die bebenden Nüstern, bis der Hengst tatsächlich ruhiger wurde und wenigstens kurz still dalag. Der Bolzen steckte schräg im Fleisch, vielleicht hatten sie Glück, und er war nicht zu tief eingedrungen. Doch das mit Widerhaken bewehrte Geschoss auf der Stelle herauszuziehen, wagte Erec nicht. Ein blutiges Rinnsal floss Titus' Schulter entlang. Erec ballte die zitternden Hände für einen Augenblick zu Fäusten.

»Ich weiß nicht, wie ich Euch danken soll, de Lacône.« Der Marschall war neben ihm in die Hocke gegangen. »Hättet Ihr nicht so schnell reagiert, hätte mich dieser Bolzen zweifellos an den nächsten Baum genagelt. Ich … ich bin untröstlich, dass er stattdessen Euren tapferen Hengst erwischt hat.« Er strich dem schnaufenden Pferd über die Stirn. »Lasst uns versuchen, ihn auf die Füße zu bringen, damit wir ihn nach Pirou schaffen können. Henri beschäftigt hervorragende Rossheiler, sie werden ihm helfen.«

Wenn es bis dahin nicht zu spät ist, setzte Erec in Gedanken hinzu.

Alle Mühe half nichts. Obwohl Titus es wieder und wieder versuchte, obwohl zahlreiche Hände ihn stützten, schoben und zogen, gelang es dem Hengst nicht, sich aufzurichten. Bebend und schnaufend blieb er auf der Seite liegen, während ein beständiger Blutstrom von seinem Hals rann und bizarre Muster in den Schnee malte. Erec hatte ihn mit seinem Mantel zugedeckt, so gut es ging. Er selbst fühlte die Kälte nicht, dafür aber eine bohrende Angst. Unzählige Lanzengänge und wilde Gefechte auf dem Turnierplatz hatten seinem Gefährten nichts anhaben können, und jetzt sollte ihm ein Jagdunfall zum Verhängnis werden?

Der Junge König schickte einen Reiter zur Burg zurück, um Ferrand zu holen, seinen besten Rossheiler. Denn eins war inzwischen sicher: Solange der Bolzen ihm tief und schmerzhaft ins Fleisch biss, würde Titus nicht wieder aufstehen. Und in Anbetracht der Temperaturen lief ihnen die Zeit davon.

Er nahm kaum wahr, wie Ferrand das Projektil mit der Vorsicht und Geduld eines Heiligen aus Titus' Hals löste, um so wenig Schaden wie möglich anzurichten. Erec war zu sehr damit beschäftigt, dem panisch wiehernden und mit den Hufen schlagenden Hengst beruhigend zuzureden – und seine eigene Angst wieder und wieder die Kehle hinabzuzwingen. *Alles wird gut.* Die andere Möglichkeit war undenkbar, durfte einfach nicht sein. Doch beim Anblick des blutigen Kraters, den der Bolzen in Titus' Fleisch hinterlassen hatte, und des roten Stroms, der daraus hervorquoll, wollte ihn die Verzweiflung übermannen.

Erec erinnerte sich nicht, wie sie es schließlich geschafft hatten, Titus aufzurichten, nur daran, dass der Hengst irgendwann zitternd vor Kälte und Schwäche auf seinen Beinen stand und Ferrand ihm rasch einen Verband anlegte sowie mehrere Decken überwarf. Erec erinnerte sich auch nicht, wie sie zurück nach Pirou gekommen waren, nur daran, dass es quälend lang gedauert hatte, da sich Titus Schritt um Schritt vorwärtsmühte und immer wieder schnaufend stehen blieb. Der König, Odilon und auch Genovefa hatten Erec Mut und Aufmunterungen zugesprochen, auch wenn ihre Worte ihm nicht im Gedächtnis geblieben waren. Alle Gedanken galten Titus. Und die Vorstellung, seinen treuen Freund womöglich für immer zu verlieren, machte ihm das Atmen schwer.

Bei ihrer Rückkehr hatte Pépin Titus' Stall bereits dick mit Stroh ausgepolstert, und sobald man ihn hineinführte, ließ der Hengst sich dankbar auf die Knie und schließlich auf die

Seite sinken, erschöpft und müde bis in die Knochen. Am liebsten hätte Erec sich neben ihn gelegt. Stattdessen half er Pep, mit trockenen Tüchern Wärme in den Körper des ausgekühlten Pferdes zu massieren, während Ferrand ein weiteres Mal die Wunde untersuchte, sie mit einer Kräutertinktur behandelte und den Verband erneuerte.

»Ich will nicht lügen, Herr, das ist ein ziemlich übles und vor allem tiefes Loch«, gestand er mit gerunzelter Stirn. »Immerhin scheint die Spitze keine Organe erwischt zu haben. Nähen werde ich es nicht, damit die schädlichen Säfte abfließen können. Ansonsten können wir nur abwarten und hoffen, vor allem darauf, dass es nicht brandig wird. Das eine oder andere Gebet zum heiligen Hippolyt würde sicher nicht schaden.« Er klopfte Erec ermunternd auf die Schulter und erhob sich. »Morgen früh werden wir weitersehen. Schickt nach mir, sollte sich sein Zustand verschlechtern.«

Erec nickte nur. Die Sorge riss an seinem Herzen, und irgendwo auf halbem Weg in seiner Kehle steckte ein Schluchzen. Er schluckte es herunter und räusperte sich. »Hab Dank für deine Hilfe, Ferrand.«

Leute kamen und gingen – Armand, Josce, Lio. Als es draußen dämmerte, schickte er Pep in die Küche, damit der Junge sich aufwärmte und etwas aß. Er selbst würde im Augenblick keinen Bissen herunterbekommen, so viel war sicher. Vielleicht nachher.

»Ich möchte Euch noch einmal mein Bedauern über diesen schrecklichen Vorfall ausdrücken, de Lacône«, sprach ihn der Marschall an, der unbemerkt in den Stall getreten war. »Raoul Farci ist ein leichtfertiger junger Kerl, der zu viel trinkt und zu wenig nachdenkt, aber Adam und Peter hätten besser auf ihn aufpassen müssen. Ihr Verhalten war unverantwortlich.« Es folgte ein Moment der Stille, bevor der Marschall weiterredete. »Ich schulde Euch meinen Dank, Erec, mehr als das. Ihr verfügt über scharfe Sinne und hervorragende Reflexe, andernfalls …«

»Dankt mir nicht zu sehr, Guillaume«, wehrte Erec müde

ab. »Wer weiß, ob ich es getan hätte, wären mir die Folgen für Titus bewusst gewesen.«

Der Marschall lächelte und nickte. »Ihr seid ein guter Mann, Erec. Ich bin froh, Euch in meiner Mannschaft zu wissen.«

Irgendwann später, als es längst dunkel war, bestand Pep darauf, ihn bei der Wache abzulösen, verbunden mit dem Versprechen, Erec bei der kleinsten Veränderung augenblicklich zu rufen.

Erecs Muskeln fühlten sich kalt und steif an, seine Hände zitterten vor Erschöpfung. Auch wenn er nur widerwillig von Titus' Seite wich, sah er ein, dass eine kleine Pause im Warmen unumgänglich war. Sonst würde er sich am Ende selbst den Tod holen.

»De Lacône, da seid Ihr ja!«, empfing ihn der Junge König und kam mit langen Schritten auf ihn zu, als Erec wenig später die Halle betrat. Bevor er auch nur den Kopf neigen, geschweige denn etwas erwidern konnte, hatte Henri ihn bereits heftig an die Brust gezogen. Über seine Schulter hinweg erkannte er, dass ganz offensichtlich auch Guillaume le Maréchal, de Coulonces, de Béthune, Premier Préaux und einige andere Ritter aus Henris engstem Kreis auf ihn gewartet hatten.

Erec blinzelte verdutzt, als der König ihn schließlich aus der Umarmung entließ, doch auch diesmal kam er nicht zu Wort. »Ich schulde Euch großen Dank!« Ein atemloses, beinahe nervöses Lachen floss über Henris Lippen. Mit einem Mal wirkte er sehr jung. »Ohne Eure selbstlose Tat wäre der Marschall womöglich nicht mehr am Leben. Und Himmel, ich weiß nicht, was …« Er schüttelte nur den Kopf.

»Majestät, ich … ich denke, jeder hätte so gehandelt.«

Henri wiegte den Kopf, als sei er davon keineswegs überzeugt. »Das war keine Kleinigkeit. Gott weiß, ohne unsere tapferen Rösser sind wir nichts.«

Nichts. Erec schluckte und senkte den Blick.

»Ich möchte Euch einen Wunsch erfüllen«, verkündete Henri. »Sprecht es aus und betrachtet es als getan.«

Hitze stieg in Erecs Wangen. Es war ihm unangenehm, dass Henri glaubte, in seiner Schuld zu stehen. »Das ist zu gütig, mein König. Aber in Eurer Turnierschar dienen zu dürfen, ist mir Geschenk genug. Außerdem habt Ihr schon so viel getan, indem Ihr mir Euren hervorragenden Rossheiler zur Verfügung gestellt habt.«

Henri musterte ihn stumm, und ein Lächeln erschien auf seinen Lippen, kurz wandte er den Blick über die Schulter dem Marschall zu und nickte, als bestätige sich etwas, das der Ritter gesagt hatte. Diese Vorstellung führte dazu, dass Erecs Wangen endgültig Feuer fingen und er betreten auf seine Stiefel starrte.

»Kommt, Erec. Trinkt wenigstens einen Becher Wein mit mir und den anderen.«

Er nickte. Im Grunde wollte er nach den aufwühlenden Ereignissen nur noch schlafen, aber den Wunsch eines Königs konnte er unmöglich ausschlagen, zumal die Einladung eine unerhörte Ehre darstellte.

Es war verrückt: Ein schreckliches Unglück hatte ihm gerade die Tür in Henris engsten Kreis geöffnet. Doch bei Gott, wie gerne er darauf verzichtet hätte, wäre Titus dafür unversehrt geblieben.

Irgendwann musste Erec am Kamin in einem der Lehnstühle eingenickt sein, in den man ihn verfrachtet hatte. Jedenfalls schreckte er hoch, als eine Hand ihn an der Schulter fasste. Pépin.

»Titus, er …«

Noch ehe der Junge seinen Satz beenden konnte, war Erec auf den Füßen und auf halbem Weg zum Stall.

»Warte!«, rief Pep ihm nach, doch Erec wollte keine Zeit vergeuden, auf keinen Fall riskieren, zu spät zu kommen. Am Eingang griff er eine Stalllaterne und eilte zu Titus' Box.

Als der Lichtschein auf den Hengst fiel, hielt er abrupt inne, und beinahe wäre Pep in ihn hineingerannt, als er unmittelbar hinter ihm in den Stall schoss.

Schwindel und Übelkeit überkamen Erec, und er musste sich an einem Holzverschlag abstützen, so heftig durchflutete ihn die Erleichterung. Titus stand. Der Hengst stand auf seinen vier Beinen und sah mit aufgerichteten Ohren in seine Richtung.

»Hättest du mich ausreden lassen, hätte ich dir gesagt, was los ist«, murrte sein Knappe, doch Erec beachtete ihn kaum, war bereits bei seinem vierbeinigen Freund und lehnte seinen Kopf an Titus' breite Stirn. *Gott sei gepriesen!*

Dass sich der Hengst selbstständig erhoben hatte, bedeutete zwar nicht, dass er über den Berg war, aber dass weiterhin Kraft und Lebenswillen in ihm steckten. Ein gutes Zeichen.

»Leg dich schlafen, Pep«, wies Erec den Jungen an. »Ich werde bei ihm bleiben.«

Bis auf das gelegentliche Rascheln von Stroh oder ein leises Schnauben war es ruhig im abendlichen Stall. Genovefa hielt sich zunächst im Hintergrund und beobachtete Erec de Lacône dabei, wie er im Licht einer Laterne geduldig, beinahe zärtlich sein verletztes Pferd umsorgte, es vorsichtig abbürstete und die verklebte pechschwarze Mähne mit den Fingern entwirrte. Unentwegt sprach er dabei mit dem Hengst wie mit einem alten Freund, woraufhin das Tier vertrauensvoll den Kopf an ihn lehnte.

Vermutlich waren sie genau das, alte Freunde, stellte Genovefa fest, und diese innige Verbundenheit rührte sie seltsam an.

Der Ritter sah müde aus, sein Haar bildete nicht nur über der Stirn einen unbändigen Wirbel, sondern stand auch sonst unordentlich vom Kopf; kein Wunder nach den zurückliegenden Strapazen.

Schließlich trat Genovefa aus dem Schatten. »Wie geht es ihm?«, fragte sie statt einer Begrüßung.

Erec, der dem Hengst gerade eine Pferdedecke überlegte und sorgsam mit zwei Riemen vor der Brust verschloss, wandte sich zu ihr um.

»Er ist völlig erledigt und mörderischer Laune, fürchte ich.« Der Ritter lächelte schwach. »Und er frisst nicht«, fügte er in ernstem Ton hinzu. »Das macht mir ein wenig Sorgen.«

Genovefa trat an die Bretterwand und streckte die Hand nach Titus aus, woraufhin er den Kopf hob und ihr die Ohren zudrehte. »Das war ein aufregender Tag für dich, was?«, raunte sie ihm zu und zog einen schrumpeligen Winterapfel hervor. Der Hengst streckte sich, schnupperte und nahm den Apfel schließlich mit den Lippen auf. Geräuschvoll zermahlte er ihn zwischen den Zähnen, nur um sich sogleich wieder auffordernd in ihre Richtung zu recken. Genovefa zauberte einen zweiten Apfel aus ihrem Gewand und reichte ihn dem Ross.

Erec stemmte die Hände in die Seiten und schüttelte ungläubig den Kopf. »Natürlich, von einer Dame nimmst du es, elender Schurke.«

»Wusstet Ihr es noch nicht, Erec? Männer fressen mir aus der Hand.«

»Nicht alle«, entgegnete er, und sein typisches Schmunzeln erschien in den Mundwinkeln.

»Nein, das ist wahr«, gab sie zu. »Daran arbeite ich noch.«

Nun lachte der Ritter, und es klang befreit und erleichtert, als fiele ein Teil der Anspannung und Sorge des Tages endlich von ihm ab.

Titus hob überrascht den Kopf. Dann, als hätten die Äpfel und die gute Stimmung des Ritters endgültig seinen Appetit geweckt, wandte er sich der Futterkrippe zu und tat sich am Heu gütlich. Erec beobachtete ihn beinahe zärtlich und strich ihm hin und wieder über den Rücken. »Na also.«

Eine Weile sahen sie gemeinsam dem Pferd beim Fressen zu, und das Schweigen hatte nichts Trennendes, schuf im Gegenteil eine unsichtbare Verbindung zwischen ihnen, als teilten sie einen kostbaren Moment.

»Sicher habt Ihr Euch Euren Einstand am Königshof anders vorgestellt«, sagte Genovefa schließlich.

Erec zuckte mit den Schultern. »Das hier ist alles, was ich immer wollte. Meine Hoffnungen und Erwartungen wurden sogar noch übertroffen«, gestand er. »Abgesehen von der Sache heute.«

»Auch wenn Ihr gewiss gerne darauf verzichtet hättet, hat der Vorfall Euch zumindest in aller Munde gebracht. Ihr habt den Marschall gerettet, und jeder weiß es.«

»Titus hat ihn gerettet.«

»Ihr habt es gemeinsam getan.« Wieder folgte Schweigen, doch diesmal schwang noch etwas anderes darin mit, eine feine Spannung, unausgesprochene Worte.

Erec wandte ihr das Gesicht zu, öffnete den Mund, um etwas zu sagen.

»Ich sollte wieder hineingehen«, kam sie ihm zuvor. »Sicher wartet mein Mann schon auf mich.«

Der Ritter nickte und senkte den Blick. »Gewiss tut er das.«

Kapitel 29

Herzogtum Normandie, Pirou, Januar 1182

Pépin pustete sich warmen Atem in die durchgefrorenen Hände, während er am Gatter lehnte und die Reiter auf dem Exerzierplatz beobachtete. Keine Frage, Belos war ein ausgesprochen hübsches Ross mit seinem silbergrauen Fell und der rauchfarbenen Mähne. Er besaß nicht Titus' muskulöse Statur, noch nicht, und auch was das Temperament betraf, unterschieden sich beide. Titus war selbstbewusst und forsch, der jüngere Hengst unerfahren und mehr auf seinen Reiter angewiesen. Trotzdem würde Erec beim kommenden Turnier, dem ersten unter des Marschalls Banner, mit Belos vorliebnehmen müssen.

»Die beiden machen eine ganz gute Figur, was meinst du?«

Pépin wandte sich der Stimme zu. Sie gehörte dem Herold Odilon Auberée, der in Begleitung von Madame d'Hârcourt, einer Hofdame der Königin, herangeschlendert kam. Der kleine Mann schenkte ihm ein warmes Lächeln und musterte ihn aufmerksam.

»Werden sie für das Turnier in zwei Wochen bereit sein?«

Pépin hob die Schultern, denn er war unsicher, ob der Herold ernsthaft eine Einschätzung von ihm wollte. Doch Odilon und auch Genovefa sahen ihn erwartungsvoll und ohne Spott an.

»Na, ich denke, Erec … ich meine, Sire de Lacône ist ein großartiger Kämpfer und ein noch viel besserer Reiter, auf jedem Pferd. Verflixt, ja, er und Belos werden es allen zeigen!«

Odilon hob die Augenbrauen und lachte dann. »Das glaube ich auch.«

»Und wie geht es Titus?«, erkundigte sich die Dame.

»Ich werde gleich nach ihm schauen. Die Wunde ärgert ihn weiterhin, hat sich aber nicht entzündet. Abgesehen davon, dass er teuflisch eifersüchtig auf Belos ist und seinen Unmut an mir und den Stallknechten auslässt, geht's ihm ganz gut, würde ich sagen.«

»Was sicher auch deiner Pflege zu verdanken ist«, meinte Auberée. »Ich denke, Sire de Lacône kann sich glücklich schätzen, einen so tüchtigen Knappen zu haben.«

Pépin verspürte ein warmes Gefühl in seiner Brust angesichts dieses unerwarteten Lobes. »Das ist verdammt freundlich von Euch, Sire. Madame.« Er nickte den beiden zu, dann flitzte er los Richtung Stall, auch weil ihn die Sache verlegen machte. Auf seinen Pfiff hin kam Brice aus irgendeinem Winkel angeschossen, verdreckt wie immer, wenn er sich herumgetrieben und Mäuse oder Ratten gejagt hatte. Beiläufig strich Pépin ihm einige Spinnweben vom Kopf. Er musste sich sputen, wenn er noch nach Titus sehen wollte, bevor die Schwertübungen begannen. Und jetzt, da man ihn von seinem Stalldienst befreit hatte, wollte er nicht riskieren, gleich wieder die ungnädigen Blicke der Préaux auf sich zu ziehen.

Als das Stallgebäude gerade in Sicht kam, versperrte ihm eine Gruppe Knappen den Weg.

Pépin verharrte reglos und spannte sich innerlich an. Alarmiert blickte er zwischen den vier Burschen hin und her. »Was wollt ihr von mir?« Ihre finsteren Gesichter verhießen nichts Gutes, doch er versuchte, seine Nervosität zu verbergen.

César trat vor – groß und breitschultrig für seine vierzehn Jahre. Er war ein mäßig guter Reiter, denn auch gegenüber Pferden setzte er stets auf Stärke statt Zusammenarbeit. Dafür gehörte er zu den besten Schwertkämpfern unter den Knappen, wie Pépin wusste. Und er war einer derjenigen, vor denen Rémi und Fab ihn gewarnt hatten.

César trat vor ihn hin, die Daumen lässig hinter den Gürtel gehakt, und musterte ihn abschätzig von oben bis unten.

Pépin bemühte sich um eine ausdruckslose Miene; Brice an seiner Seite stieß ein leises Knurren aus.

»Wohin so eilig, Rotznase?«, erkundigte César sich. »Benötigt der Marschall deine Dienste? Oder etwa der König?« Seine Kompagnons lachten verächtlich. »Wie man hört, ist dein Ritter wie ein Komet vom Niemand zum Liebling unserer Majestät aufgestiegen. Seltsame Zufälle gibt es.«

»Was willst du, César? Glaubst du, mein Herr hat den Bolzen eigenhändig auf den Marschall abgeschossen, um im selben Moment sein wertvolles Pferd durchlöchern zu lassen?«

Einer der Knappen, Yves, lachte auf, wurde jedoch durch einen vernichtenden Blick Césars augenblicklich zum Schweigen gebracht. »Ich denke lediglich, dass sich zu viel Ungeziefer hier am königlichen Hof breitmacht«, beschied er wieder in Pépins Richtung. »Emporkömmlinge, die nach und nach unser aller Ruf beschmutzen. Männer ohne Geltung und Ansehen.«

Pépin presste wütend die Kiefer aufeinander und zwang sich, den Mund zu halten. César wollte ihn provozieren, aus der Reserve locken. Besser, er bestätigte ihn nicht in seiner schlechten Meinung, indem er ihm sein elendes Schandmaul polierte.

César machte einen weiteren Schritt auf Pépin zu, woraufhin Brices Knurren an Bedrohlichkeit gewann. »Ich will eins klarstellen, Wicht: Nur weil dein Herr durch einen seltsamen Zufall vorerst in der königlichen Achtung gestiegen ist, brauchst du nicht zu glauben, dass das auch für dich gilt. Wir werden nicht vergessen, aus welchem Schweinepfuhl man euch gefischt hat. Genauso wenig, wie wir das bei anderen vergessen.«

Pépin fragte sich, auf wen er anspielte. Auf den Marschall etwa? Würde er das wagen? Und woher kam dieser unversöhnliche Hass?

Einerlei, Pépin schaffte es nicht, seine Worte widerspruchslos stehen zu lassen.

»Abkunft bestimmt nicht über den Wert eines Menschen«, wiederholte er die Worte, die Erec einst zu ihm gesagt hatte. »Wie du bestens unter Beweis stellst, César.«

César schlug so unvermittelt zu, dass Pépin unmöglich ausweichen konnte. Funken blitzten vor seinem Auge, als die geballte Faust mit ungehemmter Kraft auf die Braue traf und ihn nach hinten taumeln ließ. Ein weiteres Mal holte der Knappe aus, doch da sprang Brice mit gefletschten Zähnen zwischen sie und bellte und knurrte den Älteren an.

Beinahe hastig zog César sich zurück, und ein Schatten von Angst huschte über seine Züge. Doch schnell verhärtete sich sein Ausdruck wieder zu abschätziger Arroganz. »Hier ist das letzte Wort noch nicht gesprochen, du kleiner Bastard«, zischte er. »Und beim nächsten Mal ist dein Köter vielleicht nicht zur Stelle, um dich zu schützen.«

»Wie schade, dass Ihr uns morgen schon wieder verlassen müsst, Odilon«, bemerkte Genovefa mit einem Seitenblick auf den Herold. Noch immer standen sie an der Umzäunung des Kampfgeländes und beobachteten die Ritter bei ihren Reit- und Fechtübungen. Der Himmel war vollkommen grau, sodass er am Horizont nahtlos in die Winterlandschaft überzugehen schien. Bald würde es wieder schneien, vermutete Genovefa, doch die Wolken hatten der Kälte auch ihren Biss genommen.

»Oh, seid versichert, niemand bedauert mehr als ich, schon wieder aufbrechen zu müssen«, antwortete Odilon. »Es ist mir stets eine Freude, hier auf Pirou zu sein, zumal in Eurer eloquenten Gesellschaft. Doch Ihr wisst, meine Arbeit ist noch nicht getan. Ich muss diverse Höfe aufsuchen und die Kunde vom bevorstehenden Turnier verbreiten.« Er erwiderte ihr Lächeln auf die gewohnt verschmitzte Weise. »Aber in wenigen Wochen sehen wir uns ja schon in Amiens wieder, nicht wahr? Und ich kann Euch versichern, es erwartet Euch ein prächtiges Turnier. Gewiss wird Graf Philipp nichts unversucht lassen, um zu zeigen, dass seine Macht und seine finanziellen Mittel auch nach der zurückliegenden … *Krise* ungebrochen sind. Er wird die Veranstaltung als große Friedensgeste inszenieren. Wir dürfen gespannt sein.«

»Dafür, dass Ihr in seinem Auftrag reist, sprecht Ihr sehr … offen, Odilon«, stellte Genovefa nicht ohne Verwunderung fest.

»Nun, ich denke, wir müssen uns nichts vormachen, was seine Ambitionen betrifft, nicht wahr?« Er zwinkerte, und Genovefa nickte bloß.

Sie wandten sich wieder dem Exerzierplatz zu, um weiter das Training zu verfolgen. Odilons Blick wurde nachdenklich. »Jedes Mal, wenn ich auf den Marschall treffe, konnte er gerade noch einmal dem Tod entrinnen, so scheint es«, sagte er. »Erst sein schrecklicher Turnierunfall, jetzt das Unglück bei der Jagd.«

»Er führt ein gefährliches Leben«, entgegnete Genovefa. Doch Odilons Ausdruck blieb grüblerisch.

»De Lacône«, hörte Genovefa in diesem Moment den Marschall rufen, »was meint Ihr, wollen wir einen Lanzengang wagen?«

»Es wäre mir eine Ehre«, antwortete der Ritter und lenkte Belos an die Bande, um sich eine Lanze reichen zu lassen. Auch der Marschall hatte einen Spieß aufgenommen und sich am Ende des provisorischen Tilts positioniert.

De Béthune gab den beiden Kontrahenten das Signal, und Erec trieb Belos vorwärts. Guillaume und sein schwarzer Hengst Nuit dagegen rührten sich nicht vom Fleck. Stattdessen stieß der Marschall eine kurze Abfolge von Pfiffen zwischen den Zähnen hervor.

Ohne Vorwarnung stemmte Belos die Hufe in den Boden und bremste aus vollem Lauf ab.

Erec hatte keine Chance. Völlig überrumpelt, verlor er Lanze und Halt und flog an Belos' Schulter vorbei aus dem Sattel. Irgendwie schaffte er es noch, sich zusammenrollen, kugelte durch den Schneematsch und blieb einen Augenblick später atemlos auf dem Rücken liegen. Wenigstens war der Hengst noch nicht besonders schnell gewesen und der Untergrund weich – was der Marschall zweifellos berücksichtigt hatte.

Dennoch schlug Genovefa erschrocken die Hand vor den Mund. Als der völlig schlammverspritzte Ritter sich jedoch unversehrt aufsetzte und einigermaßen verdutzt an sich herunterblickte, war es ihr prustendes Lachen, das sie hinter den Fingern zu verbergen suchte.

Schließlich grinste auch Erec. »Was war das denn?«, fragte er, an den Marschall gewandt. »Arbeitet Ihr etwa mit faulen Tricks?«

Guillaume lachte. »Eine List, Erec, Ihr wisst schon. Gönnt mir diese kleine Revanche für unsere erste Begegnung in Provins.«

»Ihr habt mir nicht verraten, dass Ihr Belos derart abgerichtet habt«, beschwerte sich Erec.

»Natürlich nicht. Diese Überraschung wollte ich mir für den richtigen Moment aufsparen.« Der Marschall grinste wie ein Lausebengel über seinen gelungenen Streich, sodass schließlich nicht nur Erec, sondern auch die umstehenden Ritter, Odilon und Genovefa in ausgelassenes Gelächter verfielen.

»Euch möchte ich nicht zum Gegner haben, Marschall«, entgegnete Erec.

»Das gilt auch umgekehrt, glaubt mir«, gab Guillaume zu, immer noch schmunzelnd, und glitt aus dem Sattel. Er streckte Erec die Hand hin und half ihm auf. »Dank sei Gott, dass wir fortan auf derselben Seite kämpfen. Und nun zurück an die Arbeit, Männer«, wandte er sich wieder an alle. »Hier gibt es nichts zu sehen. Nichts außer einem sehr, sehr dreckigen Ritter.«

Die richtigen Worte, die richtigen Verse zu finden, gestaltete sich bisweilen wie der Versuch, Fische mit der Hand zu fangen. Immer wenn Armand einen guten Reim zu packen glaubte, schlüpfte er ihm durch die Finger wie eine glitschige Forelle. Dabei mangelte es nicht an Fischen im Teich der Worte, aber es reichte eben auch nicht, *irgendeinen* zu greifen. Es musste genau der richtige sein.

Während er nachdachte und mit der Rechten Täfelchen und Schreibgriffel festhielt, bemerkte er, wie sein linker Zeigefinger beinahe ohne Zutun rhythmisch auf sein Knie tippte. Wie ein pickender kleiner Vogel, der nach dem passenden Versmaß für seine Reime sucht, als folge er einer inneren Melodie, von der Armand selbst noch nichts wusste. Erec hatte ihn schon öfter auf die unstete Aktivität seiner Finger hingewiesen. Vielleicht brauchten sie einfach Beschäftigung, wenn sie nicht die Saiten der Laute zupfen konnten.

Armand hob den Blick.

Das Feuer im Kamin der Halle war bereits zu einem Haufen roter Glut zusammengesunken; vor einiger Zeit hatte ein Diener ihm eine Kerze in die Nische gebracht, in die er sich zurückgezogen hatte, damit er weiterhin an seinen Notizen arbeiten konnte. Ein unerhörter Luxus, wenn Armand darüber nachdachte, ein Luxus, der bis vor Kurzem undenkbar gewesen wäre.

Nur noch wenige Zecher harrten an den Bänken in der Halle aus, unterhielten sich im Widerschein der sterbenden Flammen oder widmeten sich dem Würfelspiel. Da der Marschall beim ersten Licht des Tages Kampf- und Reittraining anberaumt hatte, waren die meisten, auch seine Freunde, bereits schlafen gegangen. Guillaume selbst zog sich meist früh in seine Kammer zurück, wenn der Junge König nicht nach seiner Gesellschaft verlangte. Dafür betrat Erec in diesem Augenblick die Halle und steuerte auf Armand zu.

Armand versuchte, in seinem Gesicht zu lesen. »Ist etwas mit Titus? Geht es ihm nicht gut?«, erkundigte er sich.

Erec winkte ab. »Nein, keine Sorge. Er macht sich. Jedenfalls wird er wieder frech. Pep ist bei ihm.«

»Warum dann so betrübt?«

Erec ließ sich auf den Platz Armand gegenüber sinken, stützte die Ellenbogen auf die Knie und vergrub das Gesicht in den Händen, wobei er sein Haar völlig zerzauste.

Armand verspürte das Bedürfnis, ihn zu trösten, hob die Hand, um ihn zu berühren, wagte es dann aber nicht. »Was ist los?«, fragte er stattdessen.

»Es ist … kompliziert«, murmelte Erec in seine Handflächen.

»Kompliziert? Tut mir leid, für solche Angelegenheiten sind Lio und Josce zuständig.« Armand lachte. »Rede schon, Mann!«

Einige Augenblicke verharrte Erec noch in seiner Haltung, bevor er sich aufrichtete und die Haare aus der Stirn strich. »Es ist eine heikle Angelegenheit«, begann er. »Und ich weiß nicht so recht, wie ich damit umgehen soll.« Wieder machte er eine Pause, bevor er schließlich erklärte: »Stell dir vor, es gäbe da eine Person. Eine Person, der du dich verbunden fühlst, deren Gesellschaft du über die Maßen schätzt. Der du aber … nicht nah sein darfst, weil …« Er seufzte schwer und legte wieder seine Stirn in die Hände. »Verstehst du, was ich meine?«

Besser, als du jemals wissen kannst. Armand spürte, wie ihm die Kehle eng wurde. Er machte sich nichts vor. Egal, wie verzweifelt ein Teil von ihm auch darauf hoffte, nicht *er* war die Person, von der Erec redete. Er räusperte sich, bevor er antwortete, trotzdem klang seine Stimme belegt. »Ich denke, ich kann es mir vorstellen.«

Vermutlich war es nur wieder eine von Erecs kurzlebigen Romanzen, eine Schwärmerei, die die nächsten Tage oder eine ungestüme Nacht nicht überdauerte. Andererseits – dass er mit so einer Sache zu ihm kam, war neu und ein Hinweis darauf, dass irgendetwas anders war als bei den vergangenen Abenteuern. Anspannung stieg in Armands Nacken.

»Die Sache ist die: Ich ... ich genieße es, sie um mich zu haben, mit ihr zu streiten und zu scherzen.« Er lachte, und die Wehmut darin versetzte Armand einen Stich. Es war, als wiederhole sein Freund Punkt für Punkt, was in seinem eigenen Herzen vorging.

»Aber, was soll ich sagen«, fuhr Erec fort, »sie ist die Frau eines anderen. Ich kann sie nicht haben.«

Erec sah auf, und in seinen Augen lagen Kummer und etwas, das Verzweiflung sehr nahekam. Das Letzte, was Armand dort sehen wollte. Doch gleichzeitig empfand er auch eine geradezu beschämende Erleichterung. Eine verheiratete Frau, die Gattin eines Standesgenossen, wenn er die Sache richtig deutete. Das hieß, sie war tabu, zumindest wenn Erec den Regeln des ritterlichen Anstands treu blieb.

Und es bedeutete, Armand würde ihn – vorerst – nicht verlieren.

»Das ... schränkt deine Möglichkeiten in der Tat ein«, antwortete er lahm.

»Ja, ist wohl so.« Erec schloss die Augen und ließ sich gegen die Wand sinken. »Und ganz ehrlich, das macht mir mehr Kummer, als ich für möglich gehalten hätte.« Als er die Augen nach einer Weile wieder öffnete, sah er Armand direkt an; ein kleines, verzagtes Grinsen erschien in seinem Mundwinkel. »Ich hatte gehofft, du hättest einen Rat für mich.«

»Sicher doch, Armand, der allseits berüchtigte Weiberheld, weiß, wie man jedes Mädchen rumkriegt.«

Lachend winkte Erec ab. »Richtig, die Frau, die in deinen Augen Gnade findet, muss noch geboren werden, was?«

Armand senkte kurz den Kopf, um sein wehmütiges Lächeln zu verbergen.

Sie schwiegen, und Armand beobachtete, wie sich die Miene seines Freundes nach und nach wieder verdüsterte und er in ein dumpfes Brüten versank.

»Vielleicht gibt es trotzdem eine Möglichkeit, dieser ... Person in gewissem Rahmen näherzukommen«, erklärte Armand schließlich. Und es schnitt ihm ins Herz, als er Erecs

Augen hoffnungsvoll aufflackern sah. »Hast du je von der *fin'amor* gehört, der höfischen Liebe?«

Der Freund machte eine vage Geste.

Das verwunderte Armand nicht. Bei den drittklassigen Provinzturnieren, auf denen sie sich bis vor Kurzem herumgetrieben hatten, hätte sich kaum die Gelegenheit geboten, diese noch recht junge ritterliche Disziplin aus Okzitanien zu erleben oder gar auszuüben. Im Gegensatz zu den Fürstenhöfen, an denen sie sich fortan bewegen würden.

»Entlang des Rheins nennt man es auch Hohe Minne«, erklärte er weiter. »Es ist ein Spiel zwischen Mann und Frau, könnte man sagen. Das Spiel des *Habenwollens* und *Nichtkriegenkönnens.*«

Verständnislos runzelte Erec die Stirn.

»Es geht um Sehnsucht ohne Erfüllung, um Werben ohne Erhörung, um Verehrung aus der Ferne.« *Beschreibt also ziemlich genau mein Leben,* setzte Armand in Gedanken hinzu.

Erecs Interesse schien geweckt, denn er richtete sich auf und blickte ihn nun aufmerksam an.

Armand räusperte sich. »Das Spiel gestaltet sich folgendermaßen: Ein Ritter erwählt eine Minneherrin, welcher er fortan seine Aufmerksamkeit widmet. Er hofiert sie, preist sie in Versen und Liedern, umwirbt sie, ohne dass sie diesem Werben nachgibt. Möglicherweise schenkt sie ihm hier und da einen keuschen Gunstbeweis, mehr aber nicht, denn ihre unerschütterliche Treue gilt dem angetrauten Ehemann.«

»Mhmm, offen gestanden klingt das ziemlich … frustrierend.«

Armand lächelte traurig. »Es geht um Verbundenheit, Erec. Und selbst unerwidert kann Hingabe Erfüllung sehr nahekommen.«

Als er merkte, dass er von sich selbst sprach, sah Armand rasch zur Seite und fuhr fort. »Ich will sagen, dass es ein Kompromiss ist. Womöglich der beste, den du kriegen kannst.«

Sein Freund nickte mit einem müden Lächeln. Sie schwiegen eine Weile.

»Gedichte also, ja?« Erec seufzte. »Dann sehe ich schwarz für dieses Unterfangen.«

»So schnell gibst du auf?«, fragte Armand verwundert. »Hast du vergessen, dass du einen Troubadour deinen Freund nennst? Ich … könnte dir helfen.«

Armand war nicht sicher, ob sein Vorschlag einer Form von Selbstkasteiung gleichkam. Andererseits war es eine Möglichkeit, weiterhin an Erecs Gedanken und Gefühlen teilzuhaben. Das hier, dass sein Freund sich ihm anvertraute, ihn zurate zog, bedeutete ihm so viel. Und vermutlich hätte Armand alles getan, um solche Momente auch in Zukunft zu teilen.

Erec lächelte schief. Dann zuckte er mit den Schultern. »Du hast recht. Einen Versuch ist es wert.«

Kapitel 30

Herzogtum Normandie, Pirou, Januar 1182

Das sieht gut aus!«, urteilte Ferrand, während er sich eingehend Titus' Verletzung besah. Die Wunde war sauber abgeheilt und hatte eine dicke Schorfkruste gebildet. »Ich denke, sobald Ihr aus Amiens zurück seid, könnt Ihr wieder vorsichtig mit ihm trainieren.«

Erec nickte und kraulte den Hengst am Kopf – auch, um ihn davon abzuhalten, nach Ferrand zu schnappen. Obwohl er keine Schmerzen mehr zu leiden schien, hasste er es, wenn jemand sich an der Stelle zu schaffen machte, mit der so viele böse Erinnerungen verbunden waren.

»Unbedingt«, stimmte Pépin zu. »Er kommt um vor Langeweile und hat schon begonnen, den Stall zu zerlegen.«

»Obwohl ich beinahe jeden Tag mit ihm rausgehe«, ergänzte Erec.

Ferrand lachte. »Einem Kraftpaket wie diesem Hengst kann das nicht genügen. Aber er hat es fast geschafft.« Der Rossheiler klopfte Titus die Flanke und verabschiedete sich.

»Pep, geh und fang schon mal an, unsere Sachen für die Reise zu richten«, sagte Erec. »Übermorgen brechen wir Richtung Amiens auf. Ich möchte, dass bis dahin alles bereit ist.«

Als auch Pépin verschwunden war, lehnte Erec seinen Kopf an Titus' Stirn und schloss die Augen. Die zurückliegenden Tage waren anstrengend gewesen, gefüllt mit Sorge um seinen Freund, ständigen Waffenübungen, Vorbereitungen für den bevorstehenden Wettkampf. Und dann war da noch dieser beschriebene Pergamentstreifen in seinem Ärmel. Ohne ihn über die Identität der Dame aufzuklären, hatte er Armands Angebot angenommen. Es war ihm wichtig gewesen, die Worte selbst zu formulieren, auch wenn der Freund ihm half, die Verse zu glätten. Worte, die darauf warteten, ausgesprochen zu werden.

Er hatte sich eingeredet, keine Zeit zu haben, um sich in der Kunst der höfischen Liebe zu erproben. Aber die ungeschönte Wahrheit war, dass er es nicht wagte. Ehrlich gesagt, jagte er tausend Mal lieber ohne Helm und Schild einer vorgestreckten Lanze entgegen, als diese Verse vorzutragen. Zumal die Dame, der sie galten, weniger dafür bekannt war, besonders sanftmütig oder gnädig zu sein, sondern eher dafür, eine Zunge wie eine Distel zu haben. Vermutlich war das Beste, worauf er hoffen durfte, dass sie ihn lediglich auslachte. Und selbst wenn nicht – die Aussicht, dass der einzige Lohn bei diesem Spiel ein Lächeln, eine Geste sein sollte, stimmte ihn nicht gerade euphorisch. *Hingabe* hatte Armand es genannt. Das Beste, was er kriegen konnte. Und ja, sein Freund hatte recht, alles andere war unmöglich. Dennoch fragte sich Erec, ob ihm das genügen oder es dieses seltsame Ziehen in seiner Brust nicht noch verschlimmern würde.

Er legte Titus eine Decke um und führte ihn am Halfter aus dem Stall. Ein kleiner Spaziergang würde ihnen beiden guttun, zumal der Himmel nach den Schneefällen der letzten Tage endlich aufgeklart hatte.

Als er den Hof durchquerte, entdeckte er etwas entfernt eine Gruppe von Damen, vermutlich unterwegs zu einem der Gärten. Wie ein Schwarm bunter Vögel flatterten sie mit ihren farbenprächtigen Gewändern und Mänteln durch das graue Einerlei, das der Winter überall hinterlassen hatte. Unter ihnen war auch die Königin, wenn er recht sah; also konnte Genovefa nicht weit sein.

Einem kindischen Impuls folgend, wollte er auf dem Fuß kehrtmachen und schleunigst wieder im Stall verschwinden, hielt dann aber inne.

Willst du jetzt ewig weglaufen?, schalt er sich in Gedanken. Davon abgesehen schien Titus nicht die geringste Lust zu haben, schon wieder umzukehren, denn er stieß Erec auffordernd den Kopf ins Kreuz.

Meinetwegen. Was soll schon passieren? Abgesehen davon, dass ich mich vollkommen lächerlich mache und sie mich bis zum Jüngsten Tag verspottet.

Langsam setzte er seinen Weg fort. Vielleicht hatte er Glück, und die Damen beachteten ihn nicht. Doch er hatte seine Rechnung ohne den Hengst gemacht, der plötzlich stehen blieb, die Ohren spitzte, den Kopf wandte und jemanden mit freudigem Wiehern begrüßte.

»Elender Verräter!«, zischte Erec, als er den Grund für seine Begeisterung erkannte: Genovefa, die den anderen Frauen vom Palas her nacheilte. Und natürlich war sie dank Titus sogleich auf ihn aufmerksam geworden.

»Na, mein Freund, dir scheint es wieder besser zu gehen«, begrüßte sie das Pferd, während sie näher trat. »Ich hoffe, das gilt auch für Euch, Sire de Lacône.«

»Ich …«, stammelte Erec und schloss einen Herzschlag lang die Augen, um sich zu sammeln. Jetzt oder nie. Er vollführte einen formvollendeten Diener. »Ich freue mich, Euch zu sehen, Madame d'Hârcourt. Eure Anwesenheit macht diesen Tag gleich noch ein wenig sonniger.« Noch während die Worte seinen Mund verließen, wollte Erec sich am liebsten die Zunge abbeißen. Was redete er da für einen gespreizten Unsinn? Ein weiteres Mal schloss er die Augen.

Als er sie wieder öffnete, sah Genovefa ihn forschend an und hatte den Kopf schief gelegt. »Was genau tut Ihr da?«

»Ich …«, Erec nestelte an seinem Ärmel, in dem das Pergament mit den Versen verborgen war, »ich preise Euren Liebreiz, Madame. Das ist es, was Ritter Damen gegenüber tun, oder nicht?«

»Ihr preist meinen … Liebreiz?« Ihre leicht zusammengekniffenen Augen und der Blick, mit dem sie ihn maß, besaßen etwas Katzenhaftes. Das verhieß nichts Gutes. »Nachdem Ihr mich vor Kurzem erst mit Medusa verglichen habt?«

Erec spürte, wie sein Kopf heiß wurde. Natürlich musste sie ihm das aufs Brot schmieren. »Ich ... wollte nicht ... Das ... das war, bevor ich ...« Er unterbrach sich und holte tief Luft. »Madame, bitte, zeigt Gnade. Vielleicht ist es nicht offensichtlich, aber ich versuche mich in der ... Kunst der Hohen Minne, weil man mir sagte, das stünde einem groben Klotz wie mir gut an. Und ich wäre dankbar, würdet Ihr meinen Bemühungen wenigstens ein bisschen Wohlwollen entgegenbringen.«

Genovefas Augenbrauen hoben sich, und ihre Mundwinkel zuckten verdächtig, doch sie erwiderte nichts, sah ihn stattdessen auffordernd an.

Erec senkte den Blick. Nein, die Verse mussten warten, es war einfach nicht der passende Moment. Er versuchte es stattdessen mit Offenheit. »Wie Ihr wisst, werde ich in wenigen Tagen mein erstes Turnier für die Mannschaft des Jungen Königs bestreiten, noch dazu mit einem unerfahrenen Pferd. Und ich wollte ... wollte Euch in aller Demut bitten, mir für den Wettkampf ein Zeichen Eurer Gunst zu überlassen. Vielleicht würde es mir ein wenig Zuversicht für den Kampf geben, Euch als Minneherrin hinter mir zu wissen.«

Genovefa lachte ihr typisches Lachen, doch es enthielt weit weniger Spott, als Erec befürchtet hatte.

»Ich, Eure Minneherrin?«, fragte sie ungläubig.

Plötzlich kam er sich ein wenig töricht vor. Hatte er die Situation so falsch eingeschätzt? »Haltet Ihr das für unangemessen?«

»Ihr meint, abgesehen von der Tatsache, dass Ritter ihre Minneherrin häufiger danach auswählen, ihrem Ehemann und weniger ihr selbst zu gefallen?«

Wieder wurde Erecs Kopf heiß. »N... nein, darum geht es mir nicht, das müsst Ihr mir glauben«, versicherte er. Warum musste das alles so teuflisch kompliziert sein? Darüber hatte Armand kein Wort verloren.

»Vielleicht bin ich auch lediglich erstaunt, solche Worte aus Eurem Mund zu hören«, lenkte Genovefa ein. »Wo Ihr mir doch einst vorgeworfen habt, ich wolle Euch zu meinem *Spielzeug* machen. Und jetzt bietet Ihr Euch selbst an. Woher dieser Sinneswandel?«

»Es ... ist die Art, wie ein Ritter einer verheirateten Dame nah sein kann. Die einzige Art«, erklärte er ernst und sah sie unverwandt an.

Auch aus Genovefas Miene war jetzt der Schalk gewichen, und sie versuchte, in seinen Augen zu lesen. »Da habt Ihr wohl recht.« Einen weiteren Moment hielt sie seinen Blick fest. Dann fasste sie in ihr Haar unter dem zarten Schleier, löste ein grünes Seidenband heraus und reichte es ihm.

»Ich bezweifle zwar, dass es eines Minnepfands bedarf, um beim bevorstehenden Turnier Euer Bestes hervorzubringen, aber ich nehme an, es kann nicht schaden. Zumal ich nicht dabei sein werde, um Euch anzufeuern.«

Ihre Worte trafen ihn wie ein Hieb. »Warum das? Ihr habt den Wettkampf mindestens so herbeigesehnt wie ich.«

»Mein Mann. Er ist krank«, erklärte sie, und ein Schatten legte sich über ihre Züge. »Seit zwei Tagen quält ihn ein Fieber. Es geht ihm sehr schlecht, und ich kann ihn unmöglich allein lassen, schon gar nicht um meines Vergnügens willen.«

»Das ... ist sehr bedauerlich«, bekundete Erec, wobei er offenließ, ob seine Worte dem kranken Horace galten oder der Tatsache, dass Genovefa seinen Einstand im königlichen Kader verpassen würde. Da war er sich selbst nicht sicher.

Schweigend setzten sie sich in Bewegung und folgten in großem Abstand den anderen Damen, Titus zwischen sich.

»Ich würde sagen, für einen groben Klotz macht Ihr das mit dem Minnedienst gar nicht so übel«, bemerkte Genovefa schließlich.

»Und ich denke, Ihr macht Euch über mich lustig, Madame.«

»Nur ein wenig.«

»Immerhin haben meine Bemühungen mir das hier eingebracht.« Erec hob das Band in seiner Rechten. »Und dafür danke ich Euch.«

»Bringt es mir wieder, zusammen mit Eurem Turnierbericht.«

»Das werde ich, Herrin«, versprach er mit einer Verbeugung. Mit einem letzten Lächeln verabschiedete sich Genovefa und schloss zu den anderen Damen auf.

Erec sah ihr nach und steckte das zarte Band in seinen Ärmel zu den ungesprochenen Worten.

Kapitel 31

Grafschaft Amiens, Dury, Februar 1182

»Hebt eure Ärsche, ihr faulen Hunde!«, brüllte Roux und versetzte einem dösenden Mann am Feuer einen Fußtritt. »Wir befinden uns zwar nicht im Krieg, aber das hier ist kein Vergnügungsausflug. Seid wachsam und tut gefälligst was für euren Sold!«

Er gesellte sich wieder an Valérys Seite, und gemeinsam setzten sie die Patrouille fort. Sie und ihre Schar hatten in und vor den Mauern von Dury Stellung bezogen, der kleinen Festung am Rand von Amiens, in der Graf Philipp für die Zeit der Wettkämpfe residierte.

»Die Männer sind träge geworden«, klagte Roux in sehr viel leiserem Ton und spie in den Dreck. »Wird Zeit, dass sie wieder etwas zu tun bekommen.«

»Das steht wohl nicht zu erwarten«, entgegnete Valéry, »schließlich herrscht Waffenruhe; wir sehen einem Turnier entgegen, nicht einer Schlacht.«

»Kein großer Unterschied, wenn du mich fragst«, meinte Roux. »Beides bedeutet, dass Scharen schwer bewaffneter und kampferprobter Krieger an einem Ort zusammenkommen. Es ist wenig mehr als eine freiwillige Übereinkunft, ob es bei einem einvernehmlichen Spiel bleibt oder man sich gegenseitig die Schädel einschlägt. Wäre nicht das erste Mal, dass die Grenzen verschwimmen. Philipp weiß das. Aus keinem anderen Grund hat er uns hierher befohlen. Das Turnier soll seine friedlichen Absichten zeigen – ein fröhliches Fest, um die ehemaligen Kontrahenten zu versöhnen. Aber im Grunde seines Herzens traut er den anderen Fürsten keinen Fußbreit über den Weg.«

»Kein Wunder, oder? Er, wir alle haben ordentlich Prügel bezogen in letzter Zeit. Keiner seiner Pläne ist aufgegangen. Wir können Gott danken, bei den zurückliegenden Kämpfen so glimpflich davongekommen zu sein.«

»Amen.« Roux schlug das Kreuzzeichen.

Aus der Not heraus hatte sich Valéry im vergangenen Spätsommer bei Moreuil schließlich doch Roux' Söldnerkontingent angeschlossen, und kurze Zeit später waren sie von Graf Philipp von Flandern in Dienst gestellt worden. Wie Roux vorausgesagt hatte, gelang es Valéry durch Grips und Geschick recht schnell, einen Platz an der Spitze ihrer Truppe zu erringen. Was nichts daran änderte, dass sie bei den Kämpfen gegen den französischen König und seine angevinischen Verbündeten nur knapp mit heiler Haut davongekommen waren.

»Allerdings wird das den Grafen kaum in seinem Ehrgeiz bremsen, wenn du mich fragst«, mutmaßte Roux. »Vor nicht allzu langer Zeit war er noch der zweite Mann hinter dem französischen König, wenn nicht sogar derjenige, der die Fäden gezogen hat. Er kann mit seiner Situation unmöglich zufrieden sein. Und der Teufel soll mich holen, wenn da nicht schon etwas Neues im Gang ist.«

»Was macht dich so sicher?«

»Die bemerkenswerte Tatsache, dass einer von den Rittern des Jungen Königs vorhin hier eingetroffen ist«, erklärte Roux und grinste. »Peter fitz Guy, Henris Seneschall. Wir kennen uns. Von früher. Haben während der Rebellion gemeinsam bei Rouen gekämpft.«

Valéry runzelte die Stirn. »Übermorgen beginnt das Turnier. Es ist nicht ungewöhnlich, dass man sich im Vorfeld gegenseitig besucht, oder?«

»Ich gebe dir recht, wenn es sich um offizielle Delegationen und so weiter handelt. Aber dass ein einzelner Ritter, noch dazu dieser, hier aufkreuzt, ist durchaus ... bemerkenswert. Warten wir's ab.«

Und das taten sie auch, indem sie sich in der Nähe des Tores postierten. Trotzdem dauerte es noch eine weitere Stunde, bis besagter Mann die Festung wieder verließ.

»Peter, wenn das keine Überraschung ist!«, begrüßte Roux den Ritter und vertrat seinem Pferd den Weg.

Der andere kniff kurz die Augen zusammen, dann teilte ein Grinsen seine Lippen. »Roux, du alter Galgenstrick, was treibst du hier?«

»Oh, dasselbe könnte ich dich fragen, was? Hast du Zeit für ein gemeinsames Bier, um der alten Zeiten willen?«

»Warum nicht, meinetwegen.« Der andere glitt aus dem Sattel und drosch Roux zur Begrüßung auf die Schulter. »Ist wirklich schon eine Weile her, aber du bist noch die gleiche hässliche Vogelscheuche.«

»Das Kompliment gebe ich gerne zurück«, erwiderte Roux, und beide lachten rau. »Das hier ist übrigens Valéry d'Anier, mein neuer Hauptmann«, stellte er ihn vor, während sie gemeinsam zum nächstgelegenen Lagerplatz schlenderten.

»D'Anier? Klingt mir nicht nach einem alten Söldnergeschlecht.« Fitz Guy musterte ihn abschätzig.

Valéry erinnerte sich gut an diesen Ausdruck, hatte ihn vor nicht allzu langer Zeit selbst auf seinen Zügen gespürt, bei der ersten Begegnung mit Roux und seinen Leuten.

»Früher war ich einer von euch, aber ich ...«, er warf Roux einen vielsagenden Blick zu, »habe mich einträglicheren Verdienstmöglichkeiten zugewandt.«

Ja, er gehörte nicht länger zur ehrbaren Gemeinschaft der Turnierritter, war jetzt selbst einer von den *anderen;* Abschaum. Aber er war nicht sicher, ob er diese Tatsache bedauerte. Es war ein entbehrungsreiches und gefährliches Leben, ja. Aber es war auch ein freieres Leben, das bis auf das Recht des Stärkeren kaum Regeln kannte. Alles erschien ihm seither unkomplizierter. Zudem war seine Geldkatze anständig gefüllt. Dafür nahm er in Kauf, dass frühere Standesgenossen auf ihn herabsahen und vor ihm ausspuckten. Zumindest war es das, was er sich einzureden versuchte.

»Jeder muss sehen, wo er bleibt, nicht wahr?«, sagte Peter fitz Guy, und damit schien die Angelegenheit für ihn erledigt.

Sie suchten sich ein geschütztes Plätzchen unter einer aufgespannten Tuchplane, und Roux schickte einen Burschen nach Bier.

»Lass hören, Peter, was treibt dich zu Graf Philipp, so ganz allein?«

Der Ritter winkte ab. »Ein Botengang, nichts weiter. Ich gehöre zum Voraustrupp des Jungen Königs.«

Nicht nur in Valérys Ohren klangen diese Worte eine Spur zu beiläufig, wie er an Roux' Gesichtsausdruck ablesen konnte. Doch der Söldnerführer bohrte nicht nach, auch weil in diesem Moment schon der Junge mit drei Bechern und einem Bierkrug erschien.

»Erzähl, was gibt's Neues am königlichen Hof?«, fragte Roux stattdessen, nachdem er die Becher gefüllt und sie alle einen kräftigen Schluck genommen hatten.

»Es herrscht der ewige Reigen von Turnier und Müßiggang«, berichtete fitz Guy. »Viel anderes bleibt derzeit nicht zu tun. Alles bezahlt vom Alten König, zumindest solange es ihm beliebt. Unterhaltsam, zweifellos, aber bisweilen auch ermüdend. Und die Unzufriedenheit des Jungen Königs über diesen Zustand wächst.«

»Was bedeutet das?«

Peter zuckte mit den Schultern. »Bleibt abzuwarten. Er streckt seine Fühler aus, würde ich sagen. Prüft seine Möglichkeiten.«

Schweigen, als müsse Roux über diese Worte und ihre Konsequenzen nachdenken.

»Wie geht es dem Marschall?«, erkundigte sich der Söldner schließlich.

Das Gesicht seines Gegenübers verdüsterte sich schlagartig bei der Nennung dieses Namens. »Wie soll's ihm schon gehen? Prächtig natürlich.« Der Ritter trank einen großen

Schluck Bier und schenkte sich dann selbst noch einmal nach. »Henri liebt ihn mehr als einen Bruder, lässt ihm völlig freie Hand über alles, was die Mannschaft betrifft. Und auch sonst herrscht der Marschall wie ein Vizekönig über uns. Neuerdings protegiert er einen jungen Ritter, Erec de Lacône. Und nicht nur Guillaume, auch der König selbst hat einen Narren an diesem Kerl gefressen.«

Valéry horchte auf. »Erec de Lacône, sagt Ihr?«

Peter nickte. »So lautet sein Name, ja. Ein Emporkömmling, den der Marschall auf irgendeinem Provinzturnier aufgelesen hat.«

Valéry spürte, wie seine freie Hand sich zur Faust schloss und der alte Groll in seiner Brust erwachte. Erec hatte es an die Seite des Jungen Königs geschafft, obwohl er bei ihrer Trennung vor einigen Monaten am absoluten Tiefpunkt gestanden hatte? Wie zum Teufel war das möglich?

Roux stieß ihn mit dem Ellenbogen in die Seite. »Alles in Ordnung? Du siehst aus, als wolltest du jemanden erwürgen.«

»Ich kenne ihn, Erec de Lacône.«

»Du kennst diesen Kerl?«, fragte fitz Guy und richtete sich interessiert auf. »Woher?«

»Zusammen mit ein paar anderen sind wir eine Zeit lang als Kampftrupp von Turnier zu Turnier gezogen. Wir waren … Freunde.« Zumindest hatte Valéry das glauben wollen. Inzwischen war er sich dessen nicht mehr sicher.

»Freunde? Das ist interessant.« Der Ritter musterte ihn mit einem seltsam eindringlichen Blick, leerte den Rest seines Bieres in einem Zug und erhob sich. »Entschuldigt, Männer, ich muss gehen. Ich habe noch etwas Dringendes zu erledigen.«

Wenig später saß Peter fitz Guy wieder im Sattel. Doch statt nach Amiens zum Turnierplatz und seinen Leuten zu reiten, lenkte er sein Pferd zurück in die Festung.

Valéry tauschte einen vielsagenden Blick mit Roux. Kein Zweifel, da war etwas im Gange.

Kapitel 32

Herzogtum Normandie, Pirou, Februar 1183

Die letzten Akkorde verklangen, schwebten noch einen Herzschlag lang zitternd in der Luft und vermischten sich schließlich mit wohlwollendem Klatschen. Der Beifall holte Armand endgültig aus der Welt, in die ihn die Klänge immer wieder aufs Neue entführten. Zurückzukehren ins Hier und Jetzt war an manchen Tagen, wie vom Olymp herabzusteigen. An anderen war es, als klettere er aus der finsteren Unterwelt ans Licht. Bevor er herausfinden konnte, was für eine Art Tag heute war, setzte sich jemand neben ihn.

Er öffnete die Augen und sah sich dem eindringlichen und ein wenig furchterregenden Blick Bertran de Borns ausgesetzt. Bei einem Sturz vom Pferd hatte der Troubadour sich unlängst das Bein verletzt und daher, als Henri mit seinen Kämpfern und einem guten Teil seines Haushalts Richtung Amiens aufbrach, am Hof zurückbleiben müssen.

Genau wie Armand. Seine Anwesenheit jedoch hatte einen anderen Grund. Er war gebeten worden, den in Pirou Verweilenden bis zur Rückkehr der Turnierrecken mit seiner Musik und seinen Versen die Zeit zu vertreiben.

Seinem grimmigen Gesichtsausdruck nach schien de Born diese Tatsache nicht zu gefallen. Andererseits wirkte das Gesicht des Sängers meist grimmig, was daran liegen mochte, dass der eine oder andere Gegner bereits die Klinge an seinem Schädel geschärft hatte.

»Ihr wollt mir also doch den Rang ablaufen, de Beaujeu?«,

brummte er. Tatsächlich klang es mehr nach einer Feststellung als nach Anfeindung. »Normalerweise bin ich es, der an diesem Hof für Unterhaltung sorgt.«

»Sicher wurde diese Aufgabe nur der Abwechslung halber diesmal mir anvertraut. Und weil Ihr nicht wohl seid.«

De Born fletschte humorlos die Zähne. »Gewiss, mit einem angeschlagenen Bein lässt sich schlecht singen, nicht wahr? Und die Laute zu zupfen mit einem dicken Knöchel? Die reinste Qual, versichere ich Euch.«

Armand ließ sich von seinen bissigen Bemerkungen nicht beeindrucken. Sein Vater hatte ihm jahrelange Übung darin verschafft, provozierende Worte an sich abprallen zu lassen. »Liebeslyrik ist Eure Sache nicht, de Born«, erwiderte er unerschrocken. »Das habt Ihr selbst gesagt, wenn ich nicht irre. Und wie Ihr seht, scheinen die Damen Gefallen an meinen Versen zu finden.«

»Wohl eher an Eurem liebreizenden Anblick, Armand. An diesen entzückenden Löckchen und Euren traurigen Welpenaugen«, gab der Sänger zurück.

O ja, Spott – das war die Sprache, die der Aquitanier fließend beherrschte, laut und unverhohlen. Er war kein Mann der sanften Worte, sondern oft grob, hohntriefend und vulgär, hielt sich selten mit einfallsreichen Metaphern und fein gedrechselten Wortgebilden auf. Wo Armand mit der Feile zu Werke ging, gebrauchte de Born die Axt – und wurde dafür allseits gefeiert und verehrt.

»Offensichtlich haltet Ihr Spott und Herablassung für die höhere Kunst, de Born«, stellte Armand fest. »Dabei sind beide nicht mehr als ein Schild, der den Blick fort von einem selbst auf einen vermeintlichen Gegner lenkt. Über die Liebe zu singen bedeutet dagegen, das eigene nackte und blutende Herz darzubieten. Ihr liegt falsch, wenn Ihr glaubt, der Spötter sei stärker als der Minnedichter.«

»Jedenfalls lasst Ihr Euch nicht so leicht einschüchtern.« Der Aquitanier maß ihn mit einem beinahe anerkennenden Blick. Und nach einigen Herzschlägen fügte er hinzu: »Hört zu, Armand, ich will Euch nicht das Talent absprechen, das wäre unehrlich. Ihr seid gut, Gott weiß es. Aber lasst mich Euch eins sagen: Dies hier ist kein Musenhof.« Beinahe klangen seine Worte wie eine Warnung. »Henri mag der Sohn Eleonores sein, der Königin der Troubadoure, und ja, er ist ein feingeistiger Mann – auf seine Weise. Aber er ist anders gestrickt als seine Mutter. Er würde den Kampfplatz und die Gesellschaft von Kriegern jederzeit dem Festbankett mit Sängern vorziehen.« Eindringlich sah er Armand an, und wieder erkannte der keine Feindseligkeit in diesem Blick, sondern vielmehr schonungslose Offenheit. »Glaubt mir, hier ist wenig Platz für romantische Schwärmerei. Reime an diesem Hof müssen nach Rauch und Blut schmecken, sie sollen nicht dazu anspornen, bessere Liebhaber zu werden, sondern bessere Kämpfer.« Er stand auf, klopfte Armand kurz die Schulter, dann humpelte er davon.

Armand sah ihm nach, unsicher, was er von dieser Ansprache halten sollte.

»Habt Dank für Eure herrliche Darbietung, Armand«, unterbrach eine Frauenstimme seine Gedanken. »Es war wundervoll, egal was dieser Griesgram von einem Kriegsbarden behauptet.«

Armand erhob sich und vollführte einen eleganten Diener. »Ich danke Euch für Eure freundlichen Worte, Madame.« Genovefa d'Hârcourt hatte sie gesprochen, die Ehefrau des Mannes, dessen Geld Erec vor nicht allzu langer Zeit abgelehnt hatte. Und auch wenn er den Grund bis heute nicht verstand, war es im Nachhinein vielleicht eine glückliche Fügung gewesen, schließlich hatte sie ihr Weg am Ende hierhergeführt.

Sie nahmen beieinander Platz.

»Kriegsbarde – eine treffende Bezeichnung«, befand Armand. *Vermutlich wäre de Born ein Mann ganz nach dem Geschmack meines Vaters,* überlegte er. Genauso flink mit dem Schwert wie mit der Zunge, furchtlos mit Worten wie mit Waffen. Extrovertiert und leidenschaftlich. *Ganz anders als ich.*

»Ja, wenn er sich nicht über andere lustig macht, verherrlicht er Kampf und Schlacht. Aber natürlich kennt Ihr seine Lieder. Ich muss gestehen, ich mag ihn nicht besonders. Er ist unnachgiebig und unverschämt, wenn etwas – oder jemand – nicht seiner Sache dient.«

»Wie meint Ihr das?«

Sie zuckte mit den Schultern. »Er ist mit ganzem Herzen Aquitanier, wie Euch sicher nicht entgangen ist. Und nichts erhofft er sich mehr, als dass seine Landsleute die – wie er es nennt – Unterdrückung durch Herzog Richard endlich abschütteln und souverän über ihre Ländereien gebieten. Er selbst ist Burgherr von Hautefort im Périgord, doch zwingen ihn die geltenden Gesetze, sich die Herrschaft mit seinen zwei Brüdern zu teilen, und einer von ihnen ist Gefolgsmann Herzog Richards, was zu ständiger Zwietracht unter den Geschwistern führt. De Born vermutet, dass genau diese Absicht hinter dem Gesetz steckt. Nicht ganz zu Unrecht, wie ich glaube. Solange die Aquitanier miteinander uneins sind, lassen sie sich einfacher beherrschen.«

»Ihr seid äußerst bewandert in der Politik des Reiches, Madame d'Hârcourt«, stellte Armand fest.

»Warum überrascht Euch das? Ich höre zu. Und ziehe meine Schlüsse. Ganz einfach.« Sie lachte. »Aber was Bertran de Born betrifft«, kam Genovefa auf den Anlass ihrer Unterhaltung zurück, »er versucht, Stimmung zu machen, und stachelt die Parteien gegeneinander auf, durch seine Reden und seine Verse. Und ich fürchte, beides fällt auf fruchtbaren Boden.«

»Ein gefährliches Spiel.«

»Ohne Frage. In einer Sache hat de Born allerdings recht: Henris Hof ist nicht zu vergleichen mit dem, den seine Mutter einst unterhielt, oder wie ihn seine Halbschwester Marie in der Champagne führt. Anders als hier werden Künstler dort mit allen Mitteln unterstützt, und es besteht die Möglichkeit, sich auszutauschen, voneinander zu lernen, gemeinsam zu arbeiten. Musik und Dichtkunst wie die Eure erfahren Förderung und Wertschätzung.« Sie lächelte wehmütig. »Sosehr wir uns hier auf Pirou über kunstvolle Zerstreuung freuen, vielleicht wärt Ihr dort besser aufgehoben. Königin Marguerite pflegt engen Kontakt zu ihrer Schwägerin und …«

Armand unterbrach Genovefa, indem er sie sanft am Arm berührte. »Das ist ausgesprochen freundlich von Euch, Herrin, und ich gebe zu, es klingt äußerst verlockend. Aber ich habe nicht vor wegzugehen. Hier sind die Menschen, die mir am nächsten stehen. Erec de Lacône, er ist mein engster Freund seit Kindertagen. Nein, ich werde bleiben. Ein – wie sagtet Ihr? – grimmiger Kriegsbarde wird mich sicher nicht in die Flucht schlagen.«

Kapitel 33

Grafschaft Amiens, Amiens, Februar 1182

Es machte den Eindruck, als habe Graf Philipp den Frühling selbst zu seinem Turnier nach Amiens eingeladen. Nicht nur strahlte die Sonne warm und golden vom Himmel, der ganze Ort erschien Pépin wie eine leuchtende Blumenwiese, obwohl die meisten Pflanzen noch unter gefrorener Erde schliefen. Bei ihrer Ankunft in Pirou vor wenigen Wochen hatte er das Domizil des Jungen Königs für übermäßig prächtig gehalten, doch die festlich herausgeputzte flandrische Stadt übertraf diesen Eindruck um ein Vielfaches: Girlanden aus flatternden Bändern rankten sich über seinem Kopf von Haus zu Haus, zahllose Menschen in farbenfrohen Festgewändern füllten die Straßen, und die bunt bemalten Schilde der Turnierteilnehmer schmückten Gasthäuser und Herbergen. Dazu kamen die prächtigen Zelte, die sich wie ein Gürtel um die Mauern spannten und von flatternden Bannern und Wimpeln umstanden waren. Anders als die Behausungen, die Pépin von ihren früheren Turnieren gewohnt war, bestanden diese Unterkünfte nicht selten aus wertvollen Brokatstoffen, waren kunstvoll mit Wappen bestickt oder mit im Wind tanzenden Borten und Bändern dekoriert. Auch sie selbst bewohnten diesmal ein hübsches grünes, vollkommen wetterfestes Zelt, das aus König Henris Beständen stammte. Ein Vortrupp hatte alles Nötige für die Turniergesellschaft hergerichtet, sodass sie bei ihrer Ankunft die Unterkünfte bereits bezugsfertig vorfanden. Dieses neue Leben bot durchaus Vorteile, stellte Pépin zufrieden fest.

Nicht nur Farben füllten die Stadt, sondern auch das allgegenwärtige Schnattern und Schwatzen unzähliger Stimmen. Spielleute zogen singend durch die Gassen, begleitet vom Klang ihrer Drehleiern, Zimbeln und Flöten. Dazu mischten sich das hohe Klingen von Schmiedehämmern, die Rufe von Marketenderinnen und Brotverkäufern, das Wiehern zahlreicher Pferde. Und immer wieder schoben sich Gruppen von Knappen, Ausrufern und Herolden krakeelend durch die Menge, schlugen die Trommel und schwenkten die Banner ihrer Herren, während sie deren Schlachtrufe intonierten und den Lobpreis auf ihre Heldentaten sangen. Ab und an gerieten dabei gegnerische Lager in Streit, und Meinungsverschiedenheiten über Können und Ehre einzelner Ritter oder ganzer Banner wurden mit den Fäusten ausgetragen.

Pépin hielt sich heute lieber von Handgreiflichkeiten fern, genau wie er die Gesellschaft der anderen Knappen mied. Abgesehen vielleicht vom freundlichen Enguerrand de Préaux schienen sie auf seine Gesellschaft gleichermaßen wenig Wert zu legen.

Pépin war es egal. Er war immer gut allein klargekommen, warum sollte es jetzt anders sein? Davon abgesehen war er gar nicht allein. Mit Brice am Strick schlenderte er über den Markt, der um die Kirche herum aufgebaut war. Immer wieder musste er stehen bleiben, weil der Hund etwas Interessantes entdeckte und mit der Nase den Boden absuchte. Aber auf die Weise hatte Pépin Gelegenheit, all die Auslagen mit Gürteln und gemusterten Bändern, mit Kürschnerwaren oder Messern zu bewundern und dabei den appetitlichen Geruch nach gebratenem Fleisch, Räucherwurst, Würzwein oder kräftigem Käse zu inhalieren, der von allen Seiten heranzog. Auch Menschen boten ihre Dienste feil, Schwertfeger und Zahnreißer, Schuhmacher und Hufschmiede. Ob Mila und ihr Vater hier waren? Vermutlich nicht. Sie machten ihre Geschäfte üblicherweise auf den kleineren Turnieren in der

Provinz. Dafür trieben sich jede Menge Bewaffnete in der Stadt herum, fiel Pépin auf. Ritter aus aller Herren Länder natürlich, aber auch Söldner in wild zusammengewürfelten, oft bunt gescheckten Gewändern, die in Graf Philipps Lohn standen. Dies mochte ein Turnier sein, aber deswegen traute man einander noch lange nicht über den Weg.

Als Pépin den Marktplatz hinter sich ließ, entdeckte er nicht ohne Überraschung den Honigkrapfen in seiner Hand. Ja, er trug neuerdings ausreichend Münzen bei sich, um solche Leckereien ehrlich zu erwerben, aber bisweilen waren seine Finger flinker als sein Verstand. Unauffällig blickte er sich um. Niemand schien etwas bemerkt zu haben, also schob er sich die Süßigkeit rasch in den Mund. Das Gebäck schmeckte köstlich, und für einen Moment erwog er, zu dem Händler zurückzukehren und einen weiteren Krapfen zu erstehen, gegen Bezahlung diesmal. Doch in dem Augenblick schlug die Glocke der Kirche zur Vesper. Erec würde bald von der Besprechung der Bannerherren und Hauptleute wiederkommen. Zeit, zu den anderen zurückzukehren.

»Alles, was ein Ritter auf den Kampfplatz bringt, einschließlich seiner selbst, darf sich der Sieger eines Gefechts als Preis nehmen«, erklärte Erec die Regeln für den bevorstehenden Wettkampf. »Und ja, wir haben jetzt eine Profimannschaft und das königliche Wohlwollen im Rücken, aber besser, ihr verlasst euch nicht darauf, dass Henri die Lösegelder begleicht oder eure Gäule zurückkauft. Und wir kämpfen hier nicht gegen irgendwelche Provinzflegel, sondern in der Königsklasse. Denkt immer daran: Unsere Gegner werden mit den besten Waffen und Rüstungen und den vortrefflichsten Rössern auf dem Platz stehen.« Er blickte seine Freunde nacheinander an. »Josce, hörst du mir überhaupt zu?«

»Bitte, Erec, erkläre Lionel, dass er morgen auf keinen Fall *so* am Turnier teilnehmen kann«, knurrte der Ritter, ohne den Blick von seinem Freund abzuwenden. »Er wird uns alle lächerlich machen.«

»Süßer Jesus, immerzu hast du etwas auszusetzen«, beschwerte sich dieser und seufzte übertrieben. »Was erregt jetzt wieder dein Missfallen?«

»Ich … vermute, er meint das da.« Erec wies auf das rot gemusterte Band, welches Lionel um die Stirn geschlungen trug. »Und das.« Dabei zeigte er auf zwei weitere zarte Stoffstreifen, einen gelben und einen blau bestickten, die der Ritter jeweils um den rechten und den linken Oberarm gebunden hatte.

Pep unterdrückte ein Glucksen.

»Was ist verkehrt damit?«, erkundigte sich Lionel. »Das sind Minnepfänder. Die darf gerne jeder sehen, schließlich sollen sie mir Glück bringen, oder nicht?«

»Minnepfänder? Gleich drei an der Zahl?«

»Neidisch?« Lionel grinste selbstzufrieden.

»Himmel, nein«, erwiderte Erec, und seine Finger berührten den Ärmel, in dem er Genovefas Gunstbeweis aufbewahrte. Er war nicht sicher, ob er ihr Band beim Turnier offen tragen würde – nicht, weil er sich dessen schämte, sondern weil es ihm im Gegenteil teuer war und er den Stoff lieber auf der Haut spüren wollte, als damit vor allen anzugeben. Zumal seine Besitzerin ohnehin nicht anwesend sein würde. »Nein, Lionel, *ich* bin nicht neidisch«, betonte er noch einmal. »Aber deine Verehrerinnen könnten eifersüchtig werden, wenn sie auf diese Weise voneinander erfahren.«

Lionels Gesicht nahm einen nachdenklichen Zug an. Er öffnete den Mund, machte ihn jedoch unentschlossen wieder zu.

»Lass uns morgen noch einmal darüber reden«, lenkte Erec ein. »Noch ein Wort zur Mannschaftsaufteilung. Wie erwartet, werden wir uns mit Engländern, Poitevinern und den Franzosen aus der Krondomäne zusammentun, während auf der anderen Seite Flandern mit seinen Verbündeten aus dem Hainaut, der Champagne, Blois und Burgund kämpft.«

»Womit beide Mannschaften ziemlich genau den Parteien entsprechen, die sich noch vor wenigen Monaten im Krieg gegenüberstanden«, stellte Lionel düster fest.

Erec nickte. »Ja, das ist wahr. Letztlich ist es die Fortsetzung des Konflikts auf andere Weise. Aber sicher ist es besser, die herrschenden Spannungen ohne Blutvergießen abzubauen – oder sagen wir, ohne einander zu töten und das Land zu verheeren. Aber es wird hart zur Sache gehen, so viel steht fest.«

Josce zuckte mit den breiten Schultern. »Nichts Neues, dass Flamen, Hainuyes und Champenois bei Turnieren zusammenglucken, oder?«

»Vermutlich hast du recht«, sagte Erec. »Aber in den Kreisen, in denen wir uns jetzt bewegen, erfordert die Mannschaftseinteilung besonderes Fingerspitzengefühl, nehme ich an. Männer sollen nicht gegen ihre Lehnsherren oder Verbündeten antreten müssen, das könnte zu gefährlichen Differenzen führen.«

»Heißt es nicht, Balduin von Hainaut habe sich während eines Turniers bei Gournay und Ressons gegen seinen Schwager auf die Seite der Angevinen gestellt?«, überlegte Lionel laut.

Erec nickte. »Und Philipp trägt es ihm bis heute nach.«

Schließlich blickte Erec noch einmal in die Runde seiner Mitstreiter. »Noch irgendwelche Fragen? Das Kampffeld haben wir ja heute Morgen schon begutachtet.«

»Und wir können froh sein, wenn wir uns dort nicht verirren«, spottete Josce.

In der Tat umfasste das Turnierareal eine gewaltige Fläche einschließlich zweier kleiner Weiler, eines Bachlaufs und eines Eichenwäldchens. Als Refugium ihrer Mannschaft diente diesmal nicht nur ein eingefriedeter Bezirk, sondern gleich die ganze Vorstadt von Amiens, während ihren Gegnern das etwa zwei Meilen entfernte Dorf Saveuse als Rückzugsbereich zur Verfügung stand.

Erec atmete tief ein. »Ja, das hier wird größer als alles bisher, so viel steht fest. Und noch etwas ist anders: Diesmal werden wir es mit Kippern zu tun bekommen.«

»Auch das noch«, knurrte Josce.

»Kipper?« Fragend sah Pépin zu Erec.

»Leicht gerüstete Fußkämpfer, die keine andere Aufgabe haben, als die Gegner ihrer Herren vom Boden aus zu bedrängen, mit Stangen und Keulen zu drangsalieren und bestenfalls aus dem Sattel zu holen, damit die Ritter leichtes Spiel mit ihnen haben.« Sie kamen besonders zu Beginn des Kampfes zum Einsatz, unmittelbar nachdem die Kampfreihen aufeinandergetroffen waren und sich ineinander verbissen. Auch Henris Mannschaft verfügte über gut drei Dutzend solcher Waffenknechte. Und nachdem sich beide Parteien heute auf den Einsatz dieser Helfer verständigt hatten, würden sie morgen mit ins Feld geführt werden.

Dass Erec und seine Männer bisher nur selten mit Kippern zu tun gehabt hatten, lag schlicht daran, dass weniger betuchte Ritter sich solcherlei Unterstützung kaum leisten konnten. Bisweilen einigten sich die Kontrahenten auch von vornherein, auf ihren Einsatz zu verzichten.

»Umso wichtiger, dass wir dicht beisammenbleiben«, schärfte Erec seinen Freunden ein. »Keine Alleingänge! Nur so können wir uns gegenseitig decken und haben bessere Chancen, ein paar von den anderen zu erwischen. Morgen nach der Frühmesse sammeln wir uns. Verstanden?«

»Hurta!«, grölten sie zur Antwort und klapsten sich in Ermangelung von Helmen gegenseitig auf die Hinterköpfe.

Nachdem seine Freunde sich verstreut hatten, ging Erec zum Zelt, um sich zu waschen und umzuziehen. Ein Abend voller Festlichkeiten stand bevor, denn die am Turnier teilnehmenden Fürsten luden überall in der Stadt zum Umtrunk und zu Empfängen. Dem Brauch gemäß stattete man sich am Vorabend des Wettkampfs gegenseitig Besuche ab, leerte einige Becher Wein zusammen, tauschte Neuigkeiten aus und gab sich Ratschläge für das bevorstehende Gefecht. Graf Philipp ließ zudem in den Gasthäusern von Amiens kostenlos Bier und Apfelmost ausschenken, Musikanten spielten auf, und Gaukler sorgten für Unterhaltung.

Erec hoffte, die anderen würden nicht allzu sehr über die Stränge schlagen. Er zumindest hatte vor, sich zurückzuhalten, wenngleich der Marschall seine Gesellschaft erbeten hatte. Erec würde diesen Abend also an der Seite des besten aller Ritter verbringen und zusammen mit ihm die berühmtesten Turnierkämpfer des Abendlandes aufsuchen. Er konnte beim besten Willen nicht entscheiden, ob ihn diese Vorstellung mit Stolz oder Angst erfüllte. Beides gleichermaßen vermutlich.

Kapitel 34

Grafschaft Amiens, Februar 1182

Der Rappe von Guiscard d'Albon kommt nicht gut in die Hufe, ist viel zu langsam. Raoul de Clermonts Ross dagegen fegt wie ein Sturmwind heran, er führt die Lanze in steilem Winkel, hält sie stabil. Treffer! Die Lanze bricht am Schild, d'Albon taumelt, stürzt – und schlägt auf. Das hat gesessen. Sieg für Clermont! Sieg für den französischen Ritter!« Jubel oder Stöhnen erklang unter den versammelten Zuschauern, abhängig davon, welchem Lager sie angehörten oder auf wen sie ihr Geld verwettet hatten.

»D'Albon scheint sich ernstlich verletzt zu haben«, berichtete Didier weiter. »Er kommt nur mit Hilfe hoch. Vielleicht das Knie? Wäre nicht das erste Mal. Fraglich, ob er so noch weiterkämpfen kann – zumal sein bestes Ross gerade an Raoul de Clermont gefallen ist.« Der schlaksige Didier war bis ganz hinauf in die Krone der alten, noch kahlen Linde geklettert, die am Rande des Turnierplatzes stand, um alles gut im Blick zu haben. Mit einer Stimmgewalt, die man dem knochigen Burschen niemals zugetraut hätte, und großer Begeisterung kommentierte er die Vorgänge auf dem Turnierplatz, die von ihrem Standort am Boden aus nur schwer zu überblicken waren; zumal an den Plätzen mit der besten Aussicht die prächtig geschmückten Tribünen für die Damen und die feine Gesellschaft errichtet worden waren. Zugegeben, Didier machte seine Sache gut, aber er war kein Odilon Auberée. Der Herold würde mit anderen seiner Zunft den Kampf zunächst von der Tribüne, dann auf dem Pferderücken begleiten und für die Edlen kommentieren, wusste Pépin. Dafür verfügte Didier über hervorragende Augen, ein flinkes Mundwerk und ein ausgezeichnetes Gedächtnis, wie es schien. Immer wieder überraschte er mit skurrilen Anekdoten über die Kämpfenden und Details aus zurückliegenden Turnieren. Womöglich war vieles davon erfunden, aber die Umstehenden scherte das wenig. Sie freuten sich über die Unterhaltung, während sie auf ihren Einsatz warteten.

Pépins Nervosität wuchs mit jedem Herzschlag. So viele Menschen, so viele Pferde, so viel … von allem. Nie zuvor war er bei einem Ereignis dieser Pracht und Größe dabei gewesen. Gemessen an dem heutigen Spektakel mit beinahe zweihundert Rittern auf jeder Seite und Hunderten, wenn nicht Tausenden von Schaulustigen, waren die vergangenen Turniere kaum mehr als Kinderkram gewesen.

Knappen, Trossvolk und Knechte der angevinischen Mannschaft und ihrer Mitstreiter hatten sich mit anderen Neugierigen unmittelbar entlang der Seitenlinie des Kampfplatzes postiert, um den Wettkampf zu verfolgen, mit einer losen Rüstung oder einem lahmen Ross zu helfen oder ihren Herren zwischendurch eine der Lanzen zu reichen, die in langen Ständern hinter ihnen lagen. Für längere Pausen, Pferdewechsel oder die Versorgung von Verletzungen konnten sich die Ritter in die jeweiligen Refugien zurückziehen. Auch dann, wenn es Gefangene oder Beute in Sicherheit zu bringen galt.

Die Kipper warteten an der Seite auf ihren Einsatz. Robuste Kerle mit Rundschilden, Kettenhemden oder Lederpanzern und breitkrempigen Eisenhüten, bewaffnet mit stumpfen Speeren oder Keulen.

»Wie sieht's aus, Didi?«, rief einer von ihnen den Baum hinauf. »Geht's bald los, oder kann ich noch mal pissen gehen?«

Bisher hatten sich lediglich einzelne Ritter zu einem Tjost zwischen den feindlichen Lagern zusammengefunden, während sich die gegnerischen Mannschaften noch sammelten oder aufstellten.

»Lange kann's nicht mehr dauern«, gab Didier zurück. »Viele stehen schon bereit. Und – aah! – da kommt auch der Herzog von Burgund mit seinem Banner. Prächtig sehen sie aus, die Burgunder. Besonders Hugues in seiner blitzenden Rüstung. Wer sollte diesen Fels von einem Mann aus dem Sattel holen?«

»Bär von Burgund! Burgundischer Bär! Tapfer kämpf für Ruhm und Ehr!«, begann eine Gruppe von Burschen, die etwas abseits von den anderen stand, wie aufs Stichwort zu grölen. »Burgundischer Bär! Bär von Burgund! Zeig's dem angevinischen Hund!«

»Ihr wollt wohl was aufs Maul!«, brüllte der Kipper zu den Schreihälsen hinüber und schüttelte drohend seinen Speer in ihre Richtung.

»Was macht ihr überhaupt hier?«, knurrte einer der Knappen. »Warum seid ihr nicht bei den Flamen auf der anderen Seite? Sucht ihr Ärger, oder was?«

Mit grimmigen Mienen rückten die Kontrahenten aufeinander zu.

»Gott, unsere Hilfe! Alles für Anjou!«, intonierte Enguerrand de Préaux plötzlich lauthals und reckte die Faust. »Gott, unsere Hilfe! Alles für Anjou!«

Es dauerte kaum zwei Atemzüge, bis der Kampfruf der Angevinen auch von den anderen aufgegriffen wurde und zu einem lauten, rhythmischen Chor anschwoll, der die Burgunden mühelos niederbrüllte, auch wenn sie sich noch so sehr mühten dagegenzuhalten. Weitere Rufe mischten sich dazu. »Gott mit dem Marschall!«, »Poitiers voran!«, und Pépin steuerte ein herzhaftes »Hurta! Hurta!« bei. Er spürte, wie eine eigentümliche Erregung von ihm Besitz ergriff und kribbelnd durch seinen ganzen Körper wanderte. So fühlte es sich also an, Teil einer größeren Sache zu sein, ein heißer Funke des Feuers, in dem sie alle gemeinsam brannten.

»Es geht los, Leute!«, ließ Didier von seinem Posten verlauten und übertönte mit seiner kräftigen Stimme selbst dieses Gebrüll. Schlagartig kehrte die Aufmerksamkeit aller zum Kampfplatz zurück.

»Die Reihen sind geschlossen, alle stehen bereit zum Kampf. Was für ein Anblick! Die Blüte der Ritterschaft am Tag der heiligen Apollonia versammelt auf diesem Platz!«, verkündete Didier mit fiebriger Stimme. »Wer wird heute den Sieg davontragen? Wer sich durch Geschick und Tapferkeit hervortun? Wenige Augenblicke noch, und wir werden es erfahren.«

Vergangene Nacht hatte es noch einmal geschneit, sodass ein weißer Teppich auf dem Spielfeld lag und sich die Kämpfer wie eine Girlande leuchtender Blumen davon abhoben.

Geschweifte Fahnen und rechteckige Wappenbanner, leuchtende Löwen und Lilien, Adler, Schwäne und Kreuze flatterten über den Köpfen der Kontrahenten im Wind, zusammen mit den bunten Lanzenwimpeln und glänzenden Seidenbändern an den Helmen, um leichter Freund von Feind unterscheiden zu können. Goldgelb auf der Seite von Flandern und Rot für Anjou, Farben, die auch in der Bemalung der Lanzen aufgegriffen worden waren.

Pépin kniff die Augen zusammen und versuchte, Erec oder einen der anderen in der Menge auszumachen, doch es war unmöglich. Irgendwo in der Nähe des gelb-grünen Banners des Marschalls, vermutete er.

»Zeigt, was ihr könnt«, flüsterte er, während er gebannt auf den Kampfplatz starrte.

Knie an Knie verharrten die Ritter auf ihren Pferden. Erec konnte das Beben seiner Nebenmänner spüren, als es sich wie das Zittern einer einzigen riesigen Kreatur durch die Reihen fortpflanzte. Eingehüllt in den Dampf der Nüstern und Pferdeleiber wie in Herbstnebel. Kalt stach die Winterluft in den Lungen, roch nach Schnee und geöltem Leder.

Heute war der Tag der Bewährung – der Tag, um zu beweisen, dass er hierhergehörte, genau an diesen Ort.

Belos unter ihm spürte seine Nervosität, blies wieder und wieder schnaubend den Atem aus, kaute auf der Kandare und stampfte rastlos. Ihm fehlte die Erfahrung mit Massenkämpfen dieser Größe. *Genau wie mir.* Nicht nur aus diesem Grund hätte Erec viel dafür gegeben, heute den unerschütterlichen Titus unter sich zu wissen.

Er starrte zur gegnerischen Seite, etwa vierhundert Schritt entfernt. Die Zeit der Artigkeiten war vorbei. Vor ihnen eine nicht enden wollende Kette finsterer Mienen, eine Wand aus Schilden, ein Wald aus Lanzen, ein flatternder Schweif aus Wimpeln und Bannern. Wie eine Trommel pochte Erecs Herz in der Brust. Er wandte den Blick nach rechts und links, sah Gesichter voll grimmiger Konzentration und wilder Entschlossenheit.

Es mochte ein Spiel sein, zu dem sie hier zusammengekommen waren, doch niemand würde weichen oder dem Gegner auch nur eine Handbreit Boden überlassen. Niemand würde sich billig verkaufen.

Erec schloss einen Moment die Augen, schlug das Kreuzzeichen, atmete tief durch. *Heiliger Georg, gib mir Geschick und Kraft!*

Die Turniervögte waren auf dem Platz, ritten zwischen den Reihen auf und ab. »Helme!«, schrien sie so laut, dass es bis zu Pépins Standort zu hören war. »Helme auf!« Dann zogen sie sich eilig an den Rand des Kampffeldes zurück, um nicht hineinzugeraten in den brodelnden Mahlstrom, der jeden Moment losbrechen würde. Die Kipper aber packten ihre Keulen und Speere fester, denn sie würden sich in wenigen Augenblicken mitten ins Getümmel stürzen.

»Alle Helme auf den Köpfen, die Rösser kaum zu halten«, kommentierte Didier das Geschehen. »Die besten Streiter des Abendlandes werden jeden Moment aufeinandertreffen. Teufel, das wird ein Kampf, wie es lange keinen mehr gegeben hat!«

Und dann erklang schon das Signal der Fanfaren. Mit gewaltigem Donnern setzten sich Hunderte Rösser gleichzeitig in Bewegung, Jubel brandete auf, und auch Pépin spürte, wie ihm fast ohne Zutun ein heiserer Ruf aus der Kehle entwich. Einer entfesselten Naturgewalt gleich rollten die Reiterscharen aufeinander zu, bis in seine Füße hinein bebte die Erde unter den trommelnden Hufen, die schmutzige Schrammen und Scharten in die Schneedecke pflügten.

Gleich. Gleich.

Gleich. Gleich. Beinahe schien es, als dehne sich die Zeit, während die Reihen der Ritter aufeinander zuflogen. Belos' Körper spannte sich unter dem Sattel, die Muskeln arbeiteten im hämmernden Rhythmus der Hufe. Die Lanze lag sicher in Erecs Hand, der Schild fest am Arm.

»Reihe halten!«, klang der Ruf des Marschalls in seinem Ohr, begleitet vom Schnaufen der Rösser, vom Rasseln der Zäume und Brünnen. Gleich. Gleich. Gleich.

Jetzt.

Knirschend brach seine Lanze auf dem Schild des Gegenübers, doch die Wucht des Aufpralls fuhr Erec in alle Knochen und warf ihn schmerzhaft gegen die Sattellehne.

Plötzlich Enge, er mitten im Gewühl. Pferde und Reiter überall. Schreie, Wiehern, Rufe. Leiber schoben, rangen, drückten. Hitze von außen wie von innen.

Mit Mühe konnte er die aufsteigende Panik niederkämpfen, schaffte es kaum, einen Überblick zu gewinnen. Einen Herzschlag lang sah er Lionels Kopf in den wogenden Leibern auftauchen, bevor ihn das Chaos verschluckte. Kein Durchkommen. Instinktiv wich Erec einer schwunglos geführten Lanze aus, trieb Belos zur Seite. Und der Hengst schob mit der Schulter den Weg frei, raus aus der Enge.

Platz, Luft, endlich. Beide atmeten heftig.

Unvermittelt zerrte jemand an Erecs Bein.

Für einen kurzen Augenblick glaubte Pépin, Erec auf seinem grauen Hengst zu erkennen, doch schon verflochten sich die beiden Ketten der Kontrahenten zu einem bunten Wirbel aus Leibern und Lanzen.

»Jetzt geht's richtig zur Sache!«, verkündete Didier von seinem Hochsitz. »Angevinen wie Aquitanier, Franzosen wie Flamen – alle teilen heftig aus! Und auch die Kipper sind zur Stelle und mischen mit. Guillaume de Mâcon wird hart bedrängt. Das hat ordentlich gekracht! Thomas de Coulonces und Thierry Berrat haben ihre Schwerter gezogen und schenken sich nichts. Die ersten Ritter gehen zu Boden, mitten hinein in die stampfende Masse. Wenn das kein böses Ende nimmt!«

Pépins ganzer Körper bebte vor Aufregung. Wie würden Erec und die anderen mit Angriffen von Pferderücken und Boden zugleich klarkommen? Wie würde Belos sich schlagen? Würde Erec Gefangene machen? War er überhaupt noch im Sattel? Tatsächlich glich das Geschehen weit mehr einer ernsthaften Schlacht als einem Spiel, keiner schonte den anderen, überall ein gnadenloses Hauen und Stechen.

Teufel, wenn er wenigstens mehr sehen könnte! Pépin war kurz davor, zu Didier in den Baum zu klettern. Von seinem jetzigen Standort erkannte er nur eine pulsierende, wirbelnde Masse, aus der Schreien und Stöhnen, Bersten und Klirren und das Wiehern der Pferde zu ihnen herüberdrangen. Untermalt von den nicht versiegenden Anfeuerungs- und Kampfrufen, die beiderseits des Schlachtfelds und auch in Pépins Rücken ertönten und in diesem hitzigen Tanz den Rhythmus setzten.

Der Kipper schlang einen Arm um Erecs Bein und zog an ihm wie ein Bleigewicht, während er mit der Keule in der anderen Hand auf ihn eindrosch. Dumpf traf Holz auf Metall, stanzte Erec ein Muster aus Ringen durchs Polsterwams bis in die Haut.

Rasch ließ er Belos zur Seite weichen und den nächsten Schlag ins Leere laufen, doch löste das die Umklammerung nicht. Erec gelangte an sein Schwert, zog die Klinge und hieb den Knauf in derselben Bewegung auf den Eisenhut des Gegners nieder. Keuchend taumelte der Mann zurück. Frei!

Doch nicht in Sicherheit. Um ihn herum tobte weiter ein wilder Kampf.

Er entdeckte Guillaume an der Seite Henris und Premier Préaux'. Wie einen Schmiedehammer ließ der Marschall sein Schwert mit Breitseite und Knauf auf die Widersacher niedersausen – mit wenig Eleganz, aber furchterregender Präzision. Nicht das schöne Spektakel singender Klingen zählte, er setzte auf Kraft, Schnelligkeit und Effizienz – das Geheimnis ungebrochenen Erfolgs. Sein Hengst Nuit schien von selbst zu wissen, was zu tun war. Ein erfahrener Kämpfer, ganz wie sein Reiter.

Eine Bewegung, ein Ruf. Erec fuhr herum. Ein burgundischer Ritter preschte mit vorgestreckter Lanze heran. Keine Zeit zu überlegen. Statt zu fliehen, gab Erec Belos die Sporen und hielt direkt auf den Gegner zu.

»Die Goldenen geraten zunehmend unter Druck! Anjou setzt auf Offensive und legt alle Kraft in den Angriff. Noch halten Teile der flämischen Abwehrkette, aber es ist eine Frage von Augenblicken, bis sie endgültig nachgibt und die Roten in ihren Rücken gelangen«, berichtete Didier mit atemloser Stimme. »Immer mehr kleine Gefechte flammen auf. Jetzt wird sich zeigen, wer die besseren Einzelkämpfer besitzt. Aufseiten des flandrischen Teams wurde Graf Balduin von Hainaut soeben überwältigt, womit einer der höchstrangigen Kämpfer aus dem Spiel ist. Dafür fällt Gilbert de Pons unter der Lanze von Sire de Montbard. Rot oder Gold, wer wird am Ende die Nase vorn haben? Wer überzeugt durch Mut und Geschick? Darüber werden auch die Herolde entscheiden, die dem Kampf fortan vom Pferderücken aus folgen.«

Auch Odilon Auberée war von der Tribüne in den Sattel gewechselt, sah Pépin. Jetzt, wo das Kampffeld zerfiel, würde er sich aus der Nähe ein Bild machen und anschließend über die Heldenstücke auf dem Platz berichten. Womöglich konnte Pépin von ihm erfahren, wie es um seine Freunde stand.

Was hätte er darum gegeben, in diesem Moment an Erecs Seite zu sein – zuschlagen statt zuschauen. So blieben ihm nur Warten und Bangen, Bangen und Warten.

Inzwischen erstreckte sich der Kampf übers ganze Turnierfeld, überall ballten sich Gruppen von Streitern zu einem pulsierenden Gewirr aus Leibern und Lanzen. Splittern, Wiehern, Stöhnen von allen Seiten. Wilde Jagden über Felder, zwischen Bäumen und Gehöften. Besiegte wurden abgeführt und Pferde eingefangen. Doch der Kampf war noch lange nicht vorbei, hatte gerade erst richtig begonnen.

Erec versuchte, sich einen Überblick zu verschaffen. Der König war nicht schwer zu finden, war mittendrin im hitzigsten Gewühl und schwang Seite an Seite mit dem Marschall die Klinge, in perfekt abgestimmter Harmonie, als wären sie ein Kopf und ein Körper. Ihre flatternden Banner wiesen den Gegnern den Weg. Sie wurden hart bedrängt von einem flämischen Kontingent, das entschlossen schien, die Schmach des verlorenen Krieges hier und jetzt zu tilgen. Ohne Rücksicht, ohne Gnade hackten sie sich den Weg frei in Richtung des Jungen Henri.

Erec trieb Belos voran, hinein in das tobende Knäuel. Dort war sein Platz, an der Seite des Marschalls, an der Seite des Königs.

Ein harter Schlag ließ seinen Kopf in den Nacken fliegen. Funkenregen und Atemnot, als der Helmriemen fest in den Hals schnitt, ihm für einen Moment die Luft raubte – und schließlich mit einem Schnalzen riss. Der Helm löste sich und sprang nach hinten, die Lanze entglitt seiner Hand.

»Heiliger Georg, was machen die Flamen da?«, rief Didier von seinem Posten. »Anscheinend haben sie es nicht auf den Marschall abgesehen, sondern – tatsächlich – auf sein persönliches Banner! Schon gehen sie den Träger hart an. Der

Marschall versucht, ihm zu Hilfe zu eilen, doch sie drängen ihn ab.«

»Nicht dein Ernst«, keuchte Pépin und erklomm mit zwei Sätzen die Holzumzäunung des Platzes. Mit zusammengekniffenen Augen suchte er das Kampffeld ab, bis er in der Ferne die wimmelnde Masse ausmachte. Das Banner, den wichtigsten Sammelpunkt, an die Feinde zu verlieren, war nicht nur ein strategischer Nachteil in einer Feldschlacht, sondern vor allem eine große Schmach – fast noch größer, als den Gegnern selbst in die Hände zu fallen.

»Der Teufel soll mich holen, sie haben es!«, rief Didier mit überschnappender Stimme. »Sie haben das Banner des Marschalls, reichen es an einen frei stehenden Mann, der sich sofort davonmacht.« Begeistertes Johlen und Kreischen bei den flämischen Anhängern, ungläubiges Fluchen und Stöhnen aus Pépins Reihen.

Er sah einen Reiter das Weite suchen, ein dahinjagender Schatten in der Ferne, mit flatternder Fahne über der Schulter. Pépin biss sich auf die Knöchel der geballten Faust. Dreimal verfluchte Pferdescheiße, wie war das möglich? Wo steckte der Marschall? Wo war Erec?

Erec blinzelte benommen. Es dauerte ein, zwei gefährliche Momente, bis er begriff, was passiert war, dass ein Hieb ihm den Helm vom Kopf gedroschen hatte. Auch Schild und Lanze hatte er verloren. Doch niemand nutzte seine Schwäche, vielmehr schwappte die Menge auf einen anderen Punkt zu, weg von ihm, hin zum Marschall. Und nach zwei weiteren Herzschlägen erkannte er endlich den Grund: Die Flamen hatten sich Guillaumes Banner geschnappt. Ein Reiter preschte in fliegendem Galopp davon, während der Marschall in den Gegnern feststeckte und wie wild nach allen Seiten austeilte.

»Erec!«, schrie er über die Widersacher hinweg und fegte den letzten Rest Benommenheit aus seinem Hirn. »Hol uns die verfluchte Fahne zurück!« Und noch während er die Worte brüllte, löste er den eigenen Helm vom Kopf und schleuderte ihn Erec zu – der ihn mehr aus Reflex denn bewusstem Entschluss aus der Luft griff. Er streifte ihn über und wendete Belos auf der Hinterhand, dann heftete er sich dem Dieb an die Fersen.

Der ungewohnte Helm lag eng um seinen Kopf. Hinter den eigentümlichen Platten, die die untere Gesichtshälfte bedeckten, atmete er heftig, mehr aus Erregung als aus Luftnot. Er musste den Kerl kriegen!

Fünf, sechs Pferdelängen vor ihm preschte der Bannerdieb dahin, hielt auf ein kleines Gehöft zu. Immer wieder blickte er über die Schulter zu seinem Verfolger. Beinahe, als wollte er sichergehen, dass Erec noch hinter ihm war.

Kapitel 35

Grafschaft Amiens, Februar 1182

»Der Kampf wird mit unverminderter Härte geführt, Freunde. Hier gibt es nichts geschenkt, nichts außer Hiebe und Beulen! Schwer zu sagen, wer im Augenblick führt, Gold oder Rot«, krächzte Didier mit inzwischen heiserer Stimme. »Das Feld hat sich über den gewaltigen Kampfplatz zerstreut. Die Herolde haben alle Hände voll zu tun und werden uns hoffentlich bald mit Einzelheiten versorgen.«

Der Bannerdieb war nach Osten davongeprescht, verfolgt von einem einzelnen Reiter, doch auf die Entfernung ließ sich nicht ausmachen, um wen es sich handelte. Und nachdem die beiden zwischen den Gebäuden eines kleinen Gehöfts verschwunden waren, wusste niemand, wie sich die Sache weiterentwickelt hatte.

Obwohl sich das Turnier bereits eine gute Stunde hinzog und beim Publikum wie Kämpfenden hier und da Erschöpfung erkennbar wurde, fachten die nimmermüden Anhänger der verschiedenen Lager Begeisterung und Kampfesmut immer wieder mit rhythmisch geschlagenen Trommeln, wilden Gesängen und inbrünstigen Kampfschreien an. Eine fiebrige Hitze ging von der Menge an den Spielfeldrändern aus, die mit dem Geschehen auf dem Platz hierhin und dorthin wogte, wie kochendes Wasser in einem Kessel. Zwischen den Menschen wimmelten geschäftstüchtige Wirte und Gebäckverkäuferinnen umher und sorgten dafür, dass Stimmen geölt und knurrende Mägen besänftigt wurden, damit man dem weiteren Verlauf des Kampfspiels gestärkt entgegensehen konnte.

Heiße Pasteten und Gott mit Anjou! Alles für Flandern und schäumendes Bier! So lauteten die Schlachtrufe dieser Stunde.

Ein warnendes Kribbeln durchlief Erecs ganzen Körper, als er Belos zwischen die Hofgebäude lenkte, wo der Dieb wenige Augenblicke zuvor verschwunden war. Ein vortrefflicher Ort für einen Hinterhalt. Aber, beim heiligen Georg, eher würde er allein gegen einen Feuer spuckenden Lindwurm antreten, als ohne dieses verfluchte Banner zurückzukehren. Der Marschall, *alle* zählten auf ihn!

Auf einem kleinen matschigen Platz, um den sich einige Gebäude und Stallungen gruppierten, erwartete ihn sein Kontrahent, ein Ritter aus dem flandrischen Team. Mit selbstzufriedenem Grinsen saß der Mann im Sattel und schwenkte die Fahne mit dem aufsteigenden Löwen auf gold-grünem Grund. »Sucht Ihr vielleicht das hier, Marschall?«

Kurz war Erec irritiert, bis ihm einfiel, dass er Guillaumes unverwechselbaren Helm trug, der zudem fast sein ganzes Gesicht verdeckte. Egal, er hatte nicht vor, das Missverständnis aufzuklären. Überhaupt hatte er nicht vor, sich lange aufzuhalten.

»Fühlt Ihr Euch nackt ohne dieses hübsche …?«

Erec zog sein Schwert, drückte Belos die Hacken in die Seiten und griff an.

Sein Gegner schien überrumpelt, versuchte hastig, an die eigene Waffe zu kommen, doch Erec war schneller, drosch ihm den Schwertknauf auf den eisernen Nasenschutz, während er mit der anderen Hand nach dem Banner langte. Der Kerl stöhnte, als ihm Blut aus der Nase schoss, doch unerbittlich hielt er seine Beute gepackt. Sie rangen und zerrten, nicht bereit, das Banner freizugeben. Schließlich zog Erec den Fuß aus dem Steigbügel und versetzte seinem Gegner einen Tritt vor die Brust. Zwar ließ das Manöver den Mann nach hinten aus dem Sattel rutschen, doch weil er die Bannerstange genau wie Erec weiter eisern umklammert hielt, riss es sie beide vom Pferd.

Unsanft schlug Erec in den eiskalten Schlamm und verlor sein Schwert. Das Ross des Gegners scheute, lief davon, und er nutzte den kurzen Moment des Durcheinanders, um sich auf seinen Kontrahenten zu stürzen. Eine wilde Prügelei mit bloßen Fäusten entbrannte – die Augenblicke später von Hufschlag und klirrendem Zaumzeug unterbrochen wurde.

Was bei allen …? Als Erec den Kopf hob, sah er, wie zwischen den Gebäuden hervor fünf weitere Reiter auf den Platz kamen, sie einkreisten und von allen Seiten Lanzenspitzen auf sie richteten – auf ihn, genauer gesagt. Verflucht noch mal, er hatte es geahnt. Ein Hinterhalt. Waren die Mistkerle die ganze Zeit schon da gewesen und hatten nur auf einen effektvollen Auftritt gewartet? Es spielte keine Rolle. Wie ein Schaf war er ihnen in die Falle getappt. Er rappelte sich auf und stellte sich breitbeinig hin, die Hände an der Seite zu Fäusten geballt, auch wenn ihm klar war, dass er gegen die Übermacht keine Chance hatte.

Zwischenzeitlich hatte sich der Bannerdieb Belos geschnappt und war mit Guillaumes Fahne in den Sattel gestiegen. Erec biss knirschend die Zähne aufeinander. Das lief ja großartig.

»Sieh an, was für ein fetter Fisch uns da ins Netz gegangen ist«, sagte einer der Männer. Erec drehte sich der Stimme zu und erkannte mit einigem Erstaunen, dass sie niemand anderem als Philipp von Flandern gehörte. Der Graf hatte sich den Helm so weit nach oben geschoben, dass sein Gesicht gut zu erkennen war, doch die Lanze zeigte weiterhin auf Erecs Brust. Auch die anderen Ritter rückten näher heran, die Waffen auf ihn gerichtet. Die ganze Situation besaß eine düstere Bedrohlichkeit, die über die übliche Spannung des Kampfspiels hinausging, und Erec spürte sein Herz heftig gegen die Rippen hämmern. Es schien nur eines winzigen Fingerzeigs zu bedürfen, eines Wortes, eines Räusperns, eines Muskelzuckens, um die gefährlichen Eisenspitzen vorschnellen zu lassen, in seine Brust, seinen Rücken, seine Seiten. Augenblicke verstrichen, in denen niemand sich rührte, wie eingefroren im Moment.

Was geht hier vor, verflucht?

»Ich hätte Euch tatsächlich nicht für so eitel gehalten, Euch wegen dieses Fetzens Stoff derart unbedacht aufzuführen, Guillaume.« Natürlich wussten sie beide, dass ein Banner weit mehr als ein Fetzen Stoff war. Dennoch lächelte Philipp maliziös. »Aber wie es scheint, ist selbst der allseits gerühmte Marschall nicht frei von Stolz und Hochmut. Seid Ihr am Ende gar nicht der unfehlbare Kriegsgott, für den Euch alle halten? Und dass Ihr den Jungen König dafür sich selbst und seinen Widersachern überlasst«, jetzt schnalzte er missbilligend mit der Zunge, »ist wirklich unverzeihlich.«

Genug Theater, befand Erec und zog sich Guillaumes Helm vom Kopf. »Keine Sorge, Hoheit«, erklärte er mit grimmiger Miene, »der Marschall erfüllt seine Pflicht an König Henris Seite, wie er es immer tut.«

»Das ist gar nicht Guillaume!«, keuchte der Bannerdieb unnötigerweise.

»Nein«, sagte Philipp gedehnt, und das Lächeln rutschte ihm von den Lippen. »Ist er nicht.« Zornig musterte er Erec von Kopf bis Fuß.

»Mein Name ist Erec de Lacône«, stellte er sich umstandslos vor. »Ich diene in des Marschalls Banner.«

Wieder änderte sich der Ausdruck in Graf Philipps Gesicht wie Wasser im Wind, wirkte kurz überrascht, verärgert, dann beinahe amüsiert. »Das ist interessant«, sagte er und nickte nachdenklich. »Wirklich interessant.« Er hob die Lanzenspitze von ihm weg. Auf sein Zeichen hin taten die anderen es ihm gleich und gingen auf Abstand. Die Spannung löste sich. »Ihr besitzt Schneid. Und eine ungesunde Portion Tollkühnheit. Der Marschall scheint zu Recht große Hoffnungen in Euch zu setzen.«

Erec hob sein Schwert auf und steckte es zurück in den

Gürtel. Er verstand nicht, was das alles sollte, blieb wachsam und behielt seine Widersacher genaustens im Blick.

»Es tut mir ehrlich leid, dass das Turnier hiermit für Euch zu Ende ist, de Lacône«, sagte der Graf, und beinahe klang sein Bedauern echt. »Zu gern hätte ich gesehen, wozu Ihr noch imstande seid.«

Das kannst du haben. Ohne Vorwarnung stieß Erec eine Reihe von Pfiffen aus – woraufhin Belos unvermittelt in seine Richtung preschte. Ein weiterer Pfiff ließ den Hengst von einem zum nächsten Moment in den Stand bremsen – und seinen völlig überraschten Reiter aus dem Sattel fliegen.

In der allgemeinen Verwirrung entriss Erec dem Gestürzten das Banner, sprang über ihn hinweg und zog sich in Belos' Sattel. Bevor seine Gegner begriffen, was vorging, jagte er auch schon davon.

Das Löwenbanner des Marschalls entfaltete sich flatternd im Wind.

Kapitel 36

Grafschaft Amiens, Dury, Februar 1182

Ruhelos ging Valéry im Hof von Dury auf und ab. Er hatte keine Ahnung, weswegen Graf Philipp persönlich nach ihm verlangte. Im Augenblick war Roux noch bei ihm, den der Graf ebenfalls zu sich bestellt hatte.

Das große Turnier war gestern zu Ende gegangen, und die meisten Ritter, auch Henri und sein Gefolge, befanden sich bereits auf dem Heimweg. Die Mannschaft des Jungen Königs hatte triumphiert. Niemand anderes als Erec de Lacône war zum besten Mann des Turniers erwählt und mit einem erlesenen Preis belohnt worden, einem wertvollen Bliaut aus Seidendamast. Nicht nur der Marschall und der Junge König hatten ihn dafür vorgeschlagen, sondern auch Graf Philipp selbst. Der Teufel mochte wissen, womit er das verdient hatte. Ein bitterer Geschmack sammelte sich in Valérys Mund, und er spuckte aus.

Selbst wenn der Graf mit dem Ausgang des Turniers haderte, war nicht eingetreten, was er insgeheim befürchtet haben mochte. Es war nicht zu Ausschreitungen oder einem ernst gemeinten Gefecht gekommen, keiner der Kontrahenten hatte die Gelegenheit genutzt, um dem Gegner einen militärischen oder politischen Schlag zu versetzen.

Alles war friedlich geblieben, soweit sich das für ein Kampfspiel behaupten ließ, niemand hatte schwereren Schaden davongetragen oder war gar getötet worden. Ein prunkvolles, buntes Fest, das Philipp als den strahlenden und wohlwollenden Gastgeber gezeigt hatte, als der er sich aller Welt präsentieren wollte. So gesehen war der Sieg seiner Konkurrenten vielleicht nur ein weiterer Teil des Erfolgs und gar nicht unwillkommen.

Valéry hatte wenig von all der Pracht und Herrlichkeit mitbekommen, denn statt den Kämpfen zu folgen, hatten Roux und seine Männer die vergangenen Tage auf Abruf in Dury zugebracht. Und eigentlich war es Valéry ganz recht, dass ihm auf diese Weise eine Begegnung mit Erec oder den anderen erspart geblieben war. Nur ungern hätte er sie im Banner des Marschalls, in der Mannschaft des englischen Thronfolgers reiten sehen. Noch weniger gern hätte er erklären wollen, warum er im Dienste Philipps stand, ihnen aber nicht auf dem Turnierplatz entgegentrat. Am wenigsten gern hätte er Zeuge von Erecs Triumph sein wollen.

»He, Valéry!« Es war die Stimme von Roux, die ihn aus den Gedanken riss. »Er will dich jetzt sehen. Und …« Der Blick des Söldnerführers wirkte ernst, als Valéry aufsah.

»Was?«

Roux zögerte einen Moment, dann winkte er ab. »Geh jetzt, du solltest ihn nicht warten lassen. Aber sei auf der Hut!«

Roux' rätselhafte Mahnung begleitete ihn auf dem Weg in die große Halle und verstärkte Valérys Nervosität. Weswegen hatte er die Aufmerksamkeit des Grafen auf sich gezogen? Hatte er durch irgendetwas Philipps Missfallen erregt?

Der Wachhabende ließ ihn ein. Der Graf erwartete ihn stehend, wie immer tadellos gekleidet in die feinen Tuche, für die Flandern so berühmt war.

»Hoheit!« Valéry machte eine Verbeugung. Als er sich wieder aufrichtete, ruhte Philipps Blick auf ihm. Die Art, wie er ihn ansah, besaß etwas fast schmerzhaft Durchdringendes, als hebe er Scheibchen für Scheibchen die Haut ab, bis er direkt in Valérys Innerstes zu schauen vermochte.

»Was kann ich für Euch tun, Herr?«, fragte er, auch um seine Nervosität zu überspielen.

»Du bist ein d'Anier«, eröffnete Philipp ohne Umschweife. Eine Feststellung.

Valéry nickte knapp. Kein Thema, das er gerne erwähnte oder gar mit dem Grafen zu erörtern wünschte. Das unangenehme Kribbeln auf seiner Haut nahm zu.

»Eine angesehene, begüterte Familie, die d'Aniers«, fuhr Philipp unbeirrt fort, auch wenn er Valérys Unbehagen bemerkt haben musste. »Überraschend, dass du dennoch diesen ... ungewöhnlichen Karriereweg eingeschlagen hast.« Er lächelte kalt. »Du seist ein guter Soldat, sagt Roux, hättest dich in den zurückliegenden Kämpfen als fähig und nützlich erwiesen.«

Beklommen senkte Valéry den Blick. Der Graf hatte Roux also über ihn ausgefragt. Was hatte das zu bedeuten? War es gut oder schlecht?

»Allerdings hätte ich einen Mann wie dich eher auf dem Turnierplatz als unter einer Horde ungeschlachter Lohnkämpfer erwartet.«

»Ich ...« Valéry verspürte nun doch das Bedürfnis, sich zu erklären, aber der Graf unterbrach ihn mit einer beiläufigen Geste. »Ja, ich weiß, eine Zeit lang hast du dich im Lanzenstechen versucht. Zusammen mit Erec de Lacône, nicht wahr?«

Schlagartig haftete Philipps Blick wieder auf Valéry. Etwas Lauerndes lag darin. Von wem wusste er das? Auch von Roux? Innerhalb weniger Tage war er der Zweite, der ihn zu seinem Verhältnis zu Erec befragte. Warum?

»Ja, das ist richtig, Herr«, gab er zur Antwort. »Wir sind ein paar Monate lang gemeinsam bei kleineren Wettkämpfen angetreten.«

»Ihr hattet ein gutes Verhältnis?«

Valéry zuckte mit den Schultern. »Ich denke, man kann es so nennen. Eine Weile zumindest. Dann haben wir auf getrennten Wegen unser Glück gesucht.«

»Mit sehr unterschiedlichem Ergebnis.« Philipp lächelte ohne Humor, und Valéry wusste nicht, wie er reagieren sollte.

Was passierte hier? Wollte der Graf ihn herausfordern? Oder demütigen? Zu welchem Zweck?

»Womöglich habe ich eine Aufgabe für dich, d'Anier«, erklärte sein Gegenüber unvermittelt.

Überrascht schaute Valéry auf. Er spürte sein Herz erwartungsvoll in der Brust schlagen und straffte die Schultern. Eine Aufgabe? Vielleicht als …

»Nein, nicht als Turnierkämpfer«, zerschlug Philipp seine Hoffnungen, die ihm wohl allzu deutlich vom Gesicht abzulesen waren. »Auf das Feld der Ehre wirst du nicht zurückkehren. Niemand, der den Weg als Lohnkämpfer gewählt hat, kann das.«

Nun spürte Valéry sie doch, die Scham, heiß und stechend. Er musste an Roux' Worte denken, dass niemals sauber werden kann, wer sich einmal mit Blut gewaschen hat. Ziemlich verlogen, wenn man bedachte, dass auch die Turnierrecken reichlich Blut vergossen – um daraus auf die eine oder andere Weise Profit zu schlagen.

»Nein, du kannst mir in einer anderen Sache nützlich sein, denke ich.«

Valéry wartete angespannt, doch der Graf machte keine Anstalten, sich weiter zu erklären. Ging stattdessen zum Tisch und goss sich Wein ein.

»Ich hörte, du hast eine kleine Tochter?«

»Das ist richtig, Herr«, antwortete er. Weswegen dieser Themenwechsel? Auch das musste der Graf von Roux erfahren haben, und Valéry bereut es bereits, sich dem Söldner anvertraut zu haben. »Sie lebt bei Verwandten.«

»Du musst sie vermissen.«

»Ich habe sie seit fast einem Jahr nicht mehr gesehen.« Valéry war selbst überrascht über die bohrende Sehnsucht beim Gedanken an die kleine Anissa. Sie zählte nun beinahe drei Jahre; als er sie zurückgelassen hatte, war sie noch ein Wickelkind gewesen. Und alles, was er über sie und ihr Leben wusste, hatte er aus den wenigen Nachrichten der Pflegefamilie erfahren. Ja, er vermisste sie, mehr, als er für möglich gehalten hätte. Das Mädchen war alles, was ihm von seinem früheren Leben und von ihrer Mutter geblieben war. Alles, was er zuletzt auf sich genommen hatte, war um ihretwillen geschehen, um ihr Wohlergehen sicherzustellen.

»Was hältst du davon, sie nach Arras zu holen?«, fragte Philipp unvermittelt. »Sie könnte dort mit anderen Kindern an meinem Hof leben, eine gute Erziehung erhalten.«

Auch wenn er sich einen unheimlichen Moment lang fragte, ob der Graf womöglich in seinen Kopf blicken konnte, überwog Valérys Verblüffung über diesen Vorschlag.

»M… meint Ihr das ernst, Hoheit?« Die Vorstellung war einfach zu unglaublich. Es würde bedeuten, er könnte seine Tochter aufwachsen sehen, könnte über sie wachen, müsste sich nicht länger jeden Tag um ihr Wohl sorgen.

Der Graf lächelte gönnerhaft. »Ich werde das veranlassen.«

Valérys Herz setzte einen Schlag aus. Ein Zittern lief durch seinen Leib. »Gott segne Euch, Hoheit! Wie soll ich das jemals vergelten?«

Philipps Lächeln wurde breiter. »Oh, ich bin sicher, dafür wird sich sehr bald schon eine Möglichkeit finden.«

Kapitel 37

Herzogtum Normandie, Pirou, Februar 1182

Erec kraulte Titus unter der Mähne, bis der Hengst den Hals reckte, entspannt die Augen schloss und schließlich den Kopf auf seiner Schulter ablegte. Jetzt, da Titus nahezu vollständig genesen war, hatten die Knechte ihn zum Auslauf auf eine der noch immer schneebedeckten Koppeln unterhalb der Festung gebracht, und Erecs erster Weg nach ihrer Rückkehr aus Amiens hatte ihn direkt zu seinem vierbeinigen Gefährten geführt.

»Das nächste Mal bist du mit dabei, mein Lieber«, versprach er. »Zugegeben, Belos hat seine Sache gut gemacht, aber wir beide sind einfach ein unschlagbares Gespann, nicht wahr?«

Erec vernahm Hufschlag auf dem Weg und wandte sich dem Geräusch zu.

»Ich weiß nicht, was ich davon halten soll, dass Ihr Euer Pferd noch vor mir begrüßt«, tadelte Genovefa vom Rücken ihres Zelters aus. Sie war in ihren grünen Mantel gehüllt, und vereinzelte Haarsträhnen züngelten wie Flammen unter der Kapuze hervor. Ihre Augen funkelten herausfordernd, aber auch amüsiert. »Fast könnte man den Eindruck gewinnen, Ihr wärt Eurem Ross mehr zugetan als Eurer Minneherrin.«

Erec lehnte sich gegen den Koppelzaun und blickte grinsend zu ihr auf. »Nicht doch, Madame. Gleichermaßen vielleicht. Könntet Ihr schneller laufen als Titus, sähe die Sache womöglich anders aus.«

Einen Herzschlag lang versuchte Genovefa noch, einen missfälligen Gesichtsausdruck aufzusetzen, doch dann brach sie in schallendes Gelächter aus. Es wärmte Erec das Herz, und er fiel mit ein.

»Ich kann es nicht leugnen, Eure Unverschämtheiten haben mir gefehlt«, gestand sie, während sie aus dem Sattel stieg.

Du hast mir auch gefehlt, dachte Erec, wagte aber nicht, es laut auszusprechen.

Genovefa gesellte sich neben ihn an den Weidezaun und begann, Titus zu streicheln. »Unmöglich, wie er uns gegeneinander ausspielt, was?« Der Hengst stieß ein kehliges Wiehern aus und schmiegte sich vertrauensvoll an ihre Hand. »Dabei haben wir uns in seiner Abwesenheit so gut angefreundet.«

»Ist das wahr?«

»Ich habe jeden Tag nach Titus gesehen und ihn ein bisschen verwöhnt. Was, glaubt Ihr, hat ihn davon abgehalten, zwischenzeitlich ein oder zwei Stallknechte zu verspeisen?«

»Das … war ausgesprochen freundlich von Euch.«

»Ich denke, das war das Mindeste, nachdem ich Eurem ersten Turnier in Henris Mannschaft nicht persönlich beiwohnen konnte.«

»Ihr hattet gute Gründe, nicht wahr? Wie geht es Horace inzwischen?«

Sie senkte den Blick. »Oh, viel besser, Gott sei gepriesen.«

»Das freut mich«, behauptete Erec, doch wenn er ehrlich war, verspürte er einen Stich des Bedauerns bei ihren Worten und verabscheute sich augenblicklich für diese herzlose Regung.

»Das Fieber ist vergangen und sein Appetit zurückgekehrt«, berichtete Genovefa. »Er ist noch sehr schwach. Aber er wird sich erholen.«

Eine unbehagliche Pause entstand, in der sie sich mühten, einander nicht anzusehen.

»Über das Wichtigste haben wir noch gar nicht gesprochen«, brach Genovefa schließlich das Schweigen und hob den Blick. »Wie ist das Turnier verlaufen?«

»Der heilige Georg war mit uns«, berichtete Erec strahlend. »Unsere Mannschaft hat den Sieg davongetragen.«

»Gott mit Anjou!«, jubelte Genovefa. »Und wie ist es Euch ergangen?«

Nun lächelte er übers ganze Gesicht. »Ich denke, Euer Minnepfand hat mir Glück beschert, Madame. Man hat mich zum besten Ritter des Turniers erwählt.« Er zog das Seidenband aus dem Ärmel, wo er es noch immer aufbewahrte, und hielt es ihr hin. »Und zum Andenken hab ich es für Euch mit Blut und Schweiß getränkt.«

Sie hob die Augenbrauen und musterte leicht angewidert das grüne Knäuel auf seiner Handfläche, das in der Tat ziemlich mitgenommen aussah. »Das ist ... sehr freundlich, Erec. Ich weiß Eure Mühen zu schätzen. Aber ich würde vorschlagen, behaltet es doch einfach, als Zeichen meines ... ungebrochenen Wohlwollens.«

»Na schön, wie Ihr meint. Ich werde versuchen, nicht allzu gekränkt zu sein«, entgegnete er und bemühte sich um eine angemessen eingeschnappte Miene, doch es misslang, denn seine Mundwinkel zuckten verräterisch.

Als sie ihn unsicher musterte, konnte er nicht länger an sich halten, lachte los – und einen Augenblick später fiel sie mit ein.

Wie gut das tat! Als schlügen ihre Herzen für einen Moment im gleichen Takt.

»Vielleicht darf ich Euch stattdessen das hier anbieten.« Mit bebenden Fingern zog Erec schließlich das Präsent, das er auf dem Markt in Amiens erstanden hatte, aus dem Beutel am Gürtel und reichte es ihr. Es war ein zartes, mit winzigen weißen Blüten besticktes Webband. Doch das eigentliche Geschenk bestand in dem, was es zusammenhielt: ein schmaler Streifen Pergament mit wohlgesetzten Worten.

»Wie Ihr wisst, bin ich in der Kunst der Minne reichlich ungeübt, daher verzichte ich auf einen mündlichen Vortrag.

Bitte, lest die Verse in einem ruhigen Moment, allein. So bleibt mir Zeit, mich gegen Euren Spott zu wappnen.«

Erec machte sich auf eine bissige Bemerkung Genovefas gefasst, doch die blieb aus. Stattdessen sah sie ihn nur mit einem schwer zu deutenden Blick an und nickte schließlich. Das Pergament steckte sie in ihren Handschuh.

»Ich sollte jetzt gehen. Wärt Ihr so freundlich, mir in den Sattel zu helfen?«

»Natürlich, Madame«, sagte er und hoffte, sie merke ihm die Enttäuschung nicht allzu deutlich an. Sehr gern hätte er noch etwas mehr Zeit mit ihr verbracht.

Sie traten zu Genovefas Pferd, doch in dem Augenblick, als der Leib des Tieres sie zur Burg hin abschirmte, beugte Genovefa sich vor und küsste ihn.

Es war kein scheuer, schwesterlicher Kuss. Es war kein keuscher Kuss.

Er fühlte den festen Druck ihrer Lippen auf seinen, schmeckte für einen Augenblick Honig und Salbei, als ihre Zunge seiner begegnete, doch ehe er auch nur irgendwie reagieren konnte, war der Moment vorbei. Sie drehte sich um und zog sich mühelos in den Sattel.

»Danke!«, rief sie über die Schulter, dann gab sie ihrem Pferd die Fersen.

Kapitel 38

Herzogtum Normandie, Pirou, Februar 1182

Obwohl es nur der Schlag eines Holzschwerts war, vibrierte der Schmerz bis hinauf in Pépins Schulter. Ihm blieb kaum Gelegenheit, den Schild hochzuziehen, schon hagelte der nächste Hieb auf ihn nieder und ließ seinen Körper dröhnen wie einen Bronzekessel. César legte alle Kraft in die Schläge, und für einen Vierzehnjährigen waren seine Kräfte enorm – zumindest solange er sie gegen ein Fliegengewicht wie Pépin einsetzte. Dem er noch dazu etwas heimzahlen oder beweisen wollte. Zum Gegenangriff überzugehen, war undenkbar, Pépin hatte alle Hände voll damit zu tun, sich nicht die Knochen brechen zu lassen.

Obwohl sie erst am Vortag aus Flandern zurückgekehrt waren, dachte Gil de Préaux nicht daran, ihnen auch nur einen Tag Pause zu gönnen. *Ein Schwert, das zu lange ruht, setzt Rost an*, pflegte er zu sagen. Und: *Es muss hart trainieren, wer leicht kämpfen will!* Oder, besonders beliebt: *Erst, wenn du nicht mehr unterscheiden kannst, ob da Blut, Schweiß, Rotz oder Tränen von deinem Gesicht tropfen, hast du ausreichend trainiert* – nur ein paar der salbungsvollen Sprüche, die er mit Vorliebe während ihrer Kampfübungen anbrachte.

»Was zum Teufel tust du da, Pep?«, brüllte er jetzt über den Platz.

»Versuche … mich nicht … zerlegen … zu lassen«, brachte Pépin keuchend hervor, während er sich hinter seinen Schild duckte.

»Du sollst kämpfen, um zu gewinnen, nicht kämpfen, um nicht zu verlieren!«, belehrte ihn de Préaux.

Und du solltest einfach mal die verfluchte Klappe halten, dachte Pépin düster, während der nächste mörderische Hieb niedersauste und ihn rücklings in den Matsch stieß, nur den Schild zwischen sich und seinem Gegner. Doch natürlich hatte der Waffenmeister recht. Er würde Césars Ansturm nicht mehr lange standhalten. Entweder ließ er es geschehen, oder er änderte schleunigst die Taktik. Mit überlegener Körperkraft konnte er nicht aufwarten, dafür war er flink und wendig, wendiger jedenfalls als dieser große Kotzbrocken über ihm.

Ein weiterer Schlag donnerte auf ihn ein und ließ ihn Blut schmecken, doch während César zum nächsten ungehemmten Hieb ausholte, warf Pépin sein Schwert weg, zog den linken Arm blitzschnell aus der Schildfessel und rollte in der gleichen Bewegung unter dem schützenden Holz weg zur Seite. Césars Schlag lief ins Leere, und sein Schwung trug ihn nach vorne, sodass er überrascht stolperte. Diesen Moment nutzte Pépin, um auf die Füße zu kommen und seinen Widersacher mit Anlauf von der Seite anzuspringen. Gemeinsam klatschten sie in den Schlamm. Pépin klemmte César in den Schwitzkasten, riss ihm den Helm vom Kopf und drosch mit der freien Hand auf ihn ein. Benommen flog der Kopf seines Gegners hin und her. Fäuste waren so viel nützlicher als Schwertklingen!

»Genug!«, donnerte de Préaux' Stimme. »Schluss. Das reicht, Pep!« Doch die Worte schienen keinen Sinn zu ergeben, erreichten seinen Verstand nicht. Immer weiter schlug er auf den am Boden Liegenden ein – bis ihn eine Hand im Nacken packte, grob in die Höhe riss und von César wegstieß.

»Du kämpfst wie ein Straßenköter!«, fuhr Gil de Préaux ihn an, während Pépin mühsam zu sich fand und keuchend nach Atem rang.

»Und wenn schon!«

»Wenn du dereinst Ritter sein willst, solltest du wissen, wann es genug ist. Du bist maßlos und unbeherrscht.«

»Eben habt Ihr noch gesagt, ich soll kämpfen, um zu gewinnen«, erwiderte Pépin trotzig. Er wies auf César, der stöhnend auf dem Rücken lag und sich nur schwach regte. »Ich habe gewonnen, oder etwa nicht?«

Gil musterte ihn scharf. »Du musst noch viel lernen, Söhnchen. Verschwinde und geh dich abkühlen.« Er ließ Pépin stehen und wandte sich den anderen Knappen zu, die der Auseinandersetzung neugierig gefolgt waren. De Préaux klatschte in die Hände. »Steht nicht rum. Zurück an die Arbeit, ihr Faulenzer, sofort!«

Das Feuer, das gerade noch durch Pépins Adern geflossen war, verlosch, und er fühlte sich mit einem Mal leer und elend. Egal was er tat, wie sehr er sich bemühte, offenbar konnte er es nicht richtig machen.

Du kämpfst wie ein Straßenköter. De Préaux' Worte trafen ihn unerwartet hart, vermutlich, weil sie der Wahrheit so nah kamen. Pépin kämpfte wie ein Straßenköter, denn genau das war er – und würde es offenbar immer bleiben.

Mit hängendem Kopf verließ er den Übungsplatz, band Brice los, den er während des Trainings an einen Zaunpfosten geleint hatte, und trollte sich zu den Ställen.

Wie erhofft, traf er dort auf Rémi und Fab, die ihrer Arbeit nachgingen.

»Donnerwetter, du hast ja ordentlich aufs Maul gekriegt, wie's aussieht«, begrüßte ihn Fab und hielt sich grinsend an der Heugabel fest.

Erst jetzt merkte Pépin, dass seine Lippe aufgeplatzt war und ein dünner Blutfaden von seinem Kinn tropfte. Brüsk wischte er ihn mit dem Ärmel weg. »Du solltest den anderen sehen«, entgegnete er ohne viel Begeisterung.

Die Knechte lachten dennoch. »Und wer ist der Glückliche?«

»César de Collas.«

»Dann hat's auf jeden Fall den Richtigen erwischt, wenn

du mich fragst«, befand Rémi und lachte abermals. »Warum zum Henker machst du so ein betrübtes Gesicht?«

Pépin winkte ab. »Ach, de Préaux fand, ich sei mit dem zarten Pflänzchen zu grob umgesprungen.«

»Zartes Pflänzchen, sicher«, höhnte Rémi. »Aber nur wenn's um seine eigene Haut geht. Mit anderen ist der Mistkerl kein bisschen zimperlich. Ich bleib dabei, César hat eine Abreibung verdient.«

Pépin zuckte mit den Schultern und ließ sich auf eine umgedrehte Kiste sinken. Brice schien seine bedrückte Stimmung zu spüren und legte ihm den Kopf aufs Knie. Abwesend kraulte Pépin ihm die Ohren. Wenn er ehrlich war, empfand er kein Verlangen, weiter über César oder de Préaux oder sonst einen dieser hochgeborenen Hornochsen zu reden oder auch nur nachzudenken. Fest stand: In Gesellschaft von Rémi und Fab, in der Nähe der Gäule fühlte er sich bedeutend wohler. *Vermutlich weil das der Ort ist, an den ich wirklich gehöre,* dachte er. Und er wusste nicht, ob diese Erkenntnis tröstlich oder ganz und gar niederschmetternd war.

Rémi füllte wortlos den Ledereimer an einem Wasserfass und reichte ihn Pépin. »Hier, mach dich sauber. Du siehst zum Fürchten aus.«

Er nickte dankbar, trank einen großen Schluck von dem Wasser und wusch sich dann gründlich das Gesicht. Tatsächlich fühlte er sich anschließend erfrischt und klarer.

»Sagt mal«, wandte er sich an die beiden Knechte, »habt ihr noch mal über meinen Vorschlag mit dem Torballspiel nachgedacht?«

Fab tauschte einen vielsagenden Blick mit Rémi und grinste. »Hatten schon Angst, du fragst nicht mehr. Wir haben bereits bei unseren Leuten rumgehorcht, und fest steht, außer uns gibt es noch 'ne Menge andere, die große Lust auf eine wilde Jagd hätten.«

»Aber die Sache ist die«, sagte Rémi in verschwörerischem Tonfall, »das letzte Spiel liegt schon 'ne Weile zurück. Und hat mit einem Riesenhaufen Ärger geendet.« Er zog eine

Grimasse und winkte ab, als wolle er die Details des Vorfalls nur ungern hervorholen. »Soll heißen: Wir können nicht einfach alle zusammentrommeln und loslegen. Die Sache will gut vorbereitet sein.«

Pépin grinste und fühlte das erste Mal an diesem Tag etwas wie Vorfreude aufsteigen. »Dann lasst uns gleich heute anfangen!«

Kapitel 39

Herzogtum Normandie, Pirou, Februar 1182

Leise öffnete Genovefa die Tür zu ihrer Kammer. Es musste bereits spät in der Nacht sein, da sie im Anschluss ans Abendessen Marguerite Gesellschaft geleistet und sich von der Freundin haarklein alles über das zurückliegende Turnier hatte erzählen lassen.

Umso überraschter war sie, als sie das Zimmer von einer Kerze erleuchtet vorfand und ihr Mann sie, halb aufgerichtet im Bett liegend, erwartete. Die zurückliegende Krankheit hatte sein Gesicht blass und hager gemacht und seine Augen in Schatten getaucht.

»Du bist noch wach? Ich hoffe, du hast nicht auf mich gewartet«, begrüßte sie ihn. Doch im nächsten Augenblick erkannte sie den wahren Grund, sah das entrollte Pergamentstück, das zusammen mit dem blumenbestickten Band vor ihm auf der Decke lag – und ein heißer Schreck durchzuckte sie.

Natürlich wusste sie längst, was darauf geschrieben stand, hatte sie die Worte doch wieder und wieder gelesen, bis sie sie auswendig konnte. Sie waren witzig, schlicht und schön und besaßen die Prise Unverschämtheit, die sie von dem Ritter kannte. Obwohl der Text anonym verfasst worden und sie sicher war, dass sein Freund Armand ihm beim Formulieren des Gedichts geholfen hatte, hörte sie Erec de Lacône unverkennbar aus jeder Zeile.

»Auch wenn ihr Anblick mir das Wort
im Mund zu Stein gerinnen lässt,
so ist ihr Haar kein Schlangenhort,
mehr Glut, in die ein Windstoß bläst«,

las Horace mit anerkennendem Nicken vor. »Sehr treffend und wortgewandt, nicht wahr?

Doch dürfte ich ihr nahe sein,
sie einmal nur berühren,
mit Freuden würd ich ganz zu Stein, und bis in alle Zeit
als Gargouille für sie Wasser speien.«

Horace brach ab, und ein kurzer Moment des Schweigens trat ein. »Ein neuer Verehrer?«, fragte er schließlich. Er sah sie nicht an, blickte stattdessen auf den Pergamentstreifen vor sich. Aus seiner Stimme klang kein Vorwurf, aber eine Traurigkeit und Kränkung, die Genovefa ihrerseits betroffen machte.

»Nicht der Erste, der mich zur Minneherrin wählt, oder?«, sagte sie lahm.

»Nein.«

Und dennoch war diesmal etwas anders – und das schien auch Horace zu spüren. Er sah sie noch immer nicht an, schwieg nur, doch dieses Schweigen nagte an Genovefa. Sie fühlte, wie sich alles in ihr anspannte, vor Scham und aus einem seltsamen Trotz heraus. »Wie kommt es, dass du mir nachspionierst?«, ging sie zum Angriff über.

Horace gab ein Seufzen von sich. Als er diesmal sprach, klang er bitter. »Das musste ich nicht, meine Liebe, hältst du es doch offenbar nicht für nötig, derlei vor mir zu verstecken.«

Tatsächlich hatte sie die Handschuhe und Erecs Pergament vor dem Abendessen arglos in ihrer Kammer zurückgelassen. Sie wandte sich ab, damit Horace diese Mischung aus Wut, Angst und Reue nicht in ihrem Gesicht lesen konnte. Doch sie spürte seinen Blick in ihrem Rücken.

»Hör zu«, sagte er nach einer Weile des Schweigens und beinahe tonlos. »Ich bin ein alter, kranker Mann. Mir ist bewusst, dass ich eine kluge und lebenshungrige junge Frau wie dich nicht zufriedenstellen kann … in vielerlei Hinsicht. Abgesehen von meiner ehrlichen Zuneigung und einem zumindest materiell sorgenfreien Dasein habe ich dir nicht viel zu bieten. Ich bin kein Narr, ich weiß, dass dir das nicht genügen kann. Und ich weiß, dass du dir dieses Leben nicht ausgesucht hast.« Er schöpfte Atem, als strengten ihn seine Worte und die Wahrheit darin zunehmend an.

Genovefas Kehle wurde eng. Ja, es stimmte, sie hatte Glück mit ihrem Mann, denn wahrlich nicht jeder machte sich die Mühe, seine Ehefrau und ihre Bedürfnisse verstehen zu wollen und ihr auch noch entgegenzukommen, wie Horace es tat. Und dennoch …

»Ich weiß, dass du dir … Freiheiten herausnimmst«, fuhr er fort, und seine Worte versetzten ihr einen scharfen Stich. »Ich bin vielleicht nicht mehr gut auf den Beinen, aber ich habe funktionierende Augen und Ohren. Mir bleibt nicht verborgen, dass du dich die eine oder andere Nacht davonstiehlst oder ungewöhnlich spät zurückkommst.«

»Horace …« Sie wandte sich ihrem Mann zu, hatte das Gefühl, etwas sagen zu müssen, doch er hob die Hand.

»Lass mich weiterreden«, bat er und holte zitternd Luft. »Ich bedaure es, bedaure zutiefst, dass ich dich nicht glücklich machen kann. Ich hätte dir ein besseres, erfüllteres Leben gewünscht.« Noch einmal atmete er tief ein. »All das tut mir leid, bei Gott. Doch eins muss dir klar sein: Ich besitze nicht mehr viel außer meiner Ehre. Und … ich kann und werde nicht zulassen, dass mir auch die noch genommen wird.«

Buch III

Champions

Mais quant il a en un païs
Hume ne femme de grant pris,
Cil ki de sun bien unt envie
Sovent en dïent vileinie.
Sun pris le vuelent abaissier:
Pur ceo comencent le mestier
Del malveis chien coart, felun,
Ki mort la gent par traïsun.

Aber wenn es in einem Land
einen Mann oder eine Frau von hohem Ansehen gibt,
dann sagen ihnen die, die neidisch
auf ihren Vorzug sind, oft Bosheiten nach:
Ihr Ansehen wollen sie herabsetzen;
deshalb beginnen sie das Geschäft
des böswilligen, feigen und arglistigen Hundes,
der Leute hinterlistig beißt.

Guigemar, Marie de France (~ 1135–1200)

Kapitel 40

Herzogtum Normandie, Pirou, Februar 1182

Von Titus' Rücken aus suchte Erec die Umgebung ab. Wie immer hatten sich einige Knappen und Neugierige entlang des Übungsgevierts eingefunden, um den Rittern bei ihrem täglichen Training zuzusehen, doch eine Person war nicht erschienen: Genovefa. Seit Tagen hatte sie sich entweder gar nicht blicken lassen oder nur aus der Ferne. Beinahe schien es, als meide sie absichtlich seine Nähe.

Zweifel befielen sein Herz. Er fragte sich, ob seine Verse sie gekränkt hatten, ob sie zu forsch gewesen waren oder zu banal? Oder hatte etwas anderes Genovefas Missfallen erregt? Hatte sie gar das Interesse an ihm verloren?

Gemächlich schob sich eine Lanzenspitze in sein Blickfeld und tippte ihm auf die linke Brusthälfte. »Tot. So was von tot.«

Irritiert sah Erec auf.

»Wenn du weiter derart unkonzentriert bist, wirst du dich in Kürze mit Rücken oder Gesicht voran im Schlamm wiederfinden, de Lacône.« Jean de Préaux nahm die Lanze weg und grinste. »Und sei versichert, dass andere hier auf dem Platz weit weniger sanft mit dir umspringen werden, wenn sie dich in diesem umnachteten Zustand antreffen.« Er nickte verstohlen zu Thomas de Coulonces und Adam d'Yquebœuf, die gerade über irgendetwas diskutierten. Ja, vermutlich hatte Jean recht. Im gleichen Maß, wie er und seine Freunde über die vergangenen Wochen und spätestens seit dem gemeinsamen Turnier in Amiens mit den Préaux, Baudouin de Béthune und den anderen Männern aus des Marschalls Kreis zusammengewachsen waren, offenbarten sich auf der anderen Seite immer deutlicher Konkurrenz und Missgunst zwischen den einzelnen Fraktionen des königlichen Teams. Selten kam es zu offenen Auseinandersetzungen, doch kühle Distanziertheit, der Austausch verbaler Spitzen und Seitenhiebe gehörten genau wie unnötige Ruppigkeit bei den Übungsgefechten zum täglichen Umgang.

Erec war klar, dass in einem bunt zusammengewürfelten Rudel von mehr als achtzig Männern und deren Knappen nicht nur Eintracht und Freundschaft herrschen konnten, aber bisweilen überraschte ihn die unverhohlene Feindseligkeit zwischen den verschiedenen Gruppen. Waren sie nicht Teil einer gemeinsamen Sache, einer Mannschaft?

Als er diese Frage dem Marschall stellte, seufzte der schwer. »Im Grunde ja, aber gleichzeitig kämpft jeder für sich. Die Gunst des Jungen Königs ist es, die diese Männer nährt und kleidet, ihnen Ansehen verschafft und zukünftig, so hoffen alle, auch eine reiche Braut und ein einträgliches Lehen. Denn auf ein Erbe, das sie versorgt, können sie als Nachgeborene in der Regel nicht hoffen. Das ist es, was ihren Ehrgeiz befeuert und sie versuchen lässt, die Aufmerksamkeit Henris auf sich zu ziehen. Henri ist der großzügigste Mensch, den ich kenne, aber er kann nur geben, was er hat. Und wenn wir ehrlich sind, hat er beschämend wenig, dafür, dass er Mitregent des angevinischen Reichs ist. Jeder neue Konkurrent um dieses wenige darf daher nicht mit großer Zuneigung rechnen.«

Und mit Erec und seinen Männern waren gerade vier neue Mitspieler in den Wettstreit um des Königs Gunst eingetreten, noch dazu in dem Banner, das ohnehin Henris Bevorzugung genoss, weil es von Guillaume le Maréchal, seinem engsten Vertrauten und Kapitän der gesamten Turniermannschaft, geführt wurde. Keine Überraschung also, dass man ihnen mit wenig Wohlwollen begegnete.

»Vollständig gepfählt.« Diesmal stupste Jean de Préaux

ihn unsanft mit der Lanze in den Rücken. »Und falls du nicht vorhast, schnellstens deine sieben Sinne zusammenzusuchen, muss ich dich vom Pferd werfen. Nimm dir ein Beispiel an Josce und an … na ja, vielleicht nicht unbedingt an Lionel.« Der blond gelockte Ritter saß rücklings im Sattel, die Lanze in Reitrichtung über die Schulter gelegt, und versuchte blind, den Quintan vor sich zu treffen.

»Ja, du hast recht.« Erec rieb sich kurz über die Augen, um die kreisenden Gedanken zu vertreiben. »Lass uns weitermachen.« Er schloss den Helmriemen und lenkte Titus an den Rand der Einfriedung, um eine Lanze aufzunehmen.

In diesem Augenblick kam der Marschall zum Exerzierplatz.

»Schluss für heute, Männer. Hoher Besuch hat sich angekündigt. Graf Philipp von Flandern wird am Nachmittag eintreffen.«

»Graf Philipp? Hat er schon wieder Sehnsucht nach uns? Das Turnier liegt gerade zwei Wochen zurück.«

»Genau. Und Henri hat ihn dort zu einem Gegenbesuch eingeladen«, erklärte Guillaume. »Da in wenigen Tagen die Osterfaste beginnt, wollten sie wohl keine Zeit verschwenden.«

»Verstehe.«

»Erec, komm und begrüß mit mir Philipps Voraustrupp«, bat ihn Guillaume. »Einer der Männer behauptet, er kenne dich und deine Leute von früher.«

»Tatsächlich?« Erec stieg ab und folgte dem Ritter mit Titus am Zügel aus dem Geviert. Eigentlich kam nur eine Person dafür infrage, und ganz offensichtlich hatte das Schicksal Damien de Brienne zu Erecs persönlichem Fluch bestimmt.

Doch es war ein anderer, der ihn im Hof erwartete.

»Valéry! Was tust du hier?« Erec streifte Helm und Kettenhaube ab und strahlte übers ganze Gesicht. Er wirkte gesund und glücklich, stellte Valéry fest. Warum auch nicht, er musste am Ziel seiner Wünsche sein.

Valéry presste die Kiefer aufeinander. Vier Wochen. Hätte er nur unselige *vier* Wochen länger ausgeharrt, stünde er jetzt an Erecs Seite am königlichen Hof. Doch er hatte keine Wahl gehabt, hatte nicht warten können. Es bereitete ihm Mühe, den aufwallenden Groll irgendwo tief in seinem Inneren einzuschließen. Stattdessen zwang er sich ein Lächeln auf die Lippen und trat einen Schritt auf seinen früheren Mitstreiter zu. Er hatte eine Aufgabe zu erfüllen.

»Erec, so sieht man sich wieder«, begrüßte er den Ritter. »Ich bin hier, um Graf Philipps baldige Ankunft zu vermelden.«

Erecs Grinsen wurde breiter, und er fasste ihn bei den Schultern. »Ist das wahr? Das heißt, du stehst in seinem Dienst? Das ist großartig!« Er seufzte erleichtert. »Ich muss gestehen, ich hatte ein schlechtes Gewissen, nachdem du uns verlassen hast. Ich war … besorgt um dich.«

Valéry nickte nur. *Warum hast du es dann so weit kommen lassen?* Er kaufte Erec die Sorge ab – wenn der Ritter eines nicht war, dann böswillig oder nachtragend –, doch machte das die Sache kaum besser.

»Aber wie es aussieht, hat sich alles gefügt, und du hast eine gute Anstellung gefunden! Himmel, das heißt, du genießt jetzt dauerhaft die Gesellschaft unseres Herzblatts Damien, oder? Warum haben wir dich nicht beim Turnier gesehen?«

Da waren die Fragen, denen Valéry schon in Amiens hatte aus dem Weg gehen wollen. Er hob das Kinn und straffte die Schultern. »Nein, mit dem habe ich nicht viel zu schaffen. Wir sehen uns kaum.« Und bevor Erec weiter bohren und den Stachel der Demütigung noch tiefer in Valérys Fleisch treiben konnte, wollte er es lieber selbst aussprechen: »Ich gehöre nicht zu Graf Philipps Turnierbanner. Und auch nicht zu seinen Rittern.« Er räusperte sich kurz. »Ich stehe in seinen Diensten, ja. Als Lohnkämpfer. Ich bin einer seiner Söldner.«

Erecs Gesichtsausdruck wechselte zwischen Verwirrung, Unglaube und Verlegenheit. Ganz offensichtlich wusste er nicht, wie er mit dieser Neuigkeit umgehen sollte.

Unbehaglich rieb er sich die Nase. »Valéry, ich …«

»Spar dir die Worte, Erec. Es ist gut, wie es ist.«

Warum nur fühlte es sich dann so an, als wolle ihn die Scham von innen heraus verglühen?

Erec nickte, brachte es aber nicht fertig, ihn dabei anzublicken. Und zu beobachten, wie er sich wand, verschaffte Valéry wenigstens ein bisschen Genugtuung.

»Lass uns morgen einen Wein zusammen trinken, mit den Jungs«, schlug Erec vor. »Sie werden sich freuen, dich wiederzusehen.«

»Sicher.« Valéry hegte daran größte Zweifel. Doch das war egal. Es genügte, wenn *einer* ihm vertraute. Es genügte, wenn Erec ihm vertraute.

Kapitel 41

Herzogtum Normandie, Pirou, Februar 1182

Der Marschall beugte sich diskret zu Erec hinüber. »Alles in Ordnung?«

»Was? Ach, es ist nur … ich weiß nicht, was ich von der ganzen Sache halten soll«, gab er ebenso leise zurück.

Guillaume nickte, auch wenn er davon ausgehen musste, dass sich Erecs Bedenken auf Philipps Worte oder diese Veranstaltung bezogen. Dabei war es etwas anderes, das Erec Kopfzerbrechen bereitete. Oder vielmehr *jemand* anderes.

Das erste Mal, seit er ihr seine Verse überreicht hatte, befanden Genovefa und er sich nur wenige Schritte voneinander entfernt. Das erste Mal seit dem Kuss.

Dieser Kuss. Der Gedanke daran ließ Hitze durch seinen Körper rauschen und weckte eine brennende Sehnsucht nach mehr.

Hastig nahm er einen großen Schluck Wein und hoffte, das aufflammende Begehren damit löschen zu können. Es durfte nicht sein. Es verstieß gegen alle Regeln. Doch hatte Genovefa die Regeln mehrfach bewusst gebrochen, wie er sich nur allzu gut erinnerte. Und selbst wenn die Male zuvor nicht mehr als ein Spiel für sie gewesen sein mochten, bildete Erec sich ein, dass mit diesem Kuss eine Tür aufgestoßen worden war. Tatsächlich hoffte er wider jede Vernunft genau das.

Verstohlen sah er zu ihrem Platz. Sie hielt die Augen gesenkt, starrte gedankenverloren in den Weinbecher, während ihre Finger unstet ein Stück Brot zerpflückten. Sie wirkte nachdenklich, vielleicht sogar bedrückt. Und ganz eindeutig wich sie seinem Blick aus. Was ging nur in ihr vor? Diese Frau war ein einziges Rätsel.

»Hört, hört«, murmelte de Béthune zu seiner Linken und holte Erec ins Hier und Jetzt. »Das sind ja ganz neue Töne.«

Erec wollte sich nicht die Blöße geben, nach dem Anlass für diese Worte zu fragen, schloss stattdessen kurz die Augen, um den Kopf freizubekommen. Er musste Genovefa zur Rede stellen und die Sache ein für alle Mal klären, und zwar bald. Doch zunächst einmal musste er diesem Gespräch folgen, wenn er sich nicht vollständig blamieren wollte.

»... leben in schwierigen Zeiten. Man hat den Eindruck, an allen Ecken und Enden des Reiches schwelt es«, erklärte Graf Philipp in diesem Augenblick.

»Und einer der größten Zündler sitzt an diesem Tisch«, murmelte de Béthune so leise, dass allenfalls Erec die Worte vernehmen konnte. Nachdem man eine Zeit lang gegessen, gezecht und Anekdoten über das zurückliegende Turnier ausgetauscht hatte, war man nun zu den ernsten Themen übergegangen.

»Es gab viele Veränderungen in kurzer Zeit«, fuhr Philipp fort. »Konflikte – das ist kein Geheimnis –, in die auch ich involviert war. Ereignisse, die mir bewusst gemacht haben, dass es vernünftig ist, sich auf die Bündnisse zu besinnen, die sich bereits in der Vergangenheit als stark und zuverlässig bewährt haben.« Reumütig oder bescheiden senkte er den Blick. »Umso mehr ehrt und freut es mich, dass Ihr, Majestät, in den zurückliegenden Auseinandersetzungen vermittelt habt und mir Euer ungebrochenes Wohlwollen entgegenbringt.«

Der Junge König prostete dem Grafen zu. »Ich denke, uns allen sollte daran gelegen sein, jetzt und in Zukunft gut miteinander auszukommen, einander beizustehen und gemeinsam den Frieden zu sichern.«

»Und was das betrifft, dürft Ihr auf meine uneingeschränkte Unterstützung zählen, mein König«, bekräftigte Philipp.

»Als Zeichen dafür wollte ich Euch ein Angebot unterbreiten.« Er machte eine Pause und suchte Henris Blick. »Wie Ihr wisst, verfüge ich neben den Rittern meines Haushalts über eine bedeutende Zahl tüchtiger Fußkämpfer.«

»Brabanzonenpack!« Bertran de Born spie das Wort angewidert aus. Vermutlich hatte er während der Konflikte in Aquitanien schon hässliche Begegnungen mit diesen unerbittlichen Söldnern gehabt.

»Keine Brabanzonen«, verbesserte Philipp kühl. »Soldkämpfer, ja, aber keine marodierenden Mordbuben. Zuverlässige, disziplinierte Männer unter der Führung gut ausgebildeter Krieger, die mit den ritterlichen Werten vertraut sind.«

»Was für eine schöne Umschreibung für Ritter, die ihre Ehre aufgegeben haben«, ätzte der Troubadour, doch Henri gebot ihm mit einer Handbewegung zu schweigen, während er Philipp mit einem Nicken zum Fortfahren ermunterte.

»Wir beide sind uns im Klaren, dass Ihr gewissen ... Abhängigkeiten ausgesetzt seid, Henri. Dieser Umstand könnte Euch in Eurer Handlungsfähigkeit einschränken, und zwar in Situationen, in denen womöglich schnelle Entscheidungen gefragt sind.« Er lächelte sein kaltes, stets ein wenig hochmütiges Lächeln. »Sollte es zu solch einer Situation kommen, Majestät, stehen meine Männer für Euch bereit. Jederzeit. Und um im Fall des Falles Verzögerungen zu vermeiden, biete ich Euch an, einen zuverlässigen und ehrbaren Mittelsmann an Eurem Hof zu belassen, den Ihr zu mir entsenden könnt, wann immer es Euch beliebt. Ich werde Euch dann umgehend meine Truppen zur Unterstützung schicken.«

Es entstand eine Pause, in der Henri nachdenklich seinen Kelch in der Hand drehte. Doch schließlich lächelte er. Zweifellos gefiel ihm die Vorstellung, auf eine Heerschar zurückgreifen zu können, ohne seinen Vater einweihen oder gar um die nötigen Mittel bitten zu müssen. Es bedeutete ein Stück Unabhängigkeit. Freiheit. »Ein großzügiges Angebot, Philipp. Und ich nehme es sehr gerne an«, sagte er, ohne lange zu zögern. »Es beweist mir, dass es Euch ernst damit ist, künftig auf Zusammenarbeit zu setzen.« Zur Bekräftigung seiner Worte prostete er dem Grafen erneut zu und trank. Und auch Philipp setzte zufrieden den Kelch an die Lippen.

Der Marschall und de Béthune wirkten dagegen beunruhigt. Und einmal mehr wusste auch Erec nicht, was er von der Sache halten sollte.

Genovefa schloss leise die Tür von Marguerites Gemächern hinter sich und unterdrückte ein Gähnen. Es war spät. Nach dem Bankett hatte die Königin großen Redebedarf verspürt und ihrem Unmut über Henris Leichtfertigkeit und seine – wie sie fand – unbedachte und vorschnelle Zustimmung zu Philipps Angebot Luft gemacht. Ja, auch Genovefa erschien die ganze Angelegenheit fragwürdig und übereilt, obgleich sie zugeben musste, nicht vollständig bei der Sache gewesen zu sein. Sie wandte sich zum Gehen, als sie plötzlich Schritte vernahm.

»Genovefa, bitte wartet!«

Erec, natürlich. Sie war nicht überrascht, aber vorbereitet war sie auch nicht. Vermutlich würde sie das zu keinem Zeitpunkt sein. Kurz schloss sie die Augen, während sie darauf wartete, dass ihr Herz zurück in den Rhythmus fand.

Für einen Moment erwog sie, den Ritter einfach stehen zu lassen und ihren Weg fortzusetzen, aber dann verharrte sie doch.

»Ich muss Euch sprechen.«

Obwohl er fast flüsterte, erschien ihr seine Stimme in der nächtlichen Stille viel zu laut. Rasch warf sie einen Blick nach rechts und links, doch sie waren allein. Der Schein einer Wandfackel am Ende des Gangs spendete nur wenig Licht und erhellte Erecs Gesicht kaum, ließ lediglich seine Augen glänzen, als er sie direkt ansah. Mit einem Schritt zurück gewann sie etwas Abstand und rief einen irritierten, vielleicht gekränkten Ausdruck auf sein Gesicht. »Hier ist weder die Zeit noch der Ort.«

»Himmel, dann nennt mir einen«, verlangte er. »Ich will verstehen, woran ich bin. Dieser Kuss ... ich ... muss wissen, wenn das nur eins Eurer Spiele ist ...«

Genovefa sah auf die Steinfliesen zu ihren Füßen. Womöglich hatte es als solches begonnen, aber nein, das hier war kein Spiel. Nicht mehr. Und genau darin lag das Problem.

Kurz schloss sie die Augen, um sich zu sammeln, dann sah sie ihn unverwandt an. »Ihr kennt den kleinen Brunnen bei den Wirtschaftsräumen?«

Er nickte.

»Geht vor und wartet dort auf mich. Ich bin gleich bei Euch.«

Sie schuldete Erec eine Erklärung, sie schuldete ihnen beiden einen sauberen Schlussstrich.

Erec war nicht sicher gewesen, ob Genovefa wirklich kommen würde, bis sie schließlich vor ihm stand.

Er folgte ihr durch den finsteren Gang bis zu einer schlichten Holztür, dann zog sie einen Schlüsselbund hervor und öffnete das Schloss. Einen kurzen Moment fragte Erec sich, woher sie die Schlüssel hatte, bis ihm einfiel, dass sie die engste Vertraute Marguerites war, der Herrin dieser Burg, welche über die Schlüsselgewalt verfügte.

Gemeinsam schlüpften sie in die kleine Kammer, und Genovefa verschloss rasch hinter ihnen die Tür. Bis auf schattenhafte Umrisse von Regalen und Truhen konnte Erec nichts erkennen, denn nur wenig Mondlicht sickerte durch ein hoch gelegenes, schmales Fensterchen herein. Es war kühl, aber trocken; ein aromatischer Geruch von Kräutern lag in der Luft und vermischte sich mit Genovefas unverkennbarem Duft.

Hitze strömte durch Erecs Körper, und sein Herzschlag beschleunigte sich, zu sehr fühlte er sich an ihre erste Begegnung im Stall in Ambert erinnert. Und eine Stimme hinter seiner Stirn – oder von unterhalb seines Nabels? – wünschte sich, dort anzuknüpfen, wo sie damals aufgehört hatten. Jetzt, da er den Geschmack ihrer Lippen kannte.

Etwas blitzte auf, als Genovefa ein kleines Talglämpchen entzündete und auf einer Truhe abstellte. Die zitternde Flamme beleuchtete jedoch nur unwesentlich mehr als das Mondlicht. Immerhin ließ sie ihn erkennen, dass sie sich in einer Art Vorrats- oder Leinenkammer befanden, in der unter anderem Tuchballen aufbewahrt wurden; daher vermutlich auch der Kräuterduft, der unliebsames Ungeziefer fernhalten sollte. Die kleine Flamme erhellte außerdem Genovefas Gesicht. Wo er bisher in erster Linie Hochmut, Spott oder Wut gesehen hatte, glaubte er jetzt, Unsicherheit, Traurigkeit und sogar Furcht zu erkennen, Gefühlsregungen, die erschreckend fremd und unpassend auf ihren Zügen wirkten.

Er machte einen zaghaften Schritt auf sie zu, verharrte dann aber. »Genovefa, es tut mir leid. Ich wollte Euch nicht bedrängen oder gar Angst einjagen. Verzeiht mir bitte, das war nicht meine Absicht.«

Sie schüttelte den Kopf, schien einen Moment lang etwas sagen zu wollen, schloss jedoch wieder den Mund.

Also fuhr er fort, versuchte es zumindest. »Ich wollte nur … Lasst es mich so erklären: Wie Ihr wisst, entstamme ich bescheidenen Verhältnissen, zumindest gemessen an den meisten anderen hier. Ich bin ein grober Klotz. Um ehrlich zu sein, habe ich keine Ahnung von den Spielregeln bei Hof. Ich … habe keine Ahnung, wie die Sache mit der höfischen Liebe oder Minne wirklich funktioniert. Vermutlich mache ich alles falsch oder verstehe alles falsch oder …« Er schloss kurz die Augen und versuchte, sich zu konzentrieren. »Ihr müsst mir glauben, Genovefa, ich war fest entschlossen, Euch aus der Ferne zu verehren, wie es sich gegenüber einer verheirateten Dame geziemt. Ich habe mich bemüht, wirklich, aber … aber dann war da dieser Kuss, und anschließend habt Ihr mich nicht einmal mehr angesehen. Um ehrlich zu sein, ich verstehe es nicht. Was hat das zu bedeuten?«

Sie senkte den Blick und faltete die Hände ineinander, um sie daran zu hindern, sich in ihr Kleid zu krallen, so schien es. Was war los mit ihr? Es fiel ihr doch sonst nicht schwer auszusprechen, was in ihrem Kopf vorging. Er nahm an, dass sie weit häufiger daran scheiterte, ihre Gedanken für sich zu behalten.

»Ihr habt nichts falsch gemacht«, erklärte sie fest und sah auf. »Ihr habt Euch stets ritterlich verhalten, nie die Situation ausgenutzt. Anders als ich.« Sie holte tief Luft. »Ich will nicht mit Euch spielen. Das habt Ihr wahrlich nicht verdient. Aber mehr kann es für uns nicht geben. Nicht einmal das, fürchte ich.«

»Was hat sich geändert?« Die Vorstellung, auch noch auf dieses bisschen Nähe, auf ihre erfrischenden Wortgefechte und dergleichen verzichten zu müssen, schwemmte ungeahnte Verzweiflung in Erecs Herz. »Was ist passiert?«

Sie sah auf ihre Hände und suchte nach den richtigen Worten.

Ihre früheren Abenteuer waren Strohfeuer gewesen, lodernd hell und bedeutungslos, innerhalb kürzester Zeit zu grauer Asche verbrannt; rauschhafte Momente; kurze Augenblicke der Freiheit und des Atemholens in einem Leben, das sie zu ersticken drohte. Aber nie hatten sie eine echte Bedrohung für ihre Ehre, für ihre Ehe dargestellt. Weil die Treffen heimlich und verstohlen auf Festen oder Turnieren stattfanden und man sich danach trennte, um sich nie wiederzusehen. Weil sie immer darauf geachtet hatte, niemanden zu nahe an sich heranzulassen.

Bis jetzt.

»Wir wissen beide, Horace ist ein guter, großzügiger Mensch«, brachte sie schließlich hervor. »In mehr als einer Hinsicht. Ich muss davon ausgehen, dass er um meinetwillen nicht nur einmal die Augen verschlossen und mich hat gewähren lassen. Doch diesmal … er hat Eure Verse gefunden und gelesen – keine Sorge, er weiß nicht, von wem sie stammen –, aber er ist zu dem Schluss gekommen, dass das hier … anders ist, dass es etwas Ernstes ist. Und ist nicht länger bereit, es zu dulden.«

Etwas veränderte sich in Erecs Gesicht, und er machte einen zaghaften Schritt auf sie zu. »Ist es das auch für Euch? Etwas Ernstes, meine ich?«, fragte er, und seine Worte klangen so kummer- und so hoffnungsvoll zugleich, dass es ihr das Herz einschnürte.

»Und wenn schon?«, flüsterte sie und wandte den Kopf ab. Sie war so wütend – auf sich, auf ihn, auf alles –, dass ihr Tränen in die Augen stiegen. »Was ich wirklich will, hat noch nie eine Rolle gespielt. Ich bin nur Zuschauerin in meinem Leben.«

»Für mich würde es einen Unterschied machen«, sagte er. Als sie sich umdrehte, stand er nur noch einen Schritt von ihr entfernt und sah sie an.

»Für mich würde es einen Unterschied machen, zu wissen, dass es das ist, was du wirklich willst, dass es dir ernst damit ist«, wiederholte Erec und wechselte bewusst zur vertraulichen Anrede.

»Aber was würde es ändern? Wir können nicht zusammen sein.« Tränen rollten Genovefas Wangen hinab, und sie wischte sie hastig, beinahe ärgerlich weg. Es war das erste Mal, dass er diese Frau so verwundbar, so erschüttert erlebte. Und dass sie ihn diese Seite sehen ließ, wollte sein Herz bersten lassen.

Erec griff nach ihrer bebenden Hand. Ihre Haut fühlte sich warm an und zart, wie bei ihrer allerersten Begegnung.

»Du bist hier, allein mit mir. Oder nicht?«, sagte er.

»Aber das … das ist alles, was wir haben können, Erec. Gestohlene Augenblicke. Heimliche Treffen. Verabredungen in dunklen Verstecken. Mehr wird es nicht geben.«

Er zuckte mit den Schultern und lächelte schief. »Wenn du es auch willst, ist es mir genug.« Und ja, das würde es sein. Denn alles erschien ihm besser, als je wieder ganz auf ihre Nähe verzichten zu müssen.

»Erec, bitte … ich will dich nicht in Gefahr bringen. Und das werde ich früher oder später, wenn wir es nicht beenden.«

Er zog sie an sich. »Ich erinnere mich an die Worte einer klugen Frau, die mir einst sagte, ich würde es – mit Verlaub – ganz gut allein schaffen, mich in Gefahr zu bringen. Ich denke, sie hatte vollkommen recht.« Und damit legte Erec die Hände in Genovefas Nacken und hob sanft ihr Gesicht an, fühlte ihre weichen Haare über seine Finger fließen, bewunderte den launischen Schwung ihrer Lippen, bevor sie sich endlich in einem Kuss begegneten. Genovefas Tränen rannen zwischen ihre Lippen und hinterließen den Geschmack von Salz und Traurigkeit, doch löste sie sich nicht, schob sich ihm stattdessen weiter entgegen, sodass er es wagte, seine Rechte an ihrem Rückgrat hinabgleiten zu lassen und ihren bebenden Körper an seinen zu ziehen, bis ihre Brust sich gegen seine hob und senkte und ihr Atem, ihre Herzen einen gemeinsamen Takt fanden.

Und wenn das hier, diese kurzen Momente der Zweisamkeit mit dieser Frau, alles war, was er bis zum Ende seiner Tage würde haben können, er war sicher, es würde genügen, es würde ihn zu einem glücklichen Mann machen.

Kapitel 42

Herzogtum Normandie, Pirou, Februar 1182

Das heißt, du wirst jetzt auch hier an Henris Hof leben?«, erkundigte sich Lionel ohne große Begeisterung und füllte sich den Becher aus dem Krug, der zwischen ihnen stand. »Was für eine unerwartete … Freude.«

»Ganz so ist es nicht«, erwiderte Valéry. Seine Gesichtszüge verrieten nicht, ob er sich von Lionels Worten provoziert fühlte, überhaupt bemühte er sich auffällig um einen gelassenen, gleichmütigen Ausdruck. Es gab einiges gutzumachen, nahm Armand an. Von Valérys wie von ihrer Seite.

»Ich werde eine Kammer im Gasthaus im Dorf beziehen. Und dort werde ich als Graf Philipps Mittelsmann ausharren, als besserer Bote, wenn du willst, bis der Junge König Verwendung für mich hat oder Philipp mich braucht.«

»Scheint ganz so, als wäre die alte Truppe wieder vereint, was?«, meinte Armand versöhnlich und prostete Valéry zu.

»Ja, scheint fast so.« Josce klang weit weniger euphorisch. Und wenn Armand in Peps Gesicht blickte, der mit dem Hund zu seinen Füßen etwas abseits saß, waren Josce und Lionel offenbar nicht die Einzigen, die wenig Begeisterung über Valérys Rückkehr verspürten. Genau wie Brice, der hin und wieder ein verhaltenes Knurren in Richtung Valéry ausstieß, wirkte der Junge geradezu feindselig. Vielleicht kein Wunder, nachdem sich der Ritter immer wieder herablassend über ihn geäußert hatte. Sie alle hatten Fehler gemacht.

Doch Erec schien gewillt, einen Schritt in Richtung Versöhnung zu gehen. »Das heißt, wir können gelegentlich etwas zusammen unternehmen, wie in alten Zeiten«, schlug er vor.

Valéry zuckte mit den Schultern, blickte in seinen Becher, als traue er sich darüber kein Urteil zu.

»Wie in alten Zeiten, als wir zusammen Blümchen pflückend über die Wiese getollt sind, meinst du?«, fragte Lionel ungnädig.

In einer Mischung aus Ärger und Belustigung schüttelte Erec den Kopf. »Ach, kommt schon, Leute! Macht es Valéry nicht so schwer. Wir hatten eine herausfordernde Zeit und sollten alle froh sein, dass sie vorbei ist. Begrabt euren Groll. Ich jedenfalls freue mich, dass wir heute alle hier zusammen sind.«

Lionel wandte sich demonstrativ ab, Josce gab ein undefinierbares Brummen von sich und goss sich Wein nach.

Valéry leerte seinen Becher mit einem Zug und erhob sich. »Danke, Erec, ich weiß das zu schätzen. Aber vielleicht brauchen wir alle noch ein bisschen Zeit, um wieder miteinander warm zu werden. Auf bald«, verabschiedete er sich und ging.

Wie es aussah, waren seine früheren Mitstreiter nicht die Einzigen, die Vorbehalte gegen ihn hegten, stellte Valéry am nächsten Tag fest. Zumindest warfen ihm die Ritter, denen er nun gegenüberstand, kaum weniger feindselige Blicke zu. Sie trafen sich in der Unterburg hinter einem abseits gelegenen Schuppen, er und drei von Henris Männern. Oder wahrscheinlich sollte er sagen: Philipps Männer, denn wie er selbst dienten sie in erster Linie *seinen* Interessen. Und ihren eigenen. Der Graf war es auch gewesen, der vor seiner Abreise dieses Treffen befohlen hatte. Er wollte dringend Bewegung in der Sache sehen.

Es dämmerte bereits, und die wimmelnde Geschäftigkeit und Mühsal des Tages war einer trägen Mattigkeit gewichen. Die meisten Menschen versorgten das Vieh oder hatten sich bereits zum Nachtmahl in ihre vier Wände zurückgezogen, sodass sie einigermaßen sicher vor neugierigen Blicken reden konnten.

»Ich verstehe nicht, was das soll«, ereiferte sich Thomas de Coulonces. »Hält Philipp uns nicht für fähig, dieses … *Problem* allein zu lösen, sodass er uns jetzt einen dahergelaufenen *Söldling* zu Hilfe schicken muss?« Er betonte den Begriff, als handle es sich um etwas, das man üblicherweise unter dem Stiefelabsatz zertrat. Valéry versuchte, sich die Kränkung nicht anmerken zu lassen. Es wurde Zeit, sich damit abzufinden, dass man ihn nie wieder als Teil der Kriegerelite akzeptieren würde. Dass sie sich durch seine Anwesenheit gedemütigt fühlten, verschaffte ihm immerhin ein wenig Trost. Er war hier, weil sie versagt hatten. Diese Tatsache laut auszusprechen, nahm ihm freundlicherweise Peter fitz Guy ab.

»Na, bisher sind wir in der Sache nicht weitergekommen«, stellte der Ritter fest.

»Es ist wie verhext«, zischte Adam d'Yqueboeuf. »Der Marschall hat mehr Leben als eine Katze, ist einfach nicht kleinzukriegen. Ich wüsste niemanden sonst, der einen Vorfall wie den in Mons überlebt, geschweige denn mit so wenigen Blessuren weggesteckt hätte.«

»Aber das verdankt er nicht allein seiner Zähigkeit«, warf Peter fitz Guy ein. »Ohne die bedingungslose Loyalität seiner Männer wäre er längst nicht mehr unter uns.«

»Verflucht, ja.« De Coulonces Miene verfinsterte sich bei dem Gedanken. »Und dass er sich weiterhin bester Gesundheit erfreut, verdanken wir allen voran seinem Günstling Erec de Lacône. Einen Narren hat er an diesem Kerl gefressen.«

»Kein Wunder, sie sind vom selben Schlag, beide Emporkömmlinge durch und durch«, ergänzte d'Yqueboeuf abfällig. »Aber den Jungen König scheint das nicht zu kümmern. Seit de Lacône seinen geliebten Marschall bei der Jagd gerettet hat, vertraut er diesem Grünschnabel blind.« Offenbar wurmte Letzteres den Ritter ganz besonders.

»Und das ist genau der Grund, warum Valéry hier ist«, hakte fitz Guy ein.

»Ach? Und wie genau soll uns eine bereitstehende Söldnertruppe in dieser Sache weiterhelfen?«

Tatsächlich hatte Valéry sich auch schon gefragt, was Graf Philipp mit seinem Unterstützungsangebot bezweckte. Wollte er den Jungen König nun schwächen oder nicht? Weswegen könnte er sonst den Marschall aus dem Weg haben wollen? Die Details seiner Pläne hatte er nicht erläutert, aber Valéry war davon überzeugt, dass der Graf mit der militärischen Hilfe eine Absicht verfolgte, die weit entfernt war von der alten Kameradschaft ehemaliger Verbündeter. Vielleicht war Philipp nach den zurückliegenden schmerzhaften Niederlagen zu dem Schluss gekommen, es sei besser, den Jungen König zum Freund statt zum Feind zu haben, und wollte sich auf diese Weise Einfluss sichern.

»Wenn diese Söldner Henri mehr Unabhängigkeit gegenüber seinem Vater verschaffen, wenn sie dazu führen, dass er in absehbarer Zeit über eigenes Land und feste Einkünfte verfügen kann, dann wäre das für uns alle ein Gewinn«, knurrte Thomas de Coulonces halblaut.

Adam sah sich hastig um. »Behalte das lieber für dich. Das bewegt sich nah am Verrat.«

Thomas zuckte mit den Schultern. »Ich bin nicht der Einzige, der so denkt. Aber trotzdem erklärt es nicht, wie *er* hier«, sein Kinn ruckte in Valérys Richtung, »uns in der Angelegenheit weiterbringen soll.«

»Die Sache ist die«, holte Peter fitz Guy aus. »Wir müssen uns der Tatsache stellen, dass wir Guillaume auf die bislang geplante Weise nicht beikommen. Und keiner von uns kann und will darauf warten, dass er uns weiter aus Henris Kreis drängt. Wir kommen nicht an den Marschall ran, anders als dieser Grünschnabel de Lacône. Und«, er machte eine kurze Pause und schaute von einem zum anderen, »unser Freund Valéry hier kommt an de Lacône ran.«

Die anderen warfen fitz Guy fragende Blicke zu.

»Die beiden sind noch letztes Jahr Turniergenossen gewesen«, erklärte er. »Erec vertraut ihm. Und das werden wir uns zunutze machen. Er wird für uns einen Weg finden, wie wir den Marschall abseits vom Turnierfeld kleinkriegen.«

Die Blicke der Männer änderten sich. Von einem auf den anderen Moment war Valéry in ihren Augen vom wertlosen Abschaum zum nützlichen Werkzeug aufgestiegen.

Er konnte nicht entscheiden, welche Sichtweise ihn mehr abstieß.

Wenig später beendeten sie ihre heimliche Versammlung und zerstreuten sich. Valéry gab den anderen einen Vorsprung, bevor er ihren Treffpunkt verließ; sie sollten nicht gemeinsam gesehen werden. Als er hinter dem Schuppen hervortrat, nahm er aus dem Augenwinkel eine huschende Bewegung wahr – einen hellen Hund. Wie Pep ihn besaß. Und auch wenn er ihn nirgends entdeckte, fürchtete Valéry, dass dort, wo der Köter war, der verlauste Bengel nicht weit sein konnte.

Sie hatten ein Zeichen vereinbart – das bestickte Band mit den weißen Blüten, das Erec ihr vom Turnier mitgebracht und das sie nach Horaces Ansprache wieder an sich genommen hatte. Sie würde es an einer verborgenen Stelle in Titus' Box hinterlassen, wenn sie am Abend in ihrem Versteck auf ihn wartete. Und nicht einmal einen Tag nach ihrem ersten Treffen hatte sie das Band dort abgelegt.

Es war dumm, es war gefährlich, es war egoistisch. Es war unmöglich, darauf zu verzichten.

Sie hegte wenig Sorge, dass Horace ihr folgen oder sie bloßstellen könnte, schon allein weil er von der zurückliegenden Krankheit noch immer zu geschwächt war, um das Lager zu verlassen. Allerdings argwöhnte sie, dass er seinen Pagen Paul beauftragt hatte, ein Auge auf sie zu haben, denn der Knabe trieb sich auffällig oft in ihrer Nähe herum. Ja, vermutlich ahnte Horace etwas, aber gleichzeitig wusste er auch, dass Genovefas Aufgaben als Vertraute der Königin sie häufig bis spät in die Nacht beanspruchten. Es würde ihr also nicht an Vorwänden mangeln, der gemeinsamen Kammer fernzubleiben. Und den kleinen Paul auszutricksen, war ein Kinderspiel. Ungesehen huschte sie in den Lagerraum und wartete.

Ja, gestern noch war sie fest entschlossen gewesen, Horace sowie ihrer beider Ehre zuliebe dieses Abenteuer zu beenden, bevor es richtig begonnen hatte. Auch um Erec zu schützen. Doch selbst wenn Scham, Zweifel und Gewissensbisse sie nun heimsuchten und Angst in ihren Eingeweiden stach, nichts davon war drängend oder laut genug, um diese anderen Gefühle zu übertönen, die Erecs Worte und Berührungen hinterlassen hatten – Vorfreude, Erregung, Trotz. Nachdem ihr halbes Leben von anderen bestimmt worden war, hatte sie da nicht Anrecht auf ein wenig gestohlenes Glück?

Plötzlich Schritte, ein Scharren vor dem Eingang. Genovefa schnellte von ihrem Sitzplatz hoch. Sie bebte am ganzen Körper, als sich die Tür aufschob und eine Gestalt hereinschlüpfte.

Erec schloss die Pforte hinter sich und verharrte einen Augenblick, bis seine Augen sich an das Dämmerlicht gewöhnten. »Genovefa?«

Mit drei langen Schritten war sie bei ihm, blieb dann jedoch abrupt stehen, als wage sie nicht, ihm noch näher zu kommen. »Da bist du endlich.«

Der ersten Regung nach wollte er etwas Unverschämtes, Neckendes entgegnen, doch da war ihr warmer Körper unmittelbar vor ihm, ihr unverwechselbarer Duft, dieser Blick aus Augen, die im Licht des kleinen Flämmchens beinahe goldgrün schimmerten, und alles, was er herausbrachte, war ein schwaches »natürlich«.

Durfte er sie berühren, sie an sich ziehen, küssen? Hatten die wortlosen Versprechen der letzten Nacht noch Gültigkeit? Oder war Genovefa im Licht des Tages zu einem neuen Schluss gekommen?

Sie überwand den letzten Schritt, umfasste Erecs Wangen mit den Händen und küsste ihn, küsste ihn lange, atmete seinen

Geruch nach Leder, Holzfeuer und Eisen ein, spürte seine Bartstoppeln unter den Fingerspitzen. Und alles fühlte sich so echt, so lebendig an, als sei dies nun endlich das wahre Leben und alles zuvor lediglich ein schwacher Abglanz gewesen. Sein Arm um ihrer Taille, als er sie eng an sich zog, seine warme Hand im Haar, seine Lippen auf ihren – es war gut, es war richtig. Vielleicht das erste Mal überhaupt glaubte sie sich in den Berührungen eines anderen selbst zu finden. Ein Gefühl, so neu und berauschend, dass sie hoffte, es würde nie enden.

Als sie sich schließlich voneinander lösten, vermochten beide nicht zu sagen, wie viel Zeit vergangen war.

Erec hielt sie noch immer und sah sie mit einem Lächeln an, das ihr das Herz zu brechen drohte.

»Ich kann es immer noch nicht fassen …«

»Was meinst du?«, fragte sie, um ihre Rührung zu überspielen. »Medusa im Arm zu halten, ohne zu Stein zu werden?«

Er lachte. »Ja, das ist in der Tat ein großes Wunder. Aber vor allem frage ich mich, womit ich verdiene, dass sie mich erwählt hat.«

Wieder wollte Genovefa etwas Schlagfertiges erwidern, etwas, das dieses warme, ansteckende Lachen hervorlockte. Doch es wollte ihr nicht über die Lippen kommen. Sie senkte den Blick. »Ich fürchte, ich bin wie eine Motte«, sagte sie stattdessen und hörte, dass ihre Stimme mit einem Mal dünn und kraftlos klang. »Eine Motte, die ins hellste Licht fliegt. Und irgendwann darin verbrennt.«

Erec legte ihr seine warme Hand an die Wange und hob schließlich sanft ihr Kinn an. Sein Blick war ernst. »Für mich bist du weder eine Medusa noch eine Motte. Für mich bist *du* das Licht. Und ich werde nie bereuen, mitten hineingeflogen zu sein.«

Kapitel 43

Herzogtum Normandie, Pirou, Februar 1182

Alles, einfach alles war komplizierter, wenn man an einem Königshof lebte. Es gab weniger Platz und weniger freie Zeit, dafür mehr Regeln und mehr abfällige Blicke. Es gab weniger Mitspieler und weniger Tore, dafür aber bei Weitem mehr Ärger, wenn etwas schiefging. Das hatten auch seine Freunde aus dem Stall erfahren müssen, als sie zuletzt, statt zu arbeiten, einem Ball hinterhergejagt waren und sich zur Belohnung eine ordentliche Tracht Prügel eingefangen hatten. Nur mit Glück hatten sie ihre Anstellung behalten. Ein Umstand, der sie jedoch nicht davon abhielt, sich ein weiteres Mal in das vergnügliche Abenteuer zu stürzen. Pépin grinste. Teufel, er hatte gleich gewusst, dass Fab und Rémi aus dem richtigen Holz geschnitzt waren!

Sie hatten alles genau geplant, um unnötigen Ärger zu vermeiden, und zuvor sorgfältig ihre Pflichten erledigt. Pépin dankte dem Himmel, dass es noch vor Beginn der Osterfaste geklappt hatte. Weitere sechs Wochen warten? Ein unerträglicher Gedanke.

Mit großen Schritten eilte er in den äußeren Burgring, wo heute ihr Spielfeld sein würde. Um diese Zeit am späten Nachmittag herrschte dort meist nur noch wenig Betrieb, sodass ihnen hoffentlich niemand in die Quere kam. Ohnehin würden die Mannschaften aus Knechten, Lehrburschen und unerschrockenen Mägden kleiner ausfallen, als er es von früheren Torballspielen kannte. Aber er war sicher, das würde dem Spaß keinen Abbruch tun. Unter den Knappen hatten sie gar nicht erst nach Mitspielern gefragt; vermutlich hielten die eine solche Beschäftigung ohnehin für unter ihrer Würde. Aber Pépin wollte die Schnösel auch gar nicht dabeihaben. Das hier war sein Terrain, sein Spiel, und er hatte nicht vor, dieses Vergnügen mit hochgeborenen Hornochsen zu teilen.

Schon von Weitem sah er die anderen warten, ungefähr zweieinhalb Dutzend Burschen und ein paar junge Frauen. Die eine Hälfte hatte sich die Wangen mit Rußstreifen gefärbt, die andere bunte Tücher vor Mund und Nase gebunden. Auf die Weise würden Außenstehende sie vielleicht nicht auf Anhieb erkennen, und gleichzeitig könnten die Mannschaften einander unterscheiden.

Pépin hob triumphierend den Ball hoch, den er bei sich trug, fest zusammengeschnürt aus alten Lederflicken, die ihm der Sattler überlassen hatte, und gefüllt mit Lumpen. Die anderen johlten bei seinem Anblick. Brice sprang wild bellend und voller Vorfreude um seine Beine. Die Regeln waren bekannt, die Tore festgelegt. Nichts stand dem Vergnügen mehr im Wege!

Viele Dutzend Hände reckten sich begierig dem Ball entgegen, den eine Wäscherin namens Linn in hohem Bogen von einem Holzstoß einwarf. Wie Äste im Wind wogten die Arme hin und her, bevor Olivier, der Lehrling des Schmieds, die Kugel zu fassen bekam, sich unter die Achsel klemmte und mit dem freien Arm durch die Menge pflügte wie ein Schwimmer durch die Flut. Johlend heftete sich die Meute an seine Fersen.

Und auch wenn Pépin eine denkbar schlechte Ausgangsposition hatte, fühlte er einen Schauer aus Glück, Erregung und purer Freude durch seinen Körper rauschen. Endlich!

Immer wieder hängten sich Verfolger an Olivier und versuchten, ihn zu Fall zu bringen, doch jedes Mal gelang es dem kräftigen Burschen, seine Widersacher abzuschütteln. Eine Kurve noch, dann führte die ausgewählte Strecke auf geradem Weg zwischen einigen Ställen und Schuppen hindurch.

Dort wollte Pépin versuchen, sich durch die Menge zu fädeln und an den Ballträger heranzukommen.

Wenige Herzschläge später bogen sie auf die Gerade ein. Wie ein Sturzbach wirbelte die wilde Schar über den Weg, Olivier weiterhin vornweg – als unvermittelt ein schwarzer Schatten zwischen zwei Verschlägen hervorschoss, den Schmiedelehrling ansprang und zu Boden riss. Der ganze Pulk geriet stolpernd ins Stocken, die Vordersten fielen vom Schwung getragen übereinander. Und noch ehe Pépin verstand, was gerade vor sich ging, jagten weitere Schatten von den Seiten heran, dunkel gekleidete Kerle mit schwarzen Tüchern vorm Gesicht. Ohne Vorwarnung und mit großer Rücksichtslosigkeit droschen sie auf Burschen wie Mädchen ein. Es waren nicht viele, fünf bis sieben vielleicht, doch es genügte, um die Spielenden auseinanderzutreiben und den Großteil in die Flucht zu schlagen. Unter den Übrigen entbrannte eine wilde Prügelei.

Ein harter Hieb in die Seite ließ Pépin taumeln, doch er schaffte es, auf den Füßen zu bleiben und sich dem Angreifer zuzuwenden. Er war groß und breit in den Schultern, und wie bei den anderen bedeckte ein Tuch Mund und Nase. Doch auch ohne die Schrammen und Blutergüsse in der oberen Gesichtshälfte, die Pépin ihm wenige Tage zuvor verpasst hatte, hätte er César sofort erkannt. Für einen Herzschlag durchzuckte ihn Scham, dass er den anderen derart zugerichtet hatte. Doch diese Regung hielt nur, bis sein Gegenüber den Mund aufmachte.

»Heute bezahlst du, schmutziger Bastard!«, zischte César hasserfüllt.

Darum ging es also. Kleinliche Rache für die erlittene Abreibung, dem Burschen gegenüber, der ihn so vollständig besiegt und gedemütigt hatte. Nur deshalb wollte der Drecksack ihm und den anderen heute den Spaß verderben. Genau genommen hatte er das längst geschafft, denn das Torballspiel war gestorben, bevor es richtig begonnen hatte. Pépin spürte heißen Zorn hochkochen.

Mit einem Wutschrei sprang er den Älteren an, klammerte sich fest und hieb ihm den Ellbogen zwischen die Schulterblätter. Auch Brice war jetzt zur Stelle und verbiss sich knurrend in Césars Stiefel. Gemeinsam taumelten sie einige Schritte rückwärts, dann gelang es dem Knappen, Pépin zu packen und aus einer Drehung heraus mit Schwung von sich zu schleudern.

Nur dem Alter der klapprigen Stalltür verdankte Pépin, dass er sich beim Aufprall nicht alle Knochen brach. Stattdessen krachte die Tür unter seinem Gewicht nach innen und barst aus den Angeln.

Schrilles Gackern erklang, als er zusammen mit den Brettern in stinkendes Stroh schlitterte. Sofort war er umgeben von Flügeln, Federn, aufstäubendem Mist, scharfen Krallen und hackenden Schnäbeln. Schützend legte er die Arme übers Gesicht, während die aufgebrachten Hühner über ihn hinwegflatterten und panisch aus dem Stall flohen. Brice bellte wie verrückt und schnappte nach dem in alle Richtungen stiebenden Federvieh.

»Nicht, Brice, lass die Hühner!«, rief Pépin verzweifelt und versuchte, sich auf die Füße zu stemmen. Dabei griff er in etwas Glattes, Hartes, das einen Augenblick später unter seiner Hand zu Splittern und einer glitschigen Masse zerbarst und ihn erneut in den Dreck rutschen ließ. Ein Ei.

Weitere Hunde schlugen an, zum Lärm der Kämpfenden draußen und dem anhaltenden Geschrei der Hühner gesellten sich anschwellende Rufe.

Es hatte ein vergnüglicher, ein schöner, ein rundum guter Nachmittag werden sollen. Und jetzt war *das* daraus geworden, verfluchte Scheiße!

Schließlich gelang es Pépin, sich an einer Sitzstange hochzuziehen. Er wischte sich die klebrige Eiermasse am Wams ab und panierte sich dabei außerdem mit Dreck und Federn. Auch in seinen Haaren hingen Mist und Daunen. Er warf einen Blick nach draußen, wo Brice weiterhin bellend die aufgebrachten Hühner herumscheuchte. Noch immer rangen Menschen miteinander, unter ihnen Fab und Rémi, aber auch eine Handvoll andere. Doch als aus einiger Entfernung Wachleute und mit Werkzeugen bewaffnete Männer herbeieilten, um den Ursprung des Aufruhrs herauszufinden oder eventuellen Angreifern entgegenzutreten, lösten sich die Widersacher eilig voneinander und suchten ihr Heil in der Flucht. Auch Fab und Rémi machten sich nach einem letzten entschuldigenden Blick hastig davon. Lediglich César nahm sich die Zeit, kurz sein Tuch zu lüften und böse zu grinsen, bevor auch er verschwand und Pépin allein zurückließ.

Ihm schwindelte. Er hatte nicht die geringste Lust, den Sündenbock für dieses unfassbare Debakel zu spielen. Hastig machte er einen Schritt hinaus aus dem Stall – glitt dabei auf dem Eiermatsch aus und setzte sich unsanft auf den Hosenboden.

Pépin seufzte schwer und versuchte gar nicht erst, sich wieder aufzurappeln. Es war zu spät. So würde er also die schimpfende Meute und die Strafe empfangen: vollständig eingedreckt, mit dem Hintern in der Hühnerscheiße in einem zertrümmerten Stall, während kreischendes Federvieh und ein kläffender Köter um ihn herumtobten. Großartig! Einfach großartig!

Erec fühlte sich geradezu beschwingt. Er hatte ein bisschen Brot und kalten Braten heruntergeschlungen, um sich möglichst schnell davonstehlen zu können. Ein gemeinsames Essen mit dem König oder dem Banner war heute nicht vorgesehen, das hieß, der Rest des Abends gehörte ihm allein. Und gleich würde sich erweisen, ob er ihn auch allein verbringen musste.

Mit federnden Schritten machte er sich auf den Weg zu den Stallungen, um sich Gewissheit zu verschaffen. Die blasse Wintersonne sank bereits der Umarmung der Nacht entgegen, irgendwo bellten ein paar Hunde, doch Erec konnte nur an eins denken. An *eine*.

Als das Stallgebäude in Sicht kam, trat unvermittelt Valéry heraus und kam eilig auf ihn zu.

»Erec, gut, dass du gerade kommst. Du wirst nicht glauben, was ich bei Titus gefunden habe.«

Erec stockte. Wie flüssiges Blei breitete sich der Schrecken in seinem Magen aus. Waren sie aufgeflogen? »Valéry! Was tust du hier?«, fragte er, um Zeit zu gewinnen.

»Der König hat erlaubt, dass ich meine Pferde hier unterbringe. Ich wollte nach ihnen sehen. Und dann ist mir im Vorübergehen etwas in Titus' Heu aufgefallen.« Valéry hielt ihm etwas auf der flachen Hand hin.

Erec schwankte vor Erleichterung, als er erkannte, dass es sich nicht um Genovefas Band handelte. Doch als er begriff, was er stattdessen vor sich sah, fuhr ihm der Schrecken umso heftiger in die Eingeweide.

»Michaeliswurz.«

Valéry nickte düster. »Eine Handvoll von dem Zeug, und dein Gaul könnte elend krepieren. Bodenlose Schlamperei. Wer ist für Titus' Futter zuständig? Du solltest ihm eine Tracht Prügel verpassen, die er sein Lebtag nicht vergisst! Oder ihn am besten gleich davonjagen.«

Pépin. Abgesehen von ihm selbst durfte niemand anders den Hengst füttern. Und Pep war auch dafür verantwortlich, das Heu auf schädliche Pflanzen und Kräuter durchzusehen, die während der Mahd immer mal wieder unabsichtlich hineingeraten konnten. Normalerweise war der Junge in dieser Hinsicht sehr gewissenhaft, eine solche Nachlässigkeit sah ihm nicht ähnlich. Aber wenn Erec sich die möglichen Konsequenzen ausmalte, stiegen Übelkeit und unbändige Wut in ihm auf. Genau wie Sorge.

»Wie geht es Titus? Hat er davon gefressen?«

»Ich denke nicht«, entgegnete Valéry. »Die Knechte hatten die Pferde erst kurz zuvor von der Koppel zurück in die Ställe gebracht. Natürlich habe ich sichergestellt, dass das übrige Heu einwandfrei ist.«

Davon wollte Erec sich lieber selbst noch einmal überzeugen, auch davon, ob sein Pferd wohlauf war.

Er hastete in den Stall, wo Titus mit gespitzten Ohren

aufsah, als er sich der Box näherte. Der Hengst wirkte vollkommen munter, kein auffälliges Speicheln oder Schwitzen, weder Anzeichen von Apathie noch von Nervosität. Aber vermutlich wäre es dafür ohnehin zu früh. Erec ging in den Verschlag und begutachtete Titus noch einmal von Nahem. Dabei entdeckte er Genovefas Band, das nahezu vollständig in dem Astloch der Bretterwand verborgen war. Sie wollte ihn sehen! Mit einem kleinen Lächeln nahm er es an sich und schob es in seinen Ärmel. Doch er war zu aufgewühlt, um sich richtig zu freuen. Gleich zweimal durchsuchte er das Heu auf gefährliche Pflanzen, was Titus zu einem protestierenden Wiehern veranlasste. Schließlich überließ er dem Hengst das Futter und sank erleichtert gegen die Bretterwand.

Bei der Vorstellung, was hätte passieren können, wäre Valéry nicht gewesen, bebte Erec am ganzen Körper. Mit Pépin würde er noch ein Hühnchen rupfen. Wie kam er dazu, derart seine Pflichten zu vergessen? Und wo steckte er überhaupt, in drei Teufels Namen?

Plötzlich wurden vor dem Stall aufgebrachte Stimmen und das zornige Bellen eines Hundes laut. Und Erec war vollkommen sicher, dass sich seine Frage in diesem Moment beantwortet hatte.

Halb schob, halb zerrte der Wachsoldat Pépin in Richtung der Ställe, begleitet von zwei weiteren Männern, von denen einer Brice am Strick mit sich zog. Der Hund hielt den zerfledderten Ball zwischen den Zähnen und stieß gelegentlich ein drohendes Knurren aus. Auch Brice war vollkommen verdreckt und mit Hühnerfedern gespickt, gab also ein ganz ähnliches Bild ab wie er selbst.

Vor dem Stall erkannte er einen dunkel gekleideten Mann. Valéry. Er musterte Pépin mit einer eigenartigen Mischung aus Sorge und Genugtuung.

Der hatte ihm gerade noch gefehlt! Zufall? Oder war er gekommen, um sich daran zu weiden, was der unmögliche

Rotzbengel wieder angestellt hatte? Wie hatte er so schnell davon erfahren?

Pépin blieb keine Gelegenheit, den Gedanken zu Ende zu führen, denn plötzlich kam Erec aus dem Stall gestürmt und eilte mit langen Schritten auf ihn zu. Bevor er auch nur ein Wort hervorbrachte, verpasste ihm der Ritter eine so donnernde Ohrfeige, dass sein Kopf zur Seite flog und seine Lippe aufplatzte.

»Wie konntest du nur so nachlässig sein?«, brüllte Erec. »Titus hätte sterben können wegen deiner Schlamperei!« Erec war völlig außer sich. Noch nie hatte Pépin ihn so erlebt.

Er versuchte, die Benommenheit wegzublinzeln, wischte sich mit dem Handrücken das Blut vom Mund. Seine erste Überraschung war überwunden, Demütigung wurde zu Enttäuschung und schließlich zu haltloser Wut. »Wovon zur Hölle redest du da?«, schrie er zurück.

»Ich rede davon, dass du dich lieber herumtreibst, statt deinen Pflichten nachzukommen, verflucht noch mal! Und davon, was das für gefährliche Konsequenzen hätte haben können. Wie siehst du überhaupt aus? Wo hast du gesteckt?«

»Ich ...«

»Ach, spar dir die Mühe«, schnitt Erec ihm harsch das Wort ab und starrte auf den Ball in Brices Maul. »Ich kann's mir denken.«

»Ich nehme an, das hier ist Euer Knappe, de Lacône«, stellte der Wachhabende fest.

»Das lässt sich wohl nicht leugnen.«

»Wie's aussieht, hat der Bursche eine üble Schlägerei angezettelt. Ein Hühnerstall ist dabei zu Bruch gegangen, zwei Hühner tot.«

»Das ist ...«

Mit einer Geste brachte Erec ihn erneut zum Schweigen. »Er wird das wieder in Ordnung bringen. Alles. Und für die toten Tiere wird er aufkommen. Dafür verbürge ich mich.«

»Es gab noch mehr Beteiligte«, sagte einer der anderen

Männer. »Sie haben das Weite gesucht, als wir gekommen sind.«

»Wer?«, wandte sich Erec an Pépin.

Er sah zu Boden und schüttelte trotzig den Kopf. Wenn er die Knechte verriet, würden sie diesmal mit Sicherheit alles verlieren. Und was den Angriff durch César und seine Kumpane betraf – für die Erwachsenen stand doch längst fest, dass die Eskalation allein auf Pépins Kappe ging. Also hielt er lieber ganz den Mund. Das war eine Sache zwischen César und ihm.

»Na schön, wie du meinst«, beschied Erec. »Meine Herren, ich kümmere mich um ihn. Der entstandene Schaden wird behoben, mein Wort darauf.«

Noch als die Männer sich längst verabschiedet hatten, blieb Erec mit verschränkten Armen vor ihm stehen und starrte ihn wütend an. »Was hast du dir nur dabei gedacht, Pep? Ich sollte dich windelweich prügeln.«

Pépin hob trotzig das Kinn und versuchte, in Erecs Blick zu lesen. Ja, die Sache war dumm gelaufen, aber dennoch verstand er nicht, was Erec derart gegen ihn aufbrachte.

»Im Ernst, Erec, was hast du erwartet?«, meldete sich Valéry zu Wort.

Was machte der Kerl überhaupt noch hier?

»Hast du wirklich geglaubt, dass du einen wilden Köter zähmen kannst? Im einen Augenblick frisst er dir aus der Hand, im nächsten beißt er hinein.«

»Was geht dich das an?«, fauchte Pépin in Richtung des Söldners. »Was mischst du dich überhaupt ein?«

In dem Moment fasste Erec ihn hart am Arm und zog ihn Richtung Stall. »Halt den Mund und komm mit! Du machst mich zum Gespött.«

Widerwillig ließ Pépin sich wegführen, während Valéry im Hof zurückblieb. »Darum geht es also, dass ich dich zum Gespött mache?«

»Nein, darum geht es nicht, nicht in erster Linie«, entgegnete Erec scharf, als sie allein waren. »Es geht darum, dass du um des Vergnügens Willen deine Knappenpflichten vernachlässigst. Und das ist vollkommen inakzeptabel.« Er blickte Pépin eindringlich an. »Es war Michaeliswurz in Titus' Heu, Pep! Eine Giftpflanze! Du weißt, was passieren kann.«

Ein eisiger Schreck durchfuhr Pépin. Pferde waren große, starke Geschöpfe, unbezwingbar, so schien es, doch gleichzeitig genügte manchmal eine Kleinigkeit, um sie vom einen auf den nächsten Augenblick zu fällen. Das jedenfalls erklärte Erecs Aufregung, besonders, nachdem Titus vor wenigen Wochen erst dem Tode nah gewesen war.

»Ich … ich habe alles erledigt, bevor ich zum Spiel gegangen bin. Auch Titus' Futter durchgesehen, ich schwör's«, versicherte Pépin. Natürlich hatte er das.

»Keine Sorge, Titus geht es gut«, beruhigte Erec ihn, und ein Seufzer der Erleichterung verließ Pépins Mund. »Aber das war nicht dein Verdienst, Pep. Ohne Valéry sähe die Sache vielleicht anders aus.«

»Valéry? Was hat er damit zu schaffen?«

»Er hat das Kraut zufällig entdeckt und rechtzeitig entfernt.«

Pépin schnaubte. »Valéry hat's auf mich abgesehen. Immer schon. Würde mich nicht wundern, wenn er's selbst reingetan hätte, um mir eins auszuwischen. Überhaupt stimmt irgendwas nicht mit ihm, wenn du mich fragst. Gestern hab ich ihn …«

»Genug! Versuch nicht, dich rauszureden. Du hast einen Fehler begangen, und du wirst dafür geradestehen.«

»Aber …«

Erec fasste ihn fest bei den Schultern. »Genug, habe ich gesagt!«

Plötzlich wich alle Kraft aus Pépin, und er ließ müde den Kopf hängen. Sinnlos. Erec wollte ihm nicht glauben.

»Ich habe dir eine Chance gegeben, Pep. Eine Chance auf ein anderes, auf ein besseres Leben. Jetzt musst du auch etwas daraus machen.«

Pépin ließ sich auf einen umgedrehten Holzeimer sinken

und stützte die Stirn auf die Hände. »Du hast gesagt, du hilfst mir dabei.«

Erec stockte, schließlich seufzte er. Mit einem Mal schien sein Zorn verraucht. Er setzte sich neben Pépin auf den Boden. »Ja, du hast recht, das hab ich gesagt. Und bisher habe ich mir nicht wirklich Mühe damit gegeben, war zu sehr mit mir selbst beschäftigt. Das tut mir aufrichtig leid.« Abwesend kraulte er Brice, der sich ganz in der Nähe niedergelassen hatte und voller Hingabe auf dem erbeuteten Ball kaute. »Und das«, Erec deutete auf Pépins noch immer glühende Wange, »tut mir auch leid.«

Pépin nickte stumm.

»Morgen fangen wir an. Jeden Tag direkt nach dem Aufstehen werden wir gemeinsam trainieren. Reiten, kämpfen, was auch immer. Du bringst schon sehr viel Gutes mit, Pep. Loyalität deinen Freunden gegenüber zum Beispiel, auch wenn das bedeutet, dass du diese Sache heute alleine ausbaden musst. Ziemlich ritterlich, wenn du mich fragst.« Erec musterte ihn lächelnd, schließlich lachte er.

»Was ist so lustig?«, murrte Pépin.

»Vorhin dachte ich, ich sollte dringend ein Hühnchen mit dir rupfen. Aber wenn ich dich so ansehe«, er pflückte eine Feder aus Pépins Haar, »wurden heute schon genug Hühnchen gerupft.«

Kapitel 44

Herzogtum Normandie, Pirou, März 1182

Fastenzeit. Das hieß Gebet und Einkehr, Verzicht und Enthaltsamkeit. Dünnes Bier statt Wein, Suppe und Brot statt Braten und Pasteten. Und keinerlei Turniere, denn die Zeit vor Ostern war die einzige im ganzen Jahr, an der das Turnierverbot strikt eingehalten wurde. Die Folge: knurrende Mägen und schlechte Laune, wohin man sah. Selbst Spaßvogel Lionel hatte sich mit Fortschreiten der entsagungsreichen Zeit in einen missmutigen Griesgram verwandelt, und man ging ihm besser aus dem Weg, wenn man nicht auf Streit oder bissige Bemerkungen aus war.

Nur einer glänzte mit geradezu unausstehlich guter Laune: Erec. Morgen für Morgen stand er beim ersten Hahnenschrei auf und trainierte mit Pep. Das ließ nicht nur den Jungen sichtlich aufblühen, dessen zunehmende Geschicklichkeit und Kraft selbst den Préaux lobende Worte entlockte. Auch Erec strahlte regelrecht, schien von früh bis spät zu grinsen und war zu albernen Scherzen aufgelegt.

Armand liebte es, ihn so ausgelassen zu sehen. Aber da war auch eine leise, missgünstige Stimme in seinem Kopf, die flüsterte, dass es dafür einen Grund geben musste. Einen, der ihm nicht gefallen würde.

Er sah zu seinem Freund, der ganz in Gedanken in der Gerstensuppe rührte, die zum Abendessen aufgetischt wurde.

»Fast so wohlschmeckend wie Milas Mahlzeiten, meinst du nicht?«, sprach Armand ihn an.

Erec lachte. »Himmel, nein, Milas Kochkünste sind und bleiben … unübertroffen.« Ja, seitdem hatte sich vieles geändert.

»Was meinst du, wollen wir nachher ausreiten oder gemeinsam ein bisschen dichten?«, fragte Armand schließlich. Erec machte sich rar in letzter Zeit, stand früh auf und ging früh zu Bett, nachdem er den ganzen Tag auf den Beinen gewesen war. Die Nähe des Freundes fehlte ihm. »Gegen das Verseschmieden kann selbst in der Fastenzeit niemand etwas einwenden, oder? Vielleicht finden wir ja den ein oder anderen Reim für deine Minneherrin.« Bevor er ihn zurückhalten konnte, war der letzte Satz über die Lippen. Warum tat er das, wieder und wieder? Wen wollte er damit quälen? Oder provozieren?

»Weitere Minneverse sind wohl nicht nötig«, murmelte Erec, ohne von seiner Suppenschale aufzublicken. Aber ein seltsames Lächeln umspielte seinen Mund.

Armand horchte auf. Hieß das, das Thema hatte sich erledigt und die Schwärmerei ein Ende? Oder das genaue Gegenteil?

Erec erklärte sich nicht weiter, widmete sich stattdessen wieder seiner Mahlzeit. Armand betrachtete den Freund verstohlen von der Seite. So fing er unerwartet Erecs Blick auf, der zur hohen Tafel huschte und sich mit dem einer ganz bestimmten Dame traf. Beide lächelten, ein kurzes Aufblitzen, gerade lang genug, dass Armand verstand. Es war die Art Lächeln, die Art Blick, die er so oft für sich erhofft hatte.

»Armand, Ihr habt mich erschreckt!«, stieß Genovefa hervor, als er unvermittelt aus den Schatten vor sie hintrat. Sie war gerade auf dem Rückweg vom Stall.

»Es war nicht meine Absicht, Euch zu erschrecken«, behauptete er. Eine Lüge, denn genau das hatte er gewollt. Er wollte, dass sie Angst hatte – so wie er selbst.

»Warum lauert Ihr mir hier draußen auf?«, fragte sie, als sie ihre Fassung zurückgewonnen hatte.

»Ich suche Erec. Und ich dachte, Ihr könntet mir weiterhelfen.«

»Ich? Wie kommt Ihr darauf?« Die Angst kehrte zurück in ihren Ausdruck. Gut so! Wenn er den beiden so leicht auf die Schliche gekommen war, würde das auch jedem anderen gelingen. Menschen mit übleren Absichten.

»Seid Ihr gerade auf dem Weg zu ihm?«

»Ich weiß beim besten Willen nicht, wovon Ihr sprecht«, sagte Genovefa, wandte sich ab und wollte davoneilen – doch er versperrte ihr den Weg.

»Bitte, Madame, haltet mich nicht für einfältig. Wir beide wissen, das bin ich nicht.«

Sie vergewisserte sich, dass sie unbeobachtet waren, dann packte sie ihn am Arm und zog ihn in einen schattigen Winkel. »Was wollt Ihr von mir?«, zischte sie. In ihrem Ton mischten sich Sorge und Wut.

»Was ich will?« Etwas Heißes breitete sich in seinem Magen aus und stieg die Kehle herauf, setzte ihm das Herz in der Brust in Flammen. Eifersucht? Zorn? Panik? Es war ihm seltsam egal. »Ich will, dass Ihr aufhört, Erec in Gefahr zu bringen«, presste er hervor. »Auf der Stelle!«

Für einen Augenblick schien die Heftigkeit seiner Reaktion ihr die Sprache verschlagen zu haben, sie starrte ihn mit offenem Mund an. Als sie schließlich redete, lagen Bitterkeit und Schärfe in ihren Worten. »Und warum richtet Ihr Eure *Bitte* an mich und nicht an Erec? Glaubt Ihr, ich hätte ihn mit einem Bann belegt, aus dem er sich selbst nicht befreien kann?«

»Macht Euch nicht lustig«, erwiderte Armand. »Ihr seid eine Edelfrau, eine Dame der Königin, er ist nur ein einfacher Ritter und …«

»… und ich würde auf gleiche Weise, wenn nicht härter büßen als er, wenn wir auffliegen. Dazu genügt die Tatsache, dass ich eine Frau bin – und *Besitz* eines anderen.«

»Erec … ist leichtsinnig. Er war schon immer gut darin, sich in Gefahr zu bringen«, brachte Armand schwach hervor.

Er spürte, wie die Hitze verging, seine Wut verglühte und ihn kraftlos zurückließ.

»Und Ihr seid hier, um ihn zu retten, Armand? Vor sich selbst?«

Er zuckte mit den Schultern. »Was erwartet ihn, wenn er, wenn ihr beide entlarvt würdet? Bestenfalls Schmach und Verbannung, schlimmstenfalls Folter und Tod.« Seine Augen brannten, und er blinzelte verzweifelt gegen die Tränen an. »Alles, was ich will, ist, dass es ihm gut geht.«

»Und Ihr glaubt, das würde es, wenn wir uns trennen?«

Als Armand antwortete, war seine Stimme nur noch ein Flüstern: »Wenigstens wäre er sicher.«

Genovefa schüttelte den Kopf. »Ich fürchte, ein Mann wie Erec wird niemals sicher sein.«

Und diese Worte waren es, welche die Verzweiflung über Armand zusammenschlagen ließ. Es war wahr. Wie sollte er diese Tatsache jemals ertragen? Ungehemmt rannen ihm Tränen über die Wangen. Mit dem Gewandärmel wischte er sie weg.

Als er es schließlich wagte, zu Genovefa aufzusehen, erkannte er Bestürzung und Begreifen in ihrem Blick.

»Heilige Jungfrau, ich ... verstehe. Jetzt verstehe ich das hier.« Sie streckte die Hand nach ihm aus, wagte aber nicht, ihn zu berühren. »Himmel, Armand. Wenn etwas gefährlicher und aussichtsloser ist als *meine* Liebe zu Erec, dann ... dann gewiss *Eure* Liebe zu ihm.«

Armand nickte bleiern. Ja, so viel war sicher.

»*Die Liebe ist langmütig, die Liebe ist gütig*«, rezitierte er. »*Sie erträgt alles, glaubt alles, hofft alles, hält allem stand. Die Liebe hört niemals auf.*«

»Das ... klingt wunderschön.«

Er lächelte schwach. »So steht es in der Heiligen Schrift.«

»Die Liebe erträgt alles, glaubt alles, hofft alles«, wiederholte sie. »Genau deswegen kann ich ihn nicht gehen lassen. Es tut mir leid.« Sie klang eindringlich, und es schwang ehrliches Bedauern in ihrer Stimme mit. »Versteht Ihr das?«

Neue Tränen füllten seine Augen. Verstehen? Wer, wenn nicht er? Nur war es bei Genovefa, anders als bei ihm, keine vergebliche Hoffnung, sondern ein Gefühl, das ganz offensichtlich Erwiderung fand. Und wer war er, dass er Erec dieses Glück verwehren wollte, nur seiner Ängste, seiner aussichtslosen Wünsche wegen? Er schluckte hart und nickte schließlich.

»Ihr liegt richtig. Mit allem, fürchte ich. Ich ersuche Euch nur um eine Sache«, bat er mit bebender Stimme. »Erzählt Erec nichts von dieser Begegnung hier. Um der Liebe Christi willen, verratet ihm nicht, wie es um mich bestellt ist.« Die Vorstellung, dadurch am Ende womöglich seine Freundschaft zu verlieren, tat sich wie ein dunkler Abgrund unter ihm auf.

»Warum sollte ich das tun?«, fragte Genovefa. »Ich bin nicht Eure Feindin, Armand, ich will Euch nicht schaden. Das ist eine Sache allein zwischen Euch und ihm. Von mir wird Erec nichts erfahren, sorgt Euch nicht.« Sie holte kurz Luft. »Und Ihr werdet umgekehrt unser Geheimnis wahren, wenn Euch etwas an Erec liegt, hoffe ich?«

Er nickte. Natürlich würde er das, auch wenn es sein Herz in tausend kleine Stücke brach. »Das schwöre ich bei meiner Seele. Nur versprecht mir: Seid auf der Hut!«

Kapitel 45

Herzogtum Normandie, Pirou, April 1182

Es freut mich, Euch wieder auf den Beinen zu sehen, Horace«, bemerkte Erec höflich. Das Bankett war gerade zu Ende, und die Gesellschaft hatte sich in der großen Halle zu plaudernden Grüppchen zerstreut.

»Wird auch langsam Zeit, meint Ihr nicht? Außerdem, *auf den Beinen* trifft die Sache vielleicht nicht ganz.« Der alte Ritter hob den Krückstock an und schmunzelte auf seine wehmütige Art.

»Natürlich. Verzeiht, das war unbedacht von mir.« Erec senkte den Blick. Horace gegenüber befiel ihn jedes Mal eine unangenehme Befangenheit. Vermutlich, weil das Schicksal den Ritter mit einer so fragilen Gesundheit geschlagen hatte. Weil Horace nicht mehr der Mann sein konnte, der er sein wollte. Besonders aber, weil Erec die Frau dieses Mannes küsste, sooft sich die Gelegenheit bot.

Bei diesem Gedanken stieg ihm die Schamesröte brennend in den Kopf.

Horace berührte ihn am Arm. »Das muss Euch doch nicht unangenehm sein, Erec«, sagte er – worauf die Hitze noch zunahm. *Himmel, wenn du wüsstest.* »Ich bin dankbar für jeden weiteren Tag, den Gott mir schenkt.«

Bei ihrem ersten Zusammentreffen hier auf Pirou hatte Horace sich zu keinem Augenblick gekränkt oder verärgert darüber gezeigt, dass Erec sein und Genovefas Angebot damals in Ambert ausgeschlagen hatte. Im Gegenteil, er hatte seinen Respekt für diese Entscheidung und seine Bewunderung darüber zum Ausdruck gebracht, dass Erec und seine Männer auch ohne Hilfe so weit gekommen waren. Horace war ein durch und durch freundlicher, anständiger Kerl. Nichts deutete darauf hin, dass er Erec gegenüber Verdacht schöpfte. Im Gegenteil, er behandelte ihn mit anhaltender Güte und Großzügigkeit. Ein wenig verfluchte Erec ihn dafür. So vieles wäre einfacher, könnte er ihn hassen. Doch bei Gott, selbst wenn Horace sein Bruder gewesen wäre, es hätte ihn nicht von Genovefa ferngehalten.

Die polternde Stimme Bertran de Borns lenkte die Aufmerksamkeit auf den Aquitanier und verschaffte Erec einen Grund, sich von Horace abzuwenden. Der Ritter stand bei Henri, dem Marschall und einer Handvoll anderer Vertrauter des Königs und redete heftig gestikulierend auf sie ein.

Seit Ostern war die Burg wieder voller Leben und voller Gäste. Doch festlicher Frohsinn und gute Laune währten nur kurz, denn zusammen mit den Besuchern und Rückkehrern waren beunruhigende Neuigkeiten von Osten wie Westen nach Pirou gedrungen.

Heinrich der Löwe, Henris Schwager, hatte sich endgültig mit dem deutschen Kaiser Friedrich Barbarossa überworfen und bereits Ende des vergangenen Jahres seine beiden Herzogtümer Sachsen und Bayern verloren. Als unbelehrbarer Unruhestifter war er ins Exil geschickt worden, und spätestens im Sommer erwartete man seine Ankunft in der Normandie, zusammen mit seiner Frau, Henris Schwester Mathilde.

Noch dramatischere Auswirkungen auf die ganze Region hatte aber die Tatsache, dass Graf Philipps Gemahlin Elisabeth kurz vor Ostern verstorben war. Ihr Tod an sich stellte keine besondere Überraschung dar, denn seit dem *Vorfall* vor sieben Jahren und ihrer anschließenden Verbannung in ein Kloster war sie von stark angegriffener Verfassung gewesen. Da aus der Verbindung mit dem Grafen von Flandern keine Erben hervorgegangen waren, drohten nun aber die von ihr mit in die Ehe gebrachten Grafschaften Valois und Vermandois zurück an ihre Familie zu fallen. Ein empfindlicher Verlust an Land, Einfluss und Einnahmen, den Philipp nicht hinzunehmen gedachte, zumal er sich von der treulosen Gattin um einen legitimen Nachkommen betrogen sah, hieß es. Der französische König war da anderer Ansicht und hatte die Grafschaften umgehend besetzen lassen, um sie für Elisabeths Schwester und deren Familie, seine Vasallen, zu sichern. So kurz nach dem letzten Konflikt lag abermals Krieg in der Luft, und abermals waren die Plantagenêts als Vermittler gefragt, vor allem der Junge Henri. Seine Abreise zu Friedensgesprächen stand kurz bevor und würde erfolgen, sobald der Alte König den englischen Kanal überquert hatte, um sich anzuschließen.

Doch selbst damit waren noch nicht alle Unruheherde aufgezählt. Aus dem dritten war Bertran de Born gerade zurückgekehrt, und er machte keinen Hehl daraus, auf wessen Seite er in dieser Auseinandersetzung stand.

»Wir sind viele!«, bekundete der Troubadour und Ritter lautstark. »In allen Winkeln Aquitaniens erheben sich die Fürsten, um Richards Herrschaft ein für alle Mal abzuschütteln. Angoulême, Limoges, Périgord – ein wahrer Flächenbrand.«

Henri legte ihm die Hand auf den Arm. »Lass uns darüber an einem ruhigeren Ort weitersprechen«, hörte Erec ihn sagen. Der Junge König wandte sich zum Gehen, und seine Vertrauten folgten ihm wie eine Schar Küken der Henne. Der Marschall bedeutete Erec mit einem Wink, sich anzuschließen.

Rasch entschuldigte er sich bei Horace. Es erschien ihm immer noch unfassbar, im inneren Kreis von Henris Haushalt angekommen zu sein und dessen Vertrauen zu genießen. Sein Herz schlug schneller bei dem Gedanken. Und es beschleunigte sich weiter, als er Genovefa passierte und ihren Blick auf sich spürte. Der Junge König wäre gut beraten, sie und Marguerite für die Gespräche hinzuzuziehen, glaubte Erec. Doch offenbar hielt er die Sache für eine reine Männerangelegenheit. Dabei waren es die Frauen, die im Falle eines Krieges nicht nur das meiste Leid erdulden, sondern in Abwesenheit der Kämpfer auch die Verantwortung für Burg, Bauern und Land schultern mussten. Kein Wunder also, dass sie meist die besonneneren Entscheidungen trafen. Doch Besonnenheit war in dieser Sache nicht gefragt, ahnte Erec. Ganz im Gegenteil.

Als er etwas verspätet zu den Übrigen stieß, redete man sich bereits die Köpfe heiß. Henri hatte seine Männer in einen abseits gelegenen Saal geführt, längst nicht so groß wie die Halle, aber ähnlich komfortabel mit Wandteppichen und langem Tisch ausgestattet. Der König saß in einem Lehnstuhl, die meisten anderen standen, wobei sich de Born unmittelbar neben Henri aufgebaut hatte und leidenschaftlich auf ihn einredete.

»Es hat sich ein Bündnis unter der Führung der Fürsten von Angoulême und Limoges geformt, und alles, was Rang und Namen hat, schließt sich ihnen an. Wie es aussieht, werden sich sogar die Poiteviner beteiligen.«

»Auf Euer Betreiben, heißt es«, knurrte de Béthune. »Nicht weniger als Verrat, wenn Ihr mich fragt.«

»Kein Verrat«, erwiderte der Aquitanier hitzig und wandte sich dem Ritter zu. »Ein Akt der Selbstverteidigung gegen einen gnadenlosen Tyrannen.«

»Bertran! Der *Tyrann,* von dem du da sprichst, ist mein Bruder«, warnte Henri, aber es klang halbherzig.

»Würde und Ehre der Aquitanier stehen auf dem Spiel«, fuhr de Born unbeeindruckt fort, »wenn sie sich nicht gegen Willkür und Unrecht stellen.«

»Richard ist euer rechtmäßiger Herzog, verflucht!«, fuhr de Béthune ihn an. »Und ihr tretet eine Revolution gegen ihn los.«

»Richard mag Herzog sein, das macht ihn nicht zu einem Heiligen«, entgegnete Bertran de Born. »Ihr könnt nicht ermessen, wie viel Leid seine eiserne Herrschaft bereits über meine Heimat und meine Landsleute gebracht hat.«

Jean de Préaux verdrehte die Augen. »Himmel, erspar uns dein Pathos, Bertran, das hier ist kein Sängerwettstreit! Und deine Landsleute sind gewiss keine friedfertigen Lämmer, im Gegenteil.«

»Die Aquitanier brauchen einen Fürsprecher«, erklärte der Troubadour unverdrossen und wandte sich wieder an den Jungen König. »Jemanden, dem sie vertrauen können, der für ihre Anliegen eintritt und ihre Ansprüche ernst nimmt.«

»Und ich nehme an, einem solchen Fürsprecher wären ihre Dankbarkeit und Treue sicher«, ergänzte nun Thomas de Coulonces und heftete seinen vielsagenden Blick ebenfalls auf Henri.

Der Marschall kniff die Augen zusammen und schüttelte heftig den Kopf. »Schon lange argwöhnt Richard gegen dich, Henri, weil du so enge Beziehungen zu ... rebellischen Aquitaniern pflegst.« Sein Blick fiel auf de Born, der ein wölfisches Grinsen aufsetzte. »Willst du deinen Bruder ernsthaft in seinem Misstrauen bestärken, ihm am Ende in den Rücken fallen?«

Henri beugte sich vor und schenkte sich selbst einen Kelch mit Wein ein, der auf dem Tisch bereitstand. »Du vergisst, dass unsere Mutter Herrin der Aquitanier war, dass ich eine Zeit lang mit ihr in Poitiers gelebt habe, Guillaume. Natürlich fühle ich mich ihrem Heimatland und seinen Bewohnern verbunden, daran ist nichts Verwerfliches, oder?«

»Und genau aus diesem Grund, weil Aquitanien das Land *eurer* Mutter ist, wurde Richard zum Herzog bestimmt. Es ist sein Geburtsrecht.«

»Nicht mehr als Henris«, mischte sich de Born ein.

Der Marschall schnitt mit einer ungeduldigen Geste durch die Luft. »Henri ist der Erbe der Krone, Mitregent von England und der Normandie.«

»Ach ja? Und warum merkt er nichts davon? Warum sollte Henri nicht die Oberherrschaft über Aquitanien beanspruchen, mit Richard als seinem Vasallen?«, fragte d'Yquebœuf herausfordernd.

Guillaume stützte sich mit beiden Händen auf die Tischplatte und starrte den Jungen König an. »Sich in dieser Angelegenheit auf die Seite der Aquitanier zu stellen, wäre ein unverzeihlicher Affront und könnte Krieg bedeuten, Krieg gegen den eigenen Bruder«, mahnte er eindringlich.

»Krieg ist für Krieger«, entgegnete Bertran provozierend, »für Männer wie uns. Krieg bedeutet Beute, Land, Macht und Einfluss für den Sieger. Warum sollte Henri sich all das nicht endlich nehmen, da es ihm schon so lange vorenthalten wird? Was sollte ihn hindern, mit den Aquitaniern an seiner Seite?«

Erec bemerkte, wie die Augen einiger Anwesender bei dieser Vorstellung zu leuchten begannen. Als wären de Borns Worte wie Funken in trockenes Stroh gefallen

»*Der Frieden hat mir keinen Trost*«, rezitierte de Born eines seiner eigenen Gedichte. »*Nach Kampf begehrt mein Herz. Ich halt und glaub kein anderes Gesetz.*«

»Wisst Ihr eigentlich, was Ihr da redet?«, brauste de Béthune auf und donnerte die Faust auf die Tischplatte.

Von einem auf den nächsten Moment sprachen alle wild durcheinander.

»Schluss, auf der Stelle!«, rief der Junge König endlich. »Ruhe!« Er stand auf und schaute in die Runde. »Ich denke, ich habe genug gehört. Marschall, du bleibst, alle anderen – raus! Sobald es die Sache erfordert, werde ich eine Entscheidung zum weiteren Vorgehen treffen. Allein.«

»He, Valéry, Josce sagt, du willst uns verlassen?«

Erec fing ihn vor dem Stall ab, wo er gerade Decke und Proviantbeutel hinter dem Sattel seines Pferdes verstaute. Valéry sah auf. »Nur vorübergehend, denke ich. Die Situation verlangt, dass ich meinen Dienstherrn aufsuche. Womöglich braucht er meine Unterstützung.« Graf Philipp wurde langsam ungeduldig, auch wegen der allgemeinen Zuspitzung der Lage, und hatte einen Boten geschickt.

Erec nickte. »Die besetzten Gebiete, ich verstehe.«

Valéry ließ ihn in dem Glauben.

»Der Junge König wird ebenfalls in Kürze aufbrechen, um zwischen den Beteiligten zu vermitteln«, sagte Erec. »Hoffen wir auf eine friedliche Einigung.«

»Wir werden sehen.« Valérys Erfahrung nach war Hoffnung kein sonderlich verlässlicher Partner. »Aber ich vermute, ich bin bald zurück.«

»Lass von dir hören«, sagte Erec, »dann legen wir gemeinsam einen Krug Wein in der Dorfschenke trocken. Was meinst du?«

Er hob die Schultern. »Warum nicht?«

Offenbar plagte Erec weiterhin sein schlechtes Gewissen. Er versuchte, die Risse zu kitten, indem er Valéry einbezog und ihm Vertrauen schenkte – mehr, als klug war. Jedenfalls führte es dazu, dass Valérys Anwesenheit keinerlei Argwohn erregte, er sich nahezu ungestört an Henris Hof bewegen konnte und bisweilen überraschende Einsichten gewann.

Schon vor Wochen, nach der Sache mit dem Michaeliskraut, war ihm das bestickte Band in Titus' Box aufgefallen. Es hatte ihn nur wenige Tage und etwas Geduld gekostet, herauszufinden, wer es dort hinterlassen hatte und wozu es diente. Inzwischen kannte er sogar das versteckte Liebesnest der beiden. Offenbar fühlten sie sich sehr sicher. Oder verhielten sich sträflich leichtsinnig. Letzteres jedenfalls würde Erec ähnlichsehen.

Genovefa d'Hârcourt, eine verheiratete Dame, klug und schön. Neid und Eifersucht gärten bitter in Valérys Magen bei der Vorstellung, dass der Ritter auch in Sachen Frauen stets bekam, was er wollte.

Doch vor allem verschaffte es ihm grimmige Befriedigung, dass er Erecs gefährliches Geheimnis kannte. Es gab ihm ein erhebendes Gefühl von Macht, das Gefühl, Erec in der Hand zu haben, ohne dass der auch nur etwas ahnte.

Und früher oder später würde er dieses Wissen für seine Zwecke nutzen.

Kapitel 46

Grafschaft Flandern, Arras, April 1182

Als Valéry eine Woche später im Hof von Philipps Palast in Arras eintraf, entdeckte er eine Gruppe Kinder, die wie eine schnatternde Gänseschar von ein paar Ammen in den frühlingshaften Garten gescheucht wurde.

Bei ihrem Anblick spürte er sein Herz stolpern. Er glitt aus dem Sattel und sah ihnen nach. Ob Anissa unter ihnen war? Wenn der Graf Wort gehalten hatte, müsste das Mädchen schon seit Wochen am Hof weilen. Und tatsächlich – er entdeckte die Kleine fröhlich lachend zwischen den anderen Kindern, unverwechselbar dank der rotgoldenen Locken ihrer Mutter. Himmel, wie groß sie schon war! Unerwartete Sehnsucht übermannte ihn, und er machte ein paar Schritte in Richtung der Kinder, verharrte dann jedoch. Sicher würde sie ihn nicht erkennen, und er wollte ihr keine Angst einjagen. Es war mehr als ein Jahr her, dass er sie zuletzt besucht hatte, er war nie ein Vater für sie gewesen. Doch jetzt – bald – würde sich das ändern. Sie würden sich kennenlernen, und Anissa würde erfahren, wer all die Jahre über sie gewacht hatte. Eine Vorstellung, die ihn über vieles hinwegtröstete.

»Ein zauberhaftes Mädchen.«

Valéry schrak zusammen und machte hastig eine Verbeugung. »Hoheit.«

»Man hat mir versichert, deine Tochter habe sich schnell eingelebt. Sie scheint sich wohlzufühlen«, sagte Philipp und blickte mit hinter dem Rücken verschränkten Armen den Kindern nach.

»Das ist nicht zu übersehen«, antwortete Valéry, und er war überrascht, wie glücklich ihn diese Feststellung stimmte.

Der Graf gab einer der Ammen ein Zeichen, woraufhin sie Anissa hochhob und zu ihnen brachte. Valéry musste sich zwingen, nicht die Hände nach der Kleinen auszustrecken, so sehr packte ihn die Sehnsucht. Doch nicht er war es, dem die Matrone das Kind reichte, sondern der Graf. Er hielt das eingeschüchterte Mädchen auf dem Arm, musterte es eingehend, aber ohne Wärme. Dann strich er Anissa über den Kopf, ließ die Finger den Nacken und schließlich ihren zarten Hals hinuntergleiten, wo sie verharrten, groß und bedrohlich.

»Ja, es scheint ihr gut zu gehen. Möge der Allmächtige geben, dass dieser Zustand von Dauer ist, nicht wahr?«

Wie Wasser auf Glut verdampfte Valérys Glücksgefühl und wurde durch Angst und Abscheu ersetzt. Ein Zittern durchlief seinen Körper. Am liebsten hätte er Anissa Philipp aus den Armen gerissen. Das Kind, das ihm so viel bedeutete, war für den Grafen nicht mehr als ein nützliches Werkzeug.

»Erfrische dich und lass dir in der Küche etwas zu essen geben«, entließ Philipp ihn. »Und nachher erstattest du mir Bericht, dafür habe ich dich schließlich kommen lassen.«

Wie immer war die Miene des Grafen beherrscht und undurchschaubar, ein blank geschabtes Pergament in einem ohnehin rätselhaften Buch, und das, obwohl ihm nicht gefallen konnte, was Valéry zu erzählen hatte: Kaum Fortschritte in Sachen Marschall, und auch die Debatten hinsichtlich Aquitanien an Henris Hof eigneten sich kaum dazu, ihn froh zu stimmen. Wenn man bedachte, dass ihm durch den Tod seiner Frau außerdem der Einfluss über mehrere bedeutende Gebiete verloren zu gehen drohte und wieder einmal demütigende Verhandlungen mit seinem einstigen Schützling, dem französischen König, und den Plantagenêts bevorstanden, war seine scheinbare Gelassenheit fast schon bewundernswert. Aber auch Furcht einflößend.

Mit jedem Augenblick, den der Graf schwieg und nachdenklich durch ihn hindurchstarrte, rutschte Valéry das Herz tiefer in die Hose. Was, wenn sich diese Unzufriedenheit über ihm entlud? Oder über Anissa?

»Erec de Lacône vertraut mir mehr und mehr«, versuchte er sich zu rechtfertigen. »Ich bin überzeugt, nicht mehr lang, und ich ...«

Die Tür flog krachend auf, und ohne Vorwarnung fegte ein Mann wie ein Sturmwind ins Zimmer – groß, athletisch, gekleidet in staubige Soldatenkleider. Im Gegensatz zu Graf Philipp zeigte sein Gesicht offen und unverstellt jede Gefühlsregung. Und gemessen an der finsteren Miene musste die Laune des Neuankömmlings gefährlich schlecht sein. Doch nicht das war es, was Valéry zusammenzucken und augenblicklich in eine Verbeugung sinken ließ, sondern die Tatsache, *wen* er da vor sich hatte.

Richard Plantagenêts Gesichtszüge ähnelten denen seines älteren Bruders Henri auf beinahe schon unheimliche Weise, gleichzeitig aber wirkten sie härter und kantiger, vielleicht erwachsener. Ein Dreitagebart bedeckte seine Wangen, sein Haar hatte die Farbe gehämmerten Kupfers; die grünen Augen blitzten gefährlich, als ihre Blicke sich einen Moment trafen.

Nicht ohne Grund hieß es, die Plantagenêts trügen den Teufel im Blut. Und durch Richards Adern schien dieses Teufelsblut ganz unverdünnt zu fließen, vereinte er doch von allen Königssöhnen am deutlichsten die Eigenschaften beider Elternteile in sich: die politische Rücksichtslosigkeit und zupackende Tatkraft des Vaters auf der einen Seite und das Temperament, die unbändige Energie und Unbeugsamkeit seiner Mutter auf der anderen. Obwohl erst vierundzwanzig Jahre alt, herrschte er bereits seit einem Jahrzehnt mit harter Hand als Herzog über Aquitanien. Und auch jetzt lag er wieder im erbitterten Streit mit seinen Untertanen. Umso interessanter die Frage, was ihn trotz dieser Umstände hergetrieben hatte.

Eine Frage, die sich offensichtlich auch Philipp stellte, denn einen Herzschlag lang glitt ein Ausdruck von Überraschung und Sorge über seine Züge, ehe er sich wieder unter Kontrolle hatte. »Herzog Richard, willkommen!«, begrüßte er ihn. »Ich habe Euch nicht erwartet.«

»Wie Ihr mich und unsere Abmachung überhaupt vergessen zu haben scheint«, knurrte Richard statt eines Grußes. »Während ich in Rouen war, sind mir Dinge vom Hof meines Bruders zu Ohren gekommen, die der Klärung bedürfen.«

Wichtig genug, dass er dafür persönlich den Weg hierher auf sich genommen hatte. Was beunruhigte ihn derart?

»Wir müssen reden, Philipp, auf der Stelle. Ich habe wenig Zeit, wie Ihr Euch denken könnt.«

»Gewiss, macht es Euch bequem. Ich werde nach Essen schicken.«

Der Herzog winkte ab und ließ sich auf einen Lehnstuhl fallen. »Das ist nicht nötig.« Umstandslos füllte er sich einen Becher, der auf dem Tisch bereitstand, und nahm einen tiefen Zug. Dann wies er mit einer beiläufigen Geste auf Valéry. »Du – verschwinde!«

Sein Ton hatte etwas derart Zwingendes, dass Valéry dem Befehl ohne Zögern nachkommen wollte. Doch Graf Philipp bedeutete ihm mit einem Kopfschütteln, stehen zu bleiben. »Einen Augenblick, Richard. Womöglich kann uns dieser Mann nützlich sein. Ich habe ihn vor einigen Wochen an Henris Hof untergebracht, als mein Ohr. Und meinen Arm, wenn nötig. Um unsere *Sache* voranzubringen«

»So?« Nun ließ sich der Herzog doch zu einem abschätzigen Blick herab, der Valéry bis ins Mark drang. »Und was macht Euch so sicher, dass wir ihm vertrauen können?«

»Seid ohne Sorge, er weiß, wem er seinen Dank und seine Loyalität schuldet.« Der Blick, den er Valéry dabei zuwarf, war kalt und hart, das Lächeln wirkte wie aufgemalt. Selbst unausgesprochen war die Drohung überdeutlich. Valérys

Magen zog sich zusammen, als ihm einmal mehr bewusst wurde, welche Art Mann Philipp von Flandern war. Begriffe wie Anstand und Ritterlichkeit hatten für ihn nur dann Bedeutung, wenn sie ihm dienlich waren, ansonsten war er vollkommen frei von Skrupeln.

Doch Valéry hatte seine Wahl getroffen, und solange er dem Grafen von Nutzen sein konnte, waren Anissa und er sicher. Das wollte er jedenfalls glauben.

»Ich hoffe, Ihr behaltet recht«, brummte der Herzog und wandte sich wieder dem Grafen zu.

»Richard, Ihr wisst, Ihr könnt mir vertrauen.«

»Ach, ist das so?« Plötzlich lag eine Gefährlichkeit in seiner Stimme, die Valéry aufhorchen ließ. »Die Nachrichten, die mich vom Hof meines Bruders erreichen, lassen mich ehrlich zweifeln.« Er trank einen großen Schluck aus seinem Becher, vielleicht, um Zeit zu gewinnen, vielleicht, um den kochenden Zorn wenigstens ein bisschen abzukühlen. »Habt Ihr ernsthaft geglaubt, ich hätte nicht meine eigenen Zuträger, die mich über alles Wichtige auf dem Laufenden halten?« Philipps Gesicht verriet nichts, aber Valéry war sicher, dass sich der Graf dieser Tatsache vollauf bewusst war. Richard beugte sich vor.

»Es gibt Stimmen, einflussreiche Stimmen, die Henri dazu bewegen wollen, endgültig Partei für Aquitanien zu ergreifen«, fuhr er fort. »Nicht mehr lange, und sie haben meinen Bruder weichgekocht. Und der Marschall? Erfreut sich weiter bester Gesundheit. Selbst wenn er kein Befürworter dieser Sache ist, wird er doch nicht zögern, Henri die Hand zu führen, sollte es zum Krieg kommen. Gar nicht zu reden von meinem Schwager Heinrich dem Löwen, der jeden Tag an unserer Küste eintreffen kann, auf Unterstützung in seinem Streit mit Barbarossa hofft und dafür einiges in die Waagschale werfen wird.« Richard war schon wieder aufgesprungen und setzte zu einer rastlosen Wanderung durch die Halle an. »Sagt mir, ist unser Vorhaben seit letztem Jahr auch nur einen Schritt vorangekommen? Fast scheint mir das Gegenteil der Fall: Die

Situation spitzt sich zu. Statt an Macht zu verlieren, wächst Henris Einfluss – wozu nicht zuletzt Eure Feindseligkeiten gegen den französischen König beigetragen haben.«

Der Graf schwieg weiterhin. Doch Valéry horchte auf. Er war nicht sicher, ob er das richtig verstand. Philipp und Herzog Richard steckten unter einer Decke und arbeiteten gemeinsam nicht nur gegen den Marschall, sondern gegen den Jungen König?

»Schlimmer noch«, fuhr Richard mit seiner Anklage fort, »mir drängt sich der Eindruck auf, Ihr habt unsere Pläne aufgegeben und habt vor, die Seiten zu wechseln. Oder wie soll ich verstehen, dass Ihr Euch bei Henri einschmeichelt und ihm bei Bedarf Männer stellt? Spielt Ihr ein doppeltes Spiel?«

»Dieselbe Frage könnte ich Euch stellen«, entgegnete Philipp ruhig. »Wie genau sieht Euer Beitrag in unserer Sache aus? Kann ich auf Eure Unterstützung zählen? Immerhin haben auch Eure Soldaten das Heer der Plantagenêts verstärkt, das mich vor Weihnachten bei Crépy zur Aufgabe gezwungen hat.«

»Was hätte ich Eurer Meinung nach tun sollen?« Richard knirschte mit den Zähnen. »Offen zugeben, dass ich mich gegen die Familie stelle und mit Euch gemeinsame Sache mache?«

»Eben, wie aussichtsreich wäre das?«, entgegnete Philipp. »Ist es daher nicht klüger, Soldaten in Henris Reihen auf unserer Seite zu wissen? Kämpfer, die dafür sorgen, dass zukünftige Auseinandersetzungen unserem Wunsch gemäß verlaufen? Das war es, woran ich gearbeitet habe. Es geht darum, die Kontrolle zu behalten, egal, wie sich die Sache entwickelt.«

Richard verharrte in seinem Lauf und starrte Philipp forschend an. Schließlich nickte er. »Gut, einverstanden«, sagte er – auch wenn er auf Valéry nicht vollständig überzeugt wirkte. Und auch er selbst hegte Zweifel, dass das soeben Gesagte der alleinige Grund für Philipps Angebot an Henri gewesen war. Der Graf hielt ohne Frage gern mehrere Eisen im Feuer.

»Ändert aber nichts daran«, fuhr Richard fort, »dass mein Bruder weiterhin in allen Belangen auf den Marschall bauen kann. Mein Vater hat Henris Selbstvertrauen und Entschlossenheit über die Jahre gründlich zerrüttet. Ich bin sicher, ohne den Marschall als Rückgrat wäre er für uns leicht zu lenken.« Der Herzog setzte sich wieder und griff nach seinem Becher.

»Nur dass der gute Marschall bislang zäher als ein krummer Nagel ist. Er konnte allen Attacken auf die eine oder andere Weise widerstehen.«

»Mit Verlaub, Hoheit«, mischte sich Valéry unaufgefordert ein. Sein Herz klopfte ihm bis in die Schläfen, doch zwang er sich weiterzusprechen. »Vielleicht war es einfach der falsche Ansatz, den besten aller Ritter auf dem Gebiet besiegen zu wollen, das er wie kein anderer beherrscht.«

Richard und Philipp straften sein anmaßendes Verhalten mit grimmigen Blicken. Valéry wusste, es war äußerst riskant, was er hier tat. Doch gleichzeitig war ihm in den letzten Augenblicken eine Sache bewusst geworden: Er würde nur dann die eigene Zukunft und die seiner Tochter sichern können, wenn es ihm gelang, sich unentbehrlich zu machen und langfristig das Vertrauen dieser mächtigen Männer zu gewinnen.

»Natürlich«, beschied Richard unfreundlich, »ein Messer in der Dunkelheit wäre gewiss die einfachere Lösung. Aber das würde Fragen aufwerfen und Nachforschungen mit sich bringen, nicht wahr? Und genau das ist es ja, was wir unter allen Umständen vermeiden wollen. Dafür steht zu viel auf dem Spiel.«

Besonders für dich, dachte Valéry im Stillen. *Verrat am eigenen Bruder.*

»Natürlich, Herr.« Er neigte demütig den Kopf. »Darauf wollte ich allerdings nicht hinaus. Was ich sagen wollte: Wir werden dem Marschall kaum mit Lanze und Schwert beikommen.«

»Erklär dich, Mann!«, forderte Richard ungeduldig. Doch in seinem Blick glaubte Valéry auch Neugier aufkeimen zu sehen.

»Ihn auf dem Kampfplatz oder auf dem Turnierfeld zu schlagen, ist nahezu unmöglich, denn dort ist er ein wahrer Meister und hat ergebene, fähige Männer um sich.«

»Da sagst du nichts Neues«, knurrte Richard ungeduldig.

Nun stahl sich doch ein Lächeln auf Valérys Lippen.

»Das bedeutet: Wir müssen Guillaume le Maréchal auf einem anderen Gebiet angreifen, auf dem mit ganz anderen Waffen gekämpft wird. Und um ihn dort vollständig zu vernichten, müssen wir ihn nicht einmal verletzen.«

Kapitel 47

Herzogtum Normandie, Pirou, April 1182

Was treibt dich so früh aus dem Bett?«, fragte Erec, als er zu Armand an den Zaun schlenderte. Sein Haar bildete ungekämmt und verschwitzt den unwiderstehlichen Wirbel über der Stirn, ein kleines Lächeln nistete in seinem Mundwinkel.

Armand räusperte sich. »Ich weiß nicht, hab wohl schlecht geschlafen.« In Wahrheit war er absichtlich früh aufgestanden, um Erec ungestört bei der Arbeit zuzusehen, seine beinahe tänzerische Anmut im Umgang mit den Waffen, seine geduldige und freundschaftliche Zugewandtheit bei der Ausbildung Pépins bewundern zu können. Und tief in ihm schlummerte weiterhin die Furcht, Genovefa könne Erec verraten, wie es tatsächlich um sein Herz bestellt war. Doch dafür gab es keine Anzeichen. Bislang.

»Wie … wie geht es voran?«, versuchte er von sich und seinen Gedanken abzulenken. »Mit Pep, meine ich.«

»Wir haben noch viel Arbeit vor uns, vor allem mit dem Schwert. Aber er beißt sich durch. Ich würde sagen, er macht …«

»… Fortschritte?«, vervollständigte Armand.

Erec lächelte. »Er hat gegenüber den anderen einiges aufzuholen, nicht wahr? Gleichzeitig bringt er viele Fähigkeiten mit, die diesen hochwohlgeborenen Bengeln völlig abgehen. Ich bin sicher, er wird seinen Weg finden.«

»Das wird er gewiss«, stimmte Armand zu. *Wie nicht, mit*

dir als Freund und Lehrer? Sie schwiegen eine Weile. Und schließlich fasste Armand sich ein Herz. »Was hältst du von einem gemeinsamen Ausritt? Ans Meer oder irgendwo in ein Gasthaus, einen Krug Wein holen und einfach plaudern?«

Das Lächeln auf Erecs Lippen war fast wehmütig, und Armand kannte seine Antwort, bevor er sie hörte. »Tut mir leid, aber heute nicht. Ich habe noch einiges zu tun. Die Vorbereitungen für das Pfingstturnier in Le Mans stehen an, und Guillaume hat mich gebeten, während seiner Abwesenheit …«

»Natürlich. Ich verstehe«, unterbrach Armand ihn. Er wollte nicht, dass Erec seinetwegen Ausreden erfand. Denn natürlich war ihm längst klar, *was* so unaufschiebbar war. »Dann ein andermal.«

Erec schlüpfte unter der Einfriedung hindurch und musterte ihn mit beinahe besorgtem Blick. »Alles in Ordnung? Du siehst bekümmert aus.«

Armand versuchte zu lächeln. Für einen Moment war der Wunsch, ihm sein Herz auszuschütten, beinahe übermächtig. »Vermutlich bekommt mir das frühe Aufstehen nicht«, scherzte er stattdessen. »Außerdem will es mit meinem neuen Lied nicht recht vorangehen.«

»Dabei wäre ich dir gewiss keine große Hilfe.« Erec schob das Übungsschwert in den vorgesehenen Ständer, dann legte er Armand kurz die Hand auf die Schulter. »Sehen wir uns bei der Frühmesse?«

Armand wies zu der Laute, die er im Lederbeutel auf dem Rücken trug. »Ich denke, ich werde ausnahmsweise schwänzen und mich den schiefen Versen widmen.«

Er sah Erec noch einige Herzschläge lang nach, als er Richtung Burg verschwand. Dann schloss er die Augen, ein, zwei, drei Atemzüge lang, um das Gefühl der Einsamkeit niederzukämpfen.

Eigentlich seltsam, dieselbe Liebe, die zwei Menschen aufs Innigste verband, wirkte gleichzeitig auf alle anderen zutiefst ausgrenzend. Es war albern und ungerecht, und natürlich wusste Armand, dass er nie ein Anrecht besessen hatte, Teil davon zu sein, trotzdem fühlte er sich abgewiesen, verdrängt aus Erecs Leben. Dazu kam die ständige Angst. Angst um ihn, Angst um sich selbst und davor, durch ein unbedachtes Wort sich oder Erec in Gefahr zu bringen. Wie lange wollte er es weitertreiben, das Spiel des *Habenwollens* und *Nichtkriegen-können*s? Und was würde es auf Dauer mit ihm machen?

Kapitel 48

Herzogtum Normandie, Pirou, Mai 1182

Ist es nicht himmelschreiend ungerecht?«, raunte Lionel Erec zu. »Da ist er schon Spross einer der mächtigsten Familien des Abendlandes, Herzog der Bretagne, schwimmt in Silber, und dann sieht er obendrein aus wie der herabgestiegene Apoll. Auf seine Brüder trifft natürlich das Gleiche zu.« Er seufzte schwer. »Mir scheint, Gott verteilt Seine Gunst recht einseitig.«

»Bei dir jedenfalls hat Er an allem gespart«, bemerkte Josce – und fing sich Lionels unsanften Rippenstoß ein.

Odilon Auberée wiegte nachdenklich den Kopf. »Vielleicht mangelt es ihnen nicht an Geld und Aussehen, aber dafür kämpfen die Plantagenêt-Söhne mit anderen Problemen, seid versichert.« Sie standen etwas abseits und beobachteten gemeinsam die Neuankömmlinge, allen voran Herzog Geoffroy, der mit seiner Entourage aus der Bretagne zu einem Besuch eingetroffen war. Er wollte in der Mannschaft seines Bruders am Pfingstturnier in Le Mans teilnehmen, hieß es. Nicht das erste Mal, wie Erec wusste. Die beiden standen sich nahe, vielleicht weil Henri den draufgängerischen Mut und die Sorglosigkeit des jüngeren Bruders schätzte.

Da der König erst in Kürze zurückerwartet wurde, oblag es Marguerite, den Schwager zu begrüßen. Begleitet wurde sie von Genovefa und Henris Seneschall, Peter fitz Guy.

Sicher, Richard und vor allem Henri führten trotz ihrer Abkunft kein einfaches Leben, doch dieser unverschämt attraktive junge Mann, der dort wenige Schritte vor Erec herumstolzierte wie der Hahn auf dem Mist, machte nicht im Geringsten den Eindruck, mit irgendwem oder irgendwas zu hadern. Dafür strotzte er vor Selbstgefälligkeit und überheblichem Stolz. Jedenfalls bewegte und verhielt er sich, als gehöre Pirou nicht seinem Bruder, sondern ihm. Genau wie alles, was sich darin befand.

Erecs Kiefer knirschten, als er beobachtete, wie Geoffroy ganz selbstverständlich den Arm um Genovefas Taille legte und sie auf dem Weg in die große Halle von der Seite mit einem unheilvollen Blick maß – hungrig, beinahe schon gierig. Ganz davon abgesehen, dass der Herzog selbst ein verheirateter Mann war, musste ihm klar sein, dass Gleiches auch für Genovefa galt. Aber wer würde schon wagen, einen Königssohn deswegen zu maßregeln?

Erec fühlte das wachsende Bedürfnis, ihm das hier und jetzt vorzuführen. Natürlich, auch er selbst hinterging Horace. Mit dem wesentlichen Unterschied allerdings, dass es mit Genovefas Einverständnis geschah.

Er machte ein paar energische Schritte in Richtung der Gruppe, als jemand neben ihn trat und ihn diskret, aber spürbar am Arm festhielt. »Das solltet Ihr nicht tun!«, raunte Odilon Auberée, ohne ihn anzusehen.

Irritiert hielt Erec inne. »Ich verstehe nicht …«

Odilon lachte leise. »Dann rate ich Euch, Eure Gesichtszüge besser unter Kontrolle zu halten.«

»Genovefa d'Hârcourt ist meine Minneherrin, und ich …«

»Und was? Wollt Ihr Herzog Geoffroy für sein ungebührliches Verhalten zum Zweikampf fordern?« Der Herold drückte ein weiteres Mal Erecs bebenden Arm. »Ja, möglicherweise wäre das angemessen. Doch seid versichert, Ihr würdet auf die eine oder andere Weise den Kürzeren ziehen und Madame d'Hârcourt keinen Gefallen erweisen. Und wie ich diese Dame kenne, weiß sie sich selbst sehr gut zu wehren.«

Daran zweifelte Erec keinen Moment, und doch verlangte es ihn danach, diesem selbstherrlichen Schönling seine makellosen Zähne einzuschlagen. Er wusste, dass er außer dem Anstand kein Recht auf seiner Seite hatte, schon gar nicht als heimlicher Liebhaber, und diese Machtlosigkeit hinterließ bohrende Wut.

Genovefa spürte Geoffroys Hand durch den Stoff hindurch auf ihrer Haut, heiß und besitzergreifend. Ekel überkam sie. Zudem hatte sie Erecs Blick gesehen – und den hilflosen Zorn darin. Sie war nicht bereit, auch nur eins von beidem länger hinzunehmen.

»Wie geht es Herzogin Constance?«, erkundigte sie sich liebenswürdig.

Geoffroys Hand zuckte von ihrer Taille weg, und über sein Gesicht huschte ein Ausdruck zwischen Ärger und Widerwille, als habe er saure Milch geschluckt. Doch sofort kehrten Grinsen und Arroganz zurück. »Sie trägt noch kein Kind, falls es das ist, was Euch interessiert.«

Oh, natürlich. Was sonst könnte mich interessieren? Genovefa unterdrückte mit Mühe ein Augenrollen.

»Aber ich arbeite daran, dass sich dieser Zustand bald ändert. Auch wenn ich mir den Appetit bei anderen Frauen holen muss«, ergänzte Geoffroy. Völlig ungeniert glitt sein Blick an ihrem Körper herab.

Königssohn oder nicht – Genovefas Abscheu nahm mit jedem Herzschlag zu. Gleichzeitig wuchs ihr Mitleid mit Geoffroys armer Gattin, der Frau, die ihm nicht weniger als seinen Herzogtitel eingebracht hatte und über die er mit solcher Herablassung sprach. Kein Wunder, dass sie gerne auf seine Gesellschaft verzichtete.

»Es heißt, Ihr läget im Streit mit Eurem königlichen Vater«, wechselte Genovefa das Thema, auch weil sie hoffte, diesem Widerling wenigstens ein bisschen die Laune zu verderben.

Doch Geoffroy tat ihr nicht den Gefallen. Stattdessen

zuckte er mit den Schultern. »Kaum mehr als meine Brüder, nicht wahr? Ausgenommen unser kleiner Jean vielleicht, aber ich fürchte, auch er wird dem alten Mann früher oder später das Leben schwer machen. Es liegt einfach in unserer Natur.«

Genovefa war gewillt, ihm zuzustimmen. Ohne Zweifel war das Verhältnis der männlichen Plantagenêts zueinander äußerst kompliziert.

»Und was heißt schon Streit?«, fuhr Geoffroy gut gelaunt fort. »Kaum mehr als eine … Meinungsverschiedenheit.«

»Eine *Meinungsverschiedenheit* über die Grenzen Eures Herrschaftsgebiets?«, fragte Genovefa spitz. »Die mit Feuer und Schwert ausgetragen werden muss?«

Geoffroy lächelte, und es hätte charmant wirken können, wäre nicht diese Spur Verschlagenheit in seinem Blick verblieben.

Tatsächlich kehrte auch der Junge König am späten Nachmittag zusammen mit dem Marschall und seiner Eskorte nach Pirou zurück. Und auch wenn sie nach der Reise und den zurückliegenden Verhandlungen Bad und Bett dem gemeinsamen Bankett sicher vorgezogen hätten, versammelte man sich am Abend in der großen Halle, um den Gast aus der Bretagne angemessen willkommen zu heißen.

Nachdem sich alle an den aufgetischten Speisen gestärkt und einige Becher Wein auf das Wohl des Herzogs geleert hatten, maß Geoffroy seinen älteren Bruder mit einem auffordernden Blick. Wie jeder in der Halle war er neugierig, wie die Verhandlungen mit Philipp von Flandern und dem französischen König ausgegangen waren.

Seufzend lehnte sich Henri in seinem Sessel zurück und starrte einige Herzschläge ins Leere. Ihm war anzusehen, dass die zurückliegenden Wochen Kraft gekostet hatten und er im Augenblick wenig Lust verspürte, Erklärungen abzugeben. Natürlich tat er es dennoch.

»Wir konnten eine friedliche Einigung erzielen. Philipp wird das Vermandois behalten, solange er lebt. Die Schwester und Erbin seiner verstorbenen Frau erhält das Valois, und der französische König beansprucht das Artois für sich.«

Geoffroy nickte. »Jeder bekommt ein Stück vom Kuchen.«

»Ja, aber Graf Philipp muss außerdem für die nicht unerheblichen Kriegsschäden aufkommen, die er und seine Verbündeten im vergangenen Jahr verursacht haben.«

»Nicht mehr als recht«, warf de Béthune ein.

»Die Kröte wird Philipp schlucken müssen«, pflichtete Henri bei. »Ich fürchte nur, die Angelegenheit hat den Graben zwischen ihm und meinem Schwager noch einmal erheblich vertieft. Womöglich wird die Sache Graf Philipp geradewegs in die Arme des deutschen Kaisers treiben.«

»Dafür spricht einiges«, stimmte Odilon Auberée zu. »Beim Pfingstturnier in Le Mans wird er jedenfalls fehlen. Es heißt, er wolle stattdessen den Hoftag Barbarossas aufsuchen, der gleichzeitig in Mainz stattfinden wird.«

Henri nickte müde. »Er ist gleichermaßen Vasall des deutschen Kaisers wie der französischen Krone. Wer sollte ihm das zum Vorwurf machen?«

»Mir imponiert Philipp«, erklärte Geoffroy geradeheraus und flegelte sich mit dem Weinkelch in der Hand in seinen Lehnstuhl. »Er lässt sich nicht die Butter vom Brot nehmen. Nicht einmal von einem König. Und er ist bereit, sich die Hände schmutzig zu machen, wenn es darum geht, Einfluss zu gewinnen – und zu behalten.«

»Wollt Ihr damit irgendetwas andeuten, Hoheit?«, erkundigte sich der Marschall kühl. Ihm war die kaum verhohlene Provokation in Geoffroys Worten ebenso wenig entgangen wie Henri. Der Gesichtsausdruck des Jungen Königs wechselte zwischen Ärger und matter Resignation.

In Geoffroys Augen hingegen trat ein amüsiertes, vielleicht sogar herausforderndes Funkeln. »Ihr stimmt mir sicher zu, Guillaume, dass uns in diesem kurzen Leben nichts geschenkt wird. Wenn man etwas haben will, sollte man nicht zögern und es sich nehmen, oder man wird es früher oder später bereuen.«

Bildete Erec es sich ein, oder flog Geoffroys Blick bei diesen Worten kurz zu Genovefa? Etwas in ihm wollte überkochen. Wie konnte ein in Samt und Seide geborener Fürst wie Geoffroy, der vermutlich noch nie um irgendetwas hatte bitten müssen, davon schwafeln, das Leben mache einem keine Geschenke? Er war wandelndes Beispiel dafür, wie sehr manche vom Schicksal begünstigt wurden. Aber offensichtlich konnte man ab einem gewissen Punkt den Hals nicht voll genug bekommen.

»Ich jedenfalls habe mir die Städte zurückgeholt, die unser alter Herr mir vorenthalten wollte«, fügte Geoffroy selbstgefällig hinzu. »Und ich denke, auch Henri sollte nicht zögern, sein Recht einzufordern.« Auf welche Weise, ließ der Herzog wohlweislich offen.

»Meine Rede«, bekräftigte Bertran de Born.

De Béthune warf ihm einen grimmigen Blick zu. »Warum wundert es mich nicht, dass Ihr einstimmt in diesen Chor?«

»Du bist Thronfolger und Mitregent.« Herzog Geoffroy sah seinen Bruder herausfordernd an. »Aber in Wahrheit bist du Vaters Schachfigur, ein König ohne Königreich, allenfalls König der Turniere. Und ich prophezeie dir, daran wird sich nichts ändern, wenn du die Sache nicht selbst in die Hand nimmst.«

Erec hatte erwartet, Ärger über diese weitere Provokation in Henris Gesicht zu finden. Stattdessen entdeckte er dort nur Nachdenklichkeit und Kummer. Und er war offenkundig nicht der Einzige, dem das Sorge bereitete.

Das übrige Mahl verging in unbehaglichem Schweigen, und die Tafel wurde alsbald aufgehoben; weil der Junge König erschöpft von der Reise sei, hieß es, aber vermutlich war das nur die halbe Wahrheit. Auf jeden Fall schien er für den Rest des Abends niemand anderen als den Marschall um sich haben zu wollen.

Während die Anwesenden schließlich aus der großen Halle strömten, hielt Erec Ausschau nach Genovefa. Nur zu gut erinnerte er sich an den Blick, mit dem der Herzog sie taxiert hatte. Als er Genovefa in einiger Entfernung entschwinden sah, wollte er ihr folgen – doch jemand vertrat ihm den Weg.

Armand.

»Ich muss mit dir reden, Erec.«

»Später, Armand, ich …«

»Jetzt.« Später würde er vielleicht nicht mehr den Mut finden und sein Vorhaben womöglich ganz aufgeben. Der Ernst und die Dringlichkeit in seiner Stimme ließen Erec aufhorchen.

»Was ist los?«, fragte der Freund und schob ihn in eine ruhigere Ecke. »Ist etwas passiert?«

»Es gibt wichtige Neuigkeiten.« Armand hielt Erecs forschendem Blick nur kurz stand, sah schließlich zu Boden. Er hatte diesen Moment gefürchtet, und die Zweifel waren beinahe übermächtig. Bleischwer spürte er Erecs Hände auf seinen Schultern.

»Himmelherrgott, nun red schon!«

Armand hielt die Augen weiterhin gesenkt, als er mit versiegender Stimme antwortete: »Ich werde Pirou verlassen, Erec. In wenigen Tagen schon.« Endlich war es heraus.

»Was?« Kraftlos glitten Erecs Hände herab. »Aber wie … warum? Was ist geschehen?«

Wieder dauerte es einige Herzschläge, bis Armand sich gefasst hatte und die richtigen Worte fand. »Du, Pep und die anderen – ihr habt hier, wie es scheint, eure Bestimmung gefunden. Ihr seid da, wo ihr immer schon hinwolltet, auf bestem Weg, Turnierhelden zu werden. Aber ich … bin nun mal kein Kämpfer, sondern ein Dichter und Sänger.«

»Aber du …«

»Ich möchte weiterkommen«, unterbrach Armand ihn rasch. »Neues sehen, lernen, besser werden. Es ist … Für mich gibt es hier keinen Platz, Erec.« Und das war die schmerzhafte Wahrheit, in mehr als einer Hinsicht.

Als er aufsah, wirkte Erec geradezu erschüttert, und Armand schluckte hart. Schnell weiterreden, bevor ihm die

Stimme versagte. »Königin Marguerite wird ein gutes Wort für mich bei ihrer Halbschwester Marie einlegen. Die Gräfin der Champagne gilt als großzügige Patronin der Musik und Dichtkunst und beherbergt viele Sänger unter ihrem Dach. Lange gehörte Chrétien de Troyes zu ihrem Haushalt. Das … das ist eine echte Chance für mich.« Warum verspürte er die ganze Zeit den Drang, sich rechtfertigen zu müssen?

Vielleicht wegen des kummervollen, fast flehenden Ausdrucks auf Erecs Gesicht.

»Lass uns doch bei einem Becher Wein noch mal …«

Armand hob abwehrend die Hände und sah ihn mit brennenden Augen an. »Da gibt es nichts zu bereden, die Sache ist entschieden.« Und damit wandte er sich um und floh regelrecht, denn er wusste, keine drei Sätze lang hätte er diesem Blick oder den Bitten seines Freundes standgehalten.

Erec fühlte sich wie von einem Hammerschlag getroffen. Solange er denken konnte, war der Freund an seiner Seite gewesen, als Gefährte und Berater, als Stütze und Helfer in allen Lebenslagen. Und das sollte jetzt einfach enden? Von einem auf den nächsten Augenblick? Was war vorgefallen? Etwas Schwerwiegendes musste hinter dieser Entscheidung stecken. Oder war er einfach nur zu blind – oder zu abgelenkt – gewesen, um Armands Kummer und Bedürfnisse zu bemerken? Hatte er ihn jemals danach gefragt?

Einem ersten Impuls nach wollte er Armand folgen, eine Erklärung erbitten, sich für sein ignorantes Verhalten entschuldigen – und herausfinden, ob er ihn durch irgendetwas umstimmen konnte. Doch er ahnte, dass es keine gute Idee war, den Freund in diesem Moment weiter zu bedrängen.

Stattdessen entschied er sich, nach Genovefa zu sehen, auch wenn das ohne vorherige Absprache vermutlich kaum klüger war. Doch verspürte er das dringende Bedürfnis, einem vertrauten Menschen sein Herz auszuschütten.

Als er sie im kleinen Garten im Innenhof entdeckte, war sie nicht allein. Niemand anderes als Herzog Geoffroy stand bei ihr. Nah. Viel zu nah. Seine Hand lag auf ihrem Oberarm, während er mit überheblichem Grinsen auf sie einredete. Diese Selbstverständlichkeit, mit der mächtige Männer meinten, sich einfach alles nehmen zu dürfen, ohne Erlaubnis, ohne Einverständnis – widerwärtig. Genovefas Miene wirkte wie versteinert. »Lasst mich augenblicklich los, Hoheit!«, hörte Erec sie mit Nachdruck sagen. Tatsächlich nahm er seine Hand weg, grinste aber weiter und machte Anstalten, sie im Gesicht zu berühren.

Es kostete Erec beinahe übermenschliche Anstrengung, nicht zu den beiden zu stürmen, den Herzog von ihr wegzureißen und ihm die Faust in seine selbstgefällige Visage zu donnern. Stattdessen straffte er die Schultern und ging mit deutlich hörbaren, aber gemessenen Schritten zu ihnen hin.

»Madame d'Hârcourt!«, rief er. »Gut, dass ich Euch gefunden habe. Die Königin ist nicht wohl und verlangt nach Euch. Unverzüglich.« Natürlich war es unverschämt, den Herzog zu ignorieren, aber das kümmerte ihn nicht.

Er glaubte, einen kurzen Anflug von Erleichterung, aber auch Sorge über Genovefas Gesicht huschen zu sehen. Doch im selben Augenblick wandte ihm Geoffroy schon seine Aufmerksamkeit zu. Und in dessen Miene fand er ganz unverhohlene Wut über die unliebsame Störung.

»Und Ihr seid …?« Falls der Herzog Zweifel an Erecs Behauptung hegte, gab er sich nicht die Blöße, darauf hinzuweisen. Schließlich wusste er nur zu gut um die Verfänglichkeit der Situation. Er verlegte sich also darauf, Erec mit feindseligen Blicken zu erdolchen.

War mir ein Vergnügen, du Mistkerl. Wie gerne hätte Erec die Worte laut ausgesprochen. Stattdessen deutete er einen artigen Diener an. »Mein Name ist Erec de Lacône, Hoheit, Ritter im Dienste König Henris.«

»Was für tüchtige Männer mein Bruderherz doch beschäftigt. Sehen wir uns morgen beim Turniertraining auf dem Platz, de Lacône?«

»Gewiss, Hoheit.«

Geoffroy lächelte wölfisch. »Ihr solltet gut ausgeruht sein. Und mir morgen besser nicht den Rücken zudrehen.« Damit wandte er sich um und stolzierte davon.

Erec wartete noch einen Augenblick, bevor er Genovefa zunickte und sie mit gemessenem Abstand in Richtung des königlichen Wohntrakts geleitete. Sobald sie um die Ecke gebogen und endgültig aus Geoffroys Blickfeld verschwunden waren, fasste sie ihn bei der Hand und zog ihn in eine dunkle Fensternische. Einen Augenblick später spürte er ihre Lippen auf seinen, fest und süß, nur einen kurzen Moment lang, dann löste sie sich wieder. Doch Erec zog sie noch einmal an sich und erwiderte den Kuss voll Hingabe.

»Du ...«

»Ich weiß genau, was du mir sagen willst«, unterbrach er sie flüsternd: *»Du bist gut darin, dich in Gefahr zu bringen.«*

»Gut trifft es nicht. Genau genommen bist du Meister auf diesem Gebiet. Einen Königssohn und Herzog innerhalb weniger Augenblicke derart gegen sich aufzubringen, schafft bei Gott nicht jeder.«

»Du bist auch nicht übel darin, Schwierigkeiten anzuziehen, was?«

»Dieser Mistkerl hat mir im Garten aufgelauert und ...«

»Ich meinte eigentlich das hier.« Und Erec küsste sie ein weiteres Mal, kostete ausgiebig den Geschmack ihrer Lippen und besuchte für einen Augenblick ihre Zunge.

»Für manche Dinge lohnt sich das Risiko«, entgegnete sie atemlos und befreite sich aus seinen Armen. »Aber jetzt musst du gehen. Wenn Geoffroy sich noch irgendwo herumtreibt und du nicht wieder auftauchst ...«

»Eigentlich wollte ich mit dir reden. Armand ... will uns verlassen«, brachte er hastig hervor, und der Gedanke daran drückte plötzlich wie ein Mühlstein auf seine Schultern.

»Er hat es dir also gesagt?«

»Du wusstest von seinen Plänen?«

Sie legte ihm kurz die Hand an die Wange. »Lass uns morgen darüber sprechen. Jetzt musst du gehen, bitte.«

Er wollte nicht gehen. Jetzt schon gar nicht. Aber er wusste, sie hatte recht. Erec nahm ihre Hand von seiner Wange und drückte einen letzten Kuss in die Innenfläche. »Dann bis morgen.«

Kapitel 49

Herzogtum Normandie, Pirou, Mai 1182

Pépin hatte die Hände in die Seiten gestemmt und blickte auf das verknotete und verfilzte Durcheinander, das Titus' Mähne war. »Entweder hattest du heute Nacht ein halbes Dutzend Elfen zu Gast, oder du bist einfach ein außerordentlich garstiger Gaul.«

Titus stieß ein kehliges Wiehern aus, das in Pépins Ohren verdächtig gehässig klang.

»Dachte ich's mir doch.«

Mit einem Seufzen machte er sich an die Arbeit und begann, die Nester aus der Mähne zu kämmen, während der Hengst nichts Besseres zu tun hatte, als allenthalben an seiner Tunika zu reißen – vermutlich weil er hoffte, darunter irgendwelche Leckerbissen zu finden.

»Lass das, du Ungeheuer! Du willst doch nicht aussehen wie die letzte Schindmähre, wenn Erec dich nachher reitet.« Beipflichtend boxte Titus ihm den Kopf in die Seite und warf ihn beinahe um. Brice sprang von seinem Platz im Stroh auf und bellte, ungehalten über die grobe Behandlung seines Herrn, woraufhin der Hengst ihn geradezu provozierend anprustete.

Pépin musste lachen und schob die beiden Kontrahenten auseinander. »Nur die Ruhe, Freunde.«

Gerade, als er sich wieder Titus' Mähne widmen wollte, kamen Fab und Rémi zum Stall gehastet. Der ältere Knecht blieb am Tor stehen und hielt die Umgebung im Auge, während Rémi zu ihm eilte.

»Pep. Ich hatte gehofft, dich hier zu finden.« Nach einem verstohlenen Blick über beide Schultern rückte er noch etwas näher heran. »Wir wollten dich warnen«, raunte er. »Irgendwas geht vor. César und seine sauberen Kumpanen sind noch nicht fertig mit dir. Ständig stecken die Drecksäcke die Köpfe zusammen und tuscheln. Die hecken was aus, wenn du mich fragst. Scheint ihnen gehörig gegen den Strich zu gehen, dass sie es mit ihrer feigen Aktion beim Torballspiel nicht geschafft haben, dich rauszuekeln.«

»Danke für die Warnung, Mann. Ich halte die Augen offen.«

Rémi sah ihn ernst an. »Ganz ehrlich, ich bin nicht sicher, was da läuft. Das Ganze ist merkwürdig. Ihre sauberen Herren Ritter scheinen ebenfalls irgendwie in der Sache drinzuhängen. Hab sie jedenfalls schon mehr als einmal in irgendwelchen dunklen Ecken beisammenstehen sehen. Hast du dich bei denen auch unbeliebt gemacht?«

Pépin zuckte scheinbar gleichmütig mit den Schultern. »Keine Ahnung. Vielleicht ist César auch einfach zu feige, es allein mit mir aufzunehmen.«

Rémi blieb ernst. »Vielleicht ist da aber auch was Großes im Gange. Besser, du nimmst dich in Acht vor diesen hochmütigen Bastarden. Die kennen keine Skrupel.«

»Ich weiß.« Pépin nickte beklommen. Ein ungutes Ziehen kroch seinen Nacken hoch. War es nicht erst wenige Wochen her, dass er Valéry und einige von Henris Rittern bei einem heimlichen Treffen beobachtet hatte? Wenn er ehrlich war, wirkte das alles ziemlich besorgniserregend. »Danke für die Warnung. Ich seh mich vor.«

Rémi nickte. »Und wenn wir irgendwas tun können …«

Mit einem Klaps gegen die Schulter verabschiedete sich der Bursche von Pépin und huschte davon.

Wenig später tauchte Erec endlich zu ihrem morgendlichen Training auf. Pépin erwartete ihn mit dem sorgfältig gestriegelten, gesattelten Titus und seinem eigenen Braunen vor dem Stall.

Der Ritter wirkte abgelenkt und in Gedanken, trotzdem platzte Pépin direkt mit den Neuigkeiten heraus. »Erec, ich muss dir dringend was erzählen. Es …«

»Hast du Armand irgendwo gesehen?«, unterbrach Erec ihn. »Ich suche ihn schon den halben Morgen.«

Unwirsch schüttelte Pépin den Kopf. »Keine Ahnung, wo er steckt, aber es gibt …«

Erec zog sich in Titus' Sattel und nahm die Zügel auf. »Lass uns einen Ausritt machen und unterwegs reden, einverstanden?«

»Ich … meinetwegen.« Pépin saß auf.

»Wie läuft's bei den Préaux?«, erkundigte sich sein Freund.

»Besser.« Das stimmte sogar. Zumindest auf die Waffenübungen bezogen. Seit er nahezu täglich mit Erec trainierte, hatten seine Kraft, Gewandtheit und Ausdauer stetig zugenommen, und immer öfter gelang es ihm, mit den anderen mitzuhalten.

Aber das katastrophale Torballspiel und Pépins vermeintliche Rolle dabei hatte sich unter den Knappen herumgesprochen und für hinreichend Spott gesorgt. Immer, wenn César sich mit ihm allein wähnte, winkelte er die Arme an und gackerte laut. Und auch die anderen sparten nicht mit groben Witzen.

Egal. Zumindest redete Pépin sich das ein. Demütigungen waren immer schon Teil seines Lebens gewesen. Und etwas in ihm hatte längst aufgegeben, jemals vollwertiger Teil dieser Knappenwelt sein zu wollen. Es genügte, in Erecs Augen zu bestehen. »Doch, ehrlich, es läuft ganz gut«, bekräftigte er stattdessen. »Aber etwas gibt es …«

Als sie den Zwinger hinter sich gelassen hatten, unternahm er einen neuerlichen Anlauf. Er berichtete Erec, was er von seinen Freunden erfahren hatte, und ergänzte seine eigenen Beobachtungen.

Der Ritter maß ihn mit skeptischem, fast schon tadelndem Blick von der Seite. »Ganz ehrlich, ich kann mir denken, dass du mit diesen aufgeblasenen Knappen noch eine Rechnung offen hast. Und es ist kein Geheimnis, dass Valérys Rückkehr wenig Begeisterung in dir weckt. Doch ist das noch lange kein Grund, solche haltlosen Verdächtigungen gegen ihn oder die anderen vorzubringen. Das ist eines zukünftigen Ritters nicht würdig. Mit wem auch immer du Scherereien hast, du solltest die Angelegenheit offen Auge in Auge klären und nicht hinter deren Rücken mit abenteuerlichen Anschuldigungen Stimmung machen oder mich vorschicken.«

Pépin schnappte empört nach Luft. »Glaubst du etwa, ich denke mir das aus?«

Erec zuckte mit den Schultern. »Vielleicht schätzt du die Sache einfach falsch ein. Das hier ist neues Terrain für dich, für uns alle. Vermutlich müssen wir erst lernen, wie man sich bei Hofe bewegt. Mal ehrlich, für das, was du erzählst, kann es tausend Gründe geben. Und dass deine Stallburschenfreunde nicht gut auf die Knappen zu sprechen sind, sollte dich nicht überraschen. Nichts, was es in meinen Augen wert ist, Ärger vom Zaun zu brechen.«

Pépin presste die Lippen zusammen und wandte den Blick geradeaus. Womöglich hatte Erec recht, doch gleichzeitig versetzte es ihm einen Stich, dass er seine Befürchtungen nicht ernst nahm. Sollte der Ritter ihm nicht vertrauen?

»Ich mache mir Sorgen um Armand«, erklärte Erec nach einer Weile des Schweigens. »Ich muss unbedingt mit ihm sprechen. Schick ihn zu mir, falls du ihn triffst. Aber zuerst«, und jetzt trat ein Ausdruck grimmiger Vorfreude auf sein Gesicht, »werde ich mich mit einem Herzog prügeln.«

Erec machte nicht oft von den Privilegien Gebrauch, die ihm sein neues Leben und die Stellung am Hofe eines Königs verschafften. Im Gegenteil, er hielt überwiegend an den alten Gewohnheiten aus seiner Zeit als fahrender Ritter fest, blieb bescheiden und erledigte die meisten anfallenden Aufgaben selbst. Vielleicht, weil etwas in ihm vorbereitet sein wollte für den Fall, dass ihm all das durch eine weitere Wendung des Schicksals wieder genommen wurde.

Heute jedoch machte Erec eine Ausnahme: Er hatte sich nach dem Nachtmahl ein heißes Bad in seiner Kammer herrichten lassen, denn er fühlte sich vollkommen zerschlagen. Im doppelten Sinne.

Wie zu erwarten, hatte Herzog Geoffroy ihn beim zurückliegenden Turniertraining dafür büßen lassen, dass er ihm seine Avancen Genovefa gegenüber so gründlich verdorben hatte. Zwar hatte Erec dem hochwohlgeborenen Drecksack einige ordentliche Treffer beigebracht, doch war der Herzog ein bestens geschulter, erfahrener Turnierreiter und hatte seinerseits heftig ausgeteilt. Erec war sicher, dass allein die Anwesenheit des Marschalls und der anderen Geoffroy davon abgehalten hatte, ihm jeden einzelnen Knochen zu brechen. Und ebenso sicher war er, dass der Herzog versuchen würde, das bei nächster Gelegenheit nachzuholen. Doch noch etwas anderes setzte Erec zu, weit mehr als die eingesteckten Hiebe: Armands Pläne. Es war ein Gefühl, als verlöre er seinen Anker, der ihm so zuverlässig Halt gegeben hatte. Am meisten bekümmerte ihn die Vorstellung, er selbst und sein egoistisches Verhalten in letzter Zeit könnten der Grund dafür sein. Turniere, der Junge König und natürlich Genovefa – all das hatte ihn dermaßen in Anspruch genommen, dass er den Freund darüber sträflich vernachlässigt hatte.

Armand war ihm den ganzen Tag aus dem Weg gegangen, aber Erec hoffte, nachher mit Genovefa reden zu können, wenn sie sich in ihrem Versteck trafen. Vielleicht konnte sie etwas Licht in die Sache bringen.

Erec streifte seine Kleider ab und glitt in den mit Leinen ausgeschlagenen Zuber und das wohltuend heiße Wasser, atmete tief den Duft der Kräuter ein, die man dem Bad beigemischt hatte. Die Wärme und der schmeichelnde Dampf taten rasch ihre Wirkung und ließen ihn wenigstens für einen kurzen Moment die Welt vergessen.

Er wusste nicht, wie viel Zeit vergangen war, als seine kampfgeschulten Sinne plötzlich die Anwesenheit einer anderen Person wahrnahmen. Als er die Lider hob, war das sanfte

Glühen des Kohlebeckens die einzig verbliebene Lichtquelle. Es spiegelte sich in Genovefas glänzenden Augen und ließ ihr das unbedeckte Haar wie gesponnenes Kupfer über die Schultern fließen. Sie lehnte mit dem Rücken an der geschlossenen Kammertür, den Riegel hatte sie von innen vorgelegt.

Vermutlich hätte Erec erschrocken sein sollen, dass sie ihn ausgerechnet hier aufsuchte und sie beide derart in Gefahr brachte. Doch das Einzige, was er spürte, war sein Herz, das wild bis in die Schläfen klopfte.

Er musste sich kurz räuspern, bevor er seine Stimme fand. »Stellt Ihr mir schon wieder nach, Madame? Ich dachte, wir hätten geklärt, dass ich nicht als Spielzeug zur Verfügung stehe.«

»Keine Sorge, mein Herr«, entgegnete sie mit wenig damenhaftem Grinsen, das ihre Zähne aufblitzen ließ. »Ich wollte mich lediglich davon überzeugen, dass Ihr keinen Schaden genommen habt nach Eurer tollkühnen Prügelei mit dem Herzog heute. Tollkühn oder töricht, ich bin nicht sicher.«

Sie ließ den Umhang von den Schultern gleiten, und Erec erkannte, dass sie lediglich ein Unterkleid aus dünnem Leinen trug, unter dem sich im Widerschein der Glut die Umrisse ihres Körpers abzeichneten. Sie zog sich den Schemel an den Zuber heran und nahm Platz, tauchte ihre Finger ins Wasser und ließ sie wie zufällig über seine nackte Haut gleiten. Und auch wenn er seine Augen unverwandt auf ihr Gesicht richtete und Genovefas Blick seinen festhielt, bebte er unter jeder Berührung. Auf ihrer Stirn und in der winzigen Mulde über den Lippen sammelten sich glitzernde Schweißperlen. Erec gab dem Drang nach, die Hand zu heben und mit dem Daumen darüberzustreichen – und weiter ihre Lippen entlang.

»Und zu welchem Urteil kommt Ihr, Madame?«, erkundigte er sich heiser. Er spürte ihr Lächeln unter seinen Fingern.

»Oh, ich denke, alles Wesentliche ist heil geblieben und … funktionstüchtig.«

Erec lachte und beugte sich zu ihr hin, sodass sein Gesicht

ganz nah vor ihrem war. »Findet Ihr es gerecht, dass Ihr wisst, wie ich aussehe, ich meine, *alles* an mir, und mich umgekehrt weiterhin im Dunkeln lasst?«

Nun lachte auch Genovefa. »Macht Euch das nervös, mein Herr?«

»Nervös? Ich bitte Euch, Madame, was sollte einen gestandenen Turnierritter ernsthaft aus der Ruhe bringen?«

»Das hier womöglich?« Bei diesen Worten erhob sie sich langsam von ihrem Platz und begann, die Bänder zu lockern, die ihr Gewand an der Vorderseite verschlossen. Stück für Stück für Stück.

Genovefa behielt recht. Schlagartig war es vorbei mit Erecs Gelassenheit. Und ehe sich der Stoff ihres Kleides vollständig öffnen und den Blick freigeben konnte, stieg er aus dem Bad und zog sie eng an seinen nassen Körper, wollte die Enthüllung dieses letzten Geheimnisses noch etwas hinauszögern. Ihr Gewand sog das Wasser von seinem Leib, legte sich klamm und durchscheinend um ihre Silhouette, was sie im spärlichen Licht des Kohlebeckens wie eine Alabasterstatue wirken ließ. Er spürte ihre bebenden Schultern, ihre Brustwarzen durch den Stoff. Sie küssten einander, lange, überließen Händen und Lippen das Sprechen, und schließlich schob er ihr das Kleid über die Schultern, sodass es zu Boden glitt.

»Gütige Jungfrau, was bin ich ein vom Himmel gesegnetes Glückskind!«, seufzte er, als er sie betrachtete; dann hob er sie hoch und trug sie zum Bett.

»Wird dich niemand vermissen?« Voll trunkenen Entzückens betrachtete er ihr offenes Haar, das sich im Schein des Kohlebeckens üppig über Laken und Körper ergoss und dessen Strähnen er zu immer neuen Mustern über ihre nackte Haut drapierte.

»Horace geht davon aus, dass ich die Nacht in Marguerites Gemächern verbringe«, erklärte sie, während sie ohne Befangenheit zu ihm aufsah. »Keine Seltenheit, wenn die

Schwermut die Königin heimsucht. Aber sie hat eine beruhigende Arznei von Meister Samuel verlangt und ist bereits vor Stunden eingeschlafen. Davon abgesehen wacht Viola bei ihr. Also nein, niemand wird mich vermissen. Nicht heute.«

»Dann gehören die nächsten Stunden wirklich uns? Das ist ...« Eigentlich wollte er nicht länger reden, wollte viel lieber diese wundervollen Lippen küssen, die Sommersprossen auf dem Kinn, die Vertiefung unterhalb der Kehle, das zarte Delta auf der Innenseite ihrer Handgelenke. Und alles – alles – andere.

Doch er zögerte und war sich völlig bewusst, dass seine nächsten Worte den Zauber dieses Augenblicks vollständig verderben konnten.

»Genovefa, ich ... ich will dich. Gott helfe mir, wie sehr ich dich will. Und ja, mir ist klar, dass wir nicht mehr als diese gestohlenen, verflucht riskanten und viel zu kurzen Augenblicke haben können. Aber was ... wenn ... was, wenn du ein Kind ...?«

Eine Spur von Trauer zog in ihren Blick ein. »Wie es scheint, bin ich nicht in der Lage, ein Kind zu empfangen. Jedenfalls bin ich in meinen beiden Ehen nie schwanger geworden.«

»Aber ...«

»*Falls* ein Wunder geschehen sollte, denn nichts anderes wäre es, wird Horace es gewiss vorziehen, das Kind als seines zu betrachten und aufzuziehen.«

»Aber das ... ist nicht richtig.«

»Doch!«, sagte sie fest, fasste ihn bei den Wangen und lenkte seinen Blick zu sich. »Das, das hier mit uns, ist richtig. Es ist vielleicht das einzig Richtige in meinem Leben.« Und dann zog sie sein Gesicht zu sich herab und brachte alle Einwände zum Verstummen.

Erec war ein sanfter und zärtlicher Liebhaber – keine Selbstverständlichkeit vielleicht, bedachte man, dass seine Tage von Muskeln und Gewalt bestimmt wurden. Gleichzeitig aber nicht überraschend, wenn Genovefa sich vor Augen führte, wie sie ihn im Umgang mit seinen Freunden erlebte, ganz gleich ob Mensch oder Tier – freundlich, mitfühlend, großzügig.

Er nahm sich Zeit, hatte Freude daran, ihren Körper zu erkunden und dafür zu sorgen, dass ihre erste Liebesnacht auch für sie zu einem Moment rauschhafter Erfüllung wurde.

Erec hatte einige Kerzen entzündet, nachdem die Kohlen heruntergebrannt waren, und nun hielt er Genovefa auf seinem schmalen Bett eng an sich gezogen in den Armen, als wolle er sie nie wieder gehen lassen – und vielleicht war es genau das. Sie ruhte an seiner nackten Brust, lauschte seinem kräftigen Herzschlag, seinem gleichmäßigen Atem, während ihr Haar sie zudeckte. Und sie verspürte den beinahe schmerzhaften Wunsch, künftig jeden Abend auf diese Weise einzuschlafen und am Morgen genauso wieder aufzuwachen.

Vermutlich hätte sie gegenüber Horace Reue empfinden sollen. Aber da war nichts. Nichts, außer Bedauern darüber, dass dieser Moment der Zweisamkeit mit Erec kurz und flüchtig sein würde.

Später, nachdem sie beide lange schweigend dagelegen hatten, den Atem und die Wärme des anderen auf der Haut, regte sich Erec. Und auch wenn er nichts sagte, ahnte Genovefa, was ihn beschäftigte.

»Es tut mir leid, dass Armand gehen wird«, kam sie einer Frage zuvor. »Ich weiß, wie wichtig er für dich ist.« *Auch wenn du umgekehrt vermutlich keine Ahnung hast,* fügte sie in Gedanken hinzu. »Er hat mich gebeten, Marguerite um ein Empfehlungsschreiben zu ersuchen, um Aufnahme an Gräfin Maries Hof in Troyes zu finden. Auf die Weise habe ich von seinen Plänen erfahren.«

»Aber du hast mich nicht vorgewarnt.«

»Dazu war keine Gelegenheit. Und ich war der Ansicht, du solltest es von ihm selbst erfahren.«

»Herr im Himmel, ich begreife nicht, warum er das tut. Ich … ich war überzeugt, ihm gefällt unser Leben hier.«

Er hat tatsächlich keinen Schimmer, dachte sie. Doch es war nicht an ihr, die wahren Beweggründe für Armands Entscheidung zu enthüllen. Stattdessen wiederholte sie, was sie bereits dem Troubadour gesagt hatte.

»Wie du im Umgang mit Pferd und Lanze, ist Armand begnadet als Sänger und Musiker. Und wenn wir ehrlich sind, ist sein Talent an diesem Hof vergeudet. Dies ist ein Platz für Krieger. Nichts hier wird ihm helfen, seine Begabung zu voller Blüte zu bringen und weiterzuentwickeln, im Gegenteil, er wird verkümmern wie eine Blume, der es an Licht fehlt. Ich weiß, diese Entscheidung ist ihm nicht leichtgefallen, aber ich bin überzeugt, es ist die einzig richtige.« Genovefa stützte sich hoch und sah Erec direkt ins bekümmerte Gesicht. »Du musst ihn gehen lassen, Erec. Das hier ist *dein* Leben. Armand hat ein eigenes verdient.«

Kapitel 50

Grafschaft Champagne, Troyes, Mai 1182

Die Straßen von Troyes waren voller Menschen, eine wimmelnde, wogende Masse, sodass Armand mehr als einmal glaubte, durch Wasser zu reiten. Wie am Bug eines Schiffs teilte sich die Menge vor der Brust seines Pferdes, schuf für Augenblicke einen Durchlass, nur um hinter ihm zurückzuströmen und sofort wieder jeden freien Raum in Besitz zu nehmen.

»Himmel, herrscht hier immer so ein Gedränge?« Beruhigend klopfte er seinem Wallach den Hals. Nach Monaten auf Pirou war er eine derartige Ansammlung von Menschen und das vielstimmige Gelärme, das sie verursachten, nicht mehr gewohnt. Genau genommen konnte er sich nicht erinnern, wann er sich zuletzt in einer so großen und lebhaften Metropole aufgehalten hatte. Die Hauptstadt der Champagne konnte sich hinsichtlich ihrer Ausdehnung und auch, was ihre enge Bebauung, die zahlreichen Wasserläufe und Kanäle betraf, durchaus mit Paris oder Rouen messen. Immer wieder lehnten sich die oberen Etagen der dicht stehenden Fachwerkhäuser wie Betrunkene aneinander und schufen schattige Tunnel, durch die es auf dem Pferderücken höchstens mit eingezogenem Kopf ein Durchkommen gab. Unter den überkragenden und nach vorne mit mächtigen Säulen aus Eiche oder Stein abgestützten Stockwerken hatten Handwerker und Händler ihre Arbeitsstätten und Verkaufsflächen eingerichtet. Hier stapelten sich Bündel mit gegerbtem Leder und Körbe voller Wolle, dort wurden Bänder gewebt oder Töpferwaren zum Kauf feilgeboten; bemalte Holzschilde wiesen auf Goldschmiede, Tuchverkäufer, Gürtler oder Pergamentmacher hin und bestätigten, was auch die über die ganze Stadt verteilten prächtigen Steingebäude und Kirchen bereits verrieten: Troyes war eine wohlhabende, blühende und sorgsam regierte Stadt.

»So voll ist es nur um die großen Handelstage«, antwortete Odilon auf Armands Frage.

Armand nickte. Troyes war ein bedeutender Handelsort, erinnerte er sich, einer der wichtigsten in diesem Teil der Welt. Wie er gehört hatte, unterschied man zwischen der Kalten Messe am Remigiustag und der Warmen Messe an Johanni in wenigen Wochen. Aber auch an allen anderen Tagen herrschte in der Stadt rege Geschäftigkeit.

»Bis zu Gräfin Maries Residenz ist es nicht mehr weit«, erklärte der Herold und lenkte sein Pferd mit einiger Mühe an Armands Seite. »Ihre Hoheit kann sich glücklich schätzen, ein Talent Eures Formats in ihrem Kreis willkommen zu heißen.«

»Ihr seid ein elender Schmeichler, Odilon.«

»Mein Lieber, ich bin Bote und Herold – Schmeichelei ist wesentlicher Teil meiner Arbeit.«

Sie lachten beide. Odilon war ein ausgesprochen angenehmer Reisegefährte, musste Armand zugeben, und er bereute es nicht, sich dem Herold auf dem Weg nach Troyes angeschlossen zu haben. Erec hatte ebenfalls angeboten, ihn sicher zu seinem neuen Domizil zu geleiten, doch das hatte Armand dankend abgelehnt. Warum den Schmerz unnötig in die Länge ziehen? Davon abgesehen war er nicht sicher, ob er sein Vorhaben unter den Blicken des Freundes nicht aufgegeben oder, noch schlimmer, ihm am Ende die wahren Gründe enthüllt hätte. Nein, es war besser so.

Erec hatte nicht versucht, ihn von seinen Plänen abzubringen, auch wenn es ihn sichtlich Kraft gekostet und ihm der Kummer über Armands Entscheidung im Blick gestanden hatte – eine Tatsache, die in Armand gleichermaßen Rührung wie ein bohrendes Gefühl des Verlustes auslöste. Vor allem aber war er dankbar, dass Erec es ihm nicht schwerer gemacht hatte, als es ohnehin gewesen war. Das hier sollte ein neuer Anfang werden.

»Ihr müsst nicht betrübt sein, Armand«, sagte Odilon unvermittelt.

»Ich bin nicht ...«

Der Herold zog lediglich die Augenbrauen hoch und schmunzelte. »Ihr werdet Euch hier schnell einleben, glaubt mir. Gräfin Marie ist eine genauso kluge wie großherzige Frau und ihr Hof eine Insel der Seligen. Ein wahres Paradies.«

In der Tat dauerte es nicht lange, bis Armand verstand, was es mit Odilons Andeutung auf sich hatte. Marie und ihr Musenhof residierten nicht in der wehrhaften, etwas düsteren Burg von Troyes, sondern im neuen und eleganten Grafenpalast vor deren Mauern, direkt am Ufer des Seinekanals gelegen.

Der großzügige Bau mit den hohen und unerhört wertvollen Glasfenstern wurde von der Abteikirche St. Etienne flankiert, die Maries Gatte Henri le Libéral gestiftet hatte und die ihm inzwischen als letzte Ruhestätte diente.

Wo die Burg des Jungen Königs oft abweisend und kühl gewirkt hatte, herrschten in diesen Hallen Wärme, Lachen, Licht. Das mochte an der freundlichen Jahreszeit liegen, mindestens genauso aber an der unbekümmerten, lebhaften Atmosphäre. Er vernahm Stimmen und Gelächter, sah Männer wie Frauen schwatzend zusammenstehen und hörte von irgendwoher Gesang sowie den Klang einer Laute.

Ein Diener führte Odilon und ihn in eine lichtdurchflutete Halle mit großem Kamin und hieß sie warten, während er Gräfin Marie über ihr Eintreffen informieren wollte. Am anderen Ende des Raums in einer Fensternische sah Armand einen Lautenspieler und einen Sänger beisammensitzen, wobei Letzterer ihm den Rücken zuwandte. Der Mann besaß eine gefällige, warme Stimme. Eine Stimme, die Armand überraschend bekannt vorkam.

Als der Musikant auf sie aufmerksam wurde, drehte sich auch sein Gegenüber zu ihnen um.

»Damien? Damien de Brienne?« So unvermittelt auf ein bekanntes Gesicht zu treffen, hatte Armand nicht erwartet.

Der Ritter sprang hastig von seinem Platz auf und starrte ihn mit einem entgeisterten, beinahe bestürzten Blick an. »Armand. Was tust du hier?«

»Das Gleiche könnte ich dich fragen.« Armand ging zu ihm hin. »Ich wusste nicht, dass du dich Gesang und Dichtkunst widmest.«

Damien versteifte sich, wirkte ertappt und setzte schließlich eine verschlossene Miene auf. Kein Wunder. Vor nicht allzu langer Zeit während der Provinzturniere war ihr Verhältnis nicht gerade … freundschaftlich gewesen.

Damien blickte suchend über Armands Schulter. »Wo steckt Erec?«

»Ich bin allein hier.«

»Du bist …?«

»Wie ich sehe, habt Ihr bereits Bekanntschaften geschlossen, Armand«, unterbrach sie die freundliche Stimme einer Frau. Sie wandten sich um, und zusammen mit Odilon begrüßten sie Marie de Champagne mit einer ergebenen Verbeugung.

Auf der Hüfte trug die Gräfin ein vielleicht dreijähriges Kleinkind, vermutlich ihren jüngsten Spross Thibaut, während ein etwas älteres Mädchen hinter ihrem Kleid hervorschaute. Daneben musste es noch zwei ältere Geschwister geben, wenn Armand sich recht erinnerte. Ein Seidenschleier umrahmte Maries herzförmiges Gesicht, ohne das Haar vollständig zu verdecken. Armand suchte nach Ähnlichkeiten mit ihrem Halbbruder Henri, doch im Gegensatz zu seinem war ihr Haar brünett und glich damit eher dem ihrer Halbschwester Marguerite. Die Vorstellung, dass die Gräfin gleichzeitig mit dem Jungen König wie auch mit dessen Gemahlin verschwistert und verschwägert war, ließ seinen Kopf summen.

»Seid mir willkommen, Armand de Beaujeu.« Lächelnd und mit aufmerksamem Blick musterte Marie ihn. Alles an ihr strahlte Herzlichkeit, aber auch funkenschlagende Energie aus. »Marguerite hat Euch in den höchsten Tönen gepriesen. Beinahe wundert es mich, dass sie Euch hat gehen lassen.«

»Es ... geschah auf meinen Wunsch, Hoheit«, erklärte Armand mit gesenktem Blick. Aus dem Augenwinkel glaubte er eine Veränderung auf Damiens Gesicht zu bemerken. »Ich hörte, an Eurem Hof könnte ich meine bescheidenen Fähigkeiten verbessern und erweitern.«

»Ich bin sicher, Ihr werdet hier gleichermaßen erbarmungslose Lehrer wie Schüler finden. Und zahllose gespannte Zuhörer«, antwortete die Gräfin, und ihre Augen blitzten gut gelaunt. Das Kind auf ihrem Arm begann zu zappeln, und sie entließ es auf den Boden, woraufhin der Knabe mit der Schwester kichernd davonstürmte. »Wenn Ihr so freundlich sein wollt, gebt uns gleich heute Abend eine Probe Eures Könnens, Armand.«

»Wenn Ihr es wünscht, Hoheit.«

»Oh, ich wünsche es nicht, ich verlange es. Andernfalls, fürchte ich, könnte meine Neugier mich umbringen.«

»Es wird mir eine Ehre sein, Herrin.«

Marie nickte zufrieden. Dann fasste sie ihn beim Arm und lächelte. »Schön, Euch hier zu haben, Armand. Damien, wärt Ihr so gut, unserem neuen Gast alles zu zeigen und ihn mit den anderen bekannt zu machen? Ich werde derweil die Mägde anweisen, Armands Kammer im Gästehaus herzurichten.«

»Mit Vergnügen, Hoheit.«

»Wir sehen uns dann beim Abendessen.« Marie ließ sie allein, und auch Odilon verabschiedete sich fürs Erste mit einem vielsagenden Lächeln.

Als Armand schließlich zu Damien sah, hatte sich der Gesichtsausdruck des Ritters verändert, wirkte geradezu gelöst. Vielleicht, weil er begriffen hatte, dass sein ungeliebter Turniergegner Erec nicht mehr auftauchen würde?

»Wie kommt es, dass du hier an Maries Hof bist? Ich dachte, du stündest in Graf Philipps Sold.«

»Ich diene in seinem Turnierbanner, ja, das bedeutet, im Wettkampf bin ich an seiner Seite. Im Moment hält er sich allerdings an Barbarossas Hof auf und braucht mein Schwert nicht. Bis sich das ändert, besuche ich meine Familie, die ganz in der Nähe von Troyes residiert. Oder widme mich den schönen Künsten. Als Zuhörer in erster Linie.«

»Das sind ja völlig unerwartete Seiten.«

Lächelnd zuckte sein Gegenüber mit den Schultern. »Aber jetzt führe ich dich erst einmal herum. Womit wollen wir beginnen? Mit der Bibliothek vielleicht?«

»Es gibt eine Bibliothek hier?«

Jetzt lachte Damien. »Und was für eine!«

Kapitel 51

Grafschaft Maine, Le Mans, Mai 1182

Erec konnte nicht entscheiden, was ihn mehr bedrückte. Die Vorstellung, dass Armand nicht mehr da war, wenn sie vom Turnier zurückkehrten, oder die Tatsache, dass er noch keinen Augenblick allein mit Genovefa verbracht hatte, seit sie vor vier Tagen in Le Mans eingetroffen waren. Wohingegen Herzog Geoffroy, der mit seinem Bruder Henri und dessen Haushalt im angevinischen Stadtpalast residierte, in dem ihr ehrwürdiger Vater vor neunundvierzig Jahren das Licht der Welt erblickt hatte, sie jederzeit ungehindert begaffen und belästigen konnte. Allein der Gedanke daran machte Erec rasend. Er verspürte nicht wenig Lust, diesen selbstgefälligen und gefährlichen Mistkerl bei nächster Gelegenheit eigenhändig aus dem Sattel zu stechen. Stattdessen würde seine Aufgabe darin bestehen, Henri und seinen herzoglichen Bruder heute auf dem Turnierplatz gegen den zu erwartenden Ansturm der Gegner zu verteidigen. Großartig.

Bis zum Wettkampf waren es nur noch wenige Stunden, und Erec hoffte, bei Titus ein bisschen Ruhe zu finden.

Als er sich den Ställen näherte, vernahm er von Weitem das überschnappende Bellen eines Hundes und andere Laute, die nichts Gutes verhießen: ein sattes Klatschen, Poltern, Stöhnen, höhnische Stimmen. Was war da los?

Erec beschleunigte seine Schritte.

»Willst du es wohl zugeben, du stinkender kleiner Bastard?« Wieder ein Klatschen. Raues Gelächter.

In der Stallgasse erblickte er Pépin, schwankend und mit zerschundenem Gesicht, eingekreist von einer Reihe halbstarker Knappen, die ihn herumstießen, traten, schlugen. Daneben d'Yquebœuf, de Coulonces und zwei weitere Ritter, die lässig an einer Boxentür lehnten, die Arme vor der Brust verschränkt hatten und mit selbstgefälligem Grinsen zusahen. In dem Verschlag hinter ihnen bellte Brice sich die Seele aus dem Leib.

»Was zum Teufel geht hier vor?«, donnerte Erec und war mit wenigen langen Schritten beim Geschehen. Grob riss er die Knappen weg und baute sich an Pépins Seite auf. »Seid ihr von Sinnen, verflucht? Was fällt euch ein?« Er warf einen raschen Blick zu Pep, der sich keuchend auf die Schenkel stützte und Blut auf den Boden spuckte, aber nicht ernstlich verletzt wirkte. Dann wandte er sich den Rittern zu. »Wie könnt ihr es zulassen, dass eure Taugenichtse von Knappen den Jungen derart zurichten?«

Adam d'Yquebœuf stieß sich von der Stallwand ab und richtete sich drohend auf. »Wer hier der Nichtsnutz ist, steht außer Frage, de Lacône«, entgegnete er kühl und fixierte Erec so lange, dass es an eine Beleidigung grenzte – bevor er seinen Blick bedeutungsvoll zu Pépin schweifen ließ. »Wie es aussieht, hat sich diese kleine Wanze des Diebstahls schuldig gemacht.«

»Das ist nicht wahr«, brachte Pep schwach hervor.

Erec trat einen energischen Schritt auf den Ritter zu. »Wie kommt Ihr zu dieser ungeheuerlichen Behauptung?«

»Oh, bitte, tut nicht so ahnungslos. Keiner weiß besser als Ihr, dass dieses Bürschchen direkt aus der Gosse stammt. Es mag auf den ersten Blick barmherzig erscheinen, einen Straßenbengel als Knappen aufzunehmen, vor allem aber ist es unsagbar naiv und verantwortungslos. Habt Ihr ernsthaft geglaubt, aus einem schmutzigen Taschendieb einen Ritter machen zu können? Das ist lächerlich, denn es würde voraussetzen, dass zwischen uns und ihm keinerlei Unterschied besteht, dass es gleichgültig ist, in welchen Stand wir geboren werden, welche Erziehung wir genossen haben. Eine beschämende Vorstellung, die zudem Gottes Ordnung infrage stellt. Und zu was es führt, sehen wir hier: Offenbar ist die Gossenratte zu alten Gewohnheiten zurückgekehrt und hat sich an meinen Silbersporen vergriffen.«

»Nein, das stimmt nicht«, würgte Pep heraus. »Ich habe nichts getan, ich schwör's!«

»Gibt es Beweise für Eure Anschuldigung, d'Yquebœuf? Zeugen?«

»Als ob das nötig wäre. Meine Sporen sind nicht mehr an ihrem Platz. Und dieser Bursche hat eine Vergangenheit als Dieb und Tunichtgut, wie ich erfahren habe. Die Sache liegt auf der Hand.«

»Solange Ihr nicht eins von beidem vorweisen könnt, werde ich den Jungen mitnehmen. Und keiner wird noch einmal Hand an ihn legen, ist das klar?« Er blickte grimmig in die Runde. Dann nickte er zu dem Verschlag im Rücken der Ritter. »Lasst den Hund frei, dann gehen wir.« Während Brice mit einer Mischung aus Winseln und Bellen an Peps Seite schoss, fasste Erec den Jungen bei der Schulter und führte ihn ohne ein weiteres Wort nach draußen.

»Ihr seid ein verfluchter Träumer, de Lacône!«, rief Adam d'Yquebœuf ihm nach. »Denkt nicht, Ihr könntet einen wilden Köter zähmen. Früher oder später wird er die Hand beißen, die ihn füttert.«

Die Worte kamen Erec seltsam vertraut vor, doch er hatte keine Muße, darüber nachzudenken. Stattdessen schob er Pépin aus dem Stall und brachte ihn möglichst rasch außer Sichtweite seiner Peiniger. Hinter einer Scheune untersuchte er den Jungen eingehend. Peps Lippen und die linke Augenbraue waren zerschlagen, und auch aus der Nase tropfte Blut, außerdem krümmte er sich zusammen, als hätte er schmerzhafte Hiebe gegen Brust und Magen eingesteckt.

»Du musst mir glauben, Erec, ich habe nichts mit der Sache zu schaffen.«

»Gnade dir Gott, falls sich das Gegenteil herausstellt«, knirschte Erec.

Unvermittelt riss sich Pépin von ihm los und stolperte ein paar Schritte rückwärts. Aus brennenden Augen, die sich mit Tränen füllten, starrte er ihn an. »Dein Ernst? Sag, was soll ich noch hier, wenn nicht einmal du mir vertraust, Erec? Wenn nicht einmal du daran glaubst, dass ich mich ändern, dass ich ein besserer Mann und ein Ritter werden kann? Und wenn du jedem auf die Nase bindest, wo ich wirklich herstamme.«

»Ich war das nicht, Pep, aber vielleicht führst du dich in Zukunft einfach so auf, dass man es nicht mit Leichtigkeit errät.« Noch während er die Worte aussprach, erkannte Erec, wie verletzend sie klingen mussten, doch war er nicht in reumütiger Stimmung. Nicht heute.

Pep starrte ihn mit maßloser Enttäuschung an, während Tränen über seine Wangen rollten und von seinem Kinn tropften. Sein Mund öffnete sich, ohne dass er einen Satz herausbrachte, dann machte er abrupt kehrt und rannte davon, dicht gefolgt von Brice.

»Der kriegt sich schon wieder ein«, beschied Josce, während er Erec half, die Kettenhaube festzuzurren. »Wirst sehen, heute Abend ist Pep zurück. Hatte doch jeder von uns so eine rebellische Phase als Knabe.«

Erec blieb ernst. Inzwischen empfand er tiefe Reue angesichts seines Verhaltens. »Ich habe mich wirklich schäbig benommen, nicht viel besser als d'Yquebœuf und seine beißwütigen Knappen. Würde mich nicht wundern, wenn Pep die Nase endgültig voll hat.«

»Vielleicht musst du dich auch mit dem Gedanken abfinden, dass dieses Leben einfach nicht zu ihm passt«, meinte Lionel ernst.

Genauso wenig wie zu Armand? Erec vergrub kurz das Gesicht in den Händen. Waren sie beide Opfer seiner selbstsüchtigen Vorstellung geworden, dieses Dasein müsse die Erfüllung aller Wünsche sein? War Pep tatsächlich nicht für diese Aufgabe bestimmt? Nein, so weit war Erec noch nicht.

Er wusste, dass mehr in Pépin steckte, und es war *seine* Pflicht, es hervorzuholen, den Jungen bei dieser Reise zu führen und anzuleiten. Er hatte es versprochen. Aber ohne Vertrauen würde es nicht funktionieren.

»Ich muss mit ihm reden.«

»Sicher musst du das«, bekräftigte Lionel und drückte sich den Helm auf den Kopf, »aber zuerst musst du mit uns ein Turnier gewinnen. Gott zum Ruhm, uns zur Ehre!«

»Hurta!«, stimmten alle ein.

Die Sonne schmolz bereits am Horizont, als die Schlacht endlich entschieden war.

»Ich hörte davon, dass sich bei einem Turnier in Gournay die Mannschaften derart ineinander verbissen und über Stunden miteinander gerungen haben, dass man sich schließlich auf ein Unentschieden einigen und die Sache abbrechen musste«, erzählte Lionel, als sie ihre dampfenden Rösser zum Stall führten. »Hatte schon Sorge, dass es uns heute genauso geht. Aber gepriesen sei der heilige Georg! Wir haben den Kerlen am Ende ordentlich in den Hintern getreten und noch dazu reiche Beute kassiert.«

»Ein Pferd«, brummte Josce missmutig. Er humpelte ein wenig, und das linke Auge schwoll langsam zu. »Ihr habt mich gegen einen Gaul eingetauscht.« In einem unaufmerksamen Moment war er kurz vor Ende des Wettkampfs noch in die Hände ihrer Gegner geraten, und sie hatten ihn auslösen müssen.

»Es war ein äußerst hübsches Pferd«, gab Lionel gut gelaunt zu bedenken. »Ein nettes, wohlerzogenes Pferd. Ich habe überlegt, es an deiner Stelle zu behalten. Doch dann dachte ich an die ganze Pferdescheiße in der Schlafkammer und daran, was es für ein gewaltiger Vorteil ist, dass du selbstständig den Abort aufsuchen kannst.«

Josce bemühte sich inständig, seine eingeschnappte Miene aufrechtzuerhalten, musste dann aber doch schallend lachen. Die anderen fielen ein.

»Teufel, ich fühle mich, als wäre ich im eigenen Schweiß und Blut gekocht worden«, gestand Erec.

Lio grinste. »Das *hohe Bad der Ehre* nennen das die Dichter, oder nicht?«

»Hm. Sie singen nicht davon, dass Ehre jeden Zoll Haut kleben lässt und stinkt wie eure ungewaschenen Unterhosen.«

Und dennoch – auch wenn Erec sich fühlte, als wäre jedes Ross persönlich über ihn hinweggetrampelt, am Ende war die Mannschaft von Anjou als Sieger vom Platz geritten. Sobald man sich erholt und gewaschen hatte, sollte der Erfolg mit einem festlichen Bankett, viel Wein, Tanz und Musik im angevinischen Stadtpalast gefeiert werden. Doch im Augenblick stand Erec der Sinn nicht nach Völlerei und Kurzweil, trotz der verlockenden Aussicht, dabei endlich Genovefa nah sein zu können. Pep war auch nach dem Turnier nicht wieder aufgetaucht. Mehr und mehr machte sich ein ungutes Gefühl in seiner Brust breit.

Bei den Ställen angelangt, bestätigte sich, was er bereits befürchtet hatte: Peps Pferd und die wenigen Habseligkeiten des Jungen waren verschwunden.

»Er ist tatsächlich abgehauen«, sprach Erec nicht ohne Erschütterung laut aus. »Und das ist meine Schuld.«

»Komm schon, Erec«, wandte Josce ein. »Du wusstest, dass es nicht einfach werden würde mit dem Burschen. Mach dir keine Vorwürfe.«

»Ich werde ihn suchen.«

»Was soll das bringen?«, fragte Lionel. »Du hast keine Ahnung, wo er hin ist. Vielleicht ist er längst Richtung Pirou unterwegs, und in wenigen Tagen seid ihr wieder vereint. Pep kommt schon klar. Lass ihm und dir ein bisschen Zeit zum Abkühlen, meinst du nicht?«

Erec schloss für einen Moment die Augen, dann nickte er widerwillig. »Womöglich hast du recht.«

Während die anderen ihre Pferde den Knappen und Knechten überließen, um sich für das Bankett fertig zu machen, brachte Erec Titus selbst in den Stall. Er versorgte den Hengst mit einer Extraportion Hafer und rieb ihm gewissenhaft das Fell trocken, nutzte die Zeit, wie so oft, um wieder zu sich selbst zu finden.

Als Adam d'Yquebœuf den Stall betrat, bemerkte ihn der Ritter hinter Titus' mächtigem Leib nicht sofort. Erec dagegen sah ausgezeichnet. Und was er sah, ließ ihm die Galle überkochen.

»Eure Sporen sind also wieder aufgetaucht«, bemerkte er mit mühsam unterdrückter Wut.

Es gelang dem Ritter nicht ganz, seine Überraschung zu verbergen, doch als er sich Erec zuwandte, zeigte sein Gesicht eine Maske kühler Gelassenheit. Er zuckte mit den Schultern. »Muss sie wohl verlegt haben. Plötzlich waren sie wieder da.«

»Euch ist klar, dass mein Knappe völlig zu Unrecht verprügelt wurde und wegen dieser Sache heute Morgen das Weite gesucht hat?«

Nun grinste sein Gegenüber unverhohlen. »Wie bedauerlich. Aber kein großer Verlust, wenn Ihr mich fragt. Für einen Ritter, der so hoch in der Gunst des Jungen Königs steht wie Ihr, sollte es ein Leichtes sein, einen *standesgemäßen* Ersatz zu finden, meint Ihr nicht?« Adam d'Yquebœuf schenkte ihm noch ein abschätziges Grinsen und ließ ihn ohne ein weiteres Wort stehen.

Selbstgefälliger, arroganter Mistkerl! Erec kochte vor Zorn. Darum ging es hier also? Um niederträchtige Machtspielchen, ausgetragen auf Pépins Rücken, weil d'Yquebœuf und die anderen Erec die Gunst des Königs neideten? Er diente schließlich erst kurz in Henris Gefolge, während sie schon seit Jahren an seiner Seite standen. Oder war tatsächlich etwas an Peps Mutmaßungen dran?

Erec wusste nicht, was er tun würde, sollte Pépin wegen dieses Vorfalls verschwunden bleiben. Er musste an Lionels Worte denken, dass dieses Leben vielleicht einfach nicht zu Pep passte. Und er begann sich zu fragen, ob das womöglich auch für ihn selbst galt.

Kapitel 52

Herzogtum Normandie, Pirou, Juni 1182

Was sich vor ihren Augen abspielte, glich einem rätselhaften Schauspiel, der Aufführung eines stummen Dramas, dessen Inhalt Genovefa nur erahnen konnte. Sie stand neben Marguerite auf der Galerie und blickte hinunter in die große Halle von Pirou. Bei ihrer Rückkunft aus Le Mans wenige Stunden zuvor hatten sie dort gleich mehrere Boten vorgefunden, die nur kurze Zeit vor ihnen eingetroffen sein konnten. Die Männer beäugten einander misstrauisch, da sie zwar offenbar in ein und derselben Sache, aber von ganz unterschiedlicher Stelle gesandt worden waren. Einer trug Richards Wappen, ein zweiter war zweifellos Aquitanier, während ein dritter sich weder durch Zeichen noch Farben zu erkennen gab. Alle wirkten sie müde und abgekämpft von einem langen, atemlosen Ritt, und alle bestanden sie darauf, zu König Henri vorgelassen zu werden, unverzüglich und allein.

»Was hat das zu bedeuten?«, fragte Marguerite, doch Genovefa konnte ihr keine Antwort darauf geben. Sie entdeckte wachsende Besorgnis im Gesicht ihrer Freundin und zog sie eng an die Schulter. Wieder einmal fiel ihnen lediglich die tatenlose, frustrierende Rolle der Zuschauerin zu, und sie mussten aus der Ferne erleben, wie andere Absprachen und Entscheidungen trafen, die vermutlich ihrer aller Schicksal beeinflussten.

Genovefa versuchte vergeblich zu durchschauen, was da

unten vor sich ging. Als bewegten unsichtbare Hände Schachfiguren über ein Feld.

Der Marschall begleitete Henri mit langen Schritten in Richtung eines der kleineren Kaminzimmer; als sich auch Thomas de Coulonces, de Béthune und andere Ritter aus Henris Mesnie anschließen wollten, wurden sie vom Marschall abgewehrt, was zu verärgerten Blicken und wütenden Diskussionen führte. Doch es blieb dabei. Offenbar hatte der Junge König entschieden, die Boten sofort zu empfangen und dabei lediglich Guillaume an seiner Seite zu dulden. Erec war nicht in der Halle. Ob er ahnte, was sich hier abspielte?

Kurze Zeit später erschien ein Diener, der Richards Mann aufforderte, ihm zu folgen. Der Aquitanier sprang daraufhin von seinem Platz auf und rief ihnen etwas Unfreundliches auf Okzitanisch nach, doch das änderte nichts. Der dritte Bote widmete sich weiter ungerührt seiner Mahlzeit.

Es folgte eine Zeit gespannten Wartens, in der Henris Ritter tuschelnd zusammenstanden, während sie abwechselnd Blicke in Richtung des Kaminzimmers und hin zu den verbliebenen Boten warfen, als könnten sie auf diese Weise durchschauen, was vor sich ging.

Immerhin seid ihr nicht klüger als wir, dachte Genovefa mit grimmiger Befriedigung.

Erwartungsvoll schaute sie nach unten. Noch war völlig offen, ob sich das Schauspiel zu einer Tragödie entwickeln oder doch ein gutes Ende nehmen würde.

Nach einer gefühlten Ewigkeit kehrte der Bote in die Halle zurück, nur um augenblicklich von Henris Männern bestürmt zu werden. Er wedelte mit den Händen, als wolle er Fliegen verscheuchen, und sein Gesichtsausdruck machte deutlich, dass er nicht reden würde. Vielleicht hatte der Junge König es ihm untersagt? Energisch schob er sich zwischen den wartenden Rittern hindurch und verließ die Halle. Sehr bald folgte ihm de Coulonces nach draußen.

Erneut betrat der Diener die Bühne und rief diesmal den aquitanischen Boten auf. Bertran de Born war augenblicklich zur Stelle und baute sich neben dem Mann auf. »Ich bestehe darauf, dabei zu sein!«, forderte er mit seiner donnernden Stimme, die bis zu ihnen heraufklang. »Aquitaniens Angelegenheiten sind meine Angelegenheiten!« Der Diener schüttelte nachdrücklich den Kopf und sagte etwas Unverständliches, woraufhin de Born eine Schimpftirade über ihn ergoss.

»Das Ganze macht mir Angst«, raunte Marguerite, und ein tiefer Kummer war in ihren Blick gezogen. »Bitte geleite mich in mein Gemach, Genovefa. Ich möchte das nicht länger mit ansehen.«

»Aber …«

»Meinetwegen komm anschließend hierher zurück. Vielleicht kannst du ja herausfinden, was vor sich geht. Erzähl mir später alles.«

Nachdem Genovefa dafür gesorgt hatte, dass Marguerite es bequem haben und man ihr ein Abendessen bringen würde, kehrte sie sofort auf die Galerie zurück.

Wie es aussah, war der aquitanische Bote inzwischen wieder von Henri entlassen worden. Er stand in der Halle und war in ein hitziges Gespräch mit de Born verstrickt, das allerdings so leise geführt wurde, dass Genovefa nichts verstehen konnte; doch Mimik und Gestik der beiden ließen nichts Gutes ahnen. Der dritte und letzte Bote war nicht mehr auf seinem Platz.

Eine ganze Weile passierte nicht viel. Männer gingen rastlos auf und ab, fanden sich zu diskutierenden Gruppen zusammen oder setzten sich, tranken und streckten die Beine unter den Tisch.

Unvermittelt knallte eine Tür. Eine zornige Stimme – Henri? – erklang, ohne dass man Worte verstehen konnte. Und dann eilte der Junge König mit zügigen Schritten durch die Halle, sein Gesicht eine Grimasse widerstreitender Gefühle, von denen Wut am stärksten hervorstach. Der Marschall lief neben ihm her und redete auf ihn ein. Henri schüttelte heftig den Kopf, dann stürmten beide aus der Halle, und das Portal fiel hinter ihnen zu.

Mit ratlosen oder betroffenen Mienen schauten die Anwesenden ihrem König hinterher.

Und Genovefa war mit einem Mal ganz sicher: Was immer hier gerade vorging, hatte das Zeug, zu einer Tragödie zu werden.

Kapitel 53

Herzogtum Normandie, Pirou, Juni 1182

Ein kräftiges Hämmern an der Tür weckte Erec mitten in der Nacht. Er hatte nicht viel geschlafen, zwei, drei Stunden höchstens. Gedanken an den verschwundenen Pépin, aber auch die rätselhaften Ereignisse nach ihrer Rückkehr hatten ihn um die Nachtruhe gebracht. Henri hatte Stillschweigen über die zurückliegenden Gespräche verhängt, sodass niemand wusste, was genau vor sich ging. Lediglich das Wort Aquitanien war immer wieder gefallen.

»Erec, bist du wach?« Die Stimme des Marschalls. Alarmiert sprang Erec aus dem Bett und eilte zur Tür. Was er zuvor noch bedauert hatte, nämlich die Tatsache, dass Genovefa nicht die Nacht mit ihm verbrachte, erwies sich jetzt als Glück.

»Was ist los?«, fragte er, nachdem er geöffnet hatte. Das Gesicht seines Gegenübers wirkte im Laternenschein übernächtigt und ernst.

»Du wirst gebraucht. Jetzt. Zieh dich an und pack ein paar Sachen.«

»Was ist denn …?«

»Später. Wir treffen uns mit den Pferden am Brunnenhaus. Beeil dich!«

Sorge packte ihn, doch er nickte nur.

Wenig später wartete er mit Titus am vereinbarten Ort. Auf wen oder was? Er wusste es nicht. Die Nacht war klar und überraschend kühl. Der Mond sank bereits, doch genügte sein Licht zusammen mit dem der Sterne, um die Umgebung ausreichend zu erhellen. Er hatte Kettenhemd, Helm und Schwert angelegt, denn er wollte auf alles vorbereitet sein.

Schließlich näherten sich zwei Reiter, einer davon unverkennbar der Marschall, der andere hatte die Kapuze seines Umhangs weit in die Stirn gezogen, sodass seine Züge im Schatten lagen. Als er Erec das Gesicht zuwandte, erkannte er ihn dennoch und schnappte überrascht nach Luft. »Majestät, aber … was …?«

Der Junge König schnitt ihm mit einer energischen Geste das Wort ab. »Nicht hier.« Er lenkte sein Ross – nicht den schneeweißen Hengst namens Skander, den er sonst ritt, sondern einen weniger auffälligen Braunen – Richtung Tor, wo der Marschall ein paar Worte mit den Wachhabenden wechselte und man sie hinausließ.

Eine ganze Weile folgten sie im Kanter der Straße ins Landesinnere, ohne dass einer ein Wort sprach. Erec wurde zunehmend mulmig. Er nahm an, dass die Sache in irgendeiner Weise mit der Ankunft der Boten zusammenhing. Allem Anschein nach befanden sie sich jedoch nicht auf der Flucht, zumindest erweckten weder Guillaume noch Henri den Eindruck, als drohe unmittelbare Gefahr. Das machte die Sache aber nicht weniger geheimnisvoll, eher im Gegenteil.

Sie waren sicher eine Stunde wortlos durch weite Felder und sumpfige Feuchtwiesen geritten, bevor sie eine Rast am Wegesrand einlegten. Am Horizont hinter ihnen zeigte sich ein perlgrauer Streifen, wo bald die Sonne aufgehen würde. Guillaume reichte eine Feldflasche mit Wasser herum.

»Du fragst dich sicher, was diese ganze Heimlichtuerei soll«, wandte sich Henri übergangslos an Erec. »Ist es nicht so?«

»In der Tat, Majestät.«

»Ich musste raus aus Pirou, weg von alldem. Ich brauche Zeit, meine Gedanken zu ordnen. Und ich will dabei Menschen an meiner Seite, die nicht ausschließlich auf ihren eigenen Vorteil aus sind oder pausenlos an mir zerren.« Erneut schwieg er, nahm noch einen Schluck Wasser. Wie es aussah, hatte er nicht vor, zu erklären, worüber genau er nachdenken musste. Zumindest *noch* nicht. »König zu sein ist bisweilen eine reichlich beschissene Aufgabe«, gestand er stattdessen freimütig. »Besonders dann, wenn man nur dem Namen nach einer ist. Oder sein darf.«

Erecs Blick huschte zum Marschall, der wenig überrascht wirkte, als höre er diese Worte nicht zum ersten Mal. Und stimme ihnen insgeheim zu.

Erst nachdem sie gewendet hatten, eine weitere Stunde in einträchtigem Schweigen zurück gen Meer geritten waren und die Sonne schräg vor ihnen über den Horizont zu steigen begann, entschloss sich Henri zu weiteren Erklärungen.

»In Aquitanien herrscht Krieg«, begann er. »Wieder einmal oder immer noch, weiß der Teufel. Das ist nichts Neues. Richard schafft es einfach nicht, mit seinen aquitanischen Adligen Frieden zu halten – vermutlich, weil er genauso ein sturer Hitzkopf ist wie die meisten von ihnen. Neu ist allerdings, dass er mich in diese Sache hineinziehen will.

Gestern kam sein Bote mit der eindringlichen *Bitte* zu mir, ihn bei der Belagerung der Stadt Puy Saint-Front zu unterstützen. Gleichzeitig drängen die Aquitanier, dass ich mich aus der Sache heraushalten oder – noch besser – mich auf ihre Seite schlagen soll, wie de Born es schon lange fordert.«

Erec nickte. Natürlich hatte er die hitzige Debatte in dieser Sache kurz nach Ostern nicht vergessen.

»Und dann war da noch der dritte Gesandte«, fuhr Henri fort, »geschickt von niemand anderem als meinem königlichen Vater.« Er schüttelte beinahe hilflos den Kopf. »König Henri II. hält sich nicht mit Bitten auf. Er *fordert,* dass ich – wie er selbst – Richard im Kampf gegen die aufständischen Aquitanier mit meinen Männern beistehe, unverzüglich.« Henri verstummte und sah auf seine Hände herab, als falle es ihm schwer, die nächsten Worte hervorzubringen. Er klang müde. »Ich, der König ohne Königreich, soll meinem

Bruder helfen, sein riesiges Herzogtum zu sichern, damit er auch zukünftig ungehindert Lehen und Jungfrauen an seine Vasallen verteilen und sich aus deren Schatzkammern oder an Streitern bedienen kann. Während ich, der Mitregent, der Thronerbe, der *Junge König,* meinen Männern kaum mehr als Turnierbeute anbieten kann – oder Silber, das ich zuvor von meinem Vater erbetteln muss.« Den letzten Satz hatte er mühsam geknirscht, als müsse er die bittere Wahrheit wie Scherben zwischen den Zähnen zermahlen.

Wut, Demütigung, Trotz, all das stand deutlich in seinem Gesicht, als er den Blick hob – am meisten aber Scham. Er schien weder Zuspruch noch Kommentar von ihnen zu erwarten, wollte einfach jemandem sein Herz ausschütten.

»Wisst ihr, was ich glaube? Nein, ich bin sogar sehr sicher, dass mein Bruder die Hilfe von mir und meinen Männern nicht braucht, um für Ruhe in Aquitanien zu sorgen. Es geht hier um etwas anderes: Seine Aufforderung soll dazu dienen, mir meinen Platz zu weisen und mir zu zeigen, dass selbst er über mich verfügen kann.«

»Henri, ich …«, begann der Marschall, doch der Junge König war nicht zu bremsen.

»Und mein Vater? Ich denke, er verfolgt darüber hinaus noch ein weiteres Ziel: Indem er mich zwingt, mit ihm an der Seite von Richard gegen die renitenten Aquitanier aufzumarschieren, sendet er ihnen eine deutliche Botschaft: nämlich, dass sie nicht auf meine Hilfe vertrauen können, dass ich vollständig unter der Kontrolle des Hauses Anjou stehe und am Ende immer tun werde, was meine Familie, mein Bruder und mein Vater von mir verlangen.«

»Das ist …«

»Übertrieben? Weit hergeholt?« Henri schüttelte den Kopf. »Nein, Guillaume, ich denke, genau das ist der Zweck dieser Übung, auch wenn mein Vater und mein Bruder das nie offen zugeben werden. Die Frage ist nur, was ich mit dieser Erkenntnis anfange. Und mit welcher Antwort ich die Boten zurückschicke.«

Auch diesmal wartete er keine Kommentare ab, gab stattdessen seinem Ross die Sporen und preschte voraus. Erec tauschte einen Blick mit dem Marschall, bekümmert, betroffen, besorgt, bevor sie ihre Pferde antrieben und ihm folgten.

Bald begleiteten Möwenschreie ihren Ritt, und ein Geruch nach Salz und Tang wurde vom Wind herangetragen, eine Weile später gesellte sich das Rauschen der Brandung hinzu. Noch versperrten ihnen Dünen mit hohen Gräsern, Ginster, Hundsrosen und Sanddorn die Sicht, doch schließlich tat sich ein Durchgang auf und gab endlich den Blick auf das Meer frei. Wellen rollten schäumend an den breiten, beinahe endlosen Sandstrand, von der Morgensonne in ein sanftes Rot getaucht. Ein paar umgedrehte Fischerboote, Fässer und Gestelle mit Netzen befanden sich unmittelbar hinter den Dünen, die sich in der Ferne verloren. Ansonsten staksten nur einige Möwen auf der Suche nach Muscheln und unachtsamen Krebsen durch den Sand.

»Ein Wettrennen, de Lacône! Wie wär's?« Als Henri über die Schulter zu Erec blickte, erhellte ein breites Lausbubengrinsen sein Gesicht. »Lass mich sehen, was in deinem prächtigen Hengst steckt.« Bevor Erec auch nur ein Wort erwidern konnte, stieß Henri ein lautes Schnalzen aus, und sein Ross schoss davon, auf den ebenen Sandstreifen direkt am Wasser zu.

Das konnte Titus unmöglich auf sich sitzen lassen. Wie ein entfesselter Sturm jagte er los, kaum dass Erec die Zügel freigab. Sand und Wasser spritzten unter den Hufen der Pferde, Wellen und Wind rauschten in den Ohren, vermischt mit den Schreien der Möwen, die in schimpfenden Schwärmen vor ihnen aufstoben. Titus' muskulöser Leib streckte sich in raumgreifenden Sätzen, und seine Nüstern blähten sich, Meerwasser platschte im Rhythmus der Hufe. Erec musste ihn kaum antreiben, so sehr genoss der Hengst den ungezügelten Lauf. Es dauerte nicht lange, bis sie sich an Henris Seite schoben. Der Junge König beugte sich weit über den Hals seines Hengstes, sodass ihm die wehende Mähne des

Pferdes um die Stirn wirbelte, als er lachend zu Erec herübersah. In diesem Augenblick wirkte er jung und unbeschwert, frei und wild wie der Wind und das Meer.

Schließlich richtete Henri sich im Sattel auf, ließ die Zügel fahren, schloss die Augen und breitete weit die Arme aus, als wolle er diesen Moment der Leichtigkeit mit jeder Faser spüren oder sich gleich ganz vom Wind davontragen lassen.

Eine Weile jagten sie Seite an Seite dahin, dann hatte Titus genug von dem Spielchen. Als habe er sich bislang aus Höflichkeit zurückgehalten, beschleunigte er noch einmal und flog fast an seinem Widersacher vorbei. Ein Rausch aus Muskeln, Kraft und Lebensfreude, ein Feuer, das auch auf Erec übersprang und heiß durch seine Adern kreiste. Himmel und Meer schienen am Horizont ineinander zu verschmelzen, ein Gefühl von Unendlichkeit stellte sich ein, als gäbe es keine Grenzen. Erst als Titus von sich aus langsamer wurde und schließlich in Trab überging, kam Erec zu sich.

Henri war ein ganzes Stück zurückgefallen, lachte aber aus vollem Hals. »Schon gut, schon gut, ich gebe mich geschlagen. Ihr habt gewonnen!«, rief er ihnen nach. Er lenkte sein Pferd zu den Dünen, beugte sich weit aus dem Sattel und pflückte etwas. Dann kehrte er zurück zu Erec, der Titus inzwischen gezügelt hatte und ihm anerkennend den Hals klopfte.

»Hier, du verdienst den Siegerkranz.« Mit diesen Worten steckte er Erec einen golden blühenden Ginsterzweig in die Haare. »Zugegeben, kein Lorbeer, aber immerhin die Pflanze, der unsere Familie ihren Beinamen *Plantagenêt* verdankt. Gratuliere, du bist einer von uns.«

Erec legte dankend die Hand auf die Brust und lächelte. »Zu viel der Ehre, Herr. Genau genommen habe ich nichts zu diesem Sieg beigetragen. Das war allein Titus' Verdienst.« Er pflückte das Zweiglein aus dem Haar und flocht es an Titus' Zaum.

»Gegen Skander wäre ihm das nicht geglückt«, sagte Henri.

Statt einer Antwort grinste Erec nur vielsagend – bis schließlich auch Henri grinste.

»Willst du mir Titus nicht doch verkaufen? Ich würde dir einen fürstlichen Preis zahlen, Ehrenwort.«

Erec schüttelte den Kopf. »Bedaure, Majestät. Um Titus zu bekommen, müsstet Ihr seine Zügel aus meinen kalten, toten Händen winden.«

»Oh, das lässt sich arrangieren. Bring mich nicht auf dumme Gedanken.«

Sie lachten ausgelassen. »Komm, wir wollen sehen, wo Guillaume abgeblieben ist.«

Seite an Seite ritten sie gemächlich durch das anbrandende Wasser zurück, genossen den Frieden, das Wellenrauschen und die frische, salzige Luft, die den Kopf angenehm frei werden ließ.

Sie entdeckten den Marschall beim Versuch, an einer geschützten Stelle bei den Dünen ein Feuer zu entfachen. »Da seid ihr ja endlich. Seht mal, was ich bei den Fischern aufgetrieben habe.« Er wies auf einen Laib Brot und drei prächtige unterarmlange, bereits ausgenommene Dorsche.

Henri strahlte. »Eins schwör ich dir, Erec: Egal in welcher Lebenslage, es empfiehlt sich, stets einen Marschall an der Seite zu haben.«

So viel ist gewiss, dachte Erec. *Und ganz besonders gilt das, wenn man der Junge König ist.*

Wenig später brutzelten die Fische aufgespießt auf grünen Stecken über den Flammen und verbreiteten einen appetitlichen Geruch.

Henri wagte einen ersten Bissen und schloss genießerisch die Augen. »Könnt ihr mir bitte verraten, warum ein überm Lagerfeuer zubereitetes, einfaches Mahl so viel besser schmeckt als alles, was mir mein Koch in Pirou auftischt?«

Guillaume grinste. »Das muss an unserer erlesenen Gesellschaft liegen. Und daran, dass dieses Essen vor ein paar Stunden noch im Meer geschwommen ist. Anders als dieser widerlich stinkende, monströse Hecht, den man mir vor Jahren beim Turnier in Pleurs als Siegespreis in die Hand gedrückt hat. Dem Geruch nach hatte man das Biest schon eine Woche vor dem Wettkampf aus irgendeinem Weiher gezogen. Bis heute danke ich den Heiligen, dass ich der Burgherrin während der Preisverleihung nicht vor die Füße gekotzt habe.«

»Kennt man deinen Appetit, scheint mir ein riesiger Hecht kein schlechter Lohn, meinst du nicht?« Sie lachten, teilten weitere Anekdoten und einen Schlauch Rotwein, den der Marschall in weiser Voraussicht eingepackt hatte, taten sich an Fisch und Brot gütlich. Satt und zufrieden streckten sie sich schließlich neben dem Feuer auf ihren Mänteln aus, dösten oder hingen ihren Gedanken nach.

Die Mittagszeit war bereits vorüber, als Henri aus heiterem Himmel fragte: »Warum hasst mein Vater mich so?«

»Dein Vater hasst dich nicht«, korrigierte Guillaume, der im Schneidersitz auf seiner Decke saß und an einem Stück Treibholz herumschnitzte. »Er ist ein Machtmensch, Herrscher eines riesigen Reiches. Und sein Leben lang hat er nichts anderes getan, als es zusammenzuhalten oder zu erweitern. Ich denke, es fällt ihm schwer, die Zügel aus der Hand zu geben. Erst recht nach der unseligen Rebellion seiner eigenen Söhne, die dieses Reich an den Rand eines Bürgerkriegs geführt hat.«

Wieder einmal war Erec überrascht, wie klar und unverblümt der Marschall mit Henri sprach. Er beschönigte nichts, nannte die Dinge beim Namen.

»Wir waren beinahe noch Kinder, Guillaume.«

»Ja, und wenngleich eure Ansprüche berechtigt gewesen sein mögen, hattet ihr auch schlechte Ratgeber, die euch für ihre eigenen Interessen benutzt und die Sache noch schlimmer gemacht haben. Da ist viel Vertrauen zerstört worden.«

»Aber warum hat mein Vater dann Richard und Geoffroy verziehen, sie sogar zu mächtigen Männern erhoben, während er mich weiterhin an der kurzen Leine hält? Und keine Gelegenheit auslässt, mich zu demütigen?«

»Er ist ein stolzer Mann, und das Aufbegehren seines Stammhalters hat ihn tief getroffen, beinahe so sehr wie das eurer Mutter. Wahrscheinlich versucht er immer noch herauszufinden, ob er dir wieder vertrauen kann und du für diese verantwortungsvolle Aufgabe wirklich geeignet bist.«

»Wie lange denn noch? Ich tue doch schon alles, was er von mir verlangt, diene ihm seit Jahren als Vermittler, als Soldat, als Büttel. Himmel, auf was wartet er? Und ... was, wenn er zu dem Schluss kommt, dass ich grundlegend ungeeignet bin? Was habe ich schon zu bieten? Vielleicht sollte ich doch Geoffroys Vorschlag folgen und mir einfach nehmen, was ich will.« Henri klang nun beinahe verzweifelt. Und Erec konnte ihn verstehen.

Eindringlich sah der Marschall den König an. »Dein Bruder Richard wird gefürchtet, Geoffroy wird verachtet, Klein-Jean wird belächelt, du aber wirst von deinen Männern geliebt, Henri. Und nicht nur von ihnen. Du bist weit mächtiger und einflussreicher, als du denkst.«

»Was bringt dich zu diesem kühnen Schluss?«, schnaubte Henri. Er hatte sich inzwischen aufgesetzt und blickte starr aufs Meer hinaus.

»Das ist doch offensichtlich. Allerorten verehren dich die Menschen, jubeln dir zu und skandieren deinen Namen beim Turnier. Du bist ihr ritterliches Idol, das, was einem Artushelden am nächsten kommt. Und dazu bist du klug, gütig, großzügig und ein fähiger Diplomat. Himmel, du besitzt alles, alles, was es zum König braucht. Du *bist* längst ein König, Henri! Die Menschen wissen das, und sie würden dir überallhin folgen.«

»O bitte, bitte, erklär das meinem Vater, Guillaume. Vielleicht lässt er mich dann über mein eigenes Land gebieten, bevor ich ein Tattergreis bin. *König der Turniere* hat Geoffroy mich genannt. Und vielleicht ist das tatsächlich alles, was dieses Leben für mich vorgesehen hat.«

Sie schwiegen eine Weile und schauten den Möwen zu, die am Strand nach Krebsen suchten. »Was wird dereinst mein Vermächtnis sein, frag ich euch?« Mit einem Mal klang Henris Stimme nicht mehr angriffslustig, sondern müde und resigniert. »Ich habe nichts geschaffen, nichts geleistet, habe nichts zu hinterlassen, ich habe nicht einmal ein Kind.«

»Du bist jung und hast eine Frau, die dich liebt. Ihr könnt noch viele Kinder haben, Marguerite und du.«

Henri zuckte mit den Schultern, ohne den Blick von den Möwen zu nehmen. »Ich wünschte, ich könnte mir sicher sein, dass Marguerite mich liebt oder dieses Leben, das man ihr von Kindesbeinen an aufgezwungen hat. Was habe ich ihr schon zu bieten, wenn wir ehrlich sind? Ja, ich habe sie zur Königin gemacht, aber zur Königin über was? Einen Haufen Turnierraufbolde, nichts weiter. Vermutlich ist sie ebenso enttäuscht von mir wie mein Vater, und alles, was sie hält, ist Pflichtgefühl.«

Erec wollte etwas einwenden, doch Henri winkte ab. »Was mich zu der Frage zurückbringt, wie ich in der verfluchten Aquitaniensache vorgehen soll. Denn die Entscheidung in dieser Angelegenheit wird erheblichen Einfluss auf meine und auch Marguerites Zukunft haben, fürchte ich.« Er sah zu Erec. »Was meinst du dazu, de Lacône? Was soll ich tun?«

Erec setzte sich auf und regte sich unbehaglich. »Majestät, ich … bin nicht sicher, ob ich …«

»Keine Scheu, mein Freund. Du bist hier, weil ich dich als unvoreingenommen, loyal und ehrlich kennengelernt habe. Guillaumes Ansicht in der Sache kenne ich schon. Jetzt will ich deine hören.«

Erec senkte den Blick. »Ich … denke, es ist nicht recht, wie Euer Vater Euch behandelt. Und ich halte es auch nicht für schlau, denn gewiss wäre es vernünftiger, die Oberherrschaft über das riesige angevinische Gebiet auf mehr Schultern zu verteilen. Dass Ihr ein kluger und umsichtiger Anführer und Diplomat seid, habt Ihr zuletzt während der Auseinandersetzungen mit Philipp und seinen Verbündeten unter Beweis gestellt. Ihr könnt mehr, als Euer Vater Euch zugesteht. Bei Gott, Ihr *verdient* mehr. Aber … die Familie, Eure Familie – das ist ein mächtiges Band, das man nicht leichtfertig zerschneiden sollte. Nicht, dass ich Euch für leichtfertig halte, guter Gott! Ich … ich stelle mir bisweilen ganz ähnliche Fragen wie Ihr. Doch das Ersuchen Eures Bruders und Eures Vaters abzulehnen – ganz gleich, was die beiden damit tatsächlich bezwecken –, würde bedeuten, eigenhändig eine Klinge an dieses Band zu setzen. Die Konsequenzen könnten verheerend sein. Und ob das die Sache wert ist – ich denke, das könnt nur Ihr entscheiden, Majestät. Vielleicht seht Ihr ja auch eine andere Möglichkeit, Eure berechtigten Ansprüche gegenüber Eurem Vater geltend zu machen. Eine … friedfertigere.«

Henri schwieg lange und nickte dann nachdenklich, ohne Erecs Worte zu kommentieren. Schließlich lenkte der Junge König den Blick auf den Marschall. »Was genau soll das werden, was du da schnitzt, Gui? Eine Ente?«

In gespielter Entrüstung sah Guillaume auf. »Ein Pferd natürlich, das ist doch offensichtlich.«

Henri warf einen fragenden Blick zu Erec, der sich in ein unverbindliches Grinsen flüchtete und mit den Schultern zuckte.

»Gepriesen sei Gott, dass du so viel besser mit dem Schwert als mit dem Schnitzmesser umgehst, mein Lieber. Andernfalls wär ich verloren.«

Guillaume warf eine Handvoll Sand nach ihm. »Halt die Klappe, ich übe noch. Vielleicht mache ich auch einen Esel daraus. Und benenne ihn nach dir.«

Wieder lachten sie ausgelassen und genossen diesen Moment der Unbeschwertheit – vielleicht auch, weil sie ahnten, dass es für lange Zeit der letzte sein würde.

Kapitel 54

Grafschaft Champagne, Provins, Juni 1182

Als Pépin das schäbige Gasthaus in Provins betrat, war ihm, als sei seit dem letzten Besuch vor einem halben Jahr die Zeit stehen geblieben: Derselbe muffige, abgestandene Geruch, derselbe trubelige Lärm, und selbst die Essensreste und Bierlachen auf Boden und Tischen schienen noch dieselben zu sein. Das hielt Brice freilich nicht davon ab, eifrig alles aufzuschlabbern, was ihm vor die Schnauze kam.

»Pep? Pep, das Wiesel?« In einer Ecke sprang ein Blondschopf von seinem Platz auf. Kein anderer als Bastien. Und in seiner Gesellschaft befanden sich, neben ein paar unbekannten Gesichtern, auch Renard und die schmuddelige Vianne, seine alten Torballfreunde. »Bist du's wirklich?«

»Wer sonst?« Grinsend trat Pépin zu ihnen an den Tisch.

»Und den kleinen Brice hast du auch mitgebracht«, freute sich Bastien und kraulte den Hund hinter den Ohren. »Na ja, klein ist er nicht mehr. Hat sich ganz schön gemausert. Genau wie du, wenn ich's mir recht überlege.« Er musterte Pépin von oben bis unten, bis der sich ganz unbehaglich fühlte.

»Ach was, Unfug. Bin ganz der Alte.«

»Nein, Bast hat recht«, stimmte Vianne zu. »Du bist größer geworden. Und breiter an den Schultern.« Sie öffnete die Arme, wie um einen kapitalen Wels zu beschreiben. »Und kantiger, irgendwie.«

»Hört auf«, wehrte Pépin verlegen ab. »Lasst uns lieber

etwas trinken, ich lad euch ein.« Er gab der Schankmagd ein Zeichen und schnippte ihr eine Münze zu.

»Da musst du mich nicht lange bitten.« Bastien rückte zur Seite und klopfte auffordernd neben sich auf den frei gewordenen Platz. Bevor er sich setzte, wischte Pépin mit der Hand grob die Bank sauber, was ihm ein spöttisches Grinsen von Renard einbrachte. »Bist du jetzt unter die feinen Leute gegangen, Wiesel? Wenn man deine Klamotten so ansieht, könnte man's fast meinen.«

»Bist inzwischen Knappe, wie man hört«, bemerkte Bastien. »Und ist es wahr, dein Ritter dient dem normannischen König?«

Ein weiteres Mal ließ Verlegenheit Pépins Wangen glühen, und er zupfte an seinem Bliaut aus gutem Wollstoff, den Erec ihm unlängst vermacht hatte. »Ich … ja, dem Jungen König, das … das ist richtig.« Er sah auf seine Stiefel. Stiefel, an *seinen* Füßen …

»Was zur Hölle machst du dann *hier?*«, fragte Renard ehrlich verwundert. »Müsstest du nicht bei Hofe sein oder weiß der Teufel? Hattest du solche Sehnsucht nach drittklassigen Prügeleien, Schlamm und diesem Gesöff?«

Die Schankmagd, die Dünnbier vor ihnen abstellte, warf Renard einen strafenden Blick zu. Pépin nahm einen Schluck aus seinem Becher und hatte Mühe, nicht das Gesicht zu verziehen. Bei Gott, das saure Bier hatte ihm gewiss nicht gefehlt.

»Vielleicht verlangte es mich einfach nach einem Wiedersehen mit euch verlauster Bande. Und nach einem guten Torballspiel.« Er lachte schwach, doch die anderen machten weiterhin ratlose Gesichter.

Pépin räusperte sich und blickte in seinen Becher. Auf der Oberfläche dümpelte ein Insekt. Er fischte es beiläufig heraus und schnippte es davon. »Na ja, die Sache ist die: Das Leben bei Hofe ist … nicht so großartig, wie alle glauben. Den ganzen Tag trainieren, seinem Ritter alles hinterhertragen und abends beim Bankett die Becher füllen, ständig wird man rumgeschubst, überall Regeln und Vorschriften, und immerzu soll man sich *benehmen*. Von Torball verstehen die feinen Herren schon dreimal nichts.« Noch während er es aussprach, fiel ihm auf, wie großspurig das alles klingen musste. Er wusste nur zu gut, dass das Leben an der Seite von fahrenden Rittern oder im Trossvolk kaum je einen glanzvollen Moment bereithielt, oft genug schmutzig, hart und entbehrungsreich war. Doch in seiner Erinnerung war es das beste Leben, das er je gehabt hatte.

»Oh, das klingt furchtbar, du hast recht!«, höhnte Renard und schüttelte halb fassungslos, halb wütend den Kopf. »Wie wär's, ich geh an deiner Stelle zurück, und du übernimmst meine Arbeit hier in diesem Dreckloch?«

»Renard, ich …«

»Ehrlich, Pep! Du willst nicht allen Ernstes behaupten, ein Leben am Hofe des Jungen Königs, als Knappe in einer Mannschaft voller Turnierchampions wäre schlechter als … als das hier?« Er breitete die Arme aus und umfasste mit der Geste das ganze heruntergekommene Gasthaus einschließlich seiner schäbigen Gäste.

»Komm schon, so war das nicht gemeint.«

»Und wie genau war es gemeint?«

»Ich … ich wollte nur sagen, dass euer Leben hier um einiges freier und … zwangloser ist. Ich meine …«

Renard erhob sich kopfschüttelnd und spuckte neben sich auf den Boden. »Hab keine Zeit, mir das länger anzuhören. Ich muss mein freies, zwangloses Leben genießen – während ich meinem Ritter den Rost von der Rüstung kratze und seine stinkenden Klamotten wasche.«

»Verflucht, Renard …«

»Lass gut sein, Wiesel, jeder hat sein Kreuz zu tragen, nicht wahr? Kommst du, Bastien?«

Der Blonde zog die Schultern hoch und grinste entschuldigend in Pépins Richtung, folgte dann aber seinem Freund.

»Sehen wir uns morgen … zum Torball vielleicht?«, rief Pépin ihnen nach.

Renard schnaubte abfällig. »Du solltest besser die Finger

davon lassen. Nicht, dass du dir deine feinen Kleider dreckig machst.« Und damit verließen die beiden das Gasthaus, ohne sich noch einmal umzudrehen. Einzig Vianne war geblieben, blickte betroffen in ihren Becher, den sie mit beiden Händen umklammert hielt. Sie erschien ihm noch schmutziger als in seiner Erinnerung, und ein saurer Geruch nach Schweiß und geronnener Milch ging von ihr aus. War er tatsächlich auch einmal so gewesen?

Pépin seufzte schwer. Vielleicht war er gar nicht hier, weil er sich das Alte zurückwünschte, sondern weil er vor dem Neuen davonlief.

Nachdem er sein Pferd in einem Mietstall untergebracht hatte, streifte Pépin mit Brice an der Seite durch das bunte Zeltlager, das die Turnierstätte umgab. Mehr und mehr überkam ihn das Gefühl, fehl am Platz, irgendwie aus diesem Leben herausgewachsen zu sein. Aber wenn er hier nicht mehr hergehörte und gleichzeitig am Hof des Jungen Königs nicht willkommen war, wo war dann sein Platz? Wo sollte er hin?

Brice bellte kurz auf, und als Pépin den Blick hob, entdeckte er in einiger Entfernung Mila. Sie hatte ihn noch nicht bemerkt, war gerade damit beschäftigt, einem Mann die Hand zu verbinden.

Eine tröstende Wärme durchströmte Pépin bei ihrem Anblick. Wie hatte er sie vermisst, seine gutherzige und schwesterliche Freundin! Als ihr Patient sich verabschiedet hatte, trat er zu ihr hin.

Mila schnappte überrascht nach Luft und machte große Augen. »Pep! Was treibst du hier?«

Bevor er auch nur ein Wort herausbrachte, hatte sie ihn bereits in die Arme geschlossen und drückte ihn herzlich an sich. »Heilige Muttergottes, ist das schön, dich zu sehen! Wie geht es dir? Und den anderen? Es sind doch keine schlechten Nachrichten, die dich herführen?«

»Ich werd dir alles erzählen, wenn du mich lässt«, murmelte er unter ihren Armen hervor, woraufhin Mila ihn losließ und mit einem schuldbewussten Lächeln von sich schob. Sie musterte ihn.

»Du bist gr…«

Rasch hielt Pépin ihr den Mund zu. Er wollte nicht schon wieder über Veränderung reden. Er wollte, dass wenigstens einen kurzen Augenblick lang alles war wie früher.

Mila nickte verstehend. »Komm, setz dich ans Feuer und iss etwas. Ich hab noch etwas Grütze im Kessel.« Sie schöpfte eine Schale voll und reichte sie ihm.

Das ließ Pépin sich nicht zweimal sagen. Gierig machte er sich darüber her. Zugegeben, verglichen mit dem, was an Henris Hof selbst den Knappen aufgetischt wurde, war der Brei geradezu fade. Aber statt nach Schmalz und Gewürzen schmeckte diese Mahlzeit nach Nestwärme, nach Freundschaft, nach guten Erinnerungen und war somit genau die Art Nahrung, die Pépin im Moment am nötigsten brauchte.

Mila wartete geduldig, bis er aufgegessen hatte, und füllte ihm die Schale ein zweites Mal großzügig. Auch diese Portion verschlang er beinahe vollständig, ließ lediglich einen Rest übrig, den er an Brice weiterreichte.

Erwartungsvoll sah ihn seine Freundin an, doch es dauerte eine Weile, bis er sich gesammelt hatte und endlich aussprach, was in ihm rumorte. »Diese … ganze Knappensache … läuft nicht besonders gut.«

Mila nickte nur, ließ ihn einfach weitersprechen. Und mit rauer Stimme und brennenden Augen redete Pépin sich seinen Kummer von der Seele.

Er berichtete von seinem schweren Stand bei den Ausbildern, von dieser Schlangengrube missgünstiger Knappen und Ritter, von dem katastrophalen Torballspiel, den unberechtigten Vorwürfen und seinem Zerwürfnis mit Erec.

»Er vertraut mir nicht, glaubt eher diesen hochgeborenen Drecksäcken, obwohl mit denen irgendwas faul ist, das ist so sicher wie das Amen in der Kirche. Und das trifft auch auf Valéry zu.«

Mila horchte auf. »Valéry? Was hat er damit zu tun?«

»Er ist wieder aufgetaucht, steht jetzt als Söldner im Dienst des Grafen von Flandern und lebt als sein Mittelsmann an Henris Hof. Dabei benimmt er sich ziemlich seltsam, wenn du mich fragst. Aber wer hört schon auf einen Dieb und Herumtreiber?«

Mila rückte näher und zog ihn tröstend an ihre Schulter. »Diese Holzköpfe begreifen nicht, was sie an dir haben.«

»Und meine alten Torballkumpels können ebenfalls auf meine Gesellschaft verzichten, wie sie mir vorhin klargemacht haben.« Er zog schniefend die Nase hoch. »Wie es scheint, gehör ich ... nirgends mehr dazu, weder in mein altes noch in mein neues Leben. Als würde ich irgendwo dazwischen feststecken.«

Mila drehte ihn an den Schultern zu sich und sah ihn eindringlich an. »Vielleicht musst du das ja auch gar nicht, auf eine Seite gehören, meine ich. Vielleicht besteht deine Stärke, dein Vorteil genau darin, dass du dich *zwischen* diesen beiden Welten bewegst, Pep.«

»Wie meinst du das?«, fragte er und wischte sich mit dem Ärmel die Nase ab.

»Ich denke, statt sie zu verleugnen, solltest du deine Fähigkeiten und Talente annehmen. Ganz gleich, ob sie von den einen als ritterlich und aufgeblasen oder von den anderen als unfein betrachtet werden. Diese Mischung aus beidem ist es, was dich besonders macht. Du musst nicht allen gefallen.« Sie zuckte mit den Schultern und grinste. »Was du allerdings lernen musst, ist, wann du welcher deiner Seiten freien Lauf lässt.«

Jetzt lächelte auch Pépin. Er verspürte eine schwer zu fassende Erleichterung. Das klang nach einem Weg, nach einem machbaren Plan. Einer Möglichkeit, zu bleiben, wer er war, und gleichzeitig die Veränderungen zu begrüßen. Warum nicht alles zugleich sein? Pep, der Straßenbengel, Pep, das Wiesel, Pep, der Knappe, vielleicht irgendwann sogar Pep, der Ritter.

Kapitel 55

Grafschaft Champagne, Troyes, Juni 1182

Armand saß unweit des Grafenpalastes auf einem Mäuerchen am Rande des Kanals und ließ ein Bein baumeln. Auf dem angewinkelten zweiten ruhte seine Laute wie ein schlafender Säugling. Doch statt zu musizieren, beobachtete er das muntere Treiben auf den Straßen oder sah den schwer beladenen Kähnen nach, die durchs Wasser gestakt wurden. Er hatte es für unmöglich gehalten, doch jeden Tag, den die große Messe näher rückte, nahm die Zahl der Menschen in Troyes weiter zu, und die Stadt verwandelte sich in einen riesigen summenden Bienenstock.

Er konnte gar nicht genug davon kriegen. Seit seiner Ankunft verbrachte er nahezu täglich die eine oder andere Stunde hier am Wasser, um sich von dem bunten Gewimmel inspirieren zu lassen.

»Dacht ich's mir doch, dass ich dich hier finde.« Es war Damiens Stimme, die ihn aus seinen Betrachtungen riss, und einen Augenblick später ließ sich der Ritter neben ihm auf der Mauer nieder. »Und? Von wem wird dein neues Lied wohl handeln?«, erkundigte er sich und folgte Armands Blick. »Von dem Händler dort drüben, der aussieht wie ein Heringsfass, oder von den schwatzenden Wäscherinnen?«

»Oh, viel interessanter finde ich diese Herrschaften dort.« Armand nickte in Richtung zweier Zisterzienser und eines Tempelritters mit leuchtend rotem Tatzenkreuz auf dem weißen Mantel, die diskutierend beieinanderstanden.

»Kein allzu seltener Anblick hier«, sagte Damien. »Die neue Templerkommende Avalleur befindet sich keinen Tagesritt von Troyes entfernt, und die Zisterzienserabtei von Clairvaux ist auch nicht viel weiter weg. Der heilige Bernard selbst hat damals die Ordensregeln der Templer mitverfasst, heißt es.« Damien seufzte leise. »Mein Vater wollte immer, dass ich mich diesen Kriegermönchen anschließe. Er dachte wohl, das sei … das Richtige für mich.«

Überrascht wandte Armand ihm den Blick zu. »Und weshalb ist es nicht dazu gekommen?«

»Tja, den Frauen hätte ich gewiss entsagen können, aber, Himmel, nie und nimmer dem Turnier.«

Sie lachten.

»Wie es aussieht, sind wir beide eine einzige Enttäuschung für unsere Väter«, sagte Armand.

Wieder lachten sie, lehnten sich aneinander, und ein wohliger Schauer aus Wärme, Lachen, Licht durchströmte Armand. Er hätte nicht für möglich gehalten, sich so schnell an einem neuen Ort zu Hause fühlen zu können. An einem Ort ohne Erec. Und das war in erster Linie Damiens Verdienst, der ihn so selbstverständlich und freundlich in diesen Kreis eingeführt hatte.

»Ich habe nach dir gesucht«, eröffnete Damien unvermittelt. »Es gibt Neuigkeiten: Mein Dienstherr, Graf Philipp, wird auf seiner Rückreise vom deutschen Kaiser noch heute in Troyes Station machen. Gerade ist sein Voraustrupp eingetroffen.«

»Tatsächlich?«

»Ja. Und gewiss wird er einige Zeit hier verweilen wollen.«

Armand verspürte eine seltsame Erleichterung bei dieser Ankündigung, bedeutete es doch, dass ihm Damien noch etwas länger Gesellschaft leisten würde.

»Wie du sicher weißt, liebt Philipp Musik und Dichtkunst, noch mehr als das Turnier vielleicht. Und wo wäre er damit besser aufgehoben als an Maries Hof?« Jetzt grinste Damien breit. »Und die Gräfin hat beschlossen, dass niemand anderes als du heute Abend beim Empfang aufspielen soll.«

Armand errötete leicht. »Was für eine unerwartete Ehre.«

»Unerwartet vielleicht, aber gewiss nicht unverdient. Ich bin überzeugt, Gräfin Marie möchte ein bisschen mit dir angeben.«

»Jetzt übertreibst du.«

Damien schüttelte nachsichtig den Kopf. »Deine Bescheidenheit ist irgendwie … drollig, aber unnötig, Armand. Und unter uns: Ich hab gehört, Moniot d'Arras schäumt vor Eifersucht, dass er nicht ausgewählt wurde. Besser, du kümmerst dich jetzt um dein Programm für den Abend. Zu Sonnenuntergang erwartet man dich und deine Laute im kleinen Saal.«

»Was hieltet Ihr davon, wenn wir uns zusammentun würden, Marie?«, erkundigte sich Graf Philipp und beugte sich zu seiner Gastgeberin hin, die wie er in einem bequemen Lehnstuhl am Kamin saß. Er lächelte ein perfektes Lächeln, wie überhaupt alles an ihm perfekt war, von den ordentlich frisierten Haaren über die erlesene Kleidung bis hinunter zu den polierten Stiefelspitzen.

Bei seinen Worten horchte Armand auf. Was deutete Philipp da an? War es das, was Armand vermutete? Erst Henri, dann der deutsche Kaiser, jetzt eine Verbindung mit der Champagne. Nein, an Ehrgeiz fehlte es dem Grafen gewiss nicht, und er warf in alle Richtungen seine Netze aus. Doch wie kam er dazu, so offen zu sprechen, während Dritte mithörten?

Aber vermutlich hätte ihn das nicht überraschen dürfen, denn er hatte schon häufiger die Erfahrung gemacht, dass Musiker im Laufe eines Abends mehr und mehr unsichtbar wurden, beinahe wie Möbelstücke, deren Anwesenheit man früher oder später zu vergessen pflegte – was oft unerwartete Einblick in intime Situationen eröffnete.

Während des üppigen Mahls war Armands Lautenspiel wenig Aufmerksamkeit zuteilgeworden, ausgenommen von

Damien, der ihm aufmunternd zugezwinkert hatte. Und auch nachdem die Tafel aufgehoben worden war, einige Gäste die Halle verlassen und die übrigen sich zu plaudernden Grüppchen zusammengefunden hatten, gab es für Marie und den Grafen von Flandern offenbar derart Wichtiges zu bereden, dass sie sich an den Kamin zurückzogen und den Lautenklopfer auf seinem Podest kaum wahrnahmen.

Mit ihm angeben? Wohl kaum. Vielleicht hätte Armand darüber gekränkt sein sollen. Andererseits …

»Hört mich an, Marie«, fuhr der Graf mit ungewohnter Dringlichkeit fort. »Die Verbindung unserer Häuser würde uns beiden Vorteile bringen, eine Bündelung von Macht.«

Marie musterte ihn kühl. »Ich erkenne wenig Nutzen für mich oder meinen Sohn, dafür aber umso mehr für Euch. Warum sprecht Ihr nicht offen und gebt zu, dass es hier allein um die Ausdehnung *Eurer* Macht geht? Eine Verbindung mit der Grafschaft Champagne würde die Größe Eures Einflussgebiets nahezu verdoppeln, politisch wie wirtschaftlich.«

»Denkt an die Sicherheit der Grafschaft, Marie. Die zurückliegende Auseinandersetzung mit dem französischen König und den Angevinen hat gezeigt, wie wichtig schlagkräftige Allianzen und loyale Freunde sind.«

»Aber wir haben diesen letzten Krieg verloren, trotz Eurer *tatkräftigen* Unterstützung. Und was Eure Loyalität betrifft, die ist ein flatterhaftes Wesen, wenn Ihr mich fragt.«

Armand musste sich ein Schmunzeln verkneifen. In der Tat, Maries Verstand arbeitete schnell und messerscharf. Sie dachte nicht daran, ein Blatt vor den Mund zu nehmen. *Ganz Königin Eleonores Tochter.*

Und was Philipps wankelmütige Loyalität anging, so traf dieser Punkt gewiss auch auf seine fragwürdige Wiederannährung an den Jungen Henri zu. Offenbar hielt er sich gern alle Optionen offen. Ein Taktiker durch und durch. Oder ein Krämer, der stets nach dem besten Geschäft Ausschau hielt.

»Das ist das Spiel der Macht, meine Liebe«, beschied der

Graf kühl. »Und als meine Ehefrau könntet Ihr Euch meiner lebenslangen uneingeschränkten Unterstützung und Aufrichtigkeit sicher sein.«

»Ach, ist dem so?« Marie sah den Grafen furchtlos und herausfordernd an. Eine Weile hing ihre Frage unbeantwortet in der Luft. Ihm schien vollkommen klar zu sein, worauf die Gräfin anspielte, doch wollte er dazu lieber schweigen.

»Lasst mich ganz offen sein, Philipp: Ich habe meine Pflichten als Ehefrau erfüllt, habe meinem verstorbenen Mann gleich mehrere Erben geboren. Immer wieder habe ich diese Grafschaft in seiner Abwesenheit verwaltet und regiere sie jetzt im Namen meines unmündigen Erstgeborenen. Mein Land ist reich und fruchtbar, meine Vasallen sind treu. Vielleicht zum ersten Mal in meinem Leben entscheide ich frei und ungebunden, zum ersten Mal bestimme ich selbst über mich. Sagt mir, wozu sollte ich einen Ehemann wollen?«

»Die Zeiten können sich ändern. Manchmal sehr unerwartet«, wandte Philipp ein. »Die Macht des Hauses Anjou ist nicht unangefochten und kann jederzeit in sich zusammenfallen. Dazu bedarf es gar nicht viel, wenn man bedenkt, wie viel Zwist und Missgunst unter Söhnen und Vater herrschen. Macht und Einfluss des Thronfolgers hängen ausschließlich am Turnier. Und an einem einzigen weitsichtigen Mann an seiner Seite ...«

Diese Worte ließen Armand aufhorchen. Was meinte der Graf damit? Wusste er von einer konkreten Bedrohung?

Marie brachte ihn mit einer entschiedenen Geste zum Schweigen. »Genug! Meine Antwort lautet Nein. Und ich wünsche nicht länger darüber zu sprechen. Lasst uns stattdessen etwas Erfreuliches tun und meiner neuesten Entdeckung Gehör schenken. Ihr werdet es nicht bereuen.«

Das Lächeln kehrte auf Philipps Lippen zurück, und er nickte. »Wie Ihr beliebt, Hoheit.«

Armand fand gerade noch genug Zeit, sich zu sammeln und die Schultern zu straffen, bevor sich alle Aufmerksamkeit auf ihn richtete. Als habe man ihn vom einen auf den anderen

Augenblick aus den Schatten ins Licht gezogen. Doch dafür war er schließlich hier, dafür hatte er geprobt, genau für einen solchen Moment hatte er das Lied ersonnen und ausgewählt.

Auf Maries aufforderndes Nicken hin begannen seine Finger wie von selbst über die Saiten zu tanzen, und die Musik tat ein weiteres Mal ihr Wunder an ihm, ein wenig, als sei er selbst das Instrument, das Werkzeug einer höheren Macht, welche die unglaublichsten Melodien aus ihm heraus schuf, während sein Herz den Takt dazu vorgab.

Nachdem der Bann von ihm gewichen und seine Stimme verstummt war, hielt er noch einige Herzschläge die Augen geschlossen. Als er schließlich aufblickte, glaubte er, einen überraschten Ausdruck auf Graf Philipps Gesicht auszumachen, gefolgt von einem anerkennenden Lächeln und einem Nicken.

»O nein, Philipp, denkt nicht einmal daran«, ging Marie dazwischen. »Ihn werdet Ihr mir nicht auch noch wegschnappen. Nicht, nachdem Ihr mir bereits Chrétien abspenstig gemacht habt.«

»Wollt Ihr mich denn völlig ohne Trost lassen, kaltherzige Gräfin?«

»Glaubt mir, seit ich aufgehört habe, den Bitten und Erwartungen von Männern zu entsprechen, ist mein Leben um so vieles besser geworden.« Marie erhob sich von ihrem Sitz. »Entschuldigt mich, ich muss mich noch um meine anderen Gäste kümmern. Und untersteht Euch, Armand einzuwickeln!« Mit einem messerscharfen Lächeln nickte sie ihnen zu und wandte sich ab.

»Eine Furcht einflößende Frau«, bekannte Philipp, als sie außer Hörweite war. Und er sagte es mit solcher Inbrunst, dass Armand lachen musste. Schließlich grinste auch der Graf, beinahe komplizenhaft. Schnell jedoch wurde er wieder ernst und sah Armand unverwandt an. »Ihr besitzt außergewöhnliches Talent, junger Freund. Und ich muss gestehen, es betrübt mich ein wenig, dass Marie Euch vor mir entdeckt hat. Natürlich würde ich nie wagen, ihren Wunsch zu missachten, aber sollte es Euch je zu neuen Herausforderungen ziehen, meine Tür steht Euch offen.«

Armand spürte wieder einmal Hitze in seine Wangen steigen. »Das ist sehr gütig von Euch, Hoheit.«

»Ach, Ihr verwechselt Güte mit Eigennutz. Ich bin ein viel beschäftigter Mann, zahlreiche Aufgaben und Verpflichtungen zehren Tag für Tag an mir. Poesie und Musik gehören zu den wenigen Dingen, die mir wahrhaftig Freude und Zerstreuung bieten, aus denen ich Kraft ziehen kann.« Er seufzte. »Gott zeigt uns jeden Augenblick die Vollkommenheit seiner Schöpfung – in der Perfektion eines Spinnennetzes, im vollendeten Kreis, den ein Regentropfen in die Oberfläche einer Pfütze zeichnet. Oder eben in der Kunst, besonders der Musik. In ihr wird auf schönste Weise sichtbar, dass der Allmächtige den Menschen nach seinem Bild geschaffen hat, sie ist Ausdruck seiner Schöpferkraft in uns. Ich denke, daher versteht sie es wie nichts anderes auf der Welt, unser Herz zu berühren.«

Armand nickte benommen. Besser hätte er es nicht ausdrücken können. Überrascht stellte er fest, dass der Graf sich ihm in diesem Moment offen und ohne Berechnung zeigte – als gewährte ihm diese unerwartete und durchaus irritierende Verbundenheit einen kurzen Blick auf den Mann, der Philipp hätte sein können, hätten Machthunger und Ehrgeiz nicht das Zepter übernommen.

Kapitel 56

Grafschaft Champagne, Troyes, Juni 1182

Der Graf empfing Valéry allein in den komfortablen Gemächern, die Marie ihm für die Zeit seines Aufenthalts zur Verfügung gestellt hatte.

Ein seltsames Lächeln umspielte Philipps Lippen, als Valéry ihm über die jüngsten Ereignisse Bericht erstattete. Henri würde der Aufforderung von Bruder und Vater Folge leisten und mit seinen Truppen nach Aquitanien ziehen.

»Wie es aussieht, hat Richard also selbst Mittel und Wege gefunden, seinen Bruder an die Leine zu nehmen. Klug von ihm.« Gemächlich wanderte er in dem geräumigen Zimmer auf und ab. »Und der Junge Henri lässt sich wie ein Stier am Nasenring herumführen. Wer hätte das gedacht.«

»Ganz so ist es nicht, wenn Ihr mich fragt, Hoheit.« Auch wenn Erec sich in ihren Gesprächen stets äußerst diskret verhielt, war es Valéry gelungen, die eine oder andere Andeutung herauszuhören und eigene Schlüsse zu ziehen. »Ich denke, Henri durchschaut sehr wohl, was für ein Spiel gespielt wird. Dennoch hat er sich entschlossen, vorerst mitzumachen. Aber ich bin keineswegs sicher, ob er dabei nicht eigene Interessen verfolgt. Wir sollten nicht den Fehler begehen, ihn zu unterschätzen.«

»Oder den Marschall, nicht wahr?«, ergänzte Philipp. »Wie steht es mit deinem … Vorhaben, was ihn betrifft? Kommst du voran?«

Valéry faltete die Hände, um sie am Zittern zu hindern.

Den ganzen Weg hierher hatte er über die Details nachgedacht, und inzwischen war aus der ersten Idee ein durchaus tragfähiger Plan geworden. Ein Plan, der in seiner Konsequenz so verheerend wäre, dass es Valéry Angst einjagte.

Er nickte. »Ich … denke schon. Wenn die Sache gelingt, wird sie den Marschall in den Abgrund reißen. Und nicht nur ihn.«

In kühlen, klaren Worten legte er dem Grafen die Einzelheiten seines Plans dar. Und ein wenig erschrak er, mit welcher Ruhe er darüber sprach, gleich mehrere Existenzen zu vernichten. Wann war er zu diesem Menschen geworden?

Als er endete, war Graf Philipps Gesichtsausdruck schwer zu durchschauen. »Das ist perfide. Und heikel. Außerdem erfordert es gute Vorbereitung. Und Glück. Aber es könnte funktionieren. Und das Gute ist, sollte die Sache scheitern, wird sie schwerlich auf uns zurückfallen.«

»Selbst im Falle eines Scheiterns wird die Angelegenheit Wirkung entfalten, Hoheit. Auch Gerüchte können wie Pech an einem Namen kleben. Fatal in einer Welt, in der mit Ehre bezahlt wird.«

»Wohl wahr.« Philipp lächelte mokant, holte einen Münzbeutel aus einer seiner Reisetruhen und reichte ihn Valéry. »Gute Arbeit, d'Anier. Leite alles Nötige in die Wege, zieh die anderen hinzu, sofern nötig, und sorg dafür, dass nichts nach außen dringt. Und sobald Henri und seine Männer aus Aquitanien zurückkehren, bring die Sache ins Rollen.«

Armand hatte sich in sein Zimmer im Gästequartier zurückgezogen und vertraute seinen Kummer der Laute an, ließ Sorge und Traurigkeit mit jedem einzelnen Ton aufsteigen und verklingen. Zumindest versuchte er es. Heute wollte es ihm nicht recht glücken. Zu fest hatte sich die Angst in sein Herz gekrallt. Valéry war in die Stadt gekommen. Und er hatte schlechte Nachrichten mitgebracht.

Krieg. Und Erec mittendrin. Zum ersten Mal.

Die zurückliegende Zeit in Troyes, die herzliche Aufnahme an Maries Hof und Damiens freundschaftliche Gesellschaft hatten Armand fast vergessen lassen, was – wen – er in Pirou zurückgelassen hatte. Die Nachricht heute zeigte ihm jedoch schlagartig, dass man ein so altes und fest geknüpftes Band nicht von einem auf den anderen Moment durchtrennen konnte. Und diese Verbindung riss nun schmerzhaft an seinem Herzen.

Was würde es mit ihm machen, sollte sein Freund fallen?

Fast verzweifelt sang er gegen die Angst an, tief über die Laute gebeugt. Erst als eine zweite Stimme in das bekannte Lied einfiel, bemerkte er Damien an der Tür. Kurz stockte Armand, schloss dann jedoch wieder die Augen und sang weiter, gemeinsam mit dem Ritter, der den kleinen Hocker nahm und sich zu ihm neben das Bett setzte. Es tat unerwartet gut, diesen Augenblick mit jemandem zu teilen, ein bisschen von der Last abzugeben, die ihm aufs Herz drückte.

Anschließend sagte Damien nichts, wenngleich Armand sicher war, dass er den Grund seines Kummers erahnte. Stattdessen leistete er ihm einfach still Gesellschaft und wartete, bis Armand bereit war zu reden.

»Es wird das erste Mal sein, dass Erec … dass sie alle im Feld stehen. In einem echten Kampf, auf Leben und Tod.«

»Das ist es, was wir seit Jahren im Turnier trainieren«, entgegnete Damien sanft. »Und Erec ist einer der Besten von uns, deswegen hat der Marschall ihn ausgewählt. Du solltest dich nicht allzu sehr sorgen.«

»Ein Lob für Erec? Aus deinem Mund? Ich dachte immer, du kannst ihn nicht ausstehen.« Vielleicht wollte er sich mit der Frage von seinen düsteren Gedanken ablenken, aber tatsächlich überlegte er schon lange, wo diese Abneigung ihre Wurzeln hatte. »Warum dieser Zwist zwischen euch?«

Damien gab ein Schnauben von sich und drehte den Kopf zur Seite. »Ach, das … das ist …« Er wirkte beinahe verlegen.

»Ja?«

Als der Ritter ihm wieder das Gesicht zuwandte, zeigten Wangen und Stirn eine schwache Röte. »Eigentlich ist es albern«, gab er zu. »Erec ... hat mir nichts getan. Anders als du vielleicht annimmst, gibt es keinen konkreten Vorfall, keine Demütigung oder Provokation, die unseren Zwist ausgelöst hätte oder am Ende rechtfertigen würde. Die beschämende Wahrheit ist, dass ich den Streit angefangen habe, ohne dass Erec mir einen Anlass gegeben hätte, und dann hat sich das Ganze irgendwie ... verselbstständigt.«

Armand sah ihn mit gerunzelter Stirn an. »Das verstehe ich nicht. Aus welchem Grund solltest du das tun?«

Damien war die Angelegenheit sichtlich unangenehm, er rutschte auf seinem Schemel herum, schließlich seufzte er. »Aus Eifersucht, nehme ich an.«

»Eifersucht?« Armand stieß ein ungläubiges Lachen aus. »Auf was um Himmels willen hättest du eifersüchtig sein können, Damien? Du hattest alles, ein perfektes Schlachtross, eine prächtige Rüstung, Waffen, Geld, Förderer. Verglichen damit waren wir – wie hast du es so treffend ausgedrückt? – schmutzige Gossenritter?«

Verlegen rieb sich Damien die Nase und grinste. »Das habe ich gesagt?«

»Ja, das waren ziemlich genau deine Worte.«

»Nein, es ging mir nie um die Ausrüstung«, erklärte Damien leise, »nicht einmal um Erecs außerordentliche Fähigkeiten und Erfolge. Meine Eifersucht bezog sich vielmehr darauf, dass ... dass er treue Freunde, Menschen wie ...« Er holte zitternd Luft. »Dass er dich an seiner Seite haben konnte.«

Unvermittelt fühlte Armand ein seltsames Prickeln über seine Arme kriechen. »Damien, ich ...« Er brach ab, nickte nur. Es gelang ihm nicht, den Ritter anzusehen, spürte aber seinen forschenden Blick auf sich. Was sollte er darauf entgegnen? Er war nicht einmal sicher, ob er es richtig verstand.

Keiner wagte zu sprechen. Nach und nach errichtete das Schweigen eine Mauer zwischen ihnen.

Bevor diese unüberwindlich wurde, ergriff Armand das Wort, wechselte aber das Thema.

»Graf Philipp – er hat eine seltsame Bemerkung gemacht, die mir nicht aus dem Kopf geht.« Jetzt sah er doch zu Damien, der ihn unverwandt anblickte, die Augen blank und groß. Er öffnete den Mund, als wolle er etwas völlig anderes sagen, dann schloss er ihn wieder und nickte nur auffordernd.

Armand räusperte sich. »Er meinte so etwas wie, die Macht Anjous stehe auf tönernen Füßen und könne jederzeit in sich zusammenfallen. Es brauche nicht viel, um sie zum Einsturz zu bringen, und das könne schon bald so weit sein. Weißt du, was er damit meint? Ist irgendwas im Gange? Oder hat er das nur so dahergesagt?«

Damien überlegte. »Wie du dir denken kannst, ist sein Verhältnis zu den Plantagenêts schon länger angespannt – genau genommen, seit sich der Alte Henri zu einer Art Schutzherr Dieudonnés aufgeschwungen hat und zusammen mit seinen Söhnen dessen Kämpfe ausficht. Das hat Graf Philipp zuletzt empfindliche Niederlagen beschert.«

»Aber sein Groll gegen Anjou hat ihn nicht daran gehindert, erneut mit dem Jungen Henri anzubandeln.«

Damien zuckte mit den Schultern. »Graf Philipp ist bestrebt, sein Reich und seinen Einfluss zu stabilisieren und auszudehnen; darin unterscheidet er sich nicht von Henris Vater oder anderen Herrschenden. Allerdings hat er, im Gegensatz zum Alten König, keine Kinder, die er zu diesem Zweck gewinnbringend verheiraten könnte, also muss er zu anderen Mitteln greifen. Lange hat er gehofft, sich über den französischen König Macht und Einfluss zu sichern, doch das ist zuletzt gründlich schiefgegangen. Jetzt sucht er sich neue Ziele, mit mal mehr, mal weniger Erfolg. Das mag nicht besonders sympathisch erscheinen, aber schlau ist es allemal. Wie man hört, hat er Barbarossa angeboten, dessen Söhne als Erben einzusetzen, sollte er selbst ohne Nachkommen bleiben – was den Kaiser gewiss für ihn eingenommen hat. Und er wirbt um Gräfin Marie, schließlich sind sie Nachbarn, und mit der Champagne würde er sich gegenüber Frankreich und den Angevinen enorme territoriale Vorteile verschaffen.«

Armand schüttelte den Kopf. »Glaub mir, an Marie wird er sich die Zähne ausbeißen.«

»So viel ist sicher, bei Gott.« Sie lachten. »Vielleicht war das auch der Grund für seine Bemerkung bezüglich Anjou. Vielleicht wollte er ihr ein bisschen Angst einjagen, um sie gefügig zu machen.«

»Womöglich hast du recht«, überlegte Armand. Aber gleichzeitig dachte er an Valérys Auftauchen. Früher hatten sie ihn wegen seiner schwarzen Kleidung oft scherzhaft als Krähe bezeichnet. Aber was, wenn er diesmal wirklich als Unglücksbote unterwegs war und schlechte Nachrichten von Henris Hof brachte, über den drohenden Krieg hinaus?

Seine Sorge musste Armand im Gesicht gestanden haben. Plötzlich fühlte er eine tröstende Hand auf seinem Arm, und als er aufblickte, sah Damien ihn direkt an. Unsicher, mitfühlend.

Rasch senkte der junge Ritter den Blick, wollte die Hand wieder wegziehen, doch Armand legte seine eigene darüber und hielt sie fest.

Kapitel 57

Herzogtum Aquitanien, Juni 1182

Seit über einer Woche waren sie nun unterwegs Richtung Süden, nach Puy Saint-Front im Périgord, wo der Alte König und Herzog Richard sie erwarteten. Das Wetter war ihnen gewogen. Es war trocken, aber nicht zu warm, und niemand hatte bisher gewagt, sie in irgendeiner Weise zu behelligen. Wenn sie weiter so gut vorankamen, würden sie die belagerte Stadt in spätestens zehn Tagen erreichen.

Sauber aufgereiht und in voller Rüstung bewegten sie sich entlang der Römerstraße vorwärts, knapp zweihundert Berittene, außerdem gut ebenso viele Fußkämpfer und der Tross. Henri hatte darauf verzichtet, die von Graf Philipp angebotenen Söldner für dieses Unternehmen anzufordern. Das hatte verschiedene Gründe, nahm Erec an. Der wichtigste war vermutlich, dass er diese zusätzlichen Krieger in der Hinterhand behalten und den möglichen Überraschungsvorteil, den sie versprachen, nicht vorschnell verspielen mochte. Zu welchem Zweck auch immer.

Erec wollte nicht weiter darüber nachgrübeln, denn er war sicher, die Erkenntnisse würden nicht eben zu seiner Beruhigung beitragen. Schon jetzt verspürte er eine unangenehm kribbelnde Nervosität. Für ihn und seine Männer war es ebenso wie für einen Teil von Henris übrigen Rittern der erste Einsatz im Feld. Das erste Mal würden sie ihre Waffen nicht in einem Spiel gebrauchen, sondern zum Zweck, Tod und Verderben über andere zu bringen. Natürlich war ihm klar, dass sie genau dazu ausgebildet wurden, doch hatte diese Vorstellung wenig Tröstliches, schließlich galt das Gleiche für ihre Gegner. Und auch Henris Bemerkungen am Strand klangen ihm noch im Ohr.

Sein Blick fiel auf Josce und Lionel. Sie scherzten und feixten miteinander, waren seltsam aufgekratzt, als wüssten sie nicht so recht, wohin mit ihrer Unruhe. Und wer weiß, vielleicht sahen sie ihrem ersten echten Gefecht tatsächlich mit einer gewissen Vorfreude entgegen. Bluttaufe – nannte man es nicht so? Erec fürchtete sich nicht davor, aber es fühlte sich an, als wären sie dabei, ihre Unschuld zu verlieren. Einmal mehr wünschte er sich Armand und seinen klugen Rat, seine Ehrlichkeit und bedingungslose Freundschaft an die Seite. Doch gleichzeitig war er froh, dass dem Troubadour erspart bleiben würde, was sie womöglich erwartete. Genovefa hatte recht: Das hier war nicht Armands Welt. Trotzdem fehlte er ihm. Genau wie Pep, der kleine Gauner. Und Genovefa selbst.

»Du siehst besorgt aus.« Erst jetzt bemerkte Erec, dass der Marschall sein Pferd neben ihn gelenkt hatte. Seit dem Ausflug ans Meer war auch Erec zur vertraulichen Anrede übergegangen. Aus ihrer Verbundenheit war Verschworenheit, vielleicht sogar Freundschaft geworden.

»Ja, vermutlich bin ich besorgt«, gab er zu. »Ich wüsste gern, was uns erwartet.«

Guillaume nickte. »Geht uns allen so. Warten und Ungewissheit sind die schlimmsten Feinde eines Mannes, wenn du mich fragst. Kämpfe gegen diese beiden können wir nur allein und in unserem Kopf austragen und kaum gewinnen. Selten kommt etwas Gutes dabei heraus.«

So viel war gewiss.

»Ich danke Gott, dass Herzog Geoffroy mit seinen gefährlichen Provokationen und Sticheleien nicht hier ist«, ergänzte der Marschall, »das würde die Sache nicht besser machen.«

»Dasselbe gilt für de Born.« Schon vor ihrem Aufbruch hatte Henri Bertran de Born und die anderen Aquitanier und

Poiteviner aus seinem Haushalt entlassen – zumindest vorübergehend –, und unmittelbar darauf waren sie aus Pirou verschwunden. Der Junge König hatte ihnen wohl ersparen wollen, sich gegen ihre Familien und Landsleute stellen zu müssen. Und gleichzeitig wäre es gewiss nicht klug gewesen, seinem Vater und Richard durch ihre Anwesenheit Zweifel an seiner Loyalität zu geben.

»Da hast du recht«, stimmte Guillaume zu. »Diesen Hitzkopf vermisse ich noch weniger als Geoffroy. Aber ich fürchte, Henri braucht keinen von beiden, um sich in Schwierigkeiten zu bringen.«

»Wie meinst du das?«

Der Marschall rückte etwas näher zu ihm auf und senkte die Stimme. »In etwa einer Woche passieren wir Limoges. Henri hat sich in den Kopf gesetzt, dort haltzumachen und die Abtei mit dem Schrein des heiligen Martial zu besuchen, ein bedeutender Wallfahrtsort in dieser Gegend. Am letzten Junitag wird dort das Fest des Heiligen begangen.«

»Was wäre verwerflich daran, sich vor den Kämpfen seines Beistands zu versichern?«

»Vermutlich nichts – wäre Limoges nicht die Stadt des Vizegrafen Adémar, Halbbruder der beiden Rädelsführer der derzeitigen Rebellion und ein erklärter Feind Herzog Richards. Es heißt, sie und ihre Unterstützer hätten sich ebendort zum Aufstand verschworen. Und auch der Abt von Saint Martial, Thibaut de Cluny, gilt nicht eben als Freund des Herzogs, im Gegenteil. Ich fürchte, weder Richard noch der Alte König würden es besonders wohlwollend aufnehmen, sollte sich Henri auf ein Treffen einlassen.«

»Verstehe.«

»Gar nicht zu reden von der symbolträchtigen Bedeutung von Limoges«, fuhr der Marschall fort. »Von jeher findet dort ein Teil der Ernennungszeremonie der Herzöge von Aquitanien und Grafen von Poitou statt. Noch dazu ist es *der* Ort, an dem es damals vor der Rebellion der Königssöhne zum öffentlichen Zerwürfnis zwischen dem Alten und dem

Jungen Henri kam. Sein Auftauchen in Limoges könnte also in vielfacher Hinsicht als Provokation aufgefasst werden.«

»Himmel, offenbar kann man als König keinen Schritt tun, ohne irgendwen gegen sich aufzubringen.«

»Genau um das zu verhindern, hat Henri seine Berater, nicht wahr? Allerdings nützt das wenig, wenn er ihren Rat in den Wind schlägt. Und diesmal zeigt er sich ungewöhnlich stur.« Guillaume seufzte schwer. »Keine Ahnung, was gerade in seinem Kopf vorgeht. Ich frage mich, ob ihm Geoffroy oder die Unruhstifter aus seinem eigenen Haushalt mit ihren aufrührerischen Reden Flöhe ins Ohr gesetzt haben. Du hast ihn ja selbst gehört. Er sieht sich an einem Scheideweg. Und vielleicht liegt er richtig damit.«

Erec suchte Guillaumes Blick. »Stecken wir in Schwierigkeiten?«

»Das werden wir in Kürze herausfinden.«

Kapitel 58

Herzogtum Normandie, Pirou, Juni 1182

Genovefa schritt an der Seite ihres Ehemannes an den blühenden Rosenhecken entlang, die den inneren Mauerring säumten. Eine warme Brise pflückte Blütenblätter und ließ sie um ihre Köpfe schaukeln wie duftenden Sommerschnee. Insekten summten geschäftig durch die schäumende Pracht, Vögel zwitscherten, und am Fuß der Bäume hatten zahlreiche Blumen ihre Köpfe durchs Gras gestreckt, betupft von goldenem Sonnenschein. Ein vollkommener Tag.

Genovefa kam sich wie eine Verräterin vor.

Dem Mann an ihrer Seite gegenüber, weil sie diesen Moment viel lieber mit einem anderen geteilt hätte. Erec gegenüber, weil es sich anfühlte, als betrüge sie ihn um diesen Augenblick. Und Marguerite gegenüber, weil sie ihr einfach nicht den Gefallen tun konnte, sich widerstandslos in die ihr zugedachte Rolle, das ihr vorbestimmte Leben zu fügen. Sie hatte es bei Gott versucht, doch sie kam nicht dagegen an, gegen dieses drängende Gefühl, dass das noch nicht alles gewesen sein konnte.

»Was kann ich tun, damit du weniger bekümmert aussiehst?«, fragte Horace sanft. Sie hatte sich bei ihm untergehakt – mehr, um ihm Halt zu geben. Nun löste sie sich von seiner Seite und schüttelte den Kopf, auch um diese verfluchte Sehnsucht aus ihrem Gesicht zu vertreiben. Sie musste sich zusammenreißen, Herrgott! »Es ist nichts. Ich habe an Marguerite gedacht. Sie hat Angst um Henri, und das schlägt ihr aufs Gemüt.« Ein bisschen fühlte sie sich schäbig, dass sie ihre Freundin vorschob.

Genovefa spürte Horaces Blick auf sich, sah ihn jedoch nicht an. Stattdessen bückte sie sich nach den Blumen und begann, einen kleinen Strauß zu pflücken.

Er seufzte auf eine Weise, die verriet, dass er ihre Lüge dennoch durchschaute. »Du bist wie ein Spatz, der in seinem Käfig hin und her hüpft, Genovefa. Rastlos, ruhelos. Wartest immer darauf, dass sich die Käfigtür einen Spalt öffnet und du hinausschlüpfen und die Flügel strecken kannst, wenigstens für eine Weile.« Er trat neben sie, und sie erhob sich, hielt den Blick jedoch auf die Blumen gerichtet.

Er streckte die Hand aus und hob ihr Kinn, sodass sie ihn ansehen musste. »Du vergisst, dass in einer Welt voller Falken der Käfig für einen Spatzen womöglich der sicherste Ort ist.«

Ihre Augen füllten sich mit Tränen hilfloser Wut. »Vielleicht behauptet ihr Männer das aber auch nur, damit die Spatzen nicht einfach davonfliegen. Und vielleicht vergesst ihr, dass viele Vögel, wenn nicht die meisten, zugrunde gehen, werden sie gezwungen, ihr Leben im Käfig zu fristen.«

In Gedanken fügte sie hinzu: *Und was macht dich überhaupt so sicher, dass ich ein Spatz bin und kein Falke?*

Kapitel 59

Herzogtum Aquitanien, Limoges, Juni 1182

Indem sie die Brücke über die muntere kleine Aurence nach Limoges überquerten, hatten sie gleichsam den Rubikon überschritten. Das ahnte nicht nur Erec.

Die Miene des Marschalls war geradezu versteinert, doch seine unerschütterliche Loyalität verbot es ihm, Henris einmal getroffene Entscheidung öffentlich infrage zu stellen.

Der Junge König befahl dem Großteil seiner Truppen, am Bach zu lagern; nur eine Eskorte und ein knappes Dutzend Vertraute sollten ihn in die Stadt begleiten. Zu ihnen zählten neben dem Marschall auch de Béthune, Pierre und Jean de Préaux, de Coulonces, d'Yquebœuf und Erec.

Sie folgten der Straße die Anhöhe hinauf, wo sich Limoges erhob. Genau genommen waren es zwei Siedlungen, jede für sich von trutzigen Wehrmauern und Türmen eingefasst, die zusammen die Stadt bildeten. Sie wendeten sich dem nordwestlich gelegenen Areal zu, Château de Saint Martial genannt, wie der Marschall erklärte. Es beherbergte neben dem größeren Teil der Bevölkerung nicht nur die gleichnamige Abtei mit dem Schrein des Heiligen, sondern auch die Zitadelle mit der Burg des Vizegrafen. Der gegenüberliegende, ältere Stadtteil und Bischofssitz hieß schlicht Cité und war auf römischen Ruinen um die Kathedrale St. Étienne gewachsen. Dazwischen lag etwa eine Viertelmeile offenes Gelände, im Westen von Château außerdem die überwucherte Ruine eines römischen Amphitheaters.

Genau wie Henri war Guillaume nicht das erste Mal in Limoges. Und seinem Gesichtsausdruck nach verband er keine angenehmen Erinnerungen mit diesem Ort, wie überhaupt mit Aquitanien. Kein Wunder, schließlich war er als junger Mann ganz in der Nähe von Limoges nur knapp dem Tod entronnen, bei einem Gefecht, das ihm infolge eines durchbohrten Oberschenkels nicht nur eine mörderische Narbe, sondern am Ende auch die Gunst von Henris Mutter Eleonore eingebracht hatte.

Als sie noch eine Viertelmeile vom Stadttor entfernt waren, schwärmten ihnen bereits Menschen entgegen, Kinder vor allem, die mit fröhlichem Lachen um ihre Pferde sprangen und sie wie ein wirbelnder Kometenschweif in die Stadt begleiteten. Auch dort säumten unzählige Einwohner die gepflasterte Straße, jubelten und riefen Henris Namen oder warfen Blumen.

»Himmel, sie behandeln ihn wie einen Messias«, brummte de Béthune unbehaglich.

Erec empfand ähnlich. Aber vielleicht lag Baudouin de Béthune gar nicht falsch, vielleicht sahen die Aquitanier tatsächlich eine Art Erlöser in dem Jungen König, jemanden, der ihnen zum ersehnten Frieden und zu Unabhängigkeit verhelfen würde. Und Henri schien die herzliche Aufnahme in vollen Zügen zu genießen, denn er lachte ausgelassen und winkte den Menschen zu, ganz der strahlende Held, den alle liebten und verehrten.

Bei Erec dagegen verursachte der überschwängliche Empfang ein warnendes Kribbeln im Nacken. Das ganze Spektakel erschien ihm seltsam, beinahe unheimlich. Und falsch.

Ein Eindruck, den der Marschall offensichtlich teilte, denn sein Gesichtsausdruck verdüsterte sich weiter. »Da ist etwas faul.«

Henri schaute über die Schulter und ließ sich dann zu ihnen zurückfallen. »Wen willst du mit deinen Blicken töten, Gui?«, erkundigte er sich fröhlich. »Mich etwa?«

»Ich hoffe, du weißt, was du tust«, raunte der Marschall.

»Ich werde das Grab des heiligen Martial und den Festgottesdienst zu seinem Gedenken besuchen. Eine christliche Pflicht, eine fromme Tat. Nichts weiter.«

»Nichts weiter. Natürlich.«

Erec hatte den Marschall bislang selten aufgebracht erlebt; jetzt war einer dieser Augenblicke, auch wenn der Ritter sich redlich bemühte, seinen Zorn zu zügeln.

Ein Anflug von Unsicherheit huschte über Henris Miene angesichts Guillaumes Missbilligung, sein Lächeln wirkte mit einem Mal angestrengt. Kurz schien er etwas sagen zu wollen, doch dann trieb er wortlos sein Pferd an und setzte sich wieder an die Spitze des Zuges.

Es folgten eine überschwängliche Begrüßung durch Abt Thibaut persönlich, süßes Brot und Wein, eine private Andacht am Grab des Heiligen und später der festliche Gottesdienst in der Abteikirche.

Dicht an dicht drängten sich die Menschen in dem Gotteshaus, Weihrauch hing in betäubenden Schwaden in der Luft, und eine verschwenderische Zahl von Kerzen – Weihgaben von Pilgern und Wallfahrern – verliehen den Gesichtern der Gläubigen ein beinahe entrücktes Leuchten, ließen juwelengeschmückte Weihgefäße und silberne Leuchter blitzen.

Erec hatte gehört, dass die Mönche von Saint Martial weithin gerühmt wurden für ihre außergewöhnlichen Gesänge. Doch erst als sich ihre Stimmen in das Gewölbe des Kirchenschiffs erhoben, verstand er, warum. Wie Fäden eines kostbaren Stoffes verwoben sich die verschiedenen Singstimmen und bildeten gemeinsam einen perfekt harmonierenden Klangteppich von geradezu überirdischer Erhabenheit und Perfektion.

Erec konnte die Gefühle nicht benennen, die diese Musik auslöste, aber sie ließen eine Erschütterung in ihm zurück, die er erst abschütteln konnte, als sie der Stadt schließlich den Rücken kehrten und sich zurück zu ihrem Lagerplatz am Bach begaben.

Erecs Anspannung legte sich, sobald sie sich wieder unter ihren Leuten befanden. Vielleicht würden ihnen der Alte König und Richard ja trotz der fragwürdigen Umstände die frommen Absichten für ihren Besuch in Limoges abkaufen, schließlich hatten sie lediglich den Gottesdienst besucht.

Doch seine Hoffnung zerschlug sich wenig später, als ein Bote aus der Stadt auftauchte. Erec beobachtete, wie er Henri ein gesiegeltes Pergament sowie ein zweites Schreiben zusammen mit einer Truhe überbrachte. Der Marschall gab Erec ein Zeichen, ihm in Henris komfortables Reisezelt zu folgen. Dort warteten auch weitere Männer seiner Mesnie, bis der Junge König die Botschaften gelesen hatte, manche erwartungsvoll und beinahe vorfreudig, andere – darunter de Béthune und Guillaume – mit sorgenvollen Mienen.

Als er fertig war, lächelte Henri undurchsichtig und warf einen kurzen Blick in die Truhe. Erec erspähte für einen Moment glänzenden gefalteten Stoff, bevor sich der Deckel wieder schloss.

»Wie es aussieht, hat Abt Thibaut uns heute Abend zu einem festlichen Bankett geladen, Männer«, eröffnete der Junge König. »Besser, ihr spült euch den Staub ab und zieht etwas Ordentliches an, wir brechen in Kürze auf.«

Die meisten verließen daraufhin das Zelt, ohne Fragen zu stellen. Nicht so der Marschall, der mit verschränkten Armen verharrte und Henri herausfordernd ansah. Und auch Erec entschied sich zu bleiben.

»Nicht wieder dieser Blick, Gui«, wehrte der Junge König halb scherzhaft ab, doch gleichzeitig schwang Unsicherheit in seiner Stimme. »Es ist nur ein zwangloses Mahl, nichts weiter.«

»Ja, sicher, ein einfacher Gottesdienst, ein zwangloses Mahl, nichts weiter«, knurrte Guillaume. »Verfluchte Scheiße, Henri, wem willst du etwas vormachen?«

»Guillaume hat recht«, stimmte Erec zu. »Das ist eine miese Idee. Euer Bruder muss ein solches Treffen als Provokation auffassen. Im besten Fall.«

Der Junge König wandte sich ab. »Es ist Diplomatie. Wir sollten nicht von vornherein alle Türen zuschlagen, sondern einen friedlichen Weg aus dieser wieder und wieder aufflammenden Krise suchen, oder etwa nicht?«

Der Marschall schnaubte abfällig. »Diplomatie? Ist es das, was du dir einzureden versuchst?« Er trat vor Henri hin und zwang ihn auf diese Weise, ihn anzusehen. »Nennen wir die Sache beim Namen: Das ist Verrat. Verrat an der Familie.«

»Ich schätze deine unerschütterliche Loyalität dem Haus Anjou gegenüber, Gui, aber du kannst dich beruhigen. Ich will keine Versprechen oder Zugeständnisse machen, nur reden und zuhören.«

»Meine Loyalität gehört allein dir und, bei Gott, ich werde alle deine Entscheidungen mittragen. Aber du wirst dir verdammt noch mal meine Meinung dazu anhören müssen. Und in diesem Fall lautet sie: Wer oder was auch immer hinter dieser Einladung steckt – sich darauf einzulassen, ist mit Abstand die größte Dummheit, die du derzeit begehen könntest.«

Henris Miene verschloss sich, und seine Stimme nahm einen warnenden Ton an. »Ich bin der König, vergiss das nicht.«

»Wie könnte ich, *Majestät*. Aber wann hätte dieser Titel je vor schlechten Entscheidungen geschützt?«

Wie wahr, dachte Erec. Die Chroniken waren voll von den schlechten Entscheidungen Herrschender, die damit nicht nur Menschen, sondern ganze Reiche in den Untergang gerissen hatten.

Henri begann, ruhelos im Zelt auf und ab zu wandern. »Sie brauchen mich, Guillaume!«

»Nein, sie *benutzen* dich. Wieder einmal. Und du lässt es geschehen.«

Henris Ausdruck versteinerte. »Führ dich nicht auf wie mein Vater, Gui! Ich bin kein Knabe mehr. Meine Entscheidung steht fest. In einer Stunde brechen wir auf.«

Kurz schien es, als wolle Guillaume noch etwas erwidern, dann nickte er nur, und sie verließen das Zelt.

Kapitel 60

Herzogtum Aquitanien, Limoges, Juni 1182

Als sie am frühen Abend in der Abtei Saint Martial eintrafen und das festlich beleuchtete Refektorium betraten, hatten sich dort bereits diverse weitere Gäste eingefunden – aquitanische Adlige, vermutete Erec. Und darunter ein nur allzu vertrautes Gesicht.

»Ich hätte es ahnen müssen«, murmelte der Marschall mit einem frostigen Blick in Richtung Geoffroy Plantagenêt. Der Herzog der Bretagne saß lässig in einen Lehnstuhl geflätzt an der hohen Tafel, hatte die Fingerspitzen vor der Brust aneinandergelegt und beobachtete das Treiben mit einem äußerst selbstgefälligen Grinsen. Jede Menge unschöner Erinnerungen stiegen bei diesem Anblick in Erec auf, und seine ohnehin mäßige Laune sank schlagartig.

Henri wirkte kein bisschen überrascht, seinen Bruder an diesem ungewöhnlichen Ort vorzufinden. *Er hat davon gewusst,* begriff Erec. Vermutlich war eins der Schreiben am Nachmittag von Geoffroy gesandt worden. Was zum Teufel hatte das zu bedeuten? War die Sache von Anfang bis Ende geplant gewesen?

Auch Guillaumes Miene verfinsterte sich auf der Stelle.

»Nur reden und zuhören«, raunte der Junge König ihm zu. »Nichts weiter, versprochen.«

Vermutlich sollten die Worte den Marschall besänftigen, doch verfehlten sie ihre Wirkung völlig; es kostete den Ritter sichtlich Mühe, die Beherrschung zu wahren.

Henri ignorierte es und begab sich zu seinem Bruder, um ihn herzlich zu begrüßen. Aus unerfindlichen Gründen stand der verschlagene Geoffroy ihm näher als jedes andere seiner Geschwister. Vielleicht, weil sie die Leidenschaft fürs Turnier teilten? Vielleicht, weil der Herzog der Einzige war, der Henri – zumindest vorgeblich – in seinen Ansprüchen unterstützte?

Oder ihn damit aufstachelt, dachte Erec unbehaglich.

Abt Thibaut nahm den Jungen König schließlich in Beschlag. Er führte ihn herum und machte ihn mit den anderen Gästen bekannt, woraufhin sich Henri in perfektem Okzitanisch mit ihnen unterhielt, charmant und verbindlich wie immer.

In seiner Jugend hatte er viele Jahre am Hof seiner Mutter in Poitiers verbracht und sich mit der Sprache vertraut gemacht, wie Erec wusste. Englisch und Latein dagegen hatte er als Knabe in der Obhut von keinem anderen als Thomas Becket, dem *heiligen* Thomas, gelernt.

»Ich bin überrascht, Euch hier anzutreffen, de Lacône. Ich wusste nicht, dass Ihr so hoch in der Gunst meines Bruders steht.« Herzog Geoffroy war unbemerkt an seine Seite getreten und bedachte ihn mit einem herablassenden Lächeln. »Doch wer schützt in Eurer Abwesenheit nun die Ehre von Marguerites liebreizenden Hofdamen?«

»Hoheit.« Erec deutete eine knappe Verbeugung an, kaum mehr als ein Nicken. »Welch … Überraschung. Ich hatte Euch im Norden vermutet, um die eine oder andere Stadt Eures königlichen Vaters zu brandschatzen. Ich hörte, zuletzt hättet Ihr Nantes in Flammen aufgehen lassen?« Erec hatte nicht vor, sich von diesem Widerling einschüchtern oder demütigen zu lassen. Auch wenn es gefährlich war, einen Mann wie Geoffroy derart herauszufordern, in diesem Moment war es ihm egal.

Einen Augenblick schien der Herzog verblüfft angesichts Erecs unverhohlener Unverschämtheit, dann ernsthaft amüsiert.

»Ihr seid schlecht informiert«, entgegnete er mit diesem maliziösen Grinsen. »Es war nicht Nantes, sondern Rennes. Und mit meinem Vater habe ich mich längst ausgesöhnt, sodass ich jetzt Muße habe, meinem geliebten Bruder Henri ein wenig zur Seite zu stehen. Mit seiner Bescheidenheit steht er sich oft selbst im Weg, der Gute.«

Erec bezweifelte stark, dass Geoffroy uneigennützige Absichten hegte. Vielmehr hätte ihn nicht gewundert, plante der Herzog, seine älteren Brüder gegeneinander auszuspielen, um die eigenen Aussichten auf die Krone zu verbessern. Womöglich wollte Geoffroy aber auch einfach die Welt brennen sehen. Erec hatte nicht die geringste Mühe, sich das vorzustellen.

»Ist Euch je der Gedanke gekommen, dass Euer rebellisches Verhalten in der Bretagne das Misstrauen des Alten Königs anheizt und mit dazu führt, dass er keine Macht an Henri abtreten will?«, knirschte der Marschall.

Geoffroy zuckte mit den Schultern. »Mag sein. Allerdings war unser alter Herr noch nie gut darin, die Zügel aus der Hand zu geben.«

Da musste Erec ihm wohl oder übel zustimmen. Der Alte Henri saß auf der Macht wie ein Geier auf seinem Nest. Vielleicht war es das Geheimnis seines Erfolges, doch gleichzeitig hatte es seine Söhne an diesen Punkt geführt. Und das nicht zum ersten Mal.

»Ihr steckt hinter dieser Veranstaltung hier, ist es nicht so?«, mutmaßte Guillaume.

Der Herzog verzichtete auf eine Antwort, grinste nur. »Lasst uns etwas trinken, Marschall, meine Kehle ist ganz trocken, und der Abend ist noch jung.«

Nach und nach begaben sich die Männer an die Tische, wo Laienbrüder Fleisch und Brot aufzutragen begannen. Henri nahm zusammen mit Geoffroy neben dem Abt Platz. Doch bevor Thibaut Segen und Gebet sprechen und zum Essen auffordern konnte, erhob sich Henri noch einmal und gab Thomas de Coulonces am Eingang einen Wink. Der Ritter verschwand und kam kurz darauf mit einer Truhe zurück. Dieselbe Truhe, die Erec wenige Stunden zuvor in Henris Zelt gesehen hatte.

Ein Blick in Geoffroys selbstzufriedenes Gesicht verriet Erec, dass auch der Herzog die Kiste kannte – und ihren Inhalt.

»Ehrwürdiger Abt, ich danke Euch für die Einladung und Eure großzügige Gastfreundschaft in diesen … unruhigen Zeiten«, eröffnete Henri feierlich. »Und ich komme nicht mit leeren Händen.«

Erec bemerkte, dass sich der Marschall an seiner Seite im gleichen Augenblick anspannte wie er selbst. Henri hatte bei ihrem Aufbruch nichts von diesem Vorhaben erwähnt. Kein gutes Zeichen.

Henri hob andächtig das Bündel aus der Truhe. »Als Zeichen meines Dankes und meiner Gunst überreiche ich euch dieses Geschenk, zusammen mit meiner Freundschaft.« Blaue Seide glänzte, und Goldfäden blitzten im Licht der Kerzen, als der Stoff sich zu einem prächtigen Mantel entfaltete.

Abt Thibaut nahm die Gabe lächelnd entgegen, und sein Lächeln verwandelte sich in ein Strahlen, als er die ihm zugewandte Stickerei studierte und Henri dann einen vielsagenden Blick zuwarf. Schließlich drehte er den Mantel um, dass alle des Lesens Kundigen sehen konnten, was dort mit schimmernden Fäden aufgestickt war: Henricus Rex – König Henri.

Der Marschall gab ein leises Stöhnen von sich und schloss für einen Moment die Augen. Und auch Erec verstand sofort, was die zwei Worte hier und heute ausdrücken sollten: Im Angesicht der Rebellen machte Henri seine Oberherrschaft geltend, verlangte den Platz an der Spitze. Und die Versammelten durften sich seines Wohlwollens und seiner Unterstützung sicher sein.

Das hier war eine Machtdemonstration, eine Kampfansage, eine kaum verhohlene Provokation – und eine fürchterliche Dummheit.

Kapitel 61

Herzogtum Normandie, Pirou, Juli 1182

»Himmel, Giselle, musst du wirklich jeden Tratsch nachplappern!«, schalt Genovefa die Jüngere. »Ich erinnere mich, dass du vor nicht allzu langer Zeit schon einmal ähnlichen Unsinn zum Besten gegeben hast.«

Zusammen mit einigen anderen Hofdamen hatte sie es sich auf einer Decke unter den Apfelbäumen gemütlich gemacht. Die Sonne sank dem Horizont entgegen, doch noch war die Luft mild und weich, erfüllt von Vogelzwitschern und dem Duft frisch gesensten Heus. Lediglich die Königin hatte sich bereits mit zwei Zofen zurückgezogen, um vor dem abendlichen Mahl noch ein Bad zu nehmen.

Die übrigen Damen hingen gebannt an Giselles Lippen, und ein Glitzern in den blauen Augen verriet, dass die junge Frau die Aufmerksamkeit aufs Äußerste genoss. Kein Wunder! Oftmals war das Hofleben eintönig und langweilig, und alle gierten geradezu nach Unterhaltung und skandalösen Geschichten. »Kein Tratsch«, versicherte sie in einem Ton, als liege ihr nichts ferner. »Damals konnte ich nur Vermutungen anstellen, diesmal weiß ich es aus sicherer Quelle.« Es folgte eine Kunstpause, dann sprach sie weiter und unterstrich jedes Wort mit einer Geste, als male sie es in die Luft: »Der Marschall hat eine heimliche Geliebte.«

Die Frauen fingen an zu kichern und zu tuscheln, doch Genovefa verspürte wachsenden Unmut. »Und aus welcher *sicheren Quelle* willst du das erfahren haben?« Jeder wusste, dass Gerüchte durch den königlichen Hof streunten wie verwilderte Katzen – und etwa ebenso zuverlässig waren. Gleichzeitig fühlte sie ein wachsendes Unbehagen bei der Frage, wer außerdem Gegenstand derartiger Mutmaßungen und Skandalgeschichten war. Erec? Sie selbst?

Giselle biss sich auf die Lippen und zog vielsagend die Augenbrauen hoch, schwieg jedoch, bis auch die Letzte aus der Runde sie gebannt und beinahe flehend anstarrte. Die Schwärmerei, die die Hofdame noch letztes Jahr selbst für Guillaume gehegt hatte, schien längst vergessen.

»Sei so gut und erlöse uns«, murrte Genovefa.

Nun grinste die junge Frau regelrecht. »Es bricht mir das Herz, meine Lieben, doch ich habe bei meiner unschuldigen Seele geschworen, meine Quelle nicht preiszugeben.«

Ein enttäuschtes, hier und da vielleicht spöttisches Schnauben ging durch die Reihen der Zuhörerinnen, doch Giselle hob begütigend die Hände. »Aber gut, meinetwegen, eine Sache kann ich verraten, ohne meinen Schwur zu brechen.«

Jesus, sie verstand es, andere in ihren Bann zu schlagen, und es bereitete ihr zweifellos diebisches Vergnügen.

»Es handelt sich um eine Person aus dem direkten Umfeld des Marschalls – einen Freund, könnte man sagen. Glaubhaft und vertrauenswürdig.«

Als Giselle merkte, dass ihre vagen Andeutungen die geifernde Meute nicht zufriedenstellten und die Damen das Interesse zu verlieren drohten, hob sie abermals die Hände. »Viel spannender als mein Informant ist ohnehin, was er über die Identität der Auserwählten zu berichten weiß.«

Sofort begann das Getuschel aufs Neue. »Oh, sag schon, sag! Wer konnte das gut bewachte Herz des Marschalls stehlen?«, bettelte Viola, und auch die anderen rückten erwartungsvoll heran.

Giselle grinste zufrieden, bevor sie halblaut und verschwörerisch verkündete: »Sicher ist, dass es sich um eine Edeldame handelt. Eine *verheiratete* Dame aus angesehenem Haus. Die an diesem Hof lebt.« Sie blickte vielsagend in die Runde.

»Genau genommen könnte sie jetzt, in ebendiesem Augenblick, unmittelbar vor mir sitzen.«

Die jungen Frauen quiekten in einer Mischung aus wohligem Schaudern und Empörung, manche erröteten, nur um erneut in Kichern und Getuschel überzugehen.

Genovefa hatte genug von diesem Getue. Der Marschall war ihr Freund, und es stieß sie ab, dass er und sein vermeintliches Liebesleben einmal mehr als billige Unterhaltung für diese gelangweilten Hühner herhalten mussten. Außerdem fühlte sie sich bei diesem Thema zunehmend unbehaglich, vielleicht sogar ertappt. Im Fall des Marschalls mochte es sich um hohles Geschwätz handeln, doch was sie betraf...

»Ich mache einen Spaziergang«, sagte sie und erhob sich, aber niemand schenkte ihr Beachtung; alle waren damit beschäftigt, über die Identität der angeblichen Geliebten zu spekulieren. Genovefa war es recht.

Sie schlang ihr Tuch um die Schultern und schlenderte entlang der Zwingermauer Richtung Hauptburg zurück. Auch wenn die Dämmerung voranschritt, hatte sie es nicht eilig, genoss die friedliche Ruhe, die seidige Abendluft, die eine vage Ahnung von Holzrauch und Blütenduft mit sich trug, und das Aufglimmen von Glühwürmchen da und dort. Alleinsein machte ihr für gewöhnlich nichts aus, im Gegenteil. Lebte man mit zahllosen Menschen auf engem Raum wie hier auf Pirou, war Alleinsein ein seltener Luxus. Dennoch hätte sie in diesem Moment zu gerne einen bestimmten Menschen an ihrer Seite gewusst. Erec. Seine Nähe, seine jungenhafte Unbeschwertheit, sein unverschämtes Mundwerk. Hatte ein Mensch ihr je so gefehlt, dass sie seine Abwesenheit wie eine schmerzende Wunde spürte? Als hätte er ein Stück von ihr mitgenommen.

»Madame, die Sonne wird in Kürze untergehen, darf ich Euch zurück in die Mauern geleiten«, sprach sie unvermittelt jemand an.

Sie kannte den Mann. Dunkler Surcot, Haare wie Rabenfedern, dafür erstaunlich helle graublaue Augen, die sie aufmerksam ansahen. Unbestreitbar gut aussehend. »Valéry d'Anier, nicht wahr?«

Er deutete eine Verbeugung an. »Ebender, Herrin.«

Sie wusste, dass er früher mit Erec auf dem Turnierplatz gestanden hatte, bevor er sich Philipp von Flandern als Söldner andiente, als dessen Mittelsmann er nun am Hof lebte. Ersteres sprach für ihn, Letzteres weckte ihren Argwohn, aber auch ihre Neugier.

»Wenn Ihr es wünscht, leiste ich Euch Gesellschaft«, bot er freundlich an. »Aber ich will mich nicht aufdrängen, vielleicht bevorzugt Ihr ja das Alleinsein.«

Jetzt musste Genovefa lächeln. Er wusste sich zu benehmen, wahrte Abstand und Zurückhaltung. Dem Namen nach entstammte er einem angesehenen Rittergeschlecht. Und dennoch haftete ihm etwas Düsteres, Kummervolles, vielleicht sogar Gefährliches an, fand Genovefa. Ein ungelöstes Rätsel. Die Art Mann, deren Nähe sie früher gesucht hatte, um ihr eintöniges Leben wenigstens für Augenblicke zu einem Abenteuer zu machen. Wie die Motte, die sich vom Licht der Flamme angezogen fühlt.

»Meinetwegen, begleitet mich«, stimmte sie zu und setzte sich wieder in Bewegung. Sie war neugierig. Womöglich konnte sie nicht nur etwas über ihn selbst, sondern auch über Erecs Vergangenheit erfahren.

»Ihr kennt de Lacône und seine Männer von früher, nicht wahr?« Sie mochte sich täuschen, aber einen Herzschlag lang huschte ein wachsamer, beinahe alarmierter Ausdruck über seine Züge; einen Augenblick später lächelte er. Es ließ ihn jünger wirken und nahm ihm die Düsterheit.

»Das ist richtig. Wir waren Turniergefährten. Doch um ehrlich zu sein: Meine Fähigkeiten auf dem Platz konnten sich nicht mit Erecs messen. Sie genügten einfach nicht, um meinen Lebensunterhalt zu bestreiten.«

Nun war Genovefa ehrlich überrascht. Es kam nicht oft vor, dass ein Mann, schon gar nicht ein Ritter, so unverblümt seine Schwächen eingestand. Ein durchaus sympathischer

Zug, der vielleicht auch seinen ungewöhnlichen Werdegang erklärte. Sie warf ihm ein anerkennendes Lächeln zu.

Nach wenigen Augenblicken und spätestens nach diesem Lächeln verstand Valéry, was Erec an dieser Frau anzog. Sie war selbstbewusst, furchtlos, schön, ohne Zweifel klug – Eigenschaften, die ihm selbst die Knie weich werden ließen, und er verspürte einen Anflug von schlechtem Gewissen bei dem, was er hier tat. Vor allem aber Eifersucht.

Warum gelang es Erec scheinbar ohne Mühe, alles zu erreichen, alles zu bekommen, was er begehrte – Anerkennung, Erfolg, Freundschaft, Liebe? Warum flog ihm all das zu, während er selbst sich noch so strecken konnte, ohne auch nur in Reichweite zu gelangen, und anscheinend jeder Weg voller Scherben und Dornen lag?

Valéry schluckte seinen Groll hinunter, sperrte ihn zu all den anderen finsteren Gedanken und Taten in diese verborgene Kammer seiner Seele und fragte sich einmal mehr, wann das Gift daraus hervorbrechen und ihn vollends durchtränken würde.

Doch heute war nicht dieser Tag. Und Erec war nicht da, nur er selbst. Und er war es, den sie angelächelt hatte. Für einen kurzen, tröstenden Augenblick konnte er so tun, als sei diese Frau allein seinetwegen hier.

»Was amüsiert Euch?«, erkundigte er sich und erwiderte Genovefas Lächeln.

»Ich schätze Eure Offenheit«, gestand sie. »Bedauert Ihr Eure Entscheidung denn nicht manchmal? Ich meine, dass Ihr Euer Ritterleben gegen ein Söldnerdasein eingetauscht habt?«

»Könnte man einen Blick in die Zukunft werfen, würde man vermutlich manche Wahl anders treffen, nicht wahr? So müssen wir Tag für Tag aufs Neue entscheiden und beten, das Richtige zu tun.«

»Nicht jedem gelingt es, sein Schicksal anzunehmen. Das verdient Respekt«, erwiderte sie, und wieder lag Anerkennung in ihrem Blick.

Es beschämte ihn. Valéry war sicher, dass er im vergangenen Herbst unter den gegebenen Umständen keine Alternative gehabt hatte. Das änderte jedoch nichts daran, dass er die Entscheidung bereute, jeden verfluchten Tag. Wenn er ehrlich war, verabscheute er es, von einem Mann wie Graf Philipp abhängig zu sein, und er verabscheute das, was es aus ihm machte. Doch war es nicht längst zu spät für Reue?

»Manchmal fühlt es sich wie aufgeben an«, gestand er und erschrak bei seinen eigenen Worten. Warum zum Teufel musste er seine Zweifel gerade vor dieser Frau ausbreiten?

Genovefa nickte. »Ich verstehe, was Ihr meint. Aber es bedarf viel Kraft, immer aufs Neue gegen das Schicksal anzukämpfen.« Und leise, beinahe zu sich selbst, ergänzte sie: »Ich bin nicht sicher, ob jemand diese Kraft ewig aufbringen kann.«

»Wie meint Ihr das?«

Genovefa schüttelte den Kopf und machte eine wegwerfende Handbewegung. »Das war nur so dahergesagt. Eine Frau muss sich in ihr Los fügen, wenn sie sich nicht in Schwierigkeiten bringen will, ist es nicht so?«

Und doch tat sie genau das Gegenteil. Für Erec riskierte Genovefa d'Hârcourt ihre Ehre, wenn nicht sogar ihr Leben.

Wieder stieg die Eifersucht Valérys Kehle hinauf wie bittere Galle, und er war froh, dass die aufziehenden Schatten sein Gesicht verbargen. Würde er jemals wieder eine solche Liebe erfahren, die seinetwegen alles aufs Spiel setzte? Wie er es dereinst für die Mutter seiner Tochter getan hatte?

»Ich danke Euch für Eure Begleitung«, riss Genovefa ihn aus den Gedanken. Er hatte nicht bemerkt, dass sie längst im Innern der Burg angelangt waren, und beeilte sich, die Schultern zu straffen und einen neutralen Gesichtsausdruck aufzusetzen.

»Es war sehr nett, mit Euch zu plaudern. Gewiss begegnen wir uns bald wieder.«

Er machte einen artigen Diener. »Sicher, Madame. Ich wünsche Euch eine angenehme Nacht.«

Sie nickte ihm lächelnd zu, dann wandte sie sich um und ging.

Einen Augenblick sah er ihr noch nach und spürte, wie das Gift aus der geheimen Kammer heiß und ätzend in seine Seele sickerte, ohne dass er es aufhalten konnte.

Dieses Mal, dieses eine Mal würde er nicht auf der Verliererseite stehen. Nein, er hatte sich dem Schicksal nicht ergeben, er hatte eine Wahl getroffen. Er war kein Spielball Fortunas, er hielt die Zügel in der Hand.

Valéry tröstete sich mit seinem Wissen über diese Frau und über Erec, das ihm, wann immer er es wollte, Macht über die beiden verleihen würde. Noch mehr wärmte ihn der Gedanke, dass sein Plan, den Marschall betreffend, voranschritt.

Kapitel 62

Herzogtum Aquitanien, Juli 1182

Abgeholzte Waldstücke, verkohlte Äcker, niedergebrannte Siedlungen, frische Gräber. Hier und da auch Leichen, verrenkt, verwest und von Tieren zerfleddert, am Straßenrand oder weithin sichtbar in Bäume gehängt.

Wer diese Menschen wohl gewesen waren? Aufständische? Deserteure? Verräter? Bauern, die das wenige, das sie besaßen, nicht widerstandslos hatten aufgeben wollen oder einfach zur falschen Zeit am falschen Ort gewesen waren? Wer konnte das schon sagen.

Beim Anblick der Verheerung, die Herzog Richard verursacht hatte, bevor er sich der Belagerung von Puy Saint-Front zuwendete, befiel Erec eine Mischung aus Abscheu und Scham. Das also war Krieg. Nichts Heldenhaftes, nichts Ehrenvolles, nur Grauen und allumfassende Vernichtung. Eine alles verschlingende Bestie, nicht willens, zwischen schuldig und unschuldig zu unterscheiden, solange nur ihre unersättliche Gier gestillt wurde. Genau genommen war dies sogar nur die blutige Spur, die das Untier hinter sich herzog, während seine Fänge bereits anderswo Existenzen und Zukunftspläne zermalmten.

Auf was für einer Insel der Seligen hatten er und seine Freunde bislang gelebt, wo Kämpfen nur ein Spiel und schwere Verletzungen oder gar Tod zwar eine reale Gefahr, aber nie das Ziel gewesen waren? Und nun waren sie auf dem Weg mitten hinein in den stinkenden Rachen des Untiers, zwischen die todbringenden Zähne. Nein, falsch, sie selbst sollten die Zähne sein.

Ein bitterer Geruch nach Asche, Aas und verlorenen Hoffnungen erfüllte die Luft, und Erec spürte mit einem Mal eine Enge im Hals. Er schluckte dagegen an und richtete den Blick an die Spitze des Zugs, wo der Junge König ritt.

Henri hatte entschieden, mit seinen Haushaltsrittern und einer schwer bewaffneten Eskorte dem eigentlichen Heer vorauszureiten, um möglichst rasch zur Belagerung zu stoßen. Sicher auch, um das Misstrauen des Vaters und des Bruders zu zerstreuen. *Berechtigtes Misstrauen,* erinnerte sich Erec.

Herzog Geoffroy hatte sich ihnen nicht angeschlossen. Warum auch? Seine giftige Saat war ausgebracht und hatte nun Zeit, in Henri Wurzeln zu schlagen. Der Herzog selbst konnte sich derweil wieder seinen *Geschäften* im Norden widmen, Städte plündern und dergleichen. Teufel, wie Erec diesen elenden Drecksack verabscheute, der aus Gier und Langeweile Zwietracht verbreitete. Denn wenn eines klar war, dann, dass der Junge Henri bei der ganzen Sache nur verlieren konnte. Offen blieb einzig, wen er als Erstes vor den Kopf stoßen würde, seine Familie oder die Aufständischen, die ihre Hoffnungen in ihn setzten.

Beide gleichermaßen, fürchtete Erec.

Am Nachmittag näherten sie sich Puy Saint-Front. Bereits in mehreren Meilen Entfernung nahm sie eine angevinische Patrouille in Empfang, um sie das letzte Stück zu eskortieren. Richards Truppen hatten das gesamte Gebiet um die belagerte Stadt abgeriegelt und großflächig gerodet. Nichts und niemand sollte ungesehen oder ungehindert zu den Aufständischen durchdringen. So bot sich ihnen schon aus der Entfernung ein Blick auf die Stadt, die sich, ähnlich wie Limoges, auf einer Anhöhe neben einem Fluss hinter ihre turmbewehrten Verteidigungsmauern duckte. Die Kathedrale des heiligen Frontius jedoch ragte beinahe trotzig über die Wälle hinaus, als fürchte sie selbst eine bis an die Zähne bewaffnete Belagerungsarmee nicht. Und tatsächlich wirkte das Gotteshaus in seiner Massigkeit auf Erec wehrhaft wie eine Burg und mit seinen zahlreichen Kuppeln seltsam fremdartig. Von Guillaume erfuhr er, dass die Kirche erst vor zwölf Jahren im byzantinischen Stil fertiggestellt worden war.

Kaum ein Dutzend Jahre alt, und schon droht die Vernichtung, dachte Erec mit einem Blick auf das Heerlager, das sich in den Flussniederungen unterhalb der Stadt ausgebreitet hatte. Denn dass die gewaltsame Eroberung der Stadt oder gar ihre Zerstörung bei anhaltendem Widerstand in Kauf genommen wurde, daran ließ das angevinische Aufgebot keinen Zweifel.

Die Ebene war durchpflügt von zahllosen Stiefeln und Hufen und glich einem Acker; immerhin hatte das trockene Wetter bislang verhindert, dass sich das Gelände in eine Schlammsuhle verwandelte. Vielmehr hing eine Glocke aus Staub und scharfem, beißendem Rauch über allem.

Zelte, Unterstände und Pferche für Vieh sowie Reit- und Zugtiere fassten das Gelände ein, bis auf einen breiten Streifen gegenüber der Stadt entlang des Ufers. Dort standen Katapulte und Bliden. Sturmwände schützten die Angreifer vor den Pfeilen der Gegner. Knapp einen Monat dauerte die Belagerung bereits an.

Auch jetzt wurden Steine gegen die Mauern geschleudert, um die Verteidiger zu zermürben und zur endgültigen Aufgabe zu zwingen – allen voran Hélie, den aufsässigen Grafen des Périgord und Rädelsführer des derzeitigen Aufstands.

Katapultarme ächzten, Schleudersteine fauchten durch die Luft, Mauern knirschten und dröhnten unter dem Aufschlag der Geschosse und hielten doch stand. Männer fluchten und schrien, dass es über die ganze Ebene klang, dazwischen schrillte das aufgebrachte Wiehern von Pferden.

Erec fragte sich, welche Aufgabe ihnen in diesem Kampf schon bald zufallen würde.

»Da seid ihr endlich. Gut!«, begrüßte sie eine dunkle, befehlsgewohnte Stimme.

Alle beeilten sich, von ihren Rössern zu steigen, um dem Mann, der ihnen zu Fuß entgegenkam, die Ehre zu erweisen.

»Vater.« Henri nickte knapp. Erec und die anderen dagegen sanken in eine tiefe Verbeugung.

Das Oberhaupt des Hauses Anjou war durchschnittlich groß, aber von kampfgestählter, athletischer Gestalt, ein Mann in der Blüte seiner Kraft, der das gute Aussehen seiner Söhne teilte. Trotz seines Alters von Ende vierzig und der tiefen Stirnfalten war sein ergrautes Haar noch voll, blickten seine hellen Augen wach, forschend, unerschrocken. Ein strenger und energischer Zug lag um den von einem Bart gerahmten Mund. Er strahlte eine ganz natürliche, zwingende Autorität aus. Nur so war er fähig, sein riesiges Reich zusammenzuhalten, vermutete Erec.

»Wann werden deine Männer eintreffen?«

»Morgen, spätestens übermorgen.« Henri vermied es, seinem Vater ins Gesicht zu sehen – vielleicht, weil er fürchtete, dieser könne den Grund der Verzögerung darin lesen.

Verstohlen forschte Erec in der Miene des Alten Königs. Hatte er bereits Kunde von dem Treffen in Limoges erhalten? Falls ja, ließ er es sich durch nichts anmerken.

»Willkommen, Bruderherz.« Genau wie beim Vater klang wenig Herzlichkeit aus Richards Stimme, als er zu ihnen trat. Sein Gang war raumgreifend und geschmeidig, Waffen und Kettenpanzer trug er mit einer Beiläufigkeit, als wären sie natürlicher Bestandteil seines Körpers. Dennoch hatten die Anstrengungen der zurückliegenden Wochen Schatten in seinem Gesicht hinterlassen. Er war schlecht rasiert und verschwitzt, Waffenrock und Rüstung waren gezeichnet vom Kampf und vom Leben im Feldlager. All das machte deutlich, dass Richard das Geschehen nicht nur aus der Ferne beobachtete, sondern sich mittendrin aufhielt. Henris Ausstattung und die seiner Begleiter wirkten im Vergleich geradezu lächerlich sauber und makellos. Ein Umstand, der auch dem Herzog nicht entging und den er mit einem beinahe herablassenden Lächeln quittierte. »Schön, dass ihr nun auch zu uns gefunden habt.«

»Wie befohlen«, erwiderte Henri frostig und mit einer Spur Trotz in der Stimme.

Unbehaglich zog Erec die Schultern hoch. Die Stimmung zwischen den drei Plantagenêts war geradezu feindselig, und es schien, als falle die Temperatur um sie herum schlagartig ab. Kein Wunder. Henri war der Aufforderung von Bruder und Vater nur mit großem Widerwillen gefolgt. Und auch ohne diese – wie er es deutete – gezielte Demütigung war das Verhältnis zwischen dem Jungen und dem Alten Henri bekanntermaßen angespannt.

Was die Beziehung der Brüder betraf, so hatten beide wohl spätestens seit der gescheiterten gemeinsamen Rebellion nicht mehr viel füreinander übrig. Richard galt als aufbrausend und hitzköpfig, während Henri abseits des Turnierfelds eher zum Grübeln neigte. Richard war ein Kriegsmann durch und durch, Henri dagegen am Hof und auf dem Turnier zu Hause. Als Herzog trug Richard bereits viele Jahre große Verantwortung, während Henri zum eigenen Leidwesen strikt davon ferngehalten wurde. Und womöglich betrachtete Richard den älteren Bruder auch als Konkurrenten um die Krone, zumindest aber als Gefahr für die eigene Machtposition. Keiner dieser Punkte war geeignet, gegenseitige Zuneigung wachsen zu lassen.

»Ruht euch aus und erfrischt euch«, unterbrach der Alte König das unbehagliche Schweigen. »Und sobald deine Männer hier sind, machen wir den Sack zu. Wird verdammt noch mal Zeit, dass endlich Ruhe einkehrt in dieses verfluchte Hornissennest.«

Erec war nicht sicher, ob er mit Letzterem Aquitanien oder seine liebenswerte Familie meinte.

Kapitel 63

Herzogtum Aquitanien, Puy Saint-Front, Juli 1182

Ich komme mir vor wie ein Darsteller in einem gottverfluchten Schmierentheater«, knurrte Josce.

»Wären wir Gaukler oder Possenreißer, dürften wir wenigstens Purzelbäume schlagen oder Bälle jonglieren oder komische Verse aufsagen«, beschwerte sich Lionel. »Stattdessen sitzen wir uns hier seit Stunden die Hintern platt, als wären wir Strohsäcke auf Pferden. Wenn das hier ein Theater ist, sind wir nicht die Schauspieler, sondern die verdammte Kulisse.«

Das traf den Nagel auf den Kopf, befand Erec. Und es schien Henris Mutmaßung zu untermauern, dass es bei der Anforderung seiner Truppen zu keinem Zeitpunkt um ihre militärische Stärke gegangen war. Alles hier wirkte wie eine große Inszenierung.

Jetzt, da die Heerschar des Jungen Königs vor Puy Saint-Front eingetroffen war, hatte man sie zusammen mit den Truppen Richards und des Alten Henri in voller Bewaffnung in Sichtweite der Stadt aufmarschieren lassen – Ritter, leichte Reiter, Bogenschützen, Infanterie; die Banner des Thronfolgers weithin erkennbar neben denen Herzog Richards und des Alten Königs aufgepflanzt. Das Bild einer geeinten Familie, die ihre Kampfkraft geschlossen und gnadenlos gegen die Aufrührer ins Feld führen würde, sollte es nötig sein.

Erec verstand genug von Militärtaktik, um zu wissen, dass Einschüchterung und das Abschneiden von Versorgung mit die wichtigsten Ziele einer Belagerung waren und den Gegner zum raschen Aufgeben zwingen sollten. Und, Gott helfe ihm, natürlich hätten sie alle dankbar sein müssen für die Aussicht auf ein schnelles, unblutiges Ende des Konflikts. Doch stattdessen stellte sich eine seltsame Regung von Demütigung ein, das Gefühl, benutzt und gleichzeitig um etwas betrogen worden zu sein.

Wie sich Henri erst fühlen musste, da sich der Argwohn gegenüber seiner Familie nun als bittere Realität zu entpuppen schien? Da seine *diplomatischen Bemühungen,* seine heimliche Kontaktaufnahme mit den Aquitaniern, zu einer Farce verkamen. Oder hoffte er, die Rebellen würden Richards Spiel und Henris unfreiwillige Rolle darin durchschauen?

Schwer zu sagen, denn in diesem Augenblick verhandelte er unweit der Mauern von Puy unter einem purpurnen Baldachin zusammen mit seinem Bruder und seinem Vater mit Graf Hélie über die Kapitulation der Stadt. Es war nur eine Frage der Zeit gewesen, bis Henri eine der beiden Seiten enttäuschte. Am meisten vermutlich enttäuschte er sich selbst.

Erec blickte in die freudlosen Gesichter seiner Kameraden. Alles sah danach aus, als würde ihr erster Kriegszug hier und heute mit einem Sieg enden. Warum, verflucht noch mal, fühlte es sich dann an wie eine Niederlage?

Angesichts der angevinischen Übermacht taten die Rebellen das einzig Vernünftige und gaben widerwillig auf. Alle Kampfhandlungen wurden abgebrochen und die Gegenseite gezwungen, hochrangige Geiseln zu stellen. Schon am nächsten Tag sollten sie an Richard ausgeliefert werden, um den Frieden zu garantieren. Bittere Medizin für die stolzen Aquitanier.

Zur Feier des Sieges hatte man für die königliche Familie und ihre Ritter Tafeln und Bänke am Rand des ehemaligen Schlachtfelds aufgestellt, Sonnensegel gespannt und reichlich gebratenes Fleisch und Wein aufgetischt. Doch ausgelassene Stimmung wollte sich nicht einstellen. Noch immer hing eine spürbare Anspannung in der Luft, die jedoch nichts mit den zurückliegenden Verhandlungen zu tun hatte.

»Sobald die Geiseln überstellt sind, werde ich mit meinen Männern in die Normandie abreisen«, hörte Erec den Alten König ankündigen. »Ich erwarte dort in Kürze die Ankunft eures Schwagers Heinrich des Löwen und eurer Schwester Mathilde«, erklärte er stattdessen. »Ich möchte ihnen einen würdigen Empfang bereiten und sie persönlich in ihr neues Domizil geleiten. Für die Dauer ihres Exils werde ich ihnen Argentan überlassen.« Wie jedermann wusste, war Argentan eine der größten Festungen in der Normandie, die über eine ausgedehnte Region im Norden gebot.

Der Junge Henri hielt mitten in der Bewegung inne, vergaß sogar zu kauen; auch sonst kehrte unheilvolle Stille am Tisch ein. Ein Blick in die fassungslosen Gesichter des Marschalls oder de Béthunes ließ nichts Gutes ahnen.

»Argentan?«, wiederholte Henri heiser, mühsam beherrscht.

»Ich denke, das ist eine angemessene Unterkunft«, bekräftigte der Alte König zwischen zwei Bissen. Er schien die angespannte Stimmung, die bohrenden Blicke am Tisch gar nicht wahrzunehmen. Oder mit voller Absicht zu ignorieren.

Der Junge Henri schluckte umständlich, als müsste er sein letztes Stück Braten die Kehle hinunterzwingen. »Sicher ist Euch bewusst, dass Argentan in der Normandie liegt, Vater. In meinem Herzogtum. Burg und Stadt sind seit Langem mir versprochen. Hieltet Ihr es nicht für angebracht, mich zu fragen? Oder mich wenigstens in Eure Pläne einzuweihen?«

Ein Schauer überlief Erec. Natürlich. Das war der Grund für die allgemeine Erstarrung. Der König gedachte eine florierende Siedlung aus dem nominellen Besitz seines Sohnes einfach … wegzugeben, ohne Absprache. Und das nicht zum ersten Mal.

Die eigenmächtige Überschreibung von gleich drei Burgen auf Henris Gebiet an seinen Letztgeborenen Jean hatte vor sieben Jahren die unselige Rebellion ausgelöst.

Was bezweckte der Alte König? Wollte er Henri strafen, in die Schranken weisen für das, was sich kürzlich in Limoges zugetragen hatte? Oder war es reine Ignoranz? Hatte er vergessen, was das letzte Mal daraus hervorgegangen war? War es ihm gleichgültig?

Der Alte König machte eine ungehaltene Geste. »Und wenn schon, du brauchst Argentan nicht.«

Erec sah, wie Henris Hand sich um den Weinbecher schloss wie um die Kehle eines Gegners. »Nicht, wenn Ihr plant, mich auch zukünftig kleinzuhalten«, stieß er zwischen zusammengebissenen Zähnen hervor. In seiner Stimme lag eine schwer zu ertragende Mischung aus Zorn, Enttäuschung und Bitterkeit. Henri stürzte den Wein hinunter, erhob sich abrupt, schleuderte den leeren Becher scheppernd auf den Tisch und marschierte wortlos mit langen Schritten davon.

Es folgten einige Herzschläge reglosen Entsetzens unter den Anwesenden. Der Alte König hingegen widmete sich, als wolle er dem trotzigen Kind nicht zu viel Aufmerksamkeit schenken, ungerührt weiter seinem Essen, und Herzog Richard schaute dem Bruder mit einem Ausdruck zwischen Missbilligung und Nachsicht hinterher. Schließlich erhob sich der Marschall und verabschiedete sich mit der Andeutung einer Verbeugung von den Hoheiten, um dem Jungen König zu folgen – nicht, ohne Erec zuvor mit einem kurzen Blick zum Mitkommen aufzufordern.

Sie fanden Henri etwas abseits des Lagers am Flussufer, wo er Steine ins Wasser warf. Trotz der Kapitulation Puys war es leichtsinnig, sich alleine unmittelbar in Feindesnähe herumzutreiben, zumal für einen Königssohn. Aber darüber hatte Henri in diesem Moment nicht nachgedacht. Seine Enttäuschung und Verzweiflung waren geradezu greifbar. Alles, was er gefürchtet und geargwöhnt hatte, schien sich in den Ereignissen der letzten Tage und Stunden bestätigt zu haben.

Sie sagten nichts, warteten still in einigem Abstand.

Stein um Stein versank mit einem saugenden Gurgeln im Wasser und hinterließ verzerrte Wellenmuster im träge dahinfließenden Strom. Schwer zu sagen, wie viel Zeit vergangen war, als Henri schließlich in die Hocke sank und stumpf vor sich hin zu starren begann.

Erec hätte gerne etwas Tröstendes, Aufmunterndes gesagt, aber was hätte das sein sollen?

»Guillaume, ich will, dass du noch heute zwei vertrauenswürdige Boten losschickst«, sagte der Junge König schließlich mit rauer Stimme. »Einen nach Paris an den Hof meines Schwagers Philippe Dieudonné, den anderen nach Pirou zu meiner Frau.«

»Mit welcher Nachricht?«, fragte der Marschall gefährlich ruhig.

»Kündige dem französischen König meinen baldigen Besuch an, alles Weitere werde ich persönlich mit ihm besprechen. Wir brechen morgen direkt von hier nach Paris auf. Der andere Bote soll meine Frau informieren. Ich möchte, dass Marguerite sich ebenfalls in der französischen Hauptstadt einfindet und mich dort trifft.«

Er wandte sich Erec zu. »Du, Baudouin und die anderen, ihr führt meine Männer zurück nach Pirou. Der Marschall wird mich zusammen mit einer Eskorte nach Paris begleiten.«

Erec nickte benommen. Sein Magen zog sich zusammen. »Was habt Ihr vor, Majestät?«

Als er antwortete, war eine ungewohnte Härte und Entschlossenheit in den Blick des Jungen Königs getreten. »Etwas, das ich schon längst hätte tun sollen.«

Kapitel 64

Grafschaft Champagne, Troyes, Juli 1182

Zunächst war Damiens warme Hand Trost gewesen. Dann Halt und Stütze. Schließlich Versprechen.
Sie begnügte sich nicht länger damit, auf seinem Arm zu ruhen, sondern wanderte bald an seine Wange, in seinen Nacken und durch sein Haar, besuchte zärtlich jeden Zoll seiner bebenden Haut. Und Armand ließ es geschehen, erkundete schließlich selbst sein Gegenüber. Und es fühlte sich an, als hätten seine Hände das erste Mal ein Zuhause bei einem anderen Menschen gefunden, wenn Damiens Körper sich in sie schmiegte.

Erec zu lieben, hatte bedeutet, einen Stern fangen zu wollen, in dessen Nähe man am Ende nur verglühen konnte. Hingabe ohne Erfüllung. Minne in ihrer reinsten Form. Und wer weiß, vielleicht hatte darin der Reiz, die Anziehung bestanden. Doch inzwischen, mit dem nötigen zeitlichen und räumlichen Abstand, hatte Armand die zerstörerische Kraft dieses Spiels begriffen. Und dass ihn der Abschied womöglich vor dem Untergang bewahrt hatte.

Er wusste inzwischen, dass Damien ihm etwas zu schenken bereit war, was Erec ihm niemals hätte geben können. Eine Liebe, die über die brüderliche, freundschaftliche Liebe Erecs hinaus eine weitere Dimension besaß. Hingabe *und* Erfüllung.

Jede Berührung, jeder Kuss, jedes an nackte Haut gemurmelte Liebeswort erfüllte Armand nicht nur mit tiefer, glückseliger Zufriedenheit und Dankbarkeit, sondern auch mit unzähligen Melodien, bis er randvoll mit ungeschriebenen, ungesungenen Liedern war und alles an ihm überfließen wollte vor Glück.

Dazu kam die unbeschwerte Selbstgewissheit, die Damien seinem eigenen Körper und seinen Neigungen gegenüber an den Tag legte. Eine Furchtlosigkeit, die sich nicht nur auf den Kampfplatz, sondern auch auf die eigenen Gefühle erstreckte. Er war in der Lage, all das, was Armand an sich selbst stets als falsch, widernatürlich und abstoßend betrachtet hatte – eben weil es von vielen als genau das gesehen wurde –, mit gelassener Selbstverständlichkeit hinzunehmen. Und das ermöglichte Armand einen ganz neuen, liebevolleren Blick auf sich selbst. Er war genug, er war richtig.

Armand ertappte sich dabei, dass sein Zeigefinger gleich einem pickenden Vögelchen den Rhythmus eines neuen Liedes auf die Laken tippte, während Damiens Kopf an seiner Brust ruhte und die Gezeiten seines Atems sanft über Armands Haut streiften. Ein tiefer innerer Frieden machte sich breit.

An Maries Hof wurde die Kunst genauso zelebriert wie das Leben und die Liebe. Was andernorts womöglich als anstößig gegolten hätte, wurde hier als eine weitere Note im Lied des Lebens verstanden. Und mit derselben Güte und Großzügigkeit, mit der sie die Vielfalt der Kunst an ihrem Hof annahm und förderte, ließ die Gräfin es geschehen – sofern man ein Mindestmaß an Diskretion walten ließ. Ein kleiner Preis.

Armand konnte dieses Glück kaum fassen. Vielleicht war es das, was Odilon eigentlich gemeint hatte, als er von Maries Hof als einem Paradies gesprochen hatte? Ja, Armand war sicher, sein Paradies gefunden zu haben, in mehr als einer Hinsicht.

Das bedeutete jedoch nicht, dass er seine Freunde, dass er Erec, seinen Bruder, vergessen hatte – dieses Band würde niemand je zerschneiden. Wie es ihm wohl ergangen war? Hatte er den Aquitanienfeldzug unversehrt überstanden? Oder dauerte das Unternehmen noch an? Und was hatte es mit Graf Philipps düsteren Andeutungen auf sich? Hatte er mit dem Mann, von dem alles abhing, womöglich den Marschall gemeint? Und wenn ja, welche Gefahr lag darin für Erec und die anderen?

»Ich hätte ihn mit der Lanze aufspießen sollen, als ich Gelegenheit dazu hatte«, sagte eine Stimme neben Armand. Damien war aufgewacht und betrachtete ihn schmunzelnd, den Kopf in eine Hand gestützt.

»Was meinst du?«, fragte Armand irritiert.

»Na, Erec. Ich hätte ihn aufspießen sollen. Oder willst du mir weismachen, dass dieser sturmumwölkte Blick nichts mit ihm zu tun hat?«

»Ich …«

»Schon gut.« Damien küsste ihn auf die Schulter. »Ein bisschen habe ich mich schon daran gewöhnt, dass er wohl immer mit in diesem Bett liegen wird.« Er grinste anzüglich. »Was er von dieser Vorstellung wohl halten würde?«

Bei dem Gedanken mussten sie lachen. Doch Armand wurde schnell wieder ernst.

»Mir gehen die Worte von Graf Philipp nicht aus dem Kopf. Und sie machen mir Sorgen«, gab er zu. »Ich habe das Gefühl, ich sollte Erec warnen.«

»Und vor was genau?«

Armand verschränkte die Hände im Nacken und starrte an die Decke, als stünde dort irgendwo die Antwort. »Ich weiß es nicht. Aber eine Gefahr zieht auf, da bin ich mir sicher. Und er sollte vorbereitet sein.«

Kapitel 65

Herzogtum Normandie, Pirou, Juli 1182

Erecs erster Impuls hatte darin bestanden, sich selbst als Bote nach Pirou anzubieten, um Genovefa noch einmal sehen zu können. Denn eines war sicher gewesen: Sobald die Königin nach Paris aufbrach, würde Genovefa an ihrer Seite sein. Und niemand konnte sagen, wann er sie wiedersehen würde. Dazu hätte er erst einmal verstehen müssen, was hinter Henris beunruhigenden Andeutungen steckte. Doch der Junge König hatte sich in Schweigen gehüllt, und auch der Marschall hatte sich nicht geäußert, falls er überhaupt wusste, auf was die Sache hinauslaufen sollte. Strebte Henri nach Vergeltung für das ignorante und herzlose Verhalten seines Vaters? Erec könnte es durchaus verstehen.

Auch wenn es ihn schmerzte, hatte er schließlich seine Idee verworfen und sich Henris Willen, die Truppen und seine Freunde zurück nach Norden zu begleiten, gefügt. Wie hätte er seine Hast auch erklären sollen? Guillaume würde derweil mit dem König nach Paris reisen.

Inzwischen war jegliche Eile verflogen. Nichts zog Erec zurück nach Pirou, niemand wartete dort auf ihn. Pep, Armand, Genovefa – alle fort. Und auch wenn sie als Gewinner heimkehrten, empfand er keinen Triumph, dafür aber umso mehr Scham über diesen glanzlosen Sieg und die würdelose Behandlung des Jungen Königs. Sah so das glorreiche Leben eines königlichen Ritters aus? War das die Zukunft, die sie sich alle in den strahlendsten Farben ausgemalt hatten? Zwist, Intrigen und verbrannte Erde?

Als sie am Nachmittag schließlich Pirou erreichten, verspürte er wenig Lust, an dem festlichen Mahl teilzunehmen, das man zu ihrem Willkommen hatte vorbereiten lassen, auch wenn der Geruch nach frisch gebackenem Brot und ausgelassenem Fett verheißungsvoll in der Luft hing. Stattdessen wollte er Titus und sein Marschpferd nach der beschwerlichen Reise mit einer Extraportion Hafer und Streicheleinheiten versorgen. Auf diese Weise würde er vorerst auch neugierigen Fragen und sorgenvollen Blicken entgehen, und vor allem könnte er nach Wochen, umgeben von Hunderten grölenden, rülpsenden und stinkenden Kerlen, endlich eine Weile für sich sein.

Zumindest im letzten Punkt täuschte er sich.

Als er in den Stall trat, stürmte ein Hund freudig winselnd auf ihn zu und sprang an ihm hoch. Schmutzig weißes Fell, schwarze Augen.

»Brice?«

Das konnte nur bedeuten … Er drehte sich suchend im Kreis, während er mit beiden Händen den aufgeregten Köter abwehrte. Und tatsächlich, nur einen Herzschlag später trat Pépin mit verhaltenen Schritten und bangem Blick aus der dämmrigen Stallgasse.

Erec eilte ihm entgegen und schloss ihn heftig in die Arme, drückte ihn so fest an sich, dass der Junge für einen Augenblick in der Luft schwebte. »Pep! Dem Himmel sei Dank! Ich dachte, ich seh dich nie wieder.« Erst in diesem Augenblick begriff er wirklich, wie sehr ihm der Bursche gefehlt hatte.

»Du wirst nicht viel von mir haben, wenn du mich hier und jetzt erstickst«, murmelte der Knabe, aber Erec spürte, dass Pep ihn seinerseits umschlungen hielt und die Wange fest an seine Brust presste. Einen Augenblick drückte er den Jungen noch, bevor er ihn schließlich aus der Umarmung entließ und von oben bis unten musterte. Jesus, wie war es möglich, dass er sich in diesen wenigen Wochen derart verändert hatte?

Pep hob abwehrend die Hände, als er seinen Blick auffing. »Ja, ja, schon gut, du brauchst es nicht zu sagen. Ich bin gewachsen, bin eckiger geworden, oder weiß der Teufel.«

Erec nickte nur. In der Tat, der Abstand ihrer Trennung machte es überdeutlich: Vor ihm stand nicht länger das halb verhungerte Bübchen, das er vor einer gefühlten Ewigkeit mit der Hand an seiner Geldbörse erwischt hatte. Pep hatte einen ordentlichen Schuss gemacht, seine Schultern waren breiter, seine Arme und Beine länger geworden. Ein bisschen erinnerte er Erec an ein Fohlen, das noch nicht vollständig verstand, wie es die schlaksigen Gliedmaßen gebrauchen sollte. Doch erkannte Erec darin bereits den jungen Mann und die Geschmeidigkeit, die einen guten Kämpfer ausmachte. Peps Gesicht hatte ebenfalls etwas von der kindlichen Weichheit verloren, wenngleich die Sommersprossen und das Grinsen ihn unverändert wie einen Lausbuben wirken ließen.

»Du wirst neue Hemden brauchen«, sagte er nur. »Und bald auch andere Stiefel, nehme ich an. Vorausgesetzt natürlich, du bleibst.« Er sah ihn forschend von der Seite an. »Das tust du doch, oder?«

»Willst du das denn?« Beklommen sah Pépin zu Erec auf.

»Unbedingt!«, entgegnete Erec ohne jede Spur von Spott. Im Gegenteil, beinahe meinte Pépin, etwas Flehentliches aus seiner Stimme zu hören. »Es tut mir ehrlich leid, unter welchen Umständen wir uns zuletzt getrennt haben.« Beschämt blickte der Ritter zur Seite. »Inzwischen weiß ich, dass du in jedem Punkt die Wahrheit gesagt und diese Drecksäcke dich vermutlich meinetwegen schikaniert haben. Ich kann nicht erwarten, dass du mir vertraust – nachdem ich es umgekehrt nicht getan habe.« Er wandte sich Pépin wieder zu und fasste ihn bei den Schultern. »Aber ich verspreche, nein, ich schwöre dir, dass ich alles geben werde, um es ab jetzt besser zu machen. Gewiss gelingt mir das nicht immer, aber versuchen werde ich es.«

Pépin fühlte seine Brust eng werden und plötzlich brannten seine Augen. Ohne bewussten Entschluss ließ er sich ein weiteres Mal gegen Erecs Oberkörper sinken, vielleicht auch, um die Tränen zu verbergen, die plötzlich unter seinen Lidern hervordrängten.

Erec ließ ihn gewähren, legte ihm einen Arm um und wartete, bis er sich wieder gefangen hatte.

»Aber jetzt erzähl mir, wie es dir ergangen ist«, bat er. Gemeinsam gingen sie zu Titus' Verschlag und traten zu dem Hengst. In einträchtiger Vertrautheit griffen sie nach den bereitliegenden Bürsten und bearbeiteten mit kräftigen Strichen sein Fell, während Pépin von seinem Besuch bei Mila berichtete.

»Es geht ihr gut, und sie lässt euch alle herzlich grüßen«, richtete er aus. »Ich glaube, sie vermisst uns ein bisschen.« Er war sicher, das galt auch umgekehrt, wenngleich Erec sich nur in ein wehmütiges Lächeln flüchtete. Trotz aller Entbehrungen, trotz der ständigen Unsicherheit und Sorgen, war ihre Zeit als fahrende Turnierritter eine gute gewesen. Das beste Leben, das sie je hatten? Wer weiß, jedenfalls ein Leben ohne große Verantwortung, ohne im Blickpunkt der Mächtigen zu stehen und Spielball ihrer Ränke und der Missgunst ihrer Anhänger zu sein. Aber über so manche Erinnerung legte sich im Rückblick vermutlich ein unverdienter Glanz, mahnte er sich in Gedanken.

»Und was hast du Gil de Préaux erzählt, weswegen du so lange verschwunden warst?«, erkundigte sich Erec. Gil hatte sich dem Aquitanienfeldzug nicht angeschlossen, um die zurückbleibenden jüngeren Knappen in der Zwischenzeit zu unterrichten und zu beschäftigen.

Pépin hob die Schultern. »Die Wahrheit.«

»Was meinst du damit?«

»Na, alles eben. Wer ich wirklich bin, woher ich stamme.« Überrascht hob Erec die Augenbrauen.

»Ich dachte mir, lange würden César und die anderen nicht mit ihrem neuen Wissen über mich und meine Herkunft hinterm Berg halten, wenn sie ihm nicht längst alles gesteckt hatten. Ich wollte, dass Gil meine Version hört.«

Erec nickte anerkennend. »Und wie hat er es aufgenommen?«

Wieder zuckte Pépin mit den Schultern. »Bin nicht sicher.« De Préaux hatte nichts auf seine Ansprache erwidert, ihn nur lange stumm angesehen, schließlich genickt. Aber Pépin hatte sich eingebildet, in seinen Augen ein Lachen und so etwas wie Respekt aufblitzen zu sehen.

»Kann nicht behaupten, es hätte ihn mir gegenüber milder gestimmt, im Gegenteil, ich würde sagen, er nimmt mich härter ran denn je.« Doch vielleicht wollte der Ausbilder ihm auf diese Weise helfen, seinen Rückstand und seine Nachteile auszugleichen. Oder versuchte er nur herauszufinden, wie ernst es ihm war? »Zur Feier meiner Rückkehr hat er mich jedenfalls erst mal eine halbe Stunde mit voller Rüstung im Trab um den Platz reiten lassen.«

»Autsch!« Erec verzog das Gesicht. Aber Pépin hatte es mit der gleichen Langmut ertragen wie die geschundenen Muskeln und Knochen am folgenden Tag. Er war zurück im Spiel!

»Ich danke Gott, dass du wieder da bist«, erklärte Erec wie zur Bestätigung.

»Aber nur, weil du dich dann nicht allein mit diesem Ungeheuer rumschlagen musst«, sagte Pépin und schob mit Nachdruck Titus' großen Kopf weg, der in seinen Hemdfalten nach Leckerbissen stöberte. Gleichzeitig durchströmten ihn eine tröstende Zuversicht bei Erecs Worten und die Gewissheit, die richtige Entscheidung getroffen zu haben.

Wie sich herausstellte, war Pep nicht der Einzige, der Erecs Rückkehr nach Pirou erwartet hatte. Auf dem Weg zum Essen fing ihn niemand anderes als Damien de Brienne ab.

»Was treibst du hier?«, fragte Erec barsch, um seine Überraschung – und Sorge – zu überspielen. Was zur Hölle hatte er hier verloren? Der Ritter war der letzte Mensch, mit dem er an diesem Ort gerechnet hätte.

»Heiliger Georg, was hab ich deine Herzlichkeit vermisst, de Lacône«, begrüßte ihn Damien in kaum weniger ruppigem Ton. Und nach einer Pause, die er aus reiner Bosheit in die Länge zog, wie Erec vermutete, fügte er hinzu: »Ich bin auf der Durchreise zum Turnier in Avranches, hatte vorher noch in Caen zu tun, also habe ich dummerweise eingewilligt, dir eine Nachricht zu überbringen. Von Armand.«

Erec war ehrlich überrascht. »Wie kommt es, dass du ausgerechnet für uns den Botenjungen spielst?«

»Armand hat mich gebeten, das ist alles. Und jetzt nimm den verfluchten Brief, bevor ich es mir anders überlege.« Er hielt ihm ein gefaltetes und mit Wachs verschlossenes Pergament hin. »Du kannst doch lesen, oder?«

»Natürlich.« Mühsam zwar, aber das musste dieser Mistkerl ja nicht wissen. »Wie geht es Armand?«, fragte er stattdessen.

»Glaub mir, es geht ihm gut.« Ein eigentümliches Grinsen zuckte über die Lippen des Ritters.

Irritiert musterte Erec sein Gegenüber. »Und was genau macht dich so sicher?«

Damien hob die Schultern. Wieder dieses eigentümliche Grinsen, das ein Gefühl der Eifersucht aufflammen ließ. Eine Vermutung dämmerte in Erecs Geist herauf.

Wie zur Bestätigung wurde Damiens Grinsen noch breiter.

Erec spürte Hitze in seine Wangen steigen. »Hör zu«, zischte er, »was auch immer da zwischen euch beiden läuft, wenn du Armand in Schwierigkeiten bringst oder ihm wehtust, werde ich *dir* wehtun, das schwör ich bei Gott!«

Damiens Blick verschloss sich. »Keine Sorge, de Lacône, niemals könnte ich Armand so wehtun, wie du es getan hast.«

»Was zum Teufel willst du damit sagen?«

Sein Gegenüber gab einen schnaubenden Laut von sich, der wohl ein Lachen sein sollte. »Dass du diese Frage nicht selbst beantworten kannst, spricht für sich.«

»Aber …« Erec war vollkommen verwirrt. Und wütend.

»Sei versichert, Armand hat von mir nichts zu befürchten, im Gegenteil«, fügte der Ritter versöhnlich hinzu – was Erec kein bisschen beruhigte. »Und jetzt leb wohl, ich muss aufbrechen. Ich vermute, wir sehen uns diesmal nicht auf dem Turnierplatz, da ihr gerade aus dem Krieg zurück seid, aber vielleicht beim nächsten Wettkampf?«

Erec war nicht sicher, ob seine Bemerkung höflich oder herausfordernd gemeint war. Er nickte nur stumm, woraufhin Damien sich verabschiedete und ging.

Erec blickte auf den Brief, der plötzlich bleischwer in seiner Hand lag.

Kapitel 66

Krondomäne, Paris, Juli 1182

Solange sie unter sich waren, erinnerte das Verhalten des französischen Königs Genovefa an das eines Welpen. Unablässig suchte er Henris Nähe, tanzte mit bewundernden Blicken um den Schwager herum und trank förmlich jedes Wort von den Lippen des Älteren, wenn dieser Anekdoten aus glanzvollen Turniertagen zum Besten gab.

Philippe II. Dieudonné aus dem Haus der Kapetinger zählte noch keine siebzehn Jahre, regierte seit dem Dahinscheiden seines siechen Vaters zwei Jahre zuvor als souveräner Herrscher das Frankenreich und war oberster Lehnsherr der Plantagenêts. Dennoch wirkte er in diesen Momenten wie ein aufgekratztes Kind.

Marguerite neigte dazu, den jüngeren Bruder in solchen Augenblicken entweder zu bemuttern oder sanft zu maßregeln, was Dieudonné mal mit Langmut, mal mit Gereiztheit ertrug. Wenn es ihm zu bunt wurde, wies er mit einem säuerlichen Lächeln auf den Goldreif auf seinem Haupt, um sie daran zu erinnern, wer hier der König war.

Henri hingegen fand auf die ihm eigene einnehmende Art immer den richtigen Tonfall. Er begegnete dem jungen Schwager auf Augenhöhe, behandelte ihn mit kameradschaftlichem Respekt, fast wie einen Waffenbruder – und dafür vergötterte Philippe ihn. Selbst war er nie als Turnierritter aufgetreten, denn der verstorbene König Louis hatte seinen einzigen Sohn – Dieudonné, das Gottesgeschenk – wie seinen

Augapfel gehütet und von allen Gefahren ferngehalten. Erst recht, nachdem dieser mit knapp vierzehn Jahren bei einem Jagdausflug verschollen, nach seiner Auffindung schwer erkrankt und dem Tode nahe gewesen war. Selbst jetzt, Jahre später, schien sich der junge Herrscher noch nicht vollständig von dem Vorfall erholt zu haben. Auch wenn er in Henris Nähe stets die ihm auf den Leib geschneiderten Kleider eines Kriegers trug, schienen sie ihm doch nicht zu passen. Unter seinem dunklen, feinen Haar wirkte er blass, mager und beinahe zerbrechlich.

Nicht zum ersten Mal wunderte sich Genovefa, wie unerschütterlich treu das Haus Anjou diesem unerfahrenen Kindkönig zur Seite stand, obwohl mehr als einmal Gelegenheit bestanden hätte, Größe und Stärke auszuspielen und die Machtverhältnisse umzukehren. Stattdessen hatte der Alte Henri darauf gesetzt, ihre beiden Häuser durch Heirat aneinanderzubinden. Und wie Genovefa wusste, täuschten Philippes schwächliches Äußeres und seine überschwängliche Bewunderung Henri gegenüber darüber hinweg, dass sie es mit einem äußerst klugen und politisch weitsichtigen jungen Mann zu tun hatten, der sehr wohl königlich aufzutreten wusste, wenn es geboten schien.

Am Ende war es vermutlich beides gewesen, Bewunderung und politisches Kalkül, die Dieudonné dazu bewogen, seinem Schwager die Bühne zu bieten, die sein Vorhaben verlangte. Um was genau es dabei gehen sollte oder was der Anlass dafür war, darüber hatten Henri und der Marschall selbst Marguerite gegenüber nur vage Andeutungen gemacht. Von einem Zerwürfnis mit dem Vater war die Rede und vom endgültigen Überschreiten einer Grenze.

So blieb der Königin und Genovefa, genau wie den zahlreichen anderen hochrangigen Gästen des festlichen Banketts im Palast, nichts weiter übrig, als in gespannter Erwartung auszuharren. Unter der reich gedeckten Tafel hielt Marguerite ihre Hand derart fest umklammert, dass es schmerzte. Und auch Genovefa selbst war nicht nur wütend, dass man sie einmal mehr im Unklaren ließ, sondern auch tief besorgt, wenn sie in die verhärtete, entschlossene Miene des Jungen Königs sah. Schon lange gärte es in Henri, und vieles deutete darauf hin, dass heute der Tag der Wahrheit gekommen war.

In der Menge der Gäste entdeckte Genovefa Odilon Auberée, der ihr freundlich zunickte. Seine Anwesenheit freute sie, überraschte sie aber nicht. Wie ein Zugvogel blieb der Herold nie lange an einem Fleck, eilte von Hof zu Hof, um Einladungen und Botschaften gegen Neuigkeiten und Informationen zu tauschen. Und wie es aussah, besaß er ein feines Gespür dafür, zur richtigen Zeit am richtigen Ort zu sein. Womöglich war seine Anwesenheit aber auch kein Zufall, sondern von den beiden Königen bewusst herbeigeführt worden. Wichtige Ankündigungen verlangten danach, möglichst rasch in alle Winkel des Reiches getragen zu werden.

Genovefa musste an Odilons Worte damals beim Wettkampf in Mons zurückdenken, als sie über Henris Ehrgeiz beim Turnier sprachen. *Wie lange wird er sich damit noch begnügen?*, hatte der Herold gefragt.

Genovefa war überzeugt, heute eine Antwort zu erhalten.

Kapitel 67

Herzogtum Normandie, Pirou, August 1182

»Der Junge König will das Kreuz nehmen«, verkündete Odilon Auberée ernst.

Während Henri und Marguerite mit Genovefa, dem Marschall und ihrer Entourage weiterhin in Paris weilten, war der Herold ihnen vorausgeeilt, um die Neuigkeit dorthin zu bringen, wo sie am dringendsten erwartet wurde, nach Pirou.

Erec, de Béthune und auch d'Yqueboeufs Leute trainierten auf dem Gelände unterhalb der Mauern, als sie den Herold und seine Eskorte kommen sahen und ihn abpassten, noch bevor er das Burgtor erreichte. Seit Tagen lauerten sie voll Sorge und Ungeduld auf Nachrichten aus Paris.

»Henri will das Gelübde zur bewaffneten Pilgerfahrt ins Heilige Land ablegen«, wiederholte Odilon in die angespannte Stille.

Während die Worte des Herolds in Erecs Verstand sickerten, breitete sich eine merkwürdige Kälte in ihm aus. Ratlosigkeit? Sorge? Angst?

Diese Entwicklung hatte er nicht kommen sehen. Keiner von ihnen. Hieß das, ihr Leben als Turnierritter hätte bald ein Ende?

»Na ja«, brummte Baudouin de Béthune, »das Gelübde abzulegen, heißt ja nicht, dass er morgen ins Heilige Land aufbricht, oder? Sein Vater hat schon lange das Kreuz genommen und begnügt sich seither damit, die Sache Christi aus der Ferne mit Geld zu unterstützen.«

»Sich freizukaufen, meinst du«, korrigierte Thomas mit einem bitteren Lachen.

»Das ist richtig«, gab Odilon zu. »Aber ich denke, in diesem Fall liegt die Sache anders. Als Erstes hat Henri seinen abwesenden Vater im Angesicht ihres obersten Lehnsherrn König Philippe Dieudonné und der versammelten französischen Elite nachdrücklich aufgefordert, ihm endlich souveräne Herrschaftsrechte über die Normandie und das Anjou zuzugestehen, wie schon so lange vereinbart. Damit er sich und seine Frau sowie seine Ritter aus eigenen Ländereien und Einkünften erhalten und ernähren kann. Erst danach hat er seine Pläne zur Pilgerfahrt angekündigt. Womöglich als … *Warnung,* dass er im Zweifel bereit ist, sich nach neuen Aufgaben und Titeln in Outremer umzusehen, sollte der Alte König nicht endlich nachgeben.«

»Wollt Ihr damit sagen, Henri versucht, seinen Vater zu erpressen?«, fragte Erec.

Odilon hob die Augenbrauen und spitzte nachdenklich den Mund. »Nicht erpressen, aber zumindest unter Druck setzen, würde ich sagen.«

»Was soll das bringen?«, entgegnete Thomas de Coulonces heftig, und seine Augen flackerten in heller Wut. »Statt aus seiner schmählichen Behandlung in Aquitanien Konsequenzen zu ziehen und sich endlich zu nehmen, was ihm zusteht, verlegt er sich auf Drohungen, auf Erpressung, auf heiße Luft? Und falls er damit nicht durchkommt, lautet die Alternative, auf eine ungewisse Zukunft in einem staubigen Land am anderen Ende der Welt zu hoffen? Die Normandie ist der Brückenkopf des angevinischen Reiches auf dem Kontinent. Und den wird der Alte Henri, solange er lebt, nicht freiwillig aus der Hand geben, da bin ich sicher. Wo also soll das Ganze hinführen? Wir werden schon genauso lange hingehalten wie Henri selbst – und jetzt erneut. Dienen wir in ihm nicht einem gesalbten König? Sollte sich das nicht endlich bezahlt machen?«

»Wenn du mich fragst, spricht der Einfluss des Marschalls aus Henri«, knurrte d'Yquebœuf. »Unser *bester aller Ritter* ist ein elender Zauderer, der den Schwanz einzieht, wenn's drauf ankommt. Er hat Henri diese Sache eingeflüstert, jede Wette.«

»Was ist verkehrt daran, einen Krieg zwischen Vater und Söhnen verhindern zu wollen?«, fragte Erec. »Sollte uns nicht allen daran gelegen sein, Blutvergießen zu vermeiden?«

Adam d'Yqueboeuf musterte ihn abfällig. »Wenig überraschend, dass du dem Marschall nach dem Mund redest. Nur zur Erinnerung: Die Männer an diesem Hof mögen auf Turnieren antreten, sie trainieren aber für den Ernstfall. Sie sind vorbereitet, sie sind mit jeder Faser Krieger.«

»Aber es gibt weiß Gott bessere Verwendung für sie, als Gräber zu füllen.«

Adams Lächeln war nun voller Geringschätzung. »Ich hätte dich nicht für einen Feigling gehalten, de Lacône.«

Erecs Hände ballten sich zu Fäusten, und er machte einen energischen Schritt auf den Ritter zu. Er hatte nicht übel Lust, diesem selbstgefälligen Hundsfott die Nase zu brechen. »Glaub nicht, ich würde einen Kampf scheuen!«

»Genug!« Premier Préaux hob beschwichtigend die Arme. »Vielleicht sollten wir erst einmal abwarten, wie der Alte König reagiert, bevor wir uns in Spekulationen verlieren und aufeinander losgehen.«

Odilon nickte. »Henris Forderungen und seine Kreuznahme könnten weit wirkmächtiger sein, als ihr vermutet. Sein Urgroßvater Fulko war einst König von Jerusalem, daher sind seine Aussichten auf die Krone des Heiligen Landes nicht schlecht. Doch der Alte König hat Pläne und kann es sich nicht leisten, seinen Erben und Thronfolger an Outremer zu verlieren. Er wird reagieren müssen, kann aber gleichzeitig gegen ein solch frommes Vorhaben wenig Einwände erheben. Henri hat ihn in eine Zwickmühle gebracht.«

»Warten wir's ab.« Thomas de Coulonces spuckte in den Sand, bevor er sich nach einem abschätzigen Blick Richtung Erec abwandte und zusammen mit d'Yqueboeuf und seinen Leuten abzog.

Erec sah ihnen nach und musste plötzlich an Armands Nachricht aus Troyes denken. Das Schreiben hatte einige begeisterte Zeilen über Gräfin Maries Hof enthalten. Kein Wort über Damien. Dafür aber eine Warnung – vage, jedoch eindringlich und voll Sorge. Bemerkungen und Andeutungen, die beim Bankett gefallen waren. Darüber, dass die Herrschaft des Jungen Königs womöglich gefährdet sei, zu sehr an einer bestimmten Person und ihrem Rat hing. Dem Marschall.

Erec hatte sich keinen Reim darauf machen können. Bis eben.

Hatten de Coulonces, d'Yquebœuf und die anderen recht? Hinderte der Marschall Henri daran, nach der Macht zu greifen, wie es ihm ihrer Ansicht nach zustand? Gefährdete Guillaume sein Vorankommen? Oder waren das haltlose Vorwürfe ehrgeiziger Kriegstreiber?

»Der Junge König hat beschlossen, die nächsten Wochen noch zusammen mit seiner Frau in Paris zu verweilen«, berichtete Odilon weiter. »Seit seinem öffentlichen Auftritt ist er guter Dinge. Er konnte klarmachen, dass er nicht länger gewillt ist, seines Vaters Spiel zu spielen.«

Premier Préaux wiegte den Kopf. »Auf mich wirkt er nicht überzeugt. Warum sonst versteckt er sich bei seinem Schwager, wenn nicht, um der Antwort des Alten Königs aus dem Weg zu gehen? Er weiß genau, dass sein Vater sich nicht die Blöße geben wird, vor den Augen seines Lehnsherrn über derart heikle Angelegenheiten mit ihm zu streiten.«

»Womöglich habt Ihr recht«, gestand der Herold ein. »Aber Henri hat den ersten Zug gemacht, und vielleicht wird es der erhoffte Befreiungsschlag. Auf jeden Fall hat es ihn in Hochstimmung versetzt wie lange nicht.« Er grinste verschmitzt. »Er und Marguerite führen sich auf wie zwei Jungvermählte. Gönnen wir den beiden die kurze Zeit der Unbeschwertheit. Denn so oder so wird der Alte König über die Entwicklungen nicht glücklich sein. Er hasst es, wenn man ihm das Messer auf die Brust setzt.«

»Umgekehrt hat er keine Skrupel«, bemerkte Baudouin. »Besonders nicht, wenn es um seinen Thronfolger geht.«

»Ja, das ist wahr.«

Erec nickte abwesend. Ja, er gönnte Henri die Zeit unbeschwerten Glücks, das tat er wirklich, nach allem, was hinter ihm lag. Doch Genovefa weilte nun seit mehr als vier Wochen mit dem Jungen König und Marguerite am Hof in Paris. Dazu kam die Zeit, die Erec in Aquitanien gewesen war. Alles in allem hatten sie sich seit Monaten nicht gesehen – und er verzehrte sich nach ihr. Nach ihrem Witz und ihrer Klugheit genauso wie nach ihren Küssen und ihrer duftenden Haut. Zugegeben, er hatte sein Verlangen zwischenzeitlich in den Armen einer anschmiegsamen Magd zu stillen versucht. Doch war daran, gemessen an den Stunden mit Genovefa, alles schal und enttäuschend gewesen, sodass er seither lieber wie ein Mönch lebte.

Kapitel 68

Herzogtum Normandie, Pirou, September 1182

Sobald Pirou in Sichtweite kam, beschleunigte sich Genovefas Herzschlag in einer Mischung aus hoffnungsvoller Erwartung und Sorge. Sie wusste, dass keiner von Henris Rittern in Aquitanien gefallen war, kannte auch den Grund und dankte Gott dafür, wenngleich die Männer mit den Umständen haderten. Doch seit Erec und sie einander zuletzt gesehen hatten, waren Monate verstrichen. Viel konnte geschehen in solch einer Spanne, Ansichten konnten sich ändern, Pläne wechseln, Gefühle erkalten. Ganz davon abgesehen war und blieb sie eine verheiratete Frau.

Einige Pferdelängen vor ihr ritt neben Marguerites Sänfte der Junge König auf seinem blauäugigen Schimmel Skander. Henri lachte, wirkte unbeschwert, geradezu ausgelassen auf eine Art, wie Genovefa sie bislang nur auf dem Turnierplatz erlebt hatte, richtiggehend befreit. Und vielleicht war er das seit seiner entschlossenen Ankündigung tatsächlich. Als hätte er nach langer Zeit endlich die Kontrolle über sein Leben zurückgewonnen, wenigstens für den Moment.

Und noch eine andere Sache versetzte den jungen König in Hochstimmung und erfüllte auch Genovefas Herz mit unbändiger Freude: Alle Anzeichen sprachen dafür, dass Marguerite guter Hoffnung war. Noch stand die Schwangerschaft ganz am Anfang, aber allen erschien dieses unerwartete Glück wie ein gutes Vorzeichen, wie die Verheißung auf eine neue, bessere Zukunft. Solange der französische König ohne Nachkommen blieb, wäre dieses Kind nicht nur Erbe des angevinischen, sondern auch des kapetingischen Reichs und somit dereinst womöglich Oberhaupt eines vereinten, mächtigen neuen Imperiums.

Kein Wunder also, dass Henri seine Frau wie ein rohes Ei behandelte, seit er von der Schwangerschaft wusste, und sie genötigt hatte, in der Sänfte statt auf dem Pferderücken zu reisen – wenngleich Genovefa Zweifel hegte, dass das Geschaukel des von zwei Maultieren getragenen Gefährts viel erquicklicher oder gar schonender ausfiel. Sie selbst jedenfalls war froh, auf dem Rücken ihres Zelters zu sitzen, auch wenn sie im Augenblick nicht entscheiden konnte, ob sie das Pferd schneller der Burg entgegentreiben oder wenden und die Flucht ergreifen sollte.

Natürlich tat Genovefa weder das eine noch das andere und ritt wenig später mit dem königlichen Tross in den Hof der inneren Burg ein.

Der halbe Haushalt hatte sich versammelt, um sie nach der langen Abwesenheit willkommen zu heißen. Pagen hielten Erfrischungen und Wasserschalen bereit. Genovefa sah fitz Guy und de Béthune, auch Horace hatte sich eingefunden und erwartete die Eintreffenden, eine Hand auf seinen Gehstock, die andere auf Pauls Schulter gestützt. Hastig glitt Genovefas Blick weiter über die Menge, bis sie schließlich entdeckte, wen sie suchte. Erec stand etwas abseits, doch sein Blick fand sofort ihren.

Rasch wandte Genovefa das Gesicht ab, um ihre Gefühle zu verbergen, und klopfte ihrem Pferd den Hals. Glück und Erleichterung erfassten sie. Nichts hatte sich geändert.

Als sie wieder aufsah, war der Marschall von seinem Ross gesprungen, um Marguerite aus der Sänfte zu heben. Und Erec eilte mit einigen langen Schritten geradewegs an Genovefas Seite, eine Spur zu forsch vielleicht, doch niemand schien Anstoß zu nehmen.

»Willkommen zurück, Madame d'Hârcourt! Eure Anwesenheit macht diesen sonnigen Tag noch strahlender.« Einen kurzen Moment sah er sie direkt an, mit schalkhaft blitzenden Augen und einem verwegenen Grinsen im Mundwinkel, dann streckte er ihr die Arme entgegen, um ihr aus dem Sattel zu helfen. Als er sie auffing, umfasste seine Hand ein, zwei, drei Herzschläge lang warm und fest Genovefas Taille, doch dann nahm er sie weg, nur um ihre Linke zu ergreifen und sie mit ergeben gesenktem Haupt ihrem Ehemann zuzuführen. Vielleicht Einbildung, doch schien Erec sie nur widerwillig freizugeben, bevor er sich mit einer knappen Verbeugung zurückzog.

Horace, der sich vorbeugte, um seiner Frau zur Begrüßung die Stirn zu küssen – so viel hatte Erec noch aus dem Augenwinkel gesehen. Neid und Sehnsucht pochten in seiner Brust, und er musste sich zwingen, nicht noch einmal in ihre Richtung zu schauen. *Er* wollte es sein, der sie berührte, sie küsste, wieder und wieder. Nur wann? Himmel, wann?

»Mit Verlaub, Ihr seht gut aus, Hoheit – erholt und zufrieden!«, begrüßte de Béthune den König lächelnd, während er Skander am Zaum fasste.

»Ich habe mich auch schon lange nicht mehr so gut gefühlt.« Henri sprang federnd vom Pferderücken und strahlte in die Runde seiner Ritter. Kurz wusch er sich an einer dargereichten Wasserschale, bevor er seinen Männern zur Begrüßung auf die Schultern drosch. Dann warf er einen geradezu zärtlichen Blick in Richtung seiner Frau, die am Arm des Marschalls zu ihnen kam. »Und wenn es Gott gefällt, werde ich bald Vater sein«, verkündete er nicht ohne Stolz.

»Ist das wahr?« »Das sind großartige Neuigkeiten!« »Wie wunderbar! Gottes Segen!«, riefen die Männer ausgelassen und gratulierten dem Jungen König und seiner Gattin.

Gerührt nahm das Königspaar die Glückwünsche entgegen, bis Henri seine Frau schließlich am Arm fasste und behutsam nach drinnen geleitete. Gewiss hatte die lange Reise sie erschöpft.

Einige Männer, darunter auch Erec, blieben mit dem Marschall im Hof zurück. Guillaume blickte Henri und Marguerite nach. Er wirkte gleichermaßen nachdenklich wie besorgt. Als ahne er, dass die Unbeschwertheit der letzten Wochen unvermeidlich ein Ende finden würde, sobald sie diese Tür durchschritten.

Kapitel 69

Herzogtum Normandie, Pirou, September 1182

Raoul Farci war jung, leichtgläubig und dem Wein sehr zugetan. Er war ein Taugenichts, den niemand wirklich ernst nahm und der eine Torheit nach der anderen beging. Dabei hatte er irgendetwas an sich, das Mitleid erregte und es den meisten Leuten unmöglich machte, ihm lange gram zu sein, Henri eingeschlossen. Aus unerfindlichen Gründen hatte der Junge König entschieden, ihn unter seine Fittiche zu nehmen und zu einem anständigen Kerl zu formen – bislang mit wenig Erfolg.

All das machte ihn perfekt für Valérys Zwecke.

Auch die anderen Verschwörer hatten sich bereits Raouls bedient und mit seiner unfreiwilligen Hilfe ihr gemeinsames *Problem* um ein Haar gelöst – wären Erec und sein Gaul nicht dazwischengegangen.

Diesmal würde ihm niemand in die Quere kommen, Erec schon gar nicht. Valéry hatte alles genau durchdacht, alle Eventualitäten erwogen und alle Beteiligten genauestens ins Bild gesetzt. Ausgenommen Raoul Farci, der nichts von seiner tragenden Rolle in der Sache ahnte. Wer hätte einem Trunkenbold eine solch heikle Angelegenheit auch anvertraut? Abgesehen davon würde er unwissend, wie er war, ein noch viel nützlicheres und vor allem glaubwürdigeres Werkzeug abgeben.

Die Zeit war reif, die Voraussetzungen besser denn je. Nun musste Valéry nur noch den richtigen Augenblick abpassen und Raoul in seiner Nähe behalten.

Im Schatten der Stallungen saßen sie auf einem Bretterstapel und teilten sich einen Krug Wein. Vielmehr nippte Valéry nur an seinem Becher, während er seinem Begleiter wieder und wieder nachfüllte.

Es war erst früher Nachmittag, doch Farci war oft schon am Morgen betrunken, auch wenn er es recht gut zu verstecken wusste. Er schätzte es, in Valéry einen anscheinend bereitwilligen Trinkkumpan gefunden zu haben, während die anderen Ritter ihren täglichen Verrichtungen nachgingen. Und ihre Treffen boten Valéry Gelegenheit, ihn im Auge zu behalten, ihn mit den richtigen Informationen und Ideen zu füttern und ihn in einem konstanten Zustand glückseligen Rauschs zu halten. Außerdem konnte er die Stallungen observieren, was für den Plan ebenso bedeutsam war. Es war ein ganzes Bündel an Fäden, die es zusammenzuhalten galt.

»Was tust du hier, Valéry?«, fragte plötzlich eine allzu bekannte Stimme. Pépin, verflucht! Warum musste diese kleine Wanze immer in den unpassendsten Momenten auftauchen? Warum war der Bengel überhaupt wieder hier? Hatten sie ihm immer noch nicht genug zugesetzt? Prügel, falsche Anschuldigungen und Verleumdung – offenbar gab es keine Kur, um diese zähe Laus dauerhaft loszuwerden. Außer vielleicht, sie endgültig zu zerquetschen.

»Das siehst du doch, Bengel, ich unterhalte mich mit einem Freund.« Nein, ein Bengel war Pep nicht, musste Valéry zugeben. Nicht mehr. Eher ein schlaksiger Halbstarker, mit mehr Neugier und einem größeren Mundwerk, als ihm guttat.

»Schöne Freunde hast du«, knurrte der Junge und maß Valérys Begleiter mit einem vernichtenden Blick. Genau wie Erec hatte er Farci nicht verziehen, dass dieser während der Jagd um ein Haar Titus getötet hätte.

Raoul schien das nicht zu grämen. Er prostete dem Knappen unbekümmert zu, woraufhin sich Pépins Miene weiter verdüsterte.

»Hast du nichts zu tun?«, fragte Valéry schroff. Es war nicht gut, so viel Aufmerksamkeit auf sich zu lenken. Nicht an diesem heiklen Punkt.

»Mehr als ihr, wie es aussieht.«

»Dann lass dich nicht aufhalten, sonst denkt man noch, du treibst dich wieder herum oder jagst Lumpenbällen nach.«

»Wenigstens lasse ich mich nicht schon am Mittag volllaufen«, schoss der Knappe zurück.

Gut so. Sollte er nur denken, Raoul und er wären zwei gelangweilte Saufbrüder. Er machte eine abfällige Geste und hoffte, ihn damit vertrieben zu haben. Jetzt durfte nichts mehr schiefgehen.

Kapitel 70

Herzogtum Normandie, Pirou, September 1182

Erec saß zwischen zwei Zinnen auf der inneren Burgmauer und ließ ein Bein nach außen herabbaumeln. Um ihn herum huschten Eidechsen scheinbar losgelöst von den Gesetzen der Natur über die senkrechten Kalksteingemäuer oder verharrten reglos in der Sonne. Gräser und kleine violette Blüten klammerten sich in die Fugen und Ritzen, zerzaust vom Wind, der zu keiner Zeit je aufhörte, um die Wände zu schmirgeln. Weit oben am Himmel kreisten zwei Raubvögel.

Doch Erecs Aufmerksamkeit galt nicht den Tieren oder dem Abgrund unter ihm. Er starrte in Richtung der Gärten, wo Genovefa zusammen mit der Königin die sommerliche Wärme genoss, von hier oben nur als bunte Schemen in der Ferne auszumachen. Vier Tage waren sie bereits wieder in Pirou, und noch immer hatte sich keine Gelegenheit ergeben, auch nur einen Augenblick mit ihr allein zu sein oder ein paar ungestörte Worte zu wechseln. Marguerite nahm ihre Hofdame pausenlos in Anspruch, und anschließend entließ Horace sie kaum aus seiner Aufmerksamkeit.

Nun, da sich Genovefa wieder in seiner unmittelbaren Nähe befand, war die Sehnsucht noch schwerer zu ertragen als all die Wochen und Monate zuvor. Und auch wenn Erec sich lächerlich dabei vorkam, überprüfte er mehrmals am Tag, ob sie ihm vielleicht das bestickte Band im Stall hinterlassen hatte und ihn zu einem heimlichen Treffen aufforderte. Doch nichts dergleichen. Ob sie ihn überhaupt sehen wollte?

»Hier bist du also! Versteckst du dich etwa?«

Erec fuhr erschrocken zusammen. »Himmelherrgott, Guillaume, musst du dich so anschleichen? Willst du mich ins Grab bringen?« Mit weichen Knien kletterte er von seinem Sitzplatz zurück auf den sicheren Boden des Wehrgangs.

»Ich habe mich nicht angeschlichen. Aber du scheinst mit deinen Gedanken woanders zu sein.« Kurz sah der Marschall mit zusammengekniffenen Augen über Erecs Schulter, als halte er nach dem Grund für dessen Abwesenheit Ausschau, richtete dann aber den Blick wieder auf sein Gegenüber.

»Begleite mich zum König.«

»Was ist mit ihm?«, erkundigte sich Erec besorgt.

»Er hat vorhin einen Boten seines Vaters empfangen.«

»Und die Antwort des Alten Königs ist anders ausgefallen als erhofft?«

Der Marschall nickte beklommen. »Kann man so sagen. Henri hat es geahnt, denke ich. Deswegen wollte er lediglich mich bei dem Treffen dabeihaben.«

»Und was kann ich tun?«

»Ich will, dass du mit ihm sprichst. Er schätzt dich als ehrlichen und loyalen Ratgeber. Und als uneigennützigen Freund. Von denen hat ein König weiß Gott nicht viele. Ich denke, es würde ihm helfen, zu hören, was du von der Sache hältst, bevor er eine Entscheidung trifft.«

Sorge und Stolz rangen in seiner Brust. Es war und blieb ein Wunder, dass seine Meinung plötzlich von so großer Bedeutung war. Für einen König. Aber diese Tatsache barg auch große Verantwortung.

Es war erschütternd, den Jungen König in diesem Zustand zu sehen, besonders angesichts der zuversichtlichen Hochstimmung, in der er sich bei seiner Rückkehr wenige Tage zuvor noch befunden hatte.

Nicht zum ersten Mal schien es Erec, als existierten verschiedene Henris nebeneinander: der Mann auf dem Turnierplatz, der strahlende, selbstsichere und beinahe unbesiegbare

Artusritter, der spätestens mit seinem Charme und Aussehen alle in die Knie zwang. Auf der anderen Seite aber dieser dunkle, von Schwermut, Verzweiflung und Selbsthass geplagte Schatten. Und dann gab es noch den Henri dazwischen, der täglich aufs Neue darum rang, seinen Platz zwischen den beiden Extremen zu finden, sich selbst zu finden.

Die Stirn auf die Hände gestützt und das Haar zerwühlt, saß er in seinem Gemach am Tisch über ein Pergament gebeugt. Als er aufsah, blickte Erec in ein graues Gesicht und trübe, gerötete Augen. *Wie ein geprügelter Hund,* dachte er.

Mit einer müden Geste bedeutete ihm der König, auf einem der Stühle Platz zu nehmen. Der Marschall hielt sich im Hintergrund.

»Majestät.«

»Hier, das ist die Nachricht, die mein Vater mir übermittelt hat«, erklärte Henri umstandslos und schob Erec das Pergament hin. »Natürlich hat er sich nicht selbst herbemüht, um die Sache mit mir zu bereden. Er geht davon aus, dass ich auch dieses Mal gehorche. Wie ich es seit Langem tue.« Henris Stimme vibrierte vor Verachtung – sich selbst gegenüber.

Erec blickte auf das Pergament, sah das Siegel des Alten Königs und überflog die in sauberer Schrift verfassten Zeilen, ohne ihren Inhalt zu begreifen. Doch Henri ersparte ihm das mühevolle Lesen.

»Im Grunde schreibt er, dass ich mir das Herrschaftsrecht über eigenes Land bis auf Weiteres aus dem Kopf schlagen kann. Er vertröstet mich erneut, bietet mir stattdessen zehntausend Pfund Silber Jahresrente, zusätzlich zu den fünfzehntausend, die ich schon bekomme, wenn ich jetzt und in Zukunft von meinen Plänen hinsichtlich des Heiligen Landes ablasse.« Müde schüttelte er den Kopf. »Bei allen Heiligen, Erec, zehntausend zusätzliche Pfund! Außerdem eine Rente für Marguerite und den Unterhalt für hundert weitere Haushaltsritter.«

Erec spürte, wie sein Mund trocken wurde. »Das ist … das …«

»Ja, sprich es nur aus, de Lacône: Das ist eine unfassbare Menge Geld, eine obszöne Menge, wenn du mich fragst. Man könnte damit ein Heer von einigen Tausend besolden. Und wozu das Ganze? Um meinen Protest ein für alle Mal unter einem Berg von Münzen zu ersticken. Um mich ruhigzustellen, unter Kontrolle zu halten. Himmel, wie konnte ich je glauben, er würde mich ernst nehmen und einlenken?« Er rieb sich mit beiden Händen übers Gesicht, als könne er die Verzweiflung vertreiben. Schließlich blickte er auf. »Was sagst du dazu?«

Erec atmete tief durch. Dann nahm er sich unaufgefordert einen Becher von einem Beistelltisch und füllte ihn mit Wein. Um Zeit zu gewinnen, aber auch, um sich von dem soeben Gehörten zu erholen. Er hatte gewusst, dass das Haus Anjou, die Familie Plantagenêt, unerhört reich war, sah es jeden Tag. In nackten Zahlen ausgedrückt bekam dieser Reichtum allerdings eine gleichermaßen überwältigende wie einschüchternde Dimension. Grob überschlagen hätten sie allein mit der genannten Aufstockung die alte Turniertruppe für die nächsten Jahrzehnte versorgen können.

Nachdenklich drehte Erec den Becher zwischen den Händen. »Wie Ihr vermutlich wisst, bin ich nicht gerade bekannt dafür, sonderlich vernünftige oder wohlüberlegte Entscheidungen zu treffen, ganz besonders nicht, wenn es um Geld geht. Eine davon hat meine Mannschaft an den Rand des Ruins geführt, eine andere hat mich um ein Haar Titus gekostet.« Er sah auf. »Wollt Ihr also allen Ernstes eine Einschätzung von mir, ob Ihr das Geld Eures Vaters annehmen sollt? Lasst mich Euch eine andere Frage stellen, mein König: Was ist die Alternative?«

Henri ließ sich in seinem Lehnstuhl zurücksinken und starrte an die Decke, als stünde dort die Antwort. »Eine Möglichkeit wäre, gegen meines Vaters Willen im Königreich Jerusalem mein Glück zu suchen«, antwortete er schließlich. »Die andere besteht darin, meinen Bruder mithilfe der aquitanischen Fürsten um sein Herzogtum zu bringen, zumal schon wieder eine Revolte gegen ihn entbrannt ist, diesmal unter Führung der Lusignans.«

»Ihr könntet es *versuchen,* aber niemand kann sagen, wie die Sache ausgeht«, hielt Erec dagegen. »Wenn Ihr mich fragt, stehen für die Aquitanier ganz andere Dinge im Vordergrund, als Euch zu eigenem Land und Einkünften zu verhelfen. Sie wollen ihre Macht und Souveränität zurück. Könnt Ihr sicher sein, dass sie treu zu Euch und Eurer Sache halten, wenn die Dinge für sie nicht so laufen wie erhofft? Und wer kann sagen, wie sich die Lage im Heiligen Land entwickelt, wo die Sarazenen angeblich schon an den Grenzen stehen?«

Henri nickte bleiern. »Ja, all das weiß der Himmel allein. Und das macht es unmöglich, wenn wir ehrlich sind. Gott helfe mir, wie sollte ich meiner schwangeren Frau eine beschwerliche und gefahrvolle Reise ins Heilige Land aufbürden, wo sie – *wir* – so lange auf ein weiteres Kind warten mussten? Wie könnte ich riskieren, in einem Krieg gegen meinen Bruder zu fallen und Marguerite und meinen ungeborenen Erben den angevinischen oder kapetingischen Wölfen zum Fraß vorzuwerfen? Ganz zu schweigen davon, dass es unsere Familie endgültig zerreißen würde.« Als er Erec ansah, standen Kummer und Resignation in seinen Augen. »Meine Drohungen bleiben nichts als leere Worte. Aber wie lässt mich das dastehen vor meinen Männern? Vor meinem Vater? Als wankelmütiger Weichling. Wie könnten sie mich jemals wieder ernst nehmen? Wie soll ich mich *selbst* ernst nehmen, Herrgott?« Erneut stützte Henri die Stirn auf die Hände, als machte die Vorstellung seinen Kopf unsagbar schwer. »Bertran, Adam, Thomas – sie werden mich hassen, wenn ich wieder einknicke. Und ich kann es ihnen nicht einmal verdenken. Was habe ich ihnen schon zu bieten? Seit vielen Jahren stehen sie treu an meiner Seite, und ich fürchte, ab einem gewissen Punkt können Turnierruhm und Silber allein ehrgeizige Männer nicht länger zufriedenstellen. Sie erwarten Land, Ämter, Verantwortung, Macht.«

Erec beugte sich vor. »Verflucht, Majestät … *Henri,* Ihr seid der König! Und die Entscheidungen, die Ihr trefft, dürfen nicht nur den Erwartungen und der Eitelkeit Einzelner dienen. Es ist Eure Pflicht, das große Ganze im Blick zu behalten, auch wenn das den Wünschen mancher zuwiderläuft. Selbst wenn es Euren eigenen Wünschen zuwiderläuft, fürchte ich.«

»Gut gesprochen, Erec. Doch am Ende geht es nicht allein darum, den Wünschen meiner Mesnie zu entsprechen. Ein Mann ohne eigenes Land – egal ob Ritter oder Mitregent – zählt nicht viel. Er gilt in den Augen aller als unreifer Jüngling – und wird wie einer behandelt. Er wird bei politischen Entscheidungen nicht ernst genommen, da er weder Fähigkeiten, Verantwortung noch Erfahrung in den als wirklich bedeutsam angesehenen Bereichen beweisen konnte. Ich mag Erbe eines mächtigen Reiches sein, im Moment stehe ich in der Wahrnehmung der meisten Fürsten kaum über meinem kleinen Bruder Jean. Wie Geoffroy es so schön ausdrückte, bin ich ein König ohne Königreich, nicht mehr als die diplomatische Schachfigur meines Vaters. Er kann mich nach Belieben benutzen und verschieben. Und auch dieses Mal erwartet er, dass ich ein guter Sohn bin und mich seinem Willen füge.«

Ernst sah Erec sein Gegenüber an. »Und, wollt Ihr es sein? Ein guter Sohn?«

Henri schwieg eine ganze Weile, dann seufzte er. Schatten lagen in seinem sonst so strahlenden Blick. »Vermutlich bin ich das in seinen Augen ohnehin nie, egal was ich tue. Aber ich denke, ich will Marguerite ein guter Ehemann sein und meine Frau und mein ungeborenes Kind keinen unnötigen Gefahren aussetzen.« Etwas Entschlossenheit kehrte in seine Miene zurück. Schließlich nickte er. »Ich werde das Geld meines Vaters annehmen und mich seinem Willen beugen. Vorerst. Alles andere muss die Zukunft zeigen.«

Der Marschall versuchte redlich, sich die Erleichterung nicht anmerken zu lassen, doch gelang es ihm nicht vollständig. »Eine gute Entscheidung, Henri. Familie ist weiß Gott kein Hort von Frieden und Glückseligkeit, wer wüsste das besser als ich? Aber wenn ihre Mitglieder zusammenhalten, ist sie ein kaum überwindbares Bollwerk.«

Erec war nicht sicher, ob es das für Henri je sein würde, ob er das überhaupt wollte. Er war nicht sicher, ob die Entscheidung richtig war. Dennoch war er froh. Er wollte nicht ins Heilige Land. Und er wusste, dass ein Kampf gegen Richard, einen Kriegsmann durch und durch, blutig und gnadenlos werden würde und anschließend nichts mehr wäre wie zuvor. Erec bezweifelte, dass selbst ein Sieg Henri den erhofften Frieden brächte. Herzog Richard war nicht der Mensch, der sich einfach etwas wegnehmen ließ. Ein solcher Konflikt würde früher oder später auf den Tod eines der Kontrahenten hinauslaufen, war Erec sicher.

Aber vorerst war diese Gefahr abgewendet, wie es schien. Und er hoffte, dass Henri mit dieser Entscheidung seinen Frieden machen konnte.

Kapitel 71

Herzogtum Normandie, Pirou, September 1182

Genovefa hielt sich im Dunkeln und lief so schnell, wie es gerade noch möglich war, ohne zu rennen. Kopf und Schultern lagen unter einem weiten Tuch verborgen.

Endlich.

Nachdem Marguerites erste Schwangerschaft fünf Jahre zuvor einen so traurigen Ausgang genommen hatte, plagten die Königin dieses Mal Sorgen und große Verunsicherung. Unwohlsein und Krämpfe suchten sie immer wieder heim. Und auch wenn sie sich gegenüber Henri und dem Hof erfolgreich bemühte, ein Bild der Stärke und Zuversicht abzugeben, verlangte sie abseits davon immerzu nach Beistand und Zerstreuung durch ihre engsten Vertrauten. Marguerite bedauerte von Herzen, dass der Alte König ihrem Mann ein weiteres Mal seine berechtigten Ansprüche verwehrte, gleichzeitig aber war sie erleichtert, dass Henri nicht die Konfrontation suchte. Mehr als alles andere brauchte sie in ihrem Zustand Ruhe und Beständigkeit. Beides schien durch seine Entscheidung vorerst gesichert, sodass Marguerites Anspannung abfiel und einer tiefen Erschöpfung Platz machte. An diesem Abend hatte sie den Wunsch geäußert, früh zu Bett zu gehen.

Und Genovefa hatte für Erec heimlich das Band in Titus' Stall hinterlassen.

Sie hatte sich zwingen müssen, nicht in Hast zu verfallen, als sie die Königin nach dem Mahl in ihre Gemächer geleitete, und ihr mit der gewohnten Ruhe und Bedachtsamkeit bei den abendlichen Verrichtungen geholfen. Marguerite hatte nicht der Sinn nach Plauderei gestanden, und doch schlich die Zeit dahin, bis sie endlich in den Schlaf fand. Es war bereits dunkel, als Genovefa es gewagt hatte, die Freundin in Violas Obhut zurückzulassen.

So schnell es die Vernunft gerade noch zuließ, huschte sie durch die Schatten. Es war ruhig, die meisten Bewohner Pirous schienen bereits zu Bett gegangen zu sein. Niemandem stand der Kopf nach Feiern und Frohsinn nach Henris Entscheidung, seinem Vater ein weiteres Mal nachzugeben. Genovefa war es recht, denn so gelangte sie ohne unliebsame Aufmerksamkeit zu ihrem Versteck in dem aufgegebenen Lagerschuppen. Recht bald nach ihrem ersten Stelldichein in der kleinen Wirtschaftskammer hatten sie sich diesen neuen abgelegenen Treffpunkt außerhalb der Hauptburg gesucht, um ungestört und unabhängig von Marguerites Schlüsseln zu sein. Wie lange es her war, dass sie sich dort zuletzt getroffen hatten. Zu lange.

Nach einem letzten verstohlenen Blick über die Schultern schob sie sich mit wild klopfendem Herzen durch den Türspalt.

Im Innern schuf eine kleine Laterne einen goldenen Lichtkreis auf ihrem Lager aus Decken und Kissen. Doch wo war Erec?

Unvermittelt griff eine Hand nach ihr und zog sie herum.

Erec presste ihren warmen Körper fest an sich, spürte, wie sich ihre Brust atemlos gegen seine hob und senkte, und wollte sie nie, niemals wieder loslassen. »Allmächtiger, du hast mir gefehlt!«

Sacht berührten Genovefas bebende Finger seine Lippen, fuhren ihm dann durch den widerspenstigen Haarschopf, als müsse sie sich versichern, dass es wirklich er war. Ihr Blick wurde dämmrig, ertrank in Sehnsucht, die sie nicht länger zu verstecken brauchte. Schließlich verschränkte sie die Hände in seinem Nacken und küsste ihn.

Der feste Druck ihrer Lippen, die vorwitzige Zunge zwischen seinen Zähnen, ihr schneller Atem auf seiner Haut – es war ihm unmöglich, auch nur einen Augenblick länger zu widerstehen. Er schob ihr Schleier und Gebende vom Kopf, vergrub die Hände in ihrem Haar, das im Lampenschein Funken schlug, und bedeckte ihre Wangen, ihre Augen, ihren Hals mit Küssen. Atmete ihren Duft ein – und Glückseligkeit aus.

Mit einer Hand versuchte er, die Bänder ihres Kleides zu lösen, hielt sich dann jedoch nicht länger damit auf. Stattdessen hob er sie hoch, trug sie zu einem der Fässer und setzte sie vor sich darauf ab. Sie grinste, verwegen, erwartungsvoll, und ihre Sommersprossen glühten wie Funken auf den geröteten Wangen, sodass er gar nicht anders konnte, als sie weiter zu küssen, während seine Hände Schultern, Brüste und Taille nachzeichneten. Schließlich raffte Genovefa ihre Röcke über die Knie und lud ihn zwischen ihre Schenkel ein.

Hastig befreite er sein hartes Glied und drang in sie, entlockte ihr einen atemlosen Seufzer, als er ihre Hüften umfasste und sie enger an sich zog. Während sie seine Bewegungen aufnahm und erwiderte, verschwammen Gestern, Heute, Morgen zu Bedeutungslosigkeit. Schwerelos trieb er in diesem rauschhaften Moment.

Als Genovefa ein ersticktes Geräusch von sich gab, hielt er es zuerst für einen Laut voll Hingabe und Lust, doch dann spürte er, wie sich ihr Körper unter seinen Händen versteifte. Als er die Lider hob, war ihr Gesicht weiß wie Leinen, die Augen weit vor Entsetzen. Doch sie sah nicht ihn an.

Er folgte ihrem Blick über seine Schulter, und alles in ihm gefror. Sein Herz setzte zwei Schläge aus, bevor es stolpernd wieder in Gang kam. Die Tür ihres Verstecks stand offen, der Rahmen wurde ausgefüllt vom Schatten einer Gestalt, zu dunkel, um die Person zu erkennen, aber der Lichtschein blitzte auf einem Schwertgurt. Ein Ritter.

Zwei, drei weitere unheilvolle Herzschläge lang standen sie alle stumm und starr da, während Erec Genovefa instinktiv an sich presste und ihr Gesicht an seiner Brust verbarg; dann wandte der Mann sich ab und stolperte davon.

Sowie der Kerl verschwunden war, lösten sie sich hastig voneinander und richteten ihre Kleider. Genovefa glättete ihre Röcke und tastete mit zitternden Fingern nach Schleier und Gebende. Sie konnte kaum atmen.

Aufgeflogen.

Heilige Jungfrau, steh mir bei!, bat sie stumm. Aber warum hätte die Muttergottes das tun sollen? Sie hatte gewusst, dass dieser Augenblick irgendwann kommen musste. Und das Risiko in Kauf genommen.

Als sie ihren Schleier festzustecken versuchte, zitterten ihre Hände so sehr, dass sie die Nadel fallen ließ.

Erec hob sie auf und half ihr. Er fasste sie bei der Schulter, dann bei den Wangen, damit sie ihn ansehen musste. Seine Nasenflügel bebten unter hastigen Atemzügen. »Hör mir zu! Du wirst sofort zurück in deine Kammer gehen, dich neben Horace ins Bett legen und nicht von der Stelle rühren. Hast du verstanden?«

Genovefa fühlte sich benommen, als hätte sämtliche Kraft sie mit einem Schlag verlassen, doch sie nickte. Es war die einzige Möglichkeit. Zurück zur Königin konnte sie nicht, schließlich war Viola dort und würde Fragen stellen, wenn sie jetzt auftauchte, zumal in diesem Zustand. Angst und Verzweiflung rannen in dicken Tränen aus ihren Augenwinkeln.

»Es war dunkel. Gut möglich, dass der Kerl uns gar nicht erkannt hat«, behauptete Erec.

Genovefa nickte. Oh, wie sehr sie ihm glauben wollte! Doch seine Stimme bebte vor unterdrückter Furcht.

»Himmel, du weißt, dass ich zu allem stehen und jede Strafe auf mich nehme werde, wenn nötig. Aber solange eine Chance existiert, dass du bei dieser Sache unbehelligt bleibst, müssen wir sie nutzen.«

Wieder nickte sie, doch wenn sie ehrlich war, glaubte sie nicht an ein gutes Ende. Sie erinnerte sich genau an die Worte, die sie Erec bei einer ihrer ersten Begegnungen gesagt hatte: *Ich nehme mir meine Freiheit, aber in einer Welt wie dieser werde ich früher oder später den Preis dafür zahlen.* Und wie es aussah, war der Zahltag gekommen. Die Motte war endgültig in die Flamme geflogen.

Erec trat zur Tür und warf verstohlene Blicke hinaus. »Niemand zu sehen. Rasch!«

Genovefa schlang sich das Tuch über Kopf und Schultern, doch bevor sie hinaushuschen konnte, zog er sie ein letztes Mal an sich, und sie küssten einander mit verzweifelter Gier. Ein Kuss, der bitter nach Abschied und Endgültigkeit schmeckte. Dann verschwand sie in die Dunkelheit.

Kapitel 72

Herzogtum Normandie, Pirou, September 1182

Erec lag regungslos auf dem Bett in seiner Kammer und horchte in die Stille. Lauschte auf Schritte, auf Unruhe, auf Stimmen. Auf den nahenden Untergang.

Doch sein hämmerndes Herz dröhnte wie Trommelschlag bis in den Schädel und übertönte alles. Er hatte Angst, auf eine bisher nie gekannte Weise. Um sich selbst, weit mehr jedoch um Genovefa. War es ihr gelungen, ungesehen in ihr Gemach zu schlüpfen? Hatte Horace Verdacht geschöpft? Wie mochte es ihr gerade ergehen? Sicher fürchtete sie sich, genau wie er.

Alles drängte Erec zu ihr hin. Er wollte sie halten, trösten und wenn nötig beschützen. Er wollte *irgendetwas tun.* Doch das war unmöglich. Wenn die Hoffnung bestand, dass man sie beide oder wenigstens Genovefa nicht erkannt hatte, musste er sich von ihr fernhalten. Er musste sich unauffällig aufführen und seinem Tagwerk nachgehen, als sei nichts gewesen.

Gott steh mir bei, wie soll ich das schaffen?

In den süßen Momenten mit Genovefa flog die Zeit dahin, nun tropfte jeder Augenblick zäh wie Wachs. Tropfen für Tropfen für Tropfen. Und nichts geschah.

Sollten sie noch einmal davongekommen sein? Hatte der Unbekannte beschlossen, ihr Geheimnis zu wahren? Aber weshalb sollte er das tun? Wahrscheinlicher war, dass er bis zum Sonnenaufgang wartete, um dann Henri, der Königin, Horace, dem ganzen Hof ihr schändliches Geheimnis zu enthüllen – und sie ins Verderben zu reißen. Was würde aus ihnen werden? Aus seinen Gefährten? Aus Pep? Er dankte Gott, dass wenigstens Armand der Schmach entging, und gleichzeitig hatte der Sänger ihm nie im Leben mehr gefehlt als in diesem Moment.

Tropfen für Tropfen für Tropfen rann die Zeit dahin, marterten ihn düstere Gedanken, ohne dass er auch nur einen Moment Schlaf fand. Als Hahnenschrei endlich den Sonnenaufgang ankündigte, verspürte er Erleichterung und Verzweiflung zugleich.

Sein erster Weg führte ihn in die Stallungen zu Titus. Abgesehen von ein paar verschlafenen Knechten begegnete er niemandem. Es sah aus, als bliebe ihm noch etwas Zeit.

Wie immer fand er Trost, als er seine Stirn an die des Hengstes lehnte, ihn mit einer Hand unter der Mähne kraulte und dabei den vertrauten Pferdegeruch inhalierte. Doch kam er nicht umhin, sich zu fragen, ob es vielleicht das letzte Mal sein würde.

Auch als die Burg allmählich zum Leben erwachte und er mit Pep den noch leeren Exerzierplatz für ihr morgendliches Schwerttraining betrat, machte niemand Anstalten, ihn aufzuhalten oder gar gefangenzusetzen – und ein zartes Flämmchen der Hoffnung begann in seiner Brust zu flackern.

Trotzdem war er während der Übungen nicht bei der Sache. Es dauerte kein Dutzend Herzschläge, bis Pep einen schmerzhaften Treffer gegen Erecs Schulter landete und ihn zum Straucheln brachte.

»Drei Möglichkeiten«, konstatierte der Junge, während er seine Holzwaffe in den Sand rammte. »Erstens: Ein wundersamer Zauber hat mich über Nacht zu einem meisterlichen Schwertkämpfer gemacht. Zweitens: Du lässt mich gewinnen, was dir verflucht noch mal nicht ähnlich sähe. Drittens: Du bist betrunken oder womöglich krank, was auch deine zerknitterte Visage erklären würde.«

»*Oder*«, fügte Erec bedeutungsvoll hinzu, »ich will dich nur in falscher Sicherheit wiegen.« Und bei diesen Worten fegte er seinen Knappen mit einem beinahe beiläufig geführten Hieb gegen den Unterschenkel von den Füßen.

»Der Herr sei gepriesen!«, keuchte Pep, während er auf dem Rücken liegend in den Morgenhimmel stierte. »Ich hatte schon Sorge, etwas stimmt nicht mit dir.«

Sie trainierten noch eine gute Stunde zusammen, und für den Moment vergaß Erec beinahe, was am Abend zuvor geschehen war.

»De Lacône, mitkommen! Der König will uns sehen. Er hat die ganze Mesnie zusammengerufen.« Der Marschall war an den Exerzierplatz getreten, das Gesicht ernst und verschlossen.

Kälte kroch Erec in die Glieder, bis nach und nach alles an ihm zu erstarren drohte. »Um was geht es?«, erkundigte er sich betont gelassen, während er innerlich um Fassung rang.

»Ich weiß es nicht«, entgegnete Guillaume, und es klang ehrlich. Vielleicht hatte man ihn im Unklaren gelassen, damit er nicht auf die Idee kam, Erec zu warnen oder ihm gar zur Flucht zu verhelfen? »Aber wir sollten ihn nicht warten lassen. Es muss dringend sein, wenn er uns alle zu so früher Stunde herbeizitiert.«

Erec nickte nur, traute seiner Stimme nicht. Guter Gott, war das das Ende? Wollte Henri sein schändliches Verhalten vor aller Augen offenlegen und Erec der allumfassenden, vernichtenden Ächtung des Hofes und der Ritterschaft preisgeben? Und was würde das für Genovefa bedeuten? Ihm wurde speiübel bei dem Gedanken.

»Kümmere dich um Titus!«, rief er seinem Knappen noch über die Schulter zu und versuchte, es nicht übermäßig bedeutungsvoll klingen zu lassen. Trotzdem erschien ein Ausdruck von Sorge und Unverständnis auf Peps Gesicht. Erec ertrug es nicht und wandte den Blick ab. Zeit, sich seiner Verantwortung zu stellen.

Sicher war es kein Zufall, dass sie als Letzte den Saal betraten. Unheilvolle Stille empfing sie. Henri saß am Kopf der Tafel auf einem Lehnstuhl, daneben Marguerite auf einem Sessel; um sie herum stand der innerste Zirkel seiner Ritter und Vertrauten, gut dreißig Personen. Ein regelrechtes Strafgericht.

Welcher von ihnen hatte sie entlarvt? Unmöglich zu sagen.

Ihre Blicke hefteten sich auf die Neuankömmlinge, saugten sich an ihm fest wie Blutegel. In manchen standen selbstgefällige Überlegenheit und Triumph, in anderen Abscheu und Verachtung, Unsicherheit, Kummer oder Bestürzung. Nur des Königs Miene war versteinert. Und wie eine Statue saß er auch da, kerzengerade, reglos und mit einer Gesichtsfarbe, fahl und stumpf wie Marmor. Die Einzige, die nicht zu Erec blickte, war Genovefa, die er hinter der Königin entdeckte und die mit Mühe um Haltung rang.

Nun nahm die Verzweiflung ihn vollends zwischen die Zähne, seine Knie wurden weich. Wie gern wäre er zu ihr getreten, um sie zu trösten, um ihr Halt zu geben. Und damit sie dem, was jetzt kommen musste, gemeinsam entgegensehen konnten.

Der Marschall blickte in die Runde der Versammelten. Er wirkte aufrichtig irritiert. »Was geht hier vor?«, fragt er scharf. »Was ist los, zum Teufel?«

Als der König zu sprechen begann, klang seine Stimme heiser und rau, als hätte er Sand in der Kehle. Seine Schultern bebten. Als er den Blick hob, flackerten darin Wut, Verzweiflung und maßlose Enttäuschung.

Erec glaubte, die Scham müsse ihn augenblicklich verbrennen.

»Mir … mir wurde ein abscheulicher Verdacht … ein scheußliches Vergehen zur Kenntnis gebracht«, krächzte Henri. Während er sprach, krallte er die Finger in die Armlehnen seines Sessels, um Halt zu suchen für seine nächsten Worte.

»Ein Fall von … schändlichem Verrat an Ehre und Treue.« Er holte tief Luft. »Unzucht im Kreis der Menschen, die mir am nächsten stehen.«

Seine Worte sausten wie Hiebe nieder, und jedes schnitt

Erec bis ins Fleisch. *Gott helfe mir!* Er hatte alles und alle verraten, durch seine Selbstsucht alles zerstört. Und andere würden mit ihm den Preis dafür zahlen. Er wagte nicht zu Genovefa zu blicken, betete nur, dass dieses Tribunal schnell vorüber sein würde und er sich seiner gerechten Strafe stellen konnte.

Für die nächsten Worte erhob sich Henri aus seinem Stuhl und trat einige Schritte vor, wo der Marschall und er noch immer standen. »Ehebruch. Der schändlichsten Art«, zischte er, und das Blau seiner Augen loderte mit einem Mal gefährlich wie das Innere einer Flamme, dort, wo die Hitze am größten ist.

»Guillaume le Maréchal, ich klage dich an, deinen Herrn und König auf die schlimmstmögliche Weise verraten und hintergangen zu haben. Du wirst bezichtigt, Unzucht getrieben zu haben, mit … meiner Frau, der Königin. Ihr wurdet gesehen, gestern Nacht im alten Lagerschuppen unterhalb des Zwingers.«

Kapitel 73

Herzogtum Normandie, Pirou, September 1182

Heilige Maria, was geschah hier? Ein dunkler, kalter Abgrund schien sich in Genovefa aufzutun und sie hinabzuziehen, als Henris Worte ihren Verstand erreichten. Sie taumelte, konnte sich gerade noch an der Wand abstützen, doch keiner bemerkte es. Alle Blicke hingen am Marschall und an Marguerite, die angesichts der ungeheuerlichen Vorwürfe regelrecht in Schock verfielen.

Schwindel erfasste Genovefa, Schwindel und Übelkeit. Das konnte nicht sein, durfte nicht sein! Ein fürchterlicher Irrtum, eine fatale Verwechslung, alles war falsch, schrecklich falsch.

»Das ist eine infame Lüge!«, keuchte der Marschall fassungslos. Ehebruch mit der Königin war nicht nur Verrat, es galt als Hochverrat und konnte mit einem grausamen Tod bestraft werden. Mehr als dieser Vorwurf selbst schien ihn aber zu treffen, jemand könne ihn ernsthaft für fähig halten, seinen Freund und König auf derart schändliche Weise zu hintergehen. »Wie kommt Ihr zu so ungeheuerlichen Behauptungen?«, brachte er mit vor Zorn und Erschütterung zitternder Stimme hervor.

Der König war kraftlos zurück in den Stuhl gesunken, seine Finger auf die geschlossenen Lider gepresst, als wäre er nicht in der Lage, seinen Freund und Mentor oder gar seine Ehefrau auch nur einen Herzschlag länger anzusehen. Also übernahm Thomas de Coulonces die Antwort.

»Spart Euch diese unwürdige Heuchelei, Guillaume«, beschied er kalt. »Es gibt einen Augenzeugen. Ihr wurdet gesehen. Und erkannt. In einer Situation, die – wie soll ich sagen? – wenig Raum für Missverständnisse lässt.«

»Wer?«, knurrte der Marschall zwischen gefletschten Zähnen und mit geballten Fäusten, bereit, sich im nächsten Augenblick auf seinen Verleumder zu stürzen.

Wieder einmal beschlich Genovefa der Eindruck, neben sich zu stehen, nur Zuschauerin eines Theaterstücks zu sein, das um sie herum zum Besten gegeben wurde. Wie konnte das sein? *Sie* hätte die Hauptrolle in dieser Tragödie spielen müssen, sie und Erec, selbst wenn es ihren Untergang bedeutete. Doch wie in Tragödien üblich, riss der Strudel des Unglücks unaufhaltsam alle mit sich, ob beteiligt oder unbeteiligt, schuldig oder unschuldig. Alle Worte verdorrten in Genovefas Kehle, sie konnte nur bewegungsunfähig zusehen, wie der Mahlstrom sich immer schneller drehte und alles verschlang.

»Raoul Farci war Zeuge«, erklärte d'Yquebœuf. Er nickte dem jungen Mann auffordernd zu, woraufhin dieser vortrat. Der Ritter hielt sich betont aufrecht, sodass seine Schritte beinahe steif wirkten. War er noch betrunken? Oder schon wieder?

»Es ist wahr«, sagte Farci, und seine Stimme klang ein wenig verwaschen. Auf seiner Miene kräuselten sich Regungen zwischen Selbstgefälligkeit und Einfalt, Verlegenheit und Zerknirschung wie Wellen auf einem Teich. »Es ist wahr«, wiederholte er nach einem kurzen Blick zu d'Yquebœuf. »Ich habe sie gesehen, den Marschall und die Königin in ... unzweifelhafter Stellung.«

»Wie kommt Ihr dazu, derart abscheuliche Behauptungen über mich und, schlimmer noch, über Eure Königin in die Welt zu setzen, verlogener, ehrloser Schurke?«, knirschte der Marschall.

Ja, wie schaffte Farci es, dass ihm die Lügen so glatt und kalt über die Zunge kamen? Oder glaubte er am Ende tatsächlich, Guillaume und Marguerite gesehen zu haben? Es war dunkel gewesen, sie und die Königin ähnelten einander in Gestalt und Haarfarbe, und auch Erec hatte wie der Marschall eine athletische Statur und kurze, dunkle Haare. Dazu hatte dieser elende Taugenichts Farci zum Zeitpunkt ihrer unseligen Begegnung sicher schon kräftig dem Wein zugesprochen, sodass seine Sinne ihn trügen mochten. Ja, tatsächlich wirkte er ehrlich überzeugt von dem, was er sagte, und das machte die Sache noch schlimmer.

Nun erschien ein dreistes Grinsen auf den Lippen des jungen Ritters. Er schien Gefallen daran zu finden, im Mittelpunkt der Aufmerksamkeit zu stehen. »Kommt schon, Marschall! Wenn hier jemand ein verlogener Schurke ist, dann ja wohl Ihr. Leugnet es nicht länger. Auf der Suche nach etwas zu trinken fand ich Euch gestern Nacht zwischen den Schenkeln einer Frau, deren unbedecktes Haar rötlich blitzte im Lampenschein. Und der Teufel soll mich holen, wenn das nicht Königin Marguerite war, der ihr es dort im Schuppen so richtig besorgt habt!«

Guillaume stürzte mit einem kehligen Knurren vor, doch einige Umstehende hielten ihn, obgleich er sich in ihrer Umklammerung wand wie eine Flamme.

»Majestät, Ihr müsst mich anhören!«, rief er. »Ihr könnt nicht ernsthaft glauben, was dieser niederträchtige Kerl behauptet! Er ist ein allseits bekannter Trunkenbold, dem der Wein die Sinne vernebelt. Niemals würde ich einen derartigen Verrat begehen, niemals! Das schwöre ich bei meiner Seele und allem, was mir heilig ist!«

Bevor der König etwas erwidern konnte, ergriff de Coulonces noch einmal das Wort. »Ihr mögt nicht ganz unrecht haben mit dem, was Ihr über den guten Farci sagt«, gab er zu. »Aber seit Monaten schon hört man es die Spatzen von den Dächern pfeifen, dass der Marschall sich mit einer verheirateten Dame von hohem Rang eingelassen hat. Und wie es aussieht, wurde heute enthüllt, wie hoch der Rang besagter Dame ist.« Ein verächtliches und gewissenloses Lächeln erschien auf seinen Lippen. »Das lässt die Schwangerschaft der Königin in völlig neuem Licht erscheinen, meint Ihr nicht?«

»Wie kannst du es wagen, du …«

»Genug!«, donnerte Henri und hieb die Faust auf die Armlehne seines Stuhls, seine Augen waren gerötet, sein Gesicht aschgrau vor fassungslosem Schmerz. Schockiertes Schweigen senkte sich über die Anwesenden, in dem nur ein leises Schluchzen zu hören war.

Die Königin. Keiner – auch Genovefa nicht – hatte während dieser abscheulichen Tragödie auch nur einen Gedanken an Marguerite verloren. Sie sah zu ihrer Freundin, die völlig erstarrt auf ihrem Stuhl saß, die Haut wächsern und weiß wie Talg. Ihr Mund öffnete und schloss sich unentwegt, doch statt Worten kamen nur abgehackte Laute heraus. Sie stand ganz offensichtlich noch immer unter Schock und konnte nicht fassen, wie ihr geschah.

Genovefa wollte in Scham und Schuldgefühlen vergehen. Hastig trat sie neben die Freundin, fasste nach ihrer Hand und hielt sie fest umklammert.

Ihre Schuld. All das war ihre Schuld, denn es bestand kein Zweifel, wen Farci tatsächlich gesehen hatte.

Genovefa blickte zu Erec, sein Gesicht ein Spiegel ihres eigenen Gefühlssturms. Er hatte das genauso wenig kommen sehen. Wie auch?

»Das ist nicht wahr«, hörte sie ihn heiser sagen, doch aufgeregtes Getuschel und Gemurmel übertönten seine Worte. »Das ist nicht wahr«, wiederholte er lauter, beinahe verzweifelt. Und sein Mund öffnete sich, als wolle er noch mehr hinzufügen, doch dann flog sein Blick kurz zu ihr – und er schloss ihn wieder. Die Wahrheit auszusprechen, hätte bedeutet, nicht nur sich selbst, sondern auch sie einem ungewissen Schicksal auszuliefern. Und Letzteres war ihm unmöglich, was für Folgen sein Schweigen auch haben mochte. Das konnte sie in seinem Blick lesen.

Genovefa bezweifelte ohnehin, dass ein Geständnis zu diesem Zeitpunkt noch Wirkung gezeigt hätte. Aber vielleicht gab es eine andere Möglichkeit.

»Farci lügt«, sagte sie mit lauter Stimme. »Nichts davon ist wahr. Ich habe die ganze Nacht bei der Königin gewacht, weil ihr nicht wohl war«, behauptete sie. »Marguerite hat ihr Gemach nicht verlassen. Sie kann nicht mit dem Marschall dort gewesen sein.«

Ein böses Lächeln erschien auf Adam d'Yquebœufs Gesicht. »Es gereicht Euch zur Ehre, dass Ihr Eure Herrin durch eine fromme Lüge schützen wollt, Madame d'Hârcourt. Aber um alle Zweifel auszuräumen, haben wir bereits Euren Gatten zu Eurem Verbleib letzte Nacht befragt. Und er schwört bei seiner Seele, dass Ihr vom Abend bis zum nächsten Morgen an seiner Seite lagt.«

Zum wiederholten Mal an diesem Tag schien der Boden unter Genovefa nachzugeben und sie verschlingen zu wollen. Nur weil sie Marguerites Hand hielt, blieb sie auf den Füßen. Warum um Himmels willen hatte Horace für sie gelogen?

Ihr fiel nur eine Erklärung ein: Er wollte sie schützen. Sie oder seine Ehre. Vielleicht beides. Und dafür riskierte er sein Seelenheil? Das Schlimmste daran war aber, dass Genovefa auf diese Weise der Falschaussage überführt und Marguerites Schuld in den Augen aller nun noch wahrscheinlicher gemacht worden war.

»Was ist mit Viola d'Albret?«, brachte sie hervor. »Auch sie war bei der Königin.« Zwar schlief die Zofe üblicherweise in einem kleinen Nebenraum, sobald die Herrin ihrer nicht mehr bedurfte, aber gewiss würde sie bezeugen können, dass Marguerite die Nacht in ihrem Gemach verbracht hatte. Allein.

Als Antwort trat ein Ritter vor, den Genovefa nur flüchtig kannte, de Melun oder so ähnlich. Er räusperte sich und tat verlegen, aber jeder konnte das anzügliche Grinsen in seinen Mundwinkeln sehen. »Es tut mir leid«, behauptete er wenig glaubhaft. »Besagte Dame kann dazu keine Auskunft geben, fürchte ich. Denn, wie soll ich sagen …« Er stockte vieldeutig.

»Begnügen wir uns damit, dass sie die Nacht nicht in ihrer Kammer verbracht hat.«

Genovefa stieg die Galle hoch. Wie leichtfertig hier die Zukunft, die *Ehre* gleich mehrerer Frauen aufs Spiel gesetzt wurde, wenn es Männern zupass kam.

Sie hatte endgültig genug von diesen Kerlen, denen gleichgültig war, wer den Preis für ihre eitlen Ziele zahlte.

Sie fasste Marguerite beim Ellenbogen und zog sie aus dem Sessel. Ganz gleich, wie die Sache ausging, sie würde ihre Freundin keinen Augenblick länger in dieser Schlangengrube lassen.

Kapitel 74

Herzogtum Normandie, Pirou, September 1182

Dass sein Plan aufgegangen war, begriff Valéry in dem Moment, als er den Marschall in halsbrecherischem Tempo aus dem Burghof jagen sah, wobei manches Federvieh nur knapp und laut protestierend den wirbelnden Hufen seines Pferdes entkam.

Augenscheinlich hatte Henri davon abgesehen, seinen Mentor einzukerkern oder auf der Stelle zu richten, doch das war zweitrangig, zumindest im Augenblick. Es genügte, dass der *beste aller Ritter* bei seinem König ganz offenkundig in Ungnade gefallen war. Valérys Plan hatte funktioniert, seine Aufgabe war erfüllt.

Ein ganzes Bündel von Fäden war zusammenzuhalten, so viele Punkte abzuwägen und zu bedenken, so viele Eventualitäten in Kauf zu nehmen gewesen: Abwarten, bis sich ein Stelldichein zwischen Erec und Genovefa anbahnte, ihr Liebesnest überwachen, sicherstellen, dass der Marschall und die Königin allein in ihren Zimmern schliefen, und schließlich Farci in Stellung bringen, den er mit Alkohol und den passenden Gerüchten abgefüllt hatte, bis er nicht mehr zwischen wahr und falsch unterscheiden konnte. Es schien, als habe der Kerl seine Rolle als Kronzeuge glaubwürdig erfüllt. Und wie nicht anders zu erwarten, wagte Erec nicht, die verhängnisvolle Verwechslung aufzuklären. Schließlich hätte das nicht allein sein Leben gefährdet, und diese Tatsache brachte seine Ritterehre in eine unauflösbare Zwickmühle.

Trotzdem konnte Valéry noch nicht richtig fassen, dass sein Vorhaben geglückt war.

Er empfand darüber keine Freude, nicht die erhoffte Genugtuung, auch keine Schuldgefühle, nicht einmal der bedauernswerten Königin gegenüber, nur allumfassende Erleichterung. Anissa war sicher. Er war sicher. Fürs Erste jedenfalls. Zu was für einem Preis, darüber wollte er jetzt nicht nachdenken.

Die Anspannung fiel mit einem Gefühl von ihm ab, als kehre er aus den Tiefen eines Ozeans endlich zurück an die Oberfläche, und plötzlich hob sich sein Magen. Hinter einem Schuppen übergab er sich, bis er vollständig leer und seine Kehle wund war. Anschließend sank er keuchend auf eine Brunnenfassung und schloss die Augen. Ein ekelhafter, bitterer Geschmack blieb in seinem Mund zurück.

Nachdem der König alle hinausgejagt hatte, sattelte Erec Titus und machte sich auf die Suche nach dem Marschall. Noch dringender wollte er mit Genovefa sprechen, doch das war derzeit völlig ausgeschlossen.

Alles in ihm fühlte sich kalt und taub an, und er bezweifelte, dass er auch nur annähernd begriff, was in den zurückliegenden Stunden geschehen war. Wollte Gott ihm und Genovefa auf diese Weise eine zweite Chance geben? Sie retten? Oder hatte er lediglich eine besonders perfide Strafe für ihr schändliches Verhalten ersonnen? Letzteres erschien Erec im Augenblick wahrscheinlicher. Statt sich selbst hatten sie, ohne es zu wollen, *die* Menschen ins Unglück gestürzt, denen sie alles verdankten – den Marschall, Marguerite, den Jungen König. Und so groß auf der einen Seite Erstaunen und Erleichterung über ihre unverhoffte Freiheit waren, so erdrückend war andererseits das Gefühl der Schuld. Gütiger Jesus, erbarme dich, würde er das je wiedergutmachen können?

Zuerst fand er Guillaumes Pferd, das unweit der Burg am Rand eines kleinen Forstes angebunden war. Dann fand er den Marschall. Genau genommen hörte er ihn, bevor er ihn sah.

Flüche, Gebrüll und beinahe tierhafte Laute der Verzweiflung hallten durchs Dickicht und hatten sämtliche Waldvögel zum Verstummen gebracht. Wild hackte der Ritter mit dem Schwert rechts und links auf Sträucher und Baumstümpfe ein, sodass Blattwerk und Holz nach allen Seiten spritzten. Er war derart außer sich, wie Erec es noch nie erlebt hatte.

Deine Schuld, hämmerte es in seinem Kopf, und die Kehle wurde ihm eng.

Er wollte Guillaume nicht durch seine Anwesenheit in Verlegenheit bringen, also hielt er sich im Verborgenen und ließ ihn toben. Erst als der Gefühlssturm abebbte, der Ritter sich auf einen umgestürzten Baumstamm sinken ließ und das Gesicht in den Händen vergrub, wagte Erec, sich zu nähern. Er tat es zu Fuß, Titus am Zügel, und absichtlich geräuschvoll, sodass Guillaume ihn schon von Weitem hören musste.

Müde blickte er auf, die Haut grau, die Augen gerötet, als hätte er geweint. »Erec, was tust du hier?«

»Ich wollte nach dir sehen.«

»Gut von dir.« Er rückte zur Seite, und Erec setzte sich neben ihn. »Aber Vorsicht«, warnte der Marschall. »Wenn du dich mit mir blicken lässt, könnte auch dich der Zorn des Königs treffen.«

Erec zuckte nur mit den Schultern. *Es wäre nicht mehr als recht.*

»Wie geht es Henri? Und Marguerite?«

Typisch für den Marschall, dass er selbst in dieser schweren Stunde zuallererst an das Wohl seiner Schutzbefohlenen dachte.

»Nicht gut«, antwortete Erec mit heiserer Stimme. »Der König ist verzweifelt, will niemanden sehen. Und das Gleiche gilt für Marguerite, fürchte ich. Sie ist schwer getroffen von den Vorwürfen.«

Deine Schuld, echote es in seinem Kopf. *Deine verfluchte Schuld!*

Wieder nickte der Marschall kraftlos und schlug die Hände vors Gesicht, sog bebend Atem ein. »Der Alte König hat es über die Jahre offenbar fertiggebracht, Henri dermaßen große Selbstzweifel und Unsicherheit einzupflanzen, dass ihm all diese ekelhaften Lügen völlig glaubhaft erscheinen. Anders kann ich mir nicht erklären, wie er darauf hereinfällt.«

Erec schluckte. Es war Furcht einflößend, diesen Mann, der sonst immer Herr der Lage war und klugen Rat wusste, bis ins Innerste erschüttert zu sehen. Es kostete Erec beinahe körperliche Anstrengung, nicht augenblicklich mit der Wahrheit herauszuplatzen, dem Marschall alles zu sagen und seine unrühmliche Rolle in dieser hässlichen Posse zu beichten. Doch wozu? Warum sollte Henri es glauben und nicht für eine Schutzbehauptung halten? Und sosehr Schuld und Scham auch an Erec fraßen, sosehr er die katastrophalen Entwicklungen bedauerte – Genovefa war alles, was ihm blieb, und er würde sie um jeden Preis schützen. Ganz davon abgesehen, dass Horace ihre Anwesenheit beschworen hatte.

»Nichts davon ist wahr«, erklärte der Marschall unvermittelt. »Ich bin früh zu Bett gegangen, wie es meine Gewohnheit ist, und war die ganze Nacht allein in meiner Kammer. Das alles sind perfide Lügen, Erec.«

»Ich weiß.« Natürlich wusste er es. Wer wüsste es besser?

»Ich war Henri zu jeder Zeit treu ergeben. Genau wie Marguerite. Niemals hätte ich irgendetwas getan, was einem der beiden oder ihrer Ehre schadet, das schwöre ich bei Gott und meiner Seele. Ich habe immer versucht, ihnen mit all meiner Kraft und meinen Fähigkeiten zu dienen.«

Erec nickte. Es gab keinen Grund für Rechtfertigungen.

Als der Marschall ihn ansah, war sein Gesichtsausdruck zwar unverändert kummervoll, aber es lag eine überraschende Schärfe in seinem Blick. »Ich habe nachgedacht, und was ich mich wieder und wieder frage: Warum diese ungeheuerlichen Anschuldigungen aus heiterem Himmel? Warum jetzt? Warum auf diese schändliche Weise? Wer profitiert davon, dass Henri mich von seiner Seite stößt?«

Ein seltsamer Stich durchzuckte Erec. Im Aufruhr der letzten Stunden hatte er nicht in Betracht gezogen, dass hinter der ganzen Angelegenheit etwas anderes stecken könnte als eine fatale Verwechslung, ein unglücklicher und zerstörerischer Zufall, den eine Fraktion in der Mesnie als Chance nutzte, die Machtverhältnisse am Hof zu verschieben. Aber jetzt, da es Guillaume aussprach, spürte Erec immerhin einen Funken Hoffnung aufglimmen. Waren er und Genovefa womöglich gar nicht der Auslöser der Katastrophe gewesen, sondern nur willkommenes Werkzeug? Auch wenn es im Augenblick nichts an der Situation änderte, klammerte er sich an diesen Gedanken wie an ein Stück Treibholz. »Du meinst, wir haben es mit einer Intrige zu tun?«

Guillaume zuckte mit den Schultern. »Schwer zu sagen. Vielleicht gab es tatsächlich einen Vorfall und es war einfach eine günstige Gelegenheit, mich zu verleumden. Ich habe weiß Gott nicht nur Freunde in der Mesnie. Aber noch eins ist gewiss: Henri befindet sich an einer Weggabelung. Er hat Entscheidungen getroffen, die nicht jeden in seinem Haushalt glücklich machen, ganz im Gegenteil. Vielleicht ist das hier die Rache? Vielleicht versuchen sie, mich zu schwächen, um Henri zu treffen oder mehr Einfluss auf ihn zu gewinnen? Vielleicht beides.«

»Himmel, denkst du wirklich, sie würden zu diesem Zweck nicht nur dich, sondern auch die Königin derart schmähen und mit in den Abgrund reißen?«

»Unterschätze nie die zerstörerische Kraft von Ehrgeiz, Stolz und Eitelkeit.«

Erec nickte stumm. Er selbst hatte schon erlebt, was diese drei anrichten können, mehr als einmal, wenn auch noch nie in diesem fatalen Ausmaß. »Was können wir tun?«

Der Marschall richtete den Blick in die Ferne und seufzte. »Solange ich nicht aufdecken und, noch wichtiger, beweisen kann, wer wirklich hinter der Sache steckt, bringt uns das nicht weiter. Henri muss annehmen, ich wollte mich meiner Verantwortung entziehen. Farci hat etwas gesehen – und letztlich ist gleichgültig, was es wirklich war. Gerüchte machen die Runde, ich kann nicht beweisen, gestern allein in meinem Zimmer gewesen zu sein. Und d'Yquebœuf und de Coulonces werden nicht aufhören, Öl ins Feuer zu gießen.« Der bittere Ausdruck kehrte in Guillaumes Gesicht zurück. Und mit ihm Erecs würgende Schuldgefühle.

»Henri weiß, dass es Männer am Hof gibt, die dir schaden wollen und ihre eigenen Ziele verfolgen.«

»Vermutlich. Das Perfide an den vorgebrachten Anschuldigungen liegt darin, dass sie nicht nur mich in Verruf bringen, sondern, schlimmer noch, Marguerites Ehre in den Schmutz ziehen – und damit das Ansehen ihres Ehemanns, des gesalbten Königs, beschädigen.«

Was für eine verfluchte Katastrophe.

Der Marschall seufzte schwer. »Henri muss reagieren, wenn er nicht schwach und rückgratlos dastehen will, gerade jetzt. Selbst wenn er mir glaubt – und im Augenblick hege ich daran große Zweifel –, kann er nichts tun, solange ich nicht handfeste Beweise für meine und Marguerites Unschuld vorbringen und jeglichen Verdacht ausräumen kann.«

»Aber er hat dich bislang auch nicht öffentlich für schuldig befunden«, sagte Erec. Ein schwacher Trost, der immerhin bedeutete, dass der Marschall sich weiterhin uneingeschränkt bewegen oder seinen Aufgaben nachgehen konnte und niemand über ihn richten durfte. »Und de Béthune und die Préaux zweifeln nicht an deiner Unschuld.«

Ein trauriges Lächeln flackerte über Guillaumes Lippen. »Der Schaden ist angerichtet, Erec.«

Anschließend saßen sie nur stumm brütend da. Erec starrte vor sich auf den Waldboden, als blicke er auf ein Trümmerfeld, das bis gestern noch sein neues, hoffnungsvolles Leben gewesen war.

Kapitel 75

Herzogtum Normandie, Pirou, September 1182

Stille, innen wie außen. Stille und Verzweiflung. Verzweiflung und Sprachlosigkeit. Sprachlosigkeit und Angst. Die Luft in Marguerites Gemach war dick und stickig davon, mehr und mehr nahm es Genovefa den Atem. Dennoch harrte sie klaglos an der Seite der Königin aus. Es erschien ihr wie eine gerechte Strafe, zumindest aber eine Buße, das stumme Leid der Freundin zu ertragen. *Heilige Muttergottes, steh mir bei!* Leid, das sie ausgelöst hatte, wie es aussah.

Seit den Vorfällen am vergangenen Tag hatte Marguerite kaum ein Wort gesprochen, versank vollständig in ungläubiger Starre und Schwermut. »Warum? Warum diese Lügen?«, war das Einzige, was sie hin und wieder hervorbrachte. Doch darauf konnte Genovefa ihr keine Antwort geben.

Dann wieder lag die Königin stundenlang stumm auf dem Bett und starrte zum Baldachin hoch, während ihr Tränen rechts und links die Wangen hinabliefen und das Kissen tränkten. Sie schien auf etwas zu warten. Und Genovefa ahnte auch, worauf: auf Henri. Auf sein Urteil. Aber mehr noch darauf, dass er kam, um sie endlich anzuhören, denn ausnahmslos niemand wurde derzeit zu ihm vorgelassen.

Doch nichts geschah. Die Zeit verrann. Was blieb, waren Stille, Verzweiflung, Sprachlosigkeit, Angst.

Es war unerträglich, und so waren die anderen Damen und Zofen längst aus den Gemächern geflohen. Vermutlich auch, weil sie nicht wussten, wie sie sich verhalten sollten. Die ungeheuerlichen Vorwürfe lagen schwer und unbeantwortet über allem, und was man derzeit tat oder nicht tat, konnte über die eigene Zukunft entscheiden. Viola war als Erste wieder aufgetaucht – vielleicht, weil sie ebenso wie Genovefa Schuldgefühle plagten. Und ihr Ruf längst Schaden genommen hatte. Aber wer war Genovefa, über sie zu urteilen?

Genovefa griff nach Marguerites kalter Hand und drückte sie. »Ich werde dir etwas zu essen besorgen.« Natürlich hätte sie Viola oder eine Magd schicken können, aber um ehrlich zu sein, war sie froh, auf diese Weise wenigstens kurz der erdrückenden Enge der Kammer zu entkommen.

Die Königin schüttelte kaum sichtbar den Kopf. Genovefa verstand sie nur zu gut, auch ihr eigener Magen war wie zugeschnürt, und sie glaubte, nie wieder etwas herunterzubringen, aber das änderte nichts an der Notwendigkeit. »Doch«, beharrte sie sanft. »Ich werde sehen, dass man in der Küche eine leichte Brühe für dich zubereitet, außerdem ein wenig Brot und Obst. Das wird dir guttun. Und dem Kind.« Himmel, das bedauernswerte Kind, das man bereits im Mutterleib aufs Schlimmste verleumdet hatte. Genovefa wurde übel bei der Erinnerung an d'Yquebœufs widerliche Mutmaßungen und daran, was diese in Marguerite, dem Marschall und nicht zuletzt Henri ausgelöst haben mochten. Wie Geier hatten die Kerle sich auf die günstige Gelegenheit gestürzt, dem Marschall zu schaden und ihre Macht in der Mesnie auszubauen – koste es, was es wolle. Es gab keine Worte für Genovefas Abscheu.

Sie erhob sich und bedeutete Viola mit einem Wink, in ihrer Abwesenheit auf die Königin zu achten.

Als sie aus dem Gemach trat, fand sie neben den Wachhabenden, die sich neuerdings dort befanden, einen weiteren Mann vor. Der Himmel allein wusste, wie lange er schon vor der Tür ausharrte.

Überrascht neigte sie den Kopf und sank in einen Knicks, tiefer und förmlicher, als es jemals zwischen ihnen üblich gewesen war. »Majestät.«

Henri kam mit zwei langen Schritten auf sie zu, fasste sie beim Arm und zog sie außer Hörweite der Wächter. Er sah ausgelaugt aus, geradezu zermürbt; die Haut war grau und die Augen blutunterlaufen.

»Wie geht es Marguerite?«

»Warum seht Ihr nicht nach ihr und fragt sie selbst?«, schlug Genovefa vor. Sie fand es unbegreiflich – und unverzeihlich –, dass er nicht längst persönlich mit ihr über die Anschuldigungen gesprochen hatte.

»Das ist ... ich ...« Abrupt ließ der König sie los und wandte sich ab, um wie eine Raubkatze ruhelos auf und ab zu wandern. »Ich kann nicht«, brachte er schließlich hervor.

Genovefa wagte es, nun ihrerseits nach seinem Arm zu fassen und ihn in seiner Wanderung aufzuhalten. Das war unerhört, besonders für eine Frau. Doch sie diente Marguerite nun schon seit vielen Jahren und bildete sich ein, dass nicht nur zwischen ihr und der Königin, sondern auch zu Henri ein Band der Freundschaft bestand. Eindringlich sah sie ihm in die vom Kummer trüben Augen, sah die Kränkung, Verletzung und Demütigung der zurückliegenden Ereignisse. »Ihr wollt diesen abscheulichen Lügen doch nicht etwa Glauben schenken, mein König? Nichts davon ist wahr.«

Henris Kiefer spannte sich unter der Haut. »Wäre es so abwegig, dass Marguerite sich einem anderen Mann zuwendet, wo ihr Ehegatte doch nicht mehr als die willfährige Marionette des eigenen Vaters ist und bislang nichts Vernünftiges in seinem Leben zustande gebracht hat?« Dann schüttelte er den Kopf. »Ganz ehrlich, ich weiß nicht, was ich noch glauben soll. Ich weiß nicht, *wem* ich noch glauben soll.« Als er die nächsten Worte aussprach, bebte seine Stimme – schwer zu sagen, ob vor unterdrücktem Zorn oder schierer Verzweiflung. »Guillaume und Marguerite – es gibt niemanden auf der Welt, der meinem Herzen je näher war, dem ich so bedingungslos vertraut habe. Aber jetzt ... jetzt steht alles infrage.« Er rieb sich mit beiden Händen übers Gesicht, raufte sich die Haare. »Bei Gott, sollten sie mich auf diese schändliche Weise hintergangen haben, wie könnte ich dann glauben, dass auch nur ein Rat, ein Wort je ehrlich gemeint war und nicht den eigenen Zwecken diente?«

»Majestät, das …«

Doch Henri ließ sie nicht aussprechen. »Thomas, Adam, Bertran – was, wenn sie schon immer recht hatten? Was, wenn der Marschall seine eigenen ehrgeizigen Ziele verfolgt? Stets hat er mir ausgeredet, mein Recht mit dem Schwert einzufordern und nach der mir zustehenden Macht zu greifen. Immer hat er mich stattdessen auf den Turnierplatz gelenkt – wo er selbst im hellsten Licht glänzen und alle überstrahlen konnte. Wer sagt mir, dass er es nicht allein um seinetwillen getan hat? Womöglich ist er auch mit meinem Vater und Richard im Bunde, und ich war die ganze Zeit nur ihre Schachfigur.«

»Henri, hört mir zu!«, flehte sie. »Ihr verrennt Euch. Geht zu Marguerite, geht zu Guillaume! Sprecht mit ihnen, und Ihr werdet keinen Augenblick länger an ihrer unverbrüchlichen Treue und Freundschaft zweifeln.«

Sie sah in seiner Miene, dass sein Herz sich nichts sehnlicher wünschte, aber die giftige Saat des Zweifels hatte bereits Wurzeln getrieben. Er schüttelte den Kopf. »Ich kann nicht«, flüsterte er. »Adam hat recht. Jetzt zu ihnen zu gehen, würde mich erst recht als den wankelmütigen Weichling dastehen lassen, für den mich viele halten. Wo bliebe meine Selbstachtung, meine Ehre?«

»*Ehre*«, schnaubte Genovefa verächtlich, und es kostete sie große Mühe, nicht laut zu werden. Was für ein grässliches Ding diese *Ehre* war. Sie war Knebel, Fessel, Geißel, eine Monstranz oder ein schmückendes Diadem, sie war Währung, Waffe und Schild, sie war Schlinge und Richtschwert. In ihrem Namen wurde abgeurteilt, gestraft und Unrecht begangen. Doch immer, *immer* war sie ein Werkzeug der Männer.

»Sprecht nicht von Ehre«, fauchte Genovefa, »wenn Ihr nur Eure eigene meint. Und andere den Preis dafür zahlen.« Und auch wenn es unerhört respektlos war, ließ sie den König mit diesen Worten einfach stehen.

Aufgewühlt und mit wild klopfendem Herzen erreichte sie die Küche, um endlich zu tun, weswegen sie losgegangen war. In Gedanken verstrickt, bemerkte sie nicht sofort, wer sich ebenfalls dort aufhielt.

Erec sprang von seinem Platz am Gesindetisch auf und deutete eine Verbeugung an, doch sein durchdringender Blick heftete sich auf sie. »Madame d'Hârcourt.«

Seit der verhängnisvollen Nacht hatten sie nicht miteinander gesprochen, und die folgenden Geschehnisse hatten einen Abgrund zwischen ihnen aufgerissen, in dessen Tiefe Angst, Verzweiflung und Scham lauerten. Hatte Erec deswegen hier gewartet, in der Hoffnung, sie früher oder später anzutreffen? Sie nickte ihm kühl zu und beauftragte die Küchenmägde, ihr Brot und Obst sowie frische Kräuter für einen stärkenden Aufguss zu besorgen und anschließend eine Brühe anzusetzen. Das verschaffte ihnen einige ungestörte Augenblicke.

»Genovefa, ich …« Erec trat zu ihr, hielt aber gut eine Armlänge Abstand, übertrat den Abgrund nicht.

Alles daran, auch seine gebrochene Stimme, war falsch und riss an ihrem Herzen, nichts wollte sie dringender, als in die Geborgenheit seiner Arme zu fliehen.

»Wie geht es dir?«, flüsterte er.

Sie fühlte sich außerstande zu antworten, aus Angst, ihre mühsam aufrecht erhaltene Fassung endgültig zu verlieren und augenblicklich in Tränen auszubrechen. Stattdessen presste sie die Lippen aufeinander und schüttelte den Kopf. »Was haben wir nur angerichtet?«, fragte sie tonlos.

Beinahe hastig trat er auf sie zu und griff nach einem verstohlenen Blick nun doch nach ihrer Hand. »Sag das nicht. Vielleicht sind hier noch ganz andere Dinge im Gange, die nichts mit uns zu tun haben.«

Sie verstand nicht, was er damit meinte, schätzte aber den Versuch, ihr Trost zu spenden. Einen Herzschlag lang legte sie ihm die Hand an die Wange, spürte seine warme, unrasierte Haut unter den Fingern, und die Vorstellung, dass es das letzte Mal sein könnte, schnürte ihr die Brust zusammen, bis sie glaubte, ersticken zu müssen.

Schritte auf dem Gang, Stimmen.

»Wir müssen reden. Wann können wir uns sehen?«, flüsterte Erec, während sie sich voneinander lösten.

Wieder schüttelte Genovefa den Kopf und wandte sich rasch ab. *Vielleicht nie mehr,* dachte sie und machte einen Schritt in den Abgrund. Vielleicht war das ihre gerechte Strafe.

In der Nacht riss ein verzweifeltes Wimmern Genovefa aus unruhigem Schlaf. Sie teilte das Bett mit der Königin – einerseits, weil sie keinerlei Verlangen nach Horaces Gesellschaft verspürte, nicht nach allem, was geschehen war, vor allem aber, weil sie Marguerite in der derzeitigen Lage nicht alleine lassen wollte. Und Marguerite war es auch, die dieses jammervolle Geräusch ausgestoßen hatte.

Zuerst dachte Genovefa an einen Albtraum, doch dann sah sie die Silhouette der Königin vor dem schwachen Dämmerlicht, das durchs Fenster fiel. Sie bebte am ganzen Körper, krümmte sich und wimmerte noch einmal wie ein verwundetes Tier.

Hastig entzündete Genovefa einen Kienspan an einem der Kohlebecken, dann eine Kerze. Mit vor Entsetzen aufgerissenen Augen stand Marguerite da und blickte an sich hinab. Und nun erfasste Genovefa auch den Grund: Vom Schoß abwärts netzte Blut das Nachtgewand der Königin.

Gütige Muttergottes, erbarme dich! Hatte Marguerite nicht schon genug gelitten?

»Viola!«, rief Genovefa schrill nach der Zofe. »Hol Meister Samuel – schnell!«

Buch IV

Legenden

Gedenke nicht der Sünden und Verfehlungen meiner Jugend,
sondern in deiner untrüglichen Güte
erinnere dich an mich, o Herr.

Psalm 25,7

Kapitel 76

Herzogtum Normandie, Pirou, Oktober 1182

»Du versteckst dich!«, stellte Pépin fest.

»Und wenn schon.« Wie so oft in letzter Zeit hatte sich Erec zu Titus in den Stall verzogen, um der bedrückenden Stimmung am Hof wenigstens für kurze Zeit zu entfliehen.

Ja, er versteckte sich. Vor den abfälligen Blicken, den gezischten Beleidigungen und höhnischen Kommentaren, die inzwischen auch des Marschalls Banner trafen. Vor Henris Trauer und Verzweiflung und vor der Kälte, mit der er Guillaume abstrafte. Und nicht zuletzt versteckte Erec sich vor Genovefa. Sie zu sehen, ihren Kummer, ihre Angst und ihre Selbstvorwürfe, sie ganz nah vor sich zu haben, aber sie weder berühren noch trösten oder auch nur länger mit ihr reden zu dürfen – vielleicht nie mehr –, schmerzte einfach zu sehr.

Etwas in ihm weigerte sich noch immer, zu begreifen, dass diese vielversprechende, leuchtende Zukunft, das Ziel seiner Träume, zu einem Haufen grauer Asche zu verbrennen drohte – und er selbst die Flamme daran gehalten hatte.

»Sollte ein Ritter sich nicht unerschrocken und tapfer allen Herausforderungen stellen?«, erkundigte sich der Knappe unbarmherzig und ließ es wie etwas klingen, das Erec selbst einmal gesagt hatte.

»Zur Hölle, Pep, hast du nichts zu tun?«, knurrte er und strich energisch mit der Bürste durch Titus' Fell. »Brice entlausen oder weiß der Teufel?« Es war nicht besonders erbaulich, von einem halbwüchsigen Bengel die ritterlichen Tugenden vorgehalten zu bekommen.

»Genau genommen habe ich schon einen Auftrag«, erklärte Pep mit einem Grinsen. »Ich soll dich in den Hof bitten, wo du erwartet wirst.« Auch wenn es eigentlich unmöglich war, wurde sein Grinsen noch breiter.

Stirnrunzelnd folgte Erec ihm.

Als er den Neuankömmling erkannte, beschleunigten sich seine Schritte wie von selbst. »Armand, bei allen Heiligen!« Im Nu war er bei seinem Freund, und sie fielen einander in die Arme. Erec spürte, wie ihm das Herz schlagartig leichter wurde, als er Armands vertrautes Lachen an seinem Ohr hörte. »Himmel, wie gut, dich zu sehen! Was machst du hier? Warum bist du nicht in Troyes?« War es tatsächlich schon fast ein halbes Jahr her, seit sie sich getrennt hatten?

»Ob du's glaubst oder nicht, du, ihr alle habt mir gefehlt«, entgegnete Armand und trat aus Erecs Umarmung, um ihn prüfend zu mustern. »Und ich wollte sehen, wie es dir in der momentanen Situation geht.«

»Es hat sich also herumgesprochen?« Natürlich war zu erwarten gewesen, dass Gerüchte dieses dramatischen Ausmaßes rasch Kreise ziehen würden, dennoch wurde ihm übel bei der Vorstellung.

Armand nickte. »Odilon hat uns alles berichtet. Was für eine abscheuliche Geschichte.«

»Und nichts davon ist wahr«, flüsterte Erec heiser und senkte beschämt den Blick.

»Gräfin Marie sorgt sich um ihre Schwester«, berichtete Armand. »Sie hat mir eine Botschaft für die Königin mitgegeben, mit einem Vorschlag, der Marguerite hoffentlich ein wenig Trost und Zuversicht verschafft.«

»Wie gut von ihr. Bist du dafür den ganzen Weg von Troyes allein hergereist?«

Ein kleines Lächeln zuckte über Armands Lippen, und er wandte beinahe verlegen den Kopf zur Seite. »Nein, ich ... hatte wehrhafte Begleitung.«

Suchend sah Erec über Armands Schulter, und eine Ahnung bestätigte sich. Kein anderer als Damien de Brienne wartete in diskretem Abstand bei den Pferden. Als er Erecs Blick auffing, nickte er grüßend und lächelte auf eine Art, die zwischen Spott und Anspannung schwankte.

»Die ganze Angelegenheit klingt wie … eine abgeschmackte Nacherzählung der Geschichte von Tristan und Isolde«, knüpfte Armand wieder an. »Und ihr mittendrin. Gütiger Jesus, wohin soll das alles führen.«

»Ja, die Frage stelle ich mir auch.« Erec seufzte. »Wie es scheint, will Henri die Anschuldigungen nicht wahrhaben. Er hadert und zweifelt und zögert immer noch. Gleichzeitig verunsichern ihn die Vorwürfe ausreichend genug, um die Königin zu meiden und dem Marschall die kalte Schulter zu zeigen. Er duldet ihn weiter am Hof, aber er hat ihm unübersehbar seine Gunst entzogen. De Coulonces wurde an seiner Stelle zum Kapitän der Turniermannschaft benannt. Beim kommenden Wettkampf bei Gournay und Ressons sollen wir allerdings geschlossen antreten, auch der Marschall.« Erec seufzte abermals. »Guillaume war stets Henris Anker im Sturm der Erwartungen und Ansprüche, sein Leuchtfeuer. Ohne ihn schlingert er dahin wie ein führerloses Schiff, ohne Sinn und Ziel.«

»Und andere versuchen jetzt, das Ruder zu übernehmen und Henri nach ihren Wünschen zu lenken«, riet Armand.

Erec nickte bekümmert. »Ich fürchte, so ist es. Das alles …« Seine Stimme versiegte, und er brach ab.

Armand legte ihm die Hand auf die Schulter. »Lass uns ein Stück gehen«, schlug er vor.

Als sie allein waren, blieb Erec unvermittelt stehen und sah ihn direkt an. Etwas an dem Ausdruck in seinen Augen jagte Armand Angst ein.

»Ich … muss dir etwas sagen. Ich …« Er verstummte und sah auf seine Stiefelspitzen. »Ich fürchte, das alles ist … ist meine Schuld.«

»Was meinst du?«

»Diese Tragödie um den Marschall und Marguerite – ich habe das verursacht.«

»Ich verstehe nicht ...«

Erec setzte sich wieder in Bewegung, und während sie den Zwinger und schließlich das Exerziergelände hinter sich ließen, legte er ihm mit bebender Stimme dar, was in der verhängnisvollen Nacht vorgefallen war. Als er endete, hob und senkte sich Erecs Brust heftig, wie nach einer großen Anstrengung.

Armand spürte einen harten Knoten in der Kehle, und es dauerte eine Weile, bis er Worte fand. Seine Befürchtungen waren also wahr geworden, nur auf eine ganz andere Weise als gedacht.

»Das zwischen dir und ... Madame d'Hârcourt weiß ich schon ziemlich lange«, gestand er. »Und ungefähr genauso lange habe ich gebangt, dass jemand dahinterkommt und das Ganze ein schlimmes Ende nimmt.«

»Aber ...«

Armand ließ ihn nicht zu Wort kommen. »Aber wer bin ich, dass ich über euch urteile?« Sein Blick glitt über die Schulter Richtung Hof, wo Damien wartete. »Was dieses Leben von uns verlangt und was wir wollen und brauchen, sind oft zwei sehr unterschiedliche Dinge«, fuhr er fort. »Die seltenen Momente, in denen es gelingt, beides in Einklang zu bringen, bedeuten Zufriedenheit, vielleicht sogar Glück. Und bei Gott, wir alle verdienen es, glücklich zu sein, wenigstens für Augenblicke. Es bricht mir das Herz, dass für euch der Preis so hoch war. Aber es wart nicht ihr, die die Sache gegen den Marschall und die Königin ins Rollen gebracht haben. Das waren andere.«

Kapitel 77

Grafschaft Champagne, Troyes, Oktober 1182

Wie sehr ich mich freue, dass du Zeit für mich gefunden hast und meiner Einladung gefolgt bist, meine Liebe!« So laut und deutlich, dass es auch niemandem entgehen konnte, begrüßte Marie de Champagne ihre Halbschwester Königin Marguerite und schloss sie herzlich in die Arme.

Dabei bemerkte Genovefa das erste Mal seit Langem ein aufrichtiges Lächeln auf den Lippen ihrer Freundin, und nur sie hörte den Dank, den Marguerite der Gräfin ins Ohr hauchte. Auch Genovefa empfand tiefe Dankbarkeit und Erleichterung darüber, dass Marie die Königin auf so diplomatische und großherzige Weise aus der erstickenden Atmosphäre von Henris Hof befreit hatte und ihr die Möglichkeit bot, in Troyes an Körper und Seele zu heilen. Und ganz nebenbei demonstrierte die Gräfin damit aller Welt, was sie auf die verleumderischen Behauptungen gab.

»Wir werden dich hier so lange mit Kunst und Kuchen mästen, bis du wieder auf den Beinen bist, Liebes«, versprach Marie und lachte so offen und herzlich, dass schließlich auch Marguerite einfiel und eine zarte Röte in ihre fahlen Wangen stieg.

Ein guter Ort!, entschied Genovefa und spürte, wie eine Last von ihr abfiel. Sie war in den zurückliegenden Wochen in großer Sorge um ihre Freundin gewesen, hatte kurzzeitig sogar gefürchtet, sie werde sich nie mehr erholen von all den Schlägen, die das Schicksal ihr in so kurzer Zeit versetzt hatte. Aber immerhin einen Menschen hatte es zuletzt zu ihr zurückgeführt.

Nachdem Meister Samuel Henri über Marguerites Fehlgeburt unterrichtet hatte, war er, ohne zu zögern, an ihre Seite geeilt. Er hatte stundenlang auf dem Boden neben ihrem Bett ausgeharrt und ihre Hand gehalten, mit ihr getrauert um das zweite verlorene Kind, mit ihr geweint. Und zu keinem Zeitpunkt hatte er in Zweifel gezogen, der Vater dieses Kindes gewesen zu sein, wie es die bösartigen Stimmen aus seiner Mesnie taten. Das rechnete Genovefa ihm hoch an.

Sein Beistand und seine Nähe hatten Marguerite geholfen, ein paar Scherben ihres gebrochenen Herzens wieder zusammenzusetzen und etwas Trost zu finden. Anders als dem Marschall schien Henri ihr verzeihen, vielleicht sogar wieder vertrauen zu wollen. Auch wenn vieles unausgesprochen blieb und die Vorwürfe weiterhin wie eine dunkle Wolke über allem hingen.

Für die nächste Zeit sollte das jedoch keine Rolle spielen. Sie waren hier, um Abstand zu gewinnen und zur Ruhe zu kommen. Und Genovefa war sicher, dass Troyes der richtige Ort dafür war. Fragmente von Gesang, Lautenspiel und Kinderlachen wurden herangetragen, ein Geruch nach heißem Apfelmost mit Honig lag in der Luft. Alles verströmte Herzlichkeit, Wärme und Zuversicht.

Armand de Beaujeu hatte nicht nur Gräfin Maries Einladung überbracht, sondern sie auch von Pirou nach Troyes begleitet. Sie konnte nicht leugnen, dass sie sich unbehaglich in seiner Nähe fühlte nach allem, was vorgefallen war.

»Ist alles in Ordnung, Madame?«, fragte er jetzt, während er sie am Arm untergehakt hinter Marguerite und der Gräfin in die große Halle führte.

»Ich bin froh, hier sein zu dürfen, trotz der wenig erfreulichen Umstände«, antwortete sie ausweichend, auch wenn sie deutlich die Frage hinter der Frage hörte.

Und natürlich hatte er ihr Manöver augenblicklich durchschaut, denn sein Blick wurde durchdringend. Im ersten

Moment spürte sie Trotz aufsteigen und hob herausfordernd das Kinn. Sie schuldete ihm keine Erklärung, keine Rechtfertigung.

Vielleicht aber schuldete sie ihm die Wahrheit, wenigstens einen Teil davon?

Sie schüttelte leicht den Kopf. »Ihr hattet recht. Es war gefährlich. Es war unmöglich«, flüsterte sie tonlos – nicht nur, weil es niemand sonst hören sollte, sondern vor allem, weil ihr die Erinnerung schlagartig das Herz einschnürte.

Sie wusste nicht, was sie in seinem Gesicht zu sehen erwartet hatte, vielleicht Erleichterung, vielleicht Bestätigung oder Genugtuung, doch da war nur aufrichtiges Mitgefühl. »Wie geht es Euch jetzt?«

Mit Mühe schluckte sie die aufkommenden Tränen weg. »Es ist, als wäre ich in meinen Käfig zurückgeklettert und hätte eigenhändig die Tür zugeschlagen.«

Kapitel 78

Grafschaft Clermont-en-Beauvaisis, Gournay und Ressons, November 1182

Der Marschall kämpfte um sein Leben. Und unzählige Menschen sahen ihm dabei zu.

Er kämpfte um sein Leben an Henris Seite, um sein *Überleben* als Mentor, Berater und besonders als Freund des Jungen Königs. Und er gab alles hinein – seine unübertroffene Reit- und Waffenkunst, seine Kraft, jahrelange Erfahrung und Übung, seine Angst, seine Wut und seine Verzweiflung. Guillaume le Maréchal kämpfte auf dem Turnierplatz von Gournay und Ressons um sein Leben und tat es auf eine Weise, die allen Anwesenden den Atem raubte.

Diesmal war es Pépin, der in die kahlen Äste eines Baums am Rand des Kampfplatzes gestiegen war, damit ihm kein Moment des Spektakels entging. Ungeschützt Wind und Novemberkälte ausgesetzt, hätte er augenblicklich steif wie ein toter Fisch sein müssen, doch die Aufregung pumpte in wildem Rhythmus Hitze in jeden Winkel seines Körpers, ließ Stirn und Wangen glühen.

»Pep, was siehst du? Sag schon!«, rief Enguerrand de Préaux zu ihm hinauf.

Pépin wedelte mit der freien Hand, ohne den Blick vom Schlachtfeld zu wenden. »Geduld, Himmelherrgott!« Anders als Didier war er nicht in der Lage, zu reden und gleichzeitig das brachiale Geschiebe und Gestoße auf dem Platz zu durchschauen. Und der Teufel sollte ihn holen, wenn er auch nur einen Augenblick davon verpasste.

Obwohl d'Yquebœuf und die anderen, die neuerdings das Zepter in der Mesnie führten, energisch für sich beansprucht hatten, dem Jungen König im Turnier als lebender Schild zu dienen, und Guillaumes Banner den Platz an Henris unmittelbarer Seite verwehrten, warf sich der Marschall wie ein antiker Kriegsgott in die Schlacht. Pépin hatte ihn schon viele Male kämpfen sehen und konnte sich doch an nichts Vergleichbares erinnern.

Der Ritter fuhr wie die Sense ins Korn, mähte unterstützt von Erec und seinen übrigen Bannerrittern regelrecht durch die Reihen der Gegner und holte einen nach dem anderen aus dem Sattel. Aufs Beutemachen verzichtete er indes – vermutlich, um nicht den Vorwurf zu befeuern, nur auf den eigenen Vorteil aus zu sein. Tatsächlich kämpfte er, als ginge es um sein Leben, als wollte er allen – an erster Stelle Henri – seine unerschütterliche Loyalität und Treue, seine Nützlichkeit und womöglich auch seine Unentbehrlichkeit unter Beweis stellen, koste es, was es wolle.

Das Volk bejubelte ihn dafür, und bald erklang Guillaumes Kampfruf aus so zahlreichen Kehlen, dass er selbst die Schlachtgesänge der Fürsten übertönte. *Gott für den Marschall,* scholl es von allen Seiten. Wenn die Menschen den Verleumdungen um den Marschall und die Königin Glauben schenkten, so schien es zumindest in diesem Augenblick keine Rolle zu spielen.

Unter Henris Rittern sah die Sache anders aus. Seit der Enthüllung der ungeheuerlichen Vorwürfe gegen Guillaume und Marguerite herrschte eine kaum zu ertragende Anspannung im königlichen Haushalt. Der Junge König hatte weiterhin kein öffentliches Urteil gesprochen, doch er behandelte seinen früheren Freund mit einer Kälte, die die Luft gefrieren ließ. Adam d'Yquebœuf, de Coulonces, fitz Guy und die anderen Drecksäcke samt ihren Knappen, die nun Oberwasser hatten, spuckten vor dem Marschall oder seinen Männern aus und ließen keine Gelegenheit verstreichen, ihren neu gewonnenen Einfluss zur Schau zu stellen.

Was nichts daran änderte, dass Erec und die anderen Bannerritter unerschütterlich zum Marschall hielten und weitere Männer aus der Mesnie sich ungebrochen zu ihm bekannten, allen voran Baudouin de Béthune. Henri indes bewies die zweifelhafte Größe, seine Ablehnung allein gegen den Marschall zu richten und selbst dessen Bannerrittern weiterhin mit Respekt zu begegnen – was die Situation nicht besser machte. Es war, als tanzte man pausenlos auf einer geschliffenen Klinge, und jeder Fehltritt konnte fatale Folgen haben.

»Majestät, Hoheiten, Edelfrauen, hohe Herren, Ritter, ein denkwürdiger Kampf geht zu Ende! Nach eingehender Beratung mit den Wappenkundigen und den Damen erklären wir hier und heute auf dem Feld von Gournay und Ressons, am Tag des heiligen Leonhard, die Mannschaft … des Jungen Königs zum Sieger des Wettstreits«, verkündete Raoul der Rote, Graf von Clermont und Connétable von Frankreich, mit tragender Stimme von der Tribüne herab, vor der die Kämpfer auf ihren Pferden Aufstellung bezogen hatten. In der vordersten Linie nebeneinander die Ranghöchsten, darunter Graf Balduin von Hainaut, Graf Philipp von Flandern, Herzog Hugues von Burgund, Graf Guillaume von Macôn und natürlich Henri, hinter ihnen aufgereiht ihre Bannerherren und Ritter.

Lautstarker Jubel brandete von allen Seiten auf, Trommeln wurden geschlagen und Kampfrufe intoniert, doch noch einmal bat Graf Raoul mit erhobenen Händen um Ruhe. »Als besten Einzelkämpfer des Tages ehren wir heute den unübertroffenen … Guillaume le Maréchal!«

Auch auf diese Ankündigung folgten tosender Beifall und Begeisterungsrufe, vielleicht noch lauter als zuvor. Doch der Marschall hielt stumpf den Blick auf den Hals seines Pferdes gerichtet und wirkte eher beschämt als geschmeichelt. Solange Henri ihn nicht öffentlich der Unzucht oder des Verrats anschuldigte, konnte niemand an dieser Auszeichnung Anstoß nehmen, und es bestand kein Zweifel, dass der Ritter sie heute mehr denn je verdient hatte. Dennoch musste die Wahl des Marschalls dem Jungen König wie eine Provokation erscheinen. Entsprechend versteinert wirkten seine Züge.

Und er war nicht der Einzige.

»Adam d'Yquebœuf zieht eine Miene, als ob er Pferdescheiße kaut«, bemerkte Erec mit einem Seitenblick auf den Ritter.

»Was genau erstaunt dich daran?«, fragte Lionel. »Er hat nur diesen einen Gesichtsausdruck.«

Josce verwandelte sein Prusten in ein Räuspern hinter vorgehaltener Hand, doch Erec war nicht nach Lachen zumute. Die letzten Tage und Wochen waren kräftezehrend gewesen, ganz zu schweigen von den zurückliegenden Stunden des Turniers, bei dem sie alle ihr Äußerstes gegeben hatten. Nicht nur Erec hatte die Hoffnung gehegt, der heutige Wettkampf würde eine Besserung der zunehmend unerträglichen Situation bringen – schließlich hatte Henri dem Marschall trotz der zurückliegenden Geschehnisse erlaubt, weiterhin in seiner Mannschaft zu kämpfen. Wie es aussah, war er deswegen aber noch lange nicht gewillt, unmissverständlich Stellung zu beziehen.

Raoul der Rote bedeutete Guillaume, vor die Tribüne zu kommen, wo er aus der Hand von dessen Tochter einen kunstvollen Silberbecher für seine Leistungen empfing. Das Volk johlte und pfiff vor Begeisterung, und auch die anwesenden Fürsten entboten dem Marschall ihre Anerkennung – alle außer Henri, der verbissen schwieg und durch seinen früheren Mentor und Freund hindurchzusehen schien.

Philipp von Flandern schnalzte missbilligend mit der Zunge. »Es ist nicht recht, wie Ihr den Marschall behandelt, Majestät«, tadelte er Henri streng. Zwar tat er es in leisem Ton, doch gerade laut genug, dass es Erec und die umstehenden Ritter hören konnten. »Es ist nicht recht, dass Ihr Euren treusten Mann so abweisend behandelt. Ihr schuldet ihm eine klare Entscheidung, sonst werdet Ihr ihn ganz gewiss von Eurer Seite vertreiben. Und«, seine Stimme nahm einen eindringlichen Ton an, »das wäre äußerst töricht, ganz gleich, auf welche Weise es geschieht.«

Henris Kiefermuskeln spannten sich. Es misslang ihm, eine teilnahmslose Miene aufzusetzen, denn nicht nur die bebenden Nasenflügel, sondern auch das unstete Flackern im Blick verrieten seine Zerrissenheit. Beinah grob zerrte er sein Pferd herum und preschte vom Platz.

Während alle ihm nachsahen, ließ die eisige Luft den Atem von Rössern und Männern zu Wölkchen gerinnen; Schneeflocken begannen vom bleigrauen Himmel herabzuschaukeln und legten sich kalt auf Schabracken, Umhänge und Rüstungen. Erec fröstelte, von innen wie außen.

Wo es am Turnierabend an Festlaune fehlte, behalf man sich mit schamlosen Mengen Bier und Wein. Erfolgreich, wie es schien, denn schon bald drangen Gesang, trunkenes Grölen und Gelächter der Zecher durch die große Halle, untermalt von den treibenden Klängen der Spielleute, die musizierten, als ginge es um ihr Leben. Pagen und Knappen häuften derweil duftende Pasteten, Bratenfleisch und Brot auf die Tische und sorgten dafür, dass kein Becher lange leer blieb. Vermutlich, um die Gäste von der Frage abzulenken, warum die beiden Champions des heutigen Tages, der Junge Henri und Guillaume le Maréchal, der Feier fernblieben. Erecs Freunde gaben sich Mühe, diese Tatsache zu ignorieren, und genossen die dargebotenen Köstlichkeiten und Zerstreuungen. Denn wer vermochte zu sagen, wie lange ihnen das noch vergönnt sein würde?

Bei Erec selbst wollte sich indes keinerlei Feierstimmung einstellen. Alles erschien ihm zu laut, zu schrill, zu aufgesetzt und irgendwie unangemessen. Und so tat er, was er immer tat, wenn ihm die Welt und ihre Bewohner zu viel wurden.

Zu seiner Überraschung fand er im Stall nicht nur die Gäule und einige Knechte vor.

»Du willst einfach verschwinden«, stellte er enttäuscht fest.

Guillaume, der zusammen mit seinem Knappen Eustache gerade die Pferde marschbereit machte und die Satteltaschen packte, hielt inne und sah über die Schulter zu ihm. Er hatte sich nicht bemüht, die Spuren des zurückliegenden Wettkampfes aus seinem Gesicht zu waschen, zeigte ganz unverhohlen und vielleicht sogar mit einer Spur Trotz die Schrammen, den Schmutz, den Schweiß und das Blut, das er heute für seinen König vergossen hatte.

Sein Blick, früher so lebhaft und fröhlich, wirkte jetzt mürbe und kummervoll. Er nickte.

»Ja, ich werde gehen, Erec. Noch heute Nacht.«

»Das kannst du nicht tun!«

»Es muss sein.«

»Aber das wäre wie … wie aufgeben. Vielleicht wird man es sogar als Schuldeingeständnis auffassen.« Erec spürte Verzweiflung aufkeimen. Sollte es so enden? Auf diese unrühmliche Weise? Der ergebenste Freund und Berater des Jungen Königs musste sich davonschleichen wie ein geprügelter Hund, unschuldig? Bei Gott, das war nicht gerecht!

»Bleib, Guillaume«, flehte er. »Auch um Henris Willen!«

Der Marschall seufzte. »Du warst heute dabei, du hast erlebt, dass er mir ungebrochen die kalte Schulter zeigt. Wie es aussieht, kann ich derzeit nichts tun, um ihn von meiner Treue zu überzeugen. Ich denke, die Angelegenheit … wir beide brauchen Zeit und Abstand. Also werde ich gehen, vorerst zumindest. Um mir über einiges klar zu werden. Und um Henri Raum zu geben, eine wohlüberlegte Entscheidung zu treffen. Ich bete zum Allmächtigen, dass er die richtigen Schlüsse zieht.«

Erec nickte schließlich. »Dann werde ich dich begleiten. Lass mich nur kurz …«

Guillaume trat zu ihm und griff ihn fest bei der Schulter. »Das wirst du schön bleiben lassen.«

»Aber …«

»Hör mir zu, Erec, Baudouin de Béthune weiß Bescheid und wird euch während meiner Abwesenheit in sein Banner aufnehmen – auch wenn ich bezweifle, dass Henri euch andernfalls wegschicken würde.« Sein Blick war voller Sorge. »All das, was gerade geschieht, ist kein Zufall. Jemand hat auf diese Gelegenheit gewartet, die Lage für seine Zwecke genutzt oder gar herbeigeführt. Da ist etwas Größeres im Gange. Du musst hierbleiben und ein Auge auf Henri haben! Würdest du das für mich tun?«

»Natürlich«, antwortete Erec ohne Zögern. Alles, solange er nur ein bisschen von der aufgehäuften Schuld abtragen konnte.

Kapitel 79

Herzogtum Normandie, Caen, Dezember 1182

Der Weihnachtshof zu Caen war seit Generationen eine Zurschaustellung von Macht und Einfluss des angevinischen Königshauses, eine Demonstration der Einheit und des ungebrochenen Zusammenhalts der Familie Plantagenêt, aber auch ihres Herrschaftsanspruchs und ihrer unanfechtbaren Dominanz. Nicht umsonst hatte der Alte Henri dafür die beeindruckende Residenz in Caen gewählt. Sie war Stein gewordener Ausdruck seiner glorreichen Dynastie – von seinem Vorfahren Guillaume, dem Eroberer Englands, vor mehr als hundert Jahren errichtet und von seinem Vater erweitert und ausgebaut worden. Inzwischen erstreckte sich die Festung über das gesamte Plateau oberhalb der Orne, die nur wenige Meilen weiter nördlich ins Meer mündete. Die Anlage war so gewaltig, dass sie im Kriegsfall alle Bewohner der Stadt aufnehmen konnte. Zum Christfest wurde sie allerdings von den zahllosen Gästen und ihrem Gefolge bevölkert. Und trotz des zügellosen Prunks der vergangenen Jahre übertraf die Feier diesmal alles bislang Dagewesene.

Der Alte König hatte nicht nur seine Söhne und ihre Familien sowie Mathilde und seinen Schwiegersohn, den Sachsenherzog Heinrich, zu sich bestellt. Neben ihnen waren auch die bedeutsamsten Edlen und Kleriker sowie Hunderte Ritter aus seinem großen Reich dem Ruf in die Normandie gefolgt – was sicher auch daran lag, dass er sämtliche Konkurrenzveranstaltungen kurzerhand verboten hatte. Nichts sollte den

Eindruck unerschütterlicher Einheit und Geschlossenheit trüben.

Auch Genovefa war an der Seite von Marguerite aus der Champagne in Henris Haushalt zurückgekehrt und mit ihnen nach Caen gereist. Die zurückliegenden Wochen in Maries schwesterlicher Obhut hatten der Königin tatsächlich über das Schlimmste hinweggeholfen. Zwar waren die Wunden nicht verheilt, würden es vermutlich auch nie vollständig sein, aber anscheinend hatten Maries Herzlichkeit und Güte, viel Musik und Kinderlachen wenigstens den Schmerz abklingen und etwas Frieden und neue Kraft in Marguerites Herz zurückkehren lassen. Dass der Junge Henri persönlich sie an seine Seite zurückgebeten hatte, gab ihr zudem Sicherheit.

Fast konnte die verschwenderische Pracht der Familienzusammenkunft in Caen die Welt glauben machen, alle seien wieder miteinander versöhnt, Ruhe und Ordnung seien wiederhergestellt.

Doch Genovefa ließ sich davon nicht täuschen. Eine unangenehme Spannung lag wie ein Eisenring um ihre Brust, ein Gefühl, als könnte sie die Lunge nicht vollständig mit Luft füllen. Es schien ihr, als dienten all der Flitter, Samt und Goldglanz lediglich dazu, die schwärende Wunde unter der Oberfläche des Hauses Anjou zu überdecken; als sollten Zimt und Tannengrün, Lammbraten und Würzwein den Gestank faulenden Fleisches überdecken und die Musik der besten Spielleute des Reiches lediglich die Misstöne, das Heulen, Zähneknirschen und Gezänk übertönen.

Niemand schien an dieser Fassade rühren zu wollen, alle schluckten stattdessen bereitwillig die prächtig verpackte Lüge und jagten sie mit teurem Burgunder oder knusprigem Hühnchen die Gurgel hinunter. Und versuchte doch jemand, den golddurchwirkten Vorhang zu lüften und auf die brandige Fäulnis zu schauen, welche diese Familie von innen zerfraß, erstickte man alle Fragen und Zweifel sogleich in wertvollen Geschenken und Zuwendungen.

Dennoch blieb überdeutlich, dass nichts war wie zuvor. Der Marschall war vor gut drei Wochen verschwunden – wohin, wusste niemand. Er habe sich in ein freiwilliges Exil begeben, sagten die einen. Er sei vor seiner Schande geflohen, behaupteten andere.

Dass Genovefa nicht Abschied von dem Freund hatte nehmen können, war schmerzhaft; aber nicht so schmerzhaft wie die Tatsache, dass Erec sie mied und kaum wagte, sie auch nur anzusehen, sobald sie sich im selben Raum aufhielten. Schuldgefühle schienen sie beide und alles zu zerfressen, was Hoffnung, Zuversicht, Glück gewesen war.

Sie hatte viele schlaflose Stunden damit zugebracht, über das nachzudenken, was Erec bei ihrem letzten Gespräch gemutmaßt hatte. Dass dieses Unglück womöglich auch ohne ihr Zutun eingetreten wäre, dass es Kräfte in der Mesnie gab, die den alles überstrahlenden Marschall um jeden Preis aus Henris Kreis hatten drängen wollen.

Genovefa blickte in das Gesicht des Jungen Königs und fragte sich, ob der Punkt überschritten war, an dem all das noch eine Rolle spielte. Henris Züge hatten die charmante Jungenhaftigkeit verloren, waren in den vergangenen Wochen hart und kantig geworden, als nähme er zu wenig Nahrung zu sich oder als hätten die zurückliegenden Ereignisse ihn gezwungen, mit einem Schlag erwachsen zu werden. Vielleicht hatte er aber auch nur entschieden, die Maske des heiteren, strahlenden und umgänglichen Königssohns ein für alle Mal abzulegen.

Kapitel 80

Herzogtum Normandie, Caen, Dezember 1182

Es war ein seltsames Seufzen, fast ein kollektives Luftholen, das Erec vom Essen aufsehen und zum Eingangsportal der großen Halle blicken ließ. Die Türflügel waren weit geöffnet worden, und ein einzelner Mann stand dort. Abwartend, aber zumindest der Haltung nach entschlossen und furchtlos. Der Marschall.

Gütiger Jesus! Erec konnte das Gefühl nicht recht benennen, das dieser unerwartete Auftritt in ihm auslöste. Angst, Überraschung, Hoffnung, Sorge? Auch von den übrigen Anwesenden schien niemand mit seinem Erscheinen gerechnet zu haben, denn in den Gesichtern stand alles von offener Ablehnung bis hin zu Wiedersehensfreude. Henri versteifte sich vollständig und öffnete den Mund, ohne jedoch Worte hervorzubringen. Richard wirkte lauernd. Herzog Geoffroy dagegen lehnte sich grinsend in seinem Stuhl zurück, als erwarte er ein unterhaltsames Spektakel. Einzig der Alte König zeigte keine Regung, dieser Mann, der das Spiel der Macht schon sein ganzes Leben lang spielte und besser beherrschte als jeder andere.

Ein Moment fast vollkommener Stille trat ein. Kein Wort, kein Lachen, nicht einmal ein Husten oder Räuspern war zu vernehmen. Die Spielleute waren schlagartig verstummt, als der mit Ausnahme eines Helms vollständig gerüstete Ritter die große Halle von Caen betrat. Die Menschen wichen vor ihm zurück wie vor einer Flamme, und tatsächlich wirkte es, als umgebe ein unsichtbares Feuer den Marschall, genährt aus Trauer, Enttäuschung und Wut. Mit langen Schritten durchmaß er den Saal, hielt geradewegs auf die hohe Tafel zu. Sein Kettenhemd klimperte hell im Rhythmus der Stiefelschritte, beides wirkte unnatürlich laut. Wachen wollten vortreten und ihm Einhalt gebieten, doch der Alte König winkte sie zurück. Genau wie Henri erhob er sich aus seinem Sessel und erwartete den Ritter stehend.

Schließlich hatte Guillaume die hohe Tafel erreicht, wo er ehrerbietig, aber nicht unterwürfig auf ein Knie sank. Nachdem er sich wieder zu seiner beachtlichen Größe aufgerichtet hatte, tauschte er einen Blick mit dem Alten König, dann wendete er sich Henri zu. Der stand stocksteif da, und seine Nasenflügel bebten unübersehbar, doch machte er keine Anstalten, den Ritter an seinem Vorhaben zu hindern.

»Hört mich an, Majestät«, bat der Marschall, und nur wer ihn gut kannte, nahm das leichte Zittern in seiner Stimme wahr. »Bittere, zerstörerische Anschuldigungen wurden gegen mich erhoben. Vor Euch und im Angesicht Eures königlichen Vaters, unter den Augen all dieser Menschen von Rang und Namen will ich hier und heute den unumstößlichen Beweis erbringen, dass diese Vorwürfe haltlos sind und ich Euch, mein König, zu keinem Zeitpunkt betrogen oder hintergangen habe, was auch immer man Euch einzuflüstern versucht.«

Ein Raunen erhob sich, und kurz flackerte Hoffnung in Erecs Brust auf. Hatte Guillaume etwas gefunden, was seine und Marguerites Unschuld belegen konnte? Gab es Zeugen oder Beweise?

Doch mit einem Mal traf ihn die Erkenntnis wie ein Hammerschlag. Nein, Guillaume wollte diese unerträgliche Situation auf andere Weise beenden, auf eine, die ganz und gar seiner Auffassung von Recht und Gerechtigkeit entsprach und augenblicklich Klarheit bringen würde. Ehrenvoll. Aber über die Maßen riskant. Und er hatte sich die größtmögliche Bühne ausgesucht, um die Angelegenheit endgültig aus der Welt zu schaffen.

Erec spürte Übelkeit aufsteigen. Warum hatte er das nicht kommen sehen? Warum hatte er ihn nicht an diesem Wahnsinn gehindert? Er selbst war es, der dort stehen und sich rechtfertigen oder um Gnade bitten sollte. Jetzt blieb ihm nichts, als zuzusehen und zu beten. Und im Augenblick schien ihm diese Tatenlosigkeit beinahe die schlimmere Strafe zu sein.

Der Marschall machte eine Pause und sah in die Runde der Anwesenden. Für einen gefährlichen Moment blieb sein Blick dabei an d'Yquebœuf, de Coulonces und Farci hängen, deren Plätze sich nahe der hohen Tafel befanden und die beinahe trotzig zurückstarrten, dann wandte er sich wieder Henri zu.

»Und das ist die Art, wie ich meine Unschuld beweisen werde«, verkündete er. Seine Stimme war jetzt scharf und unerbittlich wie eine frisch geschliffene Klinge und bis in den letzten Winkel der großen Halle zu hören. »Lasst meine Ankläger vortreten, Herr, und ich schwöre bei Gott dem Allmächtigen, sollten sie ihre Anschuldigungen gegen mich hier in dieser Runde wiederholen, werde ich nacheinander gegen drei von ihnen im gerichtlichen Zweikampf antreten, an drei aufeinanderfolgenden Tagen. Verliere ich auch nur gegen einen, so hängt mich ohne Zögern auf.«

Ein schockiertes Raunen ging durch die Menge, hier und da wurde auch Unmut laut, und Erec kam ebenfalls ein ersticktes Keuchen über die Lippen, als sich seine Befürchtung bewahrheitete. Nein, es war schlimmer als befürchtet. Ein Gerichtskampf gegen drei Gegner? Allmächtiger, das konnte niemals gut enden.

Henri hatte die Hände Halt suchend auf den Tisch gestützt, hielt den brennenden Blick aber weiter auf den Mann gerichtet, der bis vor Kurzem noch sein engster Vertrauter gewesen war. »Bei der Liebe unseres Herrn«, presste er mühsam hervor, »etwas Derartiges werde ich unter keinen Umständen zulassen, Guillaume!«

Der Marschall trat einen weiteren Schritt auf Henri zu und hob die Hände, als wolle er ihn am Arm fassen, führte die Bewegung jedoch nicht zu Ende. »Aber Ihr ... Ihr müsst es tun, Herr.« Jetzt war das Zittern in Guillaumes Stimme unüberhörbar. »Ihr *müsst* mir diese Möglichkeit geben, mich von den Anschuldigungen reinzuwaschen, ich flehe Euch an!«

Henri schüttelte langsam den Kopf. Seine Kiefermuskeln spannten sich unter der Haut, und von Erecs Platz sah es aus, als kämpfte er verbissen gegen aufsteigende Tränen an.

Er war nicht sicher, ob er erleichtert oder bestürzt darüber sein sollte, dass Henri dem Marschall diese Möglichkeit verwehrte, sich zu rehabilitieren. So oder so verstand er nicht, warum. War er von Guillaumes Schuld überzeugt? Fürchtete er um das Leben seines Freundes? Oder darum, dass sich des Marschalls mutmaßlicher Verrat unwiderruflich bestätigen könnte? Wollte er lieber im Ungewissen bleiben, statt die womöglich allzu schmerzhafte, demütigende Wahrheit zu ertragen?

»Mein König, Henri«, bat der Marschall inständig und gab sich keine Mühe mehr, seine Verzweiflung zu verbergen. »Bitte! Meine Ankläger sind hier in diesem Raum. Warum melden sie sich nicht zu Wort, obwohl sie meine Aufforderung gehört haben? Was hält sie davon ab, mir im ehrenhaften Zweikampf gegenüberzutreten, wenn ihre Anschuldigungen wahr sind und sie den Allmächtigen auf ihrer Seite wissen?«

»Das ist mir gleichgültig«, erwiderte Henri heiser. »Ich werde es nicht erlauben!«

Guillaumes Körper bebte jetzt. »Wie könnt Ihr ablehnen, dass diese widerlichen Vorwürfe vor Gottes Angesicht geprüft werden? Wie könnt Ihr zulassen, dass die Ehre zweier unbescholtener Menschen unwidersprochen beschmutzt wird?«, fragte er nicht ohne Bitterkeit. »Ich bin bereit, auf mich zu nehmen, was immer nötig ist, um die Vorwürfe hier und heute endgültig zu tilgen.« Guillaume machte einen weiteren Schritt auf Henri zu, sodass allein die Tischplatte sie noch voneinander trennte, dann streckte er ihm auffordernd seine Schwerthand hin. »Bei Sankt Georg und allen Heiligen, mein König, ich bitte Euch, hackt mir einen Finger von der rechten Hand, egal welchen, und dann lasst den besten Streiter unter meinen Anklägern gegen mich im Zweikampf antreten, jetzt sofort. Lasst mich meine Ehre wiederherstellen und an Eure Seite zurückkehren! Sollte ich unterliegen, seht meine Schuld als erwiesen an und verfahrt mit mir, wie es Euch gefällt.«

Die Menge stöhnte auf angesichts dieses ungeheuerlichen Vorschlags. Erec war nicht klar gewesen, wie verzweifelt der Ritter unter der Zurückweisung seines Freundes und Königs litt, wie sehr es ihn quälte, dessen Liebe und den Platz an seiner Seite verloren zu haben. Und zu was er bereit war, um beides wiederzuerlangen.

Wortlos starrten Henri und Guillaume einander mit sengendem Blick an. Schließlich kniff der Junge König die Augen zu, und eine einzelne Träne stahl sich unter den Wimpern hervor. Hastig rieb er sie weg. »Nein, Guillaume«, krächzte er, »es tut mir leid, ich werde es nicht erlauben! Unter keinen Umständen.«

Des Marschalls Miene versteinerte, und seine Schultern sanken kraftlos herab, als ihm klar wurde, was Henris unmissverständliche Ablehnung in aller Augen bedeuten musste: Das so lange erwartete Urteil war damit gefallen: schuldig des Hochverrats.

Kapitel 81

Grafschaft Flandern, Gent, Januar 1183

»Der Junge Henri fordert die versprochenen Söldner ein. Unverzüglich.«

»Es ist also so weit.« Graf Philipp nickte mit unbewegter Miene, wandte sich von Valéry ab, trat zur Mauer und sah wortlos nach Westen über die Stadt mit ihren beiden Flüssen, die sich unter ihm ausbreitete. Sie standen oben auf dem gewaltigen Donjon von Burg Gravensteen, von wo aus sich beinahe ganz Gent überblicken ließ. Das helle Picken von Meißeln auf Stein echote bis zu ihnen herauf, denn noch immer arbeiteten Steinmetze und Maurer unermüdlich an der Befestigung. Bedachte man, dass Philipp erst drei Jahre zuvor den Bau auf den niedergebrannten Ruinen der alten, sehr viel bescheideneren Anlage veranlasst hatte, konnte man über die Fortschritte nur staunen. Der vierstöckige, alles beherrschende Wehrturm war längst fertiggestellt, genau wie der Wohntrakt des Grafen, Stallungen und Wirtschaftsgebäude sowie ein Gutteil der trutzigen Umfassungsmauern mit ihren Türmen und Vorwerken. Genau genommen waren nur noch wenige Mauerabschnitte unvollendet. *Die Macht des Geldes*, dachte Valéry.

»Henri will, dass Ihr das zugesagte Söldnerkontingent unverzüglich nach Limoges sendet«, wiederholte er die Botschaft, derentwegen er in seiner Funktion als Mittelsmann geschickt worden war. »Nach dem Weihnachtshof hat der Alte König versucht, seine zerstrittenen Erben miteinander zu versöhnen und besonders den Ältesten zu besänftigen. Er hat verlangt, dass Geoffroy und Richard dem Jungen Henri die Treue schwören, ihn als ihren zukünftigen König und Herrscher anerkennen und sich ihm unterordnen. Sehr zu Richards Missfallen, wie Ihr Euch denken könnt, aber nach lautstarkem Protest und Zähneknirschen hat schließlich auch er den Schwur geleistet. Woraufhin der Junge König umgehend angekündigt hat, als oberster Lehnsherr auch der Aquitanier sei es seine Pflicht, diese gegen Unrecht und Gewalt zu schützen. Und sollte es erneut zu Aggressionen von Richards Seite kommen, werde er Aquitanien mit dem Schwert beistehen.«

Philipp nickte ernst. »Ich hörte davon.«

Wie ein Blitz war diese ungeheuerliche Ankündigung eingeschlagen, kam sie doch einer offenen Kriegserklärung gegen den eigenen Bruder gleich. Richard hatte Gift und Galle gespuckt, gewütet und getobt, wie man es selbst von ihm nicht gewohnt war. Doch bewirken konnte das nichts. Jetzt, da kein Marschall mehr mäßigend auf Henri einwirkte, da nicht länger ein Erbe Aussicht auf eine dynastisch gesicherte und friedliche Zukunft versprach, hielt den Jungen König nichts mehr.

»Der Alte König hat Herzog Geoffroy beauftragt, in Limoges eine Friedensversammlung zwischen allen verfeindeten Parteien einzuberufen, in der Hoffnung, die Angelegenheit diplomatisch zu lösen. Aber der Junge Henri hält das Ansinnen ganz offenbar nicht für aussichtsreich, warum sonst sollte er Eure Söldner anfordern?«

Gespannt wartete Valéry auf Philipps Reaktion, auf irgendeine Gefühlsregung.

Doch der Graf hielt den Blick weiter auf die Stadt gerichtet und machte keine Anstalten zu reden, war anscheinend tief in Gedanken versunken. Und Valéry wusste, dass man ihn dabei besser nicht störte. Stattdessen trat er an Philipps Seite und ließ den Blick schweifen.

Die schmückenden Wechsel von hellem Kalkstein und

dunklem Granit im Mauerwerk Gravensteens konnten nicht darüber hinwegtäuschen, dass dieser Bau ganz im Zeichen der Gewalt stand. Es hieß, Philipp habe die Verteidigungsanlagen der Kreuzritter im Heiligen Land zum Vorbild genommen. Doch diese Festung hier diente nicht dem Schutz vor heidnischen Angreifern, sie war zuerst und vor allem eine Warnung, vielleicht sogar eine Kampfansage. An die eigene Bevölkerung. Niemand sollte es wagen, die Macht Philipps je anzuzweifeln, oder gar versuchen, ihn zu überstrahlen. Gent war eine überaus reiche und mächtige Stadt, wie die zahlreichen prächtigen Steinhäuser der Händler bewiesen. Doch nun warf Philipps Festung ihren Schatten über sie.

»Weißt du, d'Anier«, sagte der Graf, der seinen Blick auffing und mühelos die Gedanken dahinter erriet, »will man herrschen, muss man Macht und Stärke demonstrieren. Natürlich sollte ein Fürst sich für das Wohl seiner Untertanen einsetzen – Gott weiß, das habe ich getan. Ich habe Sümpfe entwässern und urbar machen lassen, barbarische Leibstrafen abgeschafft und Handelsprivilegien erwirkt. Doch wenn es den Menschen gut geht, macht sie das nicht ergeben oder gar dankbar. Im Gegenteil, es macht sie bequem, maßlos und aufmüpfig. Und man tut gut daran, rechtzeitig klarzustellen, dass man sich nicht auf der Nase herumtanzen lässt.« Der Graf seufzte, als litte er unter dieser Tatsache. »Zugegeben«, fuhr er fort, »man darf die Bevölkerung nicht vollständig gegen sich aufbringen, schon gar nicht die Handelsleute, schließlich verdankt Flandern seinen Reichtum in erster Linie ihnen. Das verlangt ein gewisses … Feingefühl.«

»Sehr subtil, in der Tat«, bemerkte Valéry und wies mit einer Geste über die einschüchternde Festung.

Philipp lächelte. »Ja, Subtilität ist nicht immer das Mittel der Wahl. In manchen Fällen ist rohe, zweifelsfreie Klarheit gefragt. Und ich bin sicher, die Botschaft Gravensteens ist unmissverständlich.«

Valéry schauderte. So viel war gewiss.

»Früher oder später erreiche ich stets, was ich will«, sagte der Graf mehr zu sich selbst. »Mit Weitsicht, Planung und Geduld. Und dem rechten Maß an Hartnäckigkeit. Auf diese Weise habe ich auch den Marschall bekommen, oder nicht?«

Teufel, ja, das war nicht zu leugnen. Unmittelbar nach seinem Auftauchen beim Weihnachtshof in Caen und Henris schwerwiegender Entscheidung hatte der Marschall normannischen Boden in aller Eile Richtung Frankreich verlassen. Obwohl der verwehrte Gerichtskampf ihn endgültig zum Verräter machte, hatte niemand ihn behelligt. Im Gegenteil hieß es, der Alte König habe dem Ritter ein Dokument ausgestellt, das ihm freies Geleit gewährte. Und kaum hatte sich herumgesprochen, dass Guillaume le Maréchal nicht länger dem angevinischen Hof angehörte, begann ein geradezu ungehöriger Bieterwettstreit um seine Dienste. Als hätte es die Vorwürfe nie gegeben. Oder als wären sie völlig gleichgültig angesichts des Marschalls unübertroffener Fähigkeiten.

Vermögen, Lehen und die Hand einer Fürstentochter wurden ausgelobt, doch am Ende konnte Graf Philipp von Flandern den besten aller Ritter für sich und seine Turniermannschaft gewinnen. Angelockt von einer gewaltigen Summe Silber, vielleicht aber auch in Erinnerung an gemeinsame Turnierzeiten, ließ sich der Marschall arglos darauf ein. Wie hätte er ahnen sollen, dass der Graf kurz zuvor noch Pläne zu seiner völligen Vernichtung vorangetrieben und seinen möglichen Tod billigend in Kauf genommen hatte? Dass Guillaume diese Sache lebend und sogar einigermaßen unversehrt überstanden hatte, war kaum zu erwarten gewesen, und dass Philipp ihn nun auf diese Weise endgültig aus dem Spiel nahm, am Ende nur konsequent.

Der Graf war niemand, der gern verlor. Und in diesem Fall hatte er zweifellos den Sieg davongetragen, in vielleicht unerwarteter, dafür aber gleich doppelter Hinsicht: Er hatte den Jungen König sowohl auf dem Turnierplatz als auch auf der politischen Bühne empfindlich geschwächt und konnte darüber hinaus seine Mannschaft künftig mit dem besten Turnierritter des Abendlandes krönen. Außerdem bedeutete eine Schwächung des Jungen Henri auch eine Schwächung des französischen Königs, dessen wichtigster Verbündeter er war, und würde es Graf Philipp möglicherweise erlauben, dort wieder stärker Einfluss zu nehmen. Was für ein Triumph!

Dass der Junge König nun auch ohne seinen treuen Kampfhund Guillaume die Konfrontation mit Richard suchte, konnte allerdings kaum Teil des Plans gewesen sein. Und Valéry fragte sich, wie der Graf damit umgehen würde.

Auch diesmal hatten ihre Gedanken offenbar die gleiche Richtung eingeschlagen.

»Wenn wir ehrlich sind, hat sich diese ganze Aquitanienkrise schon länger angebahnt, und es war abzusehen, dass die ehrgeizigen Kriegstreiber in Henris Reihen an Einfluss gewinnen, sobald der Marschall fort ist«, gestand Philipp. »Ein Grund, warum sie ihn so dringend loswerden wollten, nehme ich an. Aber Dank meiner Voraussicht sind wir in der Lage, auch auf diese neue Situation zu reagieren. Und wenn Herzog Richard irgendwann wieder zu sich kommt und seinen gekränkten Stolz herunterschluckt, wird er erkennen, welche Möglichkeiten sich ihm auf diese Weise auftun.«

Der Graf verzichtete auf Erklärungen, aber Valéry konnte seine eigenen Schlüsse ziehen: Sollte es zum Krieg zwischen den Brüdern kommen, bot sich Richard die Möglichkeit, den lästigen Konkurrenten um Macht und Thron endgültig und auf völlig legitime Weise loszuwerden. Dazu musste er nur gewinnen.

Das Fehlen des Marschalls an Henris Seite würde Richards Chancen noch verbessern. Und Philipp gedachte, ebenfalls seinen Teil beizutragen.

»Zusammen mit Roux wirst du Henri unverzüglich die versprochenen Söldner nach Limoges bringen«, sagte er und maß Valéry mit kühlem, durchdringendem Blick. »Und mit ihrer Hilfe wirst du dafür sorgen, dass der Junge König diesen Krieg verliert.«

Kapitel 82

Herzogtum Aquitanien, Limoges, Februar 1183

Das also hatte der Marschall gemeint!

Als Erec gemeinsam mit dem Jungen König und dessen Rittern über das Heerlager blickte, das sich um die Zitadelle von Limoges sammelte, verstand er zum ersten Mal in vollem Umfang die Bedeutung von Guillaumes Worten.

Das Volk liebt dich, vergöttert dich, Henri, hatte er damals am Meer gesagt. *Die Menschen würden dir überallhin folgen, ihrem ritterlichen Vorbild.*

Und, Himmel, das taten sie. Henri mochte über wenig eigenes Silber verfügen, doch auf den Turnierplätzen des Abendlandes hatte er durch Charme, Großzügigkeit und Rittertugenden eine andere Art von Kapital erworben, das sich jetzt auszahlte.

Wenig überraschend hatte Geoffroy nicht die vom Alten König geforderte Friedensversammlung einberufen, sondern stattdessen die Gelegenheit und den Vorsprung genutzt, gemeinsam mit de Born die aquitanischen Fürsten nach Limoges zu bestellen, sie weiter gegen Herzog Richard aufzustacheln und ein breites Militärbündnis zu schmieden. Da der Bruderkrieg nun unabwendbar schien, strömten Henris Unterstützer aus allen Teilen des Herrschaftsgebiets und seiner Nachbarländer herbei, schickten ihm Truppen und Söldner zur Verstärkung seiner Reihen.

Vom König der Turniere zum strahlenden Heerführer – dieser Wandel schien Henri mühelos zu gelingen. Wo er auftauchte, verbreitete er Begeisterung und Zuversicht, überhaupt herrschte eine geradezu trunkene, erwartungsvolle Euphorie bei ihm und seinen Männern. Alle schienen erleichtert zu sein, die stumpfe Trägheit und Tatenlosigkeit der zurückliegenden Jahre endlich abgestreift und gegen eine lohnende Aufgabe, ein höheres Ziel getauscht zu haben.

Auch Erec fand es schwer, sich nicht anstecken zu lassen von der allgemeinen Aufbruchstimmung. Ein fiebriges Pochen erfüllte seine Brust, seine Glieder, seine Schläfen. Wenn er ehrlich war, brannte er genau wie alle anderen darauf, sich endlich in der Schlacht zu beweisen. Und anders als vor Puy Saint-Front würde es dieses Mal nicht bei Drohgebärden bleiben, so viel war sicher.

Doch auf der anderen Seite klangen Erec die Mahnungen des Marschalls in den Ohren, dessen eindringliche Bitte, ein wachsames Auge auf den Jungen König zu haben und ihm beizustehen. Und wenn Erec in diesen Momenten in Henris Gesicht sah, bemerkte er die Unsicherheit in seinem Lachen, die von Zweifeln zerfressene Schattenversion, nur unzureichend versteckt hinter der Maske des strahlenden Anführers. Das waren die Augenblicke, in denen Erec von kalter Angst gepackt wurde.

»Lasst uns hinuntergehen und die Neuankömmlinge begrüßen«, beschloss der Junge König. »Ich habe gehört, Premier Préaux ist mit weiteren Männern aus Pirou eingetroffen.«

»Und Dieudonné hat ein Kontingent Söldner auf den Weg geschickt«, ergänzte de Béthune. »Sie werden bald hier sein.« Eigene Ritter und Soldaten an Henris Seite zu entsenden, wagte der französische König nicht, käme es doch einem Affront gegenüber dem restlichen angevinischen Herrscherhaus gleich. Eine Schar Routiers zur Unterstützung des Schwagers würde hingegen keine diplomatische Krise auslösen.

»Ausgezeichnet.« Henri nickte und lief mit ausgreifenden Schritten hinaus ins Feldlager, das sich auf der freien Fläche jenseits der Stadtmauern auszudehnen begann. Überall wurden Zelte und festere Unterkünfte errichtet und behelfsmäßige Pferche für die Reit- und Zugtiere gezimmert. Ein ameisenhaftes Gewimmel, ein unablässiges Lärmen von Mensch und Tier.

Noch passten alle hohen Herren hinter die Befestigungsmauern, welche die Oberstadt von Limoges samt Zitadelle umgaben, aber bei diesem ungebrochenen Zustrom an Streitern würde der Platz schnell eng werden. Vermutlich würde man dann auf die ungeschützten Uferwiesen entlang der Vienne ausweichen müssen, denn der westliche Teil von Limoges, die Cité rings um den Bischofssitz, die über eine eigene Befestigungsanlage verfügte, stand dem ganzen Unternehmen mit Argwohn und Ablehnung gegenüber und weigerte sich beharrlich, Blutgesindel in seinen Mauern zu beherbergen.

»Alle, die im letzten Sommer das Herz des Widerstands gegen Richard gebildet haben, stehen jetzt treu an unserer Seite«, erklärte de Born nicht ohne Stolz, während sie die zahllosen Lagerplätze abschritten. »Angoulême, Archiac, Ventadour, Comborn, Turenne, Castillon – alle sind sie selbst hier oder schicken ihre Leute. Und Vizegraf Adémar versucht, weitere Männer für unsere Sache zu gewinnen. Auf dem Rückweg wird er außerdem Brennus mit seiner Söldnerschar aus der Gascogne mitbringen.«

So viele Söldner, dachte Erec. Besorgt ließ er den Blick über das geschäftige Gewimmel schweifen. Herzog Richard hatte stets zu verhindern gewusst, dass die aufsässigen Aquitanier allzu große Kriegerscharen unterhielten, daher waren sie jetzt besonders auf käufliche Schwerter angewiesen. Auch Herzog Geoffroy hatte Brabanzonen in großer Zahl für das Unternehmen angeworben – noch bevor überhaupt klar war, wie sich die Sache entwickeln würde. *Vermutlich, weil er insgeheim schon lange auf diesen Bruderkrieg hinarbeitet,* argwöhnte Erec. Und trotz der beeindruckenden Zahl ritterlicher Gefolgsleute schienen die Soldkämpfer inzwischen den größeren Teil der Streitmacht zu bilden.

»Ich … halte es für einen Fehler, so viele Söldner in Dienst zu stellen«, sagte Erec zögerlich. Gewiss hätte auch der Marschall davor gewarnt.

Ach, wäre er nur hier! Dann wäre es vielleicht nie so weit gekommen. Doch Guillaume war weit weg, und Erec fiel die undankbare Aufgabe zu, an seiner statt unliebsame Wahrheiten auszusprechen. Das war er dem Marschall schuldig. Und Henri.

Der Junge König sah ihn aufmerksam an und schien etwas fragen zu wollen, doch Herzog Geoffroy kam ihm zuvor.

»Was versteht Ihr schon davon, de Lacône?«, sagte er herablassend, aber Erec hörte auch die unterschwellige Drohung. »Welche Erfahrung als Feldherr befähigt Euch zu diesem Schluss?«

Höhnisches Schnauben und Lachen erklang. D'Yquebœuf und de Coulonces, wer sonst?

Erec bemühte sich, ruhig und unbeeindruckt zu wirken. »Dazu muss ich nur eins und eins zusammenzählen können, Hoheit. Unsere Geldmittel sind begrenzt, jetzt, da wir keine weiteren Zahlungen von Eurem Vater erwarten dürfen, und das gilt auch für andere Quellen. Und wie alle wissen, sind Söldner einzig ihrer Börse treu. Wenn das Silber erst einmal ausgeht, werden sie uns schneller im Stich lassen, als wir das Paternoster beten können. Oder, schlimmer noch, zu unseren Gegnern überlaufen.« *Gar nicht zu reden von Gewalt, Verheerung und Elend, die losgelassene Söldnerhorden über die Bevölkerung bringen,* setzte er in Gedanken hinzu. »Sicher, noch sind die Kriegskassen gefüllt«, fuhr er laut fort, »aber wer kann schon sagen, wie lange sich dieser Konflikt hinziehen wird? Und ohne die Söldner wäre unsere Streitmacht gefährlich geschwächt, meint Ihr nicht?«

In Henris Miene stieg Besorgnis auf, und er sah zwischen Erec und seinem Bruder hin und her; bemüht, seine Verunsicherung zu verbergen.

»Ihr seid ein aufgeblasener Wichtigtuer und ein Feigling«, beschied der Herzog barsch. »Vielleicht solltet Ihr zum Lanzenstochern auf den Turnierplatz zurückkehren oder zwischen die Beine einer willigen Hofdame und den Krieg echten Kriegern überlassen.« Abermals beipflichtendes Gelächter. Geoffroy grinste hochmütig, doch Erec wollte sich nicht provozieren lassen, zwang sich einen teilnahmslosen Ausdruck aufs Gesicht, auch wenn alles in ihm rebellierte.

»Wir sind Richard gegenüber im Vorteil«, mischte de Born sich jetzt ein. »Selbst wenn er inzwischen begriffen hat, dass niemand hier auf Friedensgespräche aus ist, wird er Zeit brauchen, um seine Truppen zu sammeln. Das verschafft uns einen Vorsprung. Wir sollten schnell die Oberhand gewinnen.«

»Davon abgesehen wird ein Teil der Söldner von der französischen Krone bezahlt«, ergänzte de Coulonces. »Und Philipp von Flandern wird ebenfalls eine Schar aus eigener Tasche finanzieren, wie Ihr wisst. Sie müssten jeden Tag eintreffen.«

»Und sollte das Geld für die Übrigen doch noch knapp werden, lassen wir sie einfach das tun, was sie am besten können: plündern und brandschatzen, bevorzugt unter Richards Verbündeten«, erklärte Geoffroy selbstgefällig. »Auf die Weise werden ihre Börsen immer gut gefüllt sein, nicht wahr?« Er öffnete die Arme in einer geradezu provozierenden Geste. »Ihr seht also, de Lacône, es besteht kein Grund, sich vor Angst einzupinkeln.«

»Genug!« Der Junge König schnalzte missfällig mit der Zunge.

Erec dagegen biss die Zähne zusammen, bis seine Kiefer knackten. Andernfalls hätte er ohne Zweifel etwas sehr Dummes gesagt oder getan, und das wollte er nicht, jedenfalls nicht vor Henri. Der König sollte nicht glauben, ihm ginge es hier um einen persönlichen Zwist.

»Bleibt noch die Gefahr der Exkommunikation«, spielte er seine letzte Karte aus.

Geoffroy winkte ab. »Ach bitte, das sind doch leere Drohungen. Die Kirche mag das Blutgesindel aus Gottes Gnade verbannen, aber gewiss nicht dessen Dienstherrn. Andernfalls müsste sie allen Herrschern des Abendlandes die Sakramente verweigern, einschließlich mancher Kirchenfürsten. Das wird nicht passieren, so viel ist sicher.«

»Majestät, da vorn ist das Lager der Lusignans«, beendete de Born den Schlagabtausch. »Lasst uns zu ihnen gehen und sie begrüßen.«

»Ja, gehen wir.« Henri schien froh zu sein, sich anderen Themen zuwenden zu können.

Die mächtige Familie Lusignan war neu in den Kreis der Rebellen getreten und führte eine beachtliche Kämpferschar ins Feld.

»Wäre der Marschall noch hier, hätte er das niemals zugelassen«, murmelte de Béthune, bevor er den anderen beinahe widerwillig folgte.

Natürlich nicht, dachte Erec, schließlich waren es die Lusignans gewesen, die Guillaumes Onkel vor vielen Jahren bei einem hinterhältigen Überfall unweit von Limoges getötet und ihn selbst schwer verletzt hatten. Nur mit knapper Not war er mit dem Leben davongekommen. Kaum jemandem brachte der Marschall mehr Verachtung und mehr Misstrauen entgegen als dieser verräterischen, ehrlosen Familie. Dass genau diese Menschen jetzt so eng an die Seite des Jungen Königs rückten, war mehr als beunruhigend. Gleiches galt für den gefährlichen Einfluss, den de Born, die Männer um d'Yquebœuf und natürlich Herzog Geoffroy inzwischen auf Henri ausübten. Es würde sehr schwer werden, dagegen anzukommen. Und dennoch musste er es weiterhin versuchen.

Aber nicht mehr heute. Während die anderen dem König folgten, blieb Erec zurück. Er brauchte Ruhe und Zeit zum Nachdenken. Ganz besonders brauchte er Abstand von Geoffroy, d'Yquebœuf und den anderen Unruhestiftern, sonst – er wusste nicht, was sonst passieren würde. Nichts Gutes, so viel stand fest.

Er wollte gerade in die Festung zurückkehren, als er Premier Préaux entdeckte, der dabei war, seinen Männern einen Lagerplatz zuzuweisen. Aus der Nähe erkannte Erec unter ihnen ein weiteres vertrautes Gesicht und erschrak.

Bei der Liebe unseres Herrn, Horace d'Hârcourt! Was in aller Welt tat er hier?

Kapitel 83

Grafschaft Champagne, Troyes, Februar 1182

Ich halte es für riskant, hier in Troyes Quartier zu beziehen, statt am Hof deines Bruders zu bleiben«, gab Genovefa gegenüber Marguerite zu bedenken. »In Paris würde von früh bis spät ein ganzes Heer Bewaffneter für deine Sicherheit sorgen. Henri hat dich nicht ohne Grund in König Philippes Obhut übersandt. Er fürchtet um dich.«

Jeder wusste, dass Krieg oder die Aussicht darauf nicht nur die Kämpfenden an der Front in Gefahr brachte. Er rückte stets auch die Familien der Beteiligten ins Blickfeld der gegnerischen Parteien. Im Moment konnte niemand vorhersehen, wie sich der Konflikt entwickeln würde, doch in jedem Fall war es besser, die Liebsten an einem sicheren Ort zu wissen.

»Wir sind in aller Heimlichkeit aus Paris abgereist und werden hier in Troyes inkognito bei Marie leben. Bis auf meinen Bruder und unsere engsten Getreuen weiß niemand, wo wir uns aufhalten«, beschwichtigte Marguerite.

Genovefa seufzte. »Das wird aber nicht ewig so bleiben, fürchte ich.«

»Versteh mich doch.« Marguerite fasste nach ihren Händen und drückte sie. »Ich hätte es nicht ausgehalten am französischen Hof. Boten und Kundschafter gehen ein und aus und berichten unablässig von der Front, Strategien werden verabredet, Bündnisse vereinbart, und wenn er könnte, wäre mein Bruder vermutlich augenblicklich an Henris Seite geeilt, statt lediglich Söldner zu schicken. Frankreich mag in dieser Angelegenheit nach außen neutral sein, dennoch hallt in Paris derzeit alles wider vom aufziehenden Krieg.« Sie ließ sich neben Genovefa auf das Bett in dem komfortablen Gästezimmer sinken, das ihnen zur Verfügung gestellt worden war. »Ich kann das im Moment nicht ertragen. Ich will die nächste Zeit lieber an einem Ort verbringen, an dem Gesang und Lachen herrschen, nicht Kampflärm und Sorgen, wo Dinge *entstehen* und nicht ihre Zerstörung geplant wird.«

Genovefa nickte. Wer hätte das besser verstanden? Insgeheim war sie überaus froh, an den Musenhof von Troyes und in die Obhut der großherzigen und klugen Gräfin Marie zurückkehren zu können. Genau wie Marguerite sehnte sie sich nach den zurückliegenden Ereignissen nach Ruhe, Geborgenheit, Zerstreuung und danach, wieder irgendetwas zu spüren.

Ohne bewussten Entschluss hatte sie in den vergangenen Wochen und Monaten einen Panzer der Taubheit um sich gelegt, der ihr das Leben überhaupt erträglich machte. Nur so glaubte sie, all die Erinnerungen, Gedanken und Empfindungen daran hindern zu können, ihr Herz endgültig zu Staub zu zermahlen. Wie hätte sie dieses allumfassende Gefühl von Verlust und Schuld sonst aushalten sollen? Wie hätte sie auch nur einen Augenblick in Marguerites Nähe verbringen können nach allem, was die Freundin, ohne es zu wissen, ihretwegen hatte erdulden müssen?

Angst und Kummer auf diese Weise auszuweichen, bedeutete aber auch, Freude und Glück zu entsagen, denn das eine existierte nicht ohne das andere. Es wurde Zeit, diese Stumpfheit abzulegen, sonst würde sie früher oder später zu Stein erstarren.

Und als hätte allein der Gedanke genügt, einen Riss in den Panzer zu schlagen, drangen plötzlich Tränen unter ihren Wimpern hervor, rannen heiß über die Wangen und schließlich den Hals hinunter.

Marguerite sah sie besorgt und mitfühlend an, zog sie ohne ein Wort in die Arme und drückte sie an sich. Und diese schlichte Geste der Freundschaft und Zuneigung ließ alle Dämme brechen. Ein steter Strom von Tränen benetzte bald das Kleid der Freundin, wo Genovefa sich an sie lehnte. Sie versuchte, etwas zu sagen, brachte aber nur kleine harte Schluchzer heraus.

Zu viel. All das war einfach zu viel, als dass ein Mensch es auf Dauer ertragen und dabei stark bleiben konnte.

»Genovefa, was ist mit dir? Kann ich etwas für dich tun?«, fragte Marguerite, als die Tränen endlich zu versiegen begannen. Als sie sich löste und ihre Blicke sich trafen, hätte Genovefa beinahe abermals zu weinen begonnen.

Menschen, die auf so leidvolle Weise verletzt worden waren wie zuletzt die Königin, reagierten Genovefas Erfahrung nach auf zwei mögliche Arten. Bei den einen verwuchs die Wunde zu einer knotigen Narbe und ließ sie abweisend, hart und unerbittlich gegenüber sich selbst und der Welt werden. Bei den anderen schloss sich die Verletzung nie vollständig, und ihr eigener Schmerz machte sie zeitlebens offen und empfindsam für den Schmerz und die Gefühle anderer. Marguerite zählte zur zweiten Kategorie.

Doch Genovefa hatte weder ihr Mitgefühl noch die Wärme in ihrem Blick verdient. Es war nicht richtig, nach all dem Leid, das sie über die Freundin gebracht hatte. Und auch wenn sie wusste, dass sie nichts davon ungeschehen machen konnte, dass die Wahrheit bei den Anklägern damals wie heute unbeachtet verhallt wäre, weil sie ihren Interessen zuwiderlief, lastete die Schuld schwer auf Genovefas Schultern.

»Marguerite, hör mich an«, brach es aus ihr heraus. Jetzt schnell, um nicht den Mut zu verlieren. »Mein … mein Geliebter und ich waren es, die man in dieser verhängnisvollen Nacht im September zusammen überrascht hat. Man hielt uns für den Marschall und dich. Zumindest hat man das später behauptet.« Ihre Kehle war so trocken, dass sie den nächsten Satz heiser hervorkrächzte. »Es tut mir so leid – ich bin schuld daran, dass alles so gekommen ist. Heilige Maria, Muttergottes, bitte vergib mir! Ich habe das nicht gewollt.«

Kapitel 84

Herzogtum Aquitanien, Limoges, Februar 1183

Die Schreie waren grauenerregend. Wie Krallen krochen sie Pépins Rückgrat hinauf bis in die Haarwurzeln hinein, sodass er sie fast körperlich zu spüren glaubte.

Ja, er hatte schon Menschen in höchster Not schreien hören, hatte es selbst getan, als sein Vater ihn halb totschlug. Aber das hier war anders, ging über menschliche Laute hinaus – grell, hoch, schrill wie Metall, das über Stein schabte. Und dennoch konnte er den Blick nicht vom Geschehen auf der Flussebene wenden.

Herzog Richard hatte die nördliche Uferwiese der Vienne gewählt, in Sicht- und Hörweite der Oberstadt, um sein Urteil an den Gefangenen zu vollstrecken. Nein, um ihnen allen, die sie auf Limoges' Mauern standen und dem Grauen folgten, eine Lektion zu erteilen.

Vizegraf Adémar und die baskischen Söldner unter Brennus hatten wenige Tage zuvor auf ihrem Weg Richtung Limoges die Abtei von Gorre überfallen, die mit Richard verbündet war. Doch sie hatten seine Schnelligkeit unterschätzt. Und seinen lodernden, alles verzehrenden Zorn.

In einem gnadenlosen Gewaltritt war der Herzog in kürzester Zeit mit seinen Haushaltsrittern von Poitiers nach Gorre geeilt und hatte die Belagerer völlig überrumpelt. Adémar und eine kleine Schar hatten entkommen können, alle anderen waren entweder getötet worden oder Richard in die Hände gefallen.

Und nun demonstrierte der Herzog dem Jungen König und seinen Verbündeten in schonungsloser Klarheit, wie er diesen Krieg zu führen gedachte. Nein, das hier war keine Urteilsvollstreckung, auch keine Lektion, es war eine Botschaft: Keine Gnade denen, die den Herzog auf eigenem Land angriffen und ihm sein Recht streitig machten, egal ob König, Bruder oder sonst wer. Und Richard sorgte dafür, dass diese Botschaft nicht ungehört blieb, sich im Gegenteil wie mit Fingernägeln in ihre Herzen grub.

Einen Teil der Söldner ließ er ohne viel Federlesen niedermachen – die hatten es zweifellos am besten erwischt, auch wenn sie auf ewig in der Hölle schmoren würden. Andere wurden im flachen Uferbereich der Vienne wie unerwünschte Welpen so lange unter Wasser gedrückt, bis sie unter Schreien, Spritzen und Platschen elendig ersoffen. Doch für gut sieben Dutzend von ihnen, darunter Brennus selbst, hatte der Herzog ein weit grausameres Schicksal vorgesehen: Einem nach dem anderen ließ er von seinen Männern die Augen ausstechen, und das verzweifelte Flehen und unmenschliche Kreischen der Gepeinigten fuhr allen bis ins Mark.

Pépin war speiübel. Nein, er hatte nichts übrig für das blutgierige, gewissenlose Söldnerpack – erst recht nicht, seit Limoges voll davon war und die Kerle die Stadtbevölkerung drangsalierten. Nicht ohne Grund nannte man sie die *Legionen der Hölle*. Und genau dorthin würden sie nach dem Tod zurückkehren; auf Erlösung durfte keiner von ihnen hoffen. Das Schicksal der Geblendeten erschien Pépin dennoch grausam. Den Rest ihres elenden Lebens gefangen in der Finsternis, abhängig von der Barmherzigkeit jener, mit denen sie kein Erbarmen gehabt hatten.

Schließlich wandten sich Richards Schlächter der letzten Gruppe Gefangener zu – Ritter und Edle.

Entsetztes Schweigen breitete sich unter den Beobachtern auf der Mauer aus. Würde der Herzog einen solchen Frevel begehen? Würde er auf derart schändliche Weise gegen alle Gesetze der Ehre und Ritterlichkeit verstoßen, die vorsahen, dass man Gefangene von Stand gegen Lösegeld frei-, zumindest aber am Leben ließ?

Der erste Ritter wurde auf die Knie gezwungen und verlor seinen Kopf durch einen brachialen Schwerthieb. Spätestens jetzt wurde allen mit Entsetzen klar, dass Herzog Richard nicht vorhatte, sich an den Ehrenkodex zu halten. Dieser Krieg würde nach anderen Regeln gespielt werden, nach Regeln, die *er* hier und heute aufstellte. Er bewies, dass das berüchtigte Teufelsblut heiß und dick durch seine Adern kreiste und niemand, absolut niemand davor sicher war.

»Das hätten wir sein können«, sagte Lionel mit dünner Stimme und wandte sich ab. Sein Gesicht war kalkweiß. Ringsum fassungslose Mienen.

»Ich muss zum König«, war alles, was Erec sagte, bevor er hastig die Mauer hinabstieg und seine Freunde zurückließ. Er machte sich rar, und das nicht erst seit heute, war ständig an Henris Seite. Dass ihm das nicht guttat, war unübersehbar. Mittlerweile glich er beinahe einem Geist, fand Pépin – blass, gehetzt und freudlos.

Auch sie verließen die Wehrmauer und suchten sich ein abgeschiedenes Plätzchen, wo sie sich in ihre Mäntel wickelten und auf das Ende des Gemetzels warteten.

»Wenn ihr mich fragt, wären wir lieber unbedeutende kleine Gossenritter geblieben«, brummte Josce. »Wen scheren schon ein knurrender Magen und ein nasses Zelt, wenn ein paar gebrochene Knochen das Schlimmste sind, was man fürchten muss? Stattdessen sitzen wir hier zwischen Hammer und Amboss und warten darauf, dass wir vom Zorn des einen oder des anderen Bruders zu blutigem Brei zerquetscht werden.«

»Bei Sankt Georg, Jos, ich muss mich schon wundern«, sagte Lionel tadelnd, doch seiner Stimme fehlte der übliche Spott. »Keine Ansprache dazu, dass es die heilige Pflicht eines Ritters ist, für seinen König in die Schlacht zu ziehen und tapfer zu sterben?«

Josce zog lediglich eine gequälte Grimasse und ließ den

Kopf hängen. Wie sollte man angesichts dessen, was sich vor den Mauern abspielte, von Loyalität, Ehre und Treue sprechen?

Sie alle hatten sich in Henris Dienst das beste Leben erhofft, sahen sich jedoch getäuscht, und dieses Eingeständnis war bittere Medizin.

»Mein König, das hätten wir sein können!«, sagte Baudouin de Béthune mühsam beherrscht und wies anklagend in die Richtung, wo Henris Bruder so grausam über die Gefangenen richtete. »Richard hat jede Ehre aufgegeben und lässt Ritter niedermachen, als seien sie nicht besser als dieses Söldnergeschmeiß!«

»In seinen Augen sind sie das auch nicht«, wagte Erec einzuwerfen und ignorierte die indignierten Blicke, die plötzlich auf ihm ruhten. »Wenn der Herzog etwas verabscheut, dann Illoyalität. Diese Ritter hatten ihm Treue geschworen – womöglich nicht ganz freiwillig, ja, aber das ändert nichts daran, dass sie seine Vasallen sind. Und jetzt stellen sie sich auf schändlichste Weise gegen ihn. Für Richard muss dieser Verrat mit dem Tod bestraft werden.«

Der Junge König, der als Einziger saß, während alle um ihn herum standen, wirkte geschrumpft und beinah verloren in seinem Sessel. Als hätte er heute zum ersten Mal in vollem Umfang begriffen, welche Lawine er losgetreten hatte – und dass sie nicht mehr aufzuhalten war.

»Aber Henri ist ihr oberster Lehnsherr«, protestierte de Born lautstark. »Zu allererst schulden sie *ihm* Treue, oder nicht?«

Erec zog unbehaglich die Schultern hoch. Er wusste, dass er sich mit seinen nächsten Worten auf sehr dünnes Eis wagte. »Und ich fürchte, eben aus diesem Grund fühlt sich Euer Bruder an erster Stelle von *Euch* verraten, Majestät.«

Wut und Empörung trat auf die Gesichter der meisten Anwesenden. »Ihr nennt Euren König einen Verräter?«, brach es aus Geoffroy hervor, und er machte einen drohenden Schritt auf Erec zu. »Ich sollte Euch auf der Stelle fordern. Wie kommt Ihr dazu, so zu reden, elender Wicht?«

»Weil anscheinend niemand sonst es wagt, das Offensichtliche auszusprechen!«, erwiderte Erec und klang deutlich unerschrockener, als er sich fühlte. In Wirklichkeit wollte ihm das Herz aus der Kehle springen, doch er redete weiter, bevor ihn der Mut verließ. »Herzog Richard hat Euch vor wenigen Wochen erst Gefolgschaft geschworen, Majestät, hat Eure Oberherrschaft – wenn auch widerwillig – anerkannt. Und das Erste, was Ihr tut, ist, diese Tatsache zu nutzen, um ihm in den Rücken zu fallen, statt seine Position als Herzog gegenüber den Rebellen zu stärken. Was sollte er anderes als Verrat darin sehen?«

»Das ist ungeheuerlich«, zischte Herzog Geoffroy. »Wie könnt Ihr aufgeblasener Wichtigtuer, Ihr Niemand die Entscheidungen Eures gesalbten Königs so unverfroren infrage stellen?«

»Es sind nicht *seine* Entscheidungen!«, erwiderte Erec heftig und spürte, wie eine gefährliche, ungezügelte Wut die Oberherrschaft über seinen Verstand und seine Worte gewann. »Sondern Eure! Und die der anderen Kriegstreiber hier!«

Empörtes Geschrei brach aus.

»Das reicht, de Lacône. Genug!«, donnerte Henri und richtete sich in seinem Sitz auf. Dieses unerbittliche, stahlblaue Lodern, das Erec bereits kannte – und fürchtete –, war in seine Augen zurückgekehrt. »Glaub ja nicht, ich sei nicht willens und in der Lage, mein eigenes Urteil zu fällen und meine eigenen Entscheidungen zu treffen. Wage nicht, mich für einen grünen Jungen zu halten, den man lenken und formen kann, wie es gerade passt. Wage es nicht, bei Gott!«

»Majestät, ich …« Erec erkannte, dass er einen großen Fehler begangen hatte. So wahr seine Worte auch sein mochten, sie offen auszusprechen, machte es dem Jungen König unmöglich, das Gesagte ernsthaft zu erwägen, ohne das Gesicht zu verlieren. Noch dazu, da es sich offensichtlich um einen besonders wunden Punkt handelte. Erec verfluchte sich stumm. Warum zum Teufel hatte er sich so hinreißen lassen? So würde er rein gar nichts bewirken. Im Gegenteil.

»Majestät, ich bitte inständig um Vergebung«, lenkte er ein und senkte reumütig den Blick. »Es war nicht meine Absicht, Euch oder Eure Entschlüsse infrage zu stellen. Ich ... ich weiß nicht, was mich geritten hat. Bitte verzeiht mir.«

Henri fixierte ihn eine Weile kühl, dann nickte er. »Du weißt, ich bin dir gewogen, Erec, und schätze ein offenes Wort, aber bei der Liebe unseres Herrn, ich warne dich – treib es nicht zu weit!«

Das hätten wir sein können, dachte Valéry, als die Schreie der Gefolterten vom Flussufer heranwehten. Es war reines Glück gewesen, dass sie die sicheren Mauern von Limoges vor Herzog Richard erreicht hatten. Allerdings hatten sie sich auf ihrem Weg von Flandern nach Aquitanien auch nicht mit Plündern und Brandschatzen aufgehalten. Einerseits, weil Graf Philipp für ihren Sold bürgte und sie einen Teil davon bereits in einer eisenbeschlagenen Truhe mitführten. Andererseits, weil ihr Auftrag – ihre eigentliche Mission – höchste Eile gebot. Und zuletzt vermutlich, weil Roux mit harter Hand über die Disziplin der Männer wachte. Es überraschte Valéry immer wieder, welche Autorität von dem fuchshaarigen Kämpen ausging, obwohl er selten brüllte und nicht gerade eine Furcht einflößende Erscheinung war. Er ließ die Kerle nicht zügellos ihren Blutdurst stillen, verlangte Unterordnung und Gehorsam. Doch wenn sie hier und da ein abgelegenes Gehöft überfielen oder irgendein Bauernweib besprangen, schritt er selten ein. Vielleicht war diese Mischung aus Härte und Großzügigkeit der Schlüssel seines Erfolgs.

»Es gibt zwei Sorten Söldner«, hatte er irgendwann zu Valéry gesagt. »Die einen wurden, wie wir, ohne eigenen Entschluss vom Schicksal dazu gemacht. Und dann gibt es die anderen, Männer von solch verkommenem Charakter, dass sie im Rauben, Morden und Schänden ihre Bestimmung finden. Brutal, grausam, vor allem aber gott- und gewissenlos. Vor denen sollte jeder auf der Hut sein, auch ihre Dienstherren.«

Der Junge Henri konnte indes nicht wählerisch sein, denn der Erfolg seines Unternehmens hing in hohem Maße von käuflichen Schwertern ab.

Valéry schauderte bei dem Gedanken an seine Aufgabe. Mit seiner ersten verräterischen Tat hatte er die Tür in die Dunkelheit aufgestoßen. Der Weg dahinter führte nur noch tiefer in die Finsternis, und er war sicher, dass an ihrem Ende der nächste klaffende Abgrund wartete. Wie ein Strudel, der ihn unweigerlich immer weiter hinabzog, bis es kein Zurück mehr gab.

Schon die Verschwörung gegen den Marschall war in ihrer Tragweite furchterregend gewesen. Verglichen mit dem jetzigen Auftrag, erschien sie ihm jedoch geradezu banal.

Kapitel 85

Grafschaft Champagne, Troyes, Februar 1183

Genovefa schien die große Halle des Grafenpalastes zu meiden. Oder sie suchte bewusst Armands Nähe. Vielleicht wich sie jemandem aus, vielleicht brauchte sie ein wenig Abgeschiedenheit und Ruhe. Womöglich schätzte sie auch einfach seine Musik oder seine Gesellschaft. Schließlich teilten sie ein Stück Vergangenheit. Und gleich mehrere Geheimnisse.

Jedenfalls saß sie ihm gegenüber auf der Bank am Gesindetisch und schien gedankenversunken zu lauschen, während er eine neue Melodie auf der Laute probte. Dabei brach sie hin und wieder ein Stück von dem noch warmen Brotlaib ab, den eine gute Seele zusammen mit Ziegenkäse und einem Krug Bier zwischen ihnen abgestellt hatte, und steckte es sich in den Mund.

Im Hintergrund klapperten ein paar Mägde mit den Töpfen und schwatzten, während sie das Mittagsmahl vorbereiteten, doch störte das Armand nicht. Er hatte festgestellt, dass die Gewölbe, die als Wirtschaftsräume und Küche dienten, eine ganz besondere Klangwirkung erzeugten und seiner Musik Raum und Tiefe verliehen. Ein Grund, warum er hier so gern an seinen Stücken arbeitete. Vielleicht aber auch, weil die Bediensteten wohlwollende und dankbare Zuhörer waren, die seine Mühen mit Leckereien belohnten, oder weil dieser Geruch von Holzfeuer, Äpfeln, schmorenden Zwiebeln und ausgelassenem Speck einfach unwiderstehlich war.

Es gehörte zur zwanglosen Atmosphäre des Hofs von Troyes, dass den Gästen sämtliche Türen offenstanden, und so war es nicht ungewöhnlich, dass sich der eine oder die andere auch in der Küche einfand. Genovefa aber hatte Armand bislang noch nie hier angetroffen.

Er summte die neue Melodie vor sich hin, während seine Finger wie von selbst über die Saiten tanzten und er sein Gegenüber hin und wieder verstohlen musterte. Sie wirkte kummervoll.

Grund zur Sorge gab es sicher genug, jetzt, da in Aquitanien ein Bruderkrieg unmittelbar bevorstand.

Und Erec mittendrin, an Henris Seite.

Armand fragte sich, warum ihn diese Tatsache nicht so aus der Fassung brachte wie noch im letzten Sommer, obwohl die Bedrohung diesmal erheblich realer war. Vielleicht, weil er inzwischen akzeptiert hatte, dass es das war, was Erec tat, was seiner Natur entsprach – mittendrin zu sein in Gefahr und Abenteuer. Womöglich lag es aber auch daran, dass diesmal Damien Armands Herz mit Trost, Zuversicht und Liebe zusammenhielt, wenn die Sorge überhandzunehmen drohte. Und schließlich hatte er noch die Musik, die ihn rettete, jeden Tag aufs Neue.

Nichts davon galt für Genovefa. Alles, was sie liebte, zusammenhielt, rettete, stand auf einem Schlachtfeld in Aquitanien. Und es war ihr nicht einmal gestattet, offen über ihre Ängste zu sprechen.

In einer spontanen Geste langte er über den Tisch, griff ihre Hand und drückte sie aufmunternd. Er verstand sie vermutlich besser als jeder andere Mensch und wollte, dass sie es wusste.

Ein dankbares Lächeln trat auf ihre Lippen, doch tilgte es nicht die Traurigkeit aus ihrer Miene.

In diesem Augenblick betrat Gräfin Marie die Küche, wie so oft den dreijährigen Thibaut auf der Hüfte.

Die Köchin Luise nahm ihr den Kleinen mit gurrenden Worten ab und begann ihn augenblicklich mit Honigkrapfen zu füttern.

Marie ließ sich neben Genovefa auf der Bank nieder und verschränkte die Hände auf dem Tisch. »Und jetzt erzählst du mir, was zwischen dir und Marguerite vorgefallen ist«, sagte sie ernst. »Warum ist plötzlich diese Kälte zwischen euch?«

»Ich werde euch allein lassen«, bot Armand an und erhob sich von seinem Sitz. Er wollte sie durch seine Anwesenheit nicht in Bedrängnis bringen. Doch sie griff nach seiner Hand und schüttelte den Kopf. »Bleibt bitte.«

Sowohl Armand als auch die Gräfin sahen sie erwartungsvoll an. Genovefa schaute weg, meinte aber, ihre Blicke auf der Haut zu spüren. Ihr Geständnis Marguerite gegenüber hatte endgültig den Panzer der Taubheit gesprengt und sie nackt und schutzlos zurückgelassen. Als würden nun sämtliche Empfindungen wie Hagelkörner auf sie niederprasseln, allen voran Schuld und Scham. Sie konnte dem nichts mehr entgegensetzen und wollte es auch nicht länger.

»Ich habe schwere Sünde auf mich geladen«, begann sie mit brechender Stimme. »Meinetwegen wurden ... die Königin und der Marschall des Hochverrats bezichtigt und Guillaume schließlich verstoßen.« Hastig und ohne aufzublicken erzählte sie weiter, beichtete alles von Anfang an, ohne irgendetwas auszulassen, bis zu dem Tag ihrer Entdeckung – und der falschen Anklage gegen ihre engsten Vertrauten. »All das habe ich Marguerite zuletzt gestanden. Jetzt verabscheut sie mich. Und ihr ... ihr müsst mich ebenfalls verabscheuen.« Vorsichtig sah sie auf, nicht sicher, was sie erwarten würde. Doch statt Widerwillen und Entsetzen erkannte sie zu ihrer Verwirrung eine Mischung aus Mitleid und Erheiterung auf Maries Gesicht.

Die Gräfin umschloss Genovefas Rechte mit ihren warmen Händen und lächelte schließlich. »Dich verabscheuen? Dafür, dass du dir ein bisschen Glück gestohlen hast? Nein, meine Liebe, gewiss nicht.« Sie beugte sich näher zu ihr und schlug einen verschwörerischen Tonfall an. »Glaub nicht, ich hätte nicht selbst das eine oder andere Mal gewankt, während mein Gatte all die Zeit fort war. Oder jetzt, da er nicht mehr lebt. Himmel, gelegentlich habe ich der Versuchung auch nachgegeben. Und tue es noch. Warum, bei der gütigen Muttergottes, sollte uns weniger zustehen?«

»Ich ... aber ...« Genovefa rang mit Verblüffung und Verlegenheit.

Armand zuckte lächelnd mit den Schultern. »Am Ende ist Liebe eine Macht, der niemand widerstehen kann. Und vieles wäre besser, würden wir uns häufiger ihrer Führung überlassen.«

Zorn, Verurteilung, Ablehnung – mit allem hatte Genovefa gerechnet, doch ganz gewiss nicht mit Verständnis. »Aber seht ihr denn nicht, was für ein Unglück ich ausgelöst habe mit meiner Selbstsucht?«, presste sie hervor.

Maries Hände schlossen sich fester um ihre. »Und jetzt glaubst du, was passiert ist, sei die Strafe für dein Verhalten? Womöglich dafür, dass du gegen das dir vorbestimmte Leben aufbegehrt hast?«, fragte sie, um dann ernst den Kopf zu schütteln. »Ob Missverständnis oder bewusste Täuschung – machtgierige Männer haben die Situation für ihre schändlichen Zwecke missbraucht, skrupellos und infam, ganz sicher aber nicht aus moralischen Gründen oder – Himmel hilf – der Ehre wegen! Sie haben die Gunst des Augenblicks genutzt, um sich des Marschalls zu entledigen, um selbst nach Macht und Einfluss zu greifen, und waren bereit, dafür Existenzen zu zerstören – mit Erfolg, wie man sieht, denn mein naiver Bruder Henri hat ihnen Glauben geschenkt und den Marschall verstoßen. Hätte sich diese Situation nicht ergeben, hätten diese Männer neue Wege gefunden, sei gewiss. Vielleicht haben sie es zuvor schon auf andere Weise versucht. Du und dein Geliebter seid in diesem Spiel genauso Opfer wie Henri, Marguerite und der Marschall – und das wird auch die Königin begreifen, wenn ich noch einmal mit ihr rede.«

Genovefa schmolz regelrecht zusammen, als die Anspannung sich löste. Maries Worte kamen einer Absolution gleich und erzeugten ein so allumfassendes Gefühl der Erleichterung, als hätte man sie unter einem Berg von Steinen hervorgezogen. »Danke«, stieß sie aus und fiel der Gräfin um den Hals. Marie empfing sie in einer wärmenden, tröstenden Umarmung und drückte sie fest an sich. Eine ganze Weile hielten sie einander so, bis eine helle Kinderstimme sie unterbrach.

»Ich will auch!« Thibaut stand neben der Bank und streckte fordernd die Ärmchen hoch, in der einen Hand seinen angebissenen Krapfen, der kleine Mund verschmiert vom Honig.

Das brach den Bann. Alle lachten befreit, Genovefa hob den Kleinen auf die Bank und setzte ihn zwischen sich und Marie, wo er zufrieden seine Süßigkeit verschlang. Seit Langem verspürte sie wieder so etwas wie Zuversicht, die Hoffnung, dass alles sich, wenn schon nicht zum Guten, so doch immerhin zum Besseren wenden würde.

Kraft und Entschlossenheit strömten in ihren Körper zurück. Und mit ihnen auch eine unvermittelte Klarheit. Sie erinnerte sich an verschiedene Situationen, die plötzlich in einem neuen Licht erschienen. Der seltsame Turnierunfall des Marschalls in Mons, der verirrte Armbrustbolzen beim Jagdausflug damals. Zufälle? Oder womöglich gezielt herbeigeführt? Und schließlich die unglückselige Verwechslung – die am Ende vielleicht gar keine gewesen war, sondern eine von langer Hand herbeigeführte Inszenierung, um den Marschall endgültig zu Fall zu bringen. Das bedeutete, jemand am Hof hatte von ihr und Erec gewusst.

Aber wer würde so skrupellos handeln, so viele Menschen ins Verderben stürzen, nur um Henris besten Ritter loszuwerden?

Erecs Mutmaßungen bei einem ihrer letzten Gespräche kamen ihr in den Sinn.

»Wäre es denkbar, dass es bei der Sache um mehr ging als darum, den Marschall loszuwerden? Steckt womöglich etwas anderes dahinter?«, fragte sie unvermittelt.

Marie und Armand wechselten einen sorgenvollen Blick. »Wie kommst du darauf?«, wollte die Gräfin wissen.

Genovefa ließ sie an ihren Überlegungen teilhaben, woraufhin alle nachdenklich schwiegen.

»Du meinst, eigentlich will jemand dem Jungen König schaden?«, fragte Armand.

Genovefa nickte und erntete unheilvolles Schweigen.

»Das würde bedeuten«, sprach Marie schließlich aus, was alle dachten, »die Sache ist noch nicht zu Ende. Und Henri und seine Getreuen sind weiterhin in großer Gefahr.«

Kapitel 86

Herzogtum Aquitanien, Limoges, Februar 1183

Ihr solltet nicht hier sein, Horace«, sagte Erec ernst. »Ihr gehört nicht in eine belagerte Stadt und schon gar nicht auf ein Schlachtfeld.«

Horace d'Hârcourt, der neben ihm auf einem leeren Karren saß, nickte nur. Seine Anwesenheit schlug Erec aus vielerlei Gründen aufs Gemüt, nicht zuletzt, weil sie ihm wie eine Erinnerung des Allmächtigen an sein folgenschweres Fehlverhalten erschien.

Männer eines Bautrupps mit Spaltäxten und dicken Bohlen auf den Schultern gingen vorüber und entfernten sich schwatzend Richtung Stadtmauern. Nachdem die Burg des Vizegrafen mit zusätzlichen Palisaden gesichert worden war, widmete man sich jetzt der Verstärkung der Stadtbefestigung. Aus der Ferne erklang Sägen und Hämmern.

Außerdem waren unter den Kommandos von Vizegraf Adémar, de Born und Herzog Geoffroy vornehmlich aus Söldnern bestehende Kampfscharen ausgerückt, um Richards Verbündete im Umland anzugreifen und auf diese Weise Kräfte und mögliche Entsatztruppen zu binden, solange sich der Herzog noch im nahe gelegenen Aixe verschanzt hatte. Und natürlich, um dem maßlosen Söldnerpack den Schlund mit Silber zu stopfen.

In kürzester Zeit war eingetreten, was Erec befürchtet hatte: Angesichts der gewaltigen und immer noch wachsenden Zahl von Söldnern war das Geld aus den Kriegskassen geflossen wie Wasser aus einem undichten Topf. Unmut brach unter den Lohnkämpfern aus, sodass sich der Junge König zu drastischen Maßnahmen gezwungen sah, um Aufstände oder Abwanderung zu verhindern. Gegen den massiven Protest Abt Thibauts und der Mönche hatte er befohlen, die Schätze aus der Kirche und Abtei des heiligen Martial zur Bezahlung der Routiers zu verwenden, verbunden mit dem Schwur, alles zu ersetzen, sobald der Krieg gewonnen sei. Aber wie hätte er je die einmaligen, mit Perlen und kostbaren Emaillearbeiten dekorierten Reliquiare, die kunstvollen Silbergefäße und Kerzenleuchter oder die juwelengeschmückten Weihrauchbehälter ersetzen sollen, die kundige Hände zu Ehren des Heiligen gestaltet hatten und die jetzt rücksichtslos in Stücke gebrochen oder eingeschmolzen wurden? Der Krieg war eine unersättliche Bestie, die sich nicht nur von Blut, sondern auch von Glanz und Schönheit ernährte und nach ihrer Heimsuchung die Welt ein gutes Stück trostloser zurückließ.

Erec seufzte. Vermutlich hatte Henri keine Wahl, aber er war drauf und dran, auch seine engsten Verbündeten gegen sich aufzubringen. Und Limoges wurde, wie vermutlich ganz Aquitanien, von Tag zu Tag zu einem gefährlicheren Ort.

»Ihr solltet nicht hier sein«, wiederholte er in Richtung Horace. *Vermutlich sollte das keiner von uns.* Doch galt es ganz besonders für den gebrechlichen Ritter, dessen Gesichtszüge angespannt, dessen Bewegungen mühsam und steif wirkten. Es musste ihn seine letzte Kraft und Selbstbeherrschung gekostet haben, den langen Weg hierher auf dem Pferderücken zurückzulegen. Ob Genovefa davon Kenntnis hatte? Sie war an Marguerites Seite geblieben und weilte inzwischen mit ihr in Paris in Sicherheit. Wenigstens das. Dem Himmel sei Dank!

»Seht mich nicht so an, Erec. Ich weiß selbst, dass ich alt und krank bin. Aber genau deswegen musste ich herkommen. Ich habe nicht vor, länger herumzusitzen und auf den Tod zu warten. Ich muss sehen, ob noch ein Schwert unter dem ganzen Rost steckt. Und ich werde das tun, wozu ich mein Leben lang ausgebildet und trainiert wurde, wofür ich bestimmt bin. Es ist die einzige Weise, wie ich meinem König dienen kann.«

»Horace, ich …«

Er hob die Hand. »Spart Euch die Worte, Junge. Ich weiß Eure Sorge zu schätzen, aber Ihr werdet mich nicht umstimmen. Alles in allem hat Gott mir ein gutes Leben geschenkt, und ich habe vor, es zu einem anständigen Abschluss zu bringen. Auf eine Weise, die sich für einen Ritter des Königs geziemt und die ich selbst wählen kann.« Er sah zu Boden und murmelte: »Außerdem kann ich auf diese Weise das Unrecht sühnen, das ich begangen habe.«

Erec sah ihn fragend an. Spielte er auf die verhängnisvolle Nacht und seine Falschaussage an? War er am Ende Teil der Verschwörung gegen den Marschall gewesen?

Doch der Ritter hatte nicht vor, sich zu erklären.

»Wenn Ihr bleibt, wird das womöglich Euer Tod sein«, beschwor Erec ihn.

Sein Gegenüber zuckte mit den Schultern. »Es wäre ein ehrenvolles Ende. Und würde einige Menschen von der Last befreien, zu der ich geworden bin, nicht wahr? Und damit meine ich nicht meine körperliche Unzulänglichkeit.«

Erec schluckte. Ahnte Horace etwas von der verbotenen Liebe? Spielte das jetzt überhaupt noch eine Rolle, nachdem davon nicht mehr als ein Scherbenhaufen übrig war?

»Gibt es nichts, womit ich Euch zur Umkehr bewegen kann?«, versuchte er es ein letztes Mal. »Sobald Richard ausreichend Männer gesammelt hat, wird er Limoges belagern. Dann gibt es kein Entrinnen mehr.«

Horace sah ihn an und griff lächelnd nach seiner Hand. »Ich bereue meinen Entschluss nicht, im Gegenteil. Um ehrlich zu sein, fühle ich mich seit Langem das erste Mal wieder wie ich selbst. Also versucht nicht, mich umzustimmen. Wenn Ihr mir schon einen Gefallen tun wollt, dann bleibt am Leben und fangt etwas Gutes damit an.«

Erecs Kehle wurde eng, denn er war jetzt sicher, dass Horace mehr wusste, als er preisgab.

Er öffnete den Mund, doch der Ritter schüttelte nur den Kopf und erhob sich mühsam von seinem Sitzplatz. »Lebt wohl, Erec. Gott schütze Euch!«, sagte er. Dann hinkte er davon, mit erhobenem Kopf und geradem Rücken.

Valéry fluchte leise. Er hatte gehofft, länger über einen Plan nachsinnen zu können, doch ihm lief die Zeit davon.

Der Alte König war auf dem Weg nach Limoges und würde vermutlich in drei bis vier Tagen eintreffen. Das wussten sie von ihren Spähern und Zuträgern, offizielle Boten würden sicher bald folgen. Er war mit einem kleinen Kontingent unterwegs, was hieß, dass er nicht vorhatte, aktiv in den Konflikt einzugreifen. Im Gegenteil, vermutlich war er mit dem Ziel aufgebrochen, Frieden zwischen den tollwütigen Söhnen zu stiften, bevor sie sich endgültig die Kehlen durchbissen. Anfangs hatte er vielleicht noch gehofft, die beiden könnten ihre Rivalität und ihre Ansprüche mit Drohgebärden und einer kurzen Episode der Gewalt ein für alle Mal klären, wie Kinder, die sich um ein Spielzeug prügeln, bis eines schließlich nachgibt oder als Sieger hervorgeht. Stattdessen spitzte sich die Lage immer weiter zu, war dabei, sich zu einem echten Krieg auszuwachsen. Wie es schien, wollte der Alte Henri das nun beenden. Und auch bei seinem Thronerben war mittlerweile das Bedürfnis erkennbar, eine unblutige Einigung zu erzielen.

Doch das war nicht, was Graf Philipp oder gar Herzog Richard – und vermutlich auch ein Teil von Henris Feldherren – im Sinn hatten.

An dieser Stelle kamen also Valéry und die Söldner ins Spiel. Bei dem Gedanken an die Folgen flutete saure Galle seinen Magen und stieg ihm bis in die Kehle. Er spuckte aus und wischte sich mit dem Ärmel über den Mund. Es war monströs, aber er durfte nicht scheitern. Nicht nur sein eigenes Leben hing davon ab.

Kurz schloss er die Augen, holte tief Luft und versuchte sich zu sammeln. In spätestens vier Tagen würde der Alte

König vor den Toren von Limoges eintreffen. Er musste dafür sorgen, dass Roux' Söldner bis dahin die Wache auf den Mauern hatten. Und er brauchte einen Schützen. Den besten, den er auftreiben konnte.

Kapitel 87

Herzogtum Aquitanien, Limoges, Februar 1183

Erec war offenbar nicht der Einzige, der sich bei den Pferden verkroch, wenn ihm alles zu viel wurde. Als er den Stall betrat, entdeckte er niemand anderen als den Jungen König, der allein im Verschlag seines Hengstes Skander stand, das unruhige Ross streichelte und ihm Koseworte zumurmelte. Noch hatte Henri ihn nicht bemerkt, was Erec die Gelegenheit gab, seinen Fürsten in Ruhe zu mustern. Müdigkeit und eine tiefe Erschöpfung hatten harte Linien in seine Züge gemeißelt und ließen erahnen, wie sehr die Verantwortung und die Entscheidungen der letzten Tage und Wochen an ihm zehrten. Gleichzeitig wirkte er fast ein bisschen erleichtert. Vielleicht, weil sein Vater schon bald in Limoges eintreffen würde?

Erec begriff, dass sich ihm hier eine womöglich einmalige Gelegenheit bot, Henri allein, ohne Neider und Geiferer, ohne Geoffroy und de Born, zu sprechen. Die Möglichkeit, ein paar offene Worte zu wechseln.

»Skander langweilt sich, was?«, eröffnete er das Gespräch, während er an die Box trat.

Henri blickte kurz auf, und ein müdes Lächeln erschien auf seinen Lippen. »Ich nehme an, deinem Titus geht es ähnlich?«

»Kann man wohl sagen. Er vergrätzt bereits die Knechte.«

»Die beiden sind eben Schlachtrösser und dürsten nach der Hitze des Kampfes. Aber so Gott will, werden sie ihre Fähigkeiten erst im Turnier wieder beweisen müssen.«

»Ihr denkt, der Krieg ist noch abzuwenden?«

Der König gab ein Schnauben von sich und schüttelte den Kopf. »Der Krieg hat spätestens mit den Plünderungen durch meine Söldner und Richards Vergeltung begonnen, vielleicht schon mit der Übergabe des bestickten Mantels an Abt Thibaut im vergangenen Sommer. Aber womöglich beweist das meinem Vater endlich, dass ich keine leeren Drohungen ausspreche. Wenn schon sonst keine meiner Bemühungen Wirkung gezeigt hat, bringt ihn diese letzte vielleicht zum Einlenken, und er überträgt mir endlich meine Rechte.«

Erec erkannte, dass Henri das wirklich glauben wollte, dass er sich vielleicht sogar verzweifelt an diese Hoffnung klammerte, denn es würde bedeuten, dass er den Konflikt beenden konnte, bevor er alle Beteiligten unumkehrbar in Unglück, Elend und Blutvergießen stürzte. Was er da in Gang gesetzt hatte, jagte ihm längst eine Heidenangst ein.

»Denkt Ihr wirklich, es gibt einen Weg zurück, Majestät?«, fragte Erec vorsichtig. »Glaubt Ihr, die Männer an Eurer Seite würden das zulassen?«

»Ich bin der König«, entgegnete Henri, doch seine Stimme war leise und müde, als hätte dieser Titel selbst in seinen eigenen Ohren schon lange an Macht und Strahlkraft eingebüßt.

Erec wusste um die Gefahr und sprach es dennoch aus. »Ihr solltet den Marschall zurückholen.«

Wieder schnaubte Henri, wandte sich von Erec ab und seinem Pferd zu. »Wie könnte ich ihm je verzeihen nach allem, was geschehen ist?«

»Bei der Königin ist es Euch auch gelungen, oder nicht?«

»Das ist etwas anderes. Sie … sie war ein Opfer.«

So sah er die Sache also? Oder wiederholte er die Worte seiner neuen … *Ratgeber*? Erec spürte hilflose Wut aufsteigen und konnte sich nicht zügeln. »Beim Allmächtigen, wie könnt Ihr so sicher sein, dass die Anschuldigungen gegen Guillaume wahr sind, Majestät? Dass sie nicht allein dazu dienen sollten, einen loyalen Mann von Eurer Seite zu reißen, weil nicht alle seine Ansichten geteilt haben und viele seinen Einfluss fürchten?«

Henri sah ihn unverwandt an, und etwas Gefährliches trat in seinen Blick. »Tust du es schon wieder, de Lacône? Zweifelst an meinen Entscheidungen?«

Erec mahnte sich zur Vorsicht und antwortete ruhig: »Ich zweifle nicht an Euch, mein König. Das tut Ihr offensichtlich schon selbst genug. Ich zweifle an manchen Männern, die Euch umgeben und versuchen, Euch für ihre eigenen Zwecke einzuspannen.«

»Du warst Guillaumes Mann. Warum sollte ich glauben, dass du in dieser Angelegenheit in meinem Interesse handelst?«

»Ich fürchte, ohne ein bisschen Vertrauen wird es nicht gehen.«

»Wohl wahr. Also hab Vertrauen in *mich,* Erec. Vertrau darauf, dass ich meine Entscheidungen wohlüberlegt und selbstständig treffe.« Mit einem freudlosen Lächeln wandte er sich ab und machte deutlich, dass das Gespräch beendet war.

Gut zwei Stunden nach der fruchtlosen Unterhaltung mit dem König war Erec mit Pep unterwegs zu einem kleinen Sandplatz, um zu trainieren – und um die Beklemmung aus den Knochen zu schütteln. Da erklang ein Hornsignal von den Stadtmauern. Der Ton wurde von weiteren Hörnern aufgenommen, bis er von allen Seiten zu kommen schien. Das konnte nur eins bedeuten: Bewaffnete näherten sich der Stadt.

»Komm, schnell!« Erec zog Pep mit sich, und kurz darauf erklommen sie die nächstgelegene Stadtmauer. Tatsächlich – kaum hatten sie den Wehrgang erreicht, näherte sich bereits eine größere Reiterschar von Nordwesten her dem Tor. Erec kniff die Augen zusammen und beschattete sie mit der Hand. »Was siehst du, Pep? Kannst du ein Banner oder Wappen ausmachen?«

»Da ist eine Fahne«, berichtete Pépin, der sich so weit über die Mauerbrüstung lehnte, dass Erec schwindelig wurde. »Aber es sind zu viele Leute davor. Rot, glaub ich.«

Sie harrten aus und hielten den Blick weiter gebannt auf die Neuankömmlinge gerichtet, die sich rasch näherten.

»Rot und Gold. Jetzt bin ich mir sicher«, erklärte Pep schließlich.

»Der Alte König«, sagte Erec. »Das muss er sein.«

Die Reiter erreichten die Sichtweite des Tores, wieder erklangen die Hörner – und plötzlich zischte aus heiterem Himmel ein Bolzen mit erschreckender Präzision von der Stadt her direkt in die Menge der Neuankömmlinge, dorthin, wo sich der Alte König befinden musste. Ein weiterer folgte.

Kapitel 88

Herzogtum Aquitanien, Limoges, Februar 1183

Schockierte Stille, dann Tumult und Geschrei. Die Reiter vor der Stadt verwandelten sich in ein wirbelndes Knäuel, und es war unmöglich auszumachen, was vor sich ging. Schilde wurden hochgerissen, Schwerter gezogen. Das Tor öffnete sich, und Reiter aus der Oberstadt preschten hervor. Einige verwirrende Augenblicke lang schien keine Seite zu wissen, ob es jemanden anzugreifen oder zu schützen galt. Noch mehr Rufe und aufgebrachtes Wiehern. Schließlich formierten sich die fremden Ritter mit harschen Befehlen, rissen ihre Pferde herum und preschten unter fliegendem Banner – unzweifelhaft die königlich goldenen Löwen auf rotem Grund – in Richtung Cité davon. Niemand blieb zurück, doch eine Person hing tief über den Sattel gebeugt und hielt sich den Arm.

All das beobachtete Erec von der Mauer aus mit lähmendem Entsetzen. Was bei allen Heiligen war da passiert? Hatte tatsächlich gerade jemand versucht, das Haupt der Angevinen umzubringen? *Herr im Himmel, steh uns bei!*

Es dauerte eine Weile, bis Erec Henri ausfindig gemacht hatte und zu ihm durchgelassen wurde. Der Junge König ging ruhelos im Refektorium der Abtei auf und ab; bleich, beinahe blutleer wirkte sein Gesicht. Er sagte kein Wort, während alle anderen laut und wild gestikulierend durcheinandersprachen oder auf ihn einredeten.

Ein furchtbares Versehen! Keine Absicht! Eine Täuschung! Man vermutete einen Überfall, wähnte Herzog Geoffroy außerhalb der Mauern in Gefahr. Hatte man ihn nicht deutlich um Hilfe rufen hören? Eine unglückliche Verwechslung!

Bei der letzten Bemerkung drehte sich Erec beinahe der Magen um, erinnerte sie ihn doch allzu schmerzlich an die Ereignisse, die den Marschall und Marguerite – sowie letztlich auch Genovefa und ihn selbst – ins Unglück gestürzt hatten.

Eine Verwechslung, schon wieder. Konnte das alles noch Zufall sein? Gab es dafür nicht zu viele Kräfte, die von einer Fortführung des Krieges profitierten? Aber wer würde so weit gehen, einen gesalbten König zu ermorden?

»Weiß man, wer die Täter sind?«, erkundigte sich Erec leise bei Jean de Préaux, der etwas abseits stand und ebenso erschüttert wirkte wie der Junge König selbst.

Der Ritter schüttelte den Kopf. »Bislang nicht. Keiner kann sagen, von wo genau die Bolzen gekommen sind. Alles ging so schnell ...«

»Also gab es keinen Schießbefehl?«

»Grundgütiger, nein«, entgegnete de Préaux entrüstet. »Da sind offenbar jemandem die Nerven durchgegangen, und wir können dem Himmel danken, dass nicht mehr passiert ist.«

Erec hegte Zweifel an Jeans Vermutung, wusste aber, dass er mit entsprechenden Bemerkungen sehr vorsichtig sein musste. Er hatte sich in letzter Zeit zu oft zu weit vorgewagt.

»Der König scheint unversehrt zu sein, Gott sei gepriesen«, setzte Jean ihn weiter ins Bild, »aber einer seiner Ritter wurde verletzt. Jetzt hängt alles davon ab, wie der Alte Henri reagiert.«

Eine Antwort auf diese Frage ließ nicht lange auf sich warten, denn kurze Zeit später wurde ein Mann hereingeführt, den Erec nicht kannte.

»Mein König, Euer Vater schickt Euch diesen Boten.«

Angespannte Stille trat ein. Henri musterte den Neuankömmling mit einer Mischung aus Sorge und Hoffnung, nickte dann steif. »Er soll sprechen!«

Der Mann sank aufs Knie. »Majestät, Euer königlicher Vater verlangt, Euch zu treffen, auf neutralem Boden auf halbem Weg zwischen Ober- und Unterstadt. Jeder bringt nicht mehr als ein Dutzend Männer mit. Morgen zur Non.«

Henris Stimme bebte. »Natürlich, ich werde da sein. Bitte richtet dem König mein größtes Bedauern über die zurückliegenden Geschehnisse aus. Nichts davon erfolgte auf mein Geheiß. Zu keinem Zeitpunkt wollte ich ihn oder das Leben seiner Männer in Gefahr bringen.«

Es war ein klarer, kalter Nachmittag, der Himmel blank wie poliertes Silber, und ein schwacher Wind zupfte an Umhängen und Pferdemähnen, während sie warteten. Nach den zurückliegenden Unstimmigkeiten hatte es Erec überrascht, als Teil von Henris Eskorte für das Treffen mit seinem Vater ausgewählt worden zu sein. Gleichzeitig war er froh, auf diese Weise seinem Versprechen nachkommen und seinem Herrn zur Seite stehen zu können. Was auch immer sie erwarten mochte.

Der Alte König war bereit zu reden, und das bedeutete: Noch war nicht alles verloren. Noch bestand Hoffnung, die Krise einvernehmlich beizulegen. Und Henri wirkte entschlossen, die Chance zu ergreifen.

Wie vereinbart harrten sie zur neunten Stunde auf halber Strecke zwischen den beiden befestigten Stadtteilen von Limoges aus, die sich wie zwei trotzige Geschwister in ungefähr einer Viertelmeile Entfernung gegenüberhockten. Schon Wochen zuvor hatte Henri befohlen, auf dem Gelände dazwischen alles beseitigen zu lassen, was Angreifern Deckung oder Baumaterial hätte bieten können. Lediglich ein paar Sträucher waren übrig geblieben, sodass nahezu freier Blick in alle Richtungen herrschte.

Der Alte König war noch nicht aufgetaucht, und Erec

setzte sich zum wohl hundertsten Mal im Sattel zurecht. Seine Finger tippten unstet auf den Schwertknauf. Als Henris Eskorte trugen sie alle volle Rüstung, und auch der Junge König selbst war von Kopf bis Fuß in Eisen gekleidet.

Endlich näherten sich Reiter von der Cité her. Die Anspannung knebelte allen Wartenden die Zungen, so viel hing von den nächsten Augenblicken ab. Die wohl brennendste Frage lautete: Wie würde der Alte Henri die Attacke vom Vortag bewerten? Und außerdem: Welches Ziel verfolgte er hier in Aquitanien? Wollte er den Krieg beenden? Oder womöglich einen der Söhne in seinem Vorhaben unterstützen?

Wenig später zügelte der Alte König sein Ross vor ihnen, umgeben von seinen Getreuen. Statt einer Begrüßung sezierte er seinen Sohn mit durchdringendem Blick, und Erec erkannte an Henris mahlenden Kiefern, dem etwas zu hoch gehaltenen Kinn und den bebenden Nasenflügeln, wie viel Kraft es ihn kostete, der Musterung standzuhalten.

»Offenbar traust du mir nicht«, stellte sein Vater fest und wies auf Henris Rüstung. »Glaubst du, ich würde mich derselben feigen und ehrlosen Mittel bedienen, wie ihr es getan habt? Ein Angriff aus dem Hinterhalt?«

»Ich schwöre beim Allmächtigen und meiner unsterblichen Seele, dass es sich um ein Unglück gehandelt hat«, brachte Henri hervor. »Offenbar hat jemand auf den Mauern Euer unerwartetes Auftauchen für einen Angriff gehalten.«

Die Augen des Alten Königs verengten sich. »Ein Missverständnis, das dich um ein Haar vom Mitregenten zum Alleinherrscher befördert hätte, mit allen Rechten und Ansprüchen. Ein ausgesprochen günstiges *Missverständnis*, meinst du nicht?«

Henri gelang es, die Provokation zu übergehen. »Und doch bleibt es ein Unglück. Ich danke dem Allmächtigen, dass Euch nichts zugestoßen ist, und bete, dass Euer Ritter vollständig genesen wird.«

»Statt zu beten, solltest du den Missetäter mit aller Härte bestrafen«, forderte der Alte König. »Oder, besser noch, an mich ausliefern, damit ich den Verantwortlichen persönlich zur Rechenschaft ziehen kann. Einen König in Gefahr zu bringen, auch wenn es aus Nachlässigkeit oder Unwissenheit geschah, darf auf keinen Fall ungesühnt bleiben. Das wäre ein fatales Signal, nicht wahr?«

»Ich werde mich darum kümmern«, antwortete Henri steif. Warum wirkte er in der Gegenwart seines Vaters stets wie ein gescholtener Knabe?

»Du weißt nicht, wer es getan hat?«

»Ich werde mich darum kümmern«, wiederholte Henri.

Wieder ein langer, eindringlicher Blick des Alten Königs, dann ein Nicken. »Bleibt zu überlegen, wie es nun weitergeht. Es gibt ...«

Diesmal war es Titus, der das Geräusch zuerst wahrnahm – vielleicht, weil sich die Erinnerung an die Folgen so schmerzhaft in sein großes Pferdehirn gebrannt hatte. Schrill wiehernd scheute er, doch bevor Erec begriff, was vor sich ging, war es zu spät. Mit einem widerwärtig schmatzenden Geräusch fuhr der Armbrustbolzen dem Ross des Alten Königs mitten in den Schädel und fällte es auf der Stelle. Nur seinen über Jahrzehnte im Kampf gestählten Instinkten verdankte der König, nicht unter dem Tier begraben zu werden.

Erecs Geist hatte Mühe zu folgen. Was sich vor seinen Augen abspielte, erschien ihm wie eine schreckliche Wiederholung der Ereignisse von vor einem Jahr. Das Herz hämmerte ihm mit solcher Härte gegen die Rippen, dass es sie jeden Augenblick zu sprengen drohte; sein Kopf, sein ganzer Körper dröhnte. Himmel, was ging hier vor?

Tumult, Geschrei, Gedränge überall. Hektische Versuche, das Chaos zu ordnen, den Angreifer auszumachen, den König zu schützen. Auch das alles eine schreckliche Wiederholung, diesmal des Vorfalls vom vergangenen Tag.

»Rückzug!«, brüllte de Béthune. »Alle zum Jungen König!«

»Was bist du nur für ein elender Brutus«, spie der Alte

Henri in Richtung seines Sohnes, während seine Männer einen schützenden Wall um ihn bildeten. »Gott sei dir gnädig, Henri! Dir und deiner verkommenen Seele.« Ein Ritter überließ dem König sein Pferd, woraufhin dieser sich rasch in den Sattel zog und der andere hinter einem Kameraden aufsaß. Mit erhobenen Schilden schlossen die Männer einen engen Kreis um ihren Herrn. »Nach Aixe!«, befahl der König, dann preschten sie in Richtung der flussaufwärts gelegenen Festung davon, in der Herzog Richard und seine Truppen Quartier bezogen hatten. Damit war wohl entschieden, auf welche Seite sich der Alte König in diesem Krieg stellen würde.

Sie brachten Henri in aller Eile zurück in den Schutz der Burg von Limoges. Weiteren Beschuss hatte es nicht gegeben, aber auch diesmal konnten sie nicht klären, von wo und wem die Gefahr ausgegangen war.

Erec spürte, wie sein hämmerndes Herz zunehmend zu einer glühenden Faust der Wut wurde. Wie zum Teufel hatte das ein zweites Mal geschehen können? Wer zur Hölle war dafür verantwortlich?

Sobald sie sich in den Mauern der Burg befanden, sprang er aus dem Sattel, riss sich den Helm vom Kopf und stürmte zum Jungen König. Der stand inmitten seiner Männer, versteinert, fassungslos, erschüttert – ein erschreckend häufiger Zustand derzeit. »Majestät, braucht Ihr noch mehr Beweise, dass skrupellose Absicht hinter alldem steckt?« Erec hatte Mühe, die Worte nicht zu brüllen. »Ein gedungener Attentäter, schon wieder! Vielleicht nicht, um Euren Vater zu töten, aber ganz sicher zum Zweck, Unfrieden zu säen und einen Keil zwischen Euch und den Alten König zu treiben.«

De Born vertrat ihm den Weg und hob beide Hände. »Mäßigt Euch, de Lacône. Wir befinden uns im Bauch eines Wespennests. Da kann buchstäblich hinter jedem Busch eine Gefahr oder ein Mann mit einer Waffe lauern. Nur ein unglücklicher …«

»… Zufall?«, schnitt Erec ihm heftig das Wort ab. »Zum

zweiten Mal, innerhalb so kurzer Zeit? Haltet mich nicht zum Narren! Aber vor allem stellt Euch nicht dumm, de Born, das seid Ihr nicht! Euch können die Entwicklungen doch nur recht sein, nicht wahr? Welches Interesse hättet Ihr an einer Aussöhnung?«

Bevor der Ritter eine wütende Entgegnung machen konnte, schob Erec sich an ihm vorbei. »Majestät, seht Ihr das denn nicht?« Ein verzweifelter Unterton schlich sich in seine Stimme, und er schluckte ihn hastig weg. »Jemand will diesen Krieg um jeden Preis, und dafür sind ihm alle schmutzigen Mittel recht. Für Euren Vater wird das nach dem heutigen Tag nicht länger ein Konflikt unter Brüdern sein, sondern ein Angriff auf ihn und seine Krone, eine weitere Rebellion. Unter diesen Umständen wird er Euch niemals geben, was Ihr wollt, dafür aber umso mehr nehmen!«

»Zügle dich«, warnte de Béthune, aber Erec dachte nicht daran.

»Majestät, Ihr müsst sofort die Täter finden und sie Eurem Vater übergeben. Vielleicht lässt sich so noch irgendetwas retten. Vor allem aber müsst Ihr die Hintermänner entlarven, denn wie man sieht, sind sie zu jeder Schandtat bereit, solange es ihren Zwecken dient, ganz gleich, ob es zu Eurem Schaden ist.«

»Wie kommt es, dass du hinter allem eine Verschwörung witterst, Erec? Ich denke nicht, dass du in der Position bist, mir Anweisungen zu erteilen«, beschied der König hart. Mit letzter Kraft kämpfte er dagegen an, endgültig Beherrschung und Kontrolle zu verlieren und wie ein hilfloser Narr dazustehen.

»Natürlich entscheidet Ihr selbst, was zu tun ist, mein König«, presste Erec hervor. Es bedurfte der warnenden Blicke Jeans und Baudouins nicht, er wusste auch so, dass er davorstand, einen Fehler zu wiederholen. Doch etwas zwang ihn, auch die nächsten Worte zu sprechen: »Aber bei Gott, Majestät, wenn Ihr noch immer nicht begriffen habt, dass jemand Euch diesen Krieg, das alles hier, aufzwingt, und zwar

Männer aus Eurem unmittelbaren Umfeld, dann … dann seid Ihr entweder naiv oder verblendet.«

»Genug! Ein für alle Mal.« Henri hatte nicht laut gesprochen, doch die Kälte in seiner Stimme ließ keinerlei Zweifel, dass Erec den Bogen überspannt hatte. »Du kannst dich entfernen. Ich denke, ich brauche deinen Rat nicht länger. Weder heute noch künftig. Geh! Sicher wirst du andere Möglichkeiten finden, deinem König nützlich zu sein.«

Valéry d'Anier saß im Dämmerlicht seines Verstecks und zitterte sich die Anspannung aus dem Leib. Wieder und wieder stieg ihm Galle in die Kehle, und er spuckte sie in den Sand. Neben die Blutlache, die sich dort auszubreiten begann.

Alles war nach Plan gelaufen. Der von ihm gewählte Schütze – Rob – hatte genau für die Art von Verwirrung und Fehleinschätzungen gesorgt, auf die Valéry gehofft hatte. Mit meisterlicher Präzision verfehlte er den Alten König gerade so weit, dass dieser nie in ernstliche Gefahr geriet, man aber dennoch von einem Attentat auf sein Leben ausgehen musste. Damit waren mögliche Schlichtungsabsichten mit einem Schlag vom Tisch. Mehr noch, die zurückliegenden Ereignisse würden wie Öl auf der Glut wirken und die Flammen des Krieges hoch auflodern lassen, ein Krieg, an dem nun zweifellos auch der Alte Henri teilnehmen würde.

Eine weitere Tür ins Dunkel, die Valéry aufgestoßen hatte. Um gleich darauf die nächste zu durchschreiten.

Er sah auf den Toten neben sich, die zerfließende Blutlache. Diese Übelkeit erregende Mischung aus Macht und Abscheu – ob er sich daran jemals gewöhnen würde? Anstelle der versprochenen fürstlichen Bezahlung hatte er den armen Rob mit einer versteckten Klinge für seine Dienste belohnt. In den blicklosen Augen lag noch ein Anflug von Überraschung. Tatsächlich war der junge Mann bis zuletzt arglos gewesen. Oder leichtsinnig. Oder einfältig. Doch machte das sein Ende nicht besser. Es blieb eine elende Verschwendung. Rob war ein außergewöhnlich talentierter Schütze gewesen, ein nützlicher Handlanger, für den es sicher noch Verwendung gegeben hätte. Ihn am Leben zu lassen, hätte allerdings zu viele Risiken mit sich gebracht.

Und fiel diese Sünde überhaupt noch ins Gewicht, nach den vielen, die er bereits auf sich geladen hatte? Robs Tod war nur eine weitere Stufe auf Valérys Weg hinab in die Finsternis. Ein Weg, auf dem es keine Umkehr gab. Nicht mehr.

Kapitel 89

Grafschaft Champagne, Troyes, Februar 1183

Schwer zu sagen, worauf das Ganze hinauslaufen soll.« Odilon Auberée seufzte und sah bekümmert von dem dampfenden Becher in der Hand auf. Seine Haut war ungewöhnlich grau, der Blick müde, und die sonst so lebhaften Augenbrauen hatten sich über der Nase zu einem strengen Balken zusammengezogen. Armand und er saßen in einer der Fensternischen im großen Saal von Troyes, um das wenige Wintersonnenlicht auszukosten, vor allem aber, weil man dort ungestört reden konnte. Der Herold befand sich auf der Durchreise nach Flandern und brachte diesmal keine Turniernachrichten, dafür aber Kunde vom Krieg.

»Im Augenblick scheinen Henri und seine Truppen die Verbündeten Herzog Richards im näheren Umkreis von Limoges zu drangsalieren. Aber es macht nicht den Eindruck, als plane der Junge König, seinen Bruder mit Gewalt aus dem Feld zu schlagen oder die Herrschaft über Aquitanien tatsächlich an sich zu reißen. Die Militäraktionen wirken … unkoordiniert, ziellos beinahe. Die aquitanischen Rebellen hingegen, allen voran Vizegraf Adémar von Limoges, nutzen die Gelegenheit, um die Gebiete, die Richard und der Alte König ihnen bei den Kämpfen letzten Sommer abgenommen haben, wieder zurückzugewinnen. Und dazu bedienen sie sich der schlimmsten Söldner, Blutgesindel von Sancho de Savannac oder Curbaran, die wie die biblischen Plagen über die Bevölkerung kommen.«

»Das klingt sehr beunruhigend.« Armand spürte die kalte Faust der Angst um sein Herz. Warum musste Damien ausgerechnet jetzt zu Turniervorbereitungen an Graf Philipps Hof in Arras weilen? Andererseits war es ein Trost, dass wenigstens er in absehbarer Zeit nicht auf einem echten Schlachtfeld stehen würde. Aber wie war es um Erec und seine Freunde bestellt?

Der Herold schien seine Gedanken zu lesen. »Leider weiß ich nicht, wie es Euren Gefährten ergangen ist. Bislang gab es wohl keine größeren Verluste auf Henris Seite. Dafür flackern immer wieder Seuchen auf. Der Junge König ist wohlauf, soviel man weiß, wenngleich die Verantwortung schwer auf seinen Schultern lastet.« Odilon musterte Armand eindringlich und spitzte den Mund auf die ihm eigentümliche Weise. »Das hätte ich Königin Marguerite gerne persönlich erzählt, aber am Hof in Paris sagte man mir, sie sei nicht wohl und empfange derzeit keinen Besuch.« Er ließ die Bemerkung im Raum stehen, ohne den Blick von Armand zu nehmen.

»Ich bedaure, das zu hören«, entgegnete er steif. Sosehr er Odilon schätzte, natürlich würde Armand niemals preisgeben, dass sich die Königin in diesem Augenblick nur einige Zimmer von ihnen entfernt aufhielt. Es war für alle Beteiligten sicherer, dieses Geheimnis auch weiterhin zu wahren.

»Was meint Ihr, wie es jetzt weitergeht in Aquitanien?«, fragte er stattdessen.

Natürlich durchschaute Odilon das plumpe Ablenkungsmanöver, drängte ihn aber nicht weiter, sondern seufzte und zuckte mit den Schultern. »Seit den Anschlägen auf sein Leben ist dem Alten König die Lust auf Diplomatie gründlich vergangen. Es heißt, er habe mehrere Versöhnungsgesuche Henris zurückgewiesen. Stattdessen lässt er Truppen in der Normandie und dem Anjou ausheben, und es wird berichtet, König Alfons von Aragon sei zu seiner Unterstützung auf dem Weg nach Aixe, wo er sich noch immer zusammen mit Richard aufhält.«

»Das heißt, der oder die Attentäter wurden noch nicht gefasst?«

»Nein. Und der Alte König wirft seinem Sohn vor, gar kein Interesse an der Aufklärung der Vorfälle zu hegen, sie womöglich selbst befohlen zu haben – was dieser natürlich vehement abstreitet. Aber die Geduld des Alten Henri ist erschöpft. Sobald seine Truppen sich gesammelt haben, wird er zusammen mit Herzog Richard gegen seinen Thronfolger in den Kampf ziehen.« Odilon schüttelte müde den Kopf. »Gütiger Jesus, wie konnte es nur so weit kommen?«

Armand nickte bekümmert. Als ob es dieser Familie an Feinden gemangelt hätte, nein, stattdessen musste sie sich selbst zerfleischen. Wo sollte das noch hinführen?

»Ich will ehrlich sein«, fügte Odilon hinzu, »meiner Ansicht nach gerät die ganze Sache mehr und mehr außer Kontrolle. Es wirkt, als nutze jeder aufrührerische Fürst die Umstände, um seine persönliche Fehde zu führen und sich Vorteile zu verschaffen. Dazu kommt, dass Herzog Geoffroy alle Schlichtungsversuche und Waffenstillstandsangebote zu untergraben scheint. Glaubt mir, Armand, dieser Mann ist fähig, mit seiner Zunge gleich mehrere Königreiche zugrunde zu richten.« Das waren für Odilons Verhältnisse ungewöhnlich harsche Worte, was ihnen umso mehr Gewicht verlieh. »Er ist eine Schlange und hat offenbar Gefallen daran, die eigene Familie immer weiter zu entzweien. Gott allein weiß, was er damit bezweckt.«

Armand fielen eine Menge Gründe ein. Und die meisten hatten mit der angevinischen Krone zu tun. Und selbst wenn er es nicht aussprach, wusste der Herold das auch.

»Das klingt fast so, als würde der Junge König zwischen den Mühlsteinen der unterschiedlichen Erwartungen und Interessen nach und nach zu Staub zermahlen«, sagte Armand.

»Das trifft es ganz gut. Die Hoffnung, die er mit diesem gefährlichen Aquitanienvorstoß vielleicht ursprünglich verbunden haben mag, nämlich, endlich als souveräner Herrscher respektiert zu werden und unabhängig zu gebieten, hat sich als trügerisch erwiesen. Es lässt sich nicht mehr leugnen, dass es seinen Verbündeten stets nur um die eigenen Interessen ging. Henri und sein Ruhm in der Turnierwelt, seine exzellenten Verbindungen und die große Zahl seiner ergebenen Anhänger und Bewunderer waren nur Mittel zum Zweck. Gott helfe mir, aber ich bezweifle, dass er das Blatt noch einmal wenden kann. Er selbst scheint nicht mehr daran zu glauben. Es ist eine Tragödie.«

»Ich fürchte, es ist müßig, darüber zu grübeln, ob es mit dem Marschall an seiner Seite anders gekommen wäre.«

Odilon legte die Stirn in Falten. »Ja, das ist in der Tat müßig. Bleibt die Frage, ob Guillaumes Rückkehr das Schlimmste verhindern könnte.«

Kapitel 90

Herzogtum Aquitanien, Limoges, Februar 1183

Brice legte den durchgekauten und angesabberten Lumpenball zu Pépins Füßen ab und sah erwartungsvoll mit hängender Zunge zu ihm hoch. Natürlich tat Pépin dem Hund den Gefallen und hob das Spielzeug auf.

»Und Brice gibt den Ball ab«, kommentierte er, wobei er den mitreißenden Ton von Didier nachzuahmen versuchte. »Er gibt ihn ab an Pep, das Wiesel, der ihn sogleich mit übermenschlicher Wucht Richtung Holztor befördert. Was für ein Wurf! Eine Viertelmeile mindestens! Und sofort jagt die Meute davon, dem Ball hinterher, dem Tor entgegen. Wird Brice der ersehnte Treffer gelingen, bevor sich die Gegner über ihn hermachen?« Mit in die Seiten gestemmten Händen sah Pépin dem Hund hinterher, der wie von der Sehne gelassen dem Bündel nachjagte. Zugegeben, dieses Spiel war nur ein schwacher Ersatz für eine richtige Partie Torball, aber es sorgte wenigstens für ein bisschen Zerstreuung und Abwechslung.

Genauso wenig wie auf die gnadenlose Brutalität des Krieges auf der einen Seite hatte man ihn anderseits auf die lähmende Langeweile in den Kampfpausen vorbereitet. Auch wenn Pépin Gott weiß nicht scharf auf Blutvergießen war oder darauf, um sein Leben zu rennen – diese Untätigkeit, das ewige Warten waren einfach zermürbend. Immer kam ein Zeitpunkt, da es nichts mehr für ihn zu tun gab, an dem alle Zaumzeuge, Sättel, Lederschnallen und Stiefel eingeölt und poliert, alle Pferde gefüttert, gebürstet und gestriegelt, alle Stallboxen ausgemistet, alle Klingen geschliffen und alle Kettenhemden vom Rost befreit waren. Und dann machte sich die elende Langeweile über ihn her und nagte seine Geduld bis auf die Knochen ab.

Brice hatte den Ball zwischenzeitlich zurückgebracht und wartete freudig hechelnd auf den nächsten Wurf. Ein weiteres Mal schleuderte Pep die Kugel kraftvoll davon und der Hund stob hinterher.

Zum Waffentraining fand selten jemand Zeit, zumal der größte Teil des Heeres zusammen mit dem Jungen König, Herzog Geoffroy und Vizegraf Adémar schon vor Tagen aus Limoges aufgebrochen war. Sie wollten nicht länger warten, bis der Krieg zu ihnen kam, sondern den Kampf direkt zu ihren Gegnern tragen, klare Verhältnisse schaffen. Auch viele Knappen waren ihren Rittern ins Feld gefolgt. Nicht, dass Pépin großen Wert auf die Gesellschaft der meisten von ihnen gelegt hätte. Aber mit Enguerrand sowie einer Handvoll weiterer war er stets gut ausgekommen, und gemeinsam hatten sie Tratsch und Bier geteilt oder die Würfel rollen lassen.

Jetzt waren die Burschen auf dem Weg in ihre erste Schlacht. Pépin war nicht sicher, ob er sie beneiden oder bedauern sollte. Natürlich war es aufregend und abenteuerlich, aber auf der anderen Seite war Pépins Dasein lange genug voller Gefahren gewesen, um ihn den Frieden und die Sicherheit einer befestigten Stadt schätzen zu lassen. Davon abgesehen hatte Erec, anders als Lionel, Josce und selbst der alte d'Hârcourt, in Limoges zurückbleiben müssen. Angeblich, weil er mit weiteren Rittern die überwiegend aus Söldnern bestehende Garnison von Limoges verstärken und überwachen sollte. Vermutlich auch, weil man ihn und seine Zweifel vom Jungen König fernhalten wollte. Es war ein Punkt in diesem Krieg erreicht, an dem eine Umkehr nicht mehr möglich und wohl auch nicht erwünscht war, das begriff selbst Pépin. Und so war er mit seinem Ritter in der Stadt zurückgeblieben, während die anderen ruhmreichen Taten entgegenritten – oder ihrem frühen Tod.

Für die viel zu häufigen Mußestunden verzog Pépin sich mit Brice an den nordwestlichen Rand der Oberstadt. Ein länger zurückliegender Brand hatte das Viertel größtenteils verwüstet und unbewohnbar gemacht, folglich herrschte dort kaum Betrieb, und, noch wichtiger, die Söldner ließen sich nicht blicken, weil es nichts gab, keine Hurenhäuser oder Kneipen, die ihr Interesse hätten wecken können. Das war Pépin sehr recht, denn er legte wenig Wert auf die Gesellschaft dieses Lumpengesindels, das glaubte, sich alles herausnehmen zu dürfen, und selbst unter den Verbündeten Angst und Schrecken verbreitete.

Valéry war jetzt einer von ihnen. Er und seine Truppe gehörten zu denen, die in Limoges zurückgeblieben waren, auch weil Graf Philipp sie bezahlte und sie ihren Sold nicht wie viele andere durch Plündern aufbessern mussten – auch wenn einige der Kerle sicher nichts dagegen gehabt hätten. Tatsächlich wirkten die Männer unter Valéry und ihrem fuchsgesichtigen Hauptmann Roux vergleichsweise diszipliniert. Das änderte nichts an Pépins Abneigung ihnen gegenüber, und er hielt sich von ihnen fern. Teufel, er war nicht scharf drauf, herauszufinden, was die Langeweile aus diesen Kerlen machte, wenn sie ihm selbst schon so zusetzte.

Ein Winseln riss ihn aus den Gedanken. Brice war zurück und stand zwei Schritte entfernt, den erwartungsvollen Blick auf ihn geheftet.

»Junge, wo ist dein Ball geblieben?«

Der Hund antwortet mit einem kurzen Bellen, lief mit hängendem Kopf ein paar Schritte in die Richtung, aus der er gekommen war, und kehrte dann zu Pépin zurück, um erneut ratlos zu winseln.

Pépin schüttelte ungläubig den Kopf. »Hochverehrtes Publikum, kaum zu fassen, unser bislang ungeschlagener Torballchampion scheint die Kugel tatsächlich verloren zu haben. Das hat's noch nie gegeben, was für eine Schmach! Ob das

das endgültige Aus bedeutet? Ich für meinen Teil halte die Schlacht für verloren.«

Brice stieß ein empörtes Bellen aus, und Pépin lachte. »Was ist los, verstehst du keinen Spaß? Komm, lass uns schauen, ob wir den Ball wiederfinden. Wo ist er verschwunden?«

Bereitwillig trabte der Hund los, und Pépin folgte ihm. Der Schneefall von vor zwei Tagen hatte kleine schmutzig weiße Inseln hinterlassen, und in der Luft lag eine klebrige Kälte, die sich in der Lunge festsetzte. Es schien gar nicht mehr richtig hell werden zu wollen unter der bleiernen Wolkendecke. Pépin zog seine pelzgefütterte Kapuze tief in die Stirn und beglückwünschte sich einmal mehr zu ihrem Erwerb. Das war nun schon der zweite Winter, in dem sie ihm unersetzliche Dienste leistete.

Sie folgten dem Weg einige Schritte und bogen schließlich in einen schmalen, etwas abschüssigen Durchlass zwischen niedergebrannten Schuppen und Ruinen ein.

»Himmel, Brice, wirklich? Das war ja ganze Arbeit.«

Wieder bellte der Köter, als wollte er sich rechtfertigen, und Pépin musste grinsen. Am Ende der düsteren Gasse verschlossen zwei halb in den Boden eingelassene Holzflügel eine Öffnung – ein Kellerloch oder etwas in der Art. Die untere Ecke eines der morschen Holzbretter war herausgebrochen und bildete einen großen Spalt – hinter dem tintenschwarze Dunkelheit lauerte.

»Da rein?«

Brice winselte und begann aufgeregt, unterhalb des Holzflügels zu scharren.

»Das heißt wohl Ja.« Offenbar war der kleine Ball genau durch die Öffnung in das Loch gekullert. Pépin zögerte und trug sich kurz mit dem Gedanken, das Spielzeug einfach aufzugeben. Er hatte keine Angst vor der Finsternis, oft war sie ihm Freund und Gefährte gewesen, aber wie alles in diesem Teil von Limoges wirkte auch dieser Keller marode und baufällig. Er hatte keine Lust, sich am Ende wegen eines Balls die Knochen zu brechen oder gar verschüttet zu werden.

Brice winselte unglücklich und sah mit einem Blick zu ihm hoch, der Steine erweicht hätte. Pépin seufzte geschlagen. »Also gut, meinetwegen.«

Er packte eine der Holzklappen, um sie aufzuziehen, und wäre beinahe nach hinten gestolpert, so widerstandslos ließ sie sich bewegen. Gemeinsam mit Brice beugte er sich über die Öffnung, starrte aber lediglich in eine Pfütze verdichteter, fast schon stofflicher Finsternis, aus der der obere Teil einer Leiter zu ihnen heraufragte wie Äste aus einem schwarzen Sumpf. Er schauderte kurz, wie um die Furcht abzuschütteln, die sich nun doch in seine Eingeweide graben wollte. »Da werden wir wohl Licht brauchen.«

In einem benachbarten, halb eingestürzten Schuppen klaubte er rasch ein paar trockene Kienspäne vom Boden. Einen davon entzündete er mit Feuerstein und Stahl, die er stets bei sich trug, den Rest steckte er unter den Gürtel. »Du wartest hier und passt auf«, erklärte er Brice. »Ich kann unmöglich dich und das Licht die Leiter runtertragen. Am Ende brechen wir uns beide den Hals.« Der Hund gab ein klägliches Fiepsen von sich.

»Keine Sorge, ich bin im Nu zurück.«

Vorsichtig kletterte er die überraschend stabile Leiter hinunter. Ein Gefühl, als tauchte er Sprosse für Sprosse auf den Grund eines dunklen Sees, und sein Kienspan schuf um ihn herum lediglich eine zitternde kleine Lichtinsel. Es roch dumpf und erdig, aber nicht modrig, die Luft schmeckte seltsam schal. Unten angelangt, hob er die provisorische Fackel über den Kopf, bis sich seine Augen an das Zwielicht gewöhnten.

Wie vermutet, ein aufgegebener, mit krummen Bohlen und Balken befestigter Erdkeller, der genau genommen wenig Unheimliches an sich hatte. Bis auf ein zerbrochenes Fass und einen Haufen Unrat schien er leer zu sein. Dennoch kroch Pépin ein warnendes Unbehagen den Rücken hinauf bis in den Nacken. Der Fackelschein fiel auf den Ball, der vor einer Wand zum Liegen gekommen war.

»Na also, da bist du ja!« Als er die Kugel aufheben wollte, entdeckte er den niedrigen Durchgang, der bislang außerhalb des Lichtkreises gelegen hatte; gerade groß genug für eine geduckte Person. Überrascht hielt Pépin inne. Wohin er wohl führte? In einen weiteren Keller?

Obwohl das Unbehagen wuchs, gewann seine Neugier die Oberhand. Nur einen kurzen Blick riskieren, nichts weiter. »Bin gleich zurück!«, rief er Brice zu, der wie ein Schattenriss auf den Himmel über der Kelleröffnung gepinselt zu sein schien.

Mit seinem fast heruntergebrannten Kienspan zündete er einen weiteren an und trat durch den Bogen in den angrenzenden Raum. Nur dass es kein Raum war, sondern ein niedriger Gang, breit genug, dass zwei Männer gebückt nebeneinander hindurchlaufen konnten. Er führte in Richtung Westen auf die Stadtmauer zu.

Pépin zögerte. Der flackernde Lichtschein reichte nur zwei, drei Schritte weit, dahinter wurde alles von der Dunkelheit verschluckt. Auch hier stützten Balken, manchmal auch Mauern aus Ziegelsteinen Decke und Wände. Pépin wusste inzwischen, dass sich ein wahres Netz aus Tunneln und Kellern, die zum Teil noch auf die alten Römer und die heidnischen Stämme vor ihnen zurückgingen, wie Wühlmausgänge unter Limoges erstreckte. Das war in vielen Städten so, schließlich brauchte man allerorten kühle Lagerplätze für Verderbliches wie Gemüse, Pökelfleisch, Bier oder Wein. Doch er wusste auch, dass manche dieser Tunnel sogar unter den Stadtmauern hindurch bis in die Unterstadt führten. Oder sonst wohin. Entsprechend hatte der Junge König im Zuge der Befestigungsarbeiten sämtliche Gänge aus der Stadt hinaus oder in sie hinein gründlich verschließen und bewachen oder gar zuschütten lassen. Zwar taugten sie nicht dafür, in größerem Umfang feindliche Truppen einzuschleusen, aber auch eine Handvoll Spione oder Saboteure, die sich unbemerkt Zugang zur Stadt verschaffte, konnte fatale Wirkung entfalten. Herein und heraus kam man derzeit nur durch die schwer bewachten Haupttore der Oberstadt und unter den wachsamen Augen der Soldaten – allzeit bereit, Limoges abzuriegeln, sollten es die Umstände erfordern.

War es denkbar, dass der Tunnel bei den Sicherungsvorkehrungen übersehen worden war? Wusste womöglich niemand von dem verlassenen Keller mit dem Gang? Oder hatte hier jemand ganz absichtlich einen geheimen Weg aus der Stadt verschwiegen? Und wenn ja, zu welchem Zweck?

Wieder stieg dieses warnende Gefühl in Pépin auf, wie das unangenehme Nasekitzeln vor dem Niesen. Ein alter Straßenkindinstinkt. Etwas war hier faul.

Schritt für Schritt wagte er sich weiter in den Gang, hielt sein Licht vor sich wie einen Schild. Er lauschte nach verdächtigen Geräuschen, hörte aber nur das Knirschen von Erde und Ziegelschutt unter seinen Füßen und den eigenen unnatürlich lauten Atem. Hier und da zweigten dunkle, niedrige Kavernen ab, in denen manchmal noch die Trümmer von Kisten und Fässern oder Schuttreste lagen. Tatsächlich wirkte alles lange verlassen und ungenutzt.

Hatte er sich geirrt und das hier war nichts weiter als ein vergessener Lagerort? Er zündete einen weiteren Span an, bevor der in seiner Hand verlöschen konnte. Er musste achtgeben, dass ihm genügend für den Rückweg blieben. Der Gang wand sich mal hierhin und dorthin, wenn er Fundamenten oder anderen Hindernissen ausweichen musste oder weitere Kellerhöhlen abzweigten.

Unvermittelt endete der Weg. Nein, das war nicht ganz richtig. Tatsächlich versperrte eine Mauer den Tunnel. Und der Teufel sollte Pépin holen, wenn diese Kalksteinquader nicht Teil der Befestigung der Oberstadt waren. Das passte auch ungefähr mit der Strecke zusammen, die er vom Eingang bis hierhin zurückgelegt hatte. Allerdings hatte sich jemand die Mühe gemacht, einen Durchlass in den Stein zu brechen. Kein neuer Durchlass, wie es schien, nur so hoch wie ein etwa achtjähriges Kind. Und versperrt von einem massiv wirkenden Gitter.

Pépin trat näher und leuchtete zwischen den Eisenstäben hindurch. Dahinter führte der Gang weiter, immer tiefer …

»Verflucht!« Die Flamme des heruntergebrannten Holzes biss in Pépins Finger, und er ließ den Stummel fallen. Noch auf dem Weg zum Boden verlosch das Licht, und ölige Finsternis schlug wie eine Welle über ihm zusammen.

Zitternd holte Pépin Luft, tastete nach seinem Beutel mit dem Feuerzeug und den verbliebenen Kienspänen. Alles war noch da, kein Grund zur Panik. Das hinderte sein Herz freilich nicht daran, wie ein gefangener Vogel gegen den Käfig seiner Rippen zu hüpfen. Er kauerte sich auf den Boden, legte den Zunder unmittelbar vor sein Knie und holte Feuerstein und Stahl hervor. Funken spritzten durch die Dunkelheit, zuckten wie Blitze über die Tunnelwände, bevor sich der Zunderschwamm endlich knisternd entzündete. Rasch zog Pépin das Holz aus dem Gürtel und hielt es in die winzige Flamme. Licht! Gott sei gepriesen. Wie eine kleine goldene Pfütze breitete es sich weiter und weiter um Pépin aus, je mehr das Stöckchen Feuer fing. Und ließ seinen Blick auf etwas am Boden fallen.

Ein Apfelgehäuse – nicht frisch, aber auch noch nicht alt.

Natürlich hätte Pépin sich einreden können, dass ein Tier die Frucht hergeschleppt und abgenagt hatte, aber nicht allein die Bissspuren sagten ihm, dass es ein Mensch gewesen sein musste. Die geschmeidig und beinahe lautlos zu öffnenden Holzflügel über dem Keller, auf denen, wie Pépin jetzt aufging, kein bisschen Schnee gelegen hatte, die stabile Leiter. Alles ergab plötzlich einen Sinn: Jemand musste vor nicht allzu langer Zeit hier gewesen sein. Und nicht zum ersten Mal.

Was zur Hölle hatte das zu bedeuten?

Kapitel 91

Herzogtum Aquitanien, Limoges, Februar 1183

Wie zum Teufel kann man derart lange Beine haben und trotzdem so unfassbar langsam sein?«, schimpfte Pep. Der Knappe sprang wie ein junges Reh vor ihm her, und Erec hatte Mühe, Schritt zu halten, ohne zu rennen.

Was der Junge über seine Entdeckung berichtet hatte, klang in der Tat seltsam, aber natürlich konnte es tausend harmlose Gründe dafür geben: Jemand hatte vor der Witterung Schutz gesucht, ein Liebespaar tadelnden Blicken entkommen wollen. Oder eine Familie hungriger Nager hauste in diesem Keller.

Doch Erec hatte sich vorgenommen, Pep und seinen Instinkten zu vertrauen. Immerhin hatte der Junge nicht selten richtig damit gelegen – und sich mithilfe ebendieser Instinkte viele Jahre unter widrigsten Umständen durchgeschlagen.

Genau genommen gab es ohnehin wenig anderes für Erec zu tun. Der Oberbefehl über die Garnison in Limoges lag derzeit bei einem aquitanischen Edlen, Erec hatte lediglich die Aufsicht über einen kleinen Wachabschnitt. Offensichtlich war das die Art, wie er seinem König nun *nützlich sein sollte,* während seine Freunde ihre Haut aufs Schlachtfeld trugen. Bislang vor allem in Scharmützeln und kleineren Gefechten, wie die Boten berichteten. Doch machte es am Ende keinen Unterschied, bei welcher Gelegenheit ein feindlicher Hieb oder Lanzenstoß einem hoffnungsvollen jungen Leben ein Ende setzte.

Erec versuchte, die Sorge abzuschütteln. Oder war es Ärger? Eifersucht? Wäre er selbst gerne an ihrer Stelle und an der Seite seines Königs in die Schlacht gezogen, statt hier zu versauern? Herzog Richard und der Alte Henri hielten sich weiterhin in Aixe verschanzt und warteten auf Verstärkung. So lange würden sie Limoges nicht angreifen, und die Stadt blieb ein halbwegs sicherer Ort. Ein langweiliger Ort. Hier gab es derzeit keinen Ruhm zu gewinnen. Doch Erec bezweifelte, dass an der Seite des Jungen Königs Ruhm auf ihn wartete, von Ehre ganz zu schweigen. Bauern abschlachten und Scheunen anzünden, Klöster plündern, hier und da einen von Richards aquitanischen Verbündeten terrorisieren oder gegnerische Söldner aufbringen – das war nichts, was vor Gottes Augen Ruhm und Ehre versprach. Auch nicht vor den eigenen.

»Hörst du mir überhaupt zu?«, drang Peps vorwurfsvolle Frage in sein Bewusstsein. Der Junge rollte mit den Augen. »Wir sind gleich da, hab ich gesagt. Hier, nimm!« Er reichte ihm eine der beiden kleinen Blendlaternen, die er für ihr Vorhaben organisiert und bereits entzündet hatte. Brice hatten sie diesmal im Stall zurückgelassen.

Am Ende einer düsteren Gasse blieb Pep schließlich vor einem mit Holzläden verschlossenen Kellerloch stehen. »Da wären wir.«

Erec sah auf die Öffnung, dann ließ er den Blick über die Umgebung schweifen. Tatsächlich befanden sie sich überraschend nah an der westlichen Stadtmauer. Er nickte. »Also gut, dann lass uns nachschauen.«

Zusammen tauchten sie in die Finsternis hinab, die umso dichter wurde, als sie die Holzflügel wieder hinter sich zuzogen, um keine unnötige Aufmerksamkeit zu erregen.

Pep hatte in jedem Punkt die Wahrheit gesagt, und während sie im schwankenden Licht ihrer Laternen den Keller durchquerten und schließlich den Gang entlangstapften, wuchs Erecs Unbehagen mit jedem Schritt. Immer wieder öffneten sich rechts und links des Weges niedrige Höhlen wie die Schlünde von Ungeheuern, bereit, sie jeden Augenblick zu verschlingen – oder etwas Gefährliches auszuspeien. Mit der freien Hand tastete Erec nach dem beruhigenden Griff seines Schwerts. Selbst wenn Versehen oder Nachlässigkeit dahintersteckten, allein die Existenz dieses Tunnels stellte eine Bedrohung dar.

»Wir sind gleich bei dem Gitter, eine Kurve noch«, erklärte Pep. Er hatte die Stimme zu einem verschwörerischen Flüstern gesenkt.

»Es war richtig, dass du mich geholt hast«, antwortete Erec ebenso leise. »Egal, ob jemand hier war oder nicht, wir müssen diesen Gang im Auge behalten. Sollte ein …«

Pépin blieb abrupt stehen und verschloss Erecs Mund mit der flachen Hand. Im Laternenlicht sah Erec einen lauernden Ausdruck auf dem Gesicht des Knappen. Nein, nicht lauernd, angespannt lauschend. Anders als der Junge besaß er nicht die Sinne einer Katze, aber auch er vernahm schließlich ein entferntes Scharren von Stiefelsohlen auf Schutt und Geröll aus der Richtung, aus der sie gekommen waren. Der Gang hatte bereits einige Windungen gemacht, sodass man sie nicht unmittelbar würde sehen können. Zumindest noch nicht, aber das war eine Frage von Augenblicken.

Pep ruckte mit dem Kinn zu einer der düsteren Kavernen und zog ihn mit sich, hinein in die Finsternis. Rasch duckten sie sich hinter einen Haufen aus Holztrümmern und schlossen die Klappen ihrer Laternen, sodass sie nur noch einen schwachen Lichtring unmittelbar auf den Boden warfen.

Bald tanzte Lampenschein über den Weg, auf dem sie gerade noch gestanden hatten. Begleitet vom feinen Rasseln eines Kettenpanzers, knirschten Schritte über Sand, wenige Armlängen entfernt von ihrem Versteck. Schritte von mehr als einer Person.

Erec presste sich tiefer hinter die Deckung und versuchte, so flach wie möglich zu atmen. Neben ihm lag Pep reglos und leise wie ein Stein, verschmolz geradezu mit der Dunkelheit.

Die Schritte entfernten sich um die Biegung und standen kurz darauf still. Die Neuankömmlinge mussten das

Gitter erreicht haben, von dem der Junge gesprochen hatte. Gespannt lauschte Erec in die Dunkelheit. Eine ganze Weile blieb es still. Dann plötzlich regte sich etwas.

Der Klang einer Stimme ließ Erecs Herz stocken – ein knapper Gruß. Ein geheimes Stelldichein durch die Maueröffnung hindurch? Wer zur Hölle traf sich dort? Und weswegen? Erec bekam eine Gänsehaut.

»Ihr habt die Nachricht also gefunden«, sagte jemand. Also nutzte man diesen Ort auch, um geheime Botschaften auszutauschen?

»Und hier sind wir«, antwortete ein anderer.

Erec presste den Ärmel vor den Mund, um ein überraschtes Keuchen zu unterdrücken. Er kannte die Stimme, und so wie Pep sich neben ihm regte, hatte auch er den Sprecher erkannt. Himmelherrgott, das war niemand anderes als Valéry!

»Allerdings verstehe ich nicht ganz, was die Herrschaften noch von mir wollen.« Valéry klang eine Spur ungehalten, aber Erec glaubte auch Besorgnis mitschwingen zu hören. »Ich habe alles getan, was mir aufgetragen wurde, mit dem gewünschten Ergebnis, wenn ich nicht irre.«

»Bei Gott, das ist wahr«, erwiderte der andere und lachte heiser. »Und die Art, wie du es angestellt hast, hat alle überrascht. Kaltblütig, präzise und effektiv, das muss man dir lassen. Nach dieser Sache wird der Alte König ganz sicher keinen Finger mehr für seinen Thronfolger rühren.«

»So war es gedacht.«

Erec erstarrte. Verstand er das richtig? Hieß das, sein mürrischer, aufbrausender Turniergefährte Valéry sollte hinter dem skrupellosen Attentat auf Henris Vater stecken? Aber warum, um Himmels willen? Was hatte ihn nur dazu gebracht?

»Ja, in der Tat«, antwortete der andere. »Eine Aussöhnung wurde erfolgreich verhindert, und mehr noch, der Alte hat sich gegen Henri auf Richards Seite gestellt. Besser hätte es nicht laufen können.« Es folgte eine längere Pause.

»Weswegen sind wir dann hier?«, fragte Valéry schließlich, und die Nervosität in seiner Stimme überwog nun deutlich. »Alle Spuren sind verwischt, niemand wird erfahren, wer hinter dem Anschlag steckt oder ihn beauftragt hat, meine Aufgabe ist erfüllt.«

»Und unsere Routiers werden zusätzlich für Unfrieden unter Henris Verbündeten sorgen, hier in der Stadt und im Feld, um seine Vorhaben zu stören«, ergänzte eine dritte Stimme. War das Roux, der Söldnerführer? Wie hing das alles zusammen? Himmel, war der Graf von Flandern ebenfalls in diese Sache verwickelt? Oder hatten sich Valéry und sein sauberer Söldnerfreund ein weiteres Mal an den Meistbietenden verkauft? Waren es die Kriegstreiber in Henris Reihen, die dahintersteckten? Erec wurde übel vor Abscheu.

»Außerdem spielt uns Herzog Geoffroy in die Hände«, fügte Valéry hinzu. »Er sabotiert zuverlässig jeden Versuch einer friedlichen Einigung zwischen den Parteien. Fast könnte man meinen, er arbeite für unsere Seite.«

»Sei versichert, der Herzog der Bretagne verfolgt seine ganz eigenen ehrgeizigen Ziele. Hat er immer schon getan. Und es kann nicht im Interesse unserer Auftraggeber sein, dass am Ende er anstelle des Jungen Königs Aquitanien aufmischt oder sogar an sich reißt.«

Wen zur Hölle meinte der Kerl mit »Auftraggeber«? Erecs Gedanken rasten. Was konnten sie tun?

»Und damit wären wir beim Punkt. Man ist sehr zufrieden mit deiner Arbeit, Valéry. Man schätzt deinen Einfallsreichtum und dein Geschick. Und deine Diskretion. Doch trotz deines unbestrittenen Erfolgs entwickeln sich die Dinge nicht besonders ... glücklich.« Es folgte eine angespannte Pause. »Mit seiner Truppenübermacht schaffen es der Junge Henri und seine Verbündeten derzeit, immer größere Teile Aquitaniens in ihre Gewalt zu bekommen«, sprach der Mann weiter. »Natürlich werden Richard und der Alte König Limoges, das Herz dieser Rebellion, in Kürze angreifen und belagern, aber ob sie damit die erwünschte Wirkung erzielen, bleibt ungewiss. Im Moment steht es alles andere als gut, die Dinge drohen aus dem Ruder zu laufen. Und da kommst du noch einmal ins Spiel.«

Erec bildete sich ein, Valérys schnellen Atem bis in ihr Versteck zu hören. »Bitte, ich … ich habe schon …« Er unterbrach sich, schluckte. »Ich habe unschuldige Menschen für sie verraten und ins Unglück gestürzt: Guillaume, Marguerite, beide Henris – auf den Alten sogar zwei Attentate verübt. Ich habe für sie getötet! Gütiger Jesus, was denn noch? Wann ist es genug?« Valérys Stimme war nur noch ein Krächzen. Und wäre sein Geständnis nicht so erschütternd und abstoßend gewesen, Erec hätte Mitleid für ihn empfinden müssen. Jetzt aber fühlte er nur haltloses Entsetzen und Wut.

Pep hatte schon lange geahnt, dass mit ihrem früheren Gefährten etwas nicht stimmte und er in irgendwelche üblen Machenschaften verstrickt war. Und Erec hatte seinen Knappen nicht ernst genommen. Was, wenn er auf ihn gehört hätte? Hätten sie all das verhindern können?

»Hör auf zu winseln, Mann!«, beschied der Unbekannte kalt. »Wie ich weiß, wurdest du bislang großzügig entlohnt. Und gewiss willst du nicht, dass diese Großzügigkeit endet, oder?«

Valérys Stimme sank herab, sodass sie kaum noch zu hören war. »Lasst meine Tochter …«

Tochter? Erecs Kopf begann zu summen von all den Informationen, die auf ihn niedergingen wie Hagelschlag. Ein Fiebertraum, aus dem er nicht erwachte, in dem dafür alles ständig schlimmer und schlimmer wurde.

»Ihr wird nichts geschehen. Im Gegenteil, sie genießt ein Leben in Geborgenheit und Überfluss, denn du hast dich dafür entschieden, ein guter Vater zu sein, nicht wahr?«

Valéry antwortete nicht, was der andere offenbar als Zustimmung wertete.

»Nun denn. Unsere Auftraggeber verlangt es nach Sicherheiten. Nach Sicherheiten, dass sich dieser Krieg am Ende zu ihren Gunsten entscheiden wird. Und wenn der Junge König nicht mehr mit Waffengewalt zu bändigen ist, dann vielleicht auf andere Weise.« Pause. Ein, zwei, drei Herzschläge lang. »Henri selbst anzurühren, verbietet sich. Für ihn gilt dasselbe wie für seinen Vater: Als vor Gott gesalbter König bleibt er unantastbar, wenn wir nicht den Zorn des Allmächtigen erregen wollen.«

Oh, keine Sorge, für eure Taten werdet ihr auch so in der tiefsten Hölle schmoren, ihr elenden Bastarde, dachte Erec grimmig. Neben ihm atmete Pep heftig ein und aus. Wenn man sie nach allem, was sie bislang gehört hatten, entdeckte, war ihr Leben kein Silberstück wert.

»Wir müssen einen Umweg gehen, um den Jungen König wieder unter Kontrolle zu bringen«, erklärte der Unbekannte. »Wie es scheint, ist er seiner Gattin Marguerite in Liebe zugetan. Warum sonst hätte er sie nach all den Anschuldigungen und ihrer erwiesenen Unfruchtbarkeit behalten und letztlich sogar in Schutz nehmen sollen? Selbst ihr königlicher Bruder hätte unter diesen Umständen nichts gegen eine Scheidung einwenden können. Für unsere Sache sind Henris romantische Gefühle indes äußerst nützlich. Valéry, du wirst Marguerite als Faustpfand in unsere Gewalt bringen!«

Kapitel 92

Herzogtum Aquitanien, Limoges, Februar 1183

Valéry stöhnte laut auf.

»Das könnt ihr nicht verlangen! Wie soll das überhaupt gehen? Henri hat die Königin zu ihrem Bruder an den französischen Hof geschickt. Wie soll ich an sie herankommen?«

»Dir wird schon etwas einfallen, wie jedes Mal«, beschied der andere. »Roux und eine Handvoll Söldner können dich begleiten. Mehr nicht, um keinen Verdacht zu erregen. Ihr brecht so schnell wie möglich auf. Niemand wird mit euch rechnen.«

Erec hörte nicht weiter hin. Sein Herz jagte mit seinem Verstand um die Wette. Sie wollten Marguerite entführen! Und das würde nicht nur die Königin in höchste Gefahr bringen, sondern auch Genovefa.

Sie mussten handeln, sofort! Sie mussten sie aufhalten – aber es hier und jetzt mit zwei gerüsteten, kampferprobten Kriegern aufzunehmen, war riskant, zumal ein dritter Verschwörer vermutlich hinter einem Gitter geschützt war. Wenn nur einer entkam oder er und Pep überwältigt wurden, würde niemand von dem geplanten Verbrechen erfahren, und alles wäre verloren. Henri selbst in die Sache einzuschalten, war nicht möglich: Der Junge König befand sich im Felde auf Kriegszug, zusammen mit all ihren vertrauenswürdigen Freunden und Verbündeten. Ihn im Feindesland aufzuspüren, würde zu lange dauern und wäre zudem gefährlich – außerdem gab es keine Garantie, dass der König überhaupt gewillt war, Erec anzuhören. So oder so wäre Valéry mit seinen Schergen bis dahin schon auf halbem Weg zur Königin.

Nein, sie mussten die Sache selbst in die Hand nehmen.

Er beugte sich ganz nah zu seinem Knappen. »Pep«, raunte er fast tonlos. »Sieh zu, dass du hier rauskommst, und dann sattle unsere Pferde. Wir brechen sofort zum französischen Hof auf und warnen die Königin!« *Und Genovefa,* fügte er in Gedanken hinzu. *Und so werde ich meine Schuld begleichen.* Außerdem konnte er dem Jungen König auf die Art beweisen, dass er mit seinen Warnungen und Befürchtungen richtiggelegen hatte, und das zerstörte Vertrauen vielleicht zurückgewinnen. »Beeil dich und lass dich um Himmels willen nicht erwischen!« Wenn es einer in dieser Finsternis hier leise und unbemerkt herausschaffen konnte, dann Pépin. »Ich komme so rasch wie möglich nach. Warte mit den Pferden an der Porte Montmailler auf mich.«

Obwohl er Vermutungen hatte, war eine elementare Frage bislang unbeantwortet geblieben: Wer steckte hinter alldem? Wenn er das nicht unzweifelhaft herausfand, würde die Bedrohung nicht enden.

Pep nickte nur, nahm seine abgedunkelte Laterne auf und huschte lautlos davon, als wäre er selbst Teil der Schatten.

Gebannt wartete Erec ab, doch die Männer schienen nichts zu bemerken.

»Schon amüsant«, sagte die unbekannte Stimme mit einem hämischen Unterton, »wenn nicht Gewalt, so ist es die Liebe, die einem Mann am Ende das Genick bricht, nicht wahr?« Ob sich seine Bemerkung auf Henri und Marguerite oder Valéry und seine Tochter bezog, ließ er offen.

Erecs Kiefer mahlten. Wie gerne er diesem Kerl mit dem Schwert die Meinung gesagt hätte. Ihnen allen. Zählte Ehre denn nichts mehr in diesen Tagen? War sie überhaupt je mehr gewesen als nützlicher Zierrat ohne moralisches Gewicht?

Auch Roux und Valéry schienen den Scherz des Mannes wenig lustig zu finden und schwiegen verbissen.

»Macht euch so schnell wie möglich auf den Weg, am besten noch heute, und hinterlasst vor eurer Abreise eine Nachricht hier. Ich werde dann unsere Auftraggeber in Kenntnis setzen, dass alles seinen Weg geht. Aber nehmt euch in Acht! Der Junge König rechnet vielleicht nicht direkt damit, aber er hat seine Frau nicht ohne Grund der französischen Krone anvertraut. Er hat aus seinen Fehlern bei der ersten Rebellion gelernt, als sein Vater Marguerite in … *Obhut nahm,* unmittelbar nach Henris Aufbegehren.«

»Aber wo soll die Königin hin, sobald wir sie haben?«, fragte Valéry.

»Sucht euch ein sicheres Versteck. Graf Philipp und Herzog Richard werden diesen Trumpf ausspielen, sobald es ihnen notwendig oder nützlich erscheint. Vorerst dürfen sie nicht mit der Sache in Verbindung gebracht werden, ist das klar?«, zischte die Stimme. »Und wenn man euch erwischt, solltet ihr nicht auf Hilfe hoffen. Ihr seid auf euch gestellt, niemand wird euch glauben.«

Erec hingegen glaubte jedes Wort, und die Tragweite des Gesagten raubte ihm den Atem. Henris eigener Bruder? Und der Graf von Flandern, der sich die ganz Zeit als Unterstützer seiner Sache ausgegeben hatte? Sie steckten also hinter alldem, angefangen mit der Vertreibung des Marschalls, wenn er das richtig verstand. Himmel, das war so viel größer, so viel monströser als befürchtet! Kein Zweifel, diese beiden Männer würden alles tun, um den Jungen König in die Knie zu zwingen und ihre eigene Macht auszubauen

Erec atmete zitternd aus, seine Gedanken überschlugen sich. Er hatte genug gehört, konnte nicht länger warten. Marguerite und Genovefa schwebten in höchster Gefahr. Er musste das verhindern, durfte keine Zeit mehr verlieren, nicht einen Augenblick! Noch hatten sie einen Vorsprung. Das konnte ihr entscheidender Vorteil sein.

Eilig erhob er sich aus seinem Versteck, nahm die Laterne auf und bewegte sich Schritt für Schritt Richtung Gang. Er wagte nicht, die Blendklappen zu öffnen, sodass ihm nur ein winziger Lichtklecks blieb. Aber er war nicht Pep, der

Augen in den Sohlen hatte und sich im Dämmerlicht so sicher bewegte wie ein Nachtgeschöpf.

Sein Stiefel traf etwas Hartes – Ziegelschutt, ein Stein? –, und das Ding schoss davon, prallte gegen Mauerwerk und erzeugte ein vernehmliches Poltern.

Verflucht! Ohne Zögern riss Erec die Blende auf und rannte los.

»Da ist jemand!«, hörte er Roux hinter sich schreien. Sofort wilde Rufe, hastige Schritte, das Klirren von Rüstungen und Schwertgehänge.

Erec drehte sich nicht um, rannte, so schnell es die Vernunft gerade noch zuließ, mit eingezogenem Kopf und vorgestreckter Hand, während die Laterne wild in seiner Linken pendelte und ihr Licht über Gang und Wände spritzte. Kein Zweifel, sie würden ihn töten, wenn sie ihn erwischten. Sie konnten ihn nicht am Leben lassen, nicht nach allem, was er gehört hatte. Aber die Königin, Genovefa, Pep? Was wurde dann aus ihnen? Was wurde aus Henri?

Keuchend hörte er den Atem seiner Verfolger im Rücken, nur noch Armlängen entfernt. Er hastete vorwärts, schlitterte über Schutt und Sand, blieb aber auf den Füßen. Sein Glück, dass auch die Männer hinter ihm mit Enge und Dunkelheit zu kämpfen hatten. Endlich sah er vor sich den schmalen Durchgang in den Eingangsraum, dann in der Decke das Rechteck der Kelleröffnung. Pep hatte die Läden wieder verschlossen, doch sickerte fahles Licht durch die Spalten. Im Rennen wandte er sich um und schleuderte seinen Widersachern die Laterne vor die Füße, wo sie in einer Feuerwolke zerbarst und sie in ihrem Lauf bremste.

»Du?«, keuchte Valéry, als die Flammen sein Gesicht erhellten. Erec nutzte den Moment der Überraschung und hechtete durch den Durchgang, auf die Leiter, zog sich gleich mehrere Sprossen auf einmal nach oben. Etwas packte ihn von unten am Stiefel, zerrte und brachte ihn beinahe aus dem Gleichgewicht, doch er riss sich los und schaffte es, die Holzläden aufzustoßen. Mit der Kraft der Verzweiflung wuchtete er seinen Körper auf die Straße, kam taumelnd auf die Füße und stolperte los. Aber wohin? Sie hatten ihn erkannt, verflucht! Er musste …

Jemand krachte in Erecs Rücken und schmetterte ihn zu Boden, sein Gesicht schürfte durch den Dreck. Noch bevor er die Benommenheit abschütteln konnte, donnerte ein Hieb zwischen seine Schulterblätter und nagelte ihn in den Untergrund, dann Tritte in die Seite, als schlüge jemand Pflöcke ein – Knochen knackten, brachen. Wellen glühenden Schmerzes pulsierten durch Erecs Körper, jeder Atemzug ein Reißen im Brustkorb. Blut, Spucke, Erde mischten sich in seinem Mund. Das Ende, das musste es sein. Ein Hieb auf die Schläfe ließ hinter seinen Lidern Lichtsplitter bersten. Dann nur noch Dunkelheit.

Ja, Erec hatte ihm aufgetragen, am Tor zu warten. Und ja, wahrscheinlich war es noch gar nicht lange her, dass sie sich in diesem finsteren Keller getrennt hatten, und Pépin sorgte sich unnötig. Aber da war auch dieses nagende Gefühl in seinem Magen, das Gefühl drohenden Unheils.

Natürlich, du Holzkopf!, schalt er sich selbst. Unheil drohte seit dem Augenblick, da sie die Verschwörer bei ihrem heimlichen Treffen belauscht und Dinge gehört hatten, die tausend grausame Tode rechtfertigten. Ein gewaltig großer, beschissener Haufen drohenden Unheils war das! Für sie selbst, für Marguerite, den König und das ganze verfluchte Königreich. Und dennoch … Er hatte die bepackten Pferde in einem Unterstand unter Brices Bewachung zurückgelassen und war in das verbrannte Viertel zurückgeeilt, flink wie ein Wiesel und heimlich wie ein Dieb.

Das Unheil ließ nicht lange auf sich warten. Geräusche. Fluchen, Keuchen, Stöhnen, Klatschen, Schaben von Metall und Leder. Schließlich Roux' atemlose Stimme: »Was jetzt?«

Pépins Herz geriet völlig aus dem Takt. Nein, o bitte, nein. Das durfte nicht sein! Auch wenn er am liebsten gerannt wäre, zwang er sich dazu, sich vorsichtig und verstohlen an den Ort des Geschehens heranzupirschen.

»Atmet er noch?«

Valéry. *Diese verräterische, gottverfluchte Ratte!* Alles in Pépin krampfte sich zusammen. Er wollte den Kerl umbringen, ihn mit seinem Hass zu Asche verglühen. Aber was hätte er für eine Chance, wenn schon Erec den beiden ganz offensichtlich nicht gewachsen gewesen war? *Erec, o gütiger Jesus, bitte sei am Leben!*

»Wir sollten ihn kaltmachen«, sagte Roux tonlos. »Jetzt sofort.«

Pépin wurde übel vor Panik. Ihm musste etwas einfallen! Er arbeitete sich weiter vorwärts, bis zum Eingang der schmalen Gasse, die zum Keller führte. Er spähte um die Ecke. Erec lag reglos am Boden wie ein hingeworfener, blutverschmierter Lumpen, Roux über ihm, einen Dolch in der Hand, Valéry daneben.

»Nicht hier, die Römerruinen im …«

Unvermittelt ruckte Valérys Kopf hoch, schwang zu Pépin herum – und ihre Blicke trafen sich.

Kapitel 93

Grafschaft Champagne, Troyes, März 1183

Gütige Jungfrau – Genovefa, es tut mir so leid.« Marguerites Stimme war kaum mehr ein Flüstern, als sie zu ihr ins Zimmer trat, nach ihren Händen griff und sie fest drückte. Zu fest. »Gerade kam ein Bote aus Paris mit der Nachricht. Er … er ist tot.«

Die Worte trafen sie wie ein Fausthieb in den Magen. Schwankend trat sie zurück, entwand der Freundin die Finger und starrte sie mit offenem Mund an. Tot? Das konnte nicht sein, durfte nicht sein! Sie hatten doch kaum Zeit miteinander gehabt. Sie hatten sich seit Monaten voneinander ferngehalten, sich seit dem Hoftag in Caen nicht mehr gesehen. Sie war mit Marguerite nach Paris, er mit Henri nach Aquitanien gezogen. Doch Genovefa hatte es nicht geschafft, ihre Gefühle abzutöten. Die Hoffnung hatte wie ein zweites Herz in ihrer Brust geschlagen, Hoffnung, dass sie sich wiedersehen würden, dass es irgendeine Art von Zukunft für sie geben würde. Irgendwann.

»Wie?«

»Gefallen bei Angoulême«, erklärte die Königin tonlos. »Er sei tapfer im Kampf gestorben, heißt es.«

»Soll das ein verdammter Trost sein?«, brach es aus Genovefa hervor. Tränen fluteten ihre Augen. »Dass er *ehrenhaft* gestorben ist? Er ist tot!«

Marguerite zog sie in die Arme und drückte ihren bebenden Körper an sich – doch es erinnerte sie an ihn, an seine

Arme, die sie umfingen wie die schützenden Mauern einer Burg, und sie entzog sich der Freundin.

»Genovefa, ich …« Unglücklich sah Marguerite sie an. »Sein Sohn lässt fragen, ob du zu ihm und seiner Familie aufs Gut kommen magst …«

»Sein … Sohn?« Genovefas Stimme war nur noch ein heiseres Flüstern. »Wovon redest du da?«

»Horaces Sohn Clement. Er fragt …«

»Horace?« Als sie endlich verstand, fielen unterschiedlichste Gefühle über sie her, zerrten und rissen an ihrem Herzen wie ein Rudel wilder Tiere, das sich um einen Fleischbrocken stritt. »Wie … wie ist das möglich? Er ist doch in Pirou. Er kann nicht kämpfen. Nicht mehr.«

»Offenbar hat er sich dennoch den Truppen Henris angeschlossen«, erklärte Marguerite. »Gegen jede Vernunft.«

»Aber … aber …« Warum hatte er das getan? Sie hatte nichts davon gewusst, er hatte ihr nichts gesagt, sich nicht verabschiedet. Plötzlich hatte sie Mühe zu atmen, zerrte am Ausschnitt ihres Kleides.

»Lass mich allein«, forderte sie die Freundin auf. »Bitte.«

Marguerite sah sie noch einen Augenblick lang fragend an, hilflos, dann nickte sie und ging. Genovefa trat an das kleine Fenster und nahm mehrere tiefe Atemzüge von der kalten Winterluft. Ihre Brust schmerzte, als hätte man ihr Herz herausgerissen und stattdessen einen blutigen Lumpen in die Öffnung gestopft. War es möglich, im selben Augenblick völlig widersprüchliche Dinge zu fühlen? Schmerz und Erleichterung, Trauer und Scham, Angst und Glück. Konnte man zugleich voll Gram und voll Freude sein?

Horace war tot. Sie hatte ihn nicht geliebt, ihn jedoch für seinen Anstand und seine Güte geschätzt und geachtet. Sie hatte ihn ehrlich gemocht, und sein Verlust ließ eine schmerzende Leere zurück.

Sie war am Leben. Sie gehörte nicht länger einem Mann, war nun ihre eigene Herrin. Die Käfigtür stand weit offen, und Hoffnung blies Wind unter ihre Flügel. Würde man sie einfach so hinausfliegen lassen?

Kapitel 94

Herzogtum Aquitanien, Limoges, März 1183

Erec erwachte von Schmerzen. Er hatte geglaubt, die Jahre auf dem Turnierplatz hätten ihn alles über Schmerz gelehrt, doch da hatte er sich bitter getäuscht. Das hier waren völlig neue, bisher unerforschte Länder der Qual, und er fragte sich, ob er vielleicht tot war und Höllenfeuer ihn marterte.

So musste es sein! Jeder Zoll seiner Haut brannte, pochte, pulsierte, als hätte man ihn mit rostigen Messern geschält. Dem Geschmack nach lag eine verweste Ratte in seinem Mund, und seine Kehle war heiß und wund geschmirgelt. Hatte er geschrien? Jeder Atemzug stach im Hals, im Brustkorb, im Rücken.

Er atmete? Taten Tote das, atmen? Er war nicht sicher. Alles in seinem Kopf verschwamm zu einem trüben, zähen Brei, als hätte man seine Gedanken zu Grütze verkocht. Fest stand wenigstens, dass er keine Arme und Hände mehr hatte, jedenfalls spürte er sie nicht. Das war gut. Das hieß schließlich, sie konnten nicht wehtun. Er regte sich, und die Grütze in seinem Kopf schwappte hin und her, hin und her, bis ihm übel wurde und er zurück in die Bewusstlosigkeit floh.

Worte. Eine Stimme, die er kannte. Der Geruch von Apfelschalen. Und abermals Schmerzen, bohrend und wühlend und geifernd.

Als er in seinen Ketten zu pendeln begann, erkannte er, dass er weiterhin über Arme und Hände verfügte, dass sie nur über seinem Kopf in rostigen Schellen hingen und taub geworden waren. Jetzt, da ihn jemand anstieß und seinen halb aufgerichteten Körper zum Schwingen brachte, kehrte das Empfinden mit einer Heftigkeit zurück, als ströme kochendes Wasser durch seine Adern. Er stöhnte und öffnete die Augen. Ein Auge, denn das andere war zugeschwollen und verweigerte die Mitarbeit. Doch auch das brauchbare benötigte eine Weile, um den klebrigen Dreck aus den Wimpern zu blinzeln und den Blick scharf zu stellen. Ziegelsteinmauern um ihn herum, keine Türen oder Durchgänge, modriges Laub unter seinen Füßen. Tageslicht fiel durch eine kleine Öffnung in der Decke, von der eine Strickleiter herabhing, und schuf einen hellen Kegel um den Mann, der keine zwei Schritte vor ihm stand. Sehnig, muskulös, rothaarig, mit einem Apfel in der Hand, in den er herzhaft hineinbiss. Irgendwoher kannte Erec den Kerl, doch darüber nachzusinnen war, wie mit bloßen Händen in Disteln zu wühlen, schmerzhaft und sinnlos. Waren sie gemeinsam im Fegefeuer gelandet?

»Du fragst dich, warum du noch am Leben bist, nicht wahr?«, bemerkte der Mann kauend. Er entfernte sich einige Schritte, setzte sich auf einen Schutthaufen und musterte Erec von dort aus. »Um ehrlich zu sein, frag ich mich das auch.«

Gut, er lebte also. Noch. Wenigstens das war geklärt. Auch wenn er bezweifelte, dass das angesichts der widerlichen Schmerzen und seiner katastrophalen Gesamtlage einen Grund zur Freude darstellte. Wie war er hierhergekommen? Und warum? Erinnerungen stiegen aus dem trüben Gedankensumpf auf wie Treibgut, doch sie schwappten davon, bevor er sie fassen konnte.

Der andere schien ihm auf die Sprünge helfen zu wollen. »Ich kann dich gut leiden, de Lacône, wirklich«, sagte er.

Richtig, das war sein Name. Erec de Lacône.

»Scheinst ein anständiger Kerl zu sein – pfiffig, mutig und loyal. Auch wenn dir das zuletzt nur Scherereien eingebracht hat, wie man hört. Also lass dir gesagt sein: Gerade solche

Männer sind wenig geeignet fürs schmutzige Kriegshandwerk oder für das noch schmutzigere Geschäft der Politik. Sind nicht fähig, den Weg bis zum blutigen Ende zu gehen. Häufig sterben sie jung den Heldentod. Und ganz ehrlich, wäre es nach mir gegangen, lägst du längst in einem kühlen Grab.«

Ein Schauer durchlief Erec, den er als Angst erkannte. Sein Lebenswille bäumte sich auf. Offenbar war er trotz allem noch nicht bereit zu sterben. Er wand sich in den Ketten, zerrte daran – was ihm neuerliche Schmerzen und ein Grinsen seines Gegenübers einbrachte. Es ließ den Mann wie einen Fuchs aussehen. Roux, genau, das war sein Name. Ein Söldner.

»Wir wissen nicht, was du gehört hast, aber jedes Wort wäre eins zu viel, wenn du mich fragst, genau wie jeder Tag, den du atmest. Du bist ein wandelndes Risiko. Valéry hat trotzdem beschlossen, dich am Stück zu lassen. Wenigstens vorerst. Angeblich, um herauszufinden, was du weißt. Aber ich denke, er hat Skrupel. Offenbar steckt unter d'Aniers Krähengefieder immer noch ein dunkler Schwan.« Roux seufzte. »Man wird den Ritter nie ganz aus ihm herausbekommen, fürchte ich. Aber keine Sorge, mir hat man alles Ritterliche schon vor langer Zeit ausgetrieben.«

Valéry d'Anier. Als der Name fiel, wurde der Sumpf in Erecs Hirn schlagartig trockengelegt, und alle Erinnerungen traten hervor wie spitze Steine. Verrat, Intrigen, Attentate – all das ging auf die Rechnung dieses Mannes, der einst sein Turnierfreund gewesen war. Jetzt fiel ihm alles wieder ein. Der Tunnel, das geheime Treffen, das geplante Verbrechen. Die Entführung der Königin. Genovefa.

Wie hatte er das, wie hatte er *sie* auch nur einen Augenblick vergessen können? Er war abgehauen, davongerannt wie ein Feigling. Hätte er sich seinen Gegnern zum Kampf gestellt, wäre er jetzt vielleicht schon auf dem Weg zu ihrer Rettung. Oder tatsächlich tot.

Roux warf den abgenagten Apfel beiseite und trat zu ihm. Erec wollte ausweichen, doch die Fesseln ließen ihm wenig

Spielraum. Auch seine Fußgelenke lagen in Ketten, wie er jetzt bemerkte.

»Womöglich will d'Anier auch nur ganz sichergehen«, sagte Roux. »Jedenfalls soll ich aus dir herauskitzeln, ob noch mehr Menschen über uns und unsere Pläne im Bilde sind. Abgesehen von dem Jungen.«

Unvermittelt riss der Söldner an der Kette, die Erecs Hände oben hielt und irgendwo durch einen Ring an der Decke laufen musste. Seine Knochen knackten, die Sehnen jaulten auf, seine Schultern explodierten in rot glühender Pein, als die Arme sich ruckartig spannten, überdehnten und jeden Augenblick aus den Gelenken zu springen drohten. Doch ein Gedanke überlagerte selbst die teuflischen Schmerzen.

»Der Junge …« Es klang schauerlich, und für einen fürchterlichen Moment glaubte Erec, man hätte ihm die Zunge genommen. Aber es waren lediglich die Qualen, die Schwellungen, die geplatzten Lippen, die ihn jedes Wort einzeln ausspucken ließen wie Kiesel. »Was … habt ihr … Bastarde … mit Pep gemacht?«

Wieder grinste Roux, aber diesmal lag beinahe so etwas wie Bedauern darin. »Valéry kümmert sich um ihn.«

Kapitel 95

Grafschaft Dreux, März 1183

Ein knappes Bellen von Brice ließ Pépin aus dem Dämmerzustand schrecken und bewahrte ihn davor, von Titus' Rücken zu kippen. Der Hund saß zusammengekauert vor dem Sattel und wachte über ihn, wie er es immer tat.

Sieben Tage war es her, dass sie aus Limoges entkommen waren, und die Stunden, die er seither geschlafen hatte, konnte Pépin an einer Hand abzählen.

Als Valéry und er einander in dieser dunklen Gasse angeschaut hatten, hatte er das einzig Mögliche getan. Er war weggerannt, so schnell ihn seine Füße trugen.

Du hättest nichts ausrichten können, sagte er sich seitdem immer wieder, doch änderte es nichts daran, dass er sich wie ein Verräter fühlte. Er hatte Erec im Stich gelassen, ihn diesen skrupellosen Bastarden ausgeliefert. Der Gedanke schnürte ihm die Brust zusammen, und ein trockenes Schluchzen drang aus seiner Kehle. Ob er überhaupt noch am Leben war? *O bitte, gütiger Jesus, lass ihn am Leben sein!*

Du hättest nichts ausrichten können gegen diese zwei kampferprobten, kaltblütigen Verbrecher, wiederholte er einmal mehr. *Vermutlich hätten sie dich genauso getötet, und dann hätte man von ihrem Vorhaben erst erfahren, wenn es längst zu spät ist.*

Und so hatte er sich innerhalb weniger Augenblicke dafür entschieden, das Weite zu suchen, Brice und die Pferde zu holen und durch die wegen einer zurückkehrenden Patrouille gerade geöffnete Porte Montmailler zu schlüpfen, auch wenn es ihn innerlich zerriss. Der Vorsprung war sein einziger Vorteil, denn es bestand kein Zweifel, dass Valéry oder seine Handlanger ihn gnadenlos jagen würden.

Aber Pépin musste es versuchen. Er musste die Königin warnen. Und Genovefa. Erec hätte es so gewollt. Und tief in seinem Inneren klammerte er sich an die Hoffnung, rechtzeitig Hilfe organisieren und so nicht nur die Frauen, sondern auch Erec retten zu können.

Doch die Hoffnung schwand von Tag zu Tag, von Meile zu Meile. Wie lange würde er brauchen? Und noch wichtiger: Wie lange würde Erec durchhalten? Wie lange konnte Valéry mit der Entführung der Königin warten?

Pépin hatte sich gegen den direkten Weg nach Paris entschieden. Zuallererst, weil dieser ihn unmittelbar durch Feindesland geführt hätte, vorbei an den Verbündeten Herzog Richards, der ganz offenbar Teil dieser unseligen Verschwörung war, durch Schlachtfelder und verheerte Landstriche. Allein hätte er keinen Tag überlebt, und unterwegs auf den Jungen König und seine Ritter zu treffen, war genauso unwahrscheinlich gewesen wie die Chance, überhaupt vorgelassen zu werden. Das galt auch für den Fall, dass er sich nach Paris hätte durchschlagen können. Wer würde einen einfachen Burschen wie ihn, ohne Namen, ohne Empfehlung, ohne Reputation, auch nur einen Augenblick ernst nehmen? Vermutlich hätte man ihn einfach davongejagt.

Daher wählte Pépin den Weg Richtung Flandern. Er würde Hilfe brauchen, Hilfe von einflussreichen, angesehenen Menschen – wie dem Marschall. Und der stand derzeit im Dienste Graf Philipps, soviel er wusste.

Eine Zeit lang hatte Pépin gehofft, er könne auf diese Weise außerdem seine Häscher in die Irre führen, die schließlich von einem anderen Ziel ausgehen mussten. Ein Trugschluss, wie er inzwischen wusste. Vor zwei Tagen hatte er die Verfolger nach einer kurzen Rast das erste Mal bemerkt – drei Reiter, noch weit entfernt am Horizont. Zumindest war er ziemlich sicher, dass es die Männer auf ihn abgesehen hatten.

Und genau genommen war ein Halbwüchsiger mit zwei Pferden, eins davon ein prächtiges Schlachtross, vermutlich nicht schwer aufzuspüren gewesen.

Seitdem verbrachte Pépin jede helle Stunde im Sattel, außerdem einen Teil der Nacht, solange die Vernunft es irgendwie zuließ. Er wechselte zwischen den Pferden und gönnte ihnen allen lediglich kurze Pausen und karge Mahlzeiten in abgelegenen Verstecken.

Lange würden sie auf diese Weise nicht mehr durchhalten. Pépin konnte kaum noch die Augen offen halten, und Titus blieb einfach irgendwann stehen, sobald er aufhörte, ihn anzutreiben. Ohnehin musste Pépin Gott danken, dass Erecs Hengst ihn anstandslos trug und auf diese Weise immer eins der Pferde geschont werden konnte. Vielleicht begriff Titus ja, was auf dem Spiel stand. Was jedoch nichts daran änderte, dass sie alle bis auf die Knochen erschöpft waren.

Noch wenige Meilen, und sie würden Dreux erreichen, wusste Pépin. Es war teuflisch riskant, aber er plante, dort eine Pause einzulegen. Es ging nicht anders. Letztlich würde es nur seinen Verfolgern in die Hände spielen, wenn er vor Erschöpfung aus dem Sattel fiel. Außerdem brauchte er dringend Vorräte, besonders Hafer für die Pferde.

Schon von Weitem erkannte Pépin, dass irgendetwas Besonderes in und um Dreux vor sich ging. Zelte sprenkelten das Allmendeland rund um die Stadtbefestigung. Im ersten Augenblick hielt er es für eine feindliche Belagerung, begriff dann aber, dass die Wochen und Monate im aquitanischen Kriegsgebiet seine Sinne narrten. Was er vor sich sah, war kein kriegerischer Akt, sondern die Vorbereitung für einen freundschaftlichen Waffengang. Offenbar wurde in Dreux ein Turnier abgehalten.

Im ersten Augenblick erschien es Pépin befremdlich, dass wenige Tagesreisen entfernt Männer ihr Leben auf dem Schlachtfeld ließen, während man hier allein für Vergnügen und Profit die Klingen kreuzte. Aber wenn er darüber nachdachte, war es nicht weiter verwunderlich. Würde jedes Mal auf die Kampfspiele verzichtet, sobald irgendwo ein Krieg oder eine Fehde tobte, würde vermutlich niemals ein Turnier stattfinden. Ohnehin hatte er es hier mit einem der zweitklassigen Provinzturniere zu tun, wie es aussah – doch wenn Gott es gut mit ihm meinte, konnte genau das seine Rettung sein.

»Pépin!«, ließ ihn eine heisere Stimme zusammenfahren, als er durch das Lager auf die Stadt zuritt. »Bei Sankt Georgs morschen Knochen, ich glaub's ja nicht!« Aus einer Zeltgasse trat niemand anderes als sein Torballfreund Bastien, ein Mädchen an der Hand, das Pépin mit Verspätung als Vianne erkannte. Offenbar hatte sie zwischenzeitlich Bekanntschaft mit Kamm und Seife gemacht, denn unter dem Schmutz war eine ansehnliche junge Frau zum Vorschein gekommen.

»Euch schickt der Himmel«, seufzte er.

Der Bursche grinste breit. »So wird man nicht alle Tage begrüßt.« Dann musterte er ihn und Titus mit großen Augen. »Sag bloß, man hat dich zwischenzeitlich zum Ritter erhoben, und du willst am Turnier teilnehmen.«

»Teufel, nein! Wie kommst du darauf?«

»Na, sieh dich an – du auf einem prächtigen Schlachtross hier in Dreux. Was für einen Grund könnte es sonst dafür geben?«

Pépin machte eine ungeduldige Handbewegung. »Nichts dergleichen. Hör zu, Bastien, ich stecke in Schwierigkeiten. In einem gewaltigen, dampfenden Scheißhaufen aus Schwierigkeiten, um ehrlich zu sein.« Es schnürte ihm die Kehle zu, als ihm ein weiteres Mal das ganze Ausmaß der Misere bewusst wurde. »Es ... es geht um Leben und Tod. Und nicht allein um mein Leben.« Kurz schloss er die Augen, blinzelte die aufsteigenden Tränen der Sorge und Erschöpfung weg. *Du hättest nichts ausrichten können.* Er durfte jetzt nicht an Erec denken, musste sein Ziel im Blick behalten. Arras. Der Marschall.

»Das klingt beschissen, Mann«, sagte Bastien und maß ihn mit einem mitfühlenden Blick. »Können wir irgendwas für dich tun?«

Pépin schniefte und wischte sich mit dem Ärmel über die Nase. »Sind die anderen auch alle da? Mila?«

»Klar, wie immer, die ganze verlauste Bande.«

»Trommle sie zusammen. Ich brauche eure Hilfe.«

Kapitel 96

Grafschaft Champagne, Troyes, März 1183

Seite an Seite mit Marguerite kniete Genovefa mit gefalteten Händen in der Kirche Saint Étienne, die Teil des gräflichen Anwesens war. Nicht erst seit Horaces Tod begleitete sie die Freundin gelegentlich, wenn sie nach dem Nachtmahl zur Andacht hierherkam.

Man hatte Horace in Aquitanien bestattet – würdig und ehrenvoll, wie versichert wurde –, weil keine Gelegenheit bestand, die Leiche aus dem Kriegsgebiet nach Hârcourt zu überführen. Entsprechend fand auch keine Trauerfeier statt, und das stimmte Genovefa unerwartet kummervoll. Sie bedauerte, dass sie ihm seine Güte und Großherzigkeit nicht einmal durch einen angemessenen Abschied vergelten konnte. So blieben nur Andachten und Gebete.

Nach Hârcourt war sie nicht gereist, war ohnehin davon überzeugt, dass Clement d'Hârcourt die Einladung zu sich auf den Familiensitz nur aus Höflichkeit ausgesprochen hatte. Horaces Sohn und sie hatten einander nie sonderlich gemocht, und Genovefa verspürte nicht den geringsten Wunsch, ihr Witwendasein in seiner Gesellschaft zu fristen. Das war auch nicht nötig, denn Horace hatte sie mit einem großzügigen Wittum bedacht, das auch ein ordentlich bestelltes Hofgut samt zugehörigem Weiler umfasste. Das machte sie nicht reich, aber wohlhabend genug. Und unabhängig. Endlich hatte sie die Möglichkeit, ihr Leben selbst in die Hand zu nehmen.

Noch mehr als für die Toten beteten sie bei ihren Kirchbesuchen für das Wohlergehen der Lebenden. Für Henri, für Erec und all die anderen, die in Aquitanien Tag für Tag dem Tod ins Auge sahen.

Genovefa war einerseits dankbar, dass am Hof von Troyes nur hin und wieder Nachrichten aus den umkämpften Provinzen eintrafen, auf der anderen Seite machte die ständige Ungewissheit sie krank vor Sorge. Die dämmrige Kühle des Gotteshauses, das tanzende Licht der Kerzenflammen auf den Steinfliesen und der schwache Geruch von Weihrauch und Wachs ließen immerhin für kurze Zeit so etwas wie Ruhe in ihr Herz einkehren. Wenigstens diese eine Sache konnte sie tun; Beistand erflehen für jene, die in Gefahr waren.

Dann wieder haderte sie mit Gott, dass er sie als Frau hatte zur Welt kommen lassen, schwach und machtlos. Warum hatte das Schicksal ihr die Freiheit zurückgegeben, wenn sie nichts weiter damit anfangen konnte, als zu hoffen und zu beten?

»Nein, mein Kind«, hatte Marie entschieden widersprochen, als sie sich der Gräfin anvertraute. »Begehe nicht den Fehler zu denken, Stärke und Macht lägen darin, ein Schwert schwingen zu können. Herrschaft durch Gewalt heißt Herrschaft durch Angst und ist im Grunde nichts anderes als Tyrannei.« Sie schüttelte den Kopf, dann tippte sie Genovefa an die Stirn und an die Stelle über dem Herzen. »Wahre Stärke liegt hier und hier. Verstand, Respekt und Humor, das sind die Werkzeuge, die jedem unabhängig von Körperkraft und Geschlecht zur Verfügung stehen, die so viel mächtiger sind als Gewalt. Und im Vergleich dazu doch viel zu selten eingesetzt werden.«

Kapitel 97

Grafschaft Dreux, Dreux, März 1183

Beim Anblick des weißen Köters wusste Valéry, dass die Arbeit hier bald getan sein würde und er sich dann endlich auf seine eigentliche Aufgabe konzentrieren konnte. Die Aussicht auf das eine wie das andere stimmte ihn nicht eben glücklich, doch ging es für ihn nicht darum, Glück oder Zufriedenheit zu erlangen, nicht mehr. Es galt, das Nötige zu tun zum Wohl dieses einen Menschen, der ihm alles bedeutete.

Auch wenn er nicht sicher sagen konnte, was der Bengel gehört oder gesehen hatte, durfte er nicht riskieren, dass andere, mächtigere Gegner davon erfuhren. Dass Pep nicht nach Paris, sondern gen Nordosten unterwegs war, ließ nur eine Vermutung zu: Er wollte sich Hilfe beim Marschall in Flandern holen. Und das musste Valéry um jeden Preis verhindern.

Sie näherten sich Dreux von Westen, wo eine kleine Zeltstadt vor den Mauern lagerte. Ein bevorstehendes Fest, ein Turnier womöglich. Genau wie sie selbst würde Pépin Vorräte besorgen müssen, und das würde ihn eine Zeit lang aufhalten. Lang genug jedenfalls, um ihn endlich in die Finger zu bekommen. Und der verlauste Köter würde ihnen den Weg weisen.

Valéry warf einen Blick über die Schulter. Seine Begleiter, zwei vierschrötige Söldner namens Hamo und Rousel, ritten unmittelbar hinter ihm. Sie kannten Pépin nicht, hatten ihn bislang nur aus großer Entfernung gesehen. Aber sobald sich die Möglichkeit bot, würden die beiden ihm helfen, das *Problem* ein für alle Mal zu beseitigen. Ja, Pépin war noch ein halbes Kind, aber spielte das eine Rolle? Wenn Valéry seinen eigentlichen Auftrag nicht gefährden wollte, war es unvermeidlich. War seine Seele nicht ohnehin verloren nach allem, was er getan hatte – und noch zu tun plante?

Er gab seinen Männern ein Zeichen. Gemeinsam warteten sie etwas abseits hinter einer behelfsmäßigen Koppel, während Valéry Brice im Blick behielt.

Der Hund hatte sich vor einem schäbigen gelben Zelt niedergelassen. Hatte Pep dort Unterschlupf gefunden? Was, wenn er jemanden in seine Geheimnisse eingeweiht hatte? Kurz kniff Valéry die Augen zusammen. Darüber konnte er sich später Gedanken machen, von dem Jungen selbst ging im Moment die größte Gefahr aus. Doch sie konnten ihn unmöglich hier vor aller Augen erledigen, mussten sich an seine Fersen heften, bis sich eine günstige Gelegenheit ergab.

Und diese schien sich schon kurz darauf anzubahnen. Eingehüllt in eine pelzgefütterte Gugel, verließ Pépin das Zelt, steckte dem Hund einen Happen zu und eilte mit ihm an der Seite Richtung Stadttor. Er sah sich nicht um, bewegte sich schnell, aber ohne übermäßige Hast, als vertraue er ganz auf seinen Vorsprung und rechne nicht mit einer Gefahr.

Tja, Bürschchen, falsch gedacht. Valéry winkte seinen Begleitern. Gemeinsam folgten sie dem Jungen in sicherer Distanz.

Als Pep gerade durchs Stadttor schlüpfte, trat jemand vor Valéry und griff sein Pferd beim Zügel, sodass es stehen blieb.

»Valéry? Gütige Jungfrau, das ist ja eine Überraschung! Ewig nicht gesehen. Was machst du hier?«

»Mila.« Es gelang Valéry nicht, Begeisterung oder auch nur Freude zu heucheln. Hastig warf er einen Blick in die Richtung, in die Pep verschwunden war. »Lass uns nachher reden, ich muss noch … etwas Dringendes erledigen.«

»Was könnte so eilig sein, dass du keine Zeit für einen kurzen Schwatz unter alten Freunden hast?«, erkundigte sich die Heilerin lächelnd, während sie weiterhin die Zügel umklammerte. »Was führt dich her? Bist du wegen des Turniers hier? Himmel, es muss ein Jahr her sein, dass wir uns zuletzt gesehen haben. Oder länger sogar?« Sie machte eine einladende Geste zu den Zelten hin. »Komm, iss und trink etwas, und dann erzählst du mir, was inzwischen passiert ist.«

»Ich muss weiter, Mila. Lass die Zügel los«, sagte Valéry barsch. »Sofort!«

Sie hielt seinen Blick fest und schüttelte langsam den Kopf. Und jetzt sah Valéry die Furcht in ihren Augen, die Sorge, den Trotz. Zischend stieß er die Luft aus. Sie wusste, weshalb er hier war.

Er grub seinem Pferd die Hacken in die Flanken, das einen Satz nach vorne machte und Mila mit der breiten Brust zur Seite stieß. Sie stolperte, fiel nach hinten und landete unsanft im Dreck. Er achtete nicht weiter auf sie und trieb sein Pferd Richtung Stadttor. Sie hatte dem Jungen einen Vorsprung verschafft, verfluchtes Miststück!

»Was ist nur aus dir geworden?«, krächzte sie ihm nach.

Was ich werden musste, dachte er, ohne noch einmal zurückzusehen.

Sobald sie das Tor durchquert hatten, teilten sie sich auf. Dreux war eine eng bebaute, aber nicht allzu große Stadt, weit konnte Pep noch nicht gekommen sein. Und tatsächlich, wenig später entdeckte Valéry den Jungen, wie er geradezu unbekümmert hundert Schritte vor ihm durch eine leere Gasse schlenderte. Der Köter trieb sich irgendwo herum, aber Gugel und Kleidung waren unverkennbar.

Als Valéry gerade überlegte, ob er das Bürschchen einfach über den Haufen reiten und die Reste anschließend irgendwo außerhalb der Stadt entsorgen sollte, blieb Pépin mit dem Rücken zu ihm stehen. Abwartend, lauschend. Dann drehte er sich ganz langsam um – und grinste unter der langzipfeligen Kapuze hervor.

Irritiert zügelte Valéry sein Pferd. Der Junge schob die Gugel zurück, und blonde Locken sprangen um sein Gesicht.

Das Grinsen wurde noch breiter. Nur dass es nicht Pep gehörte, sondern einem anderen, ihm völlig unbekannten Burschen. Valéry stieß einen finsteren Fluch aus.

»Hurta!«, schrie der Blondschopf plötzlich so laut, dass Valérys Pferd einen erschrockenen Satz machte. »Hurta! Hurta!«

Schluss mit diesem Mummenschanz! Wütend trieb Valéry sein Ross vorwärts, wollte sich den Kerl schnappen und aus ihm herausprügeln, wo Pep abgeblieben war.

Da spürte er ein seltsames Vibrieren, das von Herzschlag zu Herzschlag zunahm und aus den umliegenden Gassen zu kommen schien, sich zu einem Stampfen und Trampeln auswuchs und mit lauten Stimmen vermischte. Sein Pferd tänzelte nervös zur Seite und wusste nicht, in welche Richtung es ausweichen sollte, als die Geräusche immer weiter anschwollen. Was zum Teufel passierte hier?

Der Junge vor ihm hielt plötzlich einen aus Lumpen und Leder zusammengeschnürten Ball in beiden Händen, reckte ihn hoch über den Kopf.

Als unvermittelt eine tobende Meute zu beiden Seiten aus den Gassen hervorbrach, dachte Valéry im ersten Moment, die Tore der Hölle hätten sich geöffnet und ihre Dämonen ausgespien. Doch dann erkannte er die brüllende Horde als Halbwüchsige mit bunten Tüchern vorm Mund oder kohlegeschwärzten Gesichtern, die aus allen Richtungen um ihn und sein Pferd herumfluteten – auf den Ball zu, den der Blonde nun mit einem letzten, herzhaften »Hurta!« hoch in die Luft schleuderte. Dutzende Hände reckten sich ihm begehrlich entgegen.

Valéry stieß ein drohendes Knurren aus, brüllte schließlich und versuchte, sein scheuendes Reittier gewaltsam aus der anbrandenden Menge zu treiben – doch es gab kein Entrinnen. Jeder Fleck vor, neben, hinter ihm war von wimmelnden Leibern erfüllt.

Dieser kleine Halunke und seine verlausten Kumpanen hatten ihn ausmanövriert.

Kapitel 98

Herzogtum Aquitanien, Limoges, März 1183

Erecs Körper tanzte zum Gesang der rostigen Ketten, bis ihm schwindelig wurde und das Eisen den gerade gebildeten Schorf von seinen Handgelenken schälte. Übelkeit übermannte ihn, und er übergab sich. Galle vor allem, denn er hatte kaum mehr etwas im Magen.

Roux schüttelte mitleidig den Kopf und ließ unvermittelt die Kette los, sodass Erec zu Boden sackte und wie ein nasser Lappen in seinem eigenen Erbrochenen liegen blieb. Es war ihm egal. Inzwischen war ihm alles egal. Fast alles.

»Du bist ein zähes Stück Dreck«, stellte Roux nicht ohne Anerkennung fest und nahm wieder auf seinem Schutthügel Platz. »Ich frage mich nur, wozu das alles? Der Junge ist inzwischen längst tot und Valéry auf dem Weg zur Königin. Du kannst rein gar nichts ausrichten. Warum dich weiter quälen? Spuck aus, wer noch Bescheid weiß, und wir machen der Sache ein schnelles, sauberes Ende, mein Wort darauf.« Er nahm einen Apfel aus einer Tasche und biss geräuschvoll hinein. »Falls du dich fragst, du befindest dich in den Ruinen der römischen Arena. Das hier sind die Reste der Katakomben unter den Zuschauerrängen«, erklärte er kauend. »Gott allein weiß, wen sie hier eingesperrt hatten. Passend jedenfalls, dass unsere heidnischen Ahnen hier zum Vergnügen der Zuschauer Kämpfe auf Leben und Tod austragen ließen, fast wie die Turniere heutzutage. Wie's aussieht, hat der menschliche Blutdurst über die Jahrhunderte nicht nachgelassen. Aber warum sollten wir die Sache unnötig in die Länge ziehen?«

Erec regte sich nicht, genoss das süße Abebben des Schmerzes in seinen Armen. Roux war keine gewissenlose Bestie, aber ein effizienter und erfahrener Gewaltmensch. Mehr als einmal hatte er ihm die Schulter ausgekugelt – und fachmännisch wieder eingerenkt –, die Glieder bis zum Zerreißen gestreckt und auf seinen gespannten, wehrlosen Leib eingeprügelt, bis Erec kaum noch Luft bekam und Blut spuckte. Er war sicher, dass allein Valérys Anweisungen den Söldner daran hinderten, zu noch drastischeren – und endgültigen – Maßnahmen zu greifen. Stattdessen setzte er auf die ohnehin viel wirkungsvollere Macht der Worte.

Wieder und wieder stieß Roux ihn in dunkelste Verzweiflung, indem er sich in grausamen Details darüber erging, was gerade mit den von ihm geliebten und geschätzten Menschen geschah, während Erec hilflos in den Ketten hing und nichts weiter tun konnte, als zu schluchzen und zu flennen, bis ihm der Rotz aus der Nase tropfte. Die Qualen, die Roux' Worte in seine Seele pflanzten, waren weit zermürbender, als es körperliche Schmerzen je hätten sein können.

Der Fuchs hatte recht: Warum ertrug er das noch? Für was? Für wen? War nicht längst alles zu spät?

Obwohl er durch die Öffnung in der Decke den Wechsel von Tag und Nacht beobachten konnte, hätte er nicht zu sagen vermocht, wie lange er schon an diesem Ort war. Schmerz, Müdigkeit und Erschöpfung hatten ihn immer wieder wegdämmern lassen, sodass Stunden und Tage untrennbar verschmolzen. Selbst die einzelnen Besuche Roux' ließen sich nicht mehr unterscheiden, alles reihte sich aneinander zu einer endlosen Episode voll Angst und Agonie. Barmherziger Jesus, welche Stricke waren es, die ihn noch an dieses Leben banden?

Jene, die ihn zu einem Menschen machten. Freundschaft, Liebe, Loyalität, Rachedurst, vor allem aber Hoffnung.

Solange er atmete, bestand Hoffnung. Also setzte er alles daran, weiterzuatmen. Und das hieß, weiter zu schweigen.

Kapitel 99

Grafschaft Flandern, Arras, März 1183

Arras war groß, einschüchternd groß, wie Pépin feststellen musste. Vermutlich die größte Stadt, in der er sich je aufgehalten hatte, und gewiss eine der schönsten. Und reichsten.

Ringsum eingefasst von makellosen Befestigungsmauern aus rotem Sand- und hellem Kalkstein, überragt nur von den zahllosen Kirchtürmen. Saubere breite Straßen, gesäumt von Marktplätzen und Speicherhallen und den protzigen Steinhäusern der Händler. Es hieß, die Wandteppiche aus Arras seien bis weit in den Norden Englands und den Süden Italiens berühmt und begehrt, genau wie die erlesenen Tuche. Alles hier dünstete auf beinahe schon einschüchternde Weise Reichtum und Wohlstand aus. Und Geld bedeutete Macht. Kein Wunder also, dass die Grafen von Flandern die Stadt zu ihrer bevorzugten Residenz erhoben hatten. Eine Tradition, der auch Graf Philipp folgte, obwohl er sich in Gent gerade erst eine nagelneue Burg bauen ließ, wie man hörte. Wo, wenn nicht hier in Arras, würde er seinen neuen Turnierchampion Guillaume le Maréchal unterbringen?

Nur wo genau? Pépin versuchte, sich zu orientieren, keine leichte Aufgabe angesichts der Ausmaße der Stadt. Das Flüsschen Crinchon teilte Arras in zwei Hälften, wovon sich der westliche, kleinere Teil rund um die gewaltige Baustelle der Kathedrale Notre Dame als Bischofssitz vollständig in kirchlicher Hand befand, wie er erfahren hatte. Die östliche Hälfte unterstand weltlicher Macht, beherbergte aber die weithin bekannte Abtei Sankt Vedastus, in deren unmittelbarer Nachbarschaft sich auch der Grafenpalast befinden sollte. Dort wollte Pépin zuerst suchen. Sicher gab es auch eine Art Garnison, in der Philipps Ritter und Turnierkämpfer untergebracht waren.

Er zog den Umhang enger und vermisste seine gefütterte Gugel. Sie würde künftig Bastien die Ohren wärmen. Aber das war ein kleiner Preis dafür, dass er, Mila und die Torballspieler ihm die Verfolger vom Hals geschafft hatten. Grimmige Befriedigung breitete sich in seiner Brust aus bei der Erinnerung an ihre geglückte List. Seine Freunde hatten viel riskiert und ihm einen großen Vorsprung erkauft, sodass er Arras zwar tief erschöpft, aber unbehelligt hatte erreichen können.

Von Titus' Rücken aus, Brice vor sich auf dem Sattel, blickte er sich um. Keine Ahnung, ob seine Häscher ihm weiterhin folgten, ob sie überhaupt wussten, wo er war oder hinwollte. Aber nicht nur deswegen musste er den Marschall jetzt so schnell wie möglich finden. Bislang hatte er Gedanken an die Königin, vor allem aber an Erec erfolgreich in einem abgelegenen Winkel seines Herzens verschlossen, einfach weil die Vorstellung, vielleicht zu spät zu kommen und am Ende womöglich alleine zurückzubleiben, zu einschüchternd und zu schmerzvoll war. Er schloss kurz die Augen und atmete durch. *Ein Schritt nach dem anderen,* mahnte er sich.

Wenig später ritt er durch das Tor einer von weiteren Mauern geschützten, etwas erhöht liegenden Zitadelle. Was auf den ersten Blick wie eine Festung wirkte, umfasste die ausgedehnte Benediktinerabtei mit gleich mehreren Kirchen – und die Residenz des Grafen. Pépin wusste, es war riskant, sich in Philipps Nähe zu wagen, schließlich musste er davon ausgehen, dass der Graf in diese abscheuliche Verschwörung zumindest eingeweiht war. Andererseits waren sie einander nie begegnet. Warum hätte ein Knabe ihm bedrohlich erscheinen sollen, wie hätte der Graf vom Grund für seine Ankunft erfahren haben können?

Schon von Weitem sah Pépin die Exerzierplätze, hörte das Klirren von Schwertern und das Brüllen von Männern.

Er stieg ab und ging mit den Pferden am Zügel zu dem Geviert. Drei Männer in Rüstung standen an der Umzäunung und diskutierten lautstark über die Fertigkeiten der Kämpfenden.

»Würdet Ihr mir vielleicht weiterhelfen?«, stieß Pépin hervor, bevor ihn der Mut verlassen konnte.

Blicke richteten sich auf ihn, überrascht und neugierig, aber auch verärgert und feindselig. »Scher dich weg, Bübchen! Du siehst doch, dass wir beschäftigt sind«, knurrte ein bulliger Mann mit derart breitem Nacken, dass zwischen Kopf und Hals kein Übergang zu erkennen war. Ein Kerl mit Normannenhaarschnitt musterte ihn aus zusammengekniffenen Augen, bis Pépin unbehaglich den Blick senkte.

»Nur eine Frage«, bat er. »Wo finde ich Guillaume le Maréchal? Ich muss ihn dringend sprechen.«

»Den Marschall?« Der Stiernacken lachte schnaubend. »Ich fürchte, da bist du hier falsch.«

»Wie … meint Ihr das? Wo steckt er denn?« Pépin schwankte. Müdigkeit, Erschöpfung und aufkeimende Panik ließen ihm die Knie weich werden, und er stützte sich an Titus' Schulter ab.

»Nicht hier«, beschied sein Gegenüber und lachte schadenfroh, als er Pépins wachsende Verzweiflung bemerkte. Sein Nebenmann stimmte ein.

Der Dritte im Bunde hatte Erbarmen. »Du kommst zehn Tage zu spät, Kleiner«, sagte er. »Der Marschall steht nicht länger in Flanderns Dienst. Er hat sich zu einer Pilgerfahrt nach Köln aufgemacht, will bis Ostern am Schrein der drei Weisen beten und um Erleuchtung bitten, oder weiß der Himmel.« Er zuckte mit den Schultern.

Wie ein herabstürzender Mühlstein fielen seine Worte auf Pépin. Die Welt um ihn begann sich zu drehen, bis er sich in Titus' Mähne krallen musste, um nicht zu fallen. Das konnte nicht sein! Das durfte nicht sein! Es würde bedeuten, dass alles umsonst gewesen war, dass es keine Rettung mehr gab.

»Was will ein Rotzbengel wie du überhaupt vom *Besten aller Ritter?*«, fragte der Normanne und taxierte ihn erneut mit argwöhnischem Blick.

Pépin brauchte nicht an sich herabzusehen, um zu wissen, dass er wenig vertrauenerweckend wirkte. Schmutzig, abgerissen, ausgehungert, völlig am Ende. Kein Wunder, schließlich hatte er Tag und Nacht im Sattel gesessen. »Das geht nur den Marschall etwas an«, entgegnete er fest. Er konnte Graf Philipps Ritter unmöglich in die wahren Gründe einweihen. Am Ende steckten sie in der Sache mit drin.

Der Ausdruck seines Gegenübers veränderte sich, wurde nun geradezu misstrauisch. Doch diesmal hielt der Mann die Augen nicht auf ihn, sondern auf Titus gerichtet. »Hast du was ausgefressen, Bürschchen?«

Pépin spürte eine unangenehme Hitze den Nacken hinauf in seinen Kopf steigen, die den Schwindel noch verstärkte. »Himmel, nein, wie kommt Ihr darauf?«

»Ich frage mich, wie ein Bengel wie du an solch ein prächtiges Pferd kommt.«

»Das … Mein Herr hat mir den Hengst geliehen.« Noch während die Worte über seine Lippen purzelten, wusste Pépin, wie absurd das klingen musste. Welcher Ritter würde seinem Knappen ein Pferd wie Titus überlassen? Zumal er im Augenblick ganz sicher mehr wie ein Strauchdieb denn wie ein Knappe aussah.

»Du hast den Gaul gestohlen, ist es nicht so?«

»Nein, bei Gott! Natürlich nicht.« Unwillkürlich machte Pépin einige Schritte rückwärts. »Mein Herr hat …«

»Wer soll das sein, dein Herr?«, mischte sich der Stiernacken ein. »Vielleicht können wir ihn ja fragen.«

»Ich …« Pépin durfte es ihnen nicht sagen. Nicht, wenn es noch einen Funken Hoffnung gab.

Die Augen der Männer wurden hart und unerbittlich. In ihrer Welt kam Pferdediebstahl direkt hinter Meuchelmord, vielleicht sogar noch davor, denn ein Ritter war nichts ohne sein Ross. Und auf dieses Verbrechen stand Tod durch den Strang.

»Bitte«, flehte Pépin, »weshalb würde ich mit einem gestohlenen Pferd …«

Doch warum hätten sie ihm auch nur ein Wort glauben sollen? Einfach alles sprach gegen ihn.

Pépin blieb nur eine Hoffnung. Er ließ die Zügel fahren, drehte sich um und rannte.

Rannte. Rannte. Streifte unterwegs die Stiefel von den Füßen, um schneller vorwärtszukommen, wieselflink. Rannte mit Brice an der Seite durchs Tor der Zitadelle ins Labyrinth der Stadt, ohne zu wissen, wohin. Das war erst einmal egal, wenn er nur seine Verfolger abschüttelte. Danach konnte er überlegen, wie es weitergehen sollte, wer ihm helfen konnte, wie er die Pferde zurückbekam.

Je weiter er sich dem Zentrum von Arras näherte, desto dichter wurde das Gewühl. Händler und Bauersleute auf dem Weg zu den Marktplätzen, Arbeiter und Handwerker unterwegs zu Baustellen oder Werkstätten, Mönche, Reiter, Bürgerinnen. Es gelang ihm nicht länger, sich mühelos zwischen den Leuten hindurchzufädeln wie früher, als er noch kleiner und schmächtiger gewesen war, jetzt musste er immer wieder auch seine Ellenbogen einsetzen, um sich zügig einen Weg zu bahnen.

»Na sieh mal an!« Pépin hörte die Worte, noch bevor ihn etwas hart am Kinn traf und Schmerz und Funkenregen vor seinen Augen explodieren ließ. Er stürzte, Brice bellte und jaulte dann kläglich. Pépin blinzelte gegen die Schwärze an, die ihn in die Bewusstlosigkeit ziehen wollte, sah ein Pferd und einen Reiter über sich und begriff, dass der Stiefel des Mannes ihn getroffen hatte.

Valéry d'Anier sah nicht glücklich aus, nicht einmal zufrieden. Nur erleichtert. »Hab ich dich endlich.«

Kapitel 100

Herzogtum Aquitanien, Limoges, März 1183

Bisher hatte Roux bei seinen Besuchen immer ein paar Brocken altes Brot und einen Schlauch Wasser mitgebracht – nicht genug, um wirklich satt zu werden, aber ausreichend, um am Leben zu bleiben. Hätten sich Licht und Dunkelheit in der kleinen Öffnung über Erec nicht mehrfach abgewechselt, spätestens seine ausgedörrte Kehle und das Ziehen im Magen hätten ihm verraten, dass sich der Söldner diesmal ungewöhnlich lange Zeit ließ. Trotzdem dankte er Gott für die Gnade dieser unerwarteten Pause, die seinen geschundenen Gliedern dringend nötige Erholung verschaffte und ihn schlafen ließ. Aber schließlich war das Ziehen in seinem Bauch zu einem Reißen geworden, und nachdem er die letzten Tropfen Wasser aus dem Schlauch gepresst hatte, fühlte seine Kehle sich bald an, als hätte er Sand gegurgelt. Am Tag darauf war er bereit, jede Art Prügel in Kauf zu nehmen, wenn er dafür nur einen Schluck Wasser bekäme. Teufel, wie wenig es brauchte, um einen Mann mürbe zu machen. Vielleicht war ja genau das Roux' neue Taktik? Aber warum war er dann noch nicht wieder aufgetaucht, um ihm ein Angebot zu machen?

In die stinkende Decke gewickelt, die der Söldner ihm dagelassen hatte, begann Erec, im Radius seiner Kette das Verlies zu erkunden, auf erbärmlich schwachen Beinen und unendlich langsam. Kaum zu glauben, wohin wenige Tage Folter und Mangel ihn gebracht hatten. Aber eigentlich wusste er gar nicht genau, wie lange er tatsächlich schon in diesem Verlies darbte. Wenigstens hingen die Ketten im Moment schlaff herab, sodass er seine Hände vor sich halten konnte und vergleichsweise große Bewegungsfreiheit genoss.

Graue Schneewolken bedeckten den Himmel in dem kleinen Ausschnitt über seinem Kopf und ließen mehliges Licht herabsickern. Es war kalt hier, vermutlich aber weniger kalt als draußen. Schleichend durchmaß er sein Gefängnis, mied allerdings den Winkel, in dem er seine Notdurft verrichtete.

Neben dem Schutthaufen, auf dem Roux bei seinen Besuchen zu sitzen pflegte, machte er eine Entdeckung, die ihn auf die Knie sinken ließ. Eine kleine Pfütze – Regenwasser oder geschmolzener Schnee, der durch das Loch in der Decke heruntergetropft sein musste. Ohne lange zu überlegen, formte er die Hand zu einer Schale und schöpfte sich die trübe, dumpf schmeckende Flüssigkeit in den Mund. Es kostete ihn alle Selbstbeherrschung, noch ein wenig für später übrig zu lassen. Wer konnte schon sagen, wann Roux zurückkehren würde. Ob er überhaupt zurückkehren würde.

Jetzt, da das Wasser langsam seine Sinne klärte, nahm auch sein Hirn die Arbeit wieder auf.

Was, wenn Roux ihn hier krepieren lassen wollte und gar nicht vorhatte, wiederzukommen? Oder es nicht konnte? Stand Limoges womöglich schon unter Belagerung durch Richards Truppen? Falls ja, würden sie die Stadt vermutlich von Süden her, vom gut zugänglichen Flusstal aus angreifen, nicht aus Richtung des unwegsamen, überwachsenen Ruinenfelds, das von der römischen Arena geblieben war. Unwahrscheinlich, dass man ihn hier entdecken und befreien würde. Er war nicht einmal sicher, ob er überhaupt gefunden werden wollte. Schließlich war Herzog Richard einer der Mitverschwörer, derentwegen er nun in diesem Loch saß. Vermutlich würde man einfach kurzen Prozess mit ihm machen.

Aber niemand außer Roux wusste von seinem Verbleib. Niemand würde hier nach ihm suchen.

Erec sah zu dem Loch in der Decke auf. Dem einzigen Ein- und Ausgang zu seinem Gefängnis. Ohne Hilfe, ohne ein Seil konnte er die Ränder nicht erreichen, zumal ihn die Ketten an die Mauer banden. Das bedeutete, sollte Roux nicht mehr kommen und niemand ihn zufällig finden, würde er früher oder später verhungern, verdursten, erfrieren.

Der Gedanke krallte sich hart und schmerzhaft in sein Herz.

Er würde sterben. Ohne seine Freunde, ohne Pep, ohne Armand, ohne Genovefa noch einmal gesehen und all die Worte gesagt zu haben, die er schon längst und immer wieder hätte sagen sollen. Dass sie sein Leben gut und hell gemacht hatten, dass sie ihm mehr bedeuteten als alles andere auf der Welt.

Energisch schüttelte er den Kopf. Noch war er am Leben.

Kapitel 101

Grafschaft Champagne, Troyes, März 1183

Überrascht blickte Armand von seiner Laute auf, als sich die Tür seiner Kammer unaufgefordert öffnete. Er genoss das warmgoldene Gefühl in seiner Brust, das der Anblick des Ankömmlings in ihm auslöste, und lächelte. Rasch stellte er das Instrument beiseite und trat zu ihm. Damien griff ihm ohne ein Wort in den Nacken und zog ihn in einen innigen Kuss.

»Ich hatte noch nicht mit dir gerechnet«, sagte Armand atemlos. »Gerne würde ich glauben, dass dich die Sehnsucht hergetrieben hat, aber dein Blick sagt mir etwas anderes.« Tatsächlich war der Ausdruck des Ritters ungewohnt ernst und sorgenvoll. Und Armand spürte, wie diese Gefühle auf ihn übersprangen und die Wärme in seiner Brust erfrieren ließen. »Was ist los?«

Damien trat zurück und schüttelte unschlüssig den Kopf. »Wenn ich das wüsste.« Er begann durchs Zimmer zu laufen. »Die Sache ist seltsam, aber ich dachte, du ... würdest es erfahren wollen. Deswegen bin ich unverzüglich hergekommen.«

»Jetzt red schon«, verlangte Armand, als Angst nach seinem Herzen griff.

»Ich ... ich habe Erecs Hengst in Arras gesehen. Titus. In den Stallungen des flandrischen Turnierbanners.« Er fuhr sich mit der Hand übers Kinn. »Aber keine Spur von Erec. Nirgends. Und niemand wollte mir sagen, wie das Pferd dorthin gekommen ist.«

»Und Ihr seid sicher, dass es Titus war?«, hakte Genovefa nach. Zusammen mit Marguerite, Marie, Damien und Armand hatte sie sich in den Privatgemächern der Gräfin eingefunden. Gemeinsam versuchten sie, sich einen Reim auf den Bericht des Ritters zu machen.

»Glaubt mir, Madame, diesen Hengst vergisst man nicht.«

»Aber … was hat das zu bedeuten? Erec kann Titus ja nicht im Turnier verloren haben, schließlich kämpft er in Aquitanien an Henris Seite, oder?« Sie spürte ein Zittern in ihre Stimme kriechen.

»Jedenfalls hört man von dort nichts, das auf ein Ende des Krieges oder eine wesentliche Veränderung der Lage hindeutet«, sagte Marie. »Der Herzog sammelt seine Truppen zum Gegenschlag, während Henri Richards Verbündete angreift und immer mehr an Boden gewinnt.«

»Eins ist sicher«, erklärte Armand, »Erec würde den Hengst nicht aus der Hand geben.«

»Also war er selbst mit ihm unterwegs, oder irgendetwas muss passiert sein.« Genovefa wagte nicht, ihre Gedanken auf das »Was« zu lenken. »Und es stellt sich die Frage, was Graf Philipp damit zu tun hat.«

»Wie meint Ihr das?«, wollte Damien wissen.

»Offensichtlich versucht er, etwas zu verbergen. Wie sonst erklärt Ihr Euch das seltsame Stillschweigen seiner Männer? Was für einen Grund sollte es geben, die Umstände von Titus' Auftauchen geheim zu halten?«

Damiens Gesicht wurde nachdenklich. Es bereitete ihm sichtliches Unbehagen, die lauteren Absichten seines Dienstherrn anzuzweifeln. Aber natürlich war er zu klug, um den Grafen für harmlos zu halten.

»Warum sollte Erec unter den gegebenen Umständen Henris Seite verlassen und versucht haben, zu Philipp zu gelangen?«, fragte Armand.

»Falls es überhaupt der Graf war, den er gesucht hat«, warf Marguerite ein. »Ich kann mich nicht erinnern, dass die beiden je ein besonderes Verhältnis verbunden hätte.«

»Könnte es um die versprochenen Söldner gegangen sein?«

»Laut Odilon Auberée sind die längst in Aquitanien im Einsatz«, wandte die Gräfin ein.

Die Erkenntnis traf Genovefa wie ein Blitz. »Er wollte gar nicht zu Philipp. Sondern zu jemandem, der nicht nur ihm selbst, sondern auch Henri nahesteht. Jemand, dessen Person und Fähigkeiten entscheidend für den weiteren Verlauf dieses Krieges sein könnten.«

»Er wollte den Marschall zurückholen.« Armand nickte.

»Wie hätte er auch wissen sollen, dass Guillaume Flandern inzwischen verlassen hat?«, ergänzte Gräfin Marie.

»Bleibt die Frage, wo Erec sich jetzt befindet«, sagte Genovefa. »Und warum Philipp nicht will, dass jemand von seinem Verbleib erfährt. Oder von Erecs Suche nach dem Marschall.«

Unbehagliches Schweigen entstand, als sie sich ausmalten, was für Gründe es dafür geben könnte. Sie alle hatten eine Ahnung, zu was der Graf fähig war, solange es seinen Interessen diente. Auch wenn Genovefa noch nicht klarsah, welche Interessen es in diesem Fall waren.

»Wir müssen der Sache auf den Grund gehen«, erklärte Armand schließlich. In seinem Gesicht sah sie dieselbe mühsam bezähmte Verzweiflung, die sie auch in sich selbst aufsteigen spürte. »So schnell wie möglich.«

»Wir können morgen früh nach Arras aufbrechen«, bot Damien an.

»Und was wollt ihr dann tun?«, fragte Marguerite. »Wie wollt ihr an Informationen kommen?«

Armand holte tief Luft und sah in die Runde. »Wie Graf Philipp mir selbst sagte, hat er immer eine offene Tür für hoffnungsvolle neue Talente.«

Kapitel 102

Grafschaft Flandern, Arras, März 1183

Die Lage ist wieder unter Kontrolle«, beschwichtigte Valéry. Er hielt den Kopf demütig gesenkt. Vor allem, weil er sich nicht imstande fühlte, Graf Philipps eisigen Blick zu ertragen. »Der Junge und de Lacône stellen keine Gefahr mehr da.«

»Dir ist klar, was auf dem Spiel steht, d'Anier?«

»Natürlich, Hoheit.« *Das Leben meiner Tochter.* Auch wenn es nicht das war, was Philipp meinte, für Valéry war es das Einzige, was zählte. »De Lacône ist aus dem Spiel. Und der Junge wird nichts mehr ausplaudern. Nie mehr. Ohnehin hat ihm keiner Glauben geschenkt, wie man sieht.«

»Dein Glück, d'Anier, sonst sähe die Sache anders aus. So ein Fehler darf nicht noch einmal passieren.«

Valéry schluckte die Säure hinunter, die seine Kehle hinaufsteigen wollte, und kämpfte gegen den ewigen Drang an, auszuspucken. Diese Sache noch, diese eine Aufgabe, dann würde das alles ein Ende haben, dann hatte er seine Schuld beglichen. Endgültig. *Bitte, Gott, damit muss es genug sein!*

»Nimm deine Leute und mach dich noch heute auf den Weg. Kümmere dich um deine Aufgabe. Euer Vorteil liegt in der Überraschung und in eurer kleinen Zahl. Niemand wird damit rechnen.«

Der Vorteil, genau wie die Gefahr. Und einen Plan gab es auch nicht. Aber es stimmte, was alle sagten: Bisher war

Valéry immer etwas eingefallen. Und natürlich hatte er gar keine Wahl.

»Ich werde sofort alles für die Abreise vorbereiten.«

»Ich zähle auf dich, d'Anier. Ich habe Richard Zusagen gemacht. Und um ehrlich zu sein: Die Situation in Aquitanien entwickelt sich nicht gut. Der Junge König verfügt über eine zu starke Übermacht und ehrgeizige Parteigänger, die sich seines Einflusses und seiner Männer bedienen, um ihre eigenen Rechnungen zu begleichen. Wenn es so weiterläuft, könnten Henri und seine Verbündeten mächtiger denn je aus diesem Krieg hervorgehen, auch wenn der Junge König dafür in Blut zu baden bereit ist und sein Seelenheil opfert. Richard bangt zu Recht um sein Herzogtum. Wir müssen Henri bremsen! Von deinem Erfolg hängt einiges ab. Besser, du enttäuschst mich nicht, Valéry.« Er ließ die Worte in der Luft schweben wie die Drohung, die sie waren. »Und für den Fall, dass du auffliegst, weißt du, was zu tun ist.«

Pépin verstand sich als Kind des Zwielichts, der Welt zwischen dem Heute und dem Morgen, und auch die Dunkelheit war ihm stets ein Freund gewesen. Sie war der Mantel, der ihn vor unliebsamen Blicken verbarg, eine schützende Umarmung, ein Raum, in dem er sich furchtlos und sicher bewegte wie eine Katze. Zumindest war es bis zu seiner Gefangennahme so gewesen.

Valéry hatte ihn mit einem zweiten brutalen Tritt in die Bewusstlosigkeit geschickt. Als er wieder erwachte, umgab ihn die Dunkelheit wie zähes Pech. So vollkommen, dass es ihm den Atem raubte und ihn die Angst schüttelte. Hatte man ihm das Augenlicht genommen? Bis auf Kopfschmerzen, getrocknetes Blut am Kinn und das heiße Pochen im Kiefer fanden seine Finger nichts, was auf Verletzungen hindeutete. Neben sich ertastete er feuchte Mauern und glitschiges Moos, am Boden wühlten seine Hände durch zähen, stinkenden Schlamm und griffen in widerliche Brocken und Stücke von weiß der Teufel was. Klamme, modrige Nässe zog in seine

Kleider – lediglich Unterkleider, wie er feststellte. Er trug nichts mehr bei sich, was irgendwie von Nutzen hätte sein können.

Ohne Licht war Zeit nicht messbar und verlor mehr und mehr an Bedeutung. Doch machte die Abwesenheit von Zeit das Warten noch unerträglicher. War es überhaupt Warten, wenn man gar nicht feststellen konnte, wie lange man wartete? Und worauf. Irgendwann war er dazu übergegangen, stumm zu zählen, um einen Anhaltspunkt zu haben, nur konnte er gar nicht so weit zählen und war schließlich durcheinandergekommen. Beim Beten des Paternosters erging es ihm ähnlich. Also hatte er sich aufs Weinen verlegt, ein leises Wimmern und Schluchzen, das ihn für eine Weile tröstete. Er verspürte weder Hunger noch Durst, wofür es zwei mögliche Erklärungen geben konnte: Er war tot, oder erst sehr viel kürzer hier als angenommen.

Doch eins schien sicher: Wenn er noch nicht tot war, würde er es bald sein. Zumindest, wenn er nichts unternahm. Denn wozu, wenn nicht zum Sterben, hatte Valéry ihn in dieser lichtlosen Kloake zurückgelassen?

Pépin atmete tief durch, um die aufsteigende Panik niederzuringen. Seine Augen würden ihm hier nichts nützen, so viel stand fest. Er musste sich auf seine übrigen katzenhaften Sinne verlassen.

Ganz still verharrte er, atmete flach und lauschte in die Dunkelheit. Entfernt vernahm er das leise Blik, Blik, Blik von vereinzelten Wassertropfen, einmal kurz ein helles Quieken und trippelnde Schritte, ansonsten aber nur das Rauschen des eigenen Blutes in den Ohren. Er rührte sich nicht, erstarrte geradezu, konzentrierte sich voll und ganz aufs Lauschen. Und dann plötzlich zupfte etwas ganz sacht an seinem Geist, wie ein über eine große Strecke gespannter spinnwebfeiner Faden, fast mehr ein Gefühl als ein wirkliches Geräusch. Aber es ließ eine Vibration in seinem Gehör zurück, die in seiner Brust widerhallte. War das möglich? Sein Herz begann schneller zu schlagen. Er tastete nach der Wand, richtete sich auf, auch wenn seine Zehen sich in schleimigen Morast gruben und ekelerregende Gerüche aufwühlten. Eine Kloake, in der Tat. Aber auf irgendeinem Weg musste Valéry ihn hierhergeschafft haben. Und so Gott wollte, würde dieser weit entfernte, für die meisten Menschen vermutlich kaum hörbare Laut Pépin wie eine unsichtbare Schnur aus dem Labyrinth führen.

Kapitel 103

Grafschaft Flandern, Arras, April 1183

Das Strahlen auf Philipps Miene war herzlich und echt, und vielleicht wirkte es deswegen so verstörend, weil der Graf ehrliche Gefühlsregungen so selten auf seinen Zügen zuließ.

Doch Armand wusste: Musik war ein Schlüssel, der auch das rostigste Herz zu öffnen vermochte. Sacht ließ er die letzten Akkorde seiner neusten Komposition verklingen.

Der Graf applaudierte begeistert. »Ich hoffe, Marie wird Euch nicht jagen und vierteilen lassen dafür, dass Ihr ihrem Hof abtrünnig geworden seid – oder mich dafür, dass ich Euch aufgenommen habe.« Wieder lachte er gut gelaunt. »Aber bei Gott, wie hätte ich widerstehen sollen? Glaubt mir, Armand, Ihr habt das Zeug dazu, in die Ränge der ganz großen Sänger und Troubadoure aufzusteigen. Und wenn Ihr es zulasst, werde ich Euch auf diesem Weg nach Kräften fördern.«

Armand neigte demütig den Blick. Spürte dem sehnsuchtsvollen Ziehen in seiner Brust nach, das Philipps Worte hinterließen, dieser Regung, die sich nichts mehr wünschte als ebendieses Leben. Doch dann erinnerte er sich, weswegen er hier war, und an die Stelle der Sehnsucht traten erneut Sorge und Angst. »Ihr seid sehr gütig, Hoheit. Ich weiß nicht, ob ich dieses Lob verdiene.«

Philipp lächelte vielsagend. »Seid so gut und speist nachher mit mir. Ich denke, wir haben uns viel zu erzählen.«

»Es wäre mir eine Freude.« In Wahrheit fühlte Armand sich völlig zerschlagen. Damien und er hatten die letzten anderthalb Tage nahezu ausschließlich im Sattel wechselnder Pferde verbracht, um ohne große Verzögerung nach Arras zu gelangen. Trotzdem durften sie jetzt keine weitere Zeit verlieren.

Wenig später saßen Armand und Philipp in den Gemächern des Grafen an einer kleinen Tafel und taten sich an Hühnchen mit Honig-Pfeffer-Kruste, gebackenen Zwiebeln und weichem hellem Brot gütlich. Bis auf einen Wächter an der Tür und einen Pagen, der ihnen aufwartete, waren sie unter sich.

»Vielleicht wundert Ihr Euch, warum ich keinen der anderen Sänger meines Hofes hinzugebeten habe«, meinte Philipp mit süffisantem Lächeln. »Sie sind ein neiderfülltes Völkchen, buhlen um meine Aufmerksamkeit. Hier und da von meiner Gunst ausgeschlossen zu werden, facht ihren Eifer stets zu neuen Höhenflügen an. Chrétien de Troyes arbeitet derzeit an einem großartigen neuen Artusroman über Perceval und den Heiligen Gral, der meiner bescheidenen Meinung nach all seine bisherigen Werke übertrifft. Er hat mich schon einen Teil davon lesen lassen, und Ihr könnt mir glauben, das wird sein Meisterstück! Ich konnte nie verstehen, was der Junge König an der bluttriefenden und schwertrasselnden Propaganda eines Bertran de Born findet, wenn Chrétien stattdessen die strahlende, heroische Welt des Artushofes auferstehen lässt.« Der Graf winkte ab. »Aber genug von den anderen. Lasst uns über Euch reden. Ich möchte Euch besser kennenlernen, jetzt, da Ihr bald meinem illustren Kreis angehören werdet.« Er nahm ein Stück Weißbrot und tunkte es in die Soße. »Erzählt, wer hat Euch in Dichtkunst und Lautenspiel unterwiesen? Hattet Ihr einen Meister an Eurer Seite?«

Armand lächelte beschämt. »Ich fürchte, die Sache ist weniger aufregend, als Ihr denkt. Mein ganzes Leben lang konnte ich mich, sehr zum Leidwesen meines Vaters, weit mehr für Lieder und Geschichten begeistern als für die Kriegskunst. Ich habe alles aufgesaugt, was mir in die Hände fiel, jedem fahrenden Sänger oder Troubadour an den Lippen gehangen. Mein Vater konnte nicht viel damit anfangen. Auch mit mir nicht, glaube ich. Also suchte und fand ich Trost in der Musik.«

Philipp nickte. »Bisweilen wird unterschätzt, was für mächtige Triebkräfte Kummer und Einsamkeit sind, besonders was die Kunst betrifft.«

»Wenn man nicht lernt, diese beiden in etwas Gutes umzuformen, werden sie einen früher oder später zerstören«, erwiderte Armand ernst.

Eine Weile widmeten sie sich dem Mahl. Armand wollte das Gespräch in Gang halten, war aber unsicher, wie er die Unterhaltung auf den richtigen Pfad lenken sollte. Etwas zerrte an seinem Geist und lenkte ihn ab, den ganzen Abend schon, doch erst jetzt konnte er die Ursache ausmachen. »Was ist das für ein schauerliches Geheul da draußen?«, wendete er sich an Philipp.

Der Graf machte eine Handbewegung, als wollte er ein lästiges Insekt verscheuchen. »Ein Köter. Seit ein paar Tagen streunt er bei der Zitadelle herum und jault zum Gotterbarmen. Vielleicht hat ihn ein Karren angefahren oder weiß der Teufel. Es raubt einem den letzten Nerv. Ich habe Leute ausgeschickt, die ihn fangen und zum Schweigen bringen sollen, aber bislang ist er ihnen jedes Mal entwischt.«

Armand nickte, während er an seinem Hühnchen nagte. Es schmeckte köstlich, aber die Anspannung machte es ihm unmöglich, auch nur einen Bissen zu genießen. Dieses unablässige Heulen ließ irgendetwas in seinem Hinterkopf klingeln.

»Vielleicht erinnert Ihr Euch an unser Gespräch in Troyes, als wir uns über die Bedeutung der Musik unterhalten haben«, nahm der Graf den Faden auf. »Dieser Tage ist sie für mich die einzige Freude. Überall herrscht Trübsal, seit in Aquitanien die Waffen sprechen, in der Grafschaft gibt es mehr zu tun denn je. Und ohne die Mannschaft des Jungen Königs sind Turniere wenig ergötzlich.«

»Zumal der Marschall die Lanze fürs Erste niedergelegt hat, wie man hört«, setzte Armand hinzu und fragte sich im selben Moment, ob er sich zu weit vorwagte. Aber vielleicht war das auch die Gelegenheit, auf die er gewartet hatte.

»Es hat sich also schon herumgesprochen?« Philipp sah auf, und Armand erkannte sofort, dass er die undurchdringliche Maske wieder aufgesetzt hatte.

Armand versuchte, möglichst unbefangen zu wirken. »Solche Neuigkeiten lassen sich schlecht verbergen, nicht wahr? Aber gewiss ist es für eine renommierte Mannschaft wie die Eure nicht schwer, frische, talentierte Kämpfer zu gewinnen. Wie sieht es zum Beispiel mit diesem vielversprechenden Protegé des Marschalls aus, diesem … de Lacône, wenn ich mich nicht irre? Wir sind uns an Henris Hof begegnet.« Armand war klar, dass er ein riskantes Spiel trieb. Gut möglich, dass der Graf von seiner engen Verbindung zu Erec wusste. Aber er durfte jetzt nicht noch mehr Zeit vergeuden.

»Wie kommt Ihr auf ihn?« Armand glaubte einen misstrauischen Ausdruck über Philipps Gesicht zucken zu sehen. Nur einen Wimpernschlag lang. »Sicher wird er an der Seite des Jungen Königs in Aquitanien kämpfen, meint Ihr nicht?«

»Das ist anzunehmen. Ich dachte bloß, ich hätte sein prächtiges Schlachtross in Euren Stallungen erkannt.« Alles oder nichts. Aufmerksam beobachtete Armand Philipps Miene und suchte nach einer verräterischen Regung, doch der Graf hatte sich wieder vollständig unter Kontrolle.

»Da müsst Ihr Euch getäuscht haben, de Beaujeu. Wie Ihr Euch denken könnt, besitze ich selbst eine Reihe erlesener Turnierpferde«, erwiderte Philipp kühl, die entspannte Freundlichkeit von zuvor war verflogen. »Vermutlich eine Verwechslung.«

»Vermutlich«, stimmte Armand leichthin zu. »Was versteht ein Troubadour auch von Pferden, nicht wahr?« Er lachte. Doch Philipp stimmte nicht mit ein. Stattdessen schob er seinen Teller von sich, als sei ihm der Appetit vergangen.

»Es ist spät geworden. Wir sollten zu Bett gehen. Morgen werde ich Euch zu gegebener Zeit mit den anderen bekannt machen.«

»Sehr gerne, Hoheit.« Armand erhob sich und vollführte eine kleine Verbeugung. Sein Herz hämmerte wild in der Brust. »Ich kann es kaum erwarten.«

Während der Page ihn zu seinem Gästezimmer geleitete, heulte draußen irgendwo der Hund. Und jetzt, da der Ausgang der Unterhaltung und die Anspannung seine Sinne aufs Äußerste geschärft hatten, verstand Armand endlich, was da die ganze Zeit an seinem Bewusstsein nagte. Er kannte dieses Heulen.

Sobald der Page verschwunden war, verließ er seine Kammer auch schon wieder und suchte Damien in den Unterkünften der Kämpfer auf.

»Was ist los?«, fragte der Ritter besorgt und forschte in Armands Miene. »Hast du etwas erfahren?«

»Wir brauchen Laternen«, antwortete er knapp. »Und nimm deine Waffen mit.«

»Was hast du vor?«

»Einen Hund suchen.«

Kapitel 104

Grafschaft Flandern, Arras, April 1183

Während er sich Hand um Hand, Schritt für Schritt durch die Dunkelheit vorwärtstastete, kam Pépin zu gleich mehreren Schlüssen.

Einer bestand in der beruhigenden Erkenntnis, dass er nicht erblindet war. Vielmehr schien er mitten in der Nacht in seinem Gefängnis aus der Bewusstlosigkeit erwacht zu sein, was erklärte, dass keinerlei Licht und keine Geräusche in den Abwasserkanal – denn um nichts anderes handelte es sich – gedrungen waren. Die kalte Trockenheit der letzten Tage bewahrte ihn davor, vollständig in Regen, Schmelzwasser oder Jauche zu versinken, wenngleich eine schlammige Brühe unentwegt seine Füße umspülte und ekelerregende Gerüche ausdünstete. Überraschenderweise fühlte sich der faulende Morast beinahe warm auf seiner Haut an. Tagsüber sickerte fahles Licht durch gelegentliche Bodengitter oder Abflusslöcher weit über ihm, doch genügte es nicht, um herauszufinden, durch welche Art Unrat er da genau spazierte. Besser so, vermutlich. Nachdem er sich aufgrund seiner maßlosen Erschöpfung nach dem langen Ritt abermals hatte ausruhen müssen, war inzwischen die Dunkelheit zurückgekehrt.

Schritt für Schritt, Hand um Hand bewegte er sich voran. Menschliche Geräusche hatte er bislang kaum vernommen, offenbar befand er sich in einem abgelegenen Teil der Stadt. Aber um Hilfe zu rufen, wäre ohnehin höchst riskant gewesen. Schließlich konnte er nicht wissen, an wen er geriet.

Stattdessen folgte er dem Geräusch, ließ sich von ihm vorwärtsziehen wie von einem Rettungsanker. Etwas in seiner Brust wusste einfach, dass ihn dort, wo es herstammte, Gutes erwartete. Inzwischen war es auch deutlicher vernehmbar, nicht nur für Katzensinne – ein ständiges Auf und Ab, gelegentlich von kurzen Pausen unterbrochen, doch nie länger verschwunden. Und auch wenn seine Beine vor Schwäche zitterten, tanzte sein Herz. Er war nicht länger allein. Es war ein Freund, der dort nach ihm rief.

Brice wartete geduldig über ihm an einem größeren Abflussgitter, heulte auch nicht mehr, sondern winselte und scharrte, seit er das erste Mal wieder Pépins Stimme vernommen hatte. Und, gütiger Jesus, er war nicht allein! Er hatte Freunde mitgebracht, Damien und Armand. Wie war das möglich? Erleichterung wollte Pépin überwältigen, und seine Knie wurden weich. Doch er musste sich zusammenreißen, sie brauchten ihn wach. Obwohl es Damien gelang, das Gitter aus der Fassung zu stemmen, war die Öffnung zu klein, um einen erwachsenen Mann zu ihm hinunterzulassen. Für ein Wiesel würde der Durchgang genügen. So konnten sie ihn schließlich wenig später an einem Seil und im Schein einer Laterne an die Oberfläche hieven.

Noch bevor Pépin imstande war, ein Wort zu sagen, stürzte sich Brice verrückt vor Freude auf ihn und leckte ihm jeden Zoll Haut mit seiner warmen, rauen Zunge ab. Es war das wunderbarste Gefühl der Welt.

Nachdem der Hund endlich von Pep abließ, schloss Armand den Jungen heftig in die Arme. Er stank bestialisch – kein Wunder, schließlich war er der Hölle entstiegen. Und nun in die Welt der Lebenden zurückgekehrt. Beide weinten vor Erleichterung.

Als Armand Stunden zuvor endlich verstanden hatte, dass es Brice war, der so steinerweichend heulte, wenn etwas ihn längere Zeit von seinem Freund und Herrn trennte, war klar gewesen, dass der Junge irgendwo hier in Arras sein musste. Das Jammern des Köters hatte sie schließlich zu ihm geführt, und Armand hatte bis zum letzten Augenblick gebangt, ob sie ihn lebend finden würden.

»Was ist geschehen, Pep?«, fragte er mit heiserer Stimme. »Wie bist du da hineingeraten? Und wo, um der Liebe Christi willen, ist Erec?«

Erneut brach der Junge in Schluchzen aus, heftiger als zuvor, konnte sich kaum wieder beruhigen. Er musste völlig entkräftet sein.

Damien wies ihnen den Weg in einen geschützten und trockenen Unterschlupf, besorgte Essen, Wasser, Decken und frische Kleider für Pep.

Als der Bursche schließlich gesäubert und aufgewärmt war, seinen Bauch bis zum Bersten gefüllt und die Reste an den überglücklichen Brice verfüttert hatte, wagte Armand, seine Fragen erneut zu stellen. Im Grunde seines Herzens war er froh um die kurze Atempause gewesen, denn ihm graute vor den Antworten.

Stockend und immer wieder von Schluchzen unterbrochen berichtete Pep über die Ereignisse der letzten Wochen und die Umstände, unter denen er aus Limoges geflohen war. Und Erec zurückgelassen hatte.

Die Kälte, die von Armand Besitz ergriff, war nicht den winterlichen Temperaturen geschuldet, sie kam von innen. Das durfte nicht sein. Es durfte einfach nicht sein!

Er spürte Damiens Hand auf seiner Schulter, warm und tröstend. »Gott weiß, Erec de Lacône ist nicht so leicht totzukriegen. Es gibt noch Hoffnung.«

Er nickte mühsam. *Glaube, Liebe, Hoffnung – diese drei.* »Wir müssen etwas unternehmen«, sagte er und versuchte, seine Stimme fest klingen zu lassen. »Sofort! Gut möglich, dass Graf Philipp misstrauisch geworden ist. Ich fürchte, ich war ihm gegenüber unvorsichtig.« Er sah Damien an. »Bitte, reite mit Pep so schnell wie möglich nach Limoges und sucht nach Erec. Bei Gott, ich würde es selbst tun, aber im Zweifel wird dort jemand gebraucht, der mit dem Schwert umzugehen vermag. Kannst du das für mich tun?« Nicht nur wegen der Verschwörer war das eine gefährliche Bitte; Aquitanien war Kriegsgebiet und Limoges dessen Zentrum. Armand hasste die Vorstellung, nicht nur Erec, sondern zwei weitere ihm teure Menschen mitten im Feuer zu wissen, aber er sah keine andere Möglichkeit.

Damien nickte ohne Zögern. »Natürlich.«

»Und wir werden ihm helfen«, bekräftigte Pep und kraulte den Kopf des Hundes. »Brice hat mich gefunden. Er wird auch Erec aufspüren!«

»Sicher wird er das.« Armand schluckte gegen die plötzliche Enge in seinem Hals an. »Ich begebe mich unverzüglich nach Troyes und versuche, Königin Marguerite vor der drohenden Gefahr zu warnen. Vielleicht ist es noch nicht zu spät.«

Kapitel 105

Grafschaft Champagne, Troyes, April 1183

Die Kirche Saint Étienne in Troyes besaß kunstvolle Glasfenster, wie beinahe alle Gebäude, die der alte Graf vor seinem Tod gestiftet hatte. Offenbar wollte er nicht knausrig erscheinen, wenn er vor den Thron Gottes trat. In der dem Altar am nächsten liegenden Scheibe sah Valéry aus seinem Versteck heraus die flackernde Reflexion einer Kerze, der einzigen Lichtquelle. Ihr goldenes Leuchten ließ die Dunkelheit der heraufziehenden Nacht auf der anderen Seite des Glases noch massiver erscheinen.

Er hatte sich tief in die Schatten des Seitenschiffs zurückgezogen und wartete. Alles war bereit, alles lief nach Plan. Nur ein wenig Geduld noch.

Als Valéry herausgefunden hatte, dass die Königin gar nicht in Paris weilte, hatte ihn zunächst Verzweiflung gepackt. Er durfte nicht scheitern, das war keine Option. Doch dann hatte er sich an Marguerites Aufenthalt bei Gräfin Marie de Champagne vergangenen Herbst erinnert und die richtigen Schlüsse gezogen. Alles, was er verlor, waren ein paar Tage Zeit, aber inzwischen war er der Ansicht, dass sich seine Lage durch die neuen Umstände eher verbessert als verschlechtert hatte.

Troyes war auch um diese Jahreszeit eine belebte Handelsstadt, und Fremde fielen kaum auf; gleichzeitig war ihre Fläche kleiner, die Wege kürzer als in Paris. Der bei Weitem größte Vorteil lag jedoch darin, dass sich Marguerite offenbar inkognito bei ihrer Halbschwester aufhielt. Was bedeutete, dass sie sich nicht mit einer ganzen Schar von Zofen und Wachleuten durch das gräfliche Anwesen oder die Stadt bewegen konnte, wollte sie keine unerwünschte Aufmerksamkeit auf sich ziehen. Seine kurzen Nachforschungen hatten im Gegenteil ergeben, dass sie oft nur von Genovefa d'Hârcourt begleitet wurde. Gelegentlich war sie sogar ganz allein. Dann nämlich, wenn sie allabendlich die Kirche aufsuchte, um bei Einkehr und Gebet in stille Zwiesprache mit Gott zu treten.

Der meinte es offenbar gut mit Valéry, wenn er ihm diese Gelegenheit darbot wie einen reifen Apfel. Und heute Abend gedachte Valéry, die Frucht zu pflücken.

Tatsächlich dauerte es nicht lange, bis sich die Kirchentür ächzend öffnete und die Königin mit züchtig verschleiertem Haupt und gesenktem Blick durch die Schatten zu der kleinen Lichtinsel um den Altar huschte. Dort kniete sie nieder, faltete die Hände vor der Brust und begann still zu beten.

Valéry wartete noch eine Weile, um seinem Handlanger draußen Zeit zu geben, den Wachmann außer Gefecht zu setzen, der während Marguerites Andacht vor der Tür wartete. Dann war der Weg frei.

Auf dünnen Ledersohlen näherte er sich nahezu lautlos der knienden Gestalt. Sie war so in ihre Gebete vertieft, dass sie erst ein ersticktes Keuchen von sich gab, als er sie schon von hinten umschlang und den Knebel in ihren Mund drückte. Blitzschnell zog er ihr mit der anderen Hand den Sack über den Kopf, und obwohl sie gedämpfte Laute ausstieß und sich wand wie ein Aal, gelang es ihm, die schmalen Handgelenke auf den Rücken zu zwingen und mit einem Lederriemen zu binden. Schließlich fesselte er auch ihre Füße. Ohne viel Federlesens warf er sich das verschnürte, zappelnde Paket über die Schulter und begab sich zur Tür. Ein rascher Blick verriet ihm, dass die Luft rein war. Hamo winkte ihn zu sich, und gemeinsam huschten sie durch die Schatten zum Seinekanal, wo Rousel mit einem Kahn wartete. Versteckt zwischen Säcken würde hoffentlich niemandem auffallen, mit welch wertvoller Fracht sie die Stadt verließen.

Kapitel 106

Herzogtum Aquitanien, Limoges, April 1183

Bei allen Heiligen, er sieht echt beschissen aus. Und er riecht, als wäre er mindestens seit einer Woche tot.« Josces Stimme.

»Andernfalls hätte … hätte Brice ihn vielleicht gar nicht … nicht gefunden.« Pep, unterbrochen von lautem Schluchzen. War das möglich?

»Schon gut, Junge, alles gut. Jetzt ist er in Sicherheit.«

»Aber wenn man bedenkt, wie lange er vermutlich hier unten war, hätte er es eigentlich sein müssen – tot, meine ich. Gütiger Jesus, er ist bleich wie ein Geist.« Das war Lionel.

Erec versuchte, die Augen zu öffnen, etwas zu sagen. Aber sein Körper verweigerte ihm den Dienst, ergab sich völlig dem Fieber, das ihn befallen hatte – wann, wusste er nicht mehr. Sein Kopf war ein dröhnender Amboss, während in seiner Brust die Esse glühte. Es hatte ihn so geschwächt, dass er zuletzt kaum noch zu seiner Pfütze gelangt war, schließlich einfach dort liegen blieb und sich das von der Öffnung herabtropfende Wasser über Gesicht und Mund rinnen ließ. Vielleicht hatte ihn das lange genug am Leben gehalten.

Auch wenn er sich keinen Reim darauf machen konnte, wie und warum, seine Freunde waren im letzten Augenblick aufgetaucht. Andernfalls hätte er aufgegeben.

»Er ist ohne Frage verletzt und krank, aber weniger abgemagert, als man erwarten müsste«, meldete sich eine weitere Stimme von der Öffnung oben zu Wort. Damien? Wirklich? Was hatte der hier verloren? War Armand auch da?

Wieder wollte er sprechen, doch Mund und Augen widersetzten sich seiner Aufforderung. Selbst für eine derart kleine Bewegung fehlte seinem Körper die Kraft. Ansonsten hätte er den anderen erzählen können, wie er zunächst Roux' gammelige Apfelgehäuse gefunden und verschlungen hatte und irgendwann, Gott helfe ihm, auch eine unvorsichtige Maus. Und dann – nach wie vielen Tagen? – war plötzlich ein Kopf in der Öffnung über ihm erschienen. Der Kopf einer Ziege. Und daneben das Gesicht eines Kindes. Ein Hirtenjunge, der mit einer Mischung aus Neugier und Angst zu ihm hinuntergestarrt hatte.

Hoffnung hatte Erec gepackt, Hoffnung, dass er den Burschen dazu bringen könnte, ihn zu befreien oder wenigstens Hilfe zu holen. Doch das Schicksal hatte noch weitere Schläge für ihn parat gehabt.

Der erste bestand darin, dass der Hirte kein Wort Französisch sprach, nur Okzitanisch in einem Dialekt, von dem Erec allenfalls Bruchstücke verstand. Davon abgesehen war der Junge äußerst wachsam und misstrauisch. Wieso hätte er einem schaurig aussehenden Gefangenen vertrauen sollen, noch dazu in Kriegszeiten? Vermutlich war es dieser Tage lebensgefährlich genug, die Ziegen wegen weniger welker Grashalme unter dem Schnee hinauszutreiben, da musste man sich nicht noch mit einem Fremden abgeben, der mutmaßlich irgendetwas Schlimmes ausgefressen hatte. Warum sonst sollte er in so einem finsteren Loch sitzen? Zudem schien Herzog Richard die Belagerung der Stadt aufgenommen zu haben, wie er dem mit wilden Gesten untermalten Gebrabbel des Jungen entnahm. Also konnte der Bursche auch nicht einfach nach Limoges spazieren.

Erec hatte vor Verzweiflung über diese himmelschreiende Ungerechtigkeit geheult und geschluchzt. Nichts war schlimmer als Hoffnung, die einem hingehalten und im nächsten

Augenblick entrissen wurde. Sein Gefühlsausbruch hatte den Jungen immerhin dazu bewogen, ihm seinen Brotbeutel und einen Schlauch Ziegenmilch hinunterzuwerfen. Einen Tag später hatte er ihm ein weiteres Mal Essen gebracht. Und mit eisernem Willen hatte Erec sich gezwungen, nicht alles sofort herunterzuschlingen, sondern sich die Nahrung einzuteilen. Das hatte ihn vermutlich gerettet, denn der Junge war danach nicht mehr aufgetaucht.

»Josce, komm hoch«, befahl Damien jetzt. »Du musst mir gleich helfen, ihn rauszuziehen. Lionel, knote eine Schlinge aus dem Ende des Seils und leg sie Erec unter den Armen durch um die Brust.«

Kurz darauf spürte Erec, wie er angehoben wurde und man ein Seil unter ihm hindurchfädelte. »Himmel, ich wünschte, ich hätte eins meiner Duftwässerchen hier«, murmelte Lio. »So, kann losgehen!«

Ein Ruck, und plötzlich hing Erec in der Schlinge. Brennender Schmerz kehrte in seine gequälten Schultern, in Kopf und Brust zurück, sodass sein Körper entschied, ein weiteres Mal in die Schwärze zu fliehen.

Als er wieder aufwachte, spürte Erec flauschige Wärme an seinen Füßen, mehrere Lagen Stoff über sich. Er versuchte, die Augen zu öffnen. Diesmal gelang es. Das Erste, was er sah, war Brice, der sich am Fußende seines Lagers zusammengerollt hatte und sich gegen seine nackten Sohlen schmiegte. Das Hämmern hinter seiner Stirn war einem nicht unangenehmen wattigen Gefühl gewichen, und auch das Brennen in der Brust war abgeklungen. Man hatte ihn gewaschen, und er trug saubere Kleider.

»Der Herr sei gepriesen!« Ein Ausruf voll ehrlicher, tief empfundener Erleichterung. Und er stammte von niemand anderem als Damien de Brienne, der mit angezogenen Knien neben seinem Lager auf dem Boden saß. »Armand hätte mir nie verziehen, wenn du gestorben wärst.«

Erec hatte Mühe, all das zu sortieren, die Watte in seinem Kopf wollte jeden klaren Gedanken ersticken, doch er kämpfte dagegen an.

Damien räusperte sich und rückte näher. »Du befindest dich im Kloster Saint Sulpice, zwanzig Meilen westlich von Limoges. Die Stadt steht unter Belagerung Richards und des Alten Königs, aber man hat sich im Moment auf eine Waffenruhe geeinigt. Trotzdem hielten wir es für besser, dich nicht dorthin zu bringen. Pep hat erzählt, dieser Söldnerhauptmann Roux stecke mit den Verschwörern unter einer Decke und habe dir vermutlich ... das alles angetan. Da wollten wir dich besser von ihm fernhalten. Henri ist unerwartet mit einem Teil seiner Truppen abgezogen. Lio und Josce versuchen, mehr herauszufinden.«

Die Belagerung hatte Roux also daran gehindert, sich länger mit ihm zu befassen. Und da hatte er ihn einfach zum Sterben in dem Loch zurückgelassen. Erec fehlte die Kraft, Hass zu empfinden.

»Du hast zwei Tage durchgeschlafen. Pep ist dir nicht von der Seite gewichen, hat dir Wasser und Brühe eingeflößt und irgendein Gebräu von den Mönchen. Ich musste ihn zwingen, sich endlich hinzulegen, musste ihm versprechen, dass Brice und ich dich derweil bewachen. Ein Teufelskerl, der Bursche. Dass du noch lebst, verdankst du ihm allein. Er erinnerte sich, dass die Drecksäcke dich in die Römerruinen schaffen wollten, wo der Hund dich dann entdeckt hat. Du glaubst nicht, was der Junge auf sich genommen hat, um die Nachricht von deinem Verschwinden und der geplanten Entführung zu überbringen.«

Erecs Herz schmerzte vor Rührung, vor Stolz, vor allem aber vor Sorge. So viele Fragen, aber seine Stimme und seine Kraft reichten noch nicht, um sie alle zu stellen. Also beschränkte er sich auf die wichtigste: »Was ist mit der Königin?«

Damiens Gesicht wurde ernst. »Das weiß ich nicht. Nachdem Pep uns die Nachricht überbracht hatte, ist Armand sofort aufgebrochen, um Marguerite zu warnen, während ich mich mit dem Jungen auf die Suche nach dir gemacht habe. Wir müssen abwarten und beten, mehr können wir jetzt nicht tun.«

Kapitel 107

Grafschaft Champagne, Troyes, April 1183

Die Königin befand sich in seinen Händen. Alles war reibungslos verlaufen. Valérys Auftrag war beinahe erfüllt. Endlich, endlich stand das Glück auf seiner Seite. Wenn diese Sache erledigt war, das schwor er sich, würde er seine Tochter holen und mit ihr verschwinden.

Ein paar kleine Münzen hatten genügt, um die Wächter des Kanalriegels beim Croncels-Tor zu überzeugen, sie trotz der fortgeschrittenen Stunde unbehelligt mit ihrem Kahn durchzulassen. Offenbar waren es die Männer gewohnt, dass Handelsleute – oder Schmuggler? – selbst abends auf dem Wasser unterwegs waren.

Auch jenseits der Stadtgrenze folgten sie dem Kanal noch ein Stück bis zu einer verlassenen Mühle, wo sie Pferde und einen kleinen Planwagen mit Ausrüstung zurückgelassen hatten. Sie mussten zusehen, so viel Strecke wie möglich hinter sich zu bringen, bevor Marguerites Verschwinden bemerkt wurde. Bis dahin blieb ihnen hoffentlich noch ein bisschen Zeit, denn soweit Valéry hatte herausfinden können, dauerten die abendlichen Gebete der Königin oft eine Stunde und länger.

Bei der Mühle waren er und Hamo schließlich in die Sättel gewechselt und hatten die gefesselte Königin mit einigen Decken und Fellen in den Karren verfrachtet, der von Rousel gelenkt werden sollte. Mehrfach hatte das Weib versucht, nach ihnen zu treten, schließlich aber aufgegeben.

Graf Philipp wollte unter keinen Umständen, dass sie ihre wertvolle Ware nach Arras hinein und ihn damit womöglich mit diesem Verbrechen in Verbindung brachten. Stattdessen sollten sie Marguerite in einem Jagdhaus nördlich von Marle unterbringen, bis über ihre weitere Verwendung entschieden wurde. Bis dorthin würden sie einige Tage brauchen, zumal sie eine abgelegene Straße nutzten. Aber der Himmel war klar und der Mond beinahe voll; wenigstens ein paar Meilen wollte Valéry noch gutmachen.

Zwei Stunden später gab er schließlich den Befehl, ein Lager aufzuschlagen. Sicher war die Königin durstig. Womöglich musste sie sich erleichtern.

Sie kümmerten sich um die Pferde und richteten eine kleine Feuerstelle ein, dann zog er die wimmernde Frau aus dem Wagen, die sofort wieder um sich trat.

Ob er sich schämte? Seine schändliche Tat bedauerte? Er vermochte es nicht zu sagen. In erster Linie verspürte er Erleichterung, dass sein Plan aufgegangen war.

»Verzeiht die ruppige Behandlung, Majestät«, sagte er und stellte Marguerite vor sich ab, »aber wir mussten sichergehen, dass Ihr nicht halb Troyes aus den Betten schreit.« Mit einem Ruck zog er ihr den Sack vom Kopf. Und prallte zurück. Sein Magen sackte ihm in die Kniekehlen, und er musste sich an den Wagen klammern, um auf den Beinen zu bleiben.

Diese Frau, die ihn mit einer brennenden Mischung aus Angst, Wut und Triumph anfunkelte, war nicht Marguerite. Er erkannte sie dennoch. Vor ihm stand Genovefa d'Hârcourt.

Erec würde ihn töten, wenn er erfuhr, dass er das zugelassen hatte. Langsam und qualvoll. Und Armand konnte es ihm nicht einmal verübeln. Wie hatte er diesem Irrsinn nur zustimmen können? Genovefas Plan war von Anfang bis Ende gefährlich und leichtsinnig, in den meisten Punkten zudem in einer Weise abhängig von Glück und Zufall, dass es Armand Übelkeit bescherte – alles in allem hätte der Plan also ebenso von Erec stammen können. Es war kaum Zeit geblieben, die Lage zu schildern und alles auszuarbeiten, so knapp vor Valéry und seinen Handlangern war Armand in Troyes eingetroffen.

Aber zumindest in einer Hinsicht hatte die Sache funktioniert: Während Genovefa sich als Köder präsentierte, hatte Armand Königin Marguerite mit einer kleinen Eskorte ungesehen aus Troyes schaffen können und war nun mit ihr unterwegs nach Paris an den Hof ihres Bruders, mit einem ordentlichen Vorsprung im Gepäck, soweit sich das sagen ließ. Sobald Dieudonné von dem schändlichen Vorhaben erführe, würde er seine Schwester unter schärfste Bewachung stellen, und die Gefahr wäre gebannt.

Genovefa hatte ihnen wertvolle Zeit erkauft und von ihrer Fährte abgelenkt. Aber was würde geschehen, sobald man den Schwindel durchschaute? Ja, sie hatte Marguerites Gewänder angelegt und ihr Gesicht verschleiert, und in der Dunkelheit der Kirche mochte das genügen, um die Entführer zu täuschen – denn wo, wenn nicht dort, würden sie zuschlagen? Aber was würden sie ihr antun, sobald sie aufflog? Würde Valéry sie am Leben lassen? Konnte er es überhaupt? Genovefa war davon überzeugt gewesen. Sie vertraute auf seine Ritterehre.

Armand war nicht sicher, ob davon noch etwas übrig war. Nicht nach der Sache mit Pep. Wie hatte er je glauben können, diesen Mann zu kennen?

Marie und Marguerite hatten verlangt, versteckte Wachen zu postieren, die Valéry und seine Männer überwältigen sollten, sobald sie zuschlugen. Doch Genovefa hatte das strikt abgelehnt. Sie wollte die Entführer und ihre Hintermänner so lange wie möglich im Glauben eines Erfolgs lassen. Nur so hätte Marguerite die Chance, sicher zu entkommen und lange genug unbehelligt zu bleiben, um in den Schutz ihres Bruders zu fliehen.

Armand war inzwischen überzeugt, dass das nicht der einzige Grund war, sondern Genovefa darüber hinaus einen eigenen, in ihren Augen vielleicht noch wichtigeren Plan verfolgte, auch wenn sie nicht damit herausrückte. Als sie kurz über das Vorgehen gesprochen hatten, war sie ihm aufgekratzt, beinahe schon euphorisch vorgekommen. Auf jeden Fall voller Tatendrang, als sei sie froh, endlich etwas tun zu können, nicht länger nur Statistin zu sein, selbst wenn es bedeutete, sich in größte Gefahr zu bringen. Himmel, kein Wunder, dass Erec diese Frau liebte! Furchtlos, tollkühn und leichtsinnig. Wie er.

Im ersten Moment schien es beinahe, als würde Valéry ersticken. Sein Gesicht wurde grau, er keuchte und stützte die Hände auf die Schenkel. »Wie … wie ist das möglich?«, krächzte er. »Das kann doch nicht sein.«

Da sie den Sack los war, gelang es Genovefa, den Knebel mit der Zunge aus dem Mund zu schieben und den widerlichen Geschmack auszuspucken.

»Was überrascht Euch daran, Valéry?«, zischte sie. »Wart nicht Ihr es, der meine Ähnlichkeit mit Marguerite aufs Scheußlichste ausgenutzt hat, um sie und den Marschall ins Unglück zu stürzen? Und mit ihnen Henri?« *Und mich und Erec.* Über Armand hatte sie erfahren, wie Valéry in diese Sache verstrickt war, wenn er sie nicht sogar eingefädelt hatte. Es gab keine Worte für ihre Abscheu. Er hatte alles zerstört, alles. Und dass dieselbe Verwechslung, die so viel Unglück verursacht hatte, nun dazu führte, seine Pläne zu vereiteln, verschaffte ihr bittere Genugtuung, vielleicht sogar ein wenig Absolution. Ein Gefühl, das in diesem Moment sogar die Angst überdeckte.

Als Valéry seinen fatalen Fehler begriff, schwankte er zwischen Wut und Verzweiflung. Er atmete heftig, gab schließlich ein fast tierhaftes Heulen von sich, dann ein Knurren. Einen Augenblick später stürzte er sich auf Genovefa und packte sie am Hals. »Wisst Ihr, was Ihr da getan habt?« Jedes einzelne Wort presste er zwischen zusammengebissenen Zähnen hervor, sein Gesicht direkt vor ihrem. Er drückte kaum zu, aber sein Griff war fest genug, dass Genovefa nur mühsam Luft bekam. Panik stieg in ihr auf, und sie wand sich unter seinen

Händen. Sie entdeckte seine Begleiter, die aber offenbar nicht vorhatten, einzuschreiten.

»Wisst Ihr, was zum Teufel Ihr da getan habt?«, wiederholte Valéry, kurz davor, völlig die Beherrschung zu verlieren. »Er wird meine Tochter töten, jetzt, da ich versagt habe. Er wird keine Gnade kennen!« Er schluckte hart, kniff die Augen zusammen, ließ dann ruckartig von ihr ab und drehte sich weg. Vornübergebeugt verharrte er und spuckte lange Speichelfäden in den Dreck. »Er wird es tun«, keuchte er. »Ich habe versagt. Ich habe sie im Stich gelassen.« Kraftlos sank er auf die Knie und blieb dort einfach hocken.

Genovefa füllte mit hastigen Zügen ihre Lunge, während Hass und Mitgefühl in ihr rangen. Offenkundig hatte Armand mit seinem Hinweis auf Valérys Tochter recht gehabt – der Ritter war kein vollkommen gewissenloser Schurke, hatte aber gleichzeitig bewiesen, dass er in den dunkelsten Abgrund zu steigen bereit war, wenn es um diesen einen geliebten Menschen ging.

»Valéry, hört mir zu.« Sie bemühte sich, das Zittern in ihrer Stimme zu unterdrücken. »Es gibt einen Ausweg. Begleitet mich zum Jungen König nach Limoges und erzählt ihm alles, was Ihr über die Verschwörer und ihre Pläne wisst. Helft ihm zu verstehen, was geschehen ist und weiterhin geschieht. Zeigt ihm, wer seine wahren Feinde sind. Und wer nicht. Ich bitte Euch, helft mir, diesen Krieg und all das Unglück zu beenden.«

Er erhob sich und war mit zwei langen Schritten direkt vor ihr. Genovefas Herz machte einen Satz, aber sie wich nicht zurück.

»Habt Ihr nicht zugehört?«, stieß Valéry mühsam hervor. »Philipp wird mein Kind umbringen, wenn ich nicht seinen Befehlen entspreche. Daran hat er keinerlei Zweifel gelassen.« Bei den letzten Worten brach seine Stimme, und die hellblauen Augen füllten sich mit Tränen.

Genovefa hielt seinem brennenden Blick stand. »Wenn Ihr zustimmt, mich zu begleiten, werde ich hier und jetzt eine

Nachricht an Gräfin Marie verfassen, und einer Eurer Männer kann sie überbringen. Ich werde die Gräfin bitten, Eure Tochter zu sich nach Troyes zu holen und unter ihre Fittiche zu nehmen. Unverzüglich. Und glaubt mir, Marie ist eine wahre Löwin, entschlossen und einflussreich. Nicht die Frau, der man einen Wunsch abzuschlagen wagt, nicht einmal ein Graf Philipp. Und welche Gründe könnte er schon vorbringen, um abzulehnen?«

Valérys Blick huschte unstet hin und her, seine Hände verkrampften sich. Es war offensichtlich, wie sehr er mit sich kämpfte. Die Situation stand auf Messers Schneide. Valéry konnte sich immer noch für Gewalt entscheiden.

»Was habt Ihr zu verlieren?«, hakte sie nach. »Ihr könnt Philipp die Königin nicht liefern. Und inzwischen ist sie außerhalb Eurer Reichweite und gut bewacht. Was für eine Alternative habt Ihr, um Eure Tochter zu schützen?«

Wieder schluckte der Mann vor ihr, einmal, zweimal. Dann trat er einen Schritt zurück und sank in sich zusammen. Er weinte.

»Wäre … wäre Anissa in Troyes denn sicher?«

Genovefa nickte fest. »So sicher es nur irgend geht, das kann ich Euch versprechen. Marie wird sie wie ihren Augapfel hüten.«

»Und König Henri? Was wird er mit mir anstellen, wenn ich ihm alles beichte?«

»Das weiß ich nicht«, gab Genovefa zu. »Aber ich weiß, dass er ein gütiger Mann ist. Möglich, dass er Gnade vor Recht ergehen lässt.«

In seinem Blick vereinten sich Verzweiflung und Entschlossenheit. Wie würde er sich entscheiden? Schließlich trat er auf sie zu und zog sein Messer.

Kapitel 108

Herzogtum Aquitanien, Kloster Saint Sulpice, April 1183

Über mehrere Tage tat Erec nichts anderes als schlafen und essen; zuerst Brühe, dann alles, was Pep und die Mönche herbeischaffen konnten. Sein Hunger kannte kein Maß, und daran merkte er, dass er sich endgültig auf dem Weg der Genesung befand. Er gewann stetig an Kraft. Das Fieber war vergangen, seine gequälten Schultern ließen sich wieder einigermaßen schmerzfrei bewegen, und die Stellen, wo die Eisenschellen ihm Hand- und Fußgelenke zerschnitten hatten, waren inzwischen ordentlich verschorft. Seit Pep ihn rasiert, lästiges Krabbelgetier ausgekämmt und die Haare gestutzt hatte, fühlte er sich auch wieder wie ein Mensch.

Trotzdem war er noch lächerlich unsicher auf den Beinen. Und nachdem er, auf den Jungen gestützt, das erste Mal nach draußen getorkelt war, musste er anschließend den halben Mittag schlafen, um sich zu erholen. Es fiel ihm unendlich schwer, sich in der derzeitigen Situation, in der jeder Tag kostbar war, in Geduld zu üben. Doch würde er wenigstens so viel Kraft brauchen, um die Reise im Sattel zu überstehen. Wenn sie auch nur hoffen wollten, dass Henri ihnen in dieser Sache Glauben schenkte, musste Erec als Zeuge des konspirativen Gesprächs dem Jungen König persönlich berichten. Und selbst dann war keineswegs sicher, dass ihnen Erfolg beschieden war.

Also mehr schlafen, mehr essen. Dem Himmel sei Dank, kümmerten sich seine Freunde – und ja, dazu zählte er inzwischen auch Damien – um alles andere.

»Bisher gibt es keinerlei Nachricht oder auch nur Gerüchte, die auf eine Entführung von Königin Marguerite hindeuten«, berichtete dieser. »Wie es aussieht, hat Armand es rechtzeitig geschafft.«

Erec seufzte. Gütige Jungfrau, das bedeutete, sie waren in Sicherheit – Marguerite, Armand und Genovefa. Damien wirkte darüber mindestens so erleichtert wie er selbst, wenngleich *seine* Erleichterung auf jemand anderen zielte. Erec wusste noch immer nicht so recht, wie er damit umgehen sollte. Aber das war eine Frage, deren Beantwortung er wie so vieles auf später verschob.

Sie mussten zu Henri und ihn über das Komplott ins Bild setzen. So schnell wie möglich. Wer konnte wissen, was die Verschwörer sonst noch aushecken würden?

Der Junge König hatte den Waffenstillstand schon vor Erecs Befreiung dazu genutzt, Limoges zu verlassen, heimlich und nur mit einem kleinen Teil seiner in der Stadt befindlichen Truppen. Wohin und warum, vermochte niemand mit Gewissheit zu sagen. Die Worte »Angst« oder gar »Feigheit« wagte niemand in den Mund zu nehmen, auch wenn Erec beides angesichts der verheerenden Lage nicht für ausgeschlossen hielt. Weit heldenhafter klang jedoch die Vermutung, der Junge König habe sich aus Limoges zurückgezogen, um die Stadt vor der Zerstörung durch die Belagerer zu bewahren. Oder um die Sache der Aquitanier schneller voranzubringen.

»Denkst du, Henri wird dir glauben?«, fragte Damien.

Erec zuckte mit den Schultern. »Ich weiß es nicht, aber versuchen muss ich es trotzdem. Was bleibt uns sonst? Vielleicht holt er wenigstens den Marschall zurück.«

»Und der Marschall wird alles zum Guten wenden?«

»Nichts kann dieses Elend noch zum Guten wenden. Aber vielleicht kann er Henri dazu bringen, es zu beenden.«

Einige Tage später fühlte sich Erec endlich kräftig genug, um zu reiten und gegebenenfalls ein Schwert zu halten. Ihm fehlten immer noch einige Pfund Fett und Muskeln auf den Rippen, aber es würde genügen müssen. Sie konnten unmöglich noch länger warten.

»Das heißt, du musst im Zweifel die ganze Arbeit machen, Partner«, raunte er seinem neuen Hengst zu, der vertrauensvoll schnaubte. Es war ein stattliches und zutrauliches Tier, auch wenn Erec das Herz schwer wurde beim Gedanken an Titus, der wohl noch immer in Arras weilte. Ob und wie er ihn zurückbekommen würde – daran konnte er jetzt nicht denken.

»Wie immer also«, feixte Pep.

»Pass auf, Rotzbengel! Wenn ich erst wiederhergestellt bin, werd ich dir deine Frechheit auf dem Exerzierplatz austreiben.« *Gütiger Jesus, was war er froh, diesen Burschen an seiner Seite zu haben!*

Der Junge grinste. »Das werden wir ja sehen.«

Sie folgten der Vienne durch verheertes Land nach Norden, da Henri und seine Truppen Richtung Tours unterwegs waren, wie sie zwischenzeitlich herausgefunden hatten.

Erec fühlte sich auf erschreckende Weise an seine Reise nach Puy Saint-Front im zurückliegenden Sommer erinnert, nur dass die Schneise aus Tod und Verwüstung diesmal nicht von Richard, sondern vom Jungen König und seinen Männern durch das Land geschlagen worden war. Immer wieder stießen sie auf unbestattete Leichen oder sahen rauchende Ruinen am Horizont – Dörfer, Weiler, aber auch Klöster. Aufsteigende Krähenschwärme kündeten von dem Festmahl, das der Tod den Aasfressern dort aufgetischt hatte.

Erec fühlte sich elend. Das konnte es nicht sein, was Henri gewollt hatte. Ja, natürlich hoffte er, mit diesem Unternehmen seine Herrschaftsansprüche zu untermauern, aber war er nicht in erster Linie mit der Absicht gekommen, den Aquitaniern ein guter König zu sein und ihnen zu Frieden und Freiheit zu verhelfen?

Und das ist daraus geworden? Ein Friedhof enttäuschter Hoffnungen und Erwartungen. Sie werden ihn genauso hassen wie Richard.

Ja, Henri besaß die Oberhand in diesem Krieg. Aber zu welchem Preis?

»Der Junge König lässt Herzog Geoffroy und seinen Brabanzonen völlig freie Hand, und diese Dreckskerle führen sich auf wie Tiere«, berichtete Josce bitter. »Sie machen kaum einen Unterschied zwischen Freund und Feind, solange sie sich die Taschen füllen und ihren Blutdurst stillen können. Sind kaum zu bändigen, heißt es. Geoffroy versucht es gar nicht erst. Im Gegenteil, er scheint Gefallen am Morden und Brandschatzen zu finden, ist die treibende Kraft hinter diesen grausamen Angriffen und Plünderzügen.« Angewidert spuckte sein Freund aus. »Der feine Bertran de Born hält ihn inzwischen gar für den fähigeren Anführer, schreibt schon Verse auf den großen Kriegsherrn Geoffroy, während er Henri aufs Übelste schmäht. Treulose Schurken allesamt, haben den Jungen König benutzt, solange es ihnen Vorteil brachte, nur um ihn jetzt fallen zu lassen.«

»Das erstaunt mich nicht«, sagte Erec voller Abscheu. Es war das, was der Marschall und er selbst von Anfang an befürchtet hatten. Umso wichtiger, dass sie Henri schnellstens über die Machenschaften um ihn herum in Kenntnis setzten, und ihn so vielleicht endlich zur Umkehr bewegten.

Kapitel 109

Herzogtum Aquitanien, Montmorillon, April 1183

Lasst mich zu ihm, sofort! Die Sache duldet keinen Aufschub«, knurrte Erec ungehalten. Die kochende Wut in seiner Brust überraschte ihn selbst. Aber er hatte zu viel erduldet, zu viel auf sich genommen, als dass er sich jetzt auch nur noch einen Augenblick länger aufhalten lassen würde. Er musste zum König.

Bei Montmorillon waren sie auf das Heerlager getroffen, das am Hochufer der Vienne Stellung bezogen hatte. Da man sie kannte und von vier Männern und einem Jungen keine Gefahr vermutete, ließ man sie passieren. Henri selbst hatte sich in einem großen Gutshof einquartiert. Seine Gesundheit sei angegriffen, wurde hinter vorgehaltener Hand geraunt. Vielleicht Brechfieber oder Desenteria, an denen inzwischen so viele litten.

Vermutlich kein Wunder bei allem, was auf ihm lastete und an ihm zerrte. Umso wichtiger, dass Erec ihm schnellstmöglich reinen Wein einschenkte. Daher hatte er sich so schlammverkrustet und stinkend, wie er vom Pferd gestiegen war, auf direktem Weg zum königlichen Quartier begeben. Auch aus Angst, dass ihn Kraft und Mut endgültig verlassen könnten, wenn er noch länger wartete.

»Ich muss mit dem König sprechen«, wiederholte er und betonte jedes Wort einzeln, als sei sein Gegenüber schwer von Begriff. »Es ist äußerst wichtig!« Es war schon eine besondere Boshaftigkeit des Schicksals, dass es ausgerechnet seine

Freunde Adam d'Yquebœuf und Thomas de Coulonces waren, die den Zugang zu Henris Gemach bewachten.

»Ich weiß ja nicht, aus was für einem Loch du diesmal hervorgekrochen bist, de Lacône, aber besser, du verziehst dich wieder dorthin zurück«, zischte Thomas. »Niemand hat dich vermisst, im Gegenteil.«

»Davon abgesehen befindet sich der König in einer wichtigen Unterredung und will dabei nicht gestört werden, schon gar nicht von dir«, fügte Adam d'Yquebœuf hinzu und verschränkte demonstrativ die Arme vor der Brust.

»Was ich zu sagen habe, kann nicht länger warten. Zu viel hängt davon ab«, sagte Erec beharrlich.

»Und was könnte so bedeutsam sein?«

»Eine Sache, die ich nur mit dem König besprechen werde.«

»Typisch! Nimmt sich wieder mal so viel wichtiger, als er ist«, ätzte Adam. »Du bist ein Niemand, Erec. Wann ist dir das alles so zu Kopf gestiegen? Glaubst du ernsthaft, du könntest des Marschalls Platz einnehmen? Warum bist du dann von einem auf den anderen Tag verschwunden und wochenlang abgetaucht? War dem großen Ritter seine Aufgabe in Limoges zu langweilig?«

»Ich ...« Erec presste hart die Kiefer aufeinander. »Herrgott, dafür fehlt mir die Zeit!« Er stieß den überraschten Thomas grob zur Seite und verpasste Adam einen Fausthieb, der dem Mistkerl die Nase brach und ihn augenblicklich zu Boden schickte. Ein herrliches Gefühl – das hätte er längst schon tun sollen! Und seine Kraft war auch zurückgekehrt, wie hiermit bewiesen war.

Ohne sich weiter aufzuhalten, ging er zur Tür und trat in den Raum dahinter.

Henri und sein Gast saßen mit dem Rücken zu ihm in Lehnstühlen vor dem kleinen Kamin. Als er eintrat, wandten sich beide um.

Erec erstarrte mitten in der Bewegung. Im ersten Moment

wusste er nicht, was ihn mehr schockierte: das eingefallene, wächserne Gesicht des Jungen Königs, das an eine heruntergebrannte Kerze kurz vorm Verlöschen erinnerte; oder der Anblick des zweiten Mannes im Raum: Philipp von Flandern.

Über das Gesicht des Grafen flackerte ein Ausdruck von Überraschung und Zorn, sein Blick huschte in eine Ecke des Raums, wo Erec jetzt eine weitere, halb im Schatten verborgene Person entdeckte. Roux. Alles drehte sich in einer schwindelnden Mischung aus Erinnerungen, Entsetzen, Hass und völliger Verwirrung. Was zum Teufel ging hier vor?

Um Zeit zu gewinnen und weil er nicht wusste, was er sonst tun sollte, machte er eine tiefe Verbeugung. »Majestät, Hoheit.«

»Erec, was in aller Welt tust du hier, und warum dieses ungebührliche Eindringen?« Henri war aufgestanden und musterte ihn mit tiefer Besorgnis und wachsendem Ärger. Seine Kleider wirkten zu groß an seinem abgemagerten Körper, die Augen waren tief verschattet. Der König war ohne Zweifel krank. Ernstlich krank.

»Ich muss mit Euch reden, Majestät, allein. Es ist ausgesprochen wichtig.« Erec sah zu Boden, um nicht zu Philipp oder Roux blicken zu müssen.

»Hat das nicht Zeit bis morgen?«

»Nein«, antwortete er schlicht. *Vielleicht ist es sogar schon zu spät,* ergänzte er stumm, während in seinem Kopf die Gedanken rasten. Was wollte der Graf hier? Was für Lügen hatte er dem Jungen König eingeflüstert?

Bevor Henri etwas antworten konnte, erhob sich Philipp von Flandern ebenfalls aus seinem Sessel und ergriff das Wort. »Was für eine ausgesprochen ... unerwartete Überraschung, Euch hier zu treffen, de Lacône.« Das Lächeln, das er ihm zuwarf, war falsch wie das eines Reliquienhändlers. »Es hieß, Ihr wäret spurlos verschwunden. Manche behaupten sogar, Ihr wäret desertiert.«

Erec spürte heiße Wut. Natürlich verstand er, welches Spiel der Graf hier zu spielen gedachte. »Ich würde niemals desertieren«, entgegnete er mühsam beherrscht. »Und Ihr wisst sehr genau, wo ich die letzten Wochen verbracht habe, nicht wahr, Hoheit?«

Philipp antwortete nicht, lächelte nur sein lebloses Lächeln.

Der Junge König sah irritiert zwischen ihnen hin und her. »Was willst du, Erec?«, fragte er noch einmal. »Rede!«

»Viel interessanter ist die Frage, was Graf Philipp hier tut«, entgegnete Erec scharf, ohne den Blick von seinem Gegenüber zu wenden.

»Ich werde die Frage gern beantworten«, bot Philipp an und wirkte völlig gelassen. »Auch wenn sie äußerst dreist vorgetragen wurde. Die Sache ist einfach: Ich habe dem König weitere Söldner für sein Unternehmen angeboten und ihn meiner unerschütterlichen Treue und Unterstützung versichert.« Er durchbohrte Erec mit seinem Blick. »Das ist es schließlich, was Freunde in Zeiten der Not tun sollten, einander treu zur Seite stehen. Nicht wahr?«

Erecs Zähne knirschten. Es gelang ihm nicht einen Augenblick länger, sich zu beherrschen, und schließlich platzte es aus ihm heraus. »Wie könnt Ihr es wagen, solch verlogenes Gewäsch abzusondern, wenn Ihr im gleichen Moment auf die schändlichste Weise an Henris Zerstörung arbeitet?«

»Erec!«, donnerte der König mit überraschend kraftvoller Stimme. »Was ist in dich gefahren?«

»Majestät, bitte hört mir zu«, wandte Erec sich an Henri, »dieser Mann hier, der sich Euer *Freund* nennt, hat Verräter und Saboteure in Euer Umfeld eingeschleust. Valéry d'Anier ist einer von ihnen. Sie haben eine Intrige gegen den Marschall eingefädelt, um ihn von Euch zu trennen. Sie haben in seinem Auftrag Attentate auf Euren königlichen Vater verübt und Euren Feldzug sabotiert. Zuletzt haben sie versucht, Königin Marguerite zu entführen und Gott weiß was noch. Nur aus diesem Grund bin ich hier, ich wollte Euch warnen!«

Henri klammerte sich mit einer Hand an die Stuhllehne. »Was redest du da, um Himmels willen? Warum sollte er so etwas tun?« Sein Gesicht war ein Ausdruck völliger Verwirrung. »Ich erinnere mich, dass du zuletzt hinter allem eine Verschwörung zu sehen glaubtest, aber das …«

»Majestät, bitte, ich …«

Beide zuckten sie zusammen, als Philipp unvermittelt in solch schallendes Gelächter ausbrach, dass es von den Wänden widerhallte.

»Ich glaube, ich habe in meinem ganzen Leben noch nie etwas derart Lächerliches gehört«, brachte der Graf endlich hervor. »Wer in aller Welt hat Euch so einen hanebüchenen Unsinn eingegeben, de Lacône? Gibt es dafür irgendwelche Beweise?«

»Ich …« Erec ballte in hilfloser Wut die Hände zu Fäusten und reckte seine verschorften Handgelenke empor. »Als ich der Verschwörung auf die Schliche gekommen bin, wurde ich gefangen und gefoltert. Von diesem Mann!« Er wies zu Roux, der weiterhin unbeweglich in der Ecke stand. Henris verwirrter Gesichtsausdruck schlug langsam in Wut um – auf Erec.

»Ich spreche die Wahrheit«, flüsterte Erec und begriff, dass sein Temperament und seine Ungeduld ihn einmal mehr zu einer unverzeihlichen Dummheit verleitet hatten. Er konnte nicht fassen, dass er diesem Mistkerl von Grafen einfach in die Falle getappt war.

»Bitte, Majestät«, flehte er, »gebt mir die Möglichkeit, Euch noch einmal alles in Ruhe …«

»Ich kann mir diese ungeheuerliche Sache nur so erklären«, wandte Philipp sich an den König. »Dieser Ritter hat sich unerlaubt aus Eurem Heer entfernt – vielleicht, weil er sich auf der Gegenseite bessere Chancen ausrechnete? –, hat es sich, Gott weiß warum, anders überlegt und versucht nun, mit dieser haarsträubenden Geschichte Eure Gunst zurückzugewinnen.« Philipp schüttelte beinahe mitleidig den Kopf. »Eigentlich sollte ich Euch für Eure verleumderischen und haltlosen Behauptungen auf der Stelle die Zunge herausschneiden, de Lacône. Aber ich erinnere mich an Euch als einen hervorragenden und loyalen Turnierkämpfer und kann mir nicht erklären, was für ein Dämon in Euch gefahren ist. Davon abgesehen gehört Ihr dem königlichen Haushalt an, also liegt es im Ermessen des Königs, über Euch zu richten. Aber einer Sache seid gewiss.« Er maß Erec mit einem Blick so kalt und grausam wie ein geschliffener Dolch. »Tretet mir noch einmal unter die Augen, und ich werde keine Gnade kennen.«

Henri sah ihn an, ernst und enttäuscht zugleich. »Geh jetzt, Erec«, sagte er kühl. »Geh und komm nicht wieder.«

Kapitel 110

Herzogtum Aquitanien, April 1183

Erec wirkte völlig niedergeschmettert. Als sie das königliche Heerlager gleich am nächsten Morgen wieder Richtung Limoges verließen, kauerte er zusammengesunken auf seinem Pferd, als sei all die gerade erst zurückgewonnene Kraft aus ihm gewichen und lediglich eine dünne, graue Hülle zurückgeblieben. Aber nicht allein deswegen sorgte sich Pépin.

Natürlich hatte sein Freund berichtet, was sich zugetragen, wen er an Henris Seite angetroffen hatte. Und dass der Junge König seinen Worten keinen Glauben schenkte.

Pépin verstand es nicht. Wie zum Teufel konnte man nur so verblendet sein? Sie hatten angeboten, zu berichten, wo und in welchem Zustand sie Erec aufgefunden hatten, Pépin wollte Erecs Aussage bezeugen und seine eigenen Erlebnisse hinzufügen, doch der Ritter schüttelte nur müde den Kopf. Davon abgesehen, dass man sie nicht mehr vorlassen würde – dafür hatte Philipp ohne Zweifel gesorgt –, hielt Erec das Unterfangen für aussichtslos. Wenn der Junge König ihm, einem früheren Angehörigen seiner Mesnie und engen Vertrauten, keinen Glauben schenkte, warum sollte er es ihnen gegenüber tun? Noch dazu, wo sie Erecs Freunde waren.

Alle fühlten sich müde, erschüttert und wie ausgewrungen. Umsonst! Sie waren gescheitert. Und alles, was blieb, war, dem Jungen König bei seinem Weg in den Untergang zuzusehen.

Wenig später vernahmen sie Hufschlag und das Klirren von Zaumzeug und Rüstungen in ihrem Rücken. Alarmiert zügelten sie die Pferde und legten die Hände an die Waffen.

»Dacht ich's mir doch, dass ich euch noch antreffe«, grüßte sie eine allzu vertraute Stimme. Umgeben von Roux und einer Garde aus fünf weiteren Bewaffneten näherte sich niemand anderes als Philipp von Flandern. »Und sieh an, Damien de Brienne ist auch hier. Äußerst interessant, mit wem Ihr Euch neuerdings herumtreibt. Ich hätte Euch für klüger gehalten.«

»Was wollt Ihr noch?«, knurrte Erec. Erneut flackerte Wut in seiner Brust auf. Wollte Philipp sich an ihrer Niederlage weiden?

Ein triumphierendes Lächeln trat auf die Züge des Grafen. »Ihr habt nicht im Ernst geglaubt, dass Ihr mit Eurer Geschichte durchkommt, oder? Für wen haltet Ihr Euch eigentlich?«

»Anders als Euch für einen ehrlichen und loyalen Mann.«

»Wie Euer großes Vorbild, der Marschall? Und was haben ihm seine Tugenden eingebracht?« Auf einen Wink hin öffnete sich der schützende Ring seiner Begleiter, und Philipp lenkte sein Pferd zu Erec hin, wobei sich das temperamentvolle Tier nur widerwillig seiner Hand fügte.

Als er den Grund erkannte, war Erec vollkommen fassungslos. Kein Zweifel, der Mistkerl ritt auf Titus. *Seinem* Titus.

Es war offensichtlich, dass der Graf den Hengst nur durch ausgesprochene Härte und mithilfe einer scharfen Kandare beherrschen konnte. Dennoch grinste Philipp sehr zufrieden. »Ich sehe, Ihr bewundert mein neues Pferd. Ein wahrlich prächtiges Tier, wenngleich ein bisschen widerspenstig. Aber ich habe Mittel gefunden, den Burschen fügsam zu machen. Das habe ich bislang noch bei jedem geschafft, der sich mir widersetzen wollte, nicht wahr?«

Erec ballte die Fäuste. »Titus«, flüsterte er – worauf der Hengst die Ohren spitzte und sich gegen die Zügel seines Reiters wehrte.

»Merkwürdige Sache – eines Tages tauchte der Prachtkerl einfach in meinen Stallungen in Arras auf«, erklärte Philipp im Plauderton, aber leise genug, dass nur Erec ihn verstehen konnte. »Und als dieser Sänger Armand de Beaujeu dann noch anfing, so seltsame Bemerkungen zu machen, bin ich stutzig geworden. Ich habe Nachforschungen angestellt, und wie sich zeigte, gibt es eine enge Verbindung zwischen Armand und Euch, nicht wahr? Das hat mich dazu bewogen, hier lieber persönlich nach dem Rechten zu sehen, und aus gutem Grund, wie sich herausstellte. Am Ende kümmert man sich am besten selbst um die Dinge, die man ordentlich erledigt wissen will.« Er lächelte gefährlich. »Aber seit gestern bin ich sicher, dass Ihr nicht länger eine Bedrohung darstellt.«

Erecs Nasenflügel bebten vor Zorn. Seine Hand legte sich um den Schwertgriff.

»Nur zu«, ermunterte ihn Philipp. »Niemand wird es mir anlasten, wenn ich Euch auf der Stelle töte, nicht nach Euren scheußlichen Anschuldigungen. Sagte ich nicht, Ihr sollt mir nie wieder unter die Augen treten?« Er gewährte Erec einen abschätzigen Blick und flüsterte: »Seid Ihr sicher, dass Ihr wirklich gegen mich kämpfen wollt? Ihr seht noch ein bisschen mitgenommen aus nach Eurem kleinen Folterurlaub.«

Mit einem schleifenden Geräusch riss Erec sein Schwert aus der Scheide und brachte sich in Position. Einen Herzschlag später hielt auch Philipp seine Waffe in der Hand. »Das wird nicht gut für Euch ausgehen, de Lacône«, kündigte er mit unüberhörbarer Vorfreude an. Und vermutlich war Philipp genau deswegen hier aufgetaucht, um ihn zu provozieren und zu einer weiteren Dummheit zu verleiten. Das hier sollte der letzte Akt sein, eine Demonstration vollständiger Überlegenheit, die endgültige Vernichtung. Erec war es gleichgültig.

»Tu das nicht!«, rief Pep schrill.

»Sei vernünftig, Erec«, warnte Lionel. »Du bist noch nicht …«

»Haltet euch raus!« *Das muss ein Ende finden. Hier und heute.*

Doch ehe Erec angreifen konnte, hatte Titus endgültig genug. Obwohl der Graf ihn mit grausamer Härte im Maul riss, buckelte der Hengst unvermittelt, schlug heftig nach hinten aus – und warf seinen Reiter aus dem Sattel.

Ein kurzer Schreckmoment, dann war Philipp wieder auf den Beinen und nahm sein Schwert, das neben ihm im Staub lag.

Seine Söldner legten die Hände an die Waffen, Roux wollte nach einer Armbrust greifen, doch auf Philipps Zeichen hin mischten sie sich nicht ein.

»Der Hengst ist genauso ein unberechenbares Stück Dreck wie Ihr, de Lacône«, sagte der Graf mit einem bösen Grinsen, doch es wirkte angestrengt. »Heute machen wir dem ein Ende.«

Erec glitt aus dem Sattel, die Waffe in der Hand.

»Henri wird die Wahrheit erfahren«, sagte er fest. Das war seine Hoffnung. Die einzige, die ihm blieb.

»Niemand, absolut niemand wird Euch jetzt noch glauben«, entgegnete Philipp und hob sein Schwert zum Angriff.

»Ihm vielleicht nicht«, rief plötzlich die Stimme einer Frau. Und ohne das leichte Zittern hätte sie gebieterisch geklungen. »Aber uns wird man glauben!«

Drei Neuankömmlinge ritten auf sie zu. Sie zügelten ihre Pferde und schlugen die Kapuzen zurück – und Erec wollte das Herz stehen bleiben.

Das konnte einfach nicht sein, völlig unmöglich: Vor sich sah er Genovefa und Valéry d'Anier in Begleitung eines weiteren Bewaffneten.

Erec schwankte. Was passierte hier? Wo in aller Welt kam Genovefa plötzlich her? Und was tat sie hier, zusammen mit Valéry, dem Verräter? Bei Gott und allen Heiligen! War es möglich, dass sie ihn zum Überlaufen bewegt hatte? Wann? Wie? Bedeutete das, er würde Henri alles beichten, ihn endlich von der Wahrheit überzeugen?

Graf Philipp schnappte hörbar nach Luft. Sein Gesicht zeigte völlig unverstelltes Entsetzen. Er schien die Situation im selben Moment begriffen zu haben wie Erec – und gab die einzig plausible Antwort. »Tötet sie!«, brüllte er. »Tötet sie alle!«

Kapitel 111

Herzogtum Aquitanien, April 1183

Ein Augenblick der Verwirrung, dann brach die Hölle los. Erec nutzte das Chaos, um sich in Titus' Sattel zu ziehen, während Roux sein Pferd dem Grafen überließ.

Mit jeder Faser wünschte sich Erec an Genovefas Seite, doch Philipp versperrte ihm den Weg. Schon begegneten sich ihre Klingen. Erecs Schulter jaulte auf. Er musste durch Raffinesse wettmachen, was ihm noch an Kraft und Beweglichkeit fehlte. Titus würde ihm Stärke und Schnelligkeit leihen müssen. *Setze alles ein!,* erinnerte er sich an die Worte, die er selbst seinem Knappen wieder und wieder vorgehalten hatte.

Pep – wo war er? Schreie, Bellen, Waffenklirren. Wirbelnde Bewegung um ihn herum, aber keine Zeit für lange Blicke. Das hier forderte all seine Aufmerksamkeit, sein ganzes Können.

Doch diesmal würde es nicht genügen. Nicht in seinem Zustand.

Ein Zustand rohen Entsetzens erfasste Valéry, als er Graf Philipp vor sich sah. Was war das für eine Bosheit des Schicksals, ihn ausgerechnet mit *dem* Teufel zusammenzuführen, der ihn so lange als Werkzeug missbraucht hatte?

Doch Valérys Entscheidung war gefallen, als er dort bei Troyes statt Genovefas Kehle ihre Fesseln durchschnitten hatte. Kein Zurück mehr. Die Angst musste warten. Wenn das alles irgendeinen Sinn haben sollte, mussten sie überleben. Er drängte sein Pferd vor ihres, schützte sie mit dem Schild und zog sein Schwert.

Roux richtete die Armbrust auf ihn. »Wer hätte gedacht, dass wir uns mal auf diese Weise gegenüberstehen?«, rief er und schüttelte den Kopf. »Man kriegt den Schwan nicht aus dir raus, was?« Er löste den Bolzen.

Der Bolzen zischte zwischen Valéry und Genovefa hindurch, so dicht, dass sie glaubte, den Luftzug zu spüren. Er schlug Hamo in die Brust, der mit einem erstickten Laut aus dem Sattel und zwischen die Pferde fiel. Die Tiere tänzelten, scheuten. Genovefa konnte sich nicht halten und rutschte ebenfalls vom Pferderücken, direkt neben den Sterbenden. Ihm war nicht mehr zu helfen, das erkannte sie sofort. Einer von Philipps Kämpfern hielt auf sie zu. Valéry verstellte ihm den Weg.

»Weg mit dir, Pep, schnell!«, rief Damien und schlug ein gegnerisches Schwert beiseite. Brice tobte auf dem Boden umher, bellte, knurrte, biss in Fesseln und Waden. Josce und Lio wehrten sich gegen drei Angreifer gleichzeitig. Ein Hieb krachte auf Lionels Schild – und ließ das Holz in Splitter bersten. Der Ritter schrie auf.

»Verschwinde, Junge. Jetzt!«, befahl Damien, bevor ihm eine Klinge ins Bein fuhr.

Übelkeit erfasste Pépin. Er sprang aus dem Sattel und rannte. Sie würden es nicht schaffen. Gütiger Himmel, sie würden es nicht schaffen.

»Ihr werdet es nicht schaffen!«, rief Philipp triumphierend.

Nur mit größter Anstrengung konnte Erec seinen brutalen Schlag abfangen. Ein Gefühl, als stünden sämtliche Sehnen kurz vorm Zerreißen.

»Ihr seid ein Wrack, Erec, und habt mir nichts entgegenzusetzen!«

Bring alles ein, was du hast. »Ihr täuscht Euch, Hoheit!«

Titus reagierte sofort, sprengte energisch nach vorn und vervielfachte mit seiner Kraft die Wucht von Erecs Schlag. Metall schepperte auf Metall.

Scheppernd ging Philipps Söldner neben Hamo zu Boden und rührte sich nicht mehr. Valéry sah nach Genovefa, die dastand und zitterte, aber unverletzt schien. Hatten sie es tatsächlich geschafft?

Unvermittelt spürte er einen Schlag unterhalb der Rippen. Wie? Es war kein Angreifer in Reichweite. Als er an sich herabblickte und den Bolzen in seinem Bauch stecken sah, überrollte ihn der Schmerz mit plötzlicher Heftigkeit. Er schaute auf und erkannte, ehe ihm die Sinne schwanden, Roux mit seiner Armbrust.

Roux warf die leere Armbrust beiseite, zog das Schwert und rannte auf Genovefa zu. Ihre Hand fuhr zum Mund, um einen Schrei des Entsetzens zu unterdrücken.

Rasch suchte sie Deckung zwischen den Pferden, griff sich die Waffe eines Toten und hob sie beidhändig vor sich.

»Macht Euch nicht lächerlich, Madame«, schnarrte der Söldner und wurde langsamer. »Macht besser Euren Frieden mit Gott.«

»Gott helfe mir«, betete Pépin und zog sein Messer aus dem Gürtel. Dann machte er kehrt, rannte mitten hinein ins Gewühl aus Pferdbeinen.

Während der Reiter über ihm mit Josce die Klingen kreuzte, griff er die Zügel des Söldnerpferdes und durchtrennte das Leder mit zwei kräftigen Schnitten. Der Mann verlor die Kontrolle, als der Riemen mit einem Ruck riss.

Ein Ruck ging durch Philipps Körper, als Erecs Angriff ihm das Schwert aus der Hand schlug. Gerade noch schaffte er es, das Pferd zur Seite zu zwingen, bevor Erec abermals nachsetzte. Seine Klinge zerteilte die Luft, die Spitze ritzte ein blutiges Mal auf Philipps Wange. Erstaunen, Zorn und wütende Enttäuschung verzerrten des Grafen Gesicht. »Rückzug!«, brüllte er und drehte sein Pferd.

Roux drehte sich dem Ruf zu, nur einen Lidschlag lang. Genug für Genovefa, um nach vorne zu springen und ihm das Schwert in den Bauch zu stoßen. Kurz trat Verwirrung in Roux' Gesicht, dann glitt sein Blick weg, und er kippte einfach um. Angewidert ließ sie von ihm ab und stürzte zu Valéry.

»Gütiger Jesus, Valéry!« Der Ritter war aus dem Sattel gefallen und lehnte halb aufgerichtet an Hamos Leiche. Er lebte, gerade noch. »Bringt mich zum König, schnell«, keuchte er. Seine Haut war weiß wie Talg, sein Atem jagte dahin.

Graf Philipp jagte im Galopp davon, gefolgt von den übrigen Söldnern und einigen reiterlosen Pferden. Drei tote Körper blieben auf dem Kampffeld zurück – doch keiner gehörte Erecs Freunden. Kraftlos sank er auf Titus' Hals. Sie hatten gesiegt. Dem Herrn sei Dank, sie hatten gesiegt.

Kapitel 112

Herzogtum Aquitanien, Montmorillon, April 1183

Valéry klammerte sich mühsam und unter Aufbietung sämtlicher Willenskraft ans Leben. Der Bolzen hatte das Kettenhemd durchschlagen und war beinahe eine Handbreit in den Bauch eingedrungen, wo er sich wie ein glühender Nagel durch die Eingeweide gegraben hatte. Valéry weinte, schrie und betete in wechselnder Reihenfolge, während sie ihn ins königliche Feldlager schafften. Weil die Schmerzen ihn zu zerreißen drohten, aber auch, weil es ihn bei Bewusstsein hielt. Er durfte nicht sterben, noch nicht. Er hatte eine Aufgabe zu erfüllen. Es durfte nicht alles umsonst gewesen sein. Doch sie mussten sich beeilen.

Den Feldchirurgen ließ er nicht an den Bolzen heran, denn auch wenn der Arzt seine Pein womöglich hätte lindern können – Valéry wusste, eine Entfernung des Stachels hätte die Sache beschleunigt; außerdem musste er bei klarem Verstand sein, wenn er Henri Bericht erstattete, nicht benebelt durch Arzneien.

Vielleicht hatte Gott diese Qualen ja als Buße für all seine Sünden, für Mord, Intrigen und Verrat bestimmt. Doch betete er, der Allmächtige möge ihm die Zeit geben, zu beichten und Abbitte zu leisten. Vielleicht würde er am Ende dieses Tages dann Vergebung erhalten. Und in Frieden sterben.

Wie es aussah, hatte Gott ihn erhört, denn wenig später erschien der Junge König.

Genovefas Fürsprache, allein ihr unerwartetes Auftauchen im umkämpften Aquitanien hatten genügt, Henri von der Dringlichkeit und dem Ernst der Sache zu überzeugen, und zusammen waren sie unverzüglich an Valérys Krankenlager geeilt. Auch Erec hatte sich angeschlossen, wenngleich er sich im Hintergrund hielt.

Henris ganzer Körper wirkte angespannt, auch die Kiefer, was die Wangenknochen noch schärfer aus dem verhärmten Gesicht hervortreten ließ. Was er wohl fühlte in Gegenwart des Mannes, der durch seine Taten so viel Unheil und Schmerz über ihn und seine Familie gebracht hatte?

»Ihr müsst … mich hassen, Majestät«, presste Valéry wie zur Antwort hervor. »Und ich kann es Euch nicht verdenken. Ich hasse mich selbst, für … für all das, was ich getan habe, und … werde mir nie vergeben. Aber vielleicht, so Gott will, werdet … Ihr es tun, irgendwann.«

Dann begann er mühsam und stockend, seine Beichte vorzubringen, angefangen bei seinen Auftraggebern, der Intrige gegen den Marschall und Marguerite bis zur versuchten Entführung der Königin. Und je länger er redete, desto bleicher wurde der König. Valérys Detailwissen ließ keinerlei Zweifel am Wahrheitsgehalt seiner Worte und seiner persönlichen Verstrickung. Zum Ende hin wurde seine Stimme immer dünner, bis schließlich nur noch ein kaum hörbares Flüstern übrig war. Blut rann aus seinen Mundwinkeln. »Ich wünschte … wünschte …« Die Worte versiegten endgültig. Valérys Blick huschte unstet umher und wurde glasig. »Anissa?«

Genovefa trat zu ihm und drückte seine kalte Hand. »Für sie wird gesorgt sein«, versprach sie. »Habt keine Angst.«

Er schloss die Augen, und ein erleichtertes Ausatmen fast wie ein Seufzen durchlief seinen Leib, als ließe er alle Ängste und Qualen los. Dann lag er still.

Henri war zusammengekrümmt auf einen Hocker gesunken. Zuerst glaubte Erec, er würde weinen, dann sah er, dass Schmerzen sein Gesicht verzerrten.

»Majestät, soll ich den Medicus rufen?«

Der König hob abwehrend die Hand. »Nicht nötig, es hört gleich auf. Die Krämpfe kommen und gehen.« Und tatsächlich entspannten sich seine Züge kurz darauf wieder, wenn auch nicht vollständig. Er sah zum toten Valéry, starrte ihn lange nachdenklich an.

»Wenn dieser Mann ein Verräter war, dann bin ich auch einer«, sagte er schließlich mit bebender Stimme. »Ein schlimmerer noch dazu, denn ich habe ausnahmslos alle verraten, die stets treu, loyal und aufrichtig an meiner Seite standen.«

»Ihr wurdet getäuscht, Henri«, beschwichtigte Genovefa ihn.

»Und doch hätte ich auf mein Herz hören sollen statt auf meinen Stolz und meine dreimal verfluchte Ehre oder diese Schlangen, die mir beständig Gift ins Ohr geträufelt haben«, bekannte Henri niedergeschlagen. »Und mein Herz hat von Anfang an deutlich gesprochen.«

»In dieser Situation hätte jeder gezweifelt«, hielt Erec dagegen.

»Du sagtest einmal, als König müsse ich das große Ganze im Blick behalten, auch wenn es Einzelinteressen, selbst meinen eigenen, zuwiderläuft. Ein kluger Rat, den ich letztlich nicht beherzigt habe. Und sieh, wohin uns das geführt hat!« Als er aufblickte, wirkte er um Jahre gealtert. »Wie sich herausstellt, bin ich nicht fähig, ein König zu sein. Nein, schlimmer, ich bin nicht würdig, einer zu sein.«

Erec trat zu Henri. Es fühlte sich falsch an, zu stehen, während der König saß, noch dazu zusammengesunken unter seiner Last, also holte er einen weiteren Hocker und setzte sich neben ihn. »Seid gnädig mit Euch, Herr. Wir werden nicht als Könige geboren, sondern als Menschen. Als sündige, fehlbare, hadernde Menschen, die jeden Tag aufs Neue ihrem Schicksal begegnen müssen. Ob wir die richtigen Entscheidungen treffen, darüber müssen unsere Nachkommen richten. Wir können es nur versuchen. Und wenn wir scheitern, versuchen wir es erneut.«

Er bemerkte, als er die feuchten Kleckse auf dem Boden sah, dass Henri nun tatsächlich weinte. »Aber wird man uns die Fehler vergeben?«, fragte der König mit erstickter Stimme.

»Wenn Gott es kann, sollten wir Menschen es auch schaffen.«

Eine Weile schwiegen sie. Schließlich nickte Henri und wischte sich die Nase. »Gleich morgen früh werde ich Boten ausschicken, die den Marschall suchen und zurückholen sollen. Ich bete zum Allmächtigen, dass er mir verzeiht! Und diesem intriganten, skrupellosen Pack, das mich zu seinem Spielball gemacht hat, werde ich keinen Tag länger erlauben, dieselbe Luft wie ich zu atmen.« Seine Miene verdüsterte sich. »Ich fürchte nur, gegen den größten Schurken von allen, Graf Philipp, haben wir nichts in der Hand. Jedenfalls nichts, was ihm nachhaltig Schaden zufügen kann. Eine Entführung Marguerites hat offiziell nie stattgefunden, und alles andere können wir nicht beweisen, nicht mehr jedenfalls. Ja, Philipp hat euch angegriffen, aber in dieser Sache könnte er seine verletzte Ehre anführen. Außerdem befinden wir uns mitten in einem Krieg, da kommt es nun mal zu Scharmützeln.«

Henri sah zu dem Toten. »Ich schaffe es nicht, d'Anier zu bedauern, dafür hat er zu viel Unglück heraufbeschworen. Aber ich kann sein Opfer anerkennen. Ohne seine und eure Hilfe wäre ich weiterhin verblendet.« Er wandte sich an Erec und Genovefa. »Ich stehe tief in eurer Schuld. Wie kann ich euch danken?«

Genovefa lächelte erschöpft. »Wie wäre es fürs Erste mit einer Kammer und einem heißen Bad?«

Kapitel 113

Herzogtum Aquitanien, Montmorillon, April 1183

Die Kammer, die man ihnen – genau genommen Genovefa – zuwies, war klein und verwinkelt, mit einer aus Strohmatratzen und Fellen hergerichteten Schlafstatt anstelle eines Bettes. Und der Zuber füllte beinahe die Hälfte des Raumes aus. Dampf kräuselte sich im Licht einer Laterne träge Richtung Decke und hinterließ eine angenehme schwüle Wärme. Von irgendwoher drang trunkenes Grölen aus dem Schlafraum ihrer Freunde heran, die mit reichlich Wein gleichermaßen ihre Schmerzen betäubten wie das Leben feierten. Damiens Verletzung war nicht gefährlich, aber tief und unangenehm. Lionel trug den linken Arm geschient in einer Schlinge, nachdem ein brutaler Hieb Schild und Knochen gebrochen hatte. Die anderen waren mit Schnitten und Prellungen davongekommen. Gott hatte es wahrlich gut mit ihnen gemeint.

Graf Philipp würde sich so bald nicht aus der Deckung wagen. Gut möglich, dass er ganz von ihnen abließ, um keinen weiteren Verdacht auf sich zu lenken. Doch das waren Fragen, mit denen Erec sich an einem anderen Tag befassen wollte. Heute wenigstens waren sie in Sicherheit. Heute durften sie ausruhen.

»Es ist das erste Mal, dass ich *dir* beim Baden zusehe und nicht umgekehrt«, stellte er fest. Er saß auf einer Kiste, betrachtete Genovefa im Wasser und hielt ihre Hand, wollte sie nie, nie mehr loslassen.

»Und, zu welchem Urteil gelangt Ihr, mein Herr?«, erkundigte sie sich, mehr schläfrig als neckend.

Er lächelte und küsste ihren Handrücken. »Alles wohlproportioniert, würde ich sagen.« *Und heil geblieben,* fügte er in Gedanken hinzu und dankte Gott dafür. »Vielleicht noch ein bisschen schmutzig.« Er griff nach einem Zipfel des Lakens, mit dem man den Zuber ausgeschlagen hatte, und begann vorsichtig damit, ihr Gesicht zu säubern, das Blut, den Dreck, die Tränenspuren abzuwaschen. Heilige Muttergottes, er liebte diese Frau! Alles an ihr.

»Genovefa, ich … vermutlich ist jetzt nicht der richtige Zeitpunkt, aber …« Er stockte und kniff kurz die Augen zusammen. »Himmel, ein Minnesänger wird nicht mehr aus mir, deswegen frage ich geradeheraus.« Er sah sie fest an. Die Schläfrigkeit war schlagartig aus ihren Zügen gewichen, als sie seinem Blick begegnete. »Kannst du dir vorstellen, jetzt, da … Ich meine, möchtest du mich vielleicht hei…?« Bevor er das Wort aussprechen konnte, hielt sie ihm den Mund zu und schüttelte den Kopf.

Sanft zog er ihre Hand zur Seite. »Ich will dich nicht drängen«, beeilte er sich zu versichern. »Mir ist klar, Horace ist erst seit Kurzem tot und …«

»Du verstehst mich falsch«, unterbrach sie ihn. »Ich werde nicht heiraten. Nie mehr.«

Erec wich unwillkürlich zurück, überrascht und verwirrt. Sie wollte ihn nicht?

»Hör mir zu«, fuhr Genovefa fort und beugte sich zu ihm hin. »Das Schicksal hat mich zum zweiten Mal zur Witwe gemacht. Und aus einem Leben befreit, das ich nie wollte. Bitte versteh, dass ich nicht vorhabe, mich ein drittes Mal in einen Käfig sperren zu lassen, von niemandem.«

»Aber …«

Sie ließ ihn nicht ausreden. »Horace hat gut für mich gesorgt. Das Einkommen aus meinem Wittum ermöglicht mir, zukünftig selbstständig und frei zu leben und meine eigenen Entscheidungen zu treffen. Das werde ich nicht aufgeben.«

Erec spürte Trauer und Enttäuschung wachsen. Alles, was er sich ausgemalt hatte, zerfiel in diesem Moment zu grauer Asche. »Ich … ich dachte, nein, ich habe gehofft, wir hätten eine Zukunft zusammen«, gestand er leise.

Unvermittelt grinste sie. »Erec de Lacône, du hörst mir nicht zu. Ich sagte, ich kann in Zukunft unabhängig und frei über mein Leben gebieten.« Sie lehnte sich über den Zuberrand, bis ihr Gesicht ganz nah vor seinem war. »Ich könnte mich dafür entscheiden, dich weiterhin zu lieben und mit dir zusammenzusein. Sofern du das auch möchtest.«

Seine Mundwinkel zuckten, als er begriff. »Du meinst … ohne Hochzeit und kirchlichen Segen? Aber deine Stellung als Hofdame …«

»Wir müssten natürlich diskret sein. Davon abgesehen bin ich nun Besitzerin eines kleinen Hofguts, auf dem ich regelmäßig nach dem Rechten sehen muss …« Wieder grinste sie.

Erec zog ihren Kopf zu sich und küsste sie lange, lehnte seine Stirn an ihre und lachte. »Ich denke, das könnte mir gefallen!«

Epilog

Grafschaft Champagne, Troyes, August 1183

Mit Beinchen und Ärmchen klammerte sich Anissa fest an Damiens Rücken, während sie mit der freien Hand einen langen Kochlöffel schwang. »Los, los!«, trieb sie ihr Streitross an, das erwartungsvoll mit den Stiefeln scharrte. Ihnen gegenüber duckte sich Thibaut auf dem Rücken der Köchin Luise hinter einen Fassdeckel und hielt mit der Rechten den Butterstampfer vorgestreckt.

Luise wieherte und schnaubte so begeistert, dass sie ein prächtiges Turnierpferd abgab, fand Armand, der den Wettstreit von seinem Platz am Gesindetisch aus verfolgte.

»Der Kampf des Jahrzehnts, nein, mindestens des Jahrhunderts!«, kommentierte Odilon Auberée neben ihm überschwänglich. »Wer wird den Siegeskranz erringen? Wer wird der nächste Champion des großen Turniers von Troyes sein? Die tapfere Ritterin Anissa? Oder der unerschrockene Recke Thibaut? Lassen wir uns überraschen!« Scheppernd schlug er zwei Pfannen gegeneinander, woraufhin die Rösser loshüpften und ausgelassen umeinander herumtanzten, damit die Kinder auf ihrem Rücken Gelegenheit hatten, die Holzklingen zu kreuzen.

Heiteres Quietschen und Kichern erfüllte die Küche des Grafenpalasts, doch wollte die gute Laune nicht auf Armand überspringen.

Er sah auf das gefaltete Pergament vor sich, das Odilon ihm überbracht hatte. Natürlich hatte er es sofort gelesen, auch wenn er sich inzwischen wünschte, er hätte damit gewartet und sich seine Unbeschwertheit wenigstens noch ein paar Stunden bewahrt.

Henri, der Junge König, der leuchtende Stern der Ritterschaft, war vor wenigen Wochen auf der Burg Martel südlich von Limoges gestorben. Am Brechfieber, an Kummer, an gebrochenem Herzen. An allem zusammen. Vielleicht auch, weil es nichts gab, für das er länger hatte kämpfen wollen. Nicht unerwartet und dennoch ein Schock.

Nachdem der Marschall an seine Seite zurückgekehrt war, hatten sie ihren Feldzug gegen Richard und den Alten Henri mit neuer Kraft fortgesetzt. Erst auf dem Krankenbett hatte Henri schließlich Versöhnung mit seinem Vater gesucht, der dem Ansinnen zwar zugestimmt, sich einem persönlichen Treffen jedoch verweigert hatte, selbst dann noch, als sich das Ende abzeichnete.

»Henri starb, wie er gelebt hat«, stand in Erecs Brief. »Tapfer und unerschrocken, aber voller Zweifel. Umgeben von so vielen, die ihn liebten, aber doch allein.«

Sein Tod hatte sich wie eine Decke der Schwermut über das Reich gebreitet. Es bestand kein Zweifel, dass die Welt, besonders die Welt der Turniere, fortan eine andere sein würde.

»*… alle, die dich sahen, Bretonen und Iren, Engländer und Normannen, Aquitanier und Gascogner, sollten traurig sein. Und Poitou leidet, genau wie Maine und Tours. Bis hin nach Compiègne weint Frankreich ohne Unterlass, und Flandern von Gent bis Wissant. Sogar die Deutschen weinen. Wenn die Lothringer und die Brabanter auf Turniere gehen, werden sie trauern, weil sie dich dort nicht sehen.*«

Diese Zeilen des reumütigen Bertran de Born hatte Erec ebenfalls seinem Schreiben beigefügt. Selbst wenn der leidenschaftliche Troubadour am Ende zu den härtesten Kritikern des Jungen Königs zählte, sein Tod hatte ihn zutiefst erschüttert.

Doch das war es nicht, was Armand das Herz schwer machte.

Auf dem Sterbebett hatte Henri dem Marschall das Versprechen abgenommen, sein Pilgergelübde zu übernehmen und an seiner Stelle nach Jerusalem ans Grab Christi zu ziehen, um für seine Seele zu bitten.

»Und ich werde ihn begleiten, zusammen mit Pep«, schrieb Erec in seinem Brief. »Genovefa wird einstweilen an Marguerites Seite bleiben in dieser schweren Zeit; vielleicht kommt sie dann nach.«

Das war Erec. Immer mitten hinein in Abenteuer und Gefahr. Doch selbst nach allem, was sie durchgestanden hatten, fiel es Armand schwer, diese Tatsache zu akzeptieren. Seine Finger trommelten unstet auf der Tischplatte, als suchten sie nach den Lautensaiten, um Angst und Kummer eine Melodie zu geben und sie mit der Musik davonschweben zu lassen. »Du musst dich nicht sorgen, uns wird es gut gehen«, hatte der Freund noch geschrieben. »Und du bist derweil genau dort, wo du sein solltest.«

Mit Anissa auf dem Arm gesellte sich Damien zu ihm an den Tisch. Die Kleine hatte inzwischen einen Krapfen in der Hand, und ihre von Aufregung und Hitze geröteten Bäckchen waren mit Honig verklebt. Auffordernd hielt sie Armand das angebissene Gebäckstück hin, und er musste lachen. Ja, er war genau dort, wo er sein sollte.

Historisches Nachwort

Bevor wir in den historischen Hintergrund einsteigen, eine kurze Bemerkung zur Aussprache der Namen: Auch wenn die Plantagenêts lange Zeit die Könige von England stellen, stammen sie ursprünglich aus dem heutigen Frankreich, in erster Linie aus der Normandie und dem Anjou. Alle im Roman auftretenden Söhne der Familie haben den größten Teil ihres Lebens dort oder in den angrenzenden Gebieten verbracht. Sie sind also nicht nur entsprechend sozialisiert, Französisch war auch ihre Alltags- und Umgangssprache. Demzufolge wurde im Roman die französische Schreibweise für ihre Namen gewählt.

Der englische Historiker David Crouch beschreibt das Turnier des 12. Jahrhunderts als eine Art »American Football vom Pferderücken mit spitzen Stöcken und ohne Schiedsrichter«. Das trifft den Kern dieses brutalen und gefährlichen Kampfsports ziemlich genau. Anders als Hollywood uns glauben machen will, steht zu dieser Zeit nicht der sogenannte Tjost, das Lanzenstechen zweier Ritter, im Mittelpunkt des Geschehens. Eine Verlagerung dorthin findet erst später statt. Im Hochmittelalter ist der Tjost lediglich ein Teil der oft mehrtägigen Turnierveranstaltungen, die auch Geschicklichkeitswettbewerbe und Schaureiten umfassen. Er dient dem Kräftemessen meist jüngerer, wenig bekannter Ritter, die bei dieser zuschauerfreundlichen Art des Wettstreits etwas mehr Aufmerksamkeit für sich erhoffen. Er wird aber auch genutzt, um sich ein Bild von der Konkurrenz und lohnenden Zielen beim eigentlichen Turnier zu machen oder Ausschau nach vielversprechenden Talenten zu halten.

Das eigentliche Turnier ist im 12. Jahrhundert ein Mannschaftssport, ein schlachtenartiges Manövergefecht zweier ungefähr gleich großer Teams von Lanzenreitern, die in Formation Angriffe gegeneinander führen. Ziel ist es, die gegnerische Mannschaft auseinanderzutreiben, in Einzelkämpfe zu verwickeln und so viele Gegner wie möglich kampfunfähig zu machen oder gefangen zu nehmen, bis eine Seite aufgibt. Der Überlegene darf alles behalten, was er vom Schlachtfeld in die abgesteckten Refugien seines Teams schaffen kann – Waffen, Rüstungen, Pferde und auch Gefangene, die gegen Lösegeld nach dem Turnier freigelassen werden. Auf diese Weise lassen sich schnell beträchtliche Vermögen gewinnen – oder verlieren –, weswegen manche Ritter, wie Erec und seine Mannen in diesem Roman, diesen Sport auch als einträgliches Geschäftsmodell oder Karrieresprungbrett nutzen – oder sich dabei ruinieren.

Eigene Turnierrüstungen und -waffen existieren im 12. Jahrhundert noch nicht. Man kämpft mit der gleichen Ausstattung wie im Krieg: Kettenrüstung, Nasalhelm, Schild, spitze Lanze und scharfes Schwert. Geschlossene Helme sind noch nicht weit verbreitet, der außergewöhnliche, im unteren Teil mit Platten versehene Helm des Marschalls, der im Roman erwähnt wird, ist allerdings verbürgt.

Selbst wenn man es während des Kampfspiels nicht darauf anlegt, dem Gegner nachhaltigen Schaden zuzufügen, kommt es regelmäßig zu schweren Verletzungen und Todesfällen. Herzog Geoffroy Plantagenêt, der jüngere Bruder von Henri und Richard, zählt im Jahr 1186 zu den prominentesten Todesopfern. Kein Wunder also, dass die Kirche diesem gottlosen Treiben einen Riegel vorschieben will, unter anderem, indem sie den Tod beim Turnier mit Suizid gleichsetzt und in solchen Fällen ein christliches Begräbnis verweigert.

Was Organisation und Beliebtheit betrifft, ist das Turnierwesen vergleichbar mit modernen Profisportarten wie Baseball oder Fußball – weswegen ich mich im Roman gelegentlich auch moderner Begriffe aus dem Sportbereich bediene, um die Parallelen anklingen zu lassen. Damals wie heute finanzieren reiche Clubbesitzer Teams und verpflichten Turnierchampions aus aller Herren Länder, Mannschaftskapitäne sorgen für Drill und Training, und reiche Sponsoren richten besonders in Flandern und Nordfrankreich prächtige Wettkämpfe aus. Turniere sind gesellschaftliche und sportliche Großereignisse, bei denen sich beträchtliche Mengen finanziellen und sozialen Kapitals anhäufen lassen.

Parallel dazu gewinnt das »Turnier des kleinen Mannes«, der Vorläufer unter anderem des heutigen Fußballs, zunehmend an Beliebtheit. Dabei versuchen zwei Mannschaften zu Fuß und unter Einsatz aller Körperteile, einen Ball in vorher festgelegte Ziele zu bringen, beispielsweise die jeweiligen Stadttore. Hier geht es nicht weniger ruppig zu als beim Turnier, wie Gerichtsakten zu berichten wissen, wenngleich scharfe Waffen untersagt zu sein scheinen.

Als einer der strahlenden Turnierhelden des ausgehenden 12. Jahrhunderts gilt Henri Plantagênet, Erbe des englischen Throns und älterer Bruder des späteren Richard Löwenherz. Er wird weithin als Idol verehrt. Diese Tatsache macht sein Leben allerdings nicht unbedingt einfacher.

Aber beginnen wir von vorn: Das Gebiet des heutigen Frankreich wird im Hochmittelalter von drei konkurrierenden Machtblöcken beherrscht: dem anglo-normannischen oder angevinischen Königshaus (auch Haus Anjou oder Haus Plantagenêt genannt), dem französischen Königshaus der Kapetinger und der Grafschaft Flandern. Formal unterstehen alle dem französischen König – was sie nicht daran hindert, immer wieder blutige Konflikte gegen diesen oder untereinander vom Zaun zu brechen.

Wenige Jahre vor Einsetzen der Romanhandlung begehrt der angevinische Thronfolger Henri der Jüngere (auch der Junge König oder Junger Henri genannt) mit gerade einmal siebzehn Jahren gegen seinen königlichen Vater auf. Zusammen mit seiner Mutter Eleonore von Aquitanien, den Brüdern Richard und Geoffroy und weiteren hochrangigen Verbündeten, wie dem damaligen französischen König Louis VII. oder dem mächtigen Grafen Philipp von Flandern, führt er große Teile Nordwesteuropas in einen Bürgerkrieg, um sich die Macht zu nehmen, die ihm als gekröntem Mitregenten zugesprochen, aber nie übergeben wurde.

Mit Glück, Besonnenheit und schlagkräftigen Söldnerheeren gelingt es Henri II., dem Alten König, die Rebellion niederzuschlagen, die Aufrührer in die Schranken zu weisen und sein gewaltiges Reich, das sich von Schottland bis zu den Pyrenäen erstreckt, zu konsolidieren. Während er seine Ehefrau Eleonore anschließend in einen jahrelangen Hausarrest zwingt, verzeiht er seinem Erben und den anderen Söhnen, hält den Jungen König fortan aber unter strenger Kontrolle und weiterhin fern jeglicher Machtbefugnisse. Richard hingegen übernimmt das Herzogtum Aquitanien, Geoffroy einige Zeit später durch Heirat das Herzogtum Bretagne.

Philipp von Flandern, einer der mächtigsten, einflussreichsten und ehrgeizigsten Grafen Westeuropas, wendet sich nach dem Scheitern der Rebellion vom Jungen Henri ab und lohnenderen Zielen zu, nämlich dem vierzehnjährigen französischen Thronfolger Philippe II., genannt Dieudonné. Während sich der Gesundheitszustand von dessen Vater fortwährend verschlechtert, gelingt es dem Grafen, sich als Mentor und Berater, beinahe als eine Art Schattenkönig zu etablieren und großen Einfluss am französischen Hof zu gewinnen, auch dann noch, als Dieudonné schließlich zum neuen französischen König gekrönt wird.

Im benachbarten Heiligen Römischen Reich kommt es derweil zum Zerwürfnis zwischen Kaiser Friedrich Barbarossa und dem welfischen Herzog Heinrich dem Löwen, der wiederum durch Heirat eng mit dem angevinischen Herrscherhaus verbunden ist. Alles in allem eine höchst fragile politische Gesamtsituation, während König Henri II. die

Zügel nicht aus der Hand geben will. So bleibt sein Thronfolger weiterhin ohne Macht.

Stattdessen startet der Junge Henri ab 1177 eine beispiellose Turnierkarriere auf dem Kontinent – unterstützt und finanziell gefördert vom Vater, der seinen Sohn auf diese Art nicht nur beschäftigt weiß, sondern sich davon auch diplomatische und politische Vorteile erhofft.

Tatsächlich wachsen Ansehen und Einfluss des Königssohns rasant. Er steigt zum allseits bewunderten und gefeierten Turnierhelden auf, sammelt die besten Ritter Europas um sich und gewinnt zuletzt auch noch das Vertrauen des jungen französischen Königs – sehr zum Missfallen des Grafen von Flandern, der seine bisherige Vormachtstellung einbüßt.

Bereits im Kleinkindalter wird Henri mit der französischen Prinzessin Marguerite vermählt, über die zeitgenössische Quellen, wie so häufig im Fall der Frauen, nur wenig preisgeben. Wir wissen, dass beide 1177 einen Sohn mit Namen Guillaume bekommen, der – eventuell infolge einer Frühgeburt – nach nur wenigen Tagen verstirbt. Weitere überlebende Nachkommen haben sie nicht.

Knapp achtzig Ritter gehören zu Henris Mesnie, seinem festen Haushalt, darunter auch die im Roman erwähnten fünf Préaux-Brüder. Stets an seiner Seite befindet sich Guillaume le Maréchal, der Marschall, ein anglo-normannischer Ritter eher bescheidener Abkunft, aber von unverbrüchlicher Treue, der sich auf Turnieren und im Dienste Eleonores von Aquitanien den Ruf als unübertroffener Krieger und »bester aller Ritter« erworben hat und dem angevinischen Thronfolger als Mentor und Freund ergeben zur Seite steht. Die Tatsache, dass Henri ihn mehr liebt als einen Bruder, ihn zu seinem engsten Berater und zum Kapitän seiner Turniermannschaft macht, bringt dem Ritter am königlichen Hof viele Neider und Feinde ein.

Henris Verhältnis zu seinem Bruder Richard ist zeitlebens schwierig, da von Eifersucht und Konkurrenz geprägt. Für den Thronfolger stellt es eine unerträgliche Demütigung dar, dass der jüngere Bruder bereits souveräner Herr über das große und reiche, aber auch rebellische Aquitanien ist, während er selbst am Tropf des Vaters hängt und keinerlei Herrschergewalt ausüben darf. Diese Unzufriedenheit nutzen ehrgeizige Männer in seinem Umfeld, um den Jungen König mehr und mehr gegen seine Familie aufzubringen. Einer von ihnen ist der aquitanische Troubadour und Vizegraf von Hautefort, Bertran de Born, der zeitweise an Henris Hof lebt und nicht nur in Liedern zu Widerstand und Krieg aufruft. Aber auch Henris zweitjüngster Bruder Geoffroy, Herzog der Bretagne, betätigt sich als Aufrührer, ist womöglich sogar die treibende Kraft hinter dem aufkeimenden Aquitanienkonflikt, bei dem sich Henri schließlich auf die Seite der rebellierenden Aquitanier und damit gegen Richard stellt. Der Junge König sieht darin auch eine Möglichkeit, endlich an reale Macht und Land zu gelangen. Es kommt unter Einsatz diverser Söldnerkontingente zum blutigen Krieg zwischen den Brüdern, in dessen Verlauf Henri schwer erkrankt, vermutlich an der Ruhr. Zwar endet der Konflikt mit einem Friedensschluss, er selbst erholt sich jedoch nicht mehr und stirbt unmittelbar danach. Sein Kreuzzugsgelübde überträgt er auf dem Totenbett an Guillaume le Maréchal.

Während der Junge Henri in der Fachliteratur lange Zeit als verschwenderischer, aufmüpfiger Draufgänger betrachtet wurde, der seinem Vater nur auf der Tasche lag und nichts Substanzielles leistete, kommen neue Untersuchungen zu einer differenzierteren Einschätzung. Demnach verfügte Henri über durchaus bemerkenswertes politisches und diplomatisches Geschick und entsprechende Ambitionen. Doch die Kontrollsucht und Übermacht des Vaters hielten ihn klein und zwangen ihn in die Rolle des Königs ohne Königreich. Eine tragische Figur, die von unterschiedlichsten Seiten manipuliert, instrumentalisiert und ausgenutzt wurde.

Einer der wenigen unerschütterlich loyalen Männer an seiner Seite war der Marschall. Seine besonnenen Worte besaßen großes Gewicht beim Jungen König. Ein weiterer Grund, warum er einigen in der Mesnie ein Dorn im Auge war – was uns zu der Frage nach dem historischen Kern der im Buch beschriebenen Intrige bringt.

Unterschiedlichen Quellen nach, von denen die wichtigste des Marschalls Biografie ist, gab es tatsächlich eine gezielte Verleumdungskampagne gegen Guillaume, bei der ihm unter anderem ein sexuelles Verhältnis zu Königin Marguerite nachgesagt wurde. Als Beteiligte werden Adam d'Yquebœuf, Thomas de Coulonces und Peter fitz Guy, aber auch Raoul Farci genannt. Und auch wenn diese Kampagne nicht vollständig aufgegangen zu seien scheint, hat sie so weit verfangen, dass der Junge König dem Marschall nachweislich seine Gunst entzog und er infolgedessen den Hof in ein freiwilliges Exil verließ. Offiziell verstoßen oder verurteilt wurde er nicht. Doch auch seine spätere Forderung nach einem Gerichtskampf, um die Angelegenheit ein für alle Mal zu klären – wenn nötig gegen gleich mehrere Ankläger oder nach vorheriger Verstümmelung –, wurde ihm nicht gewährt, was, wenn auch unausgesprochen, einer Verurteilung gleichkommt.

Ob es bei dieser Affäre lediglich einigen ehrgeizigen Gefolgsleuten darum geht, den Marschall aus dem Weg zu räumen, oder ob – wie von mir im Roman vermutet – ein komplexeres Intrigennetz dahintersteckt und die ganze Sache eigentlich auf den Jungen König zielt, ist ungeklärt. Der Zeitpunkt, zu dem die Anschuldigungen vorgebracht werden, ist zumindest interessant, handelt es sich doch genau um die Phase, in der Henri sich nachdrücklich vom Vater zu emanzipieren versucht und zum Leidwesen Richards mit den rebellischen Aquitaniern konspiriert. Auch die beiden Attentate auf den Alten König im Vorfeld des wenig später aufflammenden Krieges sind verbürgt. Dass die Gefahr der Entführung Angehöriger als Druckmittel ebenfalls real ist, beweist der Alte Henri während der ersten Rebellion seines Erben, als er die Schwiegertochter Marguerite sicherheitshalber in »seine Obhut« nimmt.

Ob Graf Philipp von Flandern bei alldem seine Finger im Spiel hat, ist spekulativ. Sicher ist jedoch, dass der Graf mit großem Ehrgeiz und allen Mitteln versucht, seinen politischen Einfluss und sein Herrschaftsgebiet auszudehnen. Dafür wechselt er munter die Seiten, wirft in alle Richtungen seine Netze aus und versucht – vergeblich, Marie de Champagne von einer Heirat zu überzeugen. Tatsächlich bringt er Rechts- und Verwaltungsreformen in seiner Grafschaft auf den Weg und ist ein großer Mäzen des Turniers, der Literatur und Musik, zeigt sich auf der anderen Seite aber unerbittlich und brutal. Den angeblichen Liebhaber seiner Frau knüppelt er fast zu Tode und lässt ihn anschließend kopfüber in einer Jauchegrube ersäufen, ein selbst unter Zeitgenossen als unverhältnismäßig grausam erachtetes Vorgehen. Bis heute ist ungeklärt, ob es sich bei dem Vorwurf des Ehebruchs nur um einen Vorwand handelt, um seine vermeintlich unfruchtbare Frau loszuwerden und gleichzeitig die von ihr in die Ehe gebrachten Gebiete zu behalten. Man darf mit Fug und Recht behaupten, dass diesem Mann mit größter Vorsicht zu begegnen war. Der Marschall trat nach der Vertreibung von Henris Hof dennoch in seinen Dienst, ob angezogen von der märchenhaften Bezahlung oder aus Trotz oder Kalkül, lässt sich schwer sagen. Allerdings blieb er nur wenige Wochen, begab sich danach auf eine Pilgerreise und kehrte schließlich an Henris Seite zurück, wo er bis zu dessen Tod blieb.

Zuletzt noch ein paar Worte zu meiner Darstellung von Frauen und anderen marginalisierten Personengruppen im Roman, die hier und da womöglich für Stirnrunzeln sorgt. Zu selbstbewusst, zu emanzipiert, zu fordernd, zu unbehelligt.

Stellt sich die Frage: Wie war's denn nun im Hochmittelalter? Und woher stammt das in unseren Köpfen vorherrschende Bild?

Zweifellos war das Hochmittelalter eine patriarchalisch organisierte, männlich dominierte Gesellschaft. Doch selbstverständlich haben Frauen und andere Marginalisierte zu jeder Zeit offen oder im Verborgenen ihre eigenen Wünsche und Ziele verfolgt und ausgelebt, sie haben Gesellschaft, Politik, Wissenschaft, Handwerk und Kunst im Großen wie im Kleinen geprägt und mitgestaltet.

Natürlich unterlagen sie limitierten Handlungsspielräumen, aber es gab Nischen und Möglichkeiten. Frauen nahmen über die unmündigen Söhne oder als Stellvertreterinnen abwesender Männer Einfluss, betätigten sich als Handwerkerinnen, Verwalterinnen oder (Mit-)Regentinnen. Klösterliche Ämter oder aber Witwenstatus brachten ihnen zum Teil weitreichende Freiheiten und Gestaltungsmöglichkeiten, wie im Fall der im Roman genannten mächtigen Gräfin Marie de Champagne oder der legendären Eleonore von Aquitanien. Und natürlich gab es auch damals liberale, aufgeschlossene Familien beziehungsweise Ehepartner und unterschiedliche Schutzräume, in deren Umfeld es möglich war, sich frei zu entfalten und auszuleben.

Trotzdem ist es kein Zufall, dass wir sogar von vielen Fürstinnen aus zeitgenössischen Dokumenten kaum mehr als Namen und Nachkommen erfahren. Selbst einflussreiche Frauen kommen in den Quellen so gut wie nie persönlich zu Wort, immer nur gefiltert durch die männlichen, überwiegend aus dem kirchlichen Umfeld stammenden Chronisten, oft zu Randnotizen degradiert oder als mahnende Beispiele (Hure vs. Heilige) angeführt. Dass über die Lebenswelten, Taten und Leistungen von Frauen und anderen marginalisierten Gruppen unzureichend, bewusst verfälschend oder überhaupt nicht berichtet wird, kann nicht allein mit Nachlässigkeit oder männerzentriertem Blick erklärt werden, hier muss man in vielen Fällen Absicht unterstellen. Aus welchem Grund? Vermutlich ist es einfacher, Dominanzanspruch, Deutungshoheit und systematische Entmündigung zu rechtfertigen, solange man glaubhaft machen kann, diejenigen, über die man herrschen will, seien aus unterschiedlichsten Gründen (intellektueller oder körperlicher Defizite, angeborener Sündhaftigkeit etc.) gar nicht fähig, selbstbestimmt zu leben, am Ende vielleicht eine Gefahr für sich und andere, und es geschehe zu ihrem eigenen Wohl. Dieser Eindruck muss natürlich auch nach außen gewahrt bleiben. Abwertung als Machtinstrument.

Und wenn sich ihre Leistungen nicht unter den Teppich kehren ließen, wie zum Beispiel im Fall von Königin Blanka von Kastilien im 13. Jahrhundert, der ersten Regentin Frankreichs, griff man rasch zu relativierenden Formulierungen wie »Weib vom Geschlecht, aber männlich im Charakter«, um alles wieder ins rechte Lot zu bringen.

Auch die unrechtmäßige Aneignung der Errungenschaften und Leistungen Marginalisierter war keine Seltenheit und gewiss ein weiterer Grund für das Totschweigen der eigentlichen Urheber*innen. So schreibt Marie de France, eine im 12. Jahrhundert weithin angesehene Dichterin und Übersetzerin, im Epilog ihrer Fabeln: »Ich heiße Marie und stamme aus der Île-de-France. Es ist möglich, dass eine Reihe von Klerikern meine Arbeit als ihre ausgibt. Ich will aber nicht, dass jemand dies tut.«

Und wenn Sie nun überrascht feststellen, dass Sie von dieser Schriftstellerin noch nie gehört haben, bekommen Sie einen ersten Eindruck des Problems. Personen, die entweder gar nicht, nur am Rande oder höchstens indirekt in den Quellen und historischen Dokumenten auftauchen, haben es schwer, in der Geschichtsforschung ausreichend gewürdigt oder schließlich in historischen Romanen, die oft genug als Bildungsmedium dienen, in angemessener Form rezipiert und dargestellt zu werden. Man fragt sich, wie viele Schicksale und Lebenswirklichkeiten auf diese Weise verfälscht oder ganz aus unserer Wahrnehmung herausgeschrieben wurden. Es bleibt Aufgabe der Forschung und auch des historischen Romans, dem entgegenzuwirken.

Wer zu den Hintergründen des Romans weiterlesen möchte, findet in dem populären Sachbuch »Der größte aller Ritter und die Welt des Mittelalters« von Thomas Asbridge eine gute deutsche Zusammenfassung. Wer des Englischen mächtig ist, kann zu »Tournament« oder »William Marshall« von David Crouch oder »Henry, the young King« von Matthew Strickland greifen. Biografien bislang unsichtbarer Frauen findet man in »Femina. Eine Geschichte des Mittelalters aus Sicht der Frauen« von Janina Ramirez.

Danksagung

Würde man mich fragen, was das Beste am Autorinnendasein ist, wäre meine Antwort: die Menschen, mit denen man dieses Abenteuer teilt! All die Wortverliebten, Geschichtenbegeisterten, Wissensdurstigen, all die Sprach-, Kreativ- und Verkaufstalente und diejenigen, die mich bedingungslos unterstützen, trösten, ermutigen, kritisieren und feiern. Büchermachen ist ein Teamsport, und ohne euch alle wäre es unmöglich!

Ganz besonderer Dank geht an

meinen Agenten BASTIAN SCHLÜCK, der mich stets geschickt und zuverlässig durch die Untiefen des Buchmarkts navigiert

meine Freund*innen und Testleser*innen CHRISTOPH LODE, der selbst Wind und Wetter nicht scheute, um Plotprobleme mit mir zu erörtern, SUSANNE PREUSS, die zu jeder Tages- und Nachtzeit mit Feedback bereitstand, KAY STÄDELE, der den Text mit einem untrüglichen Blick für Details zerlegte, JULIANE PAHNKE, meine Nummer gegen Kummer in allen Fragen des Schreibens, ULI ZEHFUSS, moderner Troubadour und Berater in lyrischen Angelegenheiten, dem ich erhellende Gespräche über ungekneteten Teig und feministische Aliens verdanke

ANNE SCHARF, meine wundervolle Lektorin, die immer ganz genau hinhört und mit so viel Interesse, Neugier und Einfühlungsvermögen in meine Gedanken und meine Texte eintaucht, sowie das gesamte PIPER-TEAM, das jede Menge Engagement und Herzblut in meine Romane steckt

JULIAN HAEFS, meinen fabelhaften Redakteur, von dem ich nicht nur in Sachen versteckter Anglizismen und grammatikalisch fragwürdiger Lieblingsformulierungen viel lernen kann, sondern mit dem ich außerdem die unterhaltsamsten Klugscheißer-Battles führe und dem ich die vielseitig einsetzbare Wortneuschöpfung »dessertieren« verdanke

meine Familie, vor allem meine ELTERN und meine Kinder LINUS und JONATHAN, die meine Arbeit mit so viel Anteilnahme, Begeisterung und Stolz sowie der nötigen Portion Langmut begleiten

meinen Mann JÖRG, mein Partner in Crime, mein bester aller Ritter, sei es auf dem Schlachtfeld der Bürokratie, des Alltags oder des Familienwahnsinns, unerschütterlich, loyal und immer an meiner Seite

all die WISSENSCHAFTLER*INNEN, die durch ihre akribische Detailarbeit die Wegbereiter*innen eines jeden soliden historischen Romans sind

und an all die BÜCHERMENSCHEN, die meine Romane lesen, besprechen, empfehlen, sichtbar machen, verkaufen und ohne die einfach nichts geht.

Danke, dass ihr dieses Abenteuer – erneut – mit mir gewagt habt!

Dramatis Personae

(historische Personen mit einem * gekennzeichnet)

Erec de Lacône, fahrender Ritter
Armand de Beaujeu, Troubadour
Josce de Goyon, fahrender Ritter
Lionel Tosny, fahrender Ritter
Valéry d'Anier, fahrender Ritter
Pépin, genannt Pep, Straßenkind und Pferdebursche
Mila, Heilkundige
Damien de Brienne, fahrender Ritter und Erecs Rivale
Benoît, sein Knappe
Jérôme d'Ambert, Kastellan von Ambert
Darius, **Renard**, **Bastien** und **Vianne**, Torballbegeisterte

Genovefa d'Hârcourt, Hofdame und Vertraute von Königin Marguerite
Horace d'Hârcourt, ihr Ehemann, Ritter und Gutsherr
Clement d'Hârcourt, Horaces erwachsener Sohn und Gutsverwalter
Viola d'Albret, eine Hofdame
Giselle Ponthieu, eine Hofdame

Henri Plantagenêt*, auch der Junge König oder Junger Henri, englischer Thronfolger und Mitregent
Marguerite*, Halbschwester des französischen Königs und Henris Ehefrau

Henri II.*, auch der Alte König oder Alter Henri, sein Vater und König von England
Eleonore von Aquitanien*, seine Mutter und Königin von England
Richard Plantagenêt*, später König Richard I. Löwenherz/Cœur de Lion, sein Bruder und Herzog von Aquitanien
Geoffroy Plantagenêt*, sein Bruder und Herzog der Bretagne
Constance*, Geoffroys Ehefrau
Jean Plantagenêt*, sein jüngster Bruder, auch Ohneland/sans Terre, später als John, König von England
Heinrich der Löwe*, ehemals Herzog von Sachsen und Bayern, sein Schwager
Mathilde*, seine Schwester, Ehefrau von Heinrich dem Löwen

Guillaume le Maréchal*, genannt *der Marschall*, Henris bester aller Ritter, Mentor, Berater und Freund
Eustache*, Guillaumes Knappe
Baudouin de Béthune*, Ritter in Henris Mesnie
Pierre de Préaux*, auch Premier Préaux, Ritter in Henris Mesnie
Jean de Préaux*, Ritter in Henris Mesnie
Gil (eigentlich **Guillaume**) **de Préaux***, Ritter in Henris Mesnie
Roger de Préaux*, Ritter in Henris Mesnie
Enguerrand de Préaux*, Knappe
Adam d'Yquebœuf*, Ritter in Henris Mesnie
Thomas de Coulonces*, Ritter in Henris Mesnie
Peter fitz Guy*, Seneschall und Ritter in Henris Mesnie
Raoul Farci*, Ritter in Henris Mesnie
César de Collas, ein Knappe
Fab und **Rémi**, Stallburschen
Odilon Auberée, Herold und Bote

Philippe II. Dieudonné*, später Philippe Auguste, König von Frankreich
Isabella*, seine Ehefrau und Nichte des Grafen von Flandern

Philipp von Flandern* (eigentlich Philipp von Elsass), Graf von Flandern, Artois, Amiens, Vermandois und Valois
Elisabeth*, seine Ehefrau
Balduin V.*, Graf von Hainaut, Philipps Schwager
Margarete*, Balduins Ehefrau, Philipps Schwester
Roux, Söldnerführer
Marie de Champagne*, Gräfin der Champagne, Kunstmäzenin und Freigeist
Henri I.*, genannt *le Libéral* (der Freigiebige), ihr Ehemann und Graf der Champagne
Henri*, **Marie***, **Scholastique*** und **Thibaut***, ihre Kinder
Chrétien de Troyes*, Dichter und Schriftsteller
Moniot d'Arras*, Troubadour

Bertran de Born*, Vizegraf von Hautefort, Troubadour und Ritter
Thibaut de Cluny*, Abt von Saint Martial, Limoges
Adémar de Limoges*, Vizegraf von Limoges
Raymond »Brennus«*, Söldnerführer
Sancho de Savannac*, Söldnerführer
Curbaran*, Söldnerführer

Glossar/Begriffserklärungen

Allmende: Gemeinschaftsland, oft Weidegründe
Angevinen: Angehörige des Hauses Anjou, also des englisch-normannischen Königshauses
Aquamanile: oft figürlich gestaltetes Gießgefäß, das bei Tisch dem Händewaschen dient
Bannerherr: Anführer eines eigenen Ritterkontingents (Banners) innerhalb einer Turniermannschaft; darf seine persönliche Fahne ins Feld führen
Bliaut: ein von beiden Geschlechtern getragenes gegürtetes Obergewand mit langen Ärmeln, das bei Damen bis zu den Knöcheln, bei Männern oft nur bis zum Knie reicht
Brabanzonen: vgl. **Söldner**
Brice: Name keltischer Herkunft, »gescheckt« oder »fleckig«
Bruche: ungefähr bis zu den Knien reichende (Unter-)Hose des Mannes, die in der Taille von einem Gürtel oder Band gehalten wurde
Brünne: mittelalterlicher Begriff für Rüstung oder Körperpanzerung
Buhurt: Schau- oder Formationsreiten im Vorfeld des Turniers ohne (den Gebrauch von) Waffen
Cerberus: dreiköpfiger Hund, Wächter der Unterwelt
Connétable: Stallmeister und Oberbefehlshaber der Reiterei, einige Jahrhunderte lang das höchste französische Hofamt
Dispens: kirchliche Ausnahmebewilligung im Fall eines Ehehindernisses
Donjon: besonders mächtiger Wohn- und Wehrturm einer Burg, der zumeist vom Burgherrn bewohnt wird

Epiphanias: ursprüngliche Bezeichnung für das am 6. Januar begangene christliche Fest der Erscheinung des Herrn, volkstümlich auch Dreikönigstag

Exkommunikation: ein als Strafe gedachter, zeitlich begrenzter oder dauerhafter Ausschluss aus der kirchlichen Gemeinschaft

Fin'amor: okzitanisch für »höfische Liebe«; platonische Verehrung einer höhergestellten Dame im Sinne der Minne

Gambeson: gesteppter Polsterrock, der meist unter der Kettenrüstung getragen wird, aber auch als eigenständige Rüstung dienen kann

Gebende: Kopfbedeckung, die von verheirateten Frauen bzw. beim Kirchgang von sämtlichen Frauen getragen wird

Geldkatze: am Gürtel befestigter Beutel zur Aufbewahrung von Münzen

Gugel: feste Kapuze mit oft sehr langem Zipfel, den man sich zusätzlich als eine Art Schal um den Hals schlingen konnte

Habit: von der Ordenszugehörigkeit abhängige Tracht der Mönche und Nonnen

Hainaut: französischer Name des Hennegau, heute eine belgische Provinz

Hainuyes: Bewohner des **Hainaut**

Herold: Wappenkundiger; fungierte auch als Diplomat, Bote und Ausrufer

Hinterhand: das hintere Körperdrittel eines Pferdes

Hurta: Kampf- oder Anfeuerungsruf, der so viel wie »drauf!« bedeutet; stammt vermutlich vom Wort »hurtig«

Johanni: 24. Juni, Sommersonnenwende

Kanter: leichter Galopp, der über lange Strecken durchgehalten werden kann

Kapetinger: Angehörige des Hauses Capet, also des französischen Königshauses

Kemenate: beheizbarer Wohnraum

Kipper: mit Stangen und Keulen bewaffnete Fußkämpfer, die während des Turniers ihre Mannschaft vom Boden aus unter-

stützen, indem sie gegnerische Ritter bedrängen und aus dem Sattel werfen
Koller: eine Hals- und Schulterbekleidung, die lose über dem Rest der Kleidung getragen wurde, je nach Material sowohl als Teil der Rüstung als auch zur Zierde
Kommende: vgl. **Templer**
Magister Civium: eine Art Bürgermeister
Martini: Namensfest des heiligen Martin am 11. November
Mesnie: engster Zirkel von Getreuen im fürstlichen Haushalt
Michaelis: Namensfest des heiligen Michael am 29. September
Michaeliswurz: auch Herbstzeitlose – giftige, für Pferde gefährliche Wiesenblume, die dem Krokus ähnelt
Non: neunte Stunde des Tages von 6 Uhr an gerechnet, also 15 Uhr
Okzitanien: der mittlere Süden Frankreichs zwischen Aquitanien und der Provence
Okzitanisch: neben Französisch die zweite romanische Sprache, die sich im Frankenreich aus dem Vulgärlatein entwickelte; zu dieser Sprachfamilie gehören noch heute z. B. Provenzalisch, Gaskognisch und Katalanisch
Outremer: altfranzösisch für »jenseits des Meeres«, Bezeichnung für die Kreuzfahrerstaaten im Vorderen Orient
Palas: der große Saal einer Burg
Plantagenêt: anglo-normannische Herrscherdynastie, die auf Graf Geoffroy V. von Anjou zurückgeht; siehe auch **Angevinen**; wörtlich frz. »Ginsterzweig«
Prim: Morgenglocke, die um 6 Uhr den Arbeitstag einläutet
Quintan: bewegliches hölzernes Übungsziel mit Schild
Refektorium: Speisesaal eines Klosters
Refugium: vor dem Turnier festgelegte Schutz- oder Rückzugsgebiete, in die die gegnerische Mannschaft nicht folgen darf
Remigiustag: 1. Oktober, in alten Urkunden oft der Stichtag für die jährlich zu erbringende Pacht

Ritterbürtigkeit: Abstammung vom (niederen) Adel; abhängig von Ort und Zeit, Voraussetzung für ein Ritterdasein
Routiers: vgl. **Söldner**
Sarwürker: Panzermacher, Rüstungsschmied
Schabracke: Satteldecke
Schwertleite: alter Begriff für den Ritterschlag, die feierliche Verleihung der Ritterwürde
Skapulier: Bestandteil des **Habits**; ärmelloser Überwurf, je nach Ordenszugehörigkeit in unterschiedlicher Farbe und Ausführung
Söldner: Lohnkämpfer, je nach Herkunft und Zusammensetzung auch als **Brabanzonen** (aus Brabant) oder **Routiers** (vom französischen *route*, Rotte) bezeichnet; gewinnen ab dem Hochmittelalter immer mehr an militärischer Bedeutung
Surcot: tunikaartiges Obergewand
Tapisserie: auch Bildwirkerei; Wandteppich mit kunstvollen bildlichen Darstellungen
Tatzenkreuz: ursprünglich griechisches Kreuz mit verbreiterten Balkenenden
Templer: Angehörige des 1118 im Königreich Jerusalem gegründeten geistlichen Ritterordens; ihre Niederlassungen werden auch als **Kommenden** bezeichnet
Tilt: eine Art Holzschranke, die beide Kontrahenten beim **Tjost** voneinander trennen und verhindern soll, dass sich die Bahnen der Ritter kreuzen und Gestürzte niedergeritten werden
Tjost: Wettstreit, bei dem zwei Reiter mit gestreckter Lanze aufeinander zureiten und die Lanze an der Rüstung oder dem Schild des Gegners zu brechen oder ihn aus dem Sattel zu stoßen versuchen
Turnier: manöverartiges Kampfspiel zwischen zwei ungefähr gleich großen Mannschaften aus voll gerüsteten Lanzenreitern
Ventadorn: Bernart de Ventadorn (ca. 1125–1200), einer der berühmtesten Troubadoure

Vesperie: eine Art Vorturnier ohne festen Ablauf im Vorfeld der eigentlichen Veranstaltung; kann **Buhurt**, aber auch **Tjost** oder turnierartige Wettkämpfe umfassen
Wittum: Vorsorgeleistungen durch den Ehemann zum Zwecke der Witwenversorgung
Zelter: Reitpferd, das den für lange Strecken angenehmen Passgang beherrscht
Zimbeln: kleine Handbecken
Zisterzienser: Ende des 11. Jahrhunderts aus dem Benediktinerorden hervorgegangener Mönchsorden mit einer strengeren Auslegung der benediktinischen Regeln

Der Glanz des Mittelalters, die Gewalt der Kreuzzüge, die Macht der Liebe

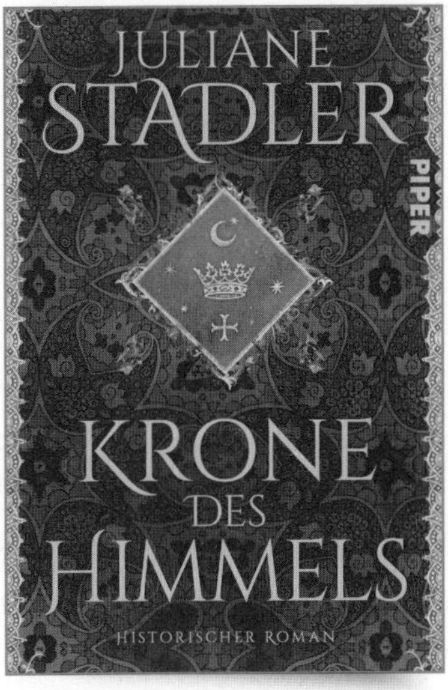

Coverabbildungen vorbehalten

Juliane Stadler

Krone des Himmels

Historischer Roman

Piper Taschenbuch, 704 Seiten
ISBN 978-3-492-06470-5

Im Jahr 1189 wird die Welt vom großen Religionskrieg zwischen Abendland und Orient erschüttert. Das Schicksal führt die Handwerkertochter Aveline und den Wundarzt Étienne auf den Kreuzzug von Frankreich nach Jerusalem. Während der Belagerung der Hafenstadt Akkon wachsen beide über sich hinaus – doch ihre Liebe zueinander wird im großen Kampf um das Heilige Land auf die Probe gestellt..
»Ein historischer Roman der Extraklasse.« *Daniel Wolf*